LA DRAMATURGIE
CLASSIQUE

法国古典主义剧作法

〔法〕雅克·舍雷尔 著

陈杰 译

商务印书馆
The Commercial Press

Jacques Scherer
LA DRAMATURGIE CLASSIQUE

Originally published in France as:
La dramaturgie classique en France, by Jacques Scherer
© Librairie A-G Nizet, Saint-Genouph, 2001
La dramaturgie classique, by Jacques Scherer
© Armand Colin, Paris, 2014
ARMAND COLIN is a trademark of DUNOD Editeur - 11, rue Paul Bert - 92240 MALAKOFF
Simplified Chinese language translation rights arranged through Divas International, Paris
巴黎迪法国际版权代理 (www. divas-books. com)

本书根据阿尔芒·科林出版社 2014 年版译出

目 录

序言 1
绪论 4
说明 12

第一部分　剧本的内部结构

第一章　人物 17
 1. 不同类型的人物 17
 2. 主角的魅力 18
 3. "显性"主角和"隐性"主角 23
 4. 国王与父亲 31
 5. 次要人物的演变 35
 6. 演变的副产品：亲信 42

第二章　呈示 57
 1. 呈示在哪里？ 57
 2. 追寻完美的呈示 63
 3. 呈示的不同类型 67

第三章　结点：障碍 71
 1. 情节，结点，情境，障碍 71
 2. 真实障碍："两难"至上 73
 3. 虚假障碍："错配"为先 87

1

目 录

第四章　结点：反转 ... 101
1. 单反转和多反转 ... 101
2. 反转的定义、历史和功能 ... 104

第五章　情节、危机和利益的统一 ... 110
1. 结点和情节 ... 110
2. 统一和单一 ... 112
3. 从插曲到故事线 ... 114
4. 情节统一的特点 ... 118
5. 危机和关注点的统一 ... 125

第六章　时间统一 ... 132
1. 结点和时间 ... 132
2. 时间统一的各个时期 ... 132
3. 关于有待消耗的时间 ... 141
4. 时间统一的威望 ... 144

第七章　结尾 ... 151
1. 结尾和收场 ... 151
2. 结尾的规则 ... 154
3. 结尾的种种传统 ... 163
4. 隐形的结尾 ... 175

第二部分　剧本的外部结构

第一章　排演和地点统一 ... 181
1. 演出的基本条件及其对于剧作法的影响 ... 181
2. 书面作品和舞台作品 ... 190
3. 对于场面的狂热 ... 194
4. 帷幕的问题 ... 207

目 录

    5. 挂毯和"跟踪摄影" ··· 211

    6. 趋向地点统一 ·· 219

第二章　剧本和幕的形式 ··· 238
    1. 剧本的形式 ··· 238
    2. 幕的平衡和结构 ·· 244
    3. 幕的间歇 ··· 253

第三章　场的不同形式：基本形式 ································ 260
    1. 场的切分 ··· 260
    2. 主要的场次类型 ·· 265
    3. 长段台词的暴政 ·· 274

第四章　场的不同形式：固定形式 ································ 279
    1. 叙述的规则 ·· 279
    2. 叙述：形式，功能，地位 ···································· 286
    3. 独白：功能和形式 ··· 300
    4. 真假独白 ··· 311
    5. 独白的历史 ·· 315
    6. 私语 ··· 321

第五章　连场 ·· 328
    1. 舞台和连场 ·· 328
    2. 连场的不同形式 ·· 333
    3. 角色上下舞台的理据 ·· 342

第六章　戏剧写作的不同形式 ······································ 350
    1. 斯偈式 ·· 350
    2. "盛况"和四行诗 ·· 365
    3. 交替对白 ··· 372

目 录

    4. 警句 391
    5. 重复 415
    6. 其他形式 454

第三部分　为观众而调整剧本

第一章　逼真 469
    1. 逼真的作用领域 469
    2. 无形的反逼真，成功的反逼真，耻辱的反逼真 475

第二章　得体 490
    1. 观念和词汇 490
    2. 日常生活 497
    3. 情感，情欲和性事 506
    4. 战斗和死亡 533

结　论 548

引文的注释和出处 561

附录一　一些数据 582
    1. 高乃依剧作里的人物数量 582
    2. 拉辛剧作里的人物数量 583
    3. 一些 17 世纪剧作的长度 584
    4. 高乃依剧作中的场次数 585
    5. 拉辛剧作中的场次数 586
附录二　不同剧种在 17 世纪不同时期的流行程度 587
附录三　本书征引的剧作汇总 590

参考文献 595
索引 618

序　言

　　长久以来，人们一直相信古典时代*的法国戏剧，即始于高乃依的前辈、终于伏尔泰后继者的那两个世纪里的戏剧，只是少数几个天才和学究们的抗争故事，正是后者发明了种种似乎有些刁难性质的创作限制。而在1950年，雅克·舍雷尔却突然向我们证实了这一切纯属误解。拉辛并没有高高在上、不屑一顾地嘲弄那些吹毛求疵的学者所强加的规则枷锁，也没有凭直觉回归希腊悲剧艺术。诚然，他对于希腊人的悲剧谙熟于心，也长久地思考了西方戏剧艺术里最重要的论著，即亚里士多德的《诗学》，但他依然属于他所处的时代。无论是否愿意，我们都得承认，他的《安德洛玛克》《伊菲革涅亚》《费德尔》，与作为创作起点的欧里庇得斯的那些悲剧关系并不大。相反，它们和高乃依的《熙德》倒是有着更大的关联度，而《熙德》是一部与希腊人完全无关的悲喜剧，主题来自于西班牙的某种戏剧化的史诗作品。从很多角度而言，同样的论断也适用于莫里哀和他的《吝啬鬼》，这部剧对于普劳图斯的借鉴微乎其微，却大量体现了17世纪法国喜剧的种种特征。

　　简言之，雅克·舍雷尔让我们知道，17或18世纪法国剧作家的创作并不是天马行空的。对他们而言，写作戏剧意味着应对一整套固定不变的、法国所特有的标准。这些标准来自于文学传统，来自于每个剧种自身的限制，来自于那个时代的美学构想，但对于戏剧而言，也许更取决于演出的物质条件。与此同时，对于当时的剧作家而言，这些标准与他们的创作实践如此密不可分，且带有如此浓厚的法国剧艺特色，以至被视为他们优于希腊拉丁剧作家的根本原因。这也解释

---

* 法语中的"古典时代"（âge classique）一般指代17世纪和18世纪（大革命以前）两个世纪。而本书作者雅克·舍雷尔在书中所使用的"classique"一词则特指17世纪（详见本书"结论"部分），因此译者依照文学史习惯将其译成"古典主义"，特此说明。（本书脚注均为译者所加。）

了为什么伏尔泰会认为古人也能从今人那里学习剧作技艺:"希腊人本可以向我们伟大的今人学习如何创作更为巧妙的呈示,如何不着痕迹地连接场次,避免舞台空置……"(伏尔泰,《古今悲剧论》)

正是因为观察到了古典时代的创作是通过解决大量技法层面的限制而完成的,而如高乃依一般特立独行的作家也意识到有必要陈述自己针对这些限制的思考,雅克·舍雷尔才开启了对于这一整套标准的系统研究。这项研究也催生了一个新词,剧作法(dramaturgie),由舍雷尔借用德语中那个意义稍有不同的词[*]而来。

因此,雅克·舍雷尔的《古典主义剧作法》完全不能与"古典主义诗学"混为一谈。诗学是对于戏剧写作的层层梳理:如何组织一个自洽的虚构事实体系,如何保持情节发展过程中角色性格的一致性,赋予角色何种思想,何种话语。可以说,诗学描述的是文学创作的抽象条件。而剧作法则是让这些条件面对当时的戏剧现实。因此,雅克·舍雷尔讨论的不是如何构建一个故事。他最先思考的是在一部喜剧或悲剧的展开过程中如何处理主角的问题。比如,他让我们注意到,费德尔并没有比同时代悲剧里的其他角色享有更多的出场时间,而读者和观众之所以很容易觉得费德尔无时不在,是因为拉辛赋予了她大量台词(总数 1654 行台词中占到了将近 500 行之多)。通过这一反差,雅克·舍雷尔让我们学会了区分登场频次和台词时间。而区分了这两者,我们才能明白拉辛的创作过程:一方面,拉辛依据情节需要来处理角色,这让费德尔只在全剧 30 场戏的其中 12 场登台;但另一方面,这一角色又是为尚美蕾小姐(Mlle de Champmeslé)而作,而后者是那个时代最优秀的悲剧女演员,在《费德尔》之前,她的嘶喊和怨诉已经让巴黎观众为之倾倒了将近十年。

技法层面的这一重要性因为浪漫派对于创作行为的理解而被彻底掩盖;后者认为,古典主义戏剧在拉辛笔下臻于完美,此后则因过于依赖技法而陷入枯竭,这一解读尽管不无道理,但却把技法和灵感源泉混为一谈。浪漫派所宣扬的从一

---

[*] 德语中的拼写也是 dramaturgie,著名的《汉堡剧评》德文标题中用的也是这个词(*Hamburgische Dramaturgie*)。

切形式的技法（同时摒弃修辞法和剧作法）中解放出来的理念，甚至也主导了对于古典主义戏剧的批评解读，后者就此完全服从于并不稳定的价值判断。而在雅克·舍雷尔看来，站在历史和批评的角度考量技法层面的问题及其演变，探究剧作家处理这些问题的方式，是一种相对"客观"（且新颖）的思考创作行为的手段。之所以说这部著作在文学研究法上掀起了一场真正的革命，正是因为它让我们发现，对于古典主义戏剧技法的描述才是实现真正阐释的基础，即最大程度地避免判断的主观色彩；以描述为起点，恰是对于解读的革新。

《法国古典主义剧作法》问世于形式主义批评大行其道的年代，尽管后者本身也在 20 世纪下半叶为革新文学和戏剧研究做出了贡献，但两者几无相同之处。形式主义批评试图发现并且理解一个文本的句法、分层以及各个主题单元。《伊利亚特》和《包法利夫人》对它而言并没有区别；它是脱离历史的。而在描述性的外衣之下，《法国古典主义剧作法》却也是一部历史著作。它的描述帮助我们从历史的角度来理解那些它为了描述而征引的文本，也由此革新了对于法国古典主义戏剧的全部理解。问世 75 年后，《法国古典主义剧作法》依然是一个不可或缺的工具箱，帮助我们理解高乃依、拉辛、莫里哀……乃至伏尔泰。

乔治·弗莱斯提

绪　论

本书研究的是法国古典主义戏剧文学的技法。在利特雷的《词典》*中,"剧作法"一词指"写作剧本的技艺",而我们也是将它作为剧作家技法的近义词来使用。我们绝非是想再一次介绍法国古典主义戏剧史,而是要解释17世纪的剧作家如何在他们的作品中运用某些技巧手法,这样的整体研究尚未有过。我们研究的是剧作家所遇到的技法问题以及他们的解决之道。行文上,本书遵循逻辑而非时间顺序。唯一的,也是一以贯之的想法,便是阐明剧作家这一职业在古典主义时期所具备的种种资源。

我们首先想的是只通过皮埃尔·高乃依（Pierre Corneille）一人的作品来研究这一职业,因为荣誉满身的他不仅是古典主义时期最精彩的作家之一,同时也是被误解最深的作家之一。因其作品繁多,难以把握,在我们看来,探讨的最佳方式是展示高乃依的戏剧如何作为一种技法的产物而存在;而这种技法的丰富和多变,在我们的文学里无出其右者。长久以来,亨利·福西永**的立场也是我们的立场,他宣称:"我们始终认为,在这些如此艰难的,不断被置于价值判断的含混陷阱,承受着语焉不详的解读风险的研究之中,对于技法层面种种现象的观察不仅能保障某种可控的客观性,还能通过还原艺术家自己面对它们的方式和角度,把我们带往问题的核心。"[1] 这种方法曾被用在艺术批评上,但在文学批评领域,还未曾得到使用。[2] 对于高乃依的作品而言,它似乎是行之有效的。高乃依的剧作生涯始于1630年,止于1674年。在我们的历史上,从来没有哪个45年比这段时期见证了戏剧艺术更大的变化。作为高乃依前辈的亚历山大·阿尔迪

---

*　19世纪法国医学家、词汇学家、哲学家埃米尔·利特雷（Émile Littré, 1801—1881）编撰的著名的《法语辞典》,俗称"利特雷辞典",1863年首版。

**　亨利·福西永（Henri Focillon, 1881—1943）,法国著名的中世纪艺术史学家。

（Alexandre Hardy）*的作品和拉辛（Racine）的作品之间无疑存在着巨大的差异，后者成名时，《苏雷纳》的作者**已经步入晚年。且不论其他，这45年至少是古典主义得以确立的时期。从剧作法角度来研究荣登最伟大剧匠之列的高乃依的作品，能让我们发现古典主义美学的一些秘密。

然而，我们并没有把目光局限在高乃依一人身上。为了欣赏他的独特之处，我们将他的作品与同时期其他作家做了对比。我们发现，高乃依剧作技巧中的很多元素在不少同代人身上都能找到。首先是在莫里哀和拉辛的作品里，然后是梅莱（Mairet）、杜里耶（du Ryer）、洛特鲁（Rotrou）、斯库德里（Scudéry）、特里斯坦（Tristan）、布瓦耶（Boyer）、托马斯·高乃依（Thomas Corneille）***，或者基诺（Quinault）。随着研究的深入，我们还在哈冈（Racan）、泰奥菲尔（Théophile）、玛黑夏尔（Mareschal）、拉·加尔普奈德（La Calprenède）、斯卡隆（Scarron）、吉尔贝尔（Gilbert），或者其他不那么重要的剧作家身上，找到了同一种剧作法的大致思路。于是我们也不得不像其他很多人那样承认：一个人哪怕再伟大，他的文学生命也不可能真正独立于他所处的时代和环境而存在。因此我们决定把研究扩展到以高乃依为中心的整个时期。

这个时期大致涵盖了17世纪的前四分之三。真正意义上的古典主义剧作法只能从它产生之前所存在的问题、成就、失败出发才能得以解释。因此我们一直回溯到了阿尔迪，也就是17世纪初年。阿尔迪的作品因其粗犷和旺盛的生机而引人注目。1630年左右，随着黎塞留的鼓动，以及第一家常驻剧团在勃艮第府剧院（Hôtel de Bourgogne）的成立，一些年轻作家开始投身戏剧创作，阿尔迪的作品就成为了他们的首要模板。比如高乃依在其首个剧本《梅里特》（Mélite）的《评述》****中就写道，自己把"已故的阿尔迪的作品"当作自己创作的指南。而正是这些作品，构成了我们研究的出发点。我们认为，除去一些特殊情况之外，没有必要回溯到16世纪戏剧，因为后者与阿尔迪的戏剧存在深层的差异。我们的

---

* 17世纪初法国最具影响、产量最大的职业剧作家。
** 即高乃依，悲剧《苏雷纳》（Suréna）是高乃依人生最后一部作品。
*** 皮埃尔·高乃依的弟弟，17世纪中期法国知名剧作家。
**** 在1660年出版的《高乃依戏剧集》里，高乃依为自己的每一部作品附上了一篇"评述"（Examen）。

绪 论

研究大致止于拉辛的《费德尔》(*Phèdre*),也就是1677年。这一年,高乃依已经结束了他的创作,莫里哀也去世了,拉辛则不再写作世俗主题的戏剧,而古典主义剧作法也彻底定型了。在这之后产生的问题完全属于另一个层面,它将关心古典主义如何经受由自身的完美所带来的考验,关心那些太过知名的手法所导致的审美疲劳如何催生出对于新的创作效果的追求。而我们则是锁定戏剧领域古典主义的诞生时期,对于它日后将会遭遇的变化,以及直到浪漫主义甚至更晚的时期都能感受到的,由这些变化所导致的后果,我们都不予研究。

* *

研究古典主义剧作法并不缺素材。它主要包含了在17世纪我们所关注的那段时期内出版的戏剧剧本本身,大约有上千种之多。对于一项针对文学技法展开的研究而言,这些剧本构成了唯一可能的那个客观基础。它们的丰富多彩也让我们的阅读过程由始至终没有丝毫乏味。关于古典主义在某种莫名的高雅中矫揉造作、固步自封的说法是多么具有欺骗性啊!我们希望通过提及和引用许多不知名的剧本,来让大家对它们的价值有所认识。在剧本研究中,我们以亨利·卡林顿·兰卡斯特(Henry Carrington Lancaster)先生的大作,《17世纪法国戏剧文学史》(九册本)为指南,该书分析了1610—1700年间法国出版的全部剧本。但我们的着眼点与兰卡斯特不同,绝大多数情况下,我们并不试图断定这些剧本的文学和历史价值,而只是关心它们对于研究剧作家这一职业所能带来的贡献。正是由于带着这一特殊目的研究17世纪戏剧文学,我们发现:对于剧作法而言,一些平庸的剧本与杰作同样重要,甚至更为重要。拉辛剧本的夺目光彩固然让评论家痴迷,但思考斯库德里之流的某些笨拙之处的根源和效果,却会让他领悟更多。当评论家通过分析数目可观且质量平平的素材而找出了剧作法的种种决定因素,他便可以带着这一收获回归杰作,也许还能更好地理解这些作品伟大的其中一些原因。

关于17世纪剧院的组织形式以及戏剧观众的态度,尽管掌握的信息过于碎片化,但我们依然给予最大的重视。剧本不同于一般书籍,它实质上是为舞台而存在的。我们发现，作家在创作剧本时，无法不考虑演出的种种条件，他们面对剧作法难题时的态度也因此受到了后者的影响。

我们也纳入了为数众多的理论作品。但它们对于古典主义剧作法的具体研究意义不大。我们只是着重了解、利用了所能搜集到的一些明确的理论指示，比如从近年来德国、英国和美国学者的研究中所提炼出来的一些剧作法的基本规则，但这些规则总是太过笼统，以至无法应用到 17 世纪剧作家所面临的具体问题上。勒内·布莱（René Bray）先生关于《法国古典主义理论的形成》的研究十分出色，为我们提供了一个更坚实的历史基础。然而，这部著作只是部分涉及了戏剧，且仅限于理论层面。它并不思考这些理论是如何被作家们应用到实际创作上的。而我们之后会发现，实际创作有时与 17 世纪批评家所构建的理论相去甚远。高乃依就已经抱怨他所读过的亚里士多德和贺拉斯的评注者们对他的创作帮助甚微。在《论诗剧的功用和组成部分》中，高乃依写道："由于他们的研究和思辨多于戏剧实践，阅读他们会让我们变得更学究，而不是为我们清晰地指明戏剧创作的成功之道。"（马蒂-拉沃［Marty-Laveaux］，第一卷，第 16 页）

我们希望找到剧作的秘诀，而不是理论。只是这些秘诀，至少在 17 世纪上半叶，被很好地保护着。谁会想让竞争对手获益呢？1637 年 12 月 23 日，高乃依对博瓦罗贝尔（Boisrobert）*写道："我不喜欢透露自己所找到的让人愉悦的秘诀。"（同上书，第十卷，第 431 页）然而，我们还是发掘了一些秘诀。这些古典主义技法的秘诀来自于 17 世纪许多剧本的前言，来自夏普兰（Chapelain）** 针对前古典主义时期所写的那些文字，至于古典主义时期，则有拉米神父（P. Lamy）、哈班神父（P. Rapin）或者夏步佐（Chappuzeau）的批评作品。其中有两个文本对于古典主义剧作法颇具启发意义，需要特别重视，它们是多比尼亚克院长（l'abbé d'Aubignac）*** 的《戏剧法式》（la Pratique du Théâtre, 1657）以及 1660 年高乃依出版的《戏剧三论》（les Trois Discours）。

13

---

* 17 世纪上半叶法国重要的剧作家和文人，1630 年代曾是黎塞留最宠信的文人之一。
** 17 世纪法国最重要的官方文人之一，曾先后受到黎塞留和柯尔贝尔的重用。又译沙普兰。
*** 17 世纪法国最重要的戏剧理论家之一。

绪　论

　　多比尼亚克院长一直没有得到应有的重视，在我们看来，在17世纪的大批评家中，他是位于最前列的。这个奇特的人物有着敏锐的智识；他针对上千个问题，尤其是我们所关心的那个问题，进行了现实且具体的思考，令人惊叹。他的《戏剧法式》是17世纪唯一一部不以再次诠释亚里士多德为目的的论著，它从技法角度分析了那个时代构建戏剧剧本的真实方式。我们会频繁地引用它，展示它言之成理之处。至于高乃依的《三论》，则无需再加以褒奖。崇拜者们已经多次展现了高乃依如何真诚且深刻地总结自己创作剧本的技巧，并且依据他所践行和思考的剧作法则来解释这些作品的成功和不足。

　　除了17世纪的理论作品之外，我们认为古典主义戏剧技法也能在18世纪的同类作品中找到说明。事实上，18世纪，至少18世纪上半叶，从未停止对于路易十四世纪的作品的仰慕和品评，并一直尝试从中汲取美学上的养分。我们曾多次在这些评论里读到对于前个世纪所使用的一些剧作手法的评析，而古典主义理论家并没能指明这些手法。因为相较于实践，理论是滞后的，有时甚至滞后很多。拉莫特（La Motte）、伏尔泰（Voltaire）或者马尔蒙特尔（Marmontel），都在他们的作品里表达了对于古典主义剧作法的思考，我们也从中获益良多。其他一些更鲜为人知却可能更认真细致的作家，比如莫万·德·贝尔加尔德院长（abbé Morvan de Bellegarde）和纳达尔院长（abbé Nadal），也能在一些具体的方面为我们提供明确的指引。还有国家图书馆收藏的一份稍晚于1736年的匿名手稿，也为我们的研究提供了帮助，我们发现手稿里的一些想法在实践中常常具有合理之处。

　　我们试图从所有这些素材里提炼出古典主义剧作法的体系。它的构建在我们看来得益于三大不同来源的贡献。首先，17世纪戏剧文学和所有文学一样，都建立在传统之上。代代相传的，不只有主题、世界观或者心理模式，也有技巧手法，我们正是把后者找到，独立出来，并且在一段较长的历史时期里关注它们的稳定性。其次，古典主义戏剧因其古典，而笃信"规则"：这些被理论家以一种还算成功的方式所确立下来的要求，必然是作为技法而使用的，对于创作而言，它们可以是助力，也可以是阻力。最后，戏剧文学不只是文学，它同时也是戏剧，不可能脱离演出的物质条件来研究它的技法。相反，许多我们把剧本当成普通书籍时所理解不了的剧作问题，如果重构剧本所承载的演出，就变得明朗起来。剧作家归根到底只是对集体性的快乐、欢笑或者情绪加以组织的人，他们受到演出框架所赋予的技法特征的制约或引导。因此，古典主义剧作法的诞生既与一种文学相关，即古典主义文学；也离不开一种在理论规则里得到表述的文学哲学；同时还取决于一种社会和物质现实，后者无可避免地指向"théâtre"这个模糊的词，它在法语中既可指代戏剧表演的场所，又可指代由演员和观众所构成的社会有机体。但在以上罗列的所有这些元素里，剧作法只提取了也只能提取技法层面的东西。比如就戏剧理论而言，在本书中，吸引我们的不是理论本身，而在于它们能确认或者解释一些我们所发现的，在戏剧剧本里得到使用的创作手法。因此，如果我们说理论领域既盖过技法领域又比之有所不足，也就不值得惊讶了。为亚里士多德作评注的学究们所提出的大量问题都过于宽泛，比如"净化情感"的问题或者"风俗"（mœurs）问题，无法与剧作家的实际创作技巧联系起来。反之，剧作法所关心的问题在理论家看来往往极易解决，或者被认为影响太小，不值得关注。比如"两难"或者"独白"问题，我们就只能依托剧本本身。

我们在研究那些著名的"规则"之时，也正是带着同样的思路：三一律、逼真、得体都被布莱先生作为理论研究过了。我们还需要做的，是展示这些概念如何影响了剧作家的创作。我们发现这些"规则"在剧作法里的处境和它们在理论领域的处境大为不同，因此有必要以一种完全不同于把它们当作基本规则来研究的方式，对于这些"规则"的意义、影响，乃至剧作家对其的重视程度一一进行介绍。

即使做了这样的限定，我们的研究范围依然庞大。我们不会自以为已经穷尽，而只是希望激起大家对这一研究领域丰富性与新颖性的关注。尽管这类文学已经得到了很好的研究，但它的创作技法依然鲜为人知，我们只有一个目的，就是探索这种技法的要点；因此我们努力使这种探索保持清晰。未来的其他研究将会完善或者明确我们当下所取得的一些结论，这些研究可能会更多地由团队来承担，而我们则无法面面俱到了。

*　　*

绪　论

　　我们的研究囊括了从阿尔迪到拉辛之间所有的戏剧类型。在我们看来，把悲剧、悲喜剧、田园牧歌剧、喜剧或者闹剧——区别开来，或者局限在某一个具体的剧种里，是没有意义，甚至不可能的。也许每一个剧种都有自己的历史、传统和特定的基调，但就一个剧本而言，无论它属于哪个类别，都是经由某种技法而建立起来的，而这种技法很大程度取决于当时的戏剧状况。理论上，古典主义剧作家是区分戏剧类型的；实践中，他们的区分往往并不涉及剧本的结构本身。不同戏剧类型之间界限模糊，将 17 世纪剧本归类是有些武断的。尽管看似南辕北辙，但悲剧和喜剧在创作技法上的相似性得到了最知名作家们的认可。高乃依在《三论》的《第一论》里谈到这两个剧种时写道："这两类诗*的不同只体现在人物的身份及其所摹仿的行为上，而非摹仿的方式和那些有助于摹仿的东西。"（马蒂–拉沃，第一卷，第 22 页）。在《阿拉贡的唐桑丘》（*Don Sanche d'Aragon*）篇首致祖利切（Zuylichem）先生的献词里，高乃依也有"剧种间共通元素"的提法。同样，拉辛在他自己那本柏拉图《会饮》的页边写道："喜剧和悲剧属同一类型。"（皮埃尔·莫罗［Pierre Moreau］所引，参见《拉辛：人与作品》，巴黎：布瓦凡出版社，1943 年，第 101 页）

　　然而对于某些剧种而言，确实存在剧作法层面上的一些特殊性，当它们出现时我们会加以指出。比如悲剧的一些传统在喜剧里是找不到的，除非是戏仿。喜剧也有自己的一些特殊传统，且喜剧对于"规则"的重视程度不如那些大剧种。但由于剧种之间并不是彼此隔绝的，因此创作技法上的传统会很自然地游走于不同剧种之间，比如从悲喜剧到悲剧，或是从悲剧到喜剧。此外，大部分创作手法都是为了构建一个剧本而存在，与剧本基调无关，因此为所有剧种共用。我们随后会并列引用高乃依的喜剧和悲剧；如有需要，也会用莫里哀的喜剧来阐明拉辛的悲剧；或是将洛特鲁的某部悲喜剧和布瓦耶的某部悲剧，或者狄马莱·德·圣索林（Desmaretz de Saint-Sorlin）的某部喜剧联系起来。

＊　＊

---

* 古典主义戏剧是诗体剧，因此往往被简称为诗。

本书的第一部分针对古典剧本的内部结构而写。它研究的是剧作家构建剧本时所面对的实质问题。所有剧本都包含人物，第一章探讨的就是人物的构思方式。所有剧本都始于呈示（exposition），它将在随后得到研究。接下来是所谓的结点（nœud），即剧本的主体，后续章节研究的就是它的技术组成部分。这些成分中的其中一个显然是情节（action），因为没有情节就没有结点；因此在创作技巧里，情节统一原则是否得到遵守就会被纳入考量。情节统一原则引出时间统一原则，因为一切情节都在时间里发展，剧院内外均是如此。第一部分最后研究的是剧本的结尾。

本书的第二部分探讨剧本的形式，并在戏剧内部结构研究之后加上外部结构的研究。它关注的不再是构想层面，而是落实层面的问题。剧本的形式首先由排演决定，后者则又有赖于剧院的物质资源以及人们对于地点统一的看法，这些将会成为我们首先涉及的问题。在舞台需求，或者说舞台传统之后，我们将会从整体上来把握剧本，研究分幕、分场，以及戏剧写作过程中某些重要方面所呈现的不同形式。此处的最后一章并不是风格研究，而只是针对那些有戏剧性意义，被用以在剧院里制造某些效果的话语形式所做的分析。最后，本书的第三部分将展示剧作家如何运用逼真和得体使剧本适应目标受众群。在结论部分，我们将尝试提炼出古典主义剧作法的不同发展阶段，指出哪些剧作家在这一技法的使用上最为娴熟，并明确这种技法的组成元素和长远价值。

说　明

一、最常引用的著作题目采用了如下的缩写方式：

1. 《历史》指代亨利·卡林顿·兰卡斯特（Henry Carrington Lancaster）的著作，《17世纪法国戏剧文学史》(*A History of French dramatic Literature in the Seventeenth Century*)，巴尔的摩：约翰霍普金斯出版社，1929—1942年，8开本九册。第一卷：前古典主义时期，1610—1634年，两册。第二卷：高乃依时期，1635—1651年，两册。第三卷：莫里哀时期，1652—1672年，两册。第四卷：拉辛时期，1673—1700年，两册。第五卷：总结，1610—1700年，一册。

2. 《古典主义理论》指代勒内·布莱（René Bray）的著作，《法国古典主义理论的形成》(*La formation de la doctrine classique en France*)，巴黎：阿歇特出版社，1927年，8开本，前言5页，正文391页。

3. 《亚历山大·阿尔迪》指代欧热纳·里加尔（Eugène Rigal）的著作，《亚历山大·阿尔迪和16世纪末17世纪初的法国戏剧》(*Alexandre Hardy et le théâtre français à la fin du XVIe et au commencement du XVIIe siècle*)，巴黎：阿歇特出版社，1889年，8开本，前言24页，正文715页。

4. 《排演》指代S.威尔玛·霍斯波尔（S. Wilma Holsboer）的著作，《1600—1657年法国戏剧的排演史》(*L'histoire de la mise en scène dans le théâtre français de 1600 à 1657*)，巴黎：德洛出版社，1933年，8开本，337页。

5. 多比尼亚克院长的《戏剧法式》一书，我们引用的是皮埃尔·马尔蒂诺的评注版，巴黎：香皮翁出版社，1927年，8开本，前言30页，正文440页。

6. 在不作其他说明的情况下，"马蒂-拉沃"指代由他整理编辑出版的《皮埃尔·高乃依作品集》，该作品集收录于"法兰西文豪"丛书，巴黎：阿歇特出版社，1862—1868年，8开本12册。第一卷收录了《论诗剧的功用和组成部分》《论悲剧，兼及依循逼真或必然处理悲剧的手段》《论情节、时间和地点统一》。我们将它们分别简称为《第一论》《第二论》《第三论》。

7. "559号手稿"指代国家图书馆新入法语馆藏第559号手稿。这一手稿带有两个标题：《悲剧中的性格》和《悲剧散论》。作者姓名和年份缺失，且处于未完成状态。手稿分为五个部分，每个部分包含多个章节，构成章节的所有段落均带有编号。手稿的文本曾以《悲剧中的性格》（*Les caractères de la tragédie*）为题出版，注为拉布吕耶尔（La Bruyère）的作品，巴黎：书迷学园出版社，1870年，16开本，前言12页，正文254页。这一版忠实再现了原始手稿，但将其归为拉布吕耶尔的作品是荒谬的，因为手稿作者大量提及了18世纪的剧作，其中最晚近的一部是1736年伏尔泰的《阿尔齐尔》（*Alzire*）（见第四部分，第七章，第11节）。此外，同一部分第二章第1节所提及的《穆罕默德》似乎并不是伏尔泰的同名作品。我们据此认为手稿的写作必定晚于1736年。但又晚得不多，因为手稿中引用了大量时期相近的剧作，如果创作时间晚于《阿尔齐尔》许多的话，应该会有晚于后者的剧作被提及。

二、我们认为可以将我们所引用的所有17、18世纪文本的书写和标点现代化。一方面因为这种现代化对于高乃依、莫里哀和拉辛的作品而言已是惯例；如果依照原版文本来引用与他们同时代作家的作品，则会让那些作品看起来古旧而突兀。另一方面，本书无意进行任何语文学和文体学层面的研究；所有剧作文本只是因其剧作法层面的价值而被引用；因此，将文本中与本书目的无关的一些特征排除在外似乎也顺理成章。

三、当我们认为有必要指出某一部剧作的年份时，我们会将它加在剧名之后，但这一年份是出版时间，而非首演时间。尽管后者应当是最有帮助的，但无法总是得到确定，只有出版年份是无可争议的。在绝大部分时候，这两个年份之间的间隔不超过一到两年。当这个间隔过大时，我们也会标明剧作首演的时间，无论后者的确定性有多大。

第一部分
剧本的内部结构

第一章　人物

1. 不同类型的人物

　　一个古典主义戏剧剧本的篇首通常有一份人物名单，里面的人物按等级排列，现代出于平等考虑按出场顺序对人物进行排列的做法，在 17 世纪并不存在。如果有国王、皇帝或者其他有权势的人物，会首先将他们的名字列出；没有的话，就会由其他能在剧中真正担纲主角的人物取代，后者的不幸和奇遇会让观众或动容，或愉悦。在他们之后，是他们的兄弟、姐妹、父母、情人，这些人在主角身边的出现就意味着呈示的开始。最后是次要人物：亲信、老师，仆人、丫环、随从、卫队、士兵、狱卒、平民或农夫，他们需要出场，也可能有几句台词要说，但不足以被列出姓名。

　　我们可以看到，这个等级体系受 17 世纪的社会层级所影响，它并不一定与剧作家在技法层面对于人物重视程度的先后顺序吻合。那么，为了确定这一顺序，我们需要求助于理论家吗？哈班神父在《诗学思考》里明确说道，舞台上"出现的所有演员都必须带着意图，或阻挠他人意图，或支持自己意图"。[1] 这是个绝佳的原则，它定义了古典主义戏剧的一个本质特征，人们通常把这个特征与 16 世纪戏剧里许多主角的被动性对立起来。只是这个原则既过于宽泛又过于狭窄。尽管哈班在写下这句话的时候想到的只是剧中的主要人物，但事实上它大可以适用于所有人物，因此不能成为一种判断依据：一个再卑微的随从也有"支持"主人意图的"意图"，此谓之过于宽泛。这个原则同时又过于狭窄，因为我们在 17 世纪上半叶，甚至下半叶，都能找到一些没有主观意愿的主角。

　　那么我们是要转而求助"身份"（如青年男一号、天真少女、贵族父亲等）列表吗？毕竟演员们在列表里指明了有待自己演绎的一众角色类型。然而，就我们所研究的时期而言，这份列表极为模糊，连角色本身的命名也没有固定下来。[2]

此外，列表体现的是在角色分配中寻找自身定位的演员的视角，而不是构建情节的作者的视角。

在这一大群人物里，有些重要，有些不重要。人们通常把重要性居首的称为男主角或女主角。主角虽然没有明确的定义，但无论观众还是读者都不会弄错：他们清楚主角是吸引他们，让他们心跳加速的人。作者也不会犹疑：他的笔墨主要倾注在居于情节中心的主角身上。演员们也不会弄错：最优秀演员所演绎的，以及想要演绎的，正是这些主角。因此主角的形象将引导我们对于人物的分析。我们会先定义古典主义主角的特征及其在剧本中的定位；再研究其他围绕在主角周围，阻挠或是助力主角行动的人。

2. 主角的魅力

> 有魅力，年轻，牵动着所有人的心

拉辛《费德尔》（Phèdre）的第二幕第五场戏里，费德尔如此评价年轻的泰塞埃。古典主义的主角并不总是被爱之人，也不总是爱人，但他一定是年轻的，而且越年轻越好。因为在当时的文明里，成年生活的开端比今天早许多，结束自然也提前了许多。讽刺诗作家杜·洛朗（Du Lorens）曾以不容置疑的口吻断言：

> 女人三十岁后就是丑的。（《讽刺诗》，第二十五篇）

因此没有时间可以浪费。当时的人可以"向一位 14 岁的女子示爱而该女子不觉得受到冒犯"。[3] 在戏剧中也是，许多女主角，比如《太太学堂》（L'École des femmes）里的阿涅丝，看上去就像是刚过了青少年时期。主角们的年轻体现在他们对于成熟阶段的想象中，也体现在他们的狂热和激情上，这些情绪往往不理智，有时显得荒唐。对于他们而言，变成"老头儿"是很快的。梅莱的《阿苔娜伊斯》（Athénaïs）的第一场戏给我们介绍了皇帝泰奥多斯和他的亲信保林。即便皇帝和亲信的头衔会让我们对人物的年龄产生错觉，我们也能通过对话马上明白过来。保林想敦促皇帝完成一桩政治婚姻，但泰奥多斯有意回避：

> 此国之联姻有其理由，
> 然完婚却可多待些时日。
> 莫急，保林；这显赫的奴役
> 即便在四十五岁到来也觉早。

保林惊呼：

> 什么！难道您要等到两鬓斑白，
> 才来满足我们的殷切期待？（第一幕第十一场）

由此可见：对于两人来说，四十来岁已经是极度年迈了，他们还远远无法想象这个头发斑白的年纪。

有些剧本提供了更明确的提示，我们可以从中判断出某些人物的准确年龄。杜里耶的《克雷奥梅东》（*Cléomédon*）的主角 26 岁（第五幕第六场）：这个年龄对于一个 17 世纪的年轻男一号而言略大，但那是因为需要给予克雷奥梅东足够的时间从曾经的奴隶变成伟大的将军。同理，莫里哀《吝啬鬼》（*L'Avare*）里的瓦莱尔 23 岁，在剧本开始之前就已经大致游历了世界（第五幕第五十五场）。而一个没有过去的主角通常就会年轻许多，比如哈冈的《牧歌》（*Bergeries*）的主角阿尔西多尔就只有 19 岁（见第 2846 行诗）。在夏步佐的《皮尔蒙温泉》（*Eaux de Pirmont*）的结尾处，两位女主角分别成婚，其中奥尔菲斯 16 岁，却已是二婚，此前她的身份是寡妇；另一位女主角阿曼特则只有 14 岁（见第二幕第一场）。

而且夏步佐无论是在他的理论著作还是剧本里，都很重视年轻的问题。他在《法国戏剧》（*Le Théâtre français*）里写道："创作已有子嗣的妙龄母亲的角色，且不让人觉得她们已经年逾四十，这是诗人的艺术。"（见第 85 页）如果儿子只是个低龄儿童，问题就简单了：比如安德洛玛克，还是"值得去爱"的。但儿子也可能已经成年，并且到了恋爱的年龄，于是乎，阿巴贡、米特里达特和泰塞埃这样的人物就会被其儿子们的年轻所征服。更有意思的是，有时候代际的差异并不会成为爱情难以克服的障碍：比如 1665 年上演了两部同样名为《爱俏的母亲》（*La Mère coquette*）的喜剧。莫里哀的剧团演出了多诺·德·维塞（Donneau de Visé）的那部；而勃艮第府剧院排演了基诺的版本。两个剧本都遵循了夏步佐提出的原则，设计了母亲和女儿之间一段有一定可信度的爱情争夺，体现出古典主义主角向往年轻的冲动。多诺·德·维塞剧本里的母亲吕辛德只承认自己 30 岁（见第二幕第一场）。

*　*

27　　古典主义的男主角首先当然是年轻俊美的。对于女主角甚至男主角美貌[4]的暗示，在 17 世纪文学里司空见惯。除此之外，他们还有其他令人赞叹的地方：比如必须展现勇气和高贵，这和观众里为他们鼓掌称好的廷臣一样。

　　善战对于古典主义男主角而言也是不可或缺的特质，这点传承自他的先辈，中世纪骑士。如果一个剧本既没有战争又不含决斗，就意味着男主角已经在剧情开始之前完成了对于自身善战能力的证明。高乃依《欺骗者》（*Le Menteur*）的男主角就很清楚这一点：他声称自己在参与"德国战争"的"四年里让人闻风丧胆"（第一幕第三场）。我们的悲剧和悲喜剧里的男主角是《埃涅阿斯纪》（*L'Énéide*）《疯狂的罗兰》（*Roland furieux*）或者《被解放的耶路撒冷》（*Jérusalem délivrée*）里男主角的仿效者，他们经由无数场战斗所换来的荣耀让他们赢得了美人芳心。善战的特质甚至影响了女主角：玛黑夏尔的《高贵的德国女人》（*Généreuse Allemande*，第一日，第五幕第五场），拉·加尔普奈德的《米特里达特之死》（*La Mort de Mithridate*，第二幕第五场），多比尼亚克院长的《泽诺比》（*Zénobie*，第一幕第二场，第二幕第二场，第四幕第二和三场），吉尔贝尔的《沙米拉姆》（*Sémiramis*，第三幕第三场），以及其他许多剧本里，都有像塔索笔下的克劳兰德或者维吉笔下的卡米尔*那样实实在在投身战斗的女性。在玛

---

*　按拉丁文 Camilla 可译为卡米拉，是《埃涅阿斯纪》里重要的女战士。

黑夏尔的《英勇的姐妹》(La Sœur valeureuse，第一幕第六和七场，第二幕第九和十场，第三幕第八场，第四幕第七场)，洛特鲁的《赛莲娜》(Céliane，第一幕第二场)和《美丽的阿尔弗莲德》(La Belle Alphrède，第一幕第四场)等剧中，则有女性乔装成男子多次参与决斗。甚至在喜剧里，男主角一旦拒绝决斗，就不再是男主角了，比如高乃依《侍女》(La Suivante，第四幕第五和六场)里的泰昂特一角。

勇气与拥有贵族血统的男主角是紧密相连的。17世纪无法接受两者的分离。如果可能的话，男主角会是国王、王子，或者大贵族；甚至在人物身份普遍低下的喜剧里，年轻的男一号也会让人意识到他的良好出身。[5] 这些都属于普遍事实，几乎能在任何剧中找到例证。如果文本里没有明确说明男主角的社会地位，演员身着的宫廷服装也足以表现人物的高贵身份。勇气通常是贵族专属的特质，但在有些剧中并非如此，这些特例更有教育意义。社会地位悬殊的婚姻终将以不幸告终。因此，高乃依无法让英勇的罗德里格迎娶公主，因为罗德里格尽管出身贵族，但还不是王子（见《熙德》第一幕第二场，第五幕第二场）；同理，杜里耶也不能允许莱迪公主和凯旋的阿尔西奥内将军完婚，因为后者不是王族血脉（见《阿尔西奥内》第二幕第三场）。而为了让所有人满意，剧本往往会在结尾处揭开男主角的高贵身份：在高乃依的《阿拉贡的唐桑丘》里，无名骑士卡尔洛斯最后被告知不是渔夫之子，而是阿拉贡国王之子（见第四幕第四和五场）；在布瓦耶的《波利克里特》(Policrite)的结尾（第五幕第五场），牧羊女波利克里特发现自己是某位贵族的女儿，便顺理成章地嫁给了另一位年轻贵族菲洛克西普。

* *

对于一位17世纪的观众而言，主角的魅力还来自于最后一个元素，那就是他们的不幸。悲剧里出现不幸是自然的。悲喜剧也是如此，因为尽管这类剧的结局是幸福的，剧本的主体却往往呈现悲剧的基调。最后，甚至喜剧里也有不幸，主角们往往会激动地抱怨那些阻挠他们幸福的障碍。怜悯不正是亚里士多德眼中情绪的两大驱动力之一吗？17 世纪的剧作家正是运用了一点，当然有时有些滥用。源于 16 世纪的抒情哀叹口吻在古典主义剧本的许多段落里也能找到，尤其是在独白当中（见本书第二部分第四章第 3 节）。哪怕人物是主动的，他也会等到一段令人动容的内心挣扎结束之后才决定行动。《熙德》中罗德里格的几段哀叹诗节之所以俘获了观众，并不是因为哀叹之后所做出的决定，而是在于哀叹本身所表现的那种让男主角深受折磨的、恰到好处的犹疑（第一幕第六场）。无论是真实还是想象的不幸，都会让剧中人物为之落泪，而已经变得"敏感"的观众也会受到这种情绪的传染。布瓦洛（Boileau）在《诗的艺术》（L'Art poétique）里说出下面这句话之前：

> 要让我流泪，您得先哭泣。（第三章第 142 行）

高乃依已经在《贺拉斯》（Horace）里借卡米尔之口说道：

> 我无法不哭泣：
> 我那冷漠的情人判了我死刑；
> 当婚姻的火炬为我们燃起时，
> 他却亲手将它熄灭，为我开启了坟墓。（第二幕第五场）

面对许多这样的女主角，我们都可以像高乃依《苏雷纳》里奥尔梅娜对尤里蒂斯那样说出：

> 夫人，您在苦痛上花了太多的心思。

尤里蒂斯的回复体现了悲剧女主角认为不幸也是她们的权利：

> 当我们开始感觉到自己的不幸之时，
> 眼前出现的一切都令我们颤抖：

再虚假的表象也能让我们困扰；

我们所预见和想象的一切，

为受伤的心配制了新的毒液。（第一幕第一场）

我们可以想象：那些不像高乃依那么含蓄的剧作家会从这"虚假的表象"里找到为无休止的哀叹正名的理由。古典主义男主角有时甚至会享受自身的不幸，乐此不疲地通过哀叹来将它激化，比如拉辛《安德洛玛克》第五幕里的俄瑞斯忒斯；又如《苏雷纳》里那同一个尤里蒂斯，后者对她的爱人如此说道：

在您眼中，死亡似乎过于温柔，

我为您承受的苦难也还远远不够。

我愿一种黑色的痛楚将我慢慢蚕食，

让我久久地品尝它的苦涩；

我愿一直爱着，痛着，

接近死亡，但不让它的到来拯救我。（第一幕第三场）

这种处理方式在两个世纪后将掀起风潮。

同样的不幸中，如果这个受人爱戴的男主角变得可笑了，悲剧也就变成了喜剧。钱箱被盗的阿巴贡和无数悲喜剧或悲剧中的男主角同样不幸，同样哀叹"情人"的失去，只是他的情人是他的财产。

3. "显性"主角和"隐性"主角

在一个剧本里，主角何时出现，怎样出现？古典主义剧作法里有两种相反的让主角现身的方式：第一种保持主角时刻在场，至少也是尽可能地出现；第二种则更为讲究，控制主角出场时间，只允许其偶尔现身，而在大量的剩余时间里，让其他人谈论主角，为其出场铺垫。

第一部分　剧本的内部结构

　　使用第一种方式的剧作家最多。它以最直接的方式满足了当时观众的本质向往，即观看的欲望（见本书第二部分第一章第3节），对于主角的期待，甚至可以说渴望，只是其中一部分。在现实生活中，这种欲望在对于王者兼具好奇之心和景仰之情的注视中得到了最大的满足。在戏剧的一连串分场里展现一个能持续说出新颖且有价值东西的人物是很难的。这一技巧的历史始于一系列失败。在17世纪初，剧作家不断尝试让主角多出场，但都没有成功。不能把这种拙劣混同于"隐性"主角的创作技巧，后者的出现要晚得多。

　　这些拙劣尝试里最明显的例子来自于1637年上演的，由红衣主教黎塞留主导、"五作家"（Cinq Auteurs）[6]写成的悲喜剧《伊兹密尔的盲人》（*L'Aveugle de Smyrne*）。全剧表面上分为20场戏，但如果按照现代的方式来数，则有28场。[7]该剧的女主角阿里斯苔只在其中3场戏里出现了（第二幕第三场，第三幕第五场，第五幕第三场），其中有1场戏（第三幕第五场）还没有台词！相反，那个喋喋不休的阿特兰特却在20场戏中的18场都有说话，这与角色在剧中的重要性并不相符。这一古怪的架构可能与剧本的写作由多人完成有关，每位作者大概都把设计女主角台词的任务留给了他人。但对于单一作者的那些剧本而言，我们就没办法这么解释了，尤其是涉及公认有才华的作者之时，比如特里斯坦或者洛特鲁。以前者1645年出版的悲剧《塞内卡之死》（*La Mort de Sénèque*）为例，剧本展现的是塞内卡反尼禄的故事，剧中的12个人物没有任何一个在每一幕都有出场。作为主角之一，且具备了主角一切情感特征的塞内卡，只出现在了21场戏中的其中4场（第一幕第二和第三场，第二幕第四场，第五幕第一场）。而在洛特鲁那里，主角的出场也缺乏延续性，有时作者不得不在剧本的中段引入一个额外的，此前从未开过口的主角，来代替那些已经精疲力竭或者不复存在的主角。比如在《濒死的赫丘利》（*Hercule mourant*, 1636）里，德伊阿妮拉在第一幕第二和第四场、第二幕第二和第三场、第三幕第三和第四场都曾现身，最后死于第三幕；阿尔克墨涅于第四幕第二场登台，随后的第三、四、五场，以及最后一幕的第二、三、四场都有她的身影出现，也就是说，先后登场的这两位女主角各自占据了这出悲剧的其中6场戏。

24

然而，剧作家很早就开始尝试让主角尽可能多出场。多比尼亚克院长在1657年的《戏剧法式》里写道："主要人物应当尽可能多现身，并且在舞台上逗留尽可能长的时间。"（第四部分，第一章，第278页）。要确认这条规定是否得到遵守，有一个简便的方法，就是看是否每一幕都有主角出现。而我们发现很多人物都实现了这一点，以17世纪上半叶的人物为例，洛特鲁《赛莲娜》（1631年或1632年间上演，1637年出版）里的三大主角：潘菲尔、弗洛里芒和尼兹；玛黑夏尔《英勇的姐妹》里的奥龙特、多拉姆和奥兰普；杜里耶《阿尔西奥内》里的莱迪和阿尔西奥内，均是如此。高乃依的首部作品《梅里特》没有遵守这一规定，剧中只有克罗丽丝和费朗德尔，即居于次要地位的那对情侣，在每一幕都有出现。但从《寡妇》（*La Veuve*）里的菲利斯特、阿尔西东和杜丽斯开始，规定就得到执行。之后《侍女》里的弗洛拉姆、达芙妮和阿玛朗特，《熙德》里的席美娜、罗德里格和唐迭戈均是如此。这一时期有两部剧因为主角在剧中的地位而格外有价值，它们各自都有四位主角全勤：分别是拉·加尔普尔奈德《米特里达特之死》（1636）里的米特里达特，妻子伊浦西克拉苔，儿子法尔纳斯和媳妇贝蕾妮丝；巴霍（Baro）《卡丽丝特》（*Cariste*, 1651）里的国王安泰诺尔，克雷翁和卡丽丝特这对情侣，以及叛徒塞利安。关于这一时期作品的列举就到此为止，不然就乏味了。投石党乱之后，每一幕都有主角出现的剧本就数不胜数了：比如托马斯·高乃依《蒂莫克拉特》（*Timocrate*）里的蒂莫克拉特和尼康德尔，基诺《阿玛拉松特》（*Amalasonte*）里的泰奥达和阿玛尔弗雷德，拉辛《安德洛玛克》里的俄瑞斯忒斯，《贝蕾妮丝》（*Bérénice*）里的贝蕾妮丝，《米特里达特》里的西法莱斯和莫妮姆，莫里哀《吝啬鬼》里的阿巴贡和儿子克莱昂特，还有许多其他剧本。

人们除了想一直看到主角之外，也想一上来就看到他们。当时的剧作家习惯于在剧本的开头介绍主要人物。多比尼亚克确认了这一点，他写道，作者有必要让"主要角色保持在一开场时就现身"（同上书，第277页），他所给出的理由是"观众想一上来就看到他们，他们出场前其他角色的所有言行带给观众的是焦躁，而非快乐，况且那些言行往往也都被无视"（同上书，第277—278页）。因此，为主角出场所设的铺垫也就为这种"焦躁"做出了牺牲。此外，习惯一旦确立，再去改变就会破坏对于剧本的理解了。多比尼亚克认为："观众常常会把第一个出场的身份尊贵的人物当作主角，如果后来发现他并不是，则会陷入尴尬和困惑。"（《戏剧法式》，第278页）

这就是为什么有如此多的剧本选择在第一场戏时让至少一位主角登场：特里斯坦《玛利亚娜》（Mariane）里的希律王；泰奥菲尔《皮拉姆和蒂斯比》（Pyrame et Thisbé）里的蒂斯比；洛特鲁《美丽的阿尔弗莲德》里的阿尔弗莲德，《凡赛斯拉斯》（Venceslas）里的凡赛斯拉斯、拉迪斯拉斯和亚历山大；杜里耶《撒乌尔》（Saül）里的撒乌尔及其子女；高乃依的《波利厄克特》（Polyeucte）、《尼克梅德》（Nicomède）、《阿提拉》（Attila）和《布尔谢里》（Pulchérie）这些剧作里的同名主角均是如此；莫里哀《太太学堂》里的阿尔诺夫，《恨世者》（Le Misanthrope）里的阿尔塞斯特，也都"为舞台揭开大幕"，同样的情形还存在于其他许多剧本之中。

但在稍稍复杂一些的剧作里，作者是不可能在第一场戏里就推出所有主角的。为了保证剧情的清晰，他会将其中一些主角的出场时间推后，也许是第一幕的后几场戏。但作者最喜欢的还是让这些主角在第二幕的开头登场。幕间的小提琴演奏能让观众稍稍放松注意力。他们可以自我梳理开场部分的信息，这些信息主要来自剧本的第一幕（见本书第二章）。然后他们就会顺理成章地期待剧情的回归，后者有点类似第二次开场。这正是推出第一幕中无法现身的主角的良机。由于新一幕开场时登台的这个人物将受到格外关注，他也能在有需要的情况下为剧情带来信息的补充。基于这一原因，古典主义剧本的第二幕第一场戏出现新的主角已经成为了一种规律，比如泰奥菲尔《皮拉姆和蒂斯比》里的皮拉姆；高乃依《贺拉斯》里的贺拉斯，《西拿》里的奥古斯都，《波利厄克特》里的塞维尔，《蒂特和贝蕾妮丝》（Tite et Bérénice）里的蒂特；拉辛《忒拜纪》（La Thébaide）里的艾蒙，《布里塔尼古斯》（Britannicus）里的尼禄，《巴雅泽》（Bajazet）里的巴雅泽，等等。上述所有主角都是男性，但更多时候，古典主义剧本里第二幕开场时登台的是女性，这样的例子不计其数，比如《凡赛斯拉斯》里的泰奥多尔和卡桑德尔，该剧的第一幕里只出现了男性角色；梅莱《克里塞德和阿里芒》（Chryséide et Arimand）里的克里塞德，特里斯坦的《玛利亚娜》，吉尔贝尔的

《沙米拉姆》，基诺的《阿玛拉松特》里各自的同名女主角；高乃依《罗德古娜》（*Rodogune*）里的克莱奥帕特拉，《赫拉克里乌斯》（*Héraclius*）里的莱昂蒂娜，《塞托里乌斯》（*Sertorius*）里的阿里斯蒂，《阿提拉》里的奥诺里；托马斯·高乃依《蒂莫克拉特》里的艾丽菲尔，《阿里亚娜》（*Ariane*）里的阿里亚娜；莫里哀《恨世者》里的塞里美娜；拉辛《安德洛玛克》里的艾尔米奥娜，《伊菲革涅亚》（*Iphigénie*）里的艾丽菲尔。

基于演出条件的允许以及创作习惯的逐步确立，每一幕的开场成为男女主角现身的良机，然而这一良机并不局限于剧本的第一幕和第二幕。前两幕出现过的主角再次登场时，作者也会倾向于选择后续其中一幕的首场戏。在此仅举两例：一是杜里耶《阿尔西奥内》的女主角莱迪，后者有规律地出现在了剧本中四幕的开场，而在第四幕，首先出场的则是同名男主角；第二个例子是托马斯·高乃依《蒂莫克拉特》里的艾丽菲尔公主，她揭开了第二、三、五幕的大幕，其余两幕的首场戏则属于公主的追求者尼康德尔。[8]

作为观众、演员和作者共同期待的对象，主角的地位可以高到压倒其他一切角色。由此出现了一类今天会被称为明星剧的剧作，在这类剧中，主角几乎全程出现在舞台上，独享观众的注意力。这类剧出现得比较晚，因为它的完成有赖于作者和演员两方面对于角色创作的娴熟掌握。1640年以前没有这样的剧作，相反，那时剧本的特征恰恰在于多位主角平均分享舞台。但到了17世纪下半叶，就出现了一些毋庸置疑的明星剧。比如杜里耶的《撒乌尔》，剧中的同名男主角占据了全部26场戏的20场；在高乃依的《欺骗者》里，杜朗特在36场戏中的25场都登台招摇撞骗；托马斯·高乃依的《阿里亚娜》也是如此，那位令人动容的同名女主角虽然缺席了第一幕，但出现在了第二和第五幕的每一场戏里，最终在全剧27场戏里登场了20次。不过最常以这种方式来构思剧本的作家还要数莫里哀，在这些明星剧里，他本人就是明星。从《冒失鬼》（*L'Étourdi*）开始，马斯加里耶就占据了47场戏中的35场；《太太学堂》里的阿尔诺夫32场占了30场；在《唐璜》里，如果说唐璜只缺席了2场的话，那么由莫里哀饰演的斯加纳海尔更是只缺席了27场戏中的1场，《吝啬鬼》和《贵人迷》（*Bourgeois gentilhomme*）情况类似，阿巴贡和茹尔丹先生都雄霸了舞台。[9]

第一部分　剧本的内部结构

* *

但人总会生厌的，哪怕是主角，看多了也乏味。尽管在喜剧领域，莫里哀至死都坚持着我们刚刚分析的这一做法，但17世纪下半叶的其他不少作者都放弃了，以至这些一步步得到确立的规则最终被忽略。但这次的情况与世纪初不同，剧作家并不是不会运用，而是认定这些规则不再有效。

在这一点上，还有比拉辛的《费德尔》更有说服力的例子吗？如果仅凭记忆，有谁会怀疑费德尔这个吸引了不同时代伟大女演员的典型明星角色在剧中占据了绝大多数场次呢？然而，事实并非如此。在《费德尔》的全部30场戏里，这位米诺斯的女儿只出现在了其中的12场，也就是说与伊波利特和泰塞埃完全一样，尽管后者一直到第三幕第四场才首次登台。而在《布里塔尼古斯》和《伊菲革涅亚》里，也没有哪个主角被强行安排为全勤。

高乃依的作品也呈现同样的趋势。他的许多悲剧都只让一个主角全勤，比如《贺拉斯》里的萨宾娜，《罗德古娜》里的安提奥古斯，《赫拉克里乌斯》里的马尔西安，《阿格希莱》（*Agésilas*）里的柯蒂斯[10]。而在更多的剧本里，尤其是高乃依晚年的作品，我们找不到任何一个主角遵守了这一规则。《西拿》如此，《塞托里乌斯》《奥东》（*Othon*）《阿提拉》和《布尔谢里》都是如此。

这种处理方式不仅仅出于观众对于"显性"主角技巧的厌倦，同时也出于作家和演员创作手段的完善。技艺愈发娴熟的作者想要构建更复杂的剧本，让观众对剧中的不同主角产生兴趣，且这些主角的光环都无法互相盖过。演员之间的才能较量也同样明显，他们组建了一个个优秀的剧团，比如勃艮第府剧团，作家得为所有合理追逐头牌的演员提供重要角色。明星角色的出现制造了竞争，导致了泛滥，也摧毁了明星。

* *

以上就是"显性"主角的历史。至于"隐性"主角，它的成型则始于剧作家能够娴熟运用展现主角的各种技巧之后。比如，我们不能说《伊兹密尔的盲人》(1637)里那个只在三场戏里现身的女主角体现了作者对于"隐性"主角技巧的思考,她唯一能反映的只是作者对于角色的忽视。所谓主动"隐性"的主角,是那些原本可以频繁登场的角色,但作者为了更好地激发观众的欲望,只让他们在精心选择和铺垫过的场合下现身。想要研究只在17世纪下半叶得到运用的这一新技巧,最便捷的方式是从探讨"隐性"主角在剧中首次出现的那场戏出发。

我们已经知道,第二幕的第一场戏是传统意义上主角登场的时机。但这并不预示人物的"隐性"特征,比如托马斯·高乃依笔下的阿里亚娜,尽管也是这样迟登场,但却在后续的戏份里频繁现身。如果主角直到第二幕开场还没有现身,一般就是有例外的原因了,因为正常情况下,作者不会在一部五幕剧里用超过一幕的时间来为主角出场做铺垫,观众会失去耐心。在一部类似玛黑夏尔《英勇的姐妹》那样的老式剧里,主角吕西多尔之所以直到第二幕第三场才现身,是因为这个累赘的剧本需要一个冗长而笨拙的开场。相反,古典主义时期那两个直到第三幕才登场的主角情况就有所不同:他们分别是拉辛的《亚历山大》(*Alexandre*)和莫里哀的《达尔杜弗》(*Tartuffe*)里的同名主角。亚历山大在第三幕第四场现身。此前的戏部分谈到了他,并展现了其他人物在面对所向披靡的亚历山大军队时的各种反应,但这些都不是关键所在,主角晚登场的本质原因是作者要遵守三一律中的"一地"原则:鉴于剧情发生的地点被安排在了亚历山大对手的营帐里,作者就得向我们展示他们从备战到败北,再到迎接胜利者的全过程。这一情节设置让亚历山大享受了"隐性"主角的待遇,全剧23场戏他只出现了8场,但由于出场较晚,这些戏份在剧中的分布就不如塔克希尔、克莱奥菲尔、阿克西亚娜这三位主角来得平均。

《达尔杜弗》的情况有所不同。我们直到剧本第三幕第二场戏才第一次见到达尔杜弗。莫里哀在"序言"里想用铺垫来解释这次迟到:"我竭尽所能,费尽心思,就是为了将伪君子和真虔诚区分开来。因此我花了整整两幕来铺陈这个无耻之徒的出场。"很显然,莫里哀是要在敌人面前为自己辩驳,并为此寻找一切看似成立的理据。但剧本前两幕为无耻之徒登场做铺垫的说法并不准确。如果说

第一幕是铺陈模式的话，那么包含了一场动人的"情怨"*戏的第二幕却几乎并未谈及达尔杜弗。这一处理方式也与追求"隐性"主角无关，因为后者从未吸引莫里哀，真正的原因可能还是要从剧本长久且复杂的写作过程中去寻找，这一过程伴随着一系列的修改调整，有时旧版的痕迹也会在新版中显现。[11] 但不可否认的是：达尔杜弗只出现在了全部 31 场戏的 10 场中，也就是说少于奥尔贡，后者的戏份是达尔杜弗的两倍，也少于艾尔米尔，甚至少于玛利亚娜、达米斯、克莱昂特和杜丽娜。与此同时，达尔杜弗出场的都是剧中的关键场次，因此，尽管后者的低出场率有着特殊原因，但依然与角色的重要地位相称。

更有价值并且真正能体现"隐性"特征的，是那些主角在第一幕结尾处登场的情况。比如拉辛《安德洛玛克》中的同名女主角，恩斯特·勒南（Ernest Renan）曾这样指出："他没有滥用安德洛玛克的出场时间是对的，她显得那么'罕有'，就像剧本的理想状态那样，犹抱琵琶半遮面。"[12] 这是如何实现的呢？全剧第一场戏所介绍的复杂情节定格在了安德洛玛克的决定上，其中提及的种种信息为后者在第一幕第四场的现身做了铺垫。而第二和第三场戏则只是间接地提到了这位赫克托尔的遗孀。因此，拉辛是主动推迟她的出场的。同理，她在剧本终稿的全部 28 场戏里只出现了 7 场，出场时间远远落后于其他三位主角，这也是有意为之。这种隐晦非但没有破坏安德洛玛克的光环，反而为其增色。

颇有洞察力的多比尼亚克院长早在 1657 年就已经预感到这种精妙的隐藏主角的方式，并定义了它的两大主要结果。他在《戏剧法式》里写道："当我们说主要人物应当一直主动作为的时候，不能把这里的主要人物理解成男女主角，后者往往是被动承受多，主动作为少。因为从情节的延续性来看，主要人物是那些引领剧情的人，比如奴隶、侍女或者骗子……"（第二部分，第四章，第 92 页）的确，主角的"隐性"特质可能会被联想成某种被动性，并因此让主角显得不如其他那些不高贵却更坚定的角色重要。

哪些是"被动承受多，主动作为少"的主角呢？就古典主义全盛时期而言，

---

* "情怨"主题在 17 世纪的爱情题材剧中十分常见，莫里哀本人就创作过以《情怨》（Le Dépit amoureux）为题的一出喜剧。

那就是巴雅泽和苏雷纳了。在拉辛的《巴雅泽》里，这位年轻主角从不做任何决定，他是两个陷入爱情的女性的玩物，并因她们而死。他只需要一小部分戏就足以让我们怜惜，事实也是如此，巴雅泽缺席了整个第一幕和第四幕，在全剧的32场戏里他只占据了8场。同样只能远观却依然让人动容的，是《苏雷纳》里的同名主角：年迈的高乃依只用了18场戏里的6场，就足以呈现这个在自己的悲剧命运前不做任何反抗的忧郁主角的形象。

无论主角有何创举，一旦作者选择了赋予他"隐性"特征，那么他在剧中空出来的位子就必须由他人来填补。在17世纪初的作品里，这个位子一般以一种比较无趣的方式交给中间人或者亲信这样的角色。比如在梅莱的《克里塞德和阿里芒》里，男主角阿里芒有5场戏，女主角克里塞德4场，但两人的朋友，与他们各自都有同台的贝拉里斯，却有7场戏，出场时间就要平均了许多。到了古典主义时期，主角一般就让位于自己的敌人。比如拉辛的《安德洛玛克》，又如托马斯·高乃依的《斯蒂里贡》（*Stilicon*, 1660）：在这部剧里，整个情节由斯蒂里贡的政治手腕主导，斯蒂里贡一心想要扶助儿子篡位，但谋反大计却因为儿子的忠诚而失败。这位为自己的马基雅维利主义所害，内心撕裂的父亲，直到第一幕第六场才现身，而且只占据了全剧35场戏中的15场，少于他想要推翻的皇帝奥诺里乌斯，也少于后者的妹妹，那个傲慢的普拉西迪。托马斯的哥哥皮埃尔·高乃依的《尼克梅德》也是如此，有观众缘的主角尼克梅德和拉奥蒂斯在出场时间上都不如他们的敌人。

4. 国王与父亲

主角必须遇到障碍，不然剧本就无从谈起了。这些障碍的性质可以是非常多变的。因为次要角色的存在而产生的障碍将在下文探讨。在主要角色里，有可能因为自己的决定而阻挠主角意愿的，首推国王和父亲这两类角色。按照17世纪的观念，父权和王权是绝对的，一般无可辩驳。还有另一种权力，借着矫饰之风日益增长的影响力而上升为一种绝对存在，那就是女性对于自己爱慕者的权力。但对于剧作家而言，这后一种权力与前两者不在同一个层面。在国王/父亲和年轻主角之间，存在着一种代际差异。当然，国王或者父亲自己也可以成为主角，这个问题我们之后会讨论，但他们往往是作为决定主角命运的权威而存在的，对于主角的想法，他们或赞同或反对。而一位"情妇"无法扮演这样的角色。由于与男主角年龄相仿，她必然也是主角之一，比如《熙德》里的席美娜和罗德里格。因此我们只研究主角以外的那些对于主角意愿有着可怕影响力的人物，他们可能是善意的，但也可能成为限制因素。在当今心理分析的推动下，对于父亲具有制约力这一点我们已经习以为常；就17世纪而言，这一观念既与当时的风俗有关，也源自一种漫长的文学传统，后者至少可以追溯到拉丁喜剧。至于国王这一角色，则不仅传统，而且对于一个君主制的国家来说顺理成章，他的存在还满足了当时人对于路易十三和路易十四的王家"排场"的追求。

古典主义戏剧里国王几乎无处不在，而且不一定局限于严肃剧，比如《达尔杜弗》这部喜剧的结尾就受到了王权的主宰。但在大多数喜剧里，国王还是罕见的，因为后者不敢肆意将王权的威严混在娱乐之中。相反，在其他剧种里，他的存在尽管形式不一，却是常态。只要对高乃依的作品稍作浏览我们就能理解这一点。在他的八部喜剧里，没有一点国王的影子。但在许多悲剧或者悲喜剧里，王权的制约力却都得以实现。[13] 有时，国王也可以被其他同类的权威代替：比如《罗德古娜》和《阿拉贡的唐桑丘》里的王后，《西拿》《庞培》（*Pompée*）《赫拉克里乌斯》《奥东》《蒂特和贝蕾妮丝》里的皇帝，《布尔谢里》里的皇后，《波利厄克特》和《泰奥多尔》（*Théodore*）里的行省长官。当本地权力部门失势时，以征服者或者保护者姿态出现，具有实际控制力的外来权力的代表就会取而代之，比如《尼克梅德》里的罗马大使，《庞培》《塞托里乌斯》《索福尼斯巴》（*Sophonisbe*）里的罗马将军。如果我们能给这些人物都统一冠以"国王"的称谓，那么高乃依除了喜剧之外的所有作品里，都有王权的存在。

17世纪伊始，作家就懂得了运用这样的权力来推动剧情。泰奥菲尔的《皮拉姆和蒂斯比》（1623），梅莱的《西尔维娅》（*Sylvie*, 1628）和《克里塞德和阿里芒》（1630）里，都有一个国王反对有情人的结合。在古典主义时期，高乃依《泰奥多尔》里的瓦朗斯，拉辛《巴雅泽》里的洛克萨娜，以及其他很多角色，都部分继承了这一功能。

同理，父亲的角色也主要被设计成一个障碍。依照 17 世纪的传统，至少是文学传统，子女的婚姻由父亲决定。从 1608 年起，即在谢朗德尔（Schelandre）《提尔和漆东》（*Tyr et Sidon*）*的第一版里，乳母尤里蒂斯就宣告了这一将会阻扰无数主角爱情的决断权：

> 然而这就是父母的权利，
> 爱情只能在他们的意愿范围内发生。
> 这天经地义，顺理成章……（第三幕第二场）

父亲往往根据财富和权势，而不是爱情来做出选择。斯卡隆《决斗者若德莱》（*Jodelet duelliste*）里的阿尔丰斯说道：

> 一个视财如命的父亲
> 总是喜欢富有那一方胜过最美的女子。[14]（第二幕第五场）

这样的情境在小说[15]和戏剧里大量出现。自然，我们更多是在喜剧里（但并不只有喜剧），找到和悲剧里的国王一样享有制约权的父亲的角色。世纪初的田园牧歌剧很大程度上启发了后来的古典主义喜剧，在这些剧里，就已经存在想要把女儿嫁给一个她并不爱的富人的父亲了。比如亚历山大·阿尔迪的《阿尔塞》（*Alcée*），哈冈的《牧歌》（1625），以及梅莱的《希尔瓦尼尔》（*Silvanire*, 1631），都是这样的主题。类似的情境在高乃依早期的喜剧里也会得到展开或者简单地提及：比如《梅里特》第五幕第四场里梅里特的母亲，《寡妇》第一幕第三和第四场，以及第三幕第三场里杜丽斯的母亲，《侍女》第二幕第六场里达芙妮的父亲，《戏剧幻觉》（*L'illusion comique*）第二幕第六场里伊莎贝尔的父亲，都想用他们的威权把一段金钱婚姻强加给各自的女儿。这一主题在莫里哀的《吝啬鬼》里得到了充分发挥。甚至在《达尔杜弗》里，尽管没有金钱的驱使，奥尔

---

*· 提尔和漆东均为地中海东岸古腓尼基名城。

贡也一样专制。在悲剧或者悲喜剧里，父母的绝对权力有时也不容置疑。比如《波利厄克特》里的菲利克斯就禁止女儿嫁给塞维尔，因为他不想要一个穷女婿[16]（第一幕第三场）。在《蒂特》(Tite, 1660)里，作者马尼翁（Magnon）就把蒂特的母亲设计成了一个阻挠儿子和贝蕾妮丝婚姻的角色，然而这一点并没有史实依据，高乃依和拉辛后来就同一主题创作剧本的时候也没有这么处理。马尼翁剧里的这位母后虽然由始至终都没有登场，但在剧本的第一幕第一和第四场，第二幕第四场，第三幕第一场和第五幕第五场里却都有提及。她的行为体现的是作为母亲，而不是作为太后的权威。尽管如此，她依然集"国王"和"父亲"这两类角色于一身。

对于一个17世纪的法国人来说，国王和父亲都是无处不在的。因为当父亲死后，他的权威就由母亲继承；如果母亲也死了，女儿的命运就掌握在叔舅或者兄长手中。只有在一种情况下剧作家可以塑造一个独立的女主角，就是当后者是寡妇的时候。但作家很少用到，因为戏剧里需要出现障碍。高乃依把自己的剧本命名为《寡妇》时，就激发了当时人的好奇心：女主角克拉丽丝享有完全的自由，敢于嫁给一个比自己穷很多的男人。而当莫里哀想要在《恨世者》里描绘一个绝对独立的存在之时，也不忘在第一幕第一场戏里就说明塞里美娜是一个"年轻的寡妇"。

* *

为了行文的清晰，我们一开始只展示了国王和父亲这两类角色作为主角欲望的障碍的那个维度。但主角本身也可能是国王或者父亲。即便如此，主角的情感也依然会与国王或者父亲的身份所带来的限制产生冲突。此时的冲突就不存在于两个人物之间了，而是变为同一个人内心不可调和的两种情绪。特里斯坦《玛利亚娜》的男主角是希律王。他误以为妻子玛利亚娜对自己不忠，于是，爱妻之心以及无上王权带来的诱惑将他撕裂，最终他向这种诱惑妥协，下令处死了玛利亚娜，这就是全部悲剧所在。在《阿拉贡的唐桑丘》里，高乃依所刻画的卡斯蒂亚的伊莎贝尔一方面爱着卡尔洛斯，另一方面，作为王权代表的她又无法嫁给一个

"无名骑士"。同理，基诺笔下的阿玛拉松特，高乃依笔下的阿提拉或者布尔谢里，这些与剧本同名的主角和拉辛《贝蕾妮丝》里的蒂特一样，既是意识到自身职责的一国之君，又是坠入爱河的普通男女。

一个非国王身份的父亲作为主角出现的情况就少了许多。理由很简单。平民父亲只会出现在喜剧里，而一个被主角的情感和父亲的身份撕裂的人物，不具有喜剧特征。在莫里哀的《吝啬鬼》里，阿巴贡和儿子克莱昂特爱上了同一个年轻女子，两人之间因为情敌关系而出现的激烈冲突甚至有些脱离了喜剧基调。如果把这一情节搬到悲剧中，把父亲变成国王，就成了拉辛的《米特里达特》。悲剧的确惯于展现那类既是国王又是父亲，且饱受折磨的主角。他们的折磨正是源于自己的双重身份，比如洛特鲁《凡赛斯拉斯》里的同名国王，拉辛《伊菲革涅亚》里的国王阿伽门农。[17]

5. 次要人物的演变

在主角，国王和王后，父亲和母亲之后，人物名单里还有其他人物，他们与上述角色或有亲缘关系，或有利益关系，或者只是随机出现。这些人可以是兄弟姐妹；非主角的情侣；各类17世纪意义上的"家丁"，即从属于国王、爵爷或者市民，为其服务的人；还有随着支线情节插入的角色。这些次要人物在17世纪初期的戏剧里非常丰富，他们的存在满足了无比好奇的观众。至于剧作家，则非但不会克制，有时反而过度地创造次要角色。

因此，17世纪上半叶的剧本里总是有很多人物。梅莱的处女作《克里塞德和阿里芒》（1630）有17个，其中8个只登场了1次，4个登场2次，剩余5个人物相对重要，占据了3场以上的戏份；有几个"功能性"角色只有几句台词。洛特鲁的《幸运的海难》（*L'Heureux naufrage*, 1637）同样体现了对于次要角色的滥用。即使把"弓箭手"和"吹号手"的数量算成两个，这部剧也至少有20个人物，洛特鲁没有给出明确的数字。而且他们中的一些甚至还并不开口，比如刽子手，在有台词的那15个人里，只有6个是重要的，其他人只在个别场次里现身。

前古典主义时期有两种扩大次要角色数量的方式。第一种在于只让他们在极少数场次出现，有时甚至就一场，如此一来，他们能在被观众遗忘之前在这些有限的场次里扮演一个相对重要的角色。第二种方式更有效，就是将这些角色的台词量降到最小，以便让他们更频繁地出现，但这种做法比较罕见。上述的第一种方式在泰奥菲尔的《皮拉姆和蒂斯比》（1623）里特别明显。全剧12个人物里的8个都只出现了1次。特里斯坦的《塞内卡之死》（1645）也是如此：12个人物每个都有相当数量的台词，但其中有一半，在全部21场戏里，只出现了不到4场。剧作家一方面给予主角更重的戏份来塑造他们，另一方面却丝毫不介意继续创作那些登场次数极为有限的次要角色。以高乃依的《侍女》为例，克拉里蒙这个角色只需要出场3次（第三幕第二至第四场），波雷蒙更是只有1次（第五幕第五场）。在《赛莲娜》（1637）里，洛特鲁创作了一个乳母的角色，后者存在的唯一理由就是听女主角告诉她弗洛里芒爱上了尼兹（第三幕第一场），然而，这个信息完全可以由赛莲娜在独白里或者在面对一个其他已经出现过的角色时说出。在杜里耶的《撒乌尔》（1642）里，两个侍从骑士分别只在倒数第二场和最后一场戏里说了一次话。真正的古典主义作家会舍去这类人物，或者让他们更早出现，以便更好地融入剧情。

前古典主义时期第二种处理次要角色的方式在于让后者不说，至少是尽可能少说话。洛特鲁《濒死的赫丘利》（1636）里的阿尔西戴斯只有4句台词（第二幕第三场），理查斯更是只有半句（第三幕第一场）；在他的《美丽的阿尔弗莲德》里，奥莱尼6句台词（第二幕第五场），艾拉斯特12句半（第三幕第五和第六场）。高乃依对这一技巧一定也不陌生，他在《贺拉斯》里就创作了一个只有7句台词的弗拉维昂（第二幕第二场）和一个只有1句半台词的普洛库勒（第四幕第六场）。而这类沉默寡言的角色最多的还要数特里斯坦的《玛利亚娜》（1637），共有不下8个：卫队长塔雷在其登台的4场戏里说了不到14句话（第一幕第二场，第四幕第五和第六场，第五幕第三场），出场两次的大法官只说了1句半（第三幕第二和第三场）；其他6个"功能"角色里，执达员（第二幕第六场）、狱卒（第四幕第三场）分别只有4句台词，宦官（第三幕第四场）有3句，另两位法官每人两句（第三幕第二场），亚历山达拉的"荣誉骑士"只有1

句（第四幕第四场）。

路易十三时期的人对于这些大量存在，有时显得别具一格的次要角色乐此不疲，这种品味可能与古典主义所强调的严格的集中化美学理想相左。但它让我们见识了即使是在最高贵的剧种里也可能会出现的一系列不寻常的角色，而这在17世纪下半叶的同类剧里是不存在的。正因如此，我们在斯库德里的悲喜剧《慷慨的情人》（*L'Amant libéral*, 1638）里才会看到一个只在第一场出现的"犹太人"角色，以撒。而盖然·德·布斯加尔（Guérin de Bouscal）在他的悲剧《克莱奥梅纳》（*Cléomène*, 1640）里则给了"商人"尼哥拉斯稍多一些的戏份，后者在第三幕第二、第五和第六场三次出现。日后的悲剧将日趋严谨，却也少了多彩的一面。

但意识到严谨的意义是个漫长的过程，剧作家需要经过很多年才能明白，那些他们认为有必要添加第二个角色的地方，其实只要一个人物就足够了，那个新的角色没有带来任何附加值。那些双重角色也是同样道理，他们很容易就能被一个单一角色替代，却到投石党乱之后仍大量存在于剧本中。尤其是那些男女主角的父母：世纪初的作品很喜欢让父亲和母亲双双登场，尽管他们中的一个就已经能够满足剧情需要了。在阿尔迪《血脉的力量》（*La force du sang*）里，年轻女主角的父母，皮萨尔和爱斯特法尼就都被赋予了重要的戏份。在哈冈的《牧歌》（1625）里，阿尔泰尼斯的父亲西莱纳出现在了第一、第三和第五幕里；我们可能会认为有这个角色已经足够了，但哈冈却觉得有必要让他的妻子克里桑特在第五幕出现陪伴他。高乃依则不一样，他从最早期的喜剧开始就避免了这一错误，同一部剧里他只允许父亲或母亲中的其中一人出现。[18]

还有更严重的情况。在梅莱的《希尔瓦尼尔》（1631）里，牧羊女希尔瓦尼尔的父母莱丽丝和梅南德尔，在剧中不仅同时存在，而且从头到尾的十场戏都在一起。[19] 无论是父母还是其他角色，作用相同的人物之间的这种密不可分性，印证了两人之间一定有一个毫无作用。我们在高乃依的《唐桑丘》里还能看到这样的现象，在现身的十场戏里，唐洛佩和唐曼里克总是在一起，且总是持相同意见。

对于成对的次要角色的喜好将一直延续下去，但因为多了一种对于差异化的追求而略显不同。两人中的其中一人会鼓起勇气离开他的同伴，单独出现在某一场戏里。在基诺的《阿玛拉松特》第一幕的五场戏里，克劳代西勒和阿萨蒙这两个谋反者一直寸步不离，但到了第三幕，克劳代西勒独自一人出现在了第一场戏里，第二场则只有阿萨蒙；后者随后被杀了，克劳代西勒依然延续他的故事直到第四幕结束。高乃依《罗德古娜》里的那对双胞胎也是同样的情况。莫里哀在《太太学堂》里塑造了阿兰和乔洁特这对有趣的伴侣，两人共同出现在了十场戏里，但阿兰还是有一场戏（第五幕第五场）单独登场，乔洁特也是（第五幕第八场）。《吝啬鬼》里也是如此。在第三幕第一场里，布兰达瓦娜和拉梅尔吕什一同出现，但到了第八场，就只有前者一人，而第九场则轮到后者单独出现了。至此，次要角色们从不分彼此变为了各自独立。

17世纪上半叶剧作家笔下次要角色泛滥的最后一个表现，在于使用亚里士多德所说的只用于呈示的角色。比如，泰奥菲尔《皮拉姆和蒂斯比》里的贝西亚娜，梅莱《克里塞德和阿里芒》里的贝利马尔，都是第一场戏之后就销声匿迹的角色。高乃依也不能免俗地在《美狄亚》（*Médée*）里使用了呈示角色波吕克斯，尽管后者在第四幕又有登场；而《戏剧幻觉》里的杜朗特也只承担介绍者的作用；甚至在1663年的《索福尼斯巴》里，还有波加尔这样只出现在第一幕第一场的角色。

＊　＊

到了古典主义时期，这些技巧大部分时候都被摈弃。作家满足于提到次要角色，而不将其付诸表演。高乃依在《梅里特》里就成功地让女主角母亲在没有登台的情况下对剧情产生了影响。而在《尼克梅德》里，他也满足于仅仅将梅特罗巴特和泽农这两个叛徒的名字说出来。早个二三十年，作者可能就会把他们展示在观众面前了。

于是，我们可以通过数字而观察到：次要人物的数量减少了，剧本角色的总数也随之减少。沃西乌斯[20]不希望一个剧本拥有14个以上的人物。这个上限在世纪初常被打破。不要算外省业余作家采用古旧技巧创作的宗教剧，比如1646

年在里昂出版的路易·雅克曼·多奈（Louis Jaquemin Donnet）的《牧羊人的凯旋》(*Triomphe des Bergers*)，这部剧拥有不下 34 个人物，这还不包括"天使"和"村民"这样的角色。也不要算那些大场面剧，比如拥有 30 个人物的高乃依的《安德洛墨达》(*Andromède*)，因为这一剧种要求大量人物的出现，以便使用奢华布景里的种种"机械装置"。我们只考虑由巴黎职业剧作家创作的非"机械装置剧"剧本，就会发现，洛特鲁的《幸运的海难》有 20 个人物，梅莱的《克里塞德和阿里芒》有 17 个，高乃依的《克里唐德尔》(*Clitandre*) 有 18 个。相反，从 1645 年起，同样是高乃依，就只需要用 7 个人物，包括一个法官，就可以写作《欺骗者续篇》(*Suite du Menteur*)。1650 年之后，我们还能找到只有 6 个角色的剧本：吉尔贝尔的《克莱斯冯特》(*Chresphonte*)，高乃依的《佩尔塔西特》(*Pertharite*) 和《布尔谢里》。

比起这些个例来，更有代表性的是平均数值。按里加尔在《亚历山大·阿尔迪》里的说法（第 398 页，注释 1）："在加尼耶*的作品里，人物数量的平均值不到 10，而到了阿尔迪那里就超过了 13。"而就高乃依而言，从《梅里特》到《戏剧幻觉》，这个数字超过 11，而从《熙德》到《佩尔塔西特》，则降到了 9（不算《安德洛墨达》），随后从《俄狄浦斯》到《阿格希莱》（不算《金羊毛》），又超过了 10，最后从《阿提拉》到《苏雷纳》，就只有 7 了。对于拉辛而言，剧本人物的平均数从《忒拜纪》到《费德尔》这段时间低于 8。从整体上看，数字的减少是很明显的。[21]

这种减少的原因可以是多样的。我们可以认为一个剧本人物的数量由演出剧团的人数决定，由观众注意力的种种局限决定，由作者追求丰富或者追求集中的意愿而决定。就第一个条件而言，我们缺乏明确的信息来了解 17 世纪那些不断变化的剧团的组成。斯卡隆告诉我们，他的《喜剧小说》(*Roman comique*) 里的演员"所属的剧团即使在全盛期也只有七八个人"（第一部分，第十章，第 46 页），虽然这些是小说里的演员，但他们重构了当时乡村剧团真实生活的很多特征。巴黎的剧团规模稍大一些。1634 年 12 月 5 日的《邮报》(*Gazette*)（马

---

* 罗贝尔·加尼耶（Robert Garnier），16 世纪法国著名剧作家。

39

蒂-拉沃，第四卷，第 125 页，注释 1）告诉我们，勃艮第府剧院在那时有 9 个男演员和 4 个女演员，但他们中的一部分是闹剧或者喜剧的演员，必定不会出现在悲剧里，比如著名的若德莱。一般似乎可以理性地认定一个剧团的有效演员数量不超过 12 个。然而，正是这些人数受限的剧团来演绎一些有时拥有 20 个人物的剧本！那是因为一方面，一些戏份很少的角色可以由剧院拿固定收入的员工来演出，另一方面，同一个演员也能在一个剧本里先后饰演不同的角色。莫里哀的剧团演出《贵人迷》的时候，几乎可以肯定就是这种情况[22]：作为作者的莫里哀不担心写作的剧本所包含的角色人数超过自己所领导的剧团的人数。因此，剧团内有限的演员数量给作者的创作带来限制这一点，是想当然多于真实。

至于观众的注意力，也可能有奇怪的变化。中世纪的观众对那些过度挥霍登场角色的"神秘剧"感兴趣。而在 16 世纪的悲剧里，作者一般会避免在同一场戏里让超过三个人物说话。[23] 多比尼亚克在《戏剧法式》里重申了这一原则，但同时又不认为非履行不可，他觉得"只要登场人物的数量和台词不影响观众对于戏的理解，那么作者可以随意处理"（第四部，第一章，第 271 页）。此外，出于剧情清晰的考虑，剧本里那些为数众多的角色也完全可以先后登场，而不是一拥而上，莫里哀的《贵人迷》等许多剧本都是如此。

综上所述，无论是剧团成员的人数还是观众的注意力，都不一定会限制古典主义剧本里角色的数量。这一数量降低的决定性因素在于剧作家对于剧情集中化越来越强烈的追求。因此，从某种程度上来说，我们所提供的那些数字证明了古典主义式的简约和严谨在法国慢慢压倒了莎士比亚式[24]的现实主义和丰盈。

* *

然而，《唐璜》里依然有 17 个角色，《吝啬鬼》也有 15 个。莫里哀对于古典主义技巧的许多方面都毫不在意，他根本没有想过要削减次要角色的数量。他的剧里几乎没有无用的角色，只要哪个支线人物能制造喜剧效果，或者带来心理的微妙变化，他就会毫不犹豫地让他登上舞台。他的那些次要角色极为鲜活，尽管台词不多，却性格鲜明。但也正是由于角色的丰富性，莫里哀不得不保留一部分古旧的剧作技巧。他的剧本往往被设计成角色的轮番登场，这些人物只在作者需要他们的时候出现，完全不顾及被高乃依和多比尼亚克视为戏剧根本法则的"铺陈"，后两者在其他许多问题上都针锋相对，在这一点上却意见一致（高乃依《戏剧三论》，第一卷，第99—101页；多比尼亚克《戏剧法式》第二部分，第八章）。这种剧本构建方式主要出现在《讨厌鬼》(*Les Fâcheux*) 那样的"抽屉喜剧"*里，但在《唐璜》里也有体现。唐璜和斯加纳海尔几乎全程都在舞台上，而与之相对的，则是不断出现在两人面前的短角色，请允许我把他们比作杂志的"专号"，比如蒂芒什先生是制造喜感的专号，唐路易是赚人热泪的专号，司令的塑像则是悲剧特色专号。如果计算一下除唐璜和斯加纳海尔以外的其他人物的登场次数，我们将得到与17世纪初剧本里次要角色出现频率差不多的数字：他们中只有夏洛特一人登场了五次，另一人登场了三次，六人登场了两次，七人只出现了一次。

因此，我们可以得出如下结论：次要角色在17世纪经历了两个不同的方向上的演变。一种是人性化方向，这一方向代表作品不多，且以喜剧为主。这类剧本的作者追求次要角色的真实，哪怕以牺牲技巧上的完美无瑕为代价；"令人愉悦"胜过了坚守"规则"。另一种方向是最重要的，它在必要时会为了让不同类型的角色和谐地融入一个严谨的整体而牺牲对于他们的具体塑造。在否认前古典主义时期角色泛滥的同时，它成功地把戏剧，尤其是悲剧，变成了这种冷酷的机械结构，无论是它的欣赏者还是诋毁者，都把这一点看作法国古典主义实现的标志，这不无道理。如果把剧本比作植物，它就好比是见证了一种通过修剪让剧本更好地开花结果的天才想法。从牺牲到禁止，从"规则"到限制，它通往的是那个后来被人们称为"精品剧本"的彼岸。在这个漫长的抽象化进程中，它还催生了一类代表古典主义沉浮的角色，人们称之为"亲信"。

---

* 所谓的"抽屉喜剧"指的是主线情节不断被不同的支线情节打断的喜剧。

6. 演变的副产品：亲信

亲信从何而来？17、18 世纪的理论家闭口不谈，可能是出于尴尬，因为这意味着他们要为一个常常让观众感觉无用和单调的角色正名。马尔蒙特尔在 1763 年写下的一句话既揭示了这一角色可能得到公认的出处，又反映了这种尴尬："人们批评我们用冷冰冰的，有时还没什么作用的亲信一角取代了歌队。"对此，马尔蒙特尔在《法国诗学》（*Poétique française*）中回应道："这不代表这些亲信就不能像歌队那样活跃。"（第二卷，第 206 页）事实上，亲信并不能被视作古代悲剧中的歌队的继承者，因为从索福克勒斯开始，在有歌队的剧本里就已经出现了扮演亲信角色的人物。歌队和亲信共存的现象在塞内卡的戏剧，文艺复兴的悲剧，直到 17 世纪初年蒙克雷提昂（Montchrestien）的《苏格兰女人》（*L'Écossaise*, 1601）里都有出现。[25] 而对于我们所研究的时期而言，尽管亲信一直长期存在，歌队却只出现在一些彻底过时的戏剧形式里面。多比尼亚克在《戏剧法式》讨论歌队的那一章（第三部，第四章）里已经说得很清楚了：尽管也为歌队的消失感到遗憾，但多比尼亚克展现了后者的存在所带来的几乎与当时戏剧习俗完全相左的后果。因此很难想象古典主义作家在构思亲信一角时，会从塑造歌队这样一种过时的思路出发。两者的联系最多来自缺乏信息的后人的思考，后者可能会因为两类角色都给人留下百无聊赖、无用和被动的印象，而将他们混淆。

在我们看来，亲信的源头更应该从数量如此之大，又在 17 世纪初受到如此追捧的次要角色中去寻找。亲信只是这些不同角色中慢慢赢得地位，驱逐了竞争对手的胜利者之一。我们可以从前古典主义戏剧的次要角色里找出亲信角色的一些前身。

除了独白之外，主角必须一直被次要角色围绕。一旦孤身行动，就会破坏人们对他权势和尊严的想象。他得有一群"随从"，且地位越高随从越众。尽管演员经济上的拮据使得他们所呈现的"随从"队伍大打折扣，但这至少是剧作家的理念，与他们在当时社会中所能观察到的真实生活吻合。一位主角的"随从"可以包含被简称为侍者或者侍女的角色，以及各类"家仆"：从男仆一直到老师，还有乳母。此外，"随从"还可以包括与主角命运相连的朋友们。这些人中的任意一个都可以成为亲信。

我们先来讨论朋友这种情况，因为它让我们看到亲信是如何成为一种角色类型的。在梅莱《克里塞德和阿里芒》（1630）的第一场戏里，亚历山大和贝利马尔是朋友：作为战友的两人平等相待，互称"你"，而不是像古典主义时期的亲信那样对自己的主人称"您"。贝利马尔把亚历山大称作

> 我敬重和喜爱的患难之交

他提到了"我们长久的友情"，并最终向他诉说了自己的秘密。也就是说，人并非一开始就是亲信，而是需要过程。"亲信"当时还是形容词，而不是名词。按照费尔默先生（M. Fermaud）的说法，这个词来自意大利语的 *confidente*，后者在15世纪时指代决斗时被委以帮手之任的那个朋友。在斯库德里《乔装王子》（*Le Prince déguisé*）的开头，乔装成普通骑士的那不勒斯王子克雷雅克在帕勒莫遇到了一个"住在西西里的那不勒斯贵族"利桑德尔。两人结交时先是互诉心声，接着又向对方保证自己对于友谊的忠诚。利桑德尔对克雷雅克说：

> 大人请相信，我将为您
> 鞠躬尽瘁，死而后已。

克雷雅克答道：

> 我不妨向您承认
> 我相信您是忠诚谨慎的。

同样的关系也出现在梅莱《奥松那公爵的风流韵事》（*Galanteries du duc d'Ossone*，1636）里，在奥松那公爵和那个在人物表中被称为"亲信"的阿尔梅多尔之间，

54

随着剧情发展，我们知道后者的身份是"子爵"（第二幕第一场）。而在高乃依的《赫拉克里乌斯》里，没有哪个人物被称为"亲信"，但福卡斯对他的女婿克里斯皮倾诉，莱昂蒂娜向她女儿尤杜克斯倾诉，艾克旭贝尔向他"朋友"阿曼塔斯倾诉，这些友情都是偶然的，因为在剧中，贵族出身的艾克旭贝尔假装与僭主福卡斯结盟，赢得了后者的信任，以推翻福卡斯为目的的他，反而成了福卡斯真正的亲信（第三幕第四场）。

与"朋友"相比，"侍者"一角的发展就逊色了许多；不过他的女性版本，"侍女"，却在戏剧里有着广阔的前景。[26] 高乃依以"侍女"为题来命名他的一部喜剧，就体现了这一角色的流行程度；"侍女"（suivante）更名为"女仆"（soubrette）之后，在后来的喜剧作家，尤其是莫里哀那里，将大放异彩。同理，喜剧中让"男仆"扮演重要角色也已成为一种可以追溯到普劳图斯的传统，这种做法正是出于主人对于男仆推心置腹的需要。17世纪初的一部悲剧，洛特鲁的《濒死的赫丘利》（1636），证明了男仆也是悲剧中亲信角色的前身之一：在人物表里被指定为"赫丘利的亲信"的阿吉斯，在剧中被德伊阿妮拉称为"男仆"（第三幕第三场）。

现在我们来讲一下那些比主角年长的，曾经在主角童年时对其加以照顾的人物。首先是"乳母"，在世纪初主要是喜剧角色，由一位戴有面具的男子扮演，这样能制造一些粗俗的效果，表演者甚至会通过一些猥亵的手势来强调让大众乐在其中的言辞尺度之大。高乃依最初的两部喜剧，《梅里特》和《寡妇》[27] 中的乳母都是如此。但在他的第三部喜剧《亲王府回廊》（Galerie du Palais）里，就不再有乳母的角色，她被一个侍女，也就是一个亲信所取代。在该剧的《评述》中，高乃依对这一创新做了如下强调："流传到彼时的乳母一角，来自于旧式喜剧，由于剧团缺乏女伶而由男子佩戴面具扮演，而在此剧之中，她变身为真正由女伶饰演的侍女。"如此一来，乳母的地位被提升到了亲信的级别，也就可以出现在悲喜剧之中了，比如洛特鲁的《幸运的海难》（1637）；甚至悲剧里也有乳母的身影，比如在梅莱的《索福尼斯巴》里（1635），在人物表里被称为索福尼斯巴"亲信"的菲尼斯，在剧中就被唤作"乳母"（第一幕第三场）；而拉辛《费德尔》里那位无需赘言其重要性的艾农娜，也以"费德尔的乳母和亲信的身份"登场。

然而,"乳母"一词本身还是让不少悲剧作家心生警惕。比如对于戏剧里的乳母认识颇深的高乃依,就有所回避。在他的《美狄亚》里,克雷乌丝的"女老师"(gouvernante)克莱奥娜就是一个不敢承认自己身份的乳母。同样,《熙德》里公主的"女老师"莱昂诺尔也是如此;而《贺拉斯》里的朱莉,本也可以成为"女老师"这一乳母的高阶版本,却仅仅被设定为"罗马妇人,萨宾娜和卡米尔的亲信"。与"女老师"相对应的是"男老师"(gouverneur),比如高乃依《罗德古娜》里的蒂玛耶纳和拉辛《费德尔》里的泰拉梅纳。

由于亲信这类角色既借鉴了不同人物的特征,又满足了对于大人物身边"随从"的主流认识,因此在 17 世纪初的剧本里占据了重要位置。16 世纪时,凡是王者,都不会满足于只有一个亲信:若代尔(Jodelle)《克莱奥帕特拉》里的奥克塔维昂有三个,克莱奥帕特拉有两个。17 世纪对此做了限制:1623 年时,泰奥菲尔在他的《皮拉姆和蒂斯比》里基本满足于只为相关人物配备一个亲信,但他的每个主角依然都要有亲信陪同。该剧的前四场依次呈现了蒂斯比、皮拉姆的父亲、国王和皮拉姆,这四人身边分别有贝尔西亚娜、莉迪亚斯、希拉尔和迪萨尔克。此外,第三幕出现的匿名"送信人"也应该被视作国王的第二个亲信。最后,蒂斯比的母亲也有一个亲信,在剧中的称谓也就是"亲信"。后者的使用已经足够普遍,以至不再需要名字,"乳母"或者"送信人"这样的称谓即可。在哈冈的《牧歌》(1625)里,"阿尔泰尼斯的亲信"克罗丽丝是这类角色中唯一一个,但她得到了通常只有主角才享有(见本书第二部分第四章第 3 节)的独白(第五幕第三场)的机会。而在梅莱的《克里塞德和阿里芒》(1630)里,除了已经提过的亚历山大之外,还有贝拉里斯,后者被克里塞德称为

> 我们忠贞爱情的唯一倾诉对象(第二幕第一场)

而国王的亲信也和泰奥菲尔剧里一样,简单地被称为"亲信",此时的他还不如古典主义时期的后来者那般巧舌如簧,从他对君主所说的如下两句话里可以看出来:

如果事情进展不顺，那就是您的错；

至少，您不会有指责我的理由。[28]（第二幕第二场）

＊　　＊

亲信一角就此成为一种类型，那么，它在古典主义戏剧里有哪些功能呢？大部分批评家认为亲信是用来取代独白的，因为主角对亲信所说的内容也可以变成自言自语。[29] 于是，在拉莫特眼里，"倾诉的戏份只是乔装后的独白"；而尼萨尔（Nisard）也觉得亲信的存在让"主要人物避免陷入独白"。[30] 诚然，倾诉戏份里所包含的信息也可以通过独白让观众知晓，但仅凭这一点并不能解决我们的疑问；因为没人能证明剧作家们是否真正想要用亲信来取代独白，即使证明了，也还需要让人相信这种取代构成了亲信一角的核心功能。而事实是，亲信的出现并没有让独白消失：后者一直存在于整个17世纪（见本书第二部分第四章第5节），很多作家非但不避讳，反而是伺机寻找独白的机会。然而，独白不是万能的，亲信可能的确有替独白分担其繁重任务的作用，但我们无法确定这种分担的程度有多深。对于亲信取代独白这一观点持保留意见，也不足以让我们解释为什么两者能在竞争中得到发展而不是相互抵触，为什么主角会当着亲信的面，也就是当着一个被认为是要取代独白的角色的面，开始真正的独白。17世纪戏剧里大量存在（见本书第二部分第四章第4节）的"亲信面前的独白"告诫我们，不要试图通过假设来解释这些看似反常的现象，而应该更深入地分析剧作家对于亲信一角的构想。

让-路易·巴豪（Jean-Louis Barrault）曾说："悲剧里的角色面对亲信就像是人面对自己的'复本'。"（参见巴豪版本的《费德尔》，第87页）作为主角的影子，亲信的存在感是不确定的。他和德国浪漫主义所热衷的那些人物相似，游离在生存和死亡、在与不在之间。如果需要他聆听、回应、发问、传话、提醒、安慰，他就是在场的；如果想忘记他，他就缺席了。尽管这样的套路会逐渐让人厌倦，但不能忽视它的创新性和价值，因为它诞生于一个需要打破传统戏剧形式的单调固化，与处于垄断地位的大段冗长台词抗争的时代。亲信的出现为当时的戏剧对话带来了久违的弹性，而角色本身的枯燥性并不会立刻显现。这种弹性来自于亲信一角的特点：尽管身在台上，却依然具有在在场和缺席之间持续游离的可能性。

在托马斯·高乃依《康茂德之死》(*La Mort de Commode*, 1659)的其中一场戏里，女主角之一埃尔维和她的亲信朱莉以及弗拉维昂在一起，弗拉维昂刚把她的父亲被皇帝判处死刑的消息告诉了她。她对弗拉维昂说：

> 求你走吧，至少让我可以
> 不在别人的注视下哀叹这残酷的命运。（第三幕第三场）

于是，弗拉维昂离开，只剩下埃尔维和朱莉，两人随后开始交谈。由此可见，朱莉不是"别人"。对于某些作家而言，明确亲信是否出现在这样的场次中并不重要。在阿尔迪的《阿尔克梅翁》(*Alcméon*)里，即将对丈夫阿尔克梅翁实施报复的阿尔菲斯比对她的乳母如此说道：

> 无须再等待，静静地欣赏
> 后人将会见到的最悲惨的对象，

然而，两句台词之后，她却又说：

> 退下吧，我的乳母，
> 离开一下，让正义登场。（第二幕第一场）

也就是说，她既让乳母留下，又让她离开。阿尔迪并没有在这两种可能性中做出选择。

对于主角之间的爱情戏而言，亲信所具备的这种在与不在之间的可能性就显得尤其珍贵。一般情况下，当时的礼法不允许一名年轻女子在没有亲信在场的情况下与年轻男子相会。在斯卡隆的《若德莱：男仆主人》(*Jodelet ou le Maître*

第一部分　剧本的内部结构

Valet, 1645）里，有一场让人捧腹的戏体现了这一点：若德莱穿上了主人唐璜的衣服假扮后者，两人遇上了伊莎贝尔和她的侍女贝阿特丽丝。若德莱在向伊莎贝尔表白时陷入了词穷，只得以如下这段话作结：

> 您的美貌带给我的愉悦
> 让我记忆枯竭，神魂颠倒，
> 也有可能是你，该死的贝阿特丽丝，
> 给我带来了晦气：你快走吧；
> 您也是，我巧舌如簧的仆人，
> 让我们单独在这儿。
> 伊莎贝尔：什么！单独，那别人会怎么说呀？
> 若德莱：如果我觉得可以，谁还能说三道四？
> 伊莎贝尔：至少，贝阿特丽丝……
> 若德莱：我心意已决。（第三幕第七场）

59　在悲剧里，亲信绝大部分时候会出现在爱情戏里。比如拉辛的《安德洛玛克》里那个我们以为会越界的狂热的艾尔米奥娜，也从未在没有克莱奥娜陪伴的情况下见过俄瑞斯忒斯和庇鲁斯。当然，亲信可以什么都不看不听，出于尊重或者成全，她可以保持距离，退到舞台的角落里。拉辛在《巴雅泽》里为我们展示了洛克萨娜和阿塔里德这两个情敌之间的一场戏，后者有她的亲信扎伊尔相伴，但也许是忌惮那位可怕的女苏丹，扎伊尔并没有听，因为阿塔里德在下一场戏里对她说了这样一句话：

> 如果你听到
> 洛克萨娜有着怎样不祥的打算，
> 她要将我置于何种境地的话！（第一幕第四场）

在《普赛克》里，将普赛克掳走并带至爱神宫的西风神在第三幕扮演了爱神亲

信的角色。在莫里哀所写的这一幕的第一场戏里,他向爱神承诺让其与普赛克独处:

> 作为一个低调的亲信,我知道如何
> 才能不打断一段隐秘的爱情。

然而,写作了同一幕第三场戏的高乃依,却不敢信守诺言:他让西风神出现在了这场在当时看来比较大胆的、由普赛克首先向爱神表白的戏里。

人们已经习惯于看到亲信出现在这类戏中,如果作者想要强调后者不在场,就要明确指出主角遣退了他,而亲信不能无缘无故地被遣退。一个准备打破陈规的女主角会希望独处,比如托马斯·高乃依《蒂莫克拉特》里的艾丽菲尔,在看到她心爱的克莱奥梅纳走来时,对亲信说:

> 克莱奥娜,这是怎样的折磨啊!
> 不管了,你走开吧。哪怕他违背了誓言,
> 只要愿意道歉,他的出现还是让我高兴。(第二幕第三场)

克莱奥梅纳果真致歉后,艾丽菲尔对他说:

> 去战斗,去征服,千万别将我的誓言
> 置于拒绝他人的境地,它只为你而存在

这是《熙德》里席美娜留给对罗德里格那句著名的话的新版本:

> 从一场以席美娜为代价的决斗中胜出吧。(第五幕第一场)

皮埃尔·高乃依和他弟弟一样,也没有让亲信见证这场情感迸发的戏;不过在另一场罗德里格和席美娜哀叹各自命运、重申彼此相爱的重头戏里(第三幕第四

场),艾尔维尔是在场的。

剧作家也可以利用亲信游离于在与不在之间的显著能力,来区分亲信和侍女。尽管这两个角色常常被混同在一起,但她们在狄马莱·德·圣索林的《米拉姆》里却被区别开来了。在有一场戏的开场,米拉姆公主和她的"侍女"阿尔西内以及阿尔米尔一起出现,后者在剧中被描述成"米拉姆的公主亲信"。米拉姆以如下这句话开场:

> 阿尔西内,退下。(第一幕第五场)

侍女离场后,她便可以开始向自己的亲信敞开心扉了。

同样是在这部剧里,对于这两种角色的不同使用也体现在了爱情戏里。米拉姆对他的情人阿里芒说:

> 在夜里,在没有旁人陪同的情况下与人相见,
> 我知道自己已经错上加错。(第二幕第四场)

"没有旁人陪同"只是一种修辞方式,这场戏是在"海防长官"昂泰诺尔和亲信阿尔米尔的见证下进行的,但侍女阿尔西内却又一次被支开了。由此看来,侍女的存在似乎比亲信更让人无法接受,她是监视者,而不是可以倾诉的对象;她有点类似"监护人",可以存在,但必要时会被支开。在基诺的《阿玛拉松特》里,阿玛拉松特也是先让侍女退下,才开始问阿玛尔弗雷德,她心仪的泰奥达是否真的爱她(第四幕第四场)。同样,在杜里耶的《塞沃勒》(*Scévole*)里,在那场确定政治和军事行动秘密方案的关键戏码开始之前,朱妮也是先支走了侍女。

亲信不只是通过他在出场与否的问题上所体现的无尽善意来强调剧本里一些重要场次的价值。他也会起一些不那么微妙的作用,比如在呈示阶段,他主要负责和观众一起聆听主角所传递的信息;如果结尾处需要一段叙述,也是由他来承担。

以高乃依作品为例:《贺拉斯》的开头,朱莉倾听萨宾娜;《波利厄克特》开

头,奈阿尔克倾听波利厄克特;《欺骗者》开头,克里东倾听杜朗特;《泰奥多尔》开头,克莱奥布勒倾听普拉西德;《赫拉克里乌斯》开头,克里斯皮倾听福卡斯;类似的例子举不胜举。拉辛从《安德洛玛克》到《费德尔》的所有悲剧,无一例外,也都是由主角和亲信之间的对话开场,并提供了呈示所需要的大部分信息。如此明显的规律性让我们无须再举其他不那么知名的作家来印证了。亲信角色的这一功能是如此普遍,以至有迅速变得单调的风险。

然而,亲信不只是听,有时也需要他说。当他和所属的主角同时在场的时候,他不会有什么有价值的内容可说,舞台的焦点就应该集中在主角身上。于是,亲信唯一能持续开口的时段就是主角死后,即结尾;但凡主角在生,除非有十分特殊的理由,亲信一定追随着他。因此讲述主角之死的任务自然就属于亲信,从这个意义上说,亲信继承了古代悲剧和文艺复兴悲剧里信使的功能。以高乃依作品为例,《罗德古娜》里描述塞勒古斯之死的是蒂玛耶纳;而在拉辛的《米特里达特》中,米特里达特生命最后一刻的情境则由阿尔巴特回顾。另一种常常出现的情况是有某个原因导致主角的亲信无法来叙述主角之死,那么这个任务就会由其他人的亲信承担。比如高乃依《索福尼斯巴》里的莱比德,拉辛《忒拜纪》里的奥兰普,特里斯坦《塞内卡之死》里的百夫长,托马斯·高乃依《斯蒂里贡》里的马赛林,杜里耶《阿尔西奥内》里的泰奥克塞纳,吉尔贝尔《沙米拉姆》里的泰西冯特,洛特鲁《郭斯洛埃斯》(*Cosroès*)里的萨尔达里格,等等。有时,亲信甚至只有叙述主角之死这一个功能,比如特里斯坦《玛利亚娜》里的纳尔巴尔,就在人物表里被描述成"叙述玛利亚娜之死的贵族";拉·加尔普奈德《埃塞克斯伯爵》(*Comte d'Essex*)里的莱奥诺儿也是如此,这位伊丽莎白的"女侍"在整部剧里都是一个无声的配角,但这并不妨碍她在第五幕里出来宣告埃塞克斯的死讯。

* *

在古典主义剧作法里,使用亲信是一种很便利的手段,甚至太便利了。这一角色所带来的种种便利大到让人忍不住要滥用,事实上,亲信也的确遭到了滥用。它在 17 世纪经历了两个阶段：先是热捧，但由于人们很快发现了它效用的单调，因此热捧最终步入饱和；接下来就是抵触阶段了：万能的亲信变成了可耻的亲信。

对于亲信的追捧是在 1635—1645 年间达到顶峰的。正是在这一时期，高乃依出版了《侍女》(1637)，一部关于"倾诉"的戏剧（也是喜剧），它出人意料地把一个亲信升级为了女主角。在其他同时期的剧作里，亲信的角色则是既长又多。杜里耶的《撒乌尔》(1642) 里有四个，没有一个被称作"亲信"，但阿布奈尔、法尔提和两名侍从骑士在剧中的台词却远远超过了与他们对于剧情的重要性所相匹配的数量。在《阿尔西奥内》(1640) 里，除了名义上的"亲信"迪奥克莱之外，杜里耶还引入了一名"宫娥"、一位"友人"和两位"爵爷"，扮演同样的角色。在这一点上，洛特鲁在《贝里塞尔》(*Bélissaire*, 1644) 里的处理方式仿效了 16 世纪的剧作家，依人物表所示，他在剧中使用了不下五个"亲信"，三个属于恺撒，两个属于贝里塞尔。"亲信"一词本身也因为流行而出现在了当时的剧本里，那时，它还没有让人产生刻意的感觉。梅莱的《索福尼斯巴》(1635) 和"五作家"的《杜乐丽花园喜剧》(*Comédie des Tuileries*, 1638) 里的主角们，都乐于在对话中称对方为"亲信"。

投石党乱之后，情况有所改变。当多比尼亚克院长在 1657 年说到亲信所作的"感人陈词"的时候，是持绝对的保留态度的。亲信在他看来像一种必要的恶，一个喧宾夺主的存在，需要用一种更低调的态度来对待。他说："……至于王子们的侍者或亲信，以及主要人物的朋友，尽管他们对于剧情的串联是必需的，但不能放任其表达自己的怨艾和激情，……他们口中的感人陈词不能长，只需几句话说明即可，剩下的留待每个人自行理解……"(《戏剧法式》第四卷，第七章，第 337 页）对于亲信的这种保留态度在马尼翁 1660 年的悲喜剧《蒂特》里变成了怀疑：该剧的第一场戏展现了乔装成男子的王后贝蕾妮丝，以及一个少言寡语的亲信克莱翁特，后者一开始只在王后讲话的间歇回复只言片语。而到了后面，就是贝蕾妮丝亲自在蒂特面前扮演亲信的角色了；在那场相当长的戏里，贝蕾妮丝在她的 14 次回应中，只说了不到 13 句完整的台词（第一幕第三场）。同样惜字如金的情况还出现在了第四幕，穆西的亲信弗拉维身上：五次回应，总共五句台词（第四幕第一场）。似乎亲信一角的使用让马尼翁在这部剧的创作过程里觉得别扭，便想要把它尽可能地缩减。

其他剧作家在修改自己的剧本时也表现出了同样的别扭。比如在原始版的《熙德》里，艾尔维尔的身份是"席美娜的侍女"，而从1660年开始，她就成了"席美娜的女老师"。《罗德古娜》也是如此，在1647年的版本里，蒂玛耶纳是"叙利亚贵族，两位王子的亲信"，而到了1660年，亲信不复存在，蒂玛耶纳变成了"两位王子的太傅"。亲信彻底退出了潮流。

然而，他依然在那儿。人们少不了他，同时又知道他属于日后施莱格尔[31]口中令人厌恶的那类"被动的听者"。为此，剧作家也许会想到尝试把亲信身上常常缺失的生命力和价值赋予他，他们也确实这么做了。他们努力让这个角色变得更立体，更活跃，尽管不至于把他当成真正的主角对待，但和原来那个唯唯诺诺、毫无个人情感的苍白复制品已经有了天壤之别。多种赋予亲信久违的生命力的手段应运而生。我们将一一讲述这些手段，但我们并不拘泥于时间顺序，因为某些作家早在亲信一角还没有遭到明显破坏之前，就已经感受到了改变的必要性。

第一种手段在于赋予亲信一种真正的性格。这在喜剧作家中十分常见：莫里哀笔下的侍女和男仆都十分鲜活。至于悲剧和悲喜剧，碍于"得体"原则，无法如此放肆，因此只能另寻他法。比如亲信会回忆起他的过去：他曾经是"友人"，他能做回友人吗？一段真挚的友情会让他变得更有意义。拉辛《安德洛玛克》里的皮拉德就是"俄瑞斯忒斯的朋友"。不过，尽管他的友情是实实在在的，但依然在礼数的框架之内，如同苏布里尼在《疯癫论战：安德洛玛克之批评》里所指出的那样（第一幕第五场）。如果是以"老师"的身份为自己学生之死而痛哭，这样的亲信就会更加感人：这样的例子除了《罗德古娜》中的蒂玛耶纳或者《费德尔》里的泰拉梅纳之外，还有《布里塔尼古斯》里的布鲁斯，后者并不是为尼禄的死，而是为他的罪行而哭；事实上，他还不满足于眼泪，而是用自己的谋略来反对这位年轻皇帝的犯罪倾向，甚至一度收到成效。在其他剧本里，我们还能发现亲信的一些独特的性格。比如在梅莱的悲喜剧《阿苔娜伊斯》（1642）里，皇帝泰奥多尔的妹妹布尔谢里有一个亲信叫作苔格尼丝，举手投足间透着一种非

第一部分　剧本的内部结构

同寻常的自由气息，这种随性颇有魅力。在第一幕里，布尔谢里要裁决阿苔娜伊斯和他的兄长瓦莱尔之间的争端，苔格尼丝陪在其左右。此前一直没有开口的她，忽然打断了对话，责问那个不堪的兄长：

> 还有人能比您更加恶待一个被压迫的妹妹吗？
> 她的知书达理足够得到
> 您的认可和您的尊重。
> ……
> 您配不上这样一个高贵的妹妹

苔格尼丝的介入长达十句，却也没有引起反感，结尾处她如此说道：

> 如果我们人在他处的话，那么我对你会更有话要说。（第一幕第三场）

在此后的剧情里，阿苔娜伊斯在泰奥多尔的宫中生活，苔格尼丝和她建立起不错的友情，把后者称为"我的姐妹""我的伴侣"（第三幕第六场），声称

> 曾为两人的友情盟誓。（第二幕第一场）

此外，苔格尼丝也不惧对她的女主人实话实说，她在布尔谢里面前说过：

> 在那些大人物那儿，任何带来快乐的事都得到允许，
> 当罪行能带来快乐的时候，那么离犯下它也就不远了。（第三幕第一场）

66　这就是一个认为自己和其他角色平起平坐，过着相同人生的亲信的例子。
　　托马斯·高乃依的《阿里亚娜》（1672）展现了亲信另一种有意思的性格特征，不那么亲和，却很真实。奈莉娜是阿里亚娜的亲信。她说起话来很生硬，她不喜欢甚至可能讨厌女主人。当阿里亚娜发现自己被泰塞埃背叛之后，奈莉娜只

说了一句"我同情你"（第二幕第六场），然后暗示泰塞埃可能背叛她已经很久了。于是，女主角大怒：

> 啊！你在说些什么，残忍的奈莉娜？

到了剧本结尾，奈莉娜的态度也十分暧昧。她向阿里亚娜暗示泰塞埃爱的是费德尔，而阿里亚娜之前完全没想过（第五幕第一场）。这个剧呈现了一个带着嫉妒心或者恨意的亲信，虽然只是寥寥几笔，却赋予了角色立体感。

另一种让亲信变得有意义的手段在于让后者主动参与到情节当中。他会如何处理别人向他吐露的秘密？是转述吗？在梅莱的《奥松那公爵的风流韵事》里，艾米丽就是这么想的，她觉得自己和卡米尔的计谋迟早会被公爵外泄：

> 况且这么大的一个秘密是守不住的，
> 除非他没有一个可以倾诉的亲信。（第四幕第六场）

在悲剧和悲喜剧里，我们有时能看到一些扮演间谍角色的亲信。比如在高乃依的《西拿》里，欧弗伯就把西拿谋反的计划告诉了奥古斯都；《罗德古娜》里，拉奥尼斯也把克莱奥帕特拉的计划分别告诉了罗德古娜、安提奥古斯和塞勒古斯。有时，与其让亲信把信息传达给主角，还不如让信息在亲信之间传递，这样剧本里就有两个扮演重要角色的亲信了，而且也能避免只展示亲信和主角之间的关系；亲信一角会因为有了更大的独立性和弹性而显得更真实。于是，在托马斯·高乃依的《斯蒂里贡》里，一些重要的秘密都是在斯蒂里贡的亲信穆西安和普拉西迪的亲信露西尔之间传播。而在皮埃尔·高乃依的《阿提拉》里，这样的传递在阿提拉的卫队长奥克塔尔和奥诺里的"宫娥"弗拉维之间进行；到了《苏雷纳》，承担这一任务的则是奥罗德的副官西拉斯和尤里蒂斯的"宫娥"奥尔梅娜之间。

然而，一旦走上了这条路，剧作家就欲罢不能了。亲信完全可以更进一步，成为双面间谍。比如在吉尔贝尔的《罗德古娜》里，阿尔冈特就先为罗德古娜而背叛了丽迪，后又为丽迪反过来背叛罗德古娜。在拉辛的《布里塔尼古斯》里，纳尔西斯是这类间谍里最阴暗的。身为"布里塔尼古斯的老师"的他，既是这位王子的亲信又是尼禄的亲信。为尼禄监视布里塔尼古斯的他不只是一个简单的告密者，因为他还唆使尼禄犯罪，即用自己的主观意愿来影响后者。

在这个例子里，亲信变成了一个相当主动的角色。纳尔西斯在《布里塔尼古斯》的33场戏里出现了7次；而布鲁斯的戏份更多，有13场，几乎和尼禄以及阿格里皮娜一样，后两者分别出场了14次和15次。从《亲王府回廊》开始，高乃依笔下的亲信就有了行为的主动性："利桑德尔的侍从骑士"阿龙特在剧里出现了8次，并且对主人的婚姻有自己的看法：他极尽所能让利桑德尔娶伊波利特而不是塞里德，为了让喜剧能够圆满结束，也只能原谅这个过于抢戏的亲信了。在博瓦罗贝尔的《帕莱娜》（1640）里，也有一个侍从骑士起了重要作用，就是德里昂特身边的考纳：前者追求帕莱娜，后者爱着帕莱娜的亲信普雷桑特；但帕莱娜不爱德里昂特，为了摆脱他，她向考纳承诺撮合后者和普雷桑特，前提是考纳在德里昂特决斗时将要驾驶的马车的一个轮子上做手脚。考纳照做了，于是主角就因为这个而从马车上跌落下来，输掉了决斗，还差点送命。

这样的罪行理应受到惩罚。变节的亲信最终会在结尾时死去。比如饱受负罪感煎熬的考纳就承认了他的罪行，并结束了自己的生命。而在《布里塔尼古斯》里，尽管正直的布鲁斯在绝望中要求纳尔西斯自行了断无果，后者依然被民众围殴致死。大家可以看到：这已经不是亲信，而是悲剧主角的命运了。在许多古典主义悲剧里，亲信都因为不再是摆设而以死亡告终。这难道不是体现角色活力的最佳证据吗？

第二章　呈示

我们刚才回顾的那些角色应当在真正的剧情开始之前就得到介绍。因为我们只有在知道了他们是谁之后才有可能对他们产生兴趣。与角色介绍同时进行的，还有呈示对于其他必要信息的交代。依照国家图书馆559号手稿作者的说法[1]：一个完整的呈示"应当让观众知晓剧本主题及其主要情境，故事发生的地点，甚至情节开始的时间，以及所有主要人物的姓名、状态、性格和利害关系"（第四部分，第一章，第二节）。那么我们首先得知道所有这些信息可以在哪里找到。

1. 呈示在哪里？

十分粗略地讲，呈示的大部分信息显然是在剧本开头得到交代的。"呈示是戏剧诗的开篇"，布莱先生写道（《古典主义理论》，第322页）。但如果更加仔细地来看，我们会发现要明确界定呈示的位置并不容易。通常我们会默认，呈示随着剧本开始而开始，在持续了数场戏，交代了所有应该交代的信息之后，呈示结束。然而，我们会发现，以上每一条都有值得商榷之处。想要确认这一点，只需从每个剧本里提取出所有交代了对于理解剧情必不可少的事实的句子。这些事实所构成的整体就是呈示本身。而它们在剧本中的分布，也就是那些句子在不同场次里的位置，将帮助我们定位这个"戏剧诗的开篇"。

布瓦洛希望

> 从最初的诗句起，精心准备了的情节
> 就能为开场铺平道路，不让主题艰涩（《诗的艺术》，第三章，第27—28行）

第一部分　剧本的内部结构

他还宣称：

> 主题的解释永远是越早越好。（《诗的艺术》，第三章，第37行）

然而，尽管呈示在大部分情况下都始于剧本开头，但它并不总是遵守这一惯例。剧本的头几场戏可能会被一些非主要的信息占据，以便在主要人物登场前粗略地描绘一个背景，但剧情真正的开端，还是人物之间的冲突。比如吉尔贝尔的《沙米拉姆》（1647）开头的两场戏只告诉了我们亚述人和巴克特里亚人之间即将开战，观众甚至都不知道应该关注哪些人物。呈示要到第三场后才开始，我们到那会儿才知道宠臣梅农的妻子沙米拉姆在战争中救了亚述国王尼努斯一命。然后我们还得知尼努斯的女儿索萨尔姆爱上了梅农，而尼努斯自己爱上了沙米拉姆，尽管后者想要忠于自己的丈夫。交代了这些事实的第一幕第四场和最后一场，以及第二幕第一场，构成了这部悲剧的呈示部分。同样的情况也出现在了高乃依的《索福尼斯巴》里。除了一个周边信息，即努米底亚人和罗马人之间达成了停战协议以外，这部剧的第一场戏没有交代任何与剧情有关的内容；也没有提供主角们的重要信息，除了西法克斯爱他的妻子索福尼斯巴这一点。真正的呈示出现在第二场戏，它包含了下列事实：索福尼斯巴曾爱过马希尼斯国王，后者也爱着她；耶图里王后艾希克斯也爱着马希尼斯，但索福尼斯巴拒绝两人成婚。剧情就是在这些信息的基础上展开的。

在其他情况下，呈示不位于剧本开头的原因在于作者在介绍主题之前，要通过剧中某些人物之口来进行一些哲学或者道德层面的思考，而剧本的主题就成了阐明后者的案例。这种技巧当然是非常古旧的，比如可以在阿尔迪的《塞达兹》（*Scédase*）里找到。这部悲剧的第一场戏没有任何具体的指向。只有斯巴达国王在戏里表述自己对于财富所引发的腐败的想法，以及对于金钱腐化斯巴达人道德品质的担忧。第二场戏也是以三位朋友关于爱情的讨论开场：其中较为年轻的两人认为应当顺应爱情的召唤，年长的那位则徒劳地劝说两人放弃爱情。在这些普遍意义上的讨论结束后，我们才得知两个年轻人爱上了年迈的塞达兹的两个女儿，并且他们将去塞达兹家做客。在第二幕的开场，小村居民塞达兹在歌颂农民的幸福之余，也说到了想要将两个女儿嫁人，并在告诫两人要保守贞洁之后离场。而被金钱腐化了的两位男主角直到最后才登场，并邂逅了这两位在第三幕里将会遭受他们强暴的农家女。

古典主义悲剧对于这样以说理来主导呈示的方式嗤之以鼻，但这种方式却和其他许多古旧的技巧一样，被莫里哀重拾。比如《太太学堂》就是以阿尔诺夫和克里萨尔德之间关于"出轨"的讨论开场；《恨世者》的开场讨论围绕友情和真诚展开；而在《女学究》(*Les Femmes savantes*)里，则是关于婚姻和女性智识生活的一些普遍问题。随后到来的呈示水到渠成。

除了这些例外的情况，呈示始于剧本的第一场戏。那么它终于何处呢？在高乃依看来，它应该局限在第一幕。他在《第三论》里谈道："序幕"（也就是他笔下的呈示）"应当在第一幕完成"（马蒂-拉沃，第一卷，第101页）；并"要为应当发生的一切埋下伏笔，无论是主线情节还是插曲，目的是避免后几幕里出现任何新登场或没有任何已知人物引荐的角色"。（同上书，第42页）正如高乃依在随后的文字里所指出的那样，这个规定既是"一事"原则的条件之一，又定义了呈示。他提供了自己作品里遵守和违反这一规定的例子。比如在《俄狄浦斯》第一幕的呈示部分里，俄狄浦斯之所以说他等待着关于自己父亲之死的消息，是为了给第五幕柯林斯老者的到来做铺垫。而在《寡妇》里，只在第三幕出现的塞里当登场时，也是由第一幕出现过的阿尔西东陪同（同上书，第43页）。相反，《熙德》里摩尔人可能会来这一点并没有在呈示中被提及，1660年之前版本的《欺骗者》里普瓦捷诉讼人的到来也是如此。

然而，当我们审视高乃依或者同时代作家的其他剧本时，我们发现第一幕对于呈示而言太大了，后者往往只需要少量的戏份，甚至一场戏，即可完成。许多古典主义时期的剧本将呈示压缩在第一场戏里。比如《安德洛玛克》，从俄瑞斯忒斯和皮拉德的首次见面开始，拉辛就向我们交代了俄瑞斯忒斯对于艾尔米奥娜的爱，艾尔米奥娜对于庇鲁斯的爱，庇鲁斯对于安德洛玛克的爱，安德洛玛克对于庇鲁斯的抗拒，以及俄瑞斯忒斯身兼的大使职责。换句话说，情节所需的所有元素都在里面。而在《贺拉斯》的第一场戏里，高乃依也让我们知道了阿尔伯和罗马之间正在开战，阿尔伯的居里亚斯家族的一个姐妹，萨宾娜，同时是罗马的贺拉斯家族的一个妻子,贺拉斯的妹妹卡米尔不仅与居里亚斯订有婚约,还被瓦莱尔爱着,所有这些对于理解剧情都必不可少。《西拿》和《奥东》里的呈示也都是如此迅速高效。而《尼克梅德》的第一幕更是因为所提供的有效信息量之大而让人瞩目:尼克梅德是深受他的部队和人民爱戴的一个常胜将军,比提尼亚国王普鲁西亚斯和第一任妻子所生的儿子,他和亚美尼亚王后拉奥蒂斯相爱;在普鲁西亚斯面前颇有影响力的继母阿尔西诺埃对他充满敌意。他刚离开他的军队,而同行的两人被阿尔西诺埃买通了要行刺他。他的弟弟阿塔勒刚从罗马来,后者在罗马长大,想要娶拉奥蒂斯,并有罗马大使弗拉米纽斯为其撑腰。所有信息齐全,无以复加了。

有时,呈示需要第一幕的前两场戏来完成。比如杜里耶的《阿尔西奥内》,第一场交代了莱迪公主爱着阿尔西奥内将军却不愿嫁给他这一信息,第二场则告诉我们阿尔西奥内爱着莱迪并想娶她。在拉辛的《米特里达特》里,第一场戏说明了政治局势,并告诉我们莫尼姆同时被米特里达特和她的两个儿子爱着,但第二场戏告诉我们莫尼姆爱的是西法莱斯。呈示中最重要的元素往往出现在第一场戏里,而附属的信息由第二场戏提供。《熙德》的首场戏交代了罗德里格和席美娜相爱并且即将成婚这一信息,第二场则告诉我们公主爱上了罗德里格,这个元素有用,但是次要。同理,《苏雷纳》的第一场戏交代了以下事实:帕尔特将军苏雷纳和亚美尼亚公主尤里蒂斯两情相悦,但因为一纸和平协议,尤里蒂斯需要嫁给帕尔特国王之子帕科鲁斯,同时,尤里蒂斯还担心苏雷纳不得不迎娶帕科鲁斯的妹妹曼达娜。至于第二场戏,则与苏雷纳和尤里蒂斯这两位主角无关,而是告诉了我们帕科鲁斯和苏雷纳的妹妹帕尔米斯相爱的事实。

除了阿尔迪的《塞达兹》这样风格古旧的剧本之外,呈示占据第一幕的全部,并延续下去的情况十分罕见。相反,更常见的情况是在中断了一段时间之后重新进入呈示。关于这一点,马尔蒙特尔写道:"按照主题的需要,呈示或一蹴而就,或延续数场……这就是为什么在《赫拉克里乌斯》里,情节的谜团随着剧本的深入而逐步展开,直到尾声才完全解开;而在《熙德》里,一切从第一场戏开始就明了了。"[2] 马尔蒙特尔所举的例子并不准确,[3] 但他区分延续性呈示和间断性呈示的做法很关键。到目前为止,我们所研究的所有呈示均是延续性的,现在，我们一起来看一下为什么其他呈示会是间断性的。

《赫拉克里乌斯》的例子会让人相信：向观众逐步揭开问题的真正所在是出于激起观众好奇心的目的，但这并非必然。更多时候，这是因为作者不能或者不愿在一开场就强迫观众记住过多的信息，而选择分几次交代。首先只在呈示里交代一部分，然后进入情节，紧接着再开始呈示，如有需要的话就循环数次。这种做法可以避免在情节开始之前过久地陈述事实，致使观众疲劳，并且只在有用的时刻提供相应的有用信息，而不是提前交代。以此来逐步增强戏剧感，并且更合理地分配观众为了记住相关信息而需要做出的努力，唯一的弊端是节奏变缓。

拉·加尔普奈德的《埃塞克斯伯爵》的呈示就属于这种类型。伊丽莎白从第一幕第一场开始就觉得埃塞克斯背叛了她，到了第二场又表现出对他的爱意依然存在。然后到了第二幕第三场，我们才知道塞西尔夫人爱着埃塞克斯，而第五场又告诉我们埃塞克斯也爱塞西尔。然而，正是这段爱情触发了悲剧的结尾。在《波利厄克特》的第一场戏里，高乃依告诉我们波利厄克特和宝丽娜两情相悦，以及波利厄克特是基督徒的事实。然而要等到第三场我们才知道宝丽娜曾经爱过塞维尔，到了第二幕第一场才知道塞维尔依旧爱着宝丽娜。托马斯·高乃依也通过《斯蒂里贡》的第一场戏告诉我们尤谢里乌斯对皇帝奥诺里乌斯的妹妹普拉西迪的爱，然而后者并不想嫁给他；第二场戏则交代了皇帝对于这场婚姻的支持态度。但一直要等到第七场戏，我们才知道尤谢里乌斯的父亲斯蒂里贡决定让人行刺奥诺里乌斯，以便助其儿子登位，决定之所以迟来，是因为普拉西迪认为尤谢里乌斯配不上她，屡次拒绝，才促使斯蒂里贡下定决心。然而，普拉西迪还是爱尤谢里乌斯的，这一点也必须知晓，呈示才算完整，不过在托马斯·高乃依看来，到了第二幕第一场再交代也不迟。

在莫里哀的《达尔杜弗》里，漫长的呈示所体现的间断性更加明显，所有必要的信息都是一点一点交代，绝不过早透露。佩尔奈尔夫人在第一场戏里把每个角色都描绘了一遍；第二场完善了一下达尔杜弗的形象，展现了奥尔贡对这位他眼中的圣人是何等的痴迷；而要到第三场我们才知道瓦莱尔想娶玛利亚娜，达米斯想娶瓦莱尔的妹妹；至于奥尔贡将玛利亚娜许配给达尔杜弗的计划，要到第二幕开头才透露；而我们直到第三幕第三场才明白达尔杜弗觊觎艾尔米尔。斯库德里的《乔装王子》在这方面甚至走得更远：直到第四幕我们还能发现呈示性质的元素，通过这一幕第一场两个次要角色的谈话，我们才明白为什么克雷雅克那位贵为国王的父亲没有制止他踏上这段似乎会使他丧命的疯狂旅程；而到了这一幕第七场大法官宣读法律时，情侣主角的罪行才盖棺定论。

　　还有另一个原因也会导致作者把呈示切成独立的两块，就是某些主角只在第二幕开头才亮相的做法。马尔蒙特尔写道："在双重情节的悲剧里，呈示必然也是双重的，拉辛选择把呈示的一部分保留到第二幕，其实是遵从了习惯做法。"[4] 这种表述不见得完全准确，因为第二幕亮相的主角不一定承担呈示的任务，比如《安德洛玛克》中的艾尔米奥娜，虽然到第二幕才亮相，但在第一幕开头就被提到了。然而，如果第二幕出现的是一个全新的主角，那么后者往往会更新呈示的内容。拉辛的《伊菲革涅亚》即是如此：这部剧的第一幕第一场交代了与伊菲革涅亚有关的一切，那个索要她性命的神谕，以及阿伽门农为拯救女儿而付出的努力；但我们要等到第二幕第一场，艾丽菲尔出现后，才得知另一个与这位公主有关的神谕，以及她对阿喀琉斯的爱。莫里哀的《情怨》在剧本构建上完全相同，呈示也分别包含在前两幕的头几场戏里。第一幕第一场戏讲的是露西尔的情人艾拉斯特怀疑前者，担心她和瓦莱尔才是两情相悦；而艾拉斯特的男仆胖勒内却对他的情人玛丽奈特，即露西尔的侍女放心得多，丝毫不担心情敌玛斯加里尔，即瓦莱尔的男仆。而到了第二幕第一场，则有一个新角色登场，露西尔的妹妹阿斯卡聂，她爱上了瓦莱尔，并在夜里假扮露西尔和他成婚。

　　最后，呈示出现间断的原因还有可能是为了刺激观众的好奇心。从这个意义上说，高乃依的《赫拉克里乌斯》只是表面上符合。这部剧第一幕的第一场戏告诉我们，僭主福卡斯相信赫拉克里乌斯还是婴孩时就已经死了，同时，他还想强迫互相憎恶的马尔西安和布尔谢里成婚；第四场交代了赫拉克里乌斯对莱昂蒂娜的女儿尤杜克斯的爱，以及布尔谢里对莱昂斯的爱。第二幕第一场则通过莱昂蒂娜和尤杜克斯之间的一段对话向我们揭开了真相：当年死去的婴孩并非赫拉克里乌斯。呈示的间断性是肯定的。但从第二幕的开头开始，观众对于所有人物的身份已经一清二楚，只是这些人物中有一部分自己还蒙在鼓里，由此而产生的轻蔑成为了悲剧的主题。在呈示的循序渐进上处理得更有智慧的是《罗德古娜》，这部剧第一幕的每一场戏都交代了一个新的事实：双胞胎中年长的那个要娶罗德古娜（第一场）；安提奥古斯爱罗德古娜（第二场）；塞勒古斯也爱罗德古娜（第三场）；克莱奥帕特拉恨罗德古娜（第四场）；罗德古娜害怕克莱奥帕特拉，并且爱两兄弟其中之一（第五场）；但观众一直到第四幕才知道罗德古娜爱的是安提奥古斯。

托马斯·高乃依的《蒂莫克拉特》可能是在营造这种意外感上走得最远的剧本。整个情节都建立在一个事实上：攻打阿尔戈斯王国的蒂莫克拉特和守护它的克莱奥梅纳是同一个人，这一事实直到第四幕第八场才揭开，但它依然是呈示不可或缺的元素。

2. 追寻完美的呈示

没什么比完成一个好的呈示更难的了。理论家确认了这一点，[5]作家的犹豫也证实了这一点。因为呈示得同时满足许多条件。对于这些条件最完整的列举出现在国家图书馆的559号手稿里。我们可以将这一列举作为一个出发点，研究呈示的规则，以及忽视这些规则后有可能导致的问题。这篇手稿的作者这样写道："呈示必须完整，简短，清晰，有趣，逼真。"（第四部分，第一章，第1节）

首先要指出的是："完整"和"简短"是可以通过间断性呈示的方式来实现互补的。如果呈示所需的信息太多，就可以把它们分散到两三个不同地方，这会让呈示从整体上看没那么冗长。但一个简短的呈示也有可能是不完整的，如果作者如高乃依在上文的引言里所说那样，忘记让重要人物在第一幕登场的话；又或者如高乃依在《第一论》里所说那样，忘记把重要人物"巧妙地融入"第一幕（马蒂-拉沃，第一卷，第44页，以及《侍女》的《评述》）。《熙德》的呈示是简短的，但不完整。而阿尔迪的《梅莱格尔》（*Méléagre*）的呈示，就像里加尔所强调的那样，"既无度又不足"（《亚历山大·阿尔迪》，第311页）。它占据了两幕之多，但没能提供必要的信息。像《安德洛玛克》那样简短且完整的呈示是理想状态，很难企及。

呈示还应该"清晰"。如果呈示包含了对于过往事件的叙述，例如战争，改朝换代，家族仇恨，替换孩童，等等，那么就不可能清晰。比如高乃依的《罗德古娜》和《赫拉克里乌斯》的呈示。更离谱的错误在于，在剧本开头提供给观众的信息到了后面被证明是有误的。比如玛黑夏尔的《英勇的姐妹》就误导了观众：在剧本开头，观众以为吕西多尔回绝了多拉姆的挑战，所以他是个懦夫；但之后，到了第二幕第三场，观众才知道多拉姆的战书被梅兰德截获，后者以吕西多尔之名回绝了挑战。玛黑夏尔应该是很喜欢这样的效果，所以在同一剧中使用了两次：观众以为吕西多尔向多拉姆发去了战书，但事实上是奥兰普替他发出，并亲自上阵和多拉姆决斗的（第一幕第六场）。

更常见的情况是，呈示忘记了"有趣"和"逼真"。当一个角色向另一个角色描述一些后者不可能不知道的事实的时候，呈示既不会"有趣"，也不会"逼真"。遗憾的是，这样的情况很常见。比如斯库德里的《爱情暴政》（*L'Amour tyrannique*）里，奥尔梅娜向两位亲信，赫库伯和卡桑德尔，描述了一些惨烈的战争情境，但此事已经是家喻户晓了，两位亲信和她一样为此饱受煎熬。因此她在结束的时候用以下几句话来强调了自己的笨拙：

> 为什么要向你们描述这趟如此悲惨的旅程，
> 反正你们和我一样也身在这暴风雨之中，
> 反正你们也目睹了那些天大的
> 让祖国沉沦，让我垂泪的不幸之事？（第一幕第一场）

没有比这更易遭致口诛笔伐的内容了。但对于一个呈示而言，这样的做法太过便捷，甚至出现在了一些佳作之中。在拉辛的《贝蕾妮丝》里，当安提奥古斯的亲信阿尔萨斯因为这位科马耶日国王害怕贝蕾妮丝觉得他缠人，而对他说出以下这两句话时：

> 您，安提奥古斯，她曾经的情人，
> 被东方视为它最伟大的国王之一的您？（第一幕第一场）

其实是刻意地在向观众传达信息，因为安提奥古斯很清楚自己是谁，而观众并不知道。同样的情况也出现在了《伊菲革涅亚》的第一场戏里，阿伽门农的"家仆"阿尔加斯花了很长时间来提醒前者他的出身，他的希望所在，以及他辉煌的过去。而阿伽门农对此的回复则体现了他并没有倾听阿尔加斯刻意的对白，而是顺着自己的思路作答。

剧作家找到了一个挽救这类带有刻意色彩的呈示戏份的方式。高乃依说："只是为听别人描述剧本主题而出现的"人物"在悲剧里通常很难想象，因为所叙述的那些轰动一时的大事件无人不知，尽管找一个能讲述的知情人很容易，但要找到一个对此一无所知的人来听却是难事"（《美狄亚评述》）。解决之道在于将这类听者设定为刚结束了一次长途旅行的人，而所有事件都是在他们外出时发生，因此他们一无所知。这算不上是一个妙招，因为它把精力浪费在冗长枯燥且与主题无关的背景解释上了。以斯库德里的《乔装王子》为例，利桑德尔必须向克雷雅克解释为什么他对战争的起因和过程一无所知：

> 但我们对这一切的了解都极为含混，
> 哪怕是你的战斗功勋
> ……
> 我也一无所知，因为那时我正好
> 在那块遍地财富的宝地……

对此，克雷雅克欣喜地答道：

> 为了让您解惑，请听我说一个故事，
> 一想到它的悲惨结局我就痛心……（第一幕第一场）

同样的情况也出现在高乃依的《美狄亚》里，波吕克斯找了以下理由让伊阿宋为其讲述：

> ……一次亚洲之行

第一部分　剧本的内部结构

> 导致我们远隔重洋，
> 也让我对您的近况一无所知；
> 我刚刚返回。（第一幕第一场）

80　在《罗德古娜》里，高乃依沿用了这一做法来解释拉奥尼斯那段冗长的叙述。蒂玛耶纳对这位亲信说自己刚陪同克莱奥帕特拉的儿子们从孟菲斯执行任务归来：

> 我们在那儿只听到了一点风声，
> 且众说纷纭
> 致使我们对于这些重大的变故
> 了解有限。（第一幕第一场）

在多比尼亚克院长看来，这个瑕疵"欲盖弥彰"，甚至"粗俗不堪"，他的《戏剧法式》对此不乏讥讽。

那么，完美的呈示到底在哪呢？国家图书馆的 559 号手稿给出了一个例子：《阿塔里雅》(*Athalie*)。这部剧的呈示只有区区 39 行，却符合了完美呈示的所有条件。手稿在总结对于"呈示之美"所作的漫长回顾时，用了如下这句让人担忧的话："在《阿塔里雅》中，这些（条件）都同时存在，可能也只有在《阿塔里雅》中，这些（条件）才同时存在。"（第四部分，第一章，第 12 节）难道我们所找寻的完美呈示只是一个传说吗？某些批评家的口吻可能会让我们这么去想，因为他们字里行间似乎都在暗示完美的呈示并不存在。

施莱格尔借用了肖里约（Chaulieu）针对克雷比翁（Crébillon）的《雷达米斯特和泽诺比》(*Rhadamiste et Zénobie*)所说的一句玩笑话来表达自己的想法："如果没有呈示的话，剧本就清晰了。"[6] 马尔蒙特尔则强调，戏剧中的呈示和史诗的呈示不同，前者必须体现一个悖论，那就是既先于情节，又在情节之中：

> 在戏剧诗里，呈示（比在史诗中）更难，因为它必须在情节中，而那些受各自利益以及局势左右的角色，虽然是在向观众交代信息，但对话一定不

能刻意，而是要做到旁若无人。

因此呈示的技艺在于让它变得自然，直至不留任何技艺的痕迹。[7]

克莱蒙在《论悲剧》（1784）中也强调了情节至上：

> 在情节中呈示主题是门大学问。我想说的是：促使角色们登场的，应该首先是某种对情节有决定意义的利害关系，他们不是为了向我们冷冰冰地交代为主题铺垫的信息而来的。这些必要的说明必须排在情节的利害关系之后。（第二卷，第78—79页）

从这段话里我们可以读出贺拉斯所说的"拦腰法"（*in medias res*）带来的影响。问题是，呈示如果来得太晚的话，还有用吗？事实上，在克莱蒙的悲剧构想里，隐藏在情节之中的呈示已经没有了任何地位：

> ……情节的主要动力应当率先推动它的发展，……这首次助推必须让情节的结点显现，并让结尾开始萌芽（同上书，第二卷，第80—81页）

所有这些文本都体现了同一点：随着对于情节性的需求越来越高，呈示这一概念本身，也就是亚里士多德意义上作为"剧本组成部分之一"的呈示，慢慢遭到破坏。呈示依然会存在，毕竟观众总是需要通过某种方式了解剧本的主题。但逐渐淹没在情节里面的呈示已经失去了自身的形式。对于不同类型呈示的研究告诉我们：最令人满意的呈示将是那个看上去不像呈示的呈示。

3. 呈示的不同类型

我们可以按照参与呈示的角色或者呈示所在场次的基调来划分不同类型[8]的呈示。就前一个标准而言，首先要提到的是最古的一种呈示类型，即通过歌队的叙述完成呈示。但鉴于17世纪初年歌队就消失了，我们可以只把这类呈示当作一个遥远的祖先来看待。另一类老式的，但在古典主义时期依然存在的呈示，是通过主角的独白来完成的。1674 年，认为这类呈示早已过时的布瓦洛在《诗的艺术》里嘲讽有些悲剧主角在自我介绍时

说道：我是俄瑞斯忒斯，或是阿伽门农。（《诗的艺术》，第三章，第 34 行）

但在 17 世纪的前三十多年里，这样的呈示还比较常见。阿尔迪的悲剧《塞达兹》如此，高乃依的《克里唐德尔》和玛黑夏尔的《英勇的姐妹》（1634）这两部悲喜剧也是如此。高乃依在《西拿》里最后一次使用了它，从而造就了开场时艾米丽那段长篇独白。而喜剧在整个 17 世纪里对于这种便捷的呈示手段都是来者不拒，因为它虽然古旧，但依然可以有趣。在《勒巴尔布耶的嫉妒》（*Jalousie du Barbouillé*）这样的闹剧里如此，在拉辛的喜剧《讼棍》（*Plaideurs*）里也是如此，它还跨越了莫里哀各个时代的作品，从《冒失鬼》一直到《无病呻吟》（*Malade imaginaire*），中间还经过了《安菲特律翁》（*Amphitryon*）和《乔治·唐丹》（*George Dandin*）。

　　第三类呈示的普及程度远远超过其他类型，它通过主角和亲信之间的一场戏来完成，主角可以轻轻松松地将情节讲述给亲信听。这类呈示存在于一切剧种，但在悲剧里扎根时却遇到了一点阻碍。首版《熙德》在公演时以公爵和艾尔维尔之间的一场戏开场，这场戏为高乃依招来了大量的批评，因为对一位贵族老爷来说，和侍女随意聊天是有失身份的。《法兰西学院对于熙德的看法》（*Sentiments de l'Académie française sur le Cid*）里也提到了这些批评："点评者斯库德里（《对于熙德的点评》[*Observations sur le Cid*] 一文的作者）指责剧本通过一场侍女的戏来开场与主题的沉重性不符，觉得这样的开场只能出现在喜剧里，我们认为他的批评是有理的。"（加泰 [Gasté]，《熙德论战》[*La Querelle du Cid*]，第 376 页）顺从的高乃依也认为这是个错误，于是在 1660 年将其删去，并把这场戏的内容嫁接到了艾尔维尔和席美娜的对话中，后者成为了新版剧本的开场。随着亲信地位的逐渐提高，并向"朋友"转化，在悲剧里采用这一类型的呈示就变得越来越容易了。在之后的剧本里，高乃依都沿用了这类呈示，比如《波利厄克特》

《塞托里乌斯》《阿提拉》《苏雷纳》。至于拉辛，则如我们在上文所说的那样，从《安德洛玛克》一直用到了《费德尔》。国家图书馆559号手稿的作者指出，"十部悲剧里有四部都是以两位朋友间的对话开场"（第四部分，第七章，第10节），但他并不认为这种手法单调。

如果我们希望推迟主角的登场时间，也可以把呈示变成两个亲信，而非主角和亲信之间的对话。如果我们追求的是客观性，那么这些小角色比起沉浸在情感之中的主角更能客观地向我们提供信息。这样的呈示出现在高乃依的《亲王府回廊》和莫里哀的《唐璜》这类喜剧里，也出现在斯卡隆的悲喜剧《海盗王子》里，甚至高乃依的悲剧《罗德古娜》也是如此。但高乃依在该剧的《评述》里承认这个呈示"并无技巧可言"，显然他并不以此为荣。

最后一类呈示通过两个主角之间的一场戏来完成，两人可以像莫里哀的《吝啬鬼》那样，把已知的信息告诉观众，或者像高乃依的《尼克梅德》或《布尔谢里》那样，互相告知剧情的新进展，两位主角可以就此在一场活跃或者激烈的讨论中针锋相对。这种新的可能性引出了划分呈示类型的第二种原则，即通过呈示场次的基调而非角色的身份来分类。

* *

上述所有呈示类型大都有一个共同点。那就是它们的基调都是冷静的，叙述的基调，只追求以最自然的方式交代事实。这类呈示的普遍程度遥遥领先于其他类型，理由有两个：首先是它们写起来很容易，但存在让读者和观众感到乏味的风险。其次是演出条件的限制：在开场后立即把喧闹的观众的注意力吸引过来并不容易，因此最好避免在这一阶段呈现重要的、感情饱满的戏份；此外，经验不足的演员也很难一下子就把情绪展现出来，他们需要先热身，就像多比尼亚克院长所说的那样，"最好让他们以'半满情绪'的状态开场"（《戏剧法式》，第四卷，第一章，第279—281页）。

然而，某些作家依然觉得情节对于戏剧而言是必不可少的，哪怕在呈示里，因此他们追求氛围活跃，甚至情绪激昂的开场。比如洛特鲁的《克劳兰德》

（1637），两位情人之间的开篇讨论展现了愤怒，甚至尖刻；同一作者的《被迫害的洛尔》（*Laure persécutée*, 1639）也是如此，一开场就上演了王子被捕的一幕，而对此的解释却是滞后的。莫里哀《恨世者》的开场也不乏针锋相对的情景，甚至充满火药味。而高乃依则满意自己对于《佩尔塔西特》开场的处理，他在该剧的《评述》中说道："第一场戏解释主题的方式不乏技巧。"这里的技巧体现在角色是带着怒火，而不是平静地说出他们所知道的（也是我们得了解的）事实，两人的对话堪称尖刻。

另一些剧本则走得更远。莫里哀的《屈打成医》以斯加纳海尔和玛蒂娜之间一次激烈的争吵开场，激烈到最后以棒打结束。拉·加尔普奈德的《埃塞克斯伯爵》以伊丽莎白愤怒指责埃塞克斯不忠开场。在洛特鲁的作品里，《柯尔克斯的阿耶斯兰》（*Agésilan de Colchos*）以舞台上上演的一场决斗开场；《凡塞斯拉斯》以同名国王对于儿子拉迪斯拉斯的激烈指责开场；《郭斯洛埃斯》则以希洛埃斯和继母西哈之间仇恨的爆发开场。显然，我们不能像克莱蒙说的那样，指责这些剧本的呈示只是"向我们冷冰冰地交代了为主题铺垫的信息"。

最后的例子是高乃依，他在接连两部悲剧里采用了混合技巧：第一幕是冷静平淡型主角和亲信之间的对话，第二幕则展现两位愤怒的主角之间的针锋相对。这两部悲剧分别是《泰奥多尔》和《赫拉克里乌斯》。它们把叙述型呈示适合解释复杂局面的优势和激烈冲突至上的戏剧原则结合了起来。我们可以发现：最后这几类呈示体现的是情节战胜了单纯的呈示，以及将剧本中需要思考记忆的元素融入情感跃升过程的趋势，后者是古典主义的固定元素之一，也是它奥秘的真正所在。

第三章　结点：障碍

1. 情节，结点，情境，障碍

一般来说，在介绍什么是呈示以及呈示应该是什么样的时候，理论家的想法都是比较清晰的。同样，他们也能准确地向我们解释与结尾相关的概念。但剧本的中段却很少在他们的分析中出现，尽管它是最为重要的（至少在篇幅上是如此），可能因为它的类型变化要大得多。这一部分的称谓也没有明确地固定下来：结点（nœud）、情节（intrigue）、情境（situation）这些词往往被混在一起使用，似乎并没有加以区分。

在这三个词里，"结点"看上去是最容易被接受的，因为它和"结尾"之间有着明显的关联*：结点就是会在剧末被解开的东西。但它的内容是什么呢？国家图书馆559号手稿的作者是这么定义的："结点应该被理解为那些通过打乱和改变角色的利益和情感来延长情节并支开主线故事的具体事件。"（第四部分，第一章，第1节）换句话说，一切事件，或者说剧本里出现的所有情境，都属于结点的内容。然而，马尔蒙特尔也是以同样的方式来定义情节的："戏剧诗的情节指的是情势、枝节、利益和性格的组合，正是这一组合在等待事件发生的过程中催生了不确定感、好奇心、急躁和忧虑，等等。"[1] 因此，我们可以认为结点和情节意思相近。利特雷把情节定义成"组成剧本结点的种种不同的枝节和插曲"。[2]

情境这个词有时也被解作同样的意思，但它是有歧义的。一方面，它可以指代一个剧本里所有枝节的总和，也就是情节或者结点，从这个意义上说，类似"《安德洛玛克》的情境"这样的提法是成立的；但另一方面，"情境"这个词也

---

* "结点"在法语中是 nœud，这个词也有"结"的意思；而结尾是 dénouement，字面意思为"解结"，因此作者说两者有明显关联。

可以指每个单一的枝节，这意味着同一个剧本里可以有数种"情境"。所以在我们看来，坚持使用"结点"这个词更为合适，毕竟它在古典主义时期就是理论家常用的词。

但怎么样才能让一个如此复杂、形式如此多变的整体变得清晰呢？有一部轰动一时的著作曾经声称要解决这一问题，那就是《戏剧情境36种》。他的作者乔治·波尔蒂（Georges Polti）认定：世界各国戏剧文学里已知的或可能存在的剧本所呈现的全部情节，不多不少，恰好可以归为36类情境。他对此做了逐一研究，并举了大量的例子。遗憾的是，他没有提出任何贯穿了这些情境的原则；而且，他所谓的情境，也只是一些混杂在一起，又有着很大差别的戏剧元素。在他的分类体系里，有一些可以被称为情境的情节片段，比如他笔下的第 9 种（"大胆的尝试"）、第 19 种（"不知情地杀害了某个自己人"）和第 24 种（"不对等的竞争"）情境；但也有一些因为把结尾考虑在内而复杂化了的情境，这些情境原本是相同的，只是因为结局走向的不同而被刻意地区分开来，比如第 15 种和第 25 种情境（"导致杀戮的出轨"和"出轨"），第 1 种和第 12 种情境（"乞求"和"获得"），第 3 种和第 4 种情境（"针对罪行的报复"和"亲人之间的报复"）；此外，我们还能从中找到一些情绪类的戏剧元素，它们属于人物的性格范畴，而不是情境，比如他笔下的第 13 种情境（"对于亲人的憎恨"）、第 26 情境（"爱情导致的罪行"）、第 30 种情境（"野心"）、第 32 种情境（"错误的嫉妒"）；还有一些他所谓的情境只是单纯的主题，比如第 10 种（"绑架"）或者第 16 种（"疯狂"）。因此，我们无法以这种分类法为基础来研究结点。

倒是在今天已经被遗忘了的一些 18 世纪的批评家那里，我们能找到一个研究剧本结点的普遍原则。1702 年，莫万·德·贝尔加尔德院长在《文学和道德珍奇信札》里写道："悲剧的结点包含了主要角色的意图，以及一切来自自身或他人的、阻挠这些意图的障碍。结点一般会发展到第四幕，有时甚至延续到第五幕的最后一场戏……"（第 332 页）他说出了关键的那个词，"障碍"。没有障碍，就没有结点，甚至剧本也完全不存在：顺风顺水的人是没有故事的。纳达尔院长在《古今悲剧观察》[3] 里明确了这个观点，强调让主角的欲望碰壁是成就一切情节的必要条件。他说道："情节的缘由和意图在呈示主题时出现，并占据剧本的开场;然后必须有一系列障碍和阻挠紧随其后,由此在剧本的中段形成结点;而解结则是情节的完结或者说终了。"这就是我们在研究结点的过程中所遵循的原则。我们需要了解的是:作者通过呈示交代了角色的意图之后,所设计的障碍属于何种性质,以及作者如何利用角色所面临的困难来构建情节。

2. 真实障碍:"两难"至上

障碍可以是外部或者内部的。当主角的意愿与其他角色的意愿发生冲突,或者遭遇了某种令他无可奈何的局面时,障碍就是外部的。反之,如果主角的不幸来自于他自身的某种感情、倾向或者情绪,障碍就是内部的。比如阿巴贡的吝啬,对于他的孩子而言是外部障碍,对于他自己则是内部障碍。

构想并呈现外部障碍比内部障碍容易得多,这也是为什么前者在古典主义戏剧里最为丰富。外部障碍的原始类型是父亲或国王。我们在前面已经强调过这一角色的重要性了。他或出现在剧本里,或隐藏在他人的想法里,正是他让年轻主角们的憧憬撞上了一个根本障碍。

这类障碍最普通的形式出现在那些为数众多的、以父母阻挠子女婚姻为情节的剧本里。在 17 世纪的戏剧文学里,从最知名的代表作到最沉寂的剧本,这类主题都无处不在。比如巴霍的《塞兰德》(*Célinde*, 1629),吉尔贝尔的《法兰西的玛格丽特》(*Marguerite de France*, 1641),布瓦耶的《蒂利达特》(*Tyridate*, 1649)。喜剧里也比比皆是,特别是莫里哀的喜剧;悲喜剧则有梅莱的《西尔维娅》和洛特鲁的《被迫害的洛尔》这样的例子;悲剧里也有诸如特里斯坦的《奥斯曼》(*Osman*)或者高乃依的《泰奥多尔》这些剧本。在所有这些例子中,父亲是国王(比如《西尔维娅》)还是普通人(比如《吝啬鬼》)并不重要,因为无论是哪种情况,他都会展现同等的权威。父亲和国王的职能可以集于一人之身,也可以像泰奥菲尔的《皮拉姆和蒂斯比》那样,由两个不同的角色分担,且两者都反对主角的婚事。这样的例子还有很多,一一列举也不难,只是没什么意义。

更重要的在于区分父亲阻挠子女幸福的不同理由。理由之一是国王或者父亲自己觊觎年轻男主角想要娶的那位年轻姑娘,除了《吝啬鬼》里的父亲,《皮拉姆和蒂斯比》里的国王之外，梅莱的《克里塞德和阿里芒》里的国王，拉辛《米特里达特》的同名主角也属于这种情况：前者和他的俘虏阿里芒一样爱上了克里塞德，后者则想着从自己儿子西法莱斯手里把莫尼姆抢过来。然而，婚事所受到的阻挠也可能来自一些更崇高客观的原因，以至在某些情况下，即使没有父亲或者国王的存在，当事人也不得不承认自己的无力，并选择屈服。在这样的情况下，父亲一角所代表的障碍可能会淡化，甚至消失，取而代之的是子女自己也认可的一些父权思想。比如当一个父亲本身很富裕的时候，他就不希望自己的女儿嫁给穷人：在哈冈的《牧歌》里，西莱纳想让女儿阿尔泰尼斯嫁给有钱的吕锡达斯而不是贫穷的阿尔西多尔；在梅莱的《希尔瓦尼尔》里，梅南德尔想把女儿希尔瓦尼尔嫁给富有的泰昂特而不是没钱的阿格朗特；在高乃依的《戏剧幻觉》里，热昂特希望他的女儿伊莎贝尔嫁给有钱的阿德拉斯特而不是贫穷的克兰多尔；出于同样原因，《波利厄克特》里的菲利克斯在为宝丽娜挑选丈夫时倾向于波利厄克特而非塞维尔。而在上述所有情况里，年轻姑娘爱的显然都是贫穷的男主角。但在高乃依的《寡妇》里，年轻的寡妇克拉丽丝虽然享有自主权，却也知道菲利斯特因为贫穷而无法娶她。在《侍女》里，高乃依把女主角阿玛朗特，而不是男主角，设计成穷人；贫穷扮演了父亲的角色，阻碍了这个侍女嫁给自己的心上人。

　　社会地位的差异和财富差异有着同样的功能。按照17世纪的观点，国王的女儿和臣子之间地位的鸿沟比金钱的障碍更难以逾越，无论这个臣子是多么的功勋卓著。以杜里耶的《阿尔西奥内》为例，公主莱迪尽管爱着男主角阿尔西奥内，但一想到他们之间这段门不当户不对的婚姻就感到恐惧，她身为国王的父亲自然也是持这一态度。而《熙德》里的公主也完全不需要一个父亲的角色来敦促她做出拒绝罗德里格的决定。

　　宗教信仰的差异也是如此。梅莱《阿苔娜伊斯》里的情侣主角，以及更为悲剧的《波利厄克特》和《泰奥多尔》里的情侣主角，都是基督徒和异教徒的组合。他们有如敌人一般彼此对立。这和不同国籍的一对主角各自祖国处于交战状态下的情况异曲同工：正是这一障碍导致了高乃依的《贺拉斯》里准新人以及夫妻之间的悲剧，还有托马斯·高乃依的《蒂莫克拉特》里那对情人的悲剧。

国王也可以通过另一种方式来彰显他的强大：作为僭主出现。他对于主角的幸福所造成的影响是如此之大，以至只能将其诛杀才能摆脱他。高乃依《西拿》里的奥古斯都之所以能逃过一劫，恰恰是因为他不再是僭主。但《罗德古娜》里的克莱奥帕特拉，《赫拉克里乌斯》里的福卡斯，《阿提拉》的同名主角，都悲惨地死去了。至于尼禄，无论是在特里斯坦的《塞内卡之死》，还是在拉辛的《布里塔尼古斯》里，都扮演了同种类型的障碍，出于对史实的尊重，这两部悲剧都放过了他，但如我们所知，尼禄日后将以暴君的身份死去。

外部的强权可以取代僭主对剧情产生同样的影响。在高乃依的《尼克梅德》和《塞托里乌斯》里，或是梅莱和高乃依两个不同版本的《索福尼斯巴》里，罗马的强权都是核心障碍。拉辛在他最像高乃依的那部悲剧《亚历山大》里，也把亚历山大设计成了同种类型的障碍。

套用精神分析学者的说法，王权如果进一步升华，就可能以国家利益这种不具人格的形式出现，但它的制约力并不会因此减弱。洛特鲁的《郭斯洛埃斯》，高乃依的《苏雷纳》，拉辛的《贝蕾妮丝》或者《伊菲革涅亚》，这些悲剧各不相同，但它们的主角都不幸地服从于不同形式的国家利益。

外部障碍的最后一种形式，也是最难以解释、最荒诞、最悲剧性的一种形式，不是别的，就是宿命。要呈现这种被定义为不可逾越的障碍的特征，只需举出《俄狄浦斯》的主题即可，高乃依创作了这一主题的剧本。

*　　*

内部障碍和外部障碍并非截然相反。内部障碍取决于人的意愿，要让障碍从外部转向内部，只需主角接受其合法性，并或屈从或与之抗争，而不是通过改变初衷或者一走了之来逃避。在《熙德》里，伯爵的傲气为他招来了杀身之祸，而他的死又迫使罗德里格和席美娜分开；但悲剧之所以存在，完全是因为两个年轻人接受了这一局面，接受了这一局面给他们的爱情所制造的痛苦，障碍就此从外部转为内部。一个在创作上对自己要求不如高乃依的悲喜剧作家，可能会让罗德里格掳走席美娜，这样的剧作家在17世纪有十来个。在这些人笔下，这对情侣也许会藏身于某个小岛继续他们的爱情，剧情也就此幸福落幕，尽管这样的结局有违礼法。另一种可能是他们受到某些被他们触怒的人，伯爵的某个亲戚或儿子，又或者是国王特使的追捕，这样一来，我们就从一个外部障碍转到了另一个外部障碍。泰奥菲尔的《皮拉姆和蒂斯比》，梅莱的《克里塞德和阿里芒》，洛特鲁的《美丽的阿尔弗莲德》，以及其他许多剧本里的情侣，都是这样在问题面前一走了之的。真正的内部障碍，不在于主角所面对的人或者想法，而是在主角自己，或者他所爱的人身上。

在所爱之人身上，有没有比爱情的缺席更大的障碍呢？爱上一个不爱自己的人，这就是最残酷的，也是古典主义戏剧中最常见的惨剧。它在田园牧歌剧[4]中比比皆是，也构成了大量喜剧和悲剧的结点，其中最令人印象深刻的可能是拉·加尔普奈德的《埃塞克斯伯爵》，高乃依的《王家广场》，莫里哀的《太太学堂》，托马斯·高乃依的《阿里亚娜》。拉辛的悲剧里也尽是遭受这样悲惨命运的角色，如《安德洛玛克》中的俄瑞斯忒斯、艾尔米奥娜和庇鲁斯，《贝蕾妮丝》中的安提奥古斯，《巴雅泽》中的洛克萨娜，《米特里达特》和《费德尔》中的同名主角。

在主角自己身上，作为内部障碍而存在并把主角推向灭亡的情感，并不一定与所爱之人的冷漠有关。我们刚提到的主角里有一部分是怀着嫉妒心，或者像费德尔那样随着剧情发展而变得嫉妒的，但其他主角，如安提奥古斯，却不是。嫉妒变成障碍也无需正当理由。特里斯坦《玛利亚娜》里的希律王，基诺《阿玛拉松特》的女主角，都饱受嫉妒心的折磨，然而他们的嫉妒心却并无实据。还有一种情况下，主角由于过于算计而自食其果，那些马基雅维利主义者便是如此，比如布瓦耶《奥洛帕斯特》（*Oropaste*）里的同名主角，托马斯·高乃依《斯蒂里贡》里的同名主角，都是毁于自己所布的局。

在喜剧里，剧本的结点就成了主角心里某种变得畸形的可笑癖好或者恶习。在高乃依的喜剧里，有《欺骗者》里的欺骗；在莫里哀的喜剧里，有《恨世者》里的调情癖，《吝啬鬼》里的吝啬，《贵人迷》里的贪慕虚荣，等等。

* *

真正的障碍不只是内部的,而是双重的。单一的障碍是可以回避,或者通过纯武力方式,比如决斗来抗争的。但要让冲突变得戏剧化,就得让主角面对两种不可调和的需求。《熙德》的主题之所以是悲剧性的,只是因为两位主角想要同时满足自己的"荣耀"和爱情;如果他们能舍弃其一,就不存在任何问题了。这种必要的冲突有时也被称为"情境"。莫万·德·贝尔加尔德就是这样定义的,而且他举的也正是《熙德》里罗德里格的例子:"'情境'是指一种激烈的状态,情境中的人处在两种同样紧迫却又对立的利益之间,两种将我们撕裂,让我们无法或很难抉择的蛮横情绪之间。"[5] 而想要为主角设置真正障碍的剧作家也会设计一个情节,让其在两种同样合理但无法调和的态度之间做出选择;这种没有选择的选择因为紧迫而更具戏剧性。对此心知肚明的主角则通过论理的方式将两种可能性分别解释一遍,由此告诉大家其中一种的实现意味着另一种的牺牲,因此实现任何一种都是不可能的。这种论理有一个响当当的名字:两难(dilemme)。因此,障碍的深入就带来了两难。古典主义戏剧里充斥着两难,这点可以通过大量的例子轻松得到证明。

高乃依在《贺拉斯》里展现了一个不知道该希望居里亚斯凯旋还是死亡的卡米尔:

> 我将看着我的情人,我唯一的财富,
> 或为他的国家牺牲,或让我的祖国覆灭,
> 或让我哀叹,或叫我憎恨,
> 于我,怎样都是煎熬。(第一幕第二场)

而萨宾娜面对贺拉斯时,也是同样的处境,她对国王说:

> 爱上沾有我兄弟鲜血的臂弯!
> 不爱一个结束我们苦难的丈夫!
> 爱与不爱皆是罪,
> 陛下,请用死亡,让我解脱……(第五幕第三场)

在《西拿》里，身为奥古斯都宠臣的西拿在向艾米丽发誓除掉前者之后，也无法在信守誓言和对奥古斯都知恩图报之间做出选择：

> 两种选择都有损名誉，都触怒众神，
> 要么背弃神圣誓言，要么犯下弑君之罪，
> 无论哪条，都是不义之路。[6]（第三幕第二场）

至于拉辛，只需举出《安德洛玛克》的例子就够了：赫克托尔的遗孀既想保全儿子的性命，又想避免一场让她厌恶的婚礼。这些困境在17世纪的代表剧作里如此常见，以至莫尔奈（Mornet）先生在许多早于《安德洛玛克》的剧本里找到了同样的情境，比如托马斯·高乃依的《马克西米安》（*Maximian*）、《康茂德》、《伽玛》（*Camma*）和《庇鲁斯》（*Pyrrhus*）；基诺的《塞勒斯之死》（*Le Mort de Cyrus*）和《阿斯特拉特》（*Astrate*）。[7]

在上述所有这些例子里，冲突都是产生于两种不可调和的义务之间。这类两难的情境甚至还被引入了喜剧，比如斯卡隆的《若德莱：男仆主人》：唐费尔南发现他的侄子严重冒犯了他的女婿，然后他做了什么呢？他呼天喊地地说道：

> 啊！我真是要分裂了。
> 侄子这回伤了女婿：
> 我这家，还躲得过一场杀戮吗？（第二幕第六场）
> ……
> 我的女婿被冒犯了，这等同于对我不敬；
> 但如果始作俑者是我侄子，我又该怎么办呢？
> 我该放弃一个，站在另一个那边吗？
> 头都大了！手心手背都是肉；
> 一个和我血脉相连，一个和我荣辱与共，
> ……

> 我不知道哪个该抛下，哪个又该捍卫（第三幕第三场）

在其他情况下，更打动人也更流行的冲突产生于义务和爱情之间。显然，《熙德》里罗德里格的冲突就属于这种类型。但这类冲突的历史却比《熙德》早了许多。1608 年谢朗德尔的《提尔和漆东》里，莱昂特和贝尔卡尔是两个正在交战的国家的士兵，两人都分别被敌人俘虏；莱昂特被杀害后，另一方为了报复，就要把贝尔卡尔也处死；此时，作为莱昂特的妹妹，却又爱着贝尔卡尔的梅里亚娜便只能哀叹：

> 绝望中的我啊，只得宣告自己成为那
> 不忠的情人，或是那不念手足情的妹妹。（第三幕第一场）

在皮舒（Pichou）1629 年的《卡尔德尼奥的疯狂》（*Folies de Cardénio*）里，费尔南多感叹：

> 爱情和义务，这强大的两头，
> 矛盾地冲击着我的思想；
> 一个可以轻而易举地原谅我的冒犯，
> 而面对另一个，我能找到抵御之法吗？（第五幕第四场）

在梅莱 1630 年的《克里塞德和阿里芒》里，阿里芒不知道该不该接受朋友贝拉里斯慷慨的建议，任对方替他坐牢，而自己去和情人克里塞德幽会：

> 神啊！我的内心此时正饱受煎熬！
> 爱情和义务处在我天平的两端。
> 如果我抛下他而去，就是懦夫所为；
> 如果我留在此处，又十分残忍。
> 爱情，怜悯，义务，贝拉里斯，我的情人啊
> 看看吧，对您的尊重逼迫着我……（第三幕第二场）

第一部分　剧本的内部结构

剧作家还会设计出一些在两种情感，比如爱和恨之间，无法抉择的情境。在1628年上演的杜里耶的《阿雷塔菲尔》(Arétaphile)中，尼古克拉特琢磨应该对阿雷塔菲尔产生什么样的情感：

> 恨意和爱情在我心里作战。
> 交替地以不同的方式点燃我的内心。
> 有时恨意占上风，有时我的爱情
> 又命我放阿雷塔菲尔生路。（第三幕第五场）

在斯库德里1635年的《乔装王子》里，罗斯蒙德发誓要让人杀掉克雷雅克，因为后者的父亲杀了她的丈夫。然而，克雷雅克和罗斯蒙德之女阿尔杰尼互相爱着对方，两人都要寻死。以下就是罗斯蒙德的两难处境：

> 如果让他活着，我的愿望就是残缺的，
> 如果让他以血还血，就等于
> 迫害一个已经投降的敌人，我能以此为荣吗？
> ……
> 啊，这种种不同的情感让我为难，
> 我不知该选择爱情还是仇恨。（第五幕第九场）

在《蒂莫克拉特》(1658)里，托马斯·高乃依也是通过誓言受爱情阻挠这个想法来构建剧中王后的两难处境的。王后曾立誓处死自己的敌人蒂莫克拉特，如果后者落入她手中的话；同时，她也承诺将女儿艾丽菲尔许配给擒住蒂莫克拉特的人。然而，艾丽菲尔只为蒂莫克拉特而活，后者也深爱这位公主。当蒂莫克拉特向王后表露身份时，后者陷入了纠结：

> 自己女儿将要嫁的那个人，我能取他性命吗？
> 或者，如果我不得不接受这残酷的事实的话，

第三章 结点：障碍

我能把女儿许给一个要取我性命的人吗？（第四幕第八场）

由于两难处境风靡一时，剧作家甚至在无需两难的剧情里引入了"伪两难"，即人物在两种选择方案之间简单的犹豫。在梅莱的《奥松那公爵的风流韵事》里，保林以为自己杀了妻子艾米丽的情夫卡米尔；而艾米丽看到保林走来，犹豫是该掩饰自己的怒火还是任其爆发：98

> 我感到了内心深处一场恼人的斗争。
> 由于他的出现，我的勇气得到了爱情的激发
> 爱情，想让我立刻展现怒火。
> 另一方面，理性却给了我更好的建议，
> 让我等待时机的到来。（第一幕第四场）

两难的风潮还体现在它在剧中出现的位置上：为了强调两难的戏份，剧作家将其置于某一场或某一幕的尾声部分。以杜里耶的《塞沃勒》为例，正是在一场戏的末尾，朱妮对自己所感受到的内心冲突做了如下总结：

> 哎，我对两者的爱是对等的，
> 一头是我的祖国，另一头是我的爱人，
> 我必须将其中一者置于险境，却无法确定
> 他的毁灭会换来另一者的平安。（第三幕第三场）

在同一部剧另一场戏的尾声，阿隆宣称：

> 无论我能做什么，
> 如果履行了义务，就是违背了自己。（第四幕第三场）

如果两难出现在某一幕的结尾，就更令人印象深刻了，因为观众能利用幕间来想

象两种不可能的选择之间痛苦的轮替。盖然·德·布斯加尔的《克莱奥梅纳》的第四幕和高乃依《熙德》的第一幕均是如此。

有时，两难也会有解决之道，如果两种情感中的其中之一最终在主角心里占据上风的话。《熙德》里罗德里格的那段哀叹最终就是以荣誉战胜爱情而告终的。在梅莱的《克里塞德和阿里芒》里，阿里芒那段我们已经引用过开头部分的两难告白，也是逐渐往其中一个方向发展，只是和高乃依的正好相反：

> 为什么要忍受如此久的煎熬？
> 反正弱终究也不能胜强，
> 而爱情总会是这场斗争中的强者。
> 亲爱的朋友啊，结束了，克里塞德
> 战胜了贝拉里斯（第三幕第二场）

但更多的时候，两难不会有任何出路，而是用来强调主角无法抉择的悲剧处境。在《克里塞德和阿里芒》的另一个段落里，梅莱就很好地展现了两难的这个功能，那是国王的一段话：

> 神啊！回想起这样一场经历所带来的种种后果
> 真是让我的思想饱受折磨，
> 犹疑，困惑，分裂，停滞，
> 像是走失在一座没有出路的迷宫。
> 我不知该让天平往何处倾斜
> 爱情这头还是暴力那头。（第五幕第三场）

玛黑夏尔《英勇的姐妹》里也有一场戏表现了同样的无所适从：梅兰德不知道是否该拒绝让情人吕西多尔向自己的哥哥发出战书：

> 答应您，就等于失去您，或者我的哥哥，

拒绝您，也是对您的冒犯，
爱情想要得到的，却也是爱情所禁止的，
那么我该如何是好？（第二幕第三场）

洛特鲁《郭斯洛埃斯》第一幕第三场里希洛艾斯的困扰，布瓦耶《奥洛帕斯特》第一幕第三场里艾希奥纳的烦恼，都是这一类型，只是展现得更彻底，更悲凉。

*　*

从形式上来说，两难处境是剧作家展现个人精湛的修辞功力的地方。有时他们会借机强调自己的论理框架。以"五作家"《伊兹密尔的盲人》为例，剧中费拉尔克的两难从内容上看十分平庸，不过是又一次复制了那个经典的矫饰主题：情人因爱情遭拒郁郁而终，因被接受而喜出望外，[8]然而，这处两难在表达形式上的严谨却让它成为了一个形式逻辑论上的范例。先来看下第一个假设：

哎，如果她无情至此，
明知我苦痛，却不感同身受，
那么我将无法接受这种对我心意的不屑
我的死在这样的情况下也将无可避免。

第二个假设：

相反，如果她在我合理的痛楚面前，
感受到了残酷，并为之落泪，
那么她所承受的煎熬对我也是锥心刺骨，
她的怜悯和她的严酷一样，是我的灾难。

结论：

也就是说：此刻处于悲伤之中的我，

无论感受到的是她的绝情还是善意，都难逃一死。[9]（第三幕第五场）

在盖然·德·布斯加尔的《克莱奥梅纳》里，同样有着将逻辑结构拆解的考虑。国王托勒密以为克莱奥梅纳有谋反之心，想要处死他，但他又爱着克莱奥梅纳的妻子阿基雅迪丝，后者肯定不会原谅他杀死自己的丈夫。该剧第四幕尾声就向我们展示了这个两难处境，类似的片段在剧中其他地方也还有展开：

爱情啊，我该怎么做？正义啊，叫我如何抉择？

我该宽恕还是惩戒？

我的内心被两股不同的力量把持。

阿基雅迪丝让我钟情，但她的丈夫让我害怕；

如果我向爱情让步，那我将失去王冠；

而匡扶正义又会让我失去所爱之人。

变幻莫测的命运啊，你对我真是不仁！

无论哪个选择，于我都将是致命的。

随后是两组对称的台词，一组四行，先说他听从爱情可能带来的后果，再讨论选择正义意味着什么。这一幕最后以国王的结论收尾：

哪一头我看到的都是深渊，

而我必须追随爱情或是正义。[10]（第四幕第五场）

对于两难处境的喜好在许多作者身上到达了偏执的程度，于是表达上有时也显得可笑。德枫丹纳（Desfontaines）的《圣阿莱克西》（*Saint Alexis*, 1644）便是一例。在这部剧中，阿莱克西想要守贞，皇帝却已经把美丽的奥兰皮嫁给了他，因此他以两难的形式来呈现自己的困扰，只是十分突兀：

啊！我的国王，啊！夫人，呃，我的内心，呃，我的舌头！
我的第一段致辞将献给何人？（第一幕第一场）

在另一些更聪明的作者那里，两难被用来展示精心设计的话语交锋。比如，托马斯·高乃依《蒂莫克拉特》里的王后说道：

爱我所毁，毁我所爱。（第五幕第五场）

皮埃尔·高乃依《波利厄克特》里的菲利克斯在说起他的女婿时，也有下面这两句话：

于是，我时而为了他置生死于不顾，
时而我又为了保全自己而让他送命。（第三幕第五场）

《阿提拉》里的奥诺里既怕嫁给阿提拉，又怕后者看不上她，于是说出了下面这句话：

无论他选我与否，对我都无异于死。（第二幕第一场）

在拉·加尔普奈德的《埃塞克斯伯爵》里，两难的作用在于串联起一整段对立的表达。在埃塞克斯死后，伊丽莎白喃喃自语道：

你再也见不到这个珍贵的敌人了，
这个不幸的让你又爱又恨的人了，
这个既为王后效命，又成为障碍的臣子，
这个既冒犯又遵从你的人，
这个既对你有恩又背叛你的人，
这个让你神魂颠倒，又让你恨之入骨的人，

第一部分　剧本的内部结构

> 这个致命的敌人，你的另一个自己（第五幕第三场）

102　最后，两难作为一种剧作手法如此风靡，以至招来了他人的戏仿。早在1632年，就有《天才杂货商》(*Mercier inventif*)这样的匿名剧，向我们展示了一个热爱生命，却因为自己错误的建议导致朋友弗洛李东死亡而满怀内疚的杂货商。他会活下去吗？还是自杀谢罪？以下就是他那段饶有趣味的内心斗争：

> 因此我想死。——见鬼，我要是虐待自己
> 就亏大了。——所以我更爱好好活着。
> ——但那可是我朋友啊；我得追随他而去。
> ——呃，真去了我可就喝不成酒了……还是别死了吧。
> ——但不死也真是太没骨气了。
> 所以加油，加油去死吧，重游遗忘之河[11]。
> ——如果真的死了，那我的胸衣，
> 绸带，帽子，编带给谁呢？——都一样，我去死吧。
> ——不，我不同意。——还是死吧。——还不能死。
> 因为即使下了地狱，我也会想要回来拿篮子和杂货。
> 所以永别吧，弗洛李东，我要去这个村子
> 看看有没有人能给我点蛋糕。（第四幕）

另一部匿名剧，《费奈比斯*的婚礼》(*Le Mariage de Fine-Epice*, 1664)，则戏仿了《熙德》里的两难，甚至照搬了斯傥式（stances）的形式。这部讽刺剧的女主角，驼背的拉普安度对于她所处的时代而言是无比大胆的，她纠结是该嫁给坑蒙拐骗、性无能、又浑身溃烂的律师费奈比斯，还是律师那身强力壮的男仆勒奎斯特，这就是底层社会里荣誉和爱情之争的表现形式。拉普安度选择了荣誉，但表现出了一种带有犬儒色彩的保留态度：

---

*　费奈比斯（Fine-Epice）原指狡猾的人。

向荣誉倾斜吧。

我们有的是朋友来提供剩下的东西。（第五幕第一场）

＊　＊

这一节内容接近尾声，我们再来展现一下两难在戏剧里的辉煌。在吉雷·德拉·泰松奈里（Gillet de la Tessonerie）的悲剧《瓦朗蒂尼安和伊西多尔之死》（*Mort de Valentinian et d'Isidore*, 1648）里，马克西姆推翻、诛杀了皇帝瓦朗蒂尼安，并取而代之，但他又曾答应情人伊西多尔放瓦朗蒂尼安一条生路。为了惩罚自己食言，马克西姆自尽。于是伊西多尔被两种对立的情感所撕裂：马克西姆的英雄表现带给他的欣喜，和马克西姆为她自尽而带给她的悲伤。这种撕裂感强大到直接导致女主角在没有任何其他理由的前提下死亡。在很长时间里，小说里的角色都还是会为爱而死；而伊西多尔却是为两难而亡。

3. 虚假障碍："错配"为先

一个想象中的障碍和真实的障碍一样，也能为一个剧本提供结点，或者成为结点的一部分。剧作家早早地意识到了这点。相比真实的障碍而言，虚假障碍甚至还有一个优势，那就是它一方面能在受障碍困扰的主角身上激发出同样的反应，因为后者以为它是真实的；另一方面，它化解起来又容易得多，只需要主角意识到自己的误判即可，因为它终究是虚假的。因此，设置虚假障碍不仅简单，还能带来许多不同的效果，悲剧喜剧皆宜。无论是法国、西班牙还是意大利的古典剧作法，都在不同剧种里大量地使用了虚假障碍。在 17 世纪的法国戏剧里，虚假障碍甚至比真实障碍占据了一个更重要，至少是更显眼的位置，哪怕显眼只是因为虚假障碍往往有违逼真。总之，有大量例子可以证明它的使用频率之高，生命力之长久。

当一个主角面对一个被自己误认为真实的虚假障碍时，事实上他是犯了一个错。于是就出现了误认、误解、歧义、错配（quiproquo）这些词来指代这个手法。其中又数错配这个词影响力最大，以至有一部剧的标题干脆就被取作"错配"，那是罗西蒙（Rosimond）1673年的一部喜剧。在17世纪的剧作里，错配也是大量存在。而高乃依是所有古典剧作家里对这种创作手法特别偏爱的。无论是悲剧还是喜剧，他的每部作品都至少用到了一次错配。他的其中一部剧《寡妇》，在制造歧义这点上大做文章。在这部剧的"告读者书"里，高乃依写下了以下这段文字，让大家关注这一手法之美："角色之间最美的交流，出现在歧义之中，出现在双方各自的提议里，而这些提议得由你来揣测结局。即使你一眼就能看透，也不妨碍这一手法给你带来愉悦。"

许多剧本里都大量且随意地出现了这样的手法，剧作家并不认为有必要对此加以精雕细琢。比如在玛黑夏尔《英勇的姐妹》里，我们找到了五处错配，分别出现在第二幕的第三、第六和第七场戏，以及第三幕的第四场戏；而在"五作家"《伊兹密尔的盲人》里，更是多达八处（第一幕第一、三、五场，第二幕第三、四场，第三幕第二、三、五场）。结点的重要部分也可以建立在一个错配之上，以至后者成为了剧情发展的动力。阿尔迪《耶西浦》（*Gésippe*）的最后两幕就建立在一个误解之上：耶西浦因为误以为蒂特与他绝交才想要寻死。高乃依在《侍女》里也对虚假障碍做了类似的处理。里瓦耶（Rivaille）先生准确地认识到在这部剧中，错配"出现了两次，其引发的连锁反应是如此之大，以至剧本的后半部分完全由错配所制造的情境组成"。[12] 在《欺骗者》里，高乃依甚至在这一做法上走得更远，整部剧就是一次漫长的错配：杜朗特在第一幕第四场里对于她想要娶的女孩身份的误认，直到最后一幕第六场戏才得到纠正。

错配甚至可以不只是一个迟早会被纠正的错误。它可以一直延续，直至引出结尾。比如泰奥菲尔《皮拉姆和蒂斯比》里那个著名的结尾，就是由一次假死而导致了两位主角真正死亡。

关于错配对于剧本结点的构成的重要性，我们已经讨论得够多了。而就形式而言，错配展开后的广度往往也让现代人感到惊讶。以莫里哀的《吝啬鬼》为例，雅克师傅指控瓦莱尔偷了阿巴贡的宝箱；但瓦莱尔却把这理解成对方指责他偷了另一个宝贝，也就是爱丽丝的心，因此他认罪，错配就这样又继续了48行台词（第五幕第三场），其间引发了一些十分有趣的歧义。在高乃依的《尼克梅德》里，男主角有一个自己从未谋面的哥哥，但他却不急于相认，而是有意拉长了相认前的那场戏（第一幕第二场）。这些戏份的价值足以为错配手法正名了。但也有一些情况下，拉长错配时间的做法破坏了剧本的逼真性。在洛特鲁的《圣热奈》*里，阿德里安因为皈依基督教而被囚禁，而他的妻子娜塔莉看到他时却没有卫兵和镣铐。娜塔莉以为阿德里安为了保命而弃绝了信仰，便在接下来的四十来行台词里对其进行痛斥，直到阿德里安说出了真相：他只是得到了向妻子诀别的一点点自由时间（第四幕第三场）。钟爱错配的高乃依也在《熙德》里拉长了席美娜因为误解而愤怒的戏份，后者看到唐桑丘带着罗德里格的佩剑过来时，便以为罗德里格已经身亡[13]（第五幕第五场）。在《法兰西学院对于熙德的看法》里，我们读到了对于这一处理方式所导致的不真实感的严苛点评："席美娜的诧异和困惑本来应该很短暂，作者却将它不断延长，直到最耐心的观众也开始感到厌烦。因为没人能理解为什么唐桑丘不把决斗的结果说出来，他明明有两三次机会解释给席美娜听的。"（加泰，《熙德论战》，第391页）但高乃依对此完全不以为然，在《贺拉斯》里两度重施故技：在第一幕里，当居里亚斯来看卡米尔时，卡米尔以为他抛下了阿尔伯的部队，但居里亚斯在28行台词后才告诉他真相（第一幕第三场）；另一边，当老贺拉斯在第四幕第二场见瓦莱尔时，也出现了同样的误会：尽管瓦莱尔的话并没有什么歧义，但贺拉斯的父亲坚持认为阿尔伯得胜，儿子逃跑，足足等了30行台词之后，瓦莱尔才开始叙述贺拉斯凯旋的事迹。

体现错配手法风靡一时的最后事实是剧作家主动将错配叠加，角色在摆脱一个误会的同时又陷入另一个误会。比如洛特鲁的《美丽的阿尔弗莲德》就先后为我们呈现了一句晦涩的话的三种解读。乔装成男性的阿尔弗莲德想要告诉奥朗特阿加斯特爱伊莎贝尔；奥朗特首先把这句话理解成了阿尔弗莲德爱他，后来又以为爱他的是阿加斯特；最后才知道只是阿加斯特爱伊莎贝尔而已（第四幕第三场）。同样，在高乃依的《克里唐德尔》里，有损逼真的种种错配也是接踵而至：皮芒特看到心爱的杜里斯穿着热昂特的衣服，就误以为她是热昂特，于是和他贴

---

* 该剧的全称是《真实的圣热奈》（*Le Véritable Saint-Genest*）。

106 面致意。而杜里斯又莫名其妙地以为皮芒特把她当成了罗西多尔，并且想要以拥抱为借口来杀他，然而罗西多尔明明还穿着自己的衣服。皮芒特最后意识到他爱上的那个女孩其实不是热昂特，但对她的真实身份还是一无所知（第二幕第七场）；直到下一场戏，他只身一人的时候，才开始怀疑对方是否就是杜里斯。

* *

上述这些例子告诉我们错配的表现形式可以有巨大的差别。有时极为简单，误会刚一发生就解除了，有时却可以延续整部剧。一般情况下，简短并不见得会让错配显得逼真。但拉·加尔普奈德的《埃塞克斯伯爵》里有一个例子值得我们关注：当执达员说出"伯爵"两字的时候，焦虑的伊丽莎白以为对方要说的是她所爱的埃塞克斯伯爵，便用一句"你说什么"打断了他；然而，话中涉及的其实是另一位伯爵，南安普顿伯爵，于是，执达员接着说道：

> 南安普顿公爵
> 怀着谦卑之心请求
> 为陛下履行义务。（第四幕第二场）

在高乃依的《波利厄克特》里，也有这类被提前打断的短暂错配。斯特拉托尼斯来向保林宣布波利厄克特皈依了基督教时，这样说道：

> 你的梦是真的，波利厄克特不再……

斯特拉托尼斯想说的其实是"不再配得上你"，保林却想当然地理解为"不在人世"。于是，前者马上纠正道：

> 不，他还活着；只是，啊，眼泪啊！
> 一个如此勇敢，如此神圣的灵魂，

却不配再活下去,也不配和你再在一起。(第三幕第二场,同时参见第三幕第三场)

在《欺骗者续篇》里,高乃依也加入了一个瞬间解开的误会,但更为刻意:狱中的杜朗特请求菲利斯特为他赢得一晚的自由。菲利斯特回答道:"木已成舟。"

> 杜朗特:什么!你竟然拒绝我这小小的要求?
> 菲利斯特:恰恰相反,[释放的]命令已经下达,
> 只是你反应过急,没有意识到罢了。(第三幕第四场)

这就是一个纯粹为了娱乐观众,而不是为剧情服务的误会。既然高乃依用了,就证明它应该还是有可能让观众一乐的。

至于那种占据几场甚至几幕戏份的持续型错配,自然会大量出现在喜剧之中。但也不要认为它是喜剧的专属。部分悲剧的结点也建立在这样的错配之上。就高乃依的作品而言,最明显的例子可能要数《赫拉克里乌斯》了,里面的角色不断地弄错自己和他人的身份:从第二幕第五场一直到结尾,马尔西安都以为自己是赫拉克里乌斯;而从第三幕第二场到第五幕第六场,解开剧情困局的艾克旭贝尔则一直被当作叛徒。拉辛的作品里也不乏这样的例子:由于阿伽门农的举棋不定所导致的误会占据了《伊菲革涅亚》第二幕的最后五场戏;他曾写信告诉女儿说阿喀琉斯不再想要娶她,但伊菲革涅亚收到信的时候已经到达了奥利斯,所有角色对于情境的判断都是有误的,拉辛利用了这一点来展开剧情,直到第三幕开场才通过阿喀琉斯和阿伽门农之间的一段对话来理清局面。19 世纪的轻喜剧(vaudeville)将重拾这些充满了误会的情境。

有时,错配如此晦涩,以至 17 世纪作家觉得有必要通过剧本上的边注让读者注意部分台词的双重意义。比如在梅莱的《希尔瓦尼尔》里,希尔瓦尼尔说:

> 狄兰特,正是这样,他人身上的重负
> 在我们眼里才显得比我们自己的更为轻盈。(第二幕第二场)

第一部分　剧本的内部结构

108　梅莱很为我们着想，特意在边注里提醒："这些台词有双重意义，它们本身针对阿格朗特，但狄兰特以为是说给他听的。"在斯库德里的《乔装王子》里，乔装成园丁的克雷雅克对阿尔杰尼公主说：

　　　我隐藏了我的身份，以及我来自何处，
　　　因为匿名对我而言更为有利。（第二幕第五场）

斯库德里也在页边做了注释："这些台词有双重意义。"阿尔杰尼以为克雷雅克是因为园丁身份卑微而耻于谈及；但克雷雅克真正想隐藏的是他敌国王子的身份。

＊　　＊

　　导致错配的原因有很多，我们只列举主要的。事实上，错配几乎能在任何情况下产生。对于一个词或一句话的误解，对于一个手势的误读，弄错人物、行为、动机或是情感，某个角色有意或无意制造的错配，所有这些类型都能在古典主义戏剧里大量找到。高乃依钟爱纯粹语言层面上的歧义，这在许多喜剧和悲剧里都有体现。比如在《亲王府回廊》里，利桑德尔登场时遇到了两位女主角，一位是他求爱的对象塞里德，另一位是伊波利特。利桑德尔说道：

　　　这沉鱼落雁之美，这唯一让我倾心之人……（第三幕第五场）

塞里德认为这段话是对她而说的，便粗鲁地打发了利桑德尔；但后者为了激起塞里德的妒忌，坚称他是对伊波利特说话（第三幕第八场）。在《侍女》里，贯穿了剧本整个下半部分的那个错配来自于第三幕第七场的一个被误解的词：热

109　哈斯特误以为女儿达芙妮爱克拉里蒙，便同意她嫁给这位"情人"，但他没有明说情人的名字；然而，达芙妮真正爱的是弗洛拉姆，一连串的误会由此而生，直到最后一幕第八场才得以解开，达芙妮用一句话总结并强调了这一错配手法的运用：

第三章 结点：障碍

> 无意中漏提的一个名字竟让我们如此痛苦！

在《欺骗者》里，杜朗特在剧首遇上了两位年轻女子，克拉丽丝和卢克莱丝，他爱上了其中一位，却不知道两人的名字。一位车夫对他说"两人中更美的那个"叫卢克莱丝，因此杜朗特想娶的就是后者；然而车夫和杜朗特的审美不同，杜朗特觉得克拉丽丝更美。直到结尾处，杜朗特才明白真相。在《赫拉克里乌斯》里，有许多语意双关的台词。于是，作为王位合法继承人出现的赫拉克里乌斯对把他当成自己儿子马尔西安的僭主福卡斯说：

> 我的出身足可以让我在统治者的候选名单上仅列你之后。（第一幕第三场）

在《塞托里乌斯》里，一个持续了17行台词的误解就因主有人称代词"他的"指向模糊而起：

> 他脸上写满了高傲……[14]（第四幕第三场）

这句话是佩尔潘纳对塞托里乌斯说的。后者认为这里提到的人是庞培，还说了他俩的见面；但佩尔潘娜所指的其实是维利亚特，并且想知道她对塞托里乌斯说了什么。这里的误解体现了每个人物不同的关注点，塞托里乌斯从中得出了如下结论：

> 我们都犯了迷糊。

语言层面的错配在与高乃依同时代的作家那里也得到了使用。比如基诺《阿玛拉松特》的第五幕第三场里，王后得知"罪人"已死，便陷入了绝望，因为她以为罪人是她所爱的泰奥达；而直到这一幕的第九场戏她才了解到克劳代西勒才是罪人。基诺把"罪犯已死"（第三、四、九场）这句模棱两可的话重复了五次，以强调错配的效果。杜里耶的悲喜剧《克拉里热纳》(*Clarigène*, 1639)

则完全建立在对于两个同样叫作克拉里热纳的不同人物的混淆之上，这种混淆仅仅是因为重名。当另一个叫泰拉里斯特的人物声称自己也叫克拉里热纳时，混淆达到了顶点。

错配甚至可以因为一个简单的标点错误而产生。在基诺《没有喜剧的喜剧》里，庞菲儿不想把女儿伊莎贝尔嫁给穷小子特桑德尔，他在女儿写给这个"情人"的信里读到了这句话："所有［美德］里我最不喜欢的就是服从，作为女儿最幸运的事是自己的父母不爱财。"于是他怒火中烧，直到女仆玛丽娜告诉他应该换一种方式理解才终于消气："所有［美德］里我最喜欢的就是服从，作为女儿最不幸的事是自己的父母不爱财。"（第三幕第二场）而这两种相反的理解方式只取决于一个逗号的位置。

因为一个动作而引发的误会也很常见。巴霍的《卡丽丝特》便是一例。女主角卡丽丝特在她以为没有旁人的情况下说出了自己对克雷翁的爱，她提到了"魅惑"，写下了他们两人的名字，又梦游般在沙子上勾勒出了一些形状；偷偷注视着这一切的塞利安就把她当成了女魔法师（第二幕第六场）。之后，她以为自己被克雷翁抛弃了，便把一张青年男子的肖像撕碎；而克雷翁又恰好在这时昏厥，人们就以为是她施法害死了克雷翁（第三幕第六、九和十一场）。但是，由动作引发的误解中，最常见的类型就是那些拿着刀或匕首，在女主角身边被撞破的男主角，而女主角被误以为是过失杀人。这一类型的戏由于影响深远，因此反复出现：比如勒比格尔（Le Bigre）的《阿道夫》（*Adolphe*）的第三幕第六、七、八场，洛特鲁《郭斯洛埃斯》的第一幕第二场，基诺《阿玛拉松特》第四幕第六场，拉辛《费德尔》[15]第二幕第五场。

混淆人物身份可能是最常见的一种错配了。我们只提其中最极端的一些例子。比如在杜里耶的《阿尔西梅东》（*Alcimédon*, 1634）里，有一对青梅竹马的克里特男女在分开多年后重逢，虽然没有认出对方，却再次陷入爱河；但两人各自对旧爱的忠诚让他们在这段新的感情面前保持了克制；直到第二幕结束时两人才终于认出了对方。古典主义戏剧里常常出现乔装的情节，而即使是一点小小的乔装也足以让两个相熟的主角认不出对方。以德枫丹纳的《圣阿莱克西》为例，乔装成乞丐的阿莱克西分别与自己的父亲（第四幕第三场）和妻子（第四幕第七场）交谈了很久，却都没有被两人认出来。而在马尼翁的《蒂特》里，贝蕾妮丝乔装成男子，化名克莱奥布勒，成为了蒂特的亲信，但后者直到剧末才认出这位自己心爱的女子，而且还是贝蕾妮丝自己揭开真相的。

而在掳劫和刺杀行为里，也常常出现弄错对象的情况，这类错配会让始作俑者陷入极度尴尬的境地。在高乃依的《王家广场》里，克雷昂德误以为自己掳走了昂热丽克，但实际上被带走的是菲丽丝（第四幕第四场）。在德枫丹纳的《真正的沙米拉姆》里，普拉齐梅纳行刺了梅里斯特拉特，因为他把后者当成了奥隆克里德（第四幕第三场）。洛特鲁的《凡赛斯拉斯》也是如此，拉迪斯拉斯以为自己杀了弗雷德里克，但真正死在他手上的其实是他的兄弟亚历山大（第四幕第二、五场）。而在基诺的《阿玛拉松特》里，克劳代西勒想要杀泰奥达，但最后死的却是阿萨蒙（第三幕第四、七场）。

17 世纪剧本里非常常见的昏厥情节，也是许多错配的起因。从昏厥中苏醒的人会有一些奇怪的想法，比如高乃依《克里唐德尔》里的加里斯特以为罗西多尔已死，苏醒后竟然把活生生的罗西多尔当成了杀害罗西多尔的凶手（第一幕第九场）！此外，人物昏厥后通常不加求证就被认为已死：洛特鲁《赛丽》（*Célie*）里的同名主角（第四幕第四场）和《赛莲娜》里的尼兹（第一幕第二场）；或者狄马莱·德·圣索林《阿斯巴希》（*Aspasie*）里的阿斯巴希和利西斯（第五幕第五、六场），都是这样的情况。这种错配有助于其他角色展现自己对于被认为身故的主角的真实情感，而作者也可以在适当的时候让他们复生。

甚至昏厥的人在苏醒后，也能延续其他角色的误解，认为自己已死。比如在梅莱的《西尔维娅》里，曾遭到巫术伤害的泰拉姆就以为自己死了（第五幕第二场），但其他人很快说服了他。高乃依《梅里特》里的艾拉斯特没有昏厥，而是一度疯癫，然而要让他接受自己还活着这一事实，却需要长得多的时间，甚至不止一幕的戏份（从第四幕第六场到第五幕第二场）。对于洛特鲁《无病呻吟》（*Hypocondriaque*）里的克洛理丹而言也是如此：后者的误解从第三幕第二场一直延续到了剧末，最后让他幡然醒悟的还是一种奇怪的疗法，其中用到了棺材、枪击，以及鲁特琴交响乐这种被认为拥有令人复生能力的元素（第五幕第六场）。

这种主角误以为自己已死的情况导致了最后一种类型的错配，我们可以称其为地狱错配：因为活在自己世界里的主角以为身处地狱，并把其他角色都当成了冥界的成员。梅莱《西尔维娅》里的泰拉姆即是如此，后者看到自己的父亲时问道：

这位骄傲无礼，
停在我们面前的老者是谁？（第五幕第二场）

将这种手法运用得妙趣横生，又与情节良好衔接的，还要数高乃依的《梅里特》。后者在 1660 年对于该剧的《评述》中自夸道："我当时刻意制造了这些失常，即艾拉斯特把费朗德尔当作米诺斯后，一五一十地说出了自己当初欺骗误导他的经过，这一处理所收获的效果到当下依然令人赞叹。"（第四幕第八场）

在 17 世纪的剧作里，还有什么是不会被弄错的吗？某个人物行为的动机会被弄错，比如上文提到过的洛特鲁的《圣热奈》。某个角色的真实想法也会被弄错，比如在拉辛的《安德洛玛克》里，安德洛玛克就误以为庇鲁斯要把阿斯蒂亚纳科斯交给希腊人，并因此对他大加指责（第一幕第四场）；梅莱《希尔瓦尼尔》里的狄兰特误以为希尔瓦尼尔爱他而欣喜，而真正爱他的却是弗珊德（第二幕第二场）；莫里哀《太太学堂》里的阿涅丝误以为阿尔诺夫要把她嫁给贺拉斯，而事实是阿尔诺夫自己想娶她（第二幕第五场）。最后，就连观众自己也会对眼前发生的情节产生误解，比如高乃依的《戏剧幻觉》，观众就和剧中人物一样，都以为克兰多尔被杀害了，而事实是，他只是在剧中上演的一出悲剧里扮演了一个角色罢了（第四幕第五场）。还有一种特别常见的错配与那些没有在舞台上呈现的情节有关，比如一场战役或者一次决斗的结果。《贺拉斯》里，老贺拉斯弄错了自己儿子所参与的那场决斗的结果；《熙德》里，席美娜弄错了罗德里格和唐桑丘决斗的结果，这些都是高乃依戏剧作品里最知名的例子。和席美娜式的误会遥相呼应的，还有约伯尔（Jobert）《巴尔德》（*Balde*）里王后的误会（《历史》，第二卷，第二册，第 707 页，注释 7），或者拉辛《忒拜纪》里伊俄卡斯忒的误会（第一幕第三场）。

在绝大多数情况下,这些错配都是无心插柳,或多或少可以用巧合来解释。但在结束对于不同类型错配的罗列之前,还要提一下的是主动错配,也就是剧中某些角色为了让他人上当而故意制造的错配。对于高乃依剧作中的人物而言,这类错配往往是一种武器。上文已经提到过的《戏剧幻觉》里的那个误会,就是魔法师阿尔康德尔为了展示他的法力,并且在主角身上激发强烈情绪而制造的。《寡妇》[16]里的那个错配为的是展现摆脱困境的技巧之精妙。上文提到的《尼克梅德》里的错配是让主角能够考验自己的弟弟阿塔勒。当《罗德古娜》里的克莱奥帕特拉让塞勒古斯相信罗德古娜已死的时候,也是为了试探(第四幕第六场)。在莫里哀《吝啬鬼》的一场妙趣横生的戏里(第四幕第四场),雅克师傅之所以让阿巴贡和克莱昂特分别相信对方放弃了玛利亚娜,是为了赢得时间,同时也让受骗者的单纯得到更淋漓尽致的展现。而在梅莱的《希尔瓦尼尔》里,那个不靠谱的伊拉斯之所以一上来就让阿格朗特以为希尔瓦尼尔也对他有意(第三幕第一场),只是因为他自己对于翻脸不认人这种做法乐此不疲。

* *

前面所举的例子已经或多或少展示了错配在戏剧里的一些功能。事实上,这种手法之所以如此普遍,也是因为它能带来各种各样的好处。首先,它可以仅仅作为一种考验才思的游戏而存在,借此让作者通过笔下某个角色之口来展现一种社交才能,类似于谜语或者隐语,这是它最表面的一种功能,在剧中的位置也最无足轻重。这类俏皮话在 17 世纪大受欢迎。比如在杜里耶的《克雷奥梅东》里,凯旋后的国王塞里昂特就作了一首相当隐晦的情诗,诗里他哀叹道:

> 一个更强大的敌人战胜了我的刚毅,
> ……
> 一个隐秘的敌人要取我性命。

奥龙特自然是要保护他的君王,于是问道:

第一部分　剧本的内部结构

> 陛下，您所指何事？请让我知晓，
> 我将保护您不受贼人的伤害。

面对单纯的奥龙特，国王立即解释了自己话语背后的绵绵情意：

> 你见到塞拉尼尔了吗？
> 她就是那个令我唉声叹气，又神魂颠倒的敌人。（第二幕第三场）

同样口吻的台词也出现在了高乃依的《戏剧幻觉》里。狱中的克兰多尔被狱卒告知自己将在夜里被处决；随后狱卒又把伊莎贝尔带到了狱中，后者将和克兰多尔一起逃离。欣喜的克兰多尔于是对狱卒说出了下面这两句带着文字游戏的话：

> 你的欺骗让我不胜感激，你说得没错，
> 我是会死于今夜，但那是满足至死。（第四幕第八、九场）

在《欺骗者续篇》里，高乃依更明确地强调了这类错配的意义。这次在狱中的是杜朗特，他的朋友菲利斯特两次对他说：

> 请回到您想走出的那个牢狱吧。

于是所有人都陷入了绝望，但菲利斯特接下来的话马上让他们得以解脱：

> 您没有听懂，我来解释吧。
> 喜结连理也被戏称为牢狱之灾。

之后，当杜朗特迎娶美丽的梅里斯时，便向菲利斯特肯定了他那个巧妙的错配之举：

> 您当初让我战栗是为了让如今的我备感幸福。(第五幕第五场)

从更高的层面来看,错配是确保读者和观众之间默契的一种方式。剧中角色所不能理解的那些具有双关意义的对话,观众却能看透,这让后者很是享受。[17] 在我们已经提及的这类错配的片段中,无论是在梅莱的《希尔瓦尼尔》,斯库德里的《乔装王子》,高乃依的《寡妇》或《赫拉克里乌斯》,还是其他一切剧本里,观众都能感受到双重的快乐,它既来自对于制造错配的那个角色才思的欣赏,又来自与那个不能理解前者的角色相比而感受到的高明。

但观众也有可能蒙在鼓里。在这种情况下,作者追求的就是另一种效果了,它同样令人愉悦。在高乃依《戏剧幻觉》的结尾处,当观众以为主角克兰多尔已死时,他们和后者的父亲处在同样的误解之中;而当他们明白克兰多尔只是扮演了一个戏剧的角色时,他们和主角的父亲感受到了同样的欣喜。而托马斯·高乃依之所以到《蒂莫克拉特》第四幕尾声才向观众揭开主角的身份,也是为了制造出人意料的效果。这些让观众愉悦但又出乎意料的创作手法,正是古典主义剧作法的伟大成就之一,时人对于反转手法的热衷更好地展示了这一点。

错配既可以诙谐也可以催泪,这是它得以广泛使用的又一个原因。错配可以推动喜剧剧情发展这一点广为人知,这样的例子比比皆是。拉辛的《讼棍》里有一幕:被告人装成执达员,拿着莱昂德尔的一张纸条冒充法院传票,却很难骗过伊莎贝尔(第二幕第二场)。莫里哀的《无病呻吟》里,昂热丽克弄错父亲想要让她嫁的丈夫类型那一幕也是一例(第一幕第五场)。还有一部完全建立在错配基础上的作品,就是盖然·德·布斯加尔的《奥隆达特:矜持的情人》(*Oroondate, ou les amants discrets*, 1645)。盖然·德·布斯加尔笔下的情人极其矜持且造作,从不把话说清楚,也从没有理解对方,最终陷入无休无止的误会之中。关于高乃依的《梅里特》以及剧里那些妙趣横生的"地狱"错配,里瓦耶先生感叹道:"还有必要强调错配所伴随的强烈的喜剧效果吗?"[18]

但错配同样可以制造催人泪下的效果。视情节不同,构成错配的那个误会的确会带来或喜或悲的结局。在某些剧本里,我们能清楚地分辨出错配是如何随着剧情的走势和作者的意志而导向喜剧或悲剧的。在梅莱的《希尔瓦尼尔》里,阿格朗特刚从昏迷中苏醒，便诅咒那个唤醒他的人，然后才意识到那人是他所爱的希尔瓦尼尔（第四幕第三场）；如果这个诅咒被当真了，就像拉辛《费德尔》里泰塞埃的诅咒那样，那么就将是悲剧收场了；但作者希望喜剧结尾，于是诅咒也就被抛在脑后了。在高乃依的《索福尼斯巴》里，西法克斯在不知道妻子索福尼斯巴刚刚改嫁马希尼斯的情况下，用了14行台词来感谢前者对他的忠贞（第三幕第六场）；想要借这个错配来戏弄西法克斯是轻而易举的事，但对于一个悲剧角色而言，他的失误是悲剧性的。当阿伽门农在拉辛的《伊菲革涅亚》里说出"你会在的，我的女儿"（第二幕第二场）时，当亚历山大在洛特鲁的《凡赛斯拉斯》里被自己的兄弟错手杀死时，显然没有任何喜剧色彩。拉辛想必很年轻的时候就理解了错配的悲怆效果，于是他的第一部悲剧才会以错配收尾。《忒拜纪》里，克里翁问安提戈涅如何才能得到她的芳心，后者回复："学我。"（第五幕第三场）说完便立即自尽。

最后，错配还有一个最为重要的功能就是让角色吐露心声，如果没有错配，角色就会保守秘密。以梅莱的《西尔维娅》为例，泰拉姆完全是因为误以为自己身处地狱，才敢于对父亲做出残酷指责（第五幕第二场）。高乃依的《克里唐德尔》也是如此，加里斯特从昏迷中醒来后，把罗西多尔本人当成了杀害罗西多尔的凶手，痛斥后者并要求他把她也一起杀了（第一幕第九场）；这一情节尽管不太真实，却让这个年轻女孩向罗西多尔展现了她有多么爱他。《熙德》里席美娜对罗德里格表达爱意的那两场戏的前提都是前者以为后者已死，因此也建立在错配之上（第四幕第五场，第五幕第五场）。而在《贺拉斯》里，如果没有弄错贺拉斯和居里亚斯两大家族之间的战斗结果，也就不会有那句"他应该死！"（第三幕第六场）在诸如此类的众多案例里，错配都是揭开真实情感的手段。

第四章　结点：反转

　　结点没有，也不能只由障碍构成。当主角不再被设定为一味被动时，障碍的存在实际上就是为了被克服的。无论主角最终是战胜还是屈服于障碍，频繁经历障碍，障碍所制造的问题的深化，都会给情节带来新的事实情境，或者给人物带来新的心理情境。但错配最终会以真相大白告终；两难也会得以解决：或两头选其一，或在新的事件面前不复存在。鉴于一个剧本并不是建立在一个单一的情境之上（从头至尾没有任何变化的情况极为罕见），因此它会包含反转（péripéties），也有人依然称它为戏剧性变化（coup de théâtre）或是"时运的转折"（changements de fortune）。我们现在要来探讨的正是剧作法里的这个新要素。

1. 单反转和多反转

　　古典主义理论家都会提到反转，然而他们把这个问题谈得更晦涩而非更清晰了。我们不妨回溯到他们共同的先辈亚里士多德那里。对于写作了《诗学》的后者而言，反转似乎只是戏剧结尾的两种形式之一，另一种是发现（第十一章）。比如，主角从幸福变为不幸，就是反转，同时也恰恰是悲剧的结尾。如果17世纪法国戏剧也遵循这个构想的话，我们会得出如下结论：首先，反转是结尾，而非结点的组成部分之一；其次，既然一部剧里只能有一个结尾，那么反转也只能出现一次。而事实上，出现在亚里士多德《诗学》里的"反转"也都是单数。[1]

　　17世纪初的法国理论家也持这个构成结尾的单反转观点。拉梅纳迪尔（La Mesnardière）在1639年出版的《诗学》里特别强调了不能多次使用情境逆转这一点："鉴于反转在悲剧诗里是情节的一种结尾，随着它的到来，一切都开始急转直下，整个故事奔着终点而去，自身如此重要且需要精心安排的一个部分不能在剧本里出现两次，否则将会是无用的，让人腻烦的，破坏和谐的。"（第59页）

同年，萨拉赞（Sarrasin）在他为斯库德里的《爱情暴政》所撰写的序言"论悲剧"一文中，把反转定义为"情节的突然转折，完全出乎大家意料和设想的事件"（第56页乙）。他所举的例子，即特洛伊尔部队的意外到来拯救了蒂利达特暴政的四个受害者这一事件，恰好是《爱情暴政》的结尾，这显示了他接受的是亚里士多德和拉梅纳迪尔对于反转的定义。高乃依在1660年出版的《第一论》里，也延续了这一传统：不过他也只是在概括亚里士多德理念的同时，一笔带过地将"发现"和"反转"归到了一起（马蒂·拉沃，第一卷，第17页）。同样的观点直到利特雷的《词典》里还有体现，后者对于作为"文学术语"的"反转"一词做了如下的唯一定义：史诗、戏剧等作品里改变事物面貌的事件，也被称为"收场"（catastrophe）。

121　17世纪有许多剧本都是这样建立在构成结尾的单一反转之上的。以特里斯坦的《玛利亚娜》为例，反转是第五幕第二场戏里玛利亚娜的死，它导致了所有爱她的人的不幸，包括那位斥责她的丈夫，以及不敢保护她的母亲。在莫里哀的《可笑的女才子》（*Les Précieuses ridicules*）里，反转在于马斯加里耶侯爵和若德莱子爵真实身份的浮现：两人只是家奴；但这个真相直到第十五场才被揭开，并立即触发了剧本的结尾。

但也有一种古典主义审美的形式认为那些单一反转的剧本过于简单了，它追求的是布瓦洛所讥讽的"垂花饰"和"半圆饰"*（《诗的艺术》，第一章，第56行）。这种观点主张让情节峰回路转，让结尾，也就是剧本结点逻辑上的终点，变成临时性的，让它在结束一个结点的同时开启另一个新的结点。这样一来，剧本就不再是单一的了，而将成为连续两个，三个，四个，乃至更多相连剧本的压缩。而反转也将不再与结尾重合，不再单一，而是变得多重，并且成为结点的组成部分。这第二种对于反转的构想往往体现在对于"反转"一词的复数使用上，它出现在古典主义理论家的论述里面。

海因修斯**已经有了这种构想，他对亚里士多德意义上的"反转"（perip-

---

*　建筑用语，比喻过于细枝末节的修饰。
**　达尼埃尔·海因修斯（Heinsius, 1580—1655），荷兰语文学家，莱顿大学教授。

第四章 结点：反转

etia）[2]和作为剧情动因的"干扰"（perturbationes）[3]做了区分。但这种构想一直到18世纪才得以发扬光大，那时的剧作技艺在继承了前人遗产的基础上已经变得更为精巧，开始大量使用多反转手法。[4]莫万·德·贝尔加尔德院长认为：一个剧本有多次反转是好的，因为看着角色们一直处于幸福或不幸之中会让人不悦，而反转就能改变角色的情感；同时，转变的次数又要受到逼真原则的限制，因为在一个时间跨度被设定为24小时的剧本里，不可能存在太多的反转。[5]他的定义如下："反转是与众人期待相悖的时运的转折，或者状态的转换。"[6]为了强调其中的意外色彩，他还补充道，反转的"精彩之处正是在于它超乎所有人想象，令人惊讶"。[7]纳达尔院长也证实了反转手法在他所处的时代里所获得的成功，在他看来，出人意料是其中最主要的原因："对于戏剧中的有些美，诗人们总是习惯于带着更多的好奇心去追寻而不是精心处理，让这些美发挥到极致。比如他们希望一切都处于[8]他们所说的戏剧转折情境里。后者在绝大多数情况下都是一些突发的、没有准备的事件，如果处理得当，则会带来十分有价值的意外感，过后依然令人回味。"[9]可见，这些颇有智慧的院长对于多反转手法也是保持谨慎的。至于狄德罗，则毫不忌讳，他把多反转定义为剧作法的要素之一。他在《杜瓦尔和我》（*Dorval et moi*）中写道："进入情节的一个预料外的、瞬间改变角色状态的事件，就是戏剧转折。"（首次对谈）

就17世纪而言，这种大胆的做法是逐步确立的。在《亚历山大》里，拉辛把主角的胜利提前到了第三幕第二场，这场胜利本可成为一部简单剧的结尾，但只有提前后他才可以在结尾处安排几处反转。[10]反转毕竟是源自于结尾的，因此最适合它们出现的地方还是剧本的第五幕。以吉尔贝尔的《罗德古娜》为例，所有的反转都出现在那里：达西在第一场戏里被选为国王，第二场大家以为他死了，到了第九场又复生。而在拉辛的《米特里达特》的第五幕里，除了最后一场戏之外，没有哪一场不包含反转：第一场里，莫妮姆以为西法莱斯死了，便想自尽；第二场告诉我们米特里达特决定处死莫妮姆，给她送去了毒药；在莫妮姆喝下之前，第三场戏又撤回了原先的决定，阿尔巴特作为信使带来了国王最终的决定；最后，第四场戏告诉大家西法莱斯依然在世，奄奄一息的却是米特里达特。

2. 反转的定义、历史和功能

我们可以看到，理论家对于反转的看法并不太明晰，这首先是因为他们不太懂得区分单反转和多反转；其次，这也是因为他们直到 18 世纪还对于这种新的创作手法不太适应。正是由于他们的不明确，我们才想要尝试更严谨地定义反转的实质。

但首先，我们还是要重拾古典主义批评家所提到的很重要的一点：反转是预料之外的事件，它能制造意外感。但需要指出的是：这种意外感只来自于外部事件；主角简单地改变主意不能称为反转。当拉辛笔下的米特里达特决定处死莫尼姆，这个决定对于莫尼姆而言是反转，因为它构成了一个不取决于后者的事件，一次改变她处境的意外；但米特里达特自己不能通过反转来改变自己的决定。那些为数众多的呈现主角在不同选择之间犹疑的剧本，并不是带有反转的剧本，而是带有两难处境的剧本。比如在特里斯坦的《玛利亚娜》里，希律王从头到尾都在犹豫要不要处死他所爱的妻子玛利亚娜；而在高乃依的《王家广场》里，阿里多尔也不清楚自己是否想娶昂热丽克，尽管他确实爱着后者："同一天内，我们看到他七次改变主意，一会儿指责自己不该爱昂热丽克，一会儿又认同这份爱意"[11]；同样的犹疑在拉辛笔下也存在：尼禄是否会处死布里塔尼古斯？提图斯是否会下决心离开贝蕾妮丝？洛克萨娜是否会嫁给巴雅泽？所有这些举棋不定的情境都因两难的障碍而起，角色在中间无从选择；只要没有外部的意外因素介入，它们就不是反转。

此外，称得上反转的意外事件还必须是"时运的转折"，也就是说，它改变的不仅是主角的物质处境，还有心理处境；主角的看法甚至决定必须被反转所改变。仅仅有一个意外事件在情节的某一处发生，还不一定构成反转。以梅莱的《克里塞德和阿里芒》为例，两位主角先后逃狱，这是一个意外事件；但它没有改变两人之间的爱情，没有改变他们身处的险境，也没有改变迫害他们的人的想法，事实上，后者立即对两人展开了追捕，因此这不是一个反转。在同一作者的《维尔吉尼》(*Virginie*) 里，也存在类似的情况：剧中发生了一些意外事件，但角色的想法却未有变化。同样，在杜里耶的《克雷奥梅东》里，我们在第四幕第二场得知王后阿尔及尔死了，之后没多久，又被告知她还在世（第五幕第五场）；这样的事件可以成为反转的开始，比如拉辛的《米特里达特》，但在杜里耶剧里，它却毫无作用，没有制造任何新的情境，只能称作伪反转。此外，不断为主角制造险境也无法构成反转，如果后者所遭遇的这些障碍属于同一性质的话。比如在梅莱的《阿苔娜伊斯》里，皇帝泰奥多斯爱上了美丽的阿苔娜伊斯，并想娶她，但他要面临三大连续的障碍：这位姑娘出身卑微，皇帝得克服偏见；她是异教徒，得让她皈依基督教；她疑似爱着另一个人，泰奥多斯得说服自己无须多虑；但这些事件并不都是反转，因为角色的处境和看法都没有改变。

第三，要真正成为结点的一个要素，反转必须避免出现在呈示或结尾中。一个情节性的呈示可以呈现一些改变角色原先想法的意外事件，但它依然属于呈示。高乃依《熙德》里伯爵的死（第二幕第七场），或者《贺拉斯》里交战双方的意外休战（第一幕第三场），都属于构成而非改变剧情要素的事件。至于结尾，就算存在一个突如其来的转变，比如高乃依《西拿》里奥古斯都的宽仁，或者托马斯·高乃依《斯蒂里贡》里同名主角的自杀，它也属于亚里士多德意义上的反转，而不是现代意义上的反转。

反转还存在最后一个本质特征，与"反转"（péripétie）一词本身相关，却没有任何古典主义理论家谈及，那就是反转必须是可逆的，尽管在剧本里，情境并不总发生逆转。从词源上说，反转是一种逆转。在经历了反向的发展之后，事物在不同因素的作用下是可以回到最初的方向上来的。悲剧里频繁出现的军事和政治情境，就常常会见证这种起起伏伏；人们提到战争时，不是总说它峰回路转吗？剧作家很早就意识到了这一点。无论是战斗、谋反还是爱情过程中的反转，只要次数一多，就主动地表现为有起有落的形式。当反转把主角以及心系主角命运的观众带向希望的前方之时，就被视为积极的；反之，则被贴上消极的标签。以高乃依的《贺拉斯》为例，当一段不完整的叙述让观众以为贺拉斯家族战败时（第三幕第六场），他们和剧中的罗马人一样陷入沮丧；当得知小贺拉斯最终获胜时，又转而享受胜利的喜悦（第四幕第二场）；后来，随着贺拉斯因为杀了自己的妹妹而成为罪人时（第四幕第五场），又陷入了新的焦虑之中。在洛特鲁的

《郭斯洛埃斯》里，这样的起起落落出现在政治层面：郭斯洛埃斯想要把幼子马尔德萨纳扶上大位（第一幕第四场），这对长子希洛艾斯而言是一次失败；但负责逮捕希洛艾斯的萨尔达里格最后却又投靠了后者，反而逮捕了希洛艾斯的继母西哈（第二幕第四场，第三幕第三场），希洛艾斯反败为胜；但后来西哈被释放（第三幕第四场），主角转胜为败；不过，希洛艾斯所爱的娜尔赛原本被认为是西哈的女儿，但现在被证明不是，两人终于可以相爱；与此同时，郭斯洛埃斯和萨尔达里格双双入狱，而幼子和西哈更是被判处死刑（第四幕第一、二场，第五幕第二、三场），这一系列的事件都有利于希洛艾斯；然而，脆弱的希洛艾斯把王权还给了父亲，再次失败（第五幕第五场）；最终，西哈和郭斯洛埃斯双双死去（第五幕第七、八场），而主角的政治地位意外地稳固了下来。这部悲剧里的 11 次反转有点像一个数学等式里的加减符号。在托马斯·高乃依的《蒂莫克拉特》里，阿尔戈斯和克里特之间的战争也经历了起起伏伏，它给角色心理所造成的后果在剧中得到了明显的体现：先是阿尔戈斯一方占上风（第三幕第二场）；接着是克里特逆转（第三幕第四场）；然后阿尔戈斯重新占据优势（第三幕第五场），并取得暂时的胜利（第三幕第六场）；最终，获胜的是克里特人（第五幕第六场）；这些反转一次次地将主角蒂莫克拉特推向他个人奇特的命运。而在《阿玛拉松特》里，作者基诺给我们展示了爱情的起起落落：对于爱着主角泰奥达的阿玛拉松特王后而言，后者所经历的 11 个不同事件几乎让他 11 次（第一幕第三场，第二幕第四、七场，第三幕第四、七、九场，第四幕第六、九场，第五幕第二、三、八场）面临生命，同时也是爱情的存亡危机。

  这种来来回回的反转有一种特殊的形式，被古典主义剧作家大量乃至过度使用，那就是在剧中对于主角生死的认定。在情节的尾声让人相信主角已死，然后在最后一场戏让他复生，这是让剧作家乐此不疲的一种感染观众的方式。杜里耶《克雷奥梅东》里的阿尔及尔，高乃依《熙德》里的罗德里格，吉尔贝《罗德古娜》里的达希，基诺《阿玛拉松特》里的泰奥达，拉辛《米特里达特》里的西法莱斯，以及大量其他剧本里的主角，都试图用这种方式来感染观众。法兰西学院甚至还希望高乃依在《熙德》里处理伯爵之死时也采用这个屡试不爽的手法，借此达到大团圆结局的目的：虽说如果伯爵没有在决斗中丧命，整个剧就失去了意义，但至少遵守了"得体"原则！[12]

＊　＊

在明确了真正的反转应当具备哪些条件之后，我们现在可以尝试回顾一下反转这种创作手法的历史。

首先，在 17 世纪的任何一个时期，都有许多剧本没有采用任何反转，因为它们的作者认为反转不仅无用，反而会破坏剧情的单一性，这是有道理的。比如拉辛的《贝蕾妮丝》，追求的就是情节最大限度的简化。有人想要把拉辛在这部作品的"前言"里为悲剧正名所说的话当作是古典主义本身的理想定义，但这是极为错误的：情节如此单一的剧本在 17 世纪的戏剧创作里只占微乎其微的一部分，它们甚至更像是一种创作上的自我挑战，而非常态。我们可以轻松地列举出大量不追求剧情简化的古典主义戏剧代表作，如《安德洛玛克》《贺拉斯》，或者《达尔杜弗》这样无可争议的杰作。另一方面，对于单一剧情的喜好在 17 世纪也的确存在，甚至早在拉辛之前，比如特里斯坦的《玛利亚娜》（1637）和杜里耶的《阿尔西奥内》（1640），就和《贝蕾妮丝》一样没有反转。这些剧本开场所设置的问题一直延续到了结尾，在剧情发展过程中没有任何外部因素介入。高乃依虽然在《熙德》里加入了主角和摩尔人的战斗以及和唐桑丘的对决，但这些外部事件并没有对主角们的情感产生影响：真正的心理悲剧在这些事件之外展开；而《熙德》这部在创作的很多方面都显得古旧的作品，尽管外表看似复杂，却依然在情节上做到了观众可以接受的单一。《波利厄克特》也是一样不在乎反转的运用：在主角宣告自己皈依了基督教后，整个悲剧就只取决于角色自然意志之间的冲突了。

但另一些为数众多的热衷"垂花饰"和"半圆饰"的作家＊，他们难道不会追求反转吗？是的，他们想要追求，但在 17 世纪上半叶，他们基本上都没能实现。以杜里耶为例，他写了两部以出身卑微的主角和一国公主两情相悦为主题的作品。一部是《阿尔西奥内》（1640），完美的单一剧情悲剧；另一部是情节复杂，

127

＊　指追求曲折繁复的作家。

极度小说化的悲喜剧《克雷奥梅东》（1636），剧中充斥了类似兵刃相见、私定终身、海盗劫持、船难、孩童替换、宫斗、失心疯、死而复生等情境；可以说一应俱全，唯独缺了可以向我们展现所有这些事件怎样影响主角心理的种种反转。

如果拿梅莱的一部悲剧和一部悲喜剧作对比，也会得到相似的结果。《索福尼斯巴》（1635）是一部古典主义风格的单一剧情悲剧，里面没有反转；而在同年出版的悲喜剧《维尔吉尼》里，梅莱却为了满足时人对于外部情节的热衷而堆砌了最大数量的意外事件。作品的"告读者书"也强调了这一点："在我所有的戏剧诗作里，这是我最爱也是最欣赏的一部，这既与它戏剧效果的多元有关，也出于它的情节组织和编排……能把如此多的素材融入如此少的台词里，并且不带来理解上的障碍，也不背离戏剧创作的基本规则，不得不说努力和运气兼有。诗人的本质是善于创造，而我在这一主题的处理上也是这样要求自己的……"梅莱并没有自吹自擂，他的确为《维尔吉尼》的情节创造了大量事件：故意晦涩的神谕，战争，决斗，刺杀，谋反，严重的指控，人物隐藏身份所导致的兄妹相爱以及父子决斗，整部剧素材之丰富，正好符合了人们对于一部1635年的剧作的想象。然而，它也不包含真正意义上的反转，尽管剧本的主题很适合融入这一手法。如果当时梅莱懂得使用反转的话，他显然不会在悲喜剧里放弃如此上佳的调味品。

十多年后，局面改变了。对于复杂化的热衷促使作者们追求反转，关心创作技巧的他们发现了，或者说重新发现了这种手法。我们找了1646年的一部悲喜剧和1647年的一部悲剧，两者就像上文所给出的杜里耶和梅莱的剧本的例子一样，可以放在一起比较。它们分别是高乃依的悲剧《罗德古娜》和吉尔贝尔的悲喜剧《罗德古娜》。尽管高乃依此前创作过《贺拉斯》这样的剧本，但此次没有设置任何真正的反转。而吉尔贝尔为了制造意外感，在剧中使用了三次反转，我们在上文中已有提及（参见原文第85页）。从那时开始，反转名正言顺地成为了一种主流剧作手法。我们最后就来检视一下古典剧作家所赋予它的主要功能。

*　*

上文所举的那些例子很好地体现了反转的核心功能在于制造意外感。从这个意义上说，反转便和同样能制造意外的错配手法形成了竞争。有些时候，错配可以成为反转的开始，比如在高乃依的《贺拉斯》和基诺的《阿玛拉松特》里。尽管这两种手法可以互相支持，但一旦过于偏重其中一者，就很可能将另一者排除在外。错配众多的剧本里不会出现反转，比如玛黑夏尔的《英勇的姐妹》或高乃依的《侍女》；反之，反转丰富的剧本里也不会出现错配，比如洛特鲁的《郭斯洛埃斯》。托马斯·高乃依《斯蒂里贡》里的一个片段很好地体现了这两种手法有重复的风险，有经验的剧作家懂得择其一而用。在这部剧第五幕的第三场戏里，大家以为皇帝奥诺里乌斯已死；但这个错配并没有被展开，因为它马上就被一个反转所取代。下一场戏一开始，皇帝就再次现身，他所揭示的真相也真正改变了局面：谋反者斯蒂里贡的儿子，尤谢里乌斯，是那个救了他性命的人。反转和错配的叠加制造了双倍的意外感，又使得剧情再起波澜，沿着新的方向发展。

　　反转被证明是远比错配有力的一种创作手法。通过它所带来的如两面平行镜子般的双重可能性，反转几乎可以无限地复制因局面改变而导致的意外效果。上文举过的那些剧本，《贺拉斯》《郭斯洛埃斯》《蒂莫克拉特》《阿玛拉松特》，以及其他很多剧本，都将读者置于"苏格兰浴"*之下，在希望和恐惧中游走。

　　在这个发展过程中，真正的反转能够引发心理活动。以莫里哀的《冒失鬼》[130]为例，这部剧的副标题是"意外"，它的剧本框架就是反转：剧中出现了10次意外，分别在第一幕第四、六、九场，第二幕第五、十一场，第三幕第四、七场，第四幕第五场，第五幕第一、六场；然而，每次意外结束后，男主角还是处于完全相同的处境中，面临完全相同的问题。更有意思的是那些因为反转而让主角额外付出的剧本，剧作家可以借此挖深角色的心理活动。高乃依的《贺拉斯》和洛特鲁的《郭斯洛埃斯》便是如此：这两部剧里的每一次反转都是一次深入，每一次都揭开一个主角原以为可以躲过的问题，这些反转只为增加剧情的张力而存在。拉辛的《费德尔》里只有两次反转，但整部悲剧都建立在后者基础上：要让费德尔承认自己对于伊波利特的爱，必须让大家以为泰塞埃已死（第一幕第四场）[13]；而要让这份爱以悲剧结束，则必须宣告国王（即泰塞埃）的回归。

---

* 又称冷热交替疗法，是物理治疗中水疗的特殊疗法之一。

第五章　情节、危机和利益的统一

1. 结点和情节

我们已经研究了结点，或者说情节的几种主要形式。这些分析不应该让我们失去对整体的把握；而事件的整体就构成了剧本的情节（action）。定义情节的是角色在障碍面前的应对，这些障碍构成了结点，直到结尾才被排除。17世纪的某些理论家着重强调了结点和情节之间这种紧密的联系。法兰西学院在《对于熙德的看法》里认定："戏剧剧本的结点"是"一个打断了所呈现情节发展进程的意外"（加泰，《熙德论战》，第362页）。高乃依在《安德洛墨达》的《评述》里描述后者的结构时，也用如下方式特别强调了障碍的概念："主要情节是珀尔修斯和安德洛墨达之间的婚姻；它的结点是费内遇到的障碍，因为安德洛墨达被许配给了后者；它的结尾是这个不幸的情人的死亡，而他一死，障碍就消除了。"

研究情节的创作技法的唯一客观的方式应该就是从上述这类声明出发。遗憾的是，无论是在17世纪还是在后世，都没有人来做这一研究，因为那几条著名的"规则"早早确立了它们的支配地位，而它们所带来的问题却没能被理解。人们都去谈论"情节统一"，而不是谈论情节本身，在很多情况下对于什么是情节，尤其什么是统一，一知半解。正如我们即将向大家展现的那样，"情节统一"这个表达极为含混，里面包含了几个很不同的概念。此外，这个规则从17世纪初年开始，就和另外两个姐妹规则联系在了一起，即时间统一和地点统一；而这三者的结合让问题更为晦涩，因为这种结合流于表面。"三一律"是幻觉，因为剧作家对于情节、时间和地点这三者的思考位于不同层面，甚至很有可能是在创作的不同阶段展开的。

然而，作为整体的"三一律"既满足了古典主义对于对称的喜好，又满足了

第五章　情节、危机和利益的统一

教学上便于记忆的原则，因此从路易十三时期到浪漫主义，甚至更后来，都没有遇到什么裂痕，直到今天还存在于大量教材当中。1637 年，狄马莱·德·圣索林在他的喜剧《想入非非》(*Les Visionnaires*) 里，让"荒诞诗人"阿米多尔来批判

> 这个时间、场景、情节的统一。（第二幕第四场）

维克多·雨果在喊出以下这段话时：

> 海盗们，扬帆吧，划桨吧，我们拿下了
> 干枯的三一律群岛。[1]

是把这种"统一"描绘成古典主义枯竭的象征。布莱先生曾特意提出有必要将"三一律"分解，并告诫不可将其视作古典主义的全部。他写道："三一律规则习惯性地被视为一个整体。在很多人眼里，它代表了全部的古典主义理论……然而，它只是次要的，但仅仅重新定位还不够，还需要将它分解。在有些文本里，它显得像一个整体，但我们尤其不能被这些文本所误导。事实是，无论在历史上，还是在逻辑上，它都不是一个统一的整体。"（《古典主义理论》，第 240 页）

我们就不再重新回顾已经广为人知的三一律理论的历史了。但是，出于对剧作法，以及由此而来的对于逻辑和实践的关心，我们会指出情节统一远比其他两个统一更触及剧本深处，尤其与结点联系更为紧密，因此相比于其他两个统一而言，情节统一有着逻辑上的优先权。国家图书馆 559 号手稿的作者在 17 世纪时就明确认定："第三个统一，也就是情节的统一，是最关键的，其他两个无足轻重。"（第四部分，第四章，第 3 节）然而，情节统一的内涵是什么？无论是 17 世纪还是后世都没有提供明确完整的定义。高乃依在《第一论》里就已经不无嘲讽地强调了这个问题的含混之处："遵守情节统一是必需的……没人怀疑这一点；但要想知道究竟什么是情节统一就没那么容易了……"（马蒂·拉沃，第一卷，第 14 页）我们现在就从理论家的文本以及对古典主义剧本的分析出发，尝试解决这一问题。

2. 统一和单一

在情节统一这个问题上所产生的第一个也是最常见的错误，是混淆"统一"和"单一"。一个统一的情节不一定单一：如果一个整体中的不同组成部分是一体的，那么这个整体就是统一的。与这种合成意义上的"统一"相对的，是一种绝对理想化的，不含任何局部的"单一"；我们可以抽象地想象这种单一，却很难给出具体的例子，尤其是在戏剧领域。在法国，对于戏剧情节统一和单一的混淆主要基于两篇著名的文章，它们对于统一的定义似乎借鉴了单一的理念。第一篇是拉辛《贝蕾妮丝》的"前言"，然而，区区几页文字里，反复出现了10次之多的是"简单"和"单一"，"统一"这个词从未出现。在视统一为必需的同时，拉辛在他的"序言"里对遵守情节统一原则，但与情节波折较多的悲剧相对立的单一悲剧做出了定义。他的《贝蕾妮丝》，更早期杜里耶的《阿尔西奥内》以及其他少量剧本，都是单一悲剧的例子。但问题是人们想要把这个定义看作古典主义的理想定义；如果与拉辛同时代的人知道了应该会非常诧异，因为无论是在他们的理论还是实践中，单一都无足轻重。

第二个通常被援引，为单一正名的文本，是布瓦洛那段有名的文字：

> 仅一地，仅一日，仅有一事
> 贯穿戏剧始终。(《诗的艺术》，第三章，第45—46行)

这样的表述是含糊的，因为这"仅有(的)一事"可能由多种原因触发，并且导致多个后果。它体现了布瓦洛对于单一的喜好，这种简洁可能也带有主观偏见。但无论是合成性统一的支持者，还是极致单一的拥护者，都可以引证这段话，因为它的简洁导致了语义的含糊。

然而，欧洲学者从16世纪开始就明白到，戏剧领域的统一可以是一个汇集多重元素的整体。首先是卡斯特尔维特罗（Castelvetro），他宣称，"一首诗即便叙述了很多情节，涉及了很多人，也可以是一体的"（布莱，《古典主义理论》，

第五章　情节、危机和利益的统一

第 241 页），这样一来，两个彼此相连的情节也能构成统一。在他之后，塔索也"区分了两种统一，无机物的单一统一和有机物的复杂统一"（同上书，第 243 页），在他看来，悲剧的统一是后者。

另外，我们只需要回归古代文本就可以找到统一和单一之间的区别，尽管知者甚少，但这种区别却有着明确的表述。贺拉斯用的是"Simplex"和"unum"这两个词（《诗艺》，第 23 行），而两者完全不是近义词。对亚里士多德而言，单一只是统一的一种："悲剧是对一个完整齐备的，有一定广度的情节的模仿"（《诗学》，第七章，1450b）；而"完整是指包含开端、中段和结尾"（同上）：在这个悲剧统一的定义里，并没有提到单一。在亚里士多德看来，单一情节和复杂情节都可以统一；但前者不包含反转或发现，后者则反转和发现或占其一，或兼有之（同上书，第十章）。最后，《诗学》的作者还提到了"插曲型"故事，它是单一故事的变体，故事里连串的插曲既不由逼真性，也不由必然性决定。"插曲型"故事将成为对于情节统一规则的讨论的一个新起点，我们随后就来探讨它。

从以上种种说法里我们可以得出如下结论：在古典主义时期，一个合格剧本的情节不一定具有单一的特征，但一定是统一的；不是一个情节，而是一体的情节。法语中所使用的"统一"（unité）一词，本身对于概念的混淆也有责任：因为这个词分别对应"单一的"（un）和"一体的"（unifié）这两个不同的形容词，但不是所有人都知晓戏剧理论家使用时参考的其实是后者的意思。从这个意义上说，"情节统一"里的"统一"不如使用"unification"（一体化），而不是带有歧义的"unité"一词。

法国古典主义思想则在这个方向上走得更远：在它看来，一个严格意义上的单一情节并不存在。如果这个情节像几何中的圆形一样不可分割，它就无法作为剧本的素材。高乃依就曾经因为《贺拉斯》而对此深有体会。后者饱受批评主要在于，卡米尔被兄长所杀这个在作者眼中居于剧本中心位置的情节是瞬间发生的，也就是完美的单一情节；因为它单一，所以要加入其他情节来填充剧本的剩余部分，但把这些情节和卡米尔之死串联起来并不容易。他在《评述》中写道，这部悲剧的第一大缺点就是"剧本的这个主要情节是瞬时的，它不具备亚里士多德所要求的宏大，即由开端、中段和结尾组成"。因此，对于高乃依及其同时代人而言，一个单一情节是不可能完整的；单一可能是一个大家所试图接近的理想，但永远无法真正实现；构建一个剧本，意味着构建一个完整的情节并将它与其他元素一体化。高乃依的《第三论》里也表达了这一思想："情节统一这个表达不是说悲剧里只能有一个情节……而是只能有一个完整的情节，能够最终让观众心情归于平静；但要实现这一点，必须先经历其他有缺陷的情节，并让观众享受悬念。"（马蒂·拉沃，第一卷，第99页）

关于不存在绝对的单一这一点，多比尼亚克院长和高乃依看法一致，前者和17世纪的文学批评家一样，通过与绘画的对比来表达自己的思想。多比尼亚克院长在坚持情节不应该成双或者多重化的同时，也在他的《戏剧法式》里写道："在同一幅画里，画家可以加入几个与他主要想呈现的情节相关的情节……人类的情节没有完全单一的，它一定得到其他先行的、伴随的、后续的情节的支撑，所有这些情节构成了它，让它得以存在。以至一个想要在画作里只呈现一个情节的画家也会融入许多其他相关情节，或者更准确地说，后者一起让前者变得完整。"（第二卷，第三章，第87页）这一表述一针见血，且已经有了柏格森式的基调；它提醒我们古典主义意义上的情节统一是复杂的统一，而不是某种无法实现的不可分割性。现在我们就来分析这种复杂的统一。

3. 从插曲到故事线

组成情节的不同元素重要性各不相同。古典主义理论家强调的是：必须有一个主要情节，并且有一个或多个次要情节附属于它。上文所引用的高乃依和多比尼亚克院长的片段表达的正是这样的意思。同理，莫万·德·贝尔加尔德院长宣称："一部好的悲剧应该只包含一个主要情节，并伴随着多个与之相关的插曲。"[2] 主要情节这一想法本身是比较清晰的。当然，在实践中，当我们需要在多个情节之间区分哪个应该放在第一位时，可能会遇到困难；这只能证明作者没有依据情节的等级来安排素材。

然而，次要情节的实质，以及它们与主要情节之间的关系，就没那么清晰了。在古典主义批评里，这些次要情节通常被称为插曲（épisodes）。理论家并没有忘记为插曲制定规则，[3] 只是这些规则对我们研究剧作法帮助不大。实际上，插曲首先是被古典主义理论家视作史诗的一部分，然后才被视作戏剧的一部分。他们所体现出来的这一态度也属自然，因为在文学类型的等级体系里，史诗位于顶峰，悲剧排在它之后。他们的看法如果要适用于戏剧的话，前提条件就是足够模糊，以至对于剧作技巧的研究无用。

插曲这个词还包含了第二个不便之处。它在希腊悲剧里指代的是剧本的切分，也就是后来的分幕。由于有了与希腊史诗以及悲剧之间的这种双重联系，插曲这个词在法国古典主义思想里更多的是指向情节的某一个时刻，而非某一个组成元素。比如我们会把《埃涅阿斯纪》里关于特洛伊沦陷的叙述或者《熙德》里罗德里格战摩尔人的叙述称为插曲。20 世纪初的电影艺术里所说的"插曲电影"*里的插曲就是这样的意思。同样是出于这个意思，17 世纪初的戏剧艺术才把在一个剧本里最大限度地堆砌连续发生的意外事件视为理想状态，哪怕在接受了剧情时长不超过 24 小时之后。《戏剧诗编排论》（*Traité de la disposition du poème dramatique*）的匿名作者在 1637 年说道，"我们可以把几年内发生的充斥着意外的种种故事浓缩"在 24 小时内（加泰，《熙德论战》，第 270 页）。而我们在上文也已经提到过，"把如此多的素材融入如此少的台词里，并且不带来理解上的障碍"（参见原文第 89 页），是梅莱在《维尔吉尼》里所表达的创作理想。这同样是大部分 17 世纪初剧作家的理想，尤其是新人阶段的高乃依。按里瓦耶的说法，他的《克里唐德尔》有一种"狂热的躁动"，[4] 剧中的插曲接连不断，越来越快：罗西多尔斗刺客，杜里斯和卡丽丝特的抗争，皮芒特的逃逸，皮芒特和杜里斯的决斗，国王的介入，皮芒特被捕，等等等等，我们就此打住。要把如此多的插曲统一到情节中也许不是不可能，但是十分困难。正是出于这个原因，反对"规则"的人才会批评这几个"统一"迫使剧作家"放弃"了构成一个丰富主题所少不了的"成堆的大事件"。[5] 总之，插曲这一概念看来是和一种美学相连的，后者

---

* 英语为 Serial，通常译作"系列电影"。此处为了还原法语表述（film à épisodes）中对于"插曲"（épisode，即影视作品中所说的"集"）一词的使用，故选择直译。

第一部分　剧本的内部结构

大约从 1650 年开始就过时了，它的退出也伴随着前古典主义时期对于使用甚至滥用插曲的执念的破产。

此后，古典主义批评对于戏剧中的插曲表现出了某种怀疑。后者可以作为一种让人愉悦的点缀出现，但不是必需的，它的无用甚至可能是危险的。插曲几乎总是遭到质疑。作为一个欣赏拉辛式的单一的批评家，莫万·德·贝尔加尔德院长写道：插曲"彰显了作者才华的枯竭，无力将仅有的一个情节延续到底，并借助外部的主题来填充剧本的空白"。[6] 但他毕竟也读过多比尼亚克院长和高乃依，因此补充道："我不是彻底否定一切类型的插曲；有时它们甚至对于引出主要情节的结局而言是绝对必要的。"[7] 国家图书馆 559 号手稿作者则更为严苛，他言之凿凿地说道："插曲是无用的元素里最糟糕的……伟大的拉辛在他的剧本里也加入了太多插曲；无论作者如何巧妙地将它们和主题联系起来，它们依然还是插曲，也就是局外之事。"（第四部分，第四章，第 4 节）

139　然而，情节又不能是单一的，而是要将多个附属情节一体化，哪怕那个为单一而痴迷的批评家*也承认这一点。比起按时间顺序推进来说，可能会有一种更巧妙的方式来呈现这些附属情节；同理，可能也会有一个更容易让人接受的词来代替插曲。关于方式，还是 559 号手稿的作者给了我们一个最明确的描述："两个连成一体的情节比两个连续情节更能让人接受。"（同上书，第 6 节）至于词，我们在其他古典主义批评家那里找到了答案：故事线（fil）。这个词很成功地刻画了附属情节和主要情节的交织状态，同时也指出了两者之间的同步性。

然而，大家不要以为插曲这个词就只能指代连续性的次要情节，而同时性的次要情节由故事线指代。因为很遗憾，古典主义剧作技法的词汇并没有那么明确，这两个词往往会被换用。比如多比尼亚克院长就给《戏剧法式》中的某一章定了如下这个标题："双线故事，其中一线被现代人**命名为插曲"（第二卷，第五章）。他在里面给插曲和故事线分别所下的定义也有些含混："现代人所理解的插曲像是阻碍戏剧诗主题事件的一个次要故事，出于这个原因，有人把这样的剧情

---

*　指的是国家图书馆 559 号手稿作者。
**　相较于古希腊古罗马意义上的现代。

称为双线故事。"(《戏剧法式》，第 95 页）相反，《戏剧诗编排论》的那个推荐"双线或三线主题"（加泰，《熙德论战》，第 270 页）的作者，却相当明确地定义了故事线："……我所谓的故事线是一个完整主题，始于第一幕，在其他几幕中延续，并结束于第五幕，后者是对由意外或者各种不同状况所构成的其他几幕的一种总结，具有庞大而明显的戏剧效果……"（同上书，第 273 页）

无论怎样命名，毋庸置疑的是：呈现附属情节的方式从连续性转为同时性，或者说从插曲到故事线的过渡，构成了剧作法的进步。像高乃依《克里唐德尔》那样呈现一连串相互关系不大的插曲的剧本，很难更好地实现统一化。而像拉辛《安德洛玛克》那样的剧本也许同样复杂，里面出现了四个行为主动的主角，参与了至少三个不同情节，但这些情节都得到了同步呈现，且相互关联，就像是《戏剧诗编排论》的作者所严谨定义过的故事线。

至于这些故事线的数量，自然不能太大。《戏剧诗编排论》的作者还宣称："考虑到没有那么多的好演员来承担更大规模的表演，诗剧只能由两条或三条故事线组成，最多四条……"（同上）一个剧团里"好演员"的数量不是对故事线数量设限的唯一因素。观众注意力的极限自然也是要考虑的要素之一，后者不可能跟得上四条以上同时展开的故事线。于是，四线情节就成了上限，而且也很少出现。但"双线故事"，或者三线故事，却是比较常见的。我们来举几个例子说明。

在斯库德里的《里格达蒙和里迪亚斯》（*Ligdamon et Lidias*，1631）里，里格达蒙爱着西尔维娅，李迪亚斯爱着阿梅丽娜，但一连串不可思议的巧合使两对情侣分开，直到结尾才重聚；这类双线故事简便且常见。高乃依的《亲王府回廊》里又再次出现：剧中的四个人物之间有着类似的关联。在特里斯坦的《奥斯曼》里，主线是苏丹奥斯曼为了保住权力而进行的抗争，第二条故事线是奥斯曼对穆福娣女儿的爱。在高乃依的《熙德》里，罗德里格和席美娜的爱情以及公主对于罗德里格的爱构成了剧本从头至尾的两条延续的故事线。《波利厄克特》的结构也类似：一边是保林和波利厄克特的爱情，另一边是塞维尔对于保林的爱。如果仅从故事线的角度来看，莫里哀的《太太学堂》也是如此：阿涅丝和贺拉斯的爱情，阿尔诺夫对于阿涅丝的爱，两线并行。拉辛的《贝蕾妮丝》可能是单一的典范；但从统一性的角度看，它和上述几部剧作一样，也是双线情节：主线是蒂特和贝蕾妮丝的爱情,次线是安提奥古斯对于贝蕾妮丝的爱。

"三线故事"也很常见,尤其在 17 世纪上半叶。比如玛黑夏尔的《英勇的姐妹》[8]就包含了三对在结尾时团圆的情侣:吕西多尔和奥兰普、奥龙特和多拉姆、热朗德尔和梅兰德。洛特鲁的《忠贞之喜》(*Heureuse constance*, 1635)也结构相仿;而高乃依的《克里唐德尔》里虽然只有两对情侣,罗西多尔和卡丽丝特、皮芒特和杜里斯,但克里唐德尔的境遇构成了第三条故事线。高乃依的《塞托里乌斯》也有着同样的复杂结构:这部悲剧由始至终同时存在着佩尔潘纳和塞托里乌斯之争,塞托里乌斯和维利亚特之爱,以及塞托里乌斯和庞培的政治分歧这三条故事线。而从拉辛的《安德洛玛克》里也可以轻松地分辨出三条故事线:庇鲁斯对安德洛玛克的爱,艾尔米奥娜对庇鲁斯的爱,以及俄瑞斯忒斯对艾尔米奥娜的爱。

四线主题的剧本就罕见多了。我们只能在 1618 年出版的一部情节时间跨度为两天的悲喜剧,贝尼尔·德·布鲁斯(Bernier de Brousse,《历史》,第一卷,第 122—123 页)的《塞翁失马》(*Heureuses infortunes*),或者在洛特鲁的一部情节同样臃肿的悲喜剧《错失良机》(*Occasions perdues*, 1635)里找到,后者的四线情节以四段婚姻收场。[9]高乃依的悲剧《赫拉克里乌斯》也建立在四条故事线上,分别是福卡斯对抗敌人,赫拉克里乌斯和尤杜克斯之爱,布尔谢里和马尔西安之爱,以及马尔西安和赫拉克里乌斯的友情。

我们也许还能找到更多故事线的例子。比如哈冈的《牧歌》(1625),仔细来看,就是一个五线剧本,尽管这些故事线并不总是保持我们所期待的连贯性。不过还是可以来数一下:阿尔泰尼斯和阿尔西多尔之间的爱情是主线,它受到了另两条支线的阻挠,分别是吕锡达斯对阿尔泰尼斯的爱,耶达理对阿尔西多尔的爱;这样一来就有三条故事线了。此外,蒂西曼德尔爱着耶达理;而另一个真正的配角人物,半人羊也扑向同一个女子。那么,情节的统一在什么样的条件下能够抵挡住如此多支线发展的需求呢?这是我们现在要来讨论的问题。

4. 情节统一的特点

从理论家所提供的为数不多的说明里,尤其是从剧本分析所得出的结论里,

第五章 情节、危机和利益的统一

我们发现：在 17 世纪，一个古典主义剧本的情节如果同时满足了四个条件，就可以被视为统一的。具备了这四个一体化特点是判断一个剧本是否遵守"情节统一"的唯一标准，同时也赋予了这个含糊的表述以明确的意思。这些特点中的前三个分别是情节里种种元素的固定性、延续性和必然性；换句话说，对于一个统一情节而言，去除其中任何一个元素都会造成理解障碍，一切有用的元素都从呈示一直延续到结尾，而这些元素之间的衔接也像亚里士多德说的那样，"从逼真或者必然出发"，也就是说，并非源于纯粹的巧合。第四个特点更加微妙，是次要情节和主要情节之间关系的实质；每个时代对它的理解都不相同，之后我们会介绍这些因时代不同而产生的理解差异。

首先，不同的"故事线"必须是相互联结的。即便只是顾名思义，一条和什么都没有关系的故事线显然也是游离于整体之外的。17、18 世纪的批评家们十分明确地肯定了组成情节的一众元素的固定性。莫万·德·贝尔加尔德院长曾写道："伴随主要情节的种种插曲必须紧密相连，以至分离其中任何一个都会破坏为呈现主题而作的布局。"[10] 同一个作者在另一段文字里再次表达了这种观点，并加上了一个例子："情节应该是唯一的，组成它的所有插曲都必须紧密相连，因此所有角色也都十分必要，以至分离其中任何一个都会毁了整体。高乃依的《贺拉斯》里有一个举世公认的缺陷，那就是我们可以忽略第五幕而不破坏剧本的主要情节；因为这一幕所包含的是一个独立的情节，它可以作为一部新剧的主题；然而，这样的双重剧情总是很糟糕的。"[11]

《戏剧法式》里的多比尼亚克院长也几乎用了相同的表述。他说道，"插曲应当完全融入主题，以至将两者分开会破坏作品"（第二卷，第五章，第 96 页），他所给出的没有融入主题的插曲的例子是《熙德》里公主这一角色。后者与主要情节之间无甚关联这一点，对 17 世纪的观众而言的确印象深刻。甚至连捍卫《熙德》的那篇由"巴黎市民马尔基里尔所著"的《熙德评判》（*Jugement du Cid*）也宣称："我知道公主是个无用的角色，但剧情需要被填满。"（加泰，《熙德论战》，第 234 页）高乃依本人也在《第一论》中间接承认，《熙德》里的公主破坏了情节统一，他是这样写的："亚里士多德强烈批判游离在外的插曲，并说'蹩脚的诗人因为无知而这么做，而优秀的诗人为了让演员有事可干而这么做'。

《熙德》里的公主就属于这类情况,我们可以否定她,也可以从亚里士多德的这段文字出发原谅她,就看现代人把我归为哪类诗人了。"(马蒂·拉沃,第一卷,第48页)鉴于我们很难相信高乃依将自己归类为无知的蹩脚诗人,那么他应该就是第二种情况了;高乃依也就此肯定了斯库德里在《对于熙德的点评》中所作的批判:"唐娜·乌拉克的存在只是为了让博夏朵夫人有戏可演。"(加泰,《熙德论战》,第86页)

情节统一的第二个特点明确并超越了第一点。仅仅让"故事线"与结点中的某个点相联是不够的。要让剧本成为一个整体,次要情节必须从呈示就出现,至结尾才完成。如果有一条线没有出现在呈示,那么,这样的呈示可以被认为是不完整的,这样的情节也是不统一的。我们在上文已经提到(见本书边码第53页),高乃依对这一规则的表述铿锵有力,他认为"通过戏剧诗中所有支线故事的串联,它为建立真正的情节统一做出了巨大的贡献"(马蒂·拉沃,第一卷,第42页)。至于结尾,也可能出现两个缺陷:一条之前存在的故事线没有在里面出现,在这种情况下,情节和结尾都是不完整的;更常见的是,结尾中出现了一个观众此前并不知情的新元素,在这种情况下,鉴于这个新元素并没有出现在呈示中,因而破坏了情节统一;换句话说,结尾必须由剧本的种种情节而引出,剧本中的一切都应该对结尾有用。

情节统一的第三个特点在于,没有纯粹因为巧合而产生的分支事件。为了不以巧合来推动情节,剧作家不得不与受众的品位做斗争,因为对于17世纪上半叶的观众而言,巧合非但没错,反而令人愉悦。对于情节一体性的重视让剧作家的这场斗争成为必然,毕竟由巧合造成的逆转不可能在呈示中就得到预见,统一性也随之遭到破坏。1647年开始,沃西乌斯就将巧合排除出悲剧之外,他希望以必然和逼真为原则,把组成后者的各个部分理性地联结起来。[11] 然而,许多古典主义剧本却依然只能求助于一个意料之外的事件来收尾,由于这样的事件缺乏前期的铺垫,因此也破坏了情节的统一。这一情况不仅出现在莫里哀的喜剧里,诸如《太太学堂》或者《达尔杜弗》,主角的身份被一个直到结尾才出现的人物揭开,而后者的唯一作用就是让剧情的完结成为可能。在《阿拉贡的唐桑丘》里,高乃依也以同样的方式破坏了情节统一。他在这部剧的《评述》里这样评价唐卡洛斯这个角色："当我们需要为剧本收尾时，就有一个人似乎从天而降，来展开他身世之谜。"这是世俗版本的"天外救星"（Deus ex machina）。《塞托里乌斯》里也采用了同样的手法，然而高乃依在对其的《评述》中却没有告诫我们艾米丽的意外死亡和希拉的意外退位破坏了情节的统一，因为这两个插曲没有任何铺垫，直到第五幕第二场才发生。斯库德里的《爱情暴政》也是如此，主角们直到倒数第二场戏特洛伊尔军队获胜后才得救；而这支军队的到来没有任何征兆，观众从第四幕开场才知道。在托马斯·高乃依《蒂莫克拉特》的结尾处，克里特军队的凯旋也同样是意料之外的。在以上所有这些例子里，巧合对于新时期所要求的情节集中化和理性化而言都是灾难性的。

＊　　＊

先前的这些观点都是相对简单的，不难从古典主义作家的理论和实践中总结出来。但说到次要情节和主要情节之间的关系，则要另当别论了。肯定两者之间关系的存在并不能告诉我们这种关系的实质。当我们声称这些情节之间得"有关系"，次要情节得"从属于"主要情节，一切都得"相联结"时，我们都是停留在想象层面，而没有提供任何实际的标准来鉴别真正达到情节统一的剧本。然而，大量古典主义时期的定义也并不见得更为明确。夏普兰在《论戏剧诗》（Discours de la poésie représentative）中的定义便是一例："优秀的古代作家在他们的悲剧或喜剧里从来就只有一个主要情节，其他情节都与其相关，这就是所谓的情节统一。"[13] 而梅莱在他著名的《希尔瓦尼尔》的"前言"里所下的定义，也并不能为我们解惑："必须有一个主要情节作为其他所有情节的轴心，这就好比圆心之于圆周。的确，我们可以加入类似悲剧中插曲那样的东西，以便剧本变得更为厚实，只要它不以任何方式破坏主要情节的统一，并绝对从属于主要情节。"[14]（第92页乙）至于高乃依，则在这个问题上谨慎地保持沉默。

多比尼亚克院长的说法更为明确，他解释了他眼中这种神秘的"从属关系"的实质。他说："无论是从主题还是从必然性的角度，第二故事都不能和剧本的核心故事相提并论，而是要从属于它，由它决定，以使主要故事的情节催生插曲中的种种情感，主要情节的收场自然而然地触发插曲的收场……"（第二卷，第五章，第97页）所以，对于《戏剧法式》的作者而言，应该让主要情节来影响次要情节，后者才算是真正的"从属"；而只有当次要情节源自主要情节，情节也才变得统一。至此，我们终于得到了一个真正的定义，似乎一直到18世纪初，它都被视为权威。现在我们来看一下它是如何经受具体事实的检验的。

最常被用来印证次要情节破坏情节统一，也最无可争议的例子，是《熙德》里公主的角色；我们知道，多比尼亚克院长自己也举了这个例子。但我们能说公主的命运不由主要情节，也就是罗德里格和席美娜的爱情决定吗？恰恰相反，它完全由后者决定。公主这个角色之所以显得与《熙德》的主题缺乏联系，恰恰是因为她的存在完全仰仗于那两位相爱的主角，因为她的命运纯粹取决于那些推动或阻碍席美娜和罗德里格婚姻的插曲，从某种意义上说，她的角色是作为主线情节所引发的后果之一而出现的，因此很容易割舍。17世纪理论家眼中的"从属"，在这个角色身上得到了完美的体现，但也正是因为这种完美的从属，她才破坏了情节统一。

要反对这套理论，需要很强的洞察力和一些接受批判的勇气，因为哪怕事实明显与它所说的相反，它也已经被普遍接受了。这样的情况之所以可能出现，是因为所有人对于"情节统一"这一概念的理解模糊，而对于一个强调绝对君权的世纪而言，这种情况甚至还是必要的，因为那时的人就是这样理解等级的：怎样才能让主要情节彰显它的主要性呢？不正是要让它所主导的，由它决定的次要情节，像臣子之于国王那样臣服于它吗？但在戏剧里，甚至在法兰西王国，权力来自于底层：一个次要情节要想真正与主要情节相"联结"，那么次要情节必须以某种形式来决定主要情节；《熙德》里的公主正是因为对两位主角没有产生任何影响，才能如此轻易地脱离他们。对于古典主义戏剧理论里"从属"概念的这一倒置，要归功于马尔蒙特尔。他在一段极富洞察力、极为精准的文字里写到了这一点，在我们看来，话中所有的细节在今天依然有效，出于这一原因，我们几乎对它做了全文引用。以下就是马尔蒙特尔的论述：

> 关于情节统一，难的是理解同一个情节怎么能实现"一体"却不单一，

或者说复合但不变得双重或多重……一场战役是"一体"的，尽管战役的双方都有着十万之众，都力图改变战局走向，进而夺取胜利；情节也是如此……无论有多少参与者，只要他们都从相反的方向出发，都向着同一个目标前行，情节就是一体的。于是，如果想要准确理解情节的"统一"，就必须把达西埃的定义[15]倒置，强调在戏剧诗里，不是支线情节由主要情节决定，而是主要情节由支线情节决定，主要情节是所有出现在剧中的意外或插曲所造成的结果。[16]

随后，马尔蒙特尔还继续谈到了统一和单一之间的关系，同样颇有见地；因此我们也加以引用，从而补充我们自己对于这个问题的看法，他说："在其他所有条件相同的情况下，情节越简越美；这就是为什么贺拉斯建议我们在'单一'（simplex）和'统一'（unum）之间选其一。然而，我们之所以不得不把情节尽可能简化，也不是为了得到'统一'，而是为了避免混淆；更是为了在处理少量推动情节发展的动因时游刃有余，凸显后者的力量。"[17]

这才是真正的古典主义理论，或者说古典主义作品所真正遵守的规条，但没有哪个古典主义学者给出过如此明晰的定义。我们将向大家展示那些古典主义大师作品里的情节统一是马尔蒙特尔式的，而不是与之恰好相反的多比尼亚克式的。《戏剧法式》的作者以及后来者只是把前古典主义时期对于情节统一的理解梳理归纳了，《熙德》里的公主一角是其中最后的证据之一。

以梅莱1631年出版的《希尔瓦尼尔》为例。主要情节是阿格朗特和希尔瓦尼尔彼此相爱。狄兰特也爱希尔瓦尼尔，被拒绝后，他便设下陷阱阻挠主要情节。于是，狄兰特所在的那条"故事线"就因为影响了主要情节而和后者联系在了一起。同时，狄兰特自己也拒绝了弗珊德对他的爱，不过这个弗珊德对于情节的进展没有影响；满足于自怨自艾的她不影响主要情节，而是由主要情节所决定。在多比尼亚克看来她遵守了情节统一，但按照马尔蒙特尔的标准则没有。然而，梅莱恰恰是在这部剧的"前言"里大张旗鼓地对情节统一做出了定义，而他所理解的这个统一在随后的十来年里被视为标准。因此，在前古典主义时期，像弗珊德这样的一个由主要情节决定，又对主要情节没有任何影响的角色，不仅不违背情节统一的原则,反而成为后者的体现。

其他次要角色,比如父母,又是如何来体现这种前古典主义对于情节统一的理解呢?很常见的一种情况是他们反对自己孩子的婚姻,如果是这样的话,他们就不符合前古典主义的理解;因为这种反对本身把他们和主要情节串联了起来,通过制造阻碍,他们对主要情节起了决定作用。但我们再来看一下特里斯坦的《玛利亚娜》(1637)里的母亲,那个催人泪下的亚历山德拉;她只在第四幕,当玛利亚娜已经被判死刑后才出现;她对于情节没有任何影响,这个判决让她绝望,但由于忌惮暴君,她又隐藏了自己的真实情感并责骂走向刑场的女儿(第四幕第六场);她由主要情节决定,符合前古典主义,而非古典主义对于情节统一的理解。

而《熙德》里公主的角色与主要情节之间的关联和前者一模一样,她之所以让1637年的观众感到不可接受,恰恰是因为大家的理解从那个时期开始转变。高乃依在他的下一部剧中也保留了前古典主义对于情节统一的理解:他在《贺拉斯》的《评述》里承认,萨宾娜一角和《熙德》里的公主一样,纯粹是被动的,对于主要情节没有任何影响。他也破坏了日后对于情节统一的理解。不过,在高乃依随后的剧本里,次要情节也开始影响主要情节:马克西姆的背叛在《西拿》的故事里起了一个决定性的作用,塞维尔的存在对于《波利厄克特》情节的发展也是决定性的。也就是说,古典主义对于情节统一更严谨的理解是在1640年前夕开始被广为接受的。

通过拉辛的作品,我们可以很容易看出它是如何得到运用的。我们只举两个例子:《贝蕾妮丝》可能是单一情节的典范,但也是最新标准下一体化的复合情节的典范,它的情节特征在于安提奥古斯这个角色并非被动承受主要情节的影响,而是反过来影响后者,因为在最后一场戏里,正是他的大度触发了贝蕾妮丝的决定。而《费德尔》里阿里西这一插曲[18]也就有主动意义,因为它让费德尔感受到了嫉妒的煎熬,并由此将他推向了自杀的深渊。

这里需要强调的重点是在情节统一这个问题上,理论相较于实际而言究竟有多么滞后。尽管古典主义意义上的情节统一从1640年左右开始已经得到认可,然而在随后长达半个多世纪的时间里,理论家依然一如既往地陈述一些过时的看法，他们看不到每天都有不同的剧本在事实上反驳他们的理论。认识到这样的局面，我们也许才会停止一个时常出现的论断，那就是"规则"对于古典主义作家而言，是先于作品而存在的一些必须严格执行的规条，它启发了后者，有时甚至在后者的创作过程中起制约作用。以高乃依为例，他的创作才能怎么可能"屈从"于像情节统一这样一个他和他的同代人在实践中发现的，在他死后很久才得到总结和表述的规则呢？

我们可以将刚才所研究过的情节统一的不同特点纳入以下这个定义：从1640年左右起，当一个戏剧剧本的主要情节和它的次要情节之间的关系同时满足以下几个条件，人们就将这个剧本的情节视为统一：1. 去除任何一个次要情节都会导致主要情节一定程度上的理解障碍；2. 所有的次要都诞生于剧本开头，并延续到剧本结尾；3. 主要情节和次要情节的发展只取决于呈示中出现的元素，而没有后来偶然介入的事件；4. 每个次要情节都对主要情节的推进产生影响。

5. 危机和关注点的统一

高乃依的作品和观点为古典主义的情节统一理论的建立做出了重要贡献，但对于这一统一的内核，他本人的看法似乎与身边人普遍接受的看法并不一致。他在《第三论》以及《贺拉斯》的《评述》里，以再清楚不过的方式把情节统一等同于危机统一。因此，我们有必要审视一下这个危机统一的外延，以及它能从何种程度上补充或者削弱我们先前的分析。

我们稍后再来讨论《贺拉斯》的案例，先一起来研究一下高乃依在1660年出版的《第三论》里最具普遍意义的一个声明。具体文字如下："……情节统一在喜剧里表现为剧情统一，或者阻挠主要角色意图的障碍的统一，在悲剧里表现为危机的统一，悲剧的主角或毁于其中，或全身而退。"（马蒂·拉沃，第一卷，第98页）分别出现在喜剧和悲剧里的这两种形式的统一有着很明显的共通之处：在情节里居于中心位置的障碍，在悲剧里自然就成为了一种危机。然而，高乃依坚持的是障碍的唯一性吗？如果是的话，就等于抹杀了古典主义剧作法的一个最重要成就，也就是反转。事实上，高乃依在上述文字之后立即补充道，可以"在悲剧里接受多重危机，也可以在喜剧里接受多重情节或障碍，只要重重危机或障碍之间的过渡是建立在必然性基础上的"（同上）。在这种情况下，危机统一的说法就不准确，更应该说成是"危机关联"。事实上，危机统一只适用于一小部分的剧作，只符合古典主义意义上的情节统一的一小部分要求，那么，高乃依为什么要强调危机统一的观点呢？

我们认为，这是因为他此处考虑更多的是过去而不是未来。到了 1660 年，人们认为对于情节统一概念的设计已经结束了。作为这次设计的参与者之一，高乃依不想再作修正，更不想再提出反对。但"插曲"依然饱受重视，并很可能看上去像是有着一定关联的连串危机。因此，危机统一的概念有助于对抗高乃依在他的前辈、同时代作家，甚至自己的作品中所察觉到的一种趋势，那就是源自中世纪的一种把戏剧剧本当成某种长篇故事来创作的趋势，让主角们置身于一系列冒险之中，这些冒险体现为没有任何必然联系的连串危机。17 世纪的一部分剧作建立在这种模式上，它们正是"危机统一"规则所摈弃的。

阿尔迪在《耶西浦》的前三幕里呈现了雅典人耶西浦所做出的牺牲，后者把自己的未婚妻索夫罗尼献给了朋友，罗马人蒂特。后两幕把舞台从雅典移到了罗马，故事也发生在很久之后。耶西浦在这两幕里陷入了糟糕的处境，被指控谋杀，最终因为蒂特的大度而得救，后者以此来表达自己的感激以及对于友情的重视；但这部剧的两个部分之间没有任何必然联系。梅莱的《阿苔娜伊斯》尽管是 1642 年出版的，却呈现了三个连续的危机。这部剧开场所面临的问题是身为皇帝的泰奥多斯是否会娶他所爱的一个出身卑微的女子，阿苔娜伊斯。第一幕表现了泰奥多斯爱情的萌芽，在第二幕里，泰奥多斯尝试让这位年轻女子成为自己的情人，但无果而终，到了第三幕，在得到了身边人的允许之后，他决定娶她。于是，开场的问题得到了解决，第一个危机也就此结束。到了第四幕开场，大家发现阿苔娜伊斯是异教徒，而这一信息之前从未被提及；这构成了第二个危机；第四幕的内容就在于让这位年轻女子皈依基督教。第五幕则被第三个无法预料的、全新的危机所占据：泰奥多斯误以为阿苔娜伊斯和自己的亲信保林通奸。因此只有澄清才能最终让婚姻得以实现。

但破坏"危机统一"最著名的例子来自高乃依自己的作品：悲剧《贺拉

斯》，里面的主角先承受了被居里亚斯兄弟杀死的风险，后又作为杀害妹妹卡米尔的凶手被判处死刑。在这部剧的《评述》里，高乃依十分明确并且严苛地强调了这一情节的双重性。他说，卡米尔的死"让刚刚脱离危机的贺拉斯又陷入了第二个危机，制造了双重情节。在悲剧里，主角危机的统一决定了情节的统一；当他全身而退时，剧本就结束了，除非摆脱这个危机必然让他陷入另一个危机，而两者之间的关联和延续让情节得以统一；但这里却并非如此，当贺拉斯在决斗中胜出时，他完全没有必要杀掉他的妹妹，甚至没有必要与她对话，全剧可以在他的凯旋中结束。"高乃依之所以在完全有意识的情况下犯下这个错误，是因为他无论在这部剧还是其他剧里，都坚持从历史事实出发：蒂托·李维的叙述对他既是保障，又意味着诱惑和危险。与布瓦洛以及大部分同时代人不同，他有时会让真实（vrai）凌驾于逼真（vraisemblable）之上（《古典主义理论》，第三部分，第一章），当"真实"包含了多个危机时，危机统一也就顾不上了。

　　出于这个原因，对《贺拉斯》进行的批评完全没有触动高乃依，以至他在《泰奥多尔》里又再犯了：这部剧的女主角在躲过了玷污之危后，又寻求殉道。高乃依在《评述》里指出，自己只是遵循了历史事实："关于泰奥多尔在躲过一个危机后，又主动投入另一个危机这一点，我不知道是否存在情节的双重性。历史就是如此；但悲剧没必要呈现主角的完整一生，而应该只着眼于有戏剧性的那一个情节。"尽管这句话的结尾体现了高乃依在那些捍卫"逼真"高于"真实"的人面前的一种让步，但与此同时，在高乃依看来，自己在史料的指引下，就算没有像中世纪作者那样呈现女主角的"完整一生"，至少也呈现了她的一部分足够长的人生，长到可以涵盖两个并没有必然联系的危机。

　　对于历史的重视不是把高乃依引向他自己所批判的双重危机的唯一原因。他对于主角的理解本身也促使他往类似的方向发展。为了彰显自己的伟大，主角往往不满足于一个危机，无论这个危机有多大；他需要好多个。高乃依式的主角有一种不知疲倦的特征；他的能力只有在挑战一个新的障碍时才能得到最完美的展现，而这个障碍最好还得是他在征服了第一个之后自己选择的。以《王家广场》为例，那个信仰强者的、尼采式的人物阿里多尔，想要令昂热丽克对他的爱

第一部分　剧本的内部结构

破灭，便用了"伪造书信"*这种小说中常见的手法；失败后，他又想象了另一种同样多见于小说的方式，掳劫。这两个障碍十分普通，但彼此不同，第二个障碍除了因第一个失败而起之外，和后者没有任何关联。高乃依在这部剧的《评述》里，也用他一贯的坦诚指出了情节的双重性："很显然，里面的情节是双重的。这先后产生的两种意图制造了两个情节，让剧本有了两个内核。"那《熙德》又有多少个内核呢？肯定超过两个。罗德里格和伯爵的决斗是一个，抵抗摩尔人又是一个，和唐桑丘的决斗是第三个，甚至可能还有第四个，也就是当罗德里格让席美娜出手杀了自己时。

尽管高乃依将自己的名字和"危机统一"这种表述联系在了一起，但他似乎并没有给予这种统一以足够的重视。他不仅在自己的多部代表作里十分明显地违反了这个"规则"，对于随之而来的批评，他也表现得有点不太在意。我们刚才举了《泰奥多尔》的《评述》里的一段文字。这段文字的后续部分体现了一种奇特的置身事外之感，高乃依在谈到他笔下的女主角时说道："如果［戏剧］艺术的大师们认为，只要让大家知道她后来的经历就足以把这个新的危机和另一个危机联结起来，并且避免情节的双重性，那么我不会对他们的论断提出反对；而他们如果想要批判这个角色，那么我也不会用这个论断来反驳。"《泰奥多尔》在巴黎的失败不足以解释这种无所谓的态度。高乃依之所以如此轻视这里的情节双重性，是因为对他而言，核心问题并不在此。"危机统一"这一表述对于抵抗那种把戏剧创作变成一系列故事的罗列的趋势是有用的，高乃依知道自己也陷于其中，但它也只是众多将情节一体化的手段中的一种。按高乃依的说法，"只要［危机］之间的过渡是建立在必然性基础之上"，那么多个危机也是允许的；但这种必然性不只意味着让各个障碍串联成一条"故事线"，它也可以体现在角色的性格上。试想一下，《王家广场》《熙德》《贺拉斯》或者《泰奥多尔》里的统一体现在哪里呢？理论家们，包括高乃依自己，都会说不体现在危机的统一。而观众非常清楚地知道，自己会一直牵挂着阿里多尔、罗德里格、贺拉斯或者泰奥多尔，因为他们是主角。这个层面的统一也许更适合故事或者小说，而不是戏剧。

---

* 伪造书信让昂热丽克以为他对她不忠。

第五章　情节、危机和利益的统一

但它和危机的统一一样不可或缺，甚至说戏剧剧本的真实感和价值，乃至创作技法上的完美，都只来自于它。人们在《贺拉斯》里找寻这种统一的方式颇有指导意义："逆高乃依之意捍卫高乃依［作品］"[19]的法盖（Faguet）认为这部剧的主要角色是老贺拉斯；后者的确只经历了一个危险，"那就是包括了他儿子、女儿和儿媳在内的整个家庭，在这场战争的你来我往中有被毁的可能"。[20]哪怕只考虑到老贺拉斯这个角色的被动性，登场时间的滞后，以及古典主义倡导年轻主角的传统，这样的解释似乎也是不可接受的。但重要的是，法盖用对于角色的关注取代了对于危机的关注。他只是弄错了角色；如果我们把焦点转移到悲剧的主角，也就是经历了两次危机的年轻的贺拉斯身上，就能在剧本的关注点上找到统一了。就这样，"危机统一"的概念由于它自身的局限性而把我们引向了"关注点统一"这个概念，后者直到18世纪才得到认识。

* *

这一表述出自于拉莫特。他宣称："关注点的统一独立于其他三个统一，以《熙德》为例，时间[21]、地点[22]和情节都没有统一，但关注点的统一是存在的，因为后者一直处在罗德里格和席美娜身上，这顺便证明了关注点统一和情节统一之间有着很大的区别。"[23]这是个有见地的观点，但需要做出一个重要的修正：关注点统一和情节统一固然有区别，但绝大部分时候，前者都隐藏在后者之中。换句话说，情节统一必然意味着关注点统一，至少当剧本值得关注的时候是如此，这句话倒过来说则不成立。关注点统一更像是情节统一的替代品，用对于一个角色，或者一对角色（如《熙德》）的关注来代替对于情节一体化原则的遵守。

作为一种判断标准，关注点统一的成立与否取决于舞台上所呈现的角色在我们心中的真实程度。如果梅莱笔下的阿苔娜伊斯和泰奥多斯在我们看来足够鲜活，就可以不去批判将两人分开的那三重危机，而只看到他们命运的统一。如果整个巴黎都像罗德里格那样去看席美娜，那么哪怕有20个危机，整个巴黎也都会追随席美娜。那些历险小说和"插曲电影"的作者很清楚这一点。关注点的统

第一部分　剧本的内部结构

一甚至还可以建立在一个简单的观点，而非角色之上。对于像阿尔迪的《耶西浦》那样的剧本，我们可以这样来平反：它的两个组成部分分别刻画了一个友情的主题，一位朋友的大度在某种程度上激发了另一位朋友的慷慨，尽管相应的两段情节之间没有联系。当然，对于剧本的关注是否能达到这个地步，完全取决于观众。

无论如何，要找到这类从技法层面来说没有实现统一，却又具备无可质疑的关注点的剧本，并非难事。因为一个剧本之所以成功，原因之一就是它能把观众的注意力集中到某个对象上来，无论这个对象有多模糊。受众不可能同时深入地关注两个极端不同的情节，古典主义作家正是因为暗暗笃信这一点，才会以情节统一、危机统一或者关注统一的名义，寻找实现这种一体化的手段。关注的统一在喜剧中尤为常见，因为真正意义上的情节统一在喜剧里并不存在。以拉辛的《讼棍》为例。这部快速完成的作品完全没有纠结于情节的统一。我们可以从中找出四个情节：唐丹的疯癫，莱昂德尔和伊莎贝尔的婚姻，西卡诺和伯爵夫人的争吵，小狗希特隆的官司。唐丹的疯癫显然是主要情节；西卡诺和伯爵夫人的争吵与之相连，因为两个诉讼人都想让唐丹主持公道；两人的对话激烈有趣，却缺乏后续，因为我们不知道伯爵夫人结局如何；但在这番对话之后，对于这个次要情节的关注也就定格在了第二幕尾声。这就是拉辛用小狗希特隆的情节来接替它的原因，后者正是在第二幕的最后一场戏里被首次提到。至于爱情的故事线，则结束于莱昂德尔和伊莎贝尔签署婚姻契约的那一刻，即第二幕第六场。综上所述，这部剧里存在许多违背情节统一的错误，然而《安德洛玛克》一剧却证明了拉辛和其他任何人一样清楚情节统一的种种要求。但《讼棍》却没有违背关注点统一的地方，因为上述那些关联不大，设计也并不巧妙的情节，都是为呈现唐丹的疯癫而服务的。

莫里哀的喜剧往往也是用同一种方式构建的。莫里哀并不在意情节的一体化：他的剧作中有很多场次对于情节而言都是无用的，但它们都着重刻画了某一种性格，因此对于关注点的统一是有用的，[24] 只是与情节统一无关罢了。以《吝啬鬼》为例，它和《讼棍》一样，也呈现了时而连续、时而同步的四个情节。第一个情节关心的是爱丽丝和玛利亚娜这两个年轻女孩会不会嫁给她们各自的情人，瓦莱尔和耶昂特。从第一幕第三场开始的第二条故事线与被主人粗暴对待的仆人有关：为了报复各自的主人，拉弗莱舍不惜偷盗，雅克师傅则故意作伪证。剧本的第三个主题是阿巴贡和儿子的对立，两人不仅是情敌，在财产问题上也存在竞争。最后，拉弗莱舍从第一幕就积下的对于阿巴贡的怨气引发了宝箱的失窃，这个出现在剧末的情节构成了第四条故事线。弗洛西娜是一个有趣但用处不大的角色；她一度想要诱导阿巴贡娶一个并不存在的有钱外省女人（第四幕第一场），但这只是一条没有下文的虚假线索，之后再没有提及。我们没法把这些情节看成是相互联结并构成了一个一体化的剧本：因为这里面不存在主要情节，它们之间也没有必然的联系。把它们联系到一起的不是事实本身，而只是阿巴贡的吝啬。尽管在创作技法上并不完美，但这部剧出色地展现了这种吝啬在不同领域的破坏力。对于一种性格的关注统一在莫里哀这里取代了情节统一。当我们说《吝啬鬼》是一部性格喜剧时，表达的也正是这个意思。

因此，拉莫特所捍卫的关注点统一不是情节统一。比起后者，它既狭窄，又宽泛。它不需要通过一种技法来实现剧本各种元素的严格统一，但它通过把观众的注意力集中到某个主角或者某个鲜活的问题上，来突出剧本的人性关怀。关注点统一是一种鲜活的统一，而情节统一原本是机械的。古典主义杰作所呈现的情节既有机械式的严谨，又反映了生命的真实，因此同时满足了这两种统一。

第六章　时间统一

1. 结点和时间

与情节统一的要求不一样，时间统一的要求非常简单，很容易表达。它意味着剧本所呈现的情节在一段有限的时间内完成。无论这段时间的上限是 24 小时还是 12 小时，30 小时还是 3 小时，都不影响时间统一概念的本身。虽然人们对于所限定的时数有过讨论，但只要接受了对于时间进行限定这一原则，就足以定义时间统一了。

但我们不能就此总结说时间统一是一个外部规则，一种单纯形式上的需求，可能不该出现在一项针对古典主义时期戏剧剧本内部结构的研究之中。如果说结点是情节，而全部情节必然都在时间中发展，那么，剧作家给予情节的时间量就应该是这一问题的首要因素之一，一种与作品的构思而非排演有着内在联系的要素。我们已经知道，在一个统一的剧本里，不能出现瞬间发生的情节；按高乃依所引用过的亚里士多德的话来说，一切情节都有开端、中段和结尾；也就是说需要时间。而构成情节的那些插曲、故事线或者危机，也需要时间来呈现给观众。因此我们有必要来探究的是：时间是怎样影响剧本的构思的，时间在构思阶段所处的位置是否能帮助定义结点的实质。

2. 时间统一的各个时期

为舞台上呈现的情节限定时间并不是一个新的想法。古希腊悲剧作家就已经这么做了，意大利文艺复兴时期剧作家那些享誉欧洲的作品也是如此。就法国而言，它出现在 16 世纪。理论家和剧作家中都有主张限制戏剧时间的（《古典主义理论》，第 260—261 页）；但只有在非常局限的批评家或者博学家圈子，读者或者观众圈子，大家才会希望这种限制成为必要条件；在17世纪初年的剧作里，情节的长度反而几乎是没有任何限制的。

前古典主义时期对于文艺复兴理论家的这些革新并不在意，而是继续把情节视为对一长串复杂事件的复刻，因此也自然需要为它留出很多时间。情节的这种缓慢性尤其体现在中世纪就已经频繁出现的一种习惯上，这种习惯一直延续到了17世纪的头三十年，就是在需要时把剧本分成几"日"，在路易十三时期，每一"日"都包含了五幕的戏份。以阿尔迪的《泰阿金和卡里克莲》(*Théagène et Cariclée*)为例，这部剧包含了不下八"日"，即40幕的情节。阿尔迪一定还写了其他多日的剧本，因为《戏剧诗编排论》的作者在1637年肯定地说道："阿尔迪作了许多包含多个剧本的戏剧诗"（加泰，《熙德论战》，第276页），而马赫罗（Mahelot）的《备忘》（兰卡斯特评注版，巴黎，香皮翁出版社，1920年，第71—72页，第75—76页）也提到了阿尔迪的两部双日剧的标题，分别是《潘多斯特》(*Pandoste*)和《帕尔特尼》(*Parthénie*)，只是这些剧本都已经遗失了。在与阿尔迪同时代的作家的作品里，有四部双日剧保留了下来：分别是贝尼尔·德·布鲁斯的《塞翁失马》（1618），这部剧每一日的情节都拉长到了数月之久，而两日之间的距离更是长达15年；谢朗德尔1628年版本的《提尔和漆东》，玛黑夏尔的《高贵的德国女人》；杜里耶的《阿尔耶尼丝和波利亚克》(*Argénis et Poliarque*, 1630—1631)。

此外，并非只有在这一时期的多"日"剧里才能见到对于时间长度的无节制呈现。五幕就足够容下数月或者数年的剧情了。吉博安（Giboin）《费朗德尔和玛丽塞之爱》(*Amours de Philandre et de Marisée*, 1619)的剧情持续了30年。阿尔迪《血脉的力量》第三幕第一场告诉我们女主角怀孕，而到了第四场孩子就已经七岁了！

对于古典主义时期的人而言，要在一场只持续两到三个小时的戏剧演出里呈现如此漫长的一段时间，是有违逼真，甚至可笑的。用情节过度冗长来描述老式剧本甚至成了人们取乐的话题之一。但这一点其实是有失偏颇的，因为并不是所有17世纪初的剧本都需要数年的时长；只是那些在时间和空间上都毫无节制的剧本让古典主义者受到了深深的刺激，以至后者把它们当成了一种极力要避免的

第一部分　剧本的内部结构

"未开化"的表现。1639 年萨拉赞在《论悲剧》一文中写道:"人们惊讶地看到同一群演员在同一个悲剧里变老了,第一幕还鱼水交欢,到了第五幕就老态龙钟了。"[1] 布瓦洛将同一个批评的矛头指向了西班牙人,尽管按照这一标准,该遭受批评的并非只有他们:

> 比利牛斯山的那边,押韵者可以堂而皇之,
> 在舞台上用一日表现数年。
> 在那儿的粗俗演出里,主角往往
> 第一幕是孩子,最后一幕就成了老人。(《诗的艺术》,第三篇,第 39—42 行)

162　按夏普兰的说法,大约从 1620—1630 年间开始,法国"在承认了自己曾经的哥特*之后,开始拒绝这种风格"。[2] 法国文学有着超越古代或者意大利杰作的雄心,而为了实现这一点,它开始寻找规则。在这场探寻之中,它首先邂逅了时间统一的规则,这是很自然的。我们已经知道,在构想上难得多的情节统一是慢慢成型的;至于地点统一,我们也将会看到它所遇到的诸多阻碍。相比之下,时间统一是简单的,亚里士多德提到了它,而对于已经开始被看作有辱法国文学形象的"哥特"式"长篇故事"而言,它似乎也是摆脱之道。于是,规则派和不规则派的首度交锋就围绕"24 小时规则"而展开了。

　　高乃依在《克里唐德尔》的《评述》中宣称,在《梅里特》上演的那个时代,也就是 1630 年前后,[3] 时间统一是"时人所了解的唯一一个规则"。的确,对于这个规则的讨论是从那时开始变得具有普遍性的。17 世纪最早提到时间统一的是 1623 年夏普兰为马里诺(Marino)的《阿多尼斯》所作的序言;不过他也只是附带地提了一下,并没有加以强调。[4] 然而,我们有必要注意的是,技法在这里又一次走在了理论的前面:在高乃依之前的 17 世纪,由文人作家创作的最有名的两个剧本,分别是 1620 年上演的哈冈的《牧歌》,以及 1621 年上演的泰奥菲尔的《皮拉姆和蒂斯比》;这两个剧本所呈现的情节都只持续了 24 小时,

---

* 17 世纪法语中用"哥特"来表示文艺作品缺乏秩序和法度。

而这种对于时间的限制是有意为之的，因为剧本里有许多处都对这一点给予了明确的强调。然而，一直要到1630年之后，随着理论文本大量出现，而作者们也对这一新规则表现出越来越大的尊重，我们才能够看清演变的大致路径。

这场演变首先取决于两大理论层面的考量，剧作家对于理论应用后得到结果的反应，又决定了这场演变下一步的走向；而他们的反应是负面的，因为之后的创作技法是朝着"规则"所不能预见的方向发展的。于是，以下结论就呼之欲出了：法国剧作家是通过他们的职业经验，而不是对于某些抽象规定的自动服从，来赋予时间统一一种独特形式的。

在这两大理论层面的考量里，首先要强调的是亚里士多德那段与符合"逼真"理想的戏剧时间相关的文字所带来的思考。《诗学》里这个引发了连篇累牍评论的段落，关键就在一句话，这位哲人说，悲剧要"尽可能地控制在太阳的一次运行之内，或者稍微超过一点点"。[5] 表达上的婉转让这个简单的观察有了各种商榷的可能。甚至到了很后期，比如1660年，高乃依还在他的《第三论》里，借亚里士多德那句话的最后一部分来论证自己对于24小时规则的理解："我甚至会像这位哲人所允许的那样稍微超出一些，毫无顾忌地把［时间］延长到30小时。"（马蒂-拉沃，第一卷，第111—112页）还有人则讨论所谓的"太阳的运行"指的是一个白天，也就是12个小时左右，还是该延长到24小时。但这些细枝末节上的狭窄讨论只有在引入了古典主义理论的核心概念"逼真"之后，才会产生影响。

在意大利，是马吉（Maggi）在1550年"第一次在逼真原则的基础上建立了时间统一"（《古典主义理论》，第255页）。在法国，则是夏普兰以及他1630年的那封《关于24小时规则的信》。[6] 这些理论家更多是受到了逼真理论，而非亚里士多德的启发。1657年，多比尼亚克宣告："逼真……应当始终……成为主要的规则，没有这条，其他的都将失序。"（《戏剧法式》，第二卷，第七章，第127页）。

"逼真"运用到时间上，就要求剧本所呈现情节的持续时间不能毫无节制地长于演出的真实持续时间，即两到三小时。因此那些持续数月或者数年的情节毫无疑问会被排除在外。然而大家马上会意识到，"逼真"不能佐证亚里士

164 多德的规则：因为一场戏剧表演并不会持续 24 小时，甚至 12 小时也不可能。那些规则的反对者还会借此提醒大家说，角色通常无法连续 24 小时不吃不睡；因此，如果我们要将"逼真"贯彻到底的话，就要在舞台上呈现角色们的吃或者睡，而这既无意义，又有违礼法。严格地遵守"逼真"意味着剧本持续的时间和演出的时间完全对等。意大利的卡斯特尔维特罗早已隐约看到了这一点（《古典主义理论》，第 256 页）；而在法国，伊斯纳尔（Isnard）在他为皮楚（Pichou）的《菲利斯·德·希尔》（Filis de Scire）所作的序言里也提出了这样的疑问。

　　但这一理想似乎很难实现。在 17 世纪下半叶的理论家眼中，这只是一个应当尽可能去接近的极限。多比尼亚克提出了区分这两种时长的最明确的理论，1657 年，他在《戏剧法式》里写道："戏剧诗有两种时长，……真实的演出时长……以及所呈现的、被视为真正发生的情节的时长，后者包含了让观众理解剧情所必需的时间。"（《戏剧法式》，第二卷，第七章，第 113—116 页）但他最后还是以怀疑的口吻做了如下总结："甚至值得期待的是：戏剧诗情节的时长不超过演出花费的时间。"（同上书，第 123 页）同样的想法也出现在了高乃依 1660年的《第三论》里："我们不能止于 12 或者 24 小时；而要一起把戏剧诗的情节压缩得尽可能短，以便让演出更好，更完美。"（马蒂-拉沃，第一卷，第 113 页）这种完美在 1660 年以前还很少达到，以至高乃依在自己实现了之后，不无满足地提醒读者注意这一成就。比如《侍女》的《评述》就做了如下强调："如果晚餐时间没有将前两幕隔开的话，那么在这部喜剧里，情节的时长一点都没超过演出的时长"；《阿拉贡的唐桑丘》的《评述》则写道："时间统一在这里遵守得如
165 此之好，以至我们可以断言演出的时长足够让情节得以完成。"而施莱格尔从普遍意义上把时间统一定义为"虚构时间和真实时间的对等"，[7] 则是很久之后的事了。

* *

　　"逼真"观念在限定戏剧剧本时长这方面的发展，让我们的目光不只局限在

那几位早期的古典主义开拓者身上。我们现在得回到更早的年代。1631 年呼吁情节时长和演出时长吻合的伊斯纳尔是徒劳的；与剧作家实际运用的技法相比，他的这个想法太过超前。前者所关心的还只是 24 小时的问题；至于把情节局限在一个"自然日"的必要性问题，他们还远远没有被说服。从这个意义上说，1630—1640 年是一个实验期，剧作家为观众提供了不同类型的剧本，以求了解在遵循或者无视时间统一之间，哪个会带来成功。这一时期几乎所有作家的作品都在"24 小时"内外徘徊。

梅莱在他的《希尔瓦尼尔》（1631）和《索福尼斯巴》（1635）里捍卫这一新规则，至少前者的序言是掷地有声的，而后者也获得了显著的成功。然而他并不确定自己是否走在正确的道路上，这一规则的必要性也没能说服他；这就是为什么 1642 年问世的《阿苔娜伊斯》的情节至少要持续九天。而洛特鲁在 1630—1634 年间创作的十二部剧本里，有六部遵守了时间统一，另外六部则没有（《历史》，第一卷，第二册，第 383 页），后者中的一部，《忠贞之喜》的情节至少持续了一个月。高乃依的前六部剧作也是在遵守和无视之间摇摆。他在《寡妇》的"告读者书"里谈到"时间的规则"时指出："已经面世的六个剧本里，我把其中三部限定在了规则之内，但与此同时，我完全没有意识到另外三部超出了 24 个小时。"这三部里，最老的《梅里特》持续了 15 天以上，因此也明显是老式的剧本；但另两部，《寡妇》和《亲王府回廊》，却远没有它们一眼看上去那么不规则。两部剧的情节分别都持续了五天；这一时间上的限定虽然还不够到位，却是有意为之。高乃依在《寡妇》篇首的"告知"里坚称："鉴于喜剧有五幕，一个连续五天的情节无可厚非。"这种把时间按每一幕一天的方式分配的表述尽管并没有得以流传，但在他的时代是巧妙的；如果从回应不规则派的其中一个反对意见的角度来说，这样的分配也是"逼真"的，因为我们可以认为角色们在幕间吃了饭睡了觉；如此一来，即使这两部剧的幕间时长在拉辛的时代是不可接受的，它的每一幕分开来看，也能满足日后虚构时间和真实时间对等的要求。

至于 1640 年前那些遵守了 24 小时规则的剧本，则不忘频繁地通过提醒白天或者夜晚的不同时刻来强调这一点。当人们开启一股风潮的时候，自然是想让

第一部分　剧本的内部结构

大家注意到这股风潮的。同理，当人们把剧本时长限定在 24 小时以内之时，也希望观众能意识到这一点；这显示了对于时间限定的遵循在那时还是罕见的，剧作家们想通过这种非常规的做法来赢得观众的认可。泰奥菲尔的《皮拉姆和蒂斯比》出版于 1623 年，剧本里有十来处提示了情节的发生时间（参见剧本第 176、214、360、723、768、911、951、1131 行），以便更好地展示限定时间在那个时代是多么罕见，有理由得到欣赏。而哈冈在《牧歌》（1625）里所设计的时间提示和泰奥菲尔一样明确，但数量更大，尤其是还具备了诗学上的价值，得到了更深入的展开。在《希尔瓦尼尔》（1631）里，梅莱特意指出了白天始于第一幕（第一场），第二幕（第一场）是正午，而下一天的黎明始于第五幕（第二场）。同样是梅莱的作品，《索福尼斯巴》（1635）里的马希尼斯在对于时间的提示也很具体：

> 同一个太阳，
> 昨天见证了我无与伦比的幸福，
> 如今已经沉沉西去的它，
> 归来时再看到的我，将是世间最悲惨的人。（第五幕第一场）

在狄马莱·德·圣索林的《想入非非》的仅仅一场戏里，阿尔西东就三次强调了他计划 24 小时内把他的三个女儿嫁人[8]（第一幕第七场）。类似的强调在高乃依的《贺拉斯》里也有：居里亚斯在第一幕尾声时说"最多两小时后"两座城市的捍卫者将得到指定（第三场）；老贺拉斯发誓"在日落前"为自己雪耻（第三幕第六场）；卡米尔在迎接她的哥哥之前，回顾了她"一天之内"体会到的所有情感（第四幕第四场）；而国王图勒则宣称他"不想再推迟"探访老贺拉斯（第五幕第二场）。换句话说，直到 1641 年，提醒大家一个复杂的情节被压缩在了 24 小时以内，也还不是多余之举。

尽管剧作家可以像上述例子里那样，沾沾自喜地强调自己遵守了规则，但规则执行起来并非没有难度。在路易十三的时代，人们总是想要见到既丰富又多样的素材，以满足自己无尽的好奇心；然而，要把这种按照旧时理念设计的素材放入狭窄的新形式里，显然不会太顺利。当不规则派声称规则无法应对那些"宏大主题"时，指向的也正是这一问题；但在 1630 年前后，无论是时间统一的支持者还是反对者，都不理解 24 小时规则应该要带来主题的简化，况且双方也都不希望加以简化。于是，从《梅里特》到《贺拉斯》，我们见证了一系列将小说式极度丰富的素材压缩到 24 小时这个狭窄框架里的尝试。高乃依的《克里唐德尔》[168]就是一部遵守了时间统一，但在情节的复杂程度上放眼整个 17 世纪都居于前列的悲喜剧，以至作者得在正文之前加上很长的一篇解释性的情节"梗概"，并在"序言"里承认"那些只观赏了一遍《克里唐德尔》而没有理解剧情的人是完全可以原谅的"。同样，梅莱在他的《维尔吉尼》（1635）里也表现出了对于"（戏剧）效果"的"多样性"和时间统一这两方面的考量，于是将一个十分繁复的素材经过"缩减"后放入了一个新的框架；尽管他做到了，"也是经历了一番折腾的"。[9]

同样的困难也出现在了《熙德》里，这部作品所收获的不可思议的成功以及引发的论战，恰恰揭开了一个前古典主义式的满是插曲的情节和古典主义对于时间限定的要求之间存在的矛盾。论战中最常出现的针对《熙德》的批评大概就是如下这个了：这个剧本把过多的事件纳入了一天之内，这么多事件发生在 24 小时里面是有违"逼真"的。斯库德里是第一个这么说的，后来这也成为几乎所有人的看法。在《对于熙德的点评》里，斯库德里回顾了剧本里出现的大量事件，然后以讽刺的口吻总结道："我请大家来判断这一天是否过得很充实，如果还要指责角色懒惰的话是否算是一个巨大的错误。"（加泰，《熙德论战》，第 77—78 页）尽管针对剧本"得体性"的批评让高乃依不以为然，但对于这些批评，高乃依是受到触动的，他在 1660 年的《评述》里也承认："我不能否认 24 小时的规则让剧本里的这些插曲进行得有些仓促。"但当他日后写作《波利厄克特》的时候，还是会犯下这样的错误，尽管没有那么明显；今天我们已经注意不到了，但这部剧的《评述》却说得很明确。高乃依写道："毫无疑问，如果按我们如今的习惯来看这部戏剧诗的话，那么塞维尔到达后的牺牲来得过早了，这种为了遵守（时间统一）规则而导致的仓促背离了逼真。"

如何解决这个困难？如何协调"逼真"和时间统一？高乃依的方案是掩盖问题，至少从他的理论作品来看是的：他认为只要不指明情节的时长即可。出于这个原因，我们可以在他的《第二论》里读到，他对于自己在《熙德》里给出了与时间统一相关的提示，并因此遭到口诛笔伐这一点感到后悔。他说："这只会提醒观众我曾经处于怎样的限制之中。如果我在没有指明时间的情况下写完了这次战斗，也许大家就不会注意。"（马蒂-拉沃，第一卷，第 96 页）《第三论》继续回到了这个问题，还是以《熙德》为例：高乃依认为要"把这个时长留给听众去想象，……主要是当逼真有些勉为其难的时候"。他补充道："即使遵守这一规则的必要性没有对诗作造成破坏，是否有必要在开场时指出太阳正在升起，到了第三幕指出时间已经到了正午，到了结尾指出太阳正在下山呢？"（同上书，第113—114页）前古典主义时期的作者对于时间所做的那些幼稚且危险的说明就这么遭到了批判。可以确定的是，在《熙德》之后，我们再也找不到这类说明了，很多作者都采纳了高乃依主张的这个便捷之法：时间统一在他们的剧本里都是"隐姓埋名"的，就像格拉蒙骑士（chevalier de Gramont）*那句发人深省的话里所提到的冉森（Jansénius）"五大主张"那样。

但还有另一种方案，真正的古典主义方案；抛开上述的主张不说，高乃依自己就是在实践中将这一方案发扬光大的作者之一。它旨在简化情节，以便后者毫不费力地进入24小时,12小时,甚至3小时的框架。这个意义上的时间统一理论，也是更容易实现的时间统一理论，要到很后来才出现。18 世纪，国家图书馆559号手稿的作者肯定地写道："保持时间统一是如此容易，以至几乎已经没有诗人不遵从于它了。"（第四部分，第四章，第二节）而直到1728 年，才首次出现通过情节的实质，而非逼真原则来为时间统一正名。这么做的人是纳达尔院长，他在《古今悲剧观察》里写道："有一个非常自然的理由让这门艺术的大师们把悲剧压缩在一段较短的时间内；那就是因为这类诗作由各种激情主导，而情绪的剧烈波动不可能持续很长的时间。"[10]这就和演出时间与虚构时间对等的主张相去

---

* 格拉蒙伯爵菲利贝尔（Philibert de Gramont），17 世纪法国贵族，因得罪路易十四而长期流亡英国。

甚远了，而无论是多比尼亚克还是高乃依，都还坚持着这个借鉴自意大利人的主张。在纳达尔院长这个重要文本里，悲剧被理解为一个危机；正是因为悲剧是一个危机，才需要遵守时间统一，而不是因为亚里士多德说了它曾被遵守，或者因为只有遵守了它才逼真。

而事实上，从剧作法角度而言，以激情的危机为核心，因此也很容易实现时间统一的悲剧并没有等到18世纪才出现。在纳达尔院长的观点出现前一个世纪，梅莱创作了《索福尼斯巴》（1635），这部剧作之所以在法国戏剧史上留下了如此重要的印记，并且成就和影响如此之大，可不是因为它遵守了包括时间统一在内的那几个统一，其他剧作在它之前就已经这么做了；而是因为，它是第一部在遵守规则的同时，还刻画了一场迅猛的心理危机的作品。和梅莱同时代的作家们，即使没明说，也明白了这一点；因为他们纷纷走上了古典主义之路。

高乃依不是最晚明白的那一个。在某些方面，《熙德》还体现了老式的情节设计理念的残余；有着双重危机的《贺拉斯》也是如此。但《西拿》单一且进展迅速的情节，让它成为继梅莱的《索福尼斯巴》之后的第一部杰作。我们很难想象它当时所引发的追捧，因为它的创新之处后来得到了广泛普及；但对于17世纪而言，《西拿》是高乃依的代表作。后者在这部剧的《评述》里写道："如此多重要人士将此诗剧列为我诸多作品之首，倘若我再对其加以指责，那我敌人的队伍也未免太过庞大。"他还指出："时间统一没有在剧中造成任何破坏。"高乃依在《西拿》里首次出色地运用了这种与作为危机的情节相连的古典主义意义上的时间统一，而之后几乎所有的剧本也都是以同一种方式创作的：《波利厄克特》如是，尽管他在这部剧的《评述》里坦白了自己在创作时所遇到的小小的困难；《罗德古娜》和《尼克梅德》如是；《阿提拉》和《苏雷纳》也如是。而拉辛那些在《西拿》问世25年后才创作的剧本，自然也遵循了同样的美学。

3. 关于有待消耗的时间

当时间统一处于完美状态下，也就是情节所呈现的危机的持续时间不超过演出的时长之时，不存在困难。但在其他一切情况下，情节时长和现实时长之间的差异都会带来问题，而这些情况在 17 世纪上半叶占据了绝大多数：这是多余的时间所制造的问题，如果剧作家还考虑"逼真"的话，就需要以某种方式来吸收、掩盖、消耗这些时间。在 1620 年前后，这些有待消耗的时间还没有带来问题，因为那时大家还不在乎"逼真"性；而到了 17 世纪末，问题也不存在，因为"逼真"的概念已经被危机的概念超越了。但在前古典主义向古典主义过渡的中间时期，问题仍是存在的。

17 世纪的剧作法针对这个问题给出了两个解决方案，两者不是相斥，而是互补的关系。多比尼亚克院长对于第一种方案做出了如下表述："最好的技巧是让戏剧的开场尽可能在时间上接近结局，以便少在贩卖场次*上花费时间，并得到更多刻画情绪以及展开其他让人愉悦的台词的自由。"（《戏剧法式》，第二卷，第七章，第 125 页）这里所提到的手法能让剧作家把情节压缩到 24 时之内，而同样的情节，在老式的创作理念指导下，也许就要持续数月或者数年。如果要在一个情节的开场和终场之间做出选择，剧作家会选择终场，因为后者包含了不能略过的结尾**；从终场出发，他们可以回溯过去 24 时或者最多数日之内所发生的种种；而在此之前的那些必须了解的事就构成了"贩卖场次"的基础；观众必须知晓那些事，但这个过程可以通过呈示的叙述来完成，而不必在舞台上展示出来。如此一来，时长的收缩就导致了呈示的铺展，而就像我们先前指出的那样，自然地铺展呈示有时并不容易；但剧作家还是为剧本的核心，也就是多比尼亚克所说的"种种激情"腾出了空位。

许多无用的时间就此省去了，但依然有多余的时间需要消耗：17 世纪上半叶的大部分剧本的情节时长都达到了 24 小时；然而，演出最多只持续 3 个小时，对于一个开始把虚构时间和真实时间对等当作理想模板的时代而言，两者之间的差距是令人震惊的。关于这第二个困难，意大利人皮克罗米尼（Piccolomini）已经在 1575 年指出了解决方案（《古典主义理论》，第 256 页），而在法国，提供

---

* 原文为 négoce de la scène，此处为直译。多比尼亚克院长想要表达的应该是老式戏剧创作里大量堆砌插曲、迎合观众口味的做法。

** 法语原文为 dénouement，本义为"解结"，从剧作法角度来看，"解结"（结尾）对应的是"结点"。

方案的则是 1630 年的夏普兰。夏普兰说道："我认为……舞台上没有演员，观众在欣赏音乐或者串场表演的换幕阶段，应当在大家的想象里成为从 24 小时里缩减时间的阶段。"[11] 也就是说，大家要假设舞台上没有呈现的时间在幕间得到了消耗。

这个受到热捧的方案还满足了古典主义技法里的其他要求，我们之后会谈到。高乃依从他的第一部作品开始就采用了这个方案，尽管那部作品忽视了多比尼亚克所表述的前一个规定，也就是让剧本的开场尽可能地接近结尾。高乃依在《梅里特》的《评述》里写道："为了精准地呈现事物，我想把幕间作为捷径，让有待消耗的时间在幕间流逝，以便每一幕的剧情呈现所需的时间不超出演出的时间。"在他的《第三论》里，《梅里特》的作者重拾了这个关于"有待消耗的时间"的看法，并且做了一个重要的补充。以一个时长 10 小时左右的情节为例，他写道："我想让有待消耗的时间在幕间流逝，而每一幕本身只消耗演出所需的时间，这主要是因为前后两场戏之间永远是连贯的，不能有空白出现。"（马蒂·拉沃，第一卷，第 114 页）可以肯定的是，连场规则让那些在一个连贯的情节里插入没有呈现的事件的做法变得更加有违"逼真"；而我们之后也会看到，这个规则的发展和时间统一规则的发展是大致同步的。对此不以为然的阿尔迪，在《血脉的力量》剧本的其中一幕里设计了一个长达七年的情节，这种情况只有在前后场次不连贯，一幕戏内部有间隔的时代才可以想象；到了只有幕与幕之间才有间隔的时代，它就不复存在了。

这些间隔和幕间可以装载任意长度的时间以及各式各样的事件。它可以是高乃依的《侍女》第一和第二幕之间一次简单的晚餐；可以是斯库德里《乔装王子》（1635）第四和第五幕之间所度过的剧中法律所规定的八天限期；也可以是梅莱《阿苔娜伊斯》（1642）里几段连续的限期：第一和第二幕之间为了让泰奥多斯爱上阿苔娜伊斯而消耗的三天时间；第三和第四幕之间让阿苔娜伊斯皈依基督教而度过的四天时间；第四和第五幕之间为了满足女主角的祷告而流逝的两天时间。

甚至在那些只持续 24 小时的剧本里，这个手法也得到了运用，因为它不可或缺，又十分便利。它有助于让观众回避一些必要却没有特别价值的事件，太难在舞台上呈现的事件，又或者是有违礼法的事件。以梅莱的《索福尼斯巴》为例，两位主角的婚礼在第三幕之后的幕间举行。在洛特鲁的《克里桑特》(*Crisante*, 1639)里，女主角是在第二和第三幕之间被卡西奸污的。在那些不愿舍弃丰沛素材的剧作家笔下，古典主义的幕间使用技巧有时会被滥用：以梅莱的《维尔吉尼》(1635)为例，这部剧的第二个幕间包含了不下五个独立的事件，每个对于剧情而言都是必要的，但又无法在幕中找到一席之地：在一次见面中，安德洛米尔做出了为阿曼塔斯报仇的决定，后者则决定嫁给安德洛米尔；阿曼塔斯寄了一封信给海防总督，命令他处死佩里昂德尔；后者则遵照阿曼塔斯的命令前往海防堡垒；阿曼塔斯让人备好船只以便在危难时逃生；阿尔帕里斯则买通了自己的两个侄子，让他们杀了维尔吉尼。在最符合古典主义的剧本里，出于礼法或者事件本身价值的需要，剧作家会通过把部分情节放入幕间来遵守时间统一。此处仅举一例：在《安德洛玛克》里，拉辛把安德洛玛克对于赫克托尔之墓的默祷安排在了第三和第四幕之间。直到18世纪，剧作家依然享有这个自由，莫万·德·贝尔加尔德院长的说法证明了这一点，继很多前人之后，后者在1702年要求情节"真实的持续时间不长于演出的时间"，并补充道："然而，在幕间，也就是舞台后发生的那部分情节里，加速时间的消耗是被允许的。"[12]

4. 时间统一的威望

我们已经看到，时间统一是批评家和作家最先关注的统一规则；它的要求很容易理解，也引发了热烈的讨论。出于这些原因，它一经接受，就在17世纪上半叶确立了巨大的威望。投石党乱之后，它轻而易举地融入了古典主义体系，也不再成为关注的焦点。但在它刚刚兴起之时，这条新生的统一规则曾所向披靡，通过一些尚未成熟的、典型的前古典主义剧作技法，在剧本里彰显着自己的生命力。

我们已经看到在路易十三时期，人们热衷于通过明确的提示在剧中强调情节所经历的不同时刻。这还并非全部。剧作家想要展示自己遵守了一个新规则，因为他们以此为荣，从这个意义上说，这些提示虽有必要，但并无美学价值。在另一些情况下，这些时间提示被扩展为描绘性的诗篇，可以独立存在。如此一来，以勾勒自然图景的形式而出现的诗，就成了剧本里一个新的装点元素；日后更为严苛的古典主义形式将会摒弃它，但只要它存在，就是对于时间统一的歌颂。

  这类借助时间统一而插入的诗篇同时也体现了时间统一规则的某种奢侈，就像一个君主的权势通过各个门类艺术的蓬勃发展来得以彰显；它的源头可能要到意大利文学以及田园牧歌的潮流里去寻找。比如博纳内里著名的《菲利斯·德·希尔》，就不满足于在第一场戏里仅仅指出情节始于一个阳光明媚的早晨，而是再现了一个田园环境，描绘了晨曦、花丛，提到了歌唱的小鸟，展现了暴风雨过后重新焕发光彩的大自然，诸如此类。

  在 17 世纪的法国，这类移植到时间统一之上的诗篇最早出现在哈冈的《牧歌》当中，它在细节描写上也是最不遗余力的。仅仅从它接近三千行诗句的长度，情节进展的缓慢，以及对于那些虽然引人入胜，却没有戏剧价值的描写的热衷来看，这部出版于 1625 年的剧作也是文学性大于戏剧性。大家可以通过几个片段来做出判断。剧本始于夜里，而对于这个夜，男主角阿尔西多尔进行了大段的描述。他说，我见到，

175

> 夜的影，那暗淡的黑
> 把田园和草地染成了同一种颜色……
> 雄鸡没有报晓，我没有听到任何声响……
> ……
> 不祥的鸟儿只在夜间出没，
> 向凡人报送他们的不幸。
> 绕着世界流转的永恒火炬，
> 长长的光芒刺透了晶莹的黑，
> 折射出优美的流光，
> 似乎天空沉入了水底。（第一幕第一场，第 51—52 行，56 行，63—68 行）

在这场戏的尾声，他又注意到：

第一部分　剧本的内部结构

> 但晨光已经不远，暗影逐渐清晰：
> 星辰已经因为惊讶而变得暗淡，
> 而沉浸在清晨回归的喜悦中的鸟儿，
> 开始在林中相互吟唱爱情。（第一幕第一场，第125—128行）

176 之后，"晨光渐明"（第一幕第三场，第307行），但小草依然披着晨露：

> 太阳没有饮下草地上的露珠。（第一幕第三场，第317行）

到了第二幕，阿尔西多尔又为我们奉上了一幅呈现炎炎正午的画：

> 烈日果真当空，山坡的
> 影子已经不在附近的平原铺展，
> 播种的人也已经对他们的劳作感到疲乏，
> 满身汗水尘土的他们，牵走了马匹。
> 所有牧人也都在树荫下休憩……（第五场，第1029—1033行）

到了第五幕，天黑了，轮到达摩克雷来描述了，他受了维吉尔的启发：

> 山丘的影子躺在平原上；
> 疲乏的耕者已经从各处
> 拖着翻转的犁走回镇上。
> 牧人带回了他们的羊群，
> 阳光也只能照到烟囱的顶了……（第五场，第2932—2936行）

高乃依在日后也依然记着这些诗意的效果，只是他使用起来更为克制，在《克里唐德尔》里，加里斯特说道：

> ……黎明的微光
> 已经重新染白了森林的顶。
> 如果我能相信它微微闪烁的,
> 和暗影较量的幽光,
> 那么我似乎隐约望见了让我心生妒意的烦恼所在……(第一幕第一场)

这与后来《熙德》第四幕第三场里"从星辰降下的暗淡光亮"异曲同工。在斯库德里《慷慨的情人》(1638)里,马哈穆特也在与友人莱昂德尔对话时勾勒了一个诗意的画面:

> 冉冉升起的太阳在山峦之上,
> 它的光亮已经照耀了这一片片乡间的土地。
> 莱昂德尔,我们快些赶路吧……(第一幕第四场)

但莱昂德尔适时地提醒他:情节发生地塞浦路斯的白天比巴黎长,而且当时正值夏天。这样一来,一个小说式的丰富情节就可以进入这部遵守了时间统一原则的悲喜剧了。他回复马哈穆特:

> 我们完全不必匆忙,因为夏日里
> 白昼漫长如年。(同上)

尽管出版于 1651 年,但在巴霍的《卡丽丝特》里,作为祈求对象而被提及的黑夜既强调了剧本遵守规则,又制造了诗意的效果;以下这两句台词就出自女主角的嘶喊:

> 亲爱的夜,就让银白的星辰
> 透过你的面纱,接着闪烁吧。(第三幕第一场)

第一部分　剧本的内部结构

可能是出于它所获得的成功，甚至那些没有遵守时间统一规则的剧本也追求这种类型的诗意效果。斯库德里《乔装王子》（1635）的前四幕持续了 24 个小时，但第五幕的情节发生在八天之后；然而，在各不相同的几次时间提示之后，阿尔杰尼在第三幕对她的"侍女"说：

　　……我们一起在喷泉旁坐下吧；
　　泉水甜蜜细语，夜如此平静；
　　银月和树木，
　　明与暗美的交融：
　　万籁俱寂……（第五场）

除了剧中的诗篇以外，这些与情节相关的时间点，有时还能通过舞台的布置得到展现，后者似乎给当时的观众留下了深刻的印象。夏尔·索雷尔（Charles Sorel）在他 1671 年出版的《良书甄别》（*De la connaissance des bons livres*）中宣称："有人说，一些剧作在上演时，舞台布景具有景深感，并辅以多变的照明，主导这些的人恪守了自然规律，让太阳从东方升起，再是南方，西方，最后让夜幕降临。"（第 209 页）作为老一辈的自由派，索雷尔并不认同这种巨细无遗的做法，他用一种不太精巧的讽刺口吻补充道："我们惊讶的是：为什么他们不在舞台上放一个钟来指示时间，以便让观众更好地看到剧本是在 24 小时内完成的。"（同上）为了让观众一直注意到剧本遵守了时间统一而享受到索雷尔所描述的舞台布置的 17 世纪剧作，我们还是能举出一部的。那就是狄马莱·德·圣索林的悲喜剧，《米拉姆》。1641 年 1 月 14 日，这部为枢机主教宫的剧场揭幕的剧作在黎塞留和整个宫廷面前隆重上演。描述了演出所有美妙之处的《邮报》自然也不忘指出舞台布置上的一大创新，即通过多变的照明来呈现白天和黑夜之间的过渡，它的原话如下："通过难以察觉的昏暗化过程，夜幕降临，花园，海面，天空，一一被月光照亮。紧接着黑夜的，是伴随着晨曦和旭日而到来的白昼，同样悄无声息。"（《历史》，第二卷，第二册，第 376 页）

1641 年，亨利·勒·格拉（Henri Le Gras）出版了《米拉姆》的一个奢华的对开本，同时为它加上了一个副标题："枢机主教大剧院开幕大戏"。这本书里所附的一系列版画能让我们对当时演出的舞台布置有一个更具体的了解。其中第一幅常常被复刻，它呈现了帷幕遮掩下的舞台。另外五幅呈现的则是每一幕的场景。布景没有变化，但如果凑近了细细端详，大家会发现版画师把所有精力都用来表现每一幕天空的差异；这种差异甚至构成了这五幅在其他方面有着奇特相似性的版画同时出现的理由。该剧的第一幕是大白天，版画里没有呈现太阳。第二幕发生在夜里，天空中出现了月亮，用一个圆圈来加以表现，而且我们还可以大致辨认出一个人影。第三幕呈现了初升的旭日，位置很低，比月亮小，放射着光芒；天空的高处积起了昏暗的雾。到了第四幕，太阳消失了，进入白昼，但版画的上方还是有一些阴影。最后，第五幕彻底变成大白天，太阳依然没有呈现，天空上方只有十分轻微的阴影，可能是云。这些考究的细节体现了它们对于当时的观众而言是多么的震撼，也证明了时间统一规则在确立的初期享有多么高的待遇。

* *

前古典主义时期时间统一的威望还体现在其他地方。每当时间统一和地点统一出现冲突，人们总是更愿意遵守时间统一，至于地点，如果有需要的话，则可以随意地处理。地点统一在它最初的形式里，有时显得像是时间统一的简单附属品：当情节中存在多个地点时，作家如果想要遵守时间统一，就只能确保角色们能在 24 小时以内完成在这些地点之间的移动；而在 17 世纪，尤其是对于大部分情节所处的古代而言，人在 24 小时以内去不了很远的地方。因此，如果作者想要呈现相隔距离足够远，一天之内无法到达的几个地方，那么，他就只有两种可能的选择：或者赋予情节 24 小时以上的时长；或者违背地理常识，假定所涉及的那些地方实际上距离没有那么远。尽管后一种选择在我们看来有些不可思议，但它却出现在了那些对时间统一的崇拜胜于对现实的尊重的剧本里。

在悲喜剧《克拉里热纳》（1639）里，杜里耶需要呈现雅典议会，但又想让情节发生在海边，因为他设定了一场船难让主要角色在岸边搁浅。有什么不可以呢！他假设雅典就在海边。1642年，杜里耶在他的悲剧《撒乌尔》里故技重施。他在给出了角色名单后说道："舞台在犹地亚的基利波山"。对于这一点，为剧本作注出版的兰卡斯特（Lancaster）先生指出："这座山并不在犹地亚。杜里耶这么说是为了让约拿丹有时间在24小时之内来回耶路撒冷。"[13]1647年，盖然·德·布斯加尔出版了他的悲喜剧《王子重生》（Prince rétabli），剧本呈现了东征的十字军从几乎位于亚得里亚海尽头的扎拉出发，到达伊斯坦布尔。由于既想遵守24小时规则，又想展现这两座城市，他毫不犹豫地宣称两地之间距离很短。

在投石党乱之后，这样的恣意妄为就难觅踪影了。一方面，它过于违背"逼真"；另一方面，地点统一的需求变得更严格，不再允许在舞台上呈现间隔太远的几个地方。1660年，高乃依在《第二论》里严厉地批判了地理上的胡为。他写道，这将会是"一个明显的错误……如果我为了能在两城之间实现单日来回，而把罗马设定在离巴黎两里路之外的地方的话"（马蒂-拉沃，第一卷，第89页）。而在17世纪上半叶，时间统一的考量却导致了这样过分的处理。

第七章　结尾

1. 结尾和收场

当大家尝试阐明结尾的实质及其与结点的关系时，如果大家求诸 17、18 世纪的理论家，就会发现他们用来表述戏剧剧本这最后一个部分的词语，有时对他们而言是近义词，有时又不是。他们会运用诸如"事件"（événement）、"终了"（issue）、"完结"（achèvement）这些比较笼统的词，也会运用"结尾"（dénouement）和"收场"（catastrophe）这两个意思并不总是相吻合的技术性词语。而我们正是试图通过区分这两个词，来准确地定义结尾的实质，以及它如何有别于收场的实质。

批评家们所给出的关于结尾的定义能比较清晰地把剧本的这一部分和结点区分开来。马尔蒙特尔的定义始于一个很笼统的对于结尾的观察："它是剧情的终点和化解之处……"[1] 但他又马上补充道："结尾……是一个切断情节线的事件，它可能是危机和障碍的终止，也可能是灾祸的降临……"[2] 这样一来，结尾就和危机、障碍、情节线联系到了一起，而在前文里，我们已经肯定了这些概念在结点构成中所起到的基石作用。当障碍不复存在，情节也就结束了；结尾是紧接着结点而来的；结点是对立力量之间的对抗，而之后的结尾则是进入一种幸或不幸的稳定情境。贝尔加尔德的想法如出一辙："当障碍终止，疑惑消解，主要角色的命途展开完毕以后，[3] 结尾就开始了……"[4] 多比尼亚克又补充了一点细微的差别，对他而言，结尾"是推翻开篇的戏剧设置，是最后一次反转，是改变情节所有表象的事件的回归……"（《戏剧法式》，第二卷，第九章，第 136 页）。因此，结尾又和另一个前几段引言所没有提及的构成结点的概念，即反转，联系了起来：最后一次反转是结尾的开始；它引出了全剧的最后一个情境，彻底固定了角色的处境。

第一部分　剧本的内部结构

　　大家可以看到，这些文本都能确切地定义结尾在剧本里的位置，即剧本的最后时刻，呈示则是最初时刻。结尾始于结点的终结，最后的障碍被排除或者最后的反转出现的那一刻。它不一定随着剧本的结束而结束，正如呈示不一定随着剧本的开始，即最初的几句台词而开始。但当它里面充斥无用的素材之时，就会显得太过缓慢，呈示也是同样道理；而结尾的其中一个条件就是迅捷，我们可以等到之后探讨迅捷的时候再来研究结尾的这一层面。

　　至于"收场"，在17世纪时则与结尾有些混淆。在多比尼亚克看来，两个词意思相近。他的《戏剧法式》的其中一章就被命名为"论结尾或收场，以及戏剧诗的终了"（第二卷，第九章）。1702年，莫万·德·贝尔加尔德在定义结尾的时候，将它和收场区分开来："收场，是悲剧里的幸运或者灾难事件；是结尾的实质。"[5] 似乎对于他而言，"收场"和"结尾"分别指代了同一个事实的内容和形式；这两个概念之间可能不存在实质的差别。

　　到了18世纪，对于"收场"的看法将区别于"结尾"，我们对于古典主义剧本这个最后时段的分析也由此更加深入。18世纪批评家所做的这些区分以回顾的方式使前一个世纪的剧作法变得明晰起来，世事往往如此。关于这一问题的陈述，国家图书馆559号手稿的作者是这样开篇的："一个或多个主要角色的时运转变把结点从结尾中区分出来。这个转变之前的一切是结点，转变本身及其后续，是结尾。"（第四部分，第三章，第1节）这一部分只是对前人陈述更为清晰的一种复述。但他补充道："我们通常会把收场和结尾混为一谈，但前者只是后者的一个部分，或者也可以说成是一个后续。"（同上，第2节）同时，他还给出了一些极为清晰的例子：

　　……身份的揭晓改变了俄狄浦斯的命运，促成了悲剧的结尾，但伊俄卡斯忒的死，俄狄浦斯的绝望和流亡才是悲剧的收场。当米特里达特打算强娶情人并牺牲作为情敌而存在的两个儿子的时候，他被告知海边尽是罗马人，两个儿子已经加入叛军，他将被包围在自己的宫殿之中。这就是命运转折，这就是结尾；但对于观众而言，收场要等到叙述这位国王之死时才开始。

（同上）

第七章　结尾

我们在马尔蒙特尔那里可以找到相仿的，只是表述不同的一些看法。后者对于他所谓的"完结"做了如下定义："在戏剧诗里，人们这么称呼解开情节的那个事件发生之后的结论。"[6]而"解开情节的那个事件"不是别的，就是结尾。随后的"结论"或者"完结"得要展示构成结尾的事件在角色身上造成的一系列反响，或者这个决定性的事件尚未触及的那些情节面。当最后一个反转的出现或者最后一个障碍的消除宣告局面终归稳定之时，一切并不一定就此画上句号。有时，我们需要一定时间才能感受到这一最终局面对所有角色以及所有悬而未决的问题所造成的后果。这个决定性事件和它导致的一系列后果合在一起才是结尾。只是马尔蒙特尔把后果称为"完结"，而国家图书馆559号手稿的作者用的是"收场"一词。马尔蒙特尔给出了两个"完结"的例子：拉辛笔下布里塔尼古斯死后朱妮的命运；在高乃依那里，则是《贺拉斯》里小贺拉斯返家之后的部分。我们可以发现，高乃依所没有想到的这种关于"完结"的构想，能抹掉这部悲剧的"第二个危机"。

再举一个例子，《巴雅泽》的结尾始于最后一个反转，也就是洛克萨娜说出那句著名的"出去"那一刻（第五幕第四场）；洛克萨娜将不再改变自己的决定；而这个决定导致了阿克玛的反叛（第五幕第七场），巴雅泽的死（第五幕第十一场）[7]以及阿塔里德的自杀（最后一场）。所有这些事件只是结尾的一个部分，它们合在一起构成了收场，或者说一系列收场。可见，到了这里，该选用哪个词，标准变得不太明确了。国家图书馆559号手稿的作者是唯一能在这方面给我们提供明确参考的人，在他笔下，"收场"一词有时指代由最后一次反转所引发的所有事件的总和，有时指代这些事件中的每一个，有时又指代它们中的最后一个。因而这位作者写道，剧本的最后几场戏得"通过一系列表面的收场，也就是通过一连串在结束情节之前的不同时刻所出现的结尾，把收场和结尾区分开"（第四部分，第三章，第3节）。需要注意的是，这里说的不是拉开结尾序幕的反转；在这些伪收场和一个真反转之间存在的唯一共同点是"意外"元素；后者让观众一路屏息到底。

如果我们采用559号手稿作者随后所推荐的手法，"意外"的效果就会达到极致："当真正的收场是不幸之时，要尽可能让这些伪收场变成幸事，而当真正的收场是幸事之时，则伪收场应尽可能成为不幸。"（第四部分，第三章，第 4 节）我们可以以基诺的《阿玛拉松特》为例来展示这一想法。在这部悲喜剧最后一幕的第二场，我们得知阿玛拉松特王后在几经摇摆之后，决意让她因爱生妒的泰奥达拿起一张沾了毒的信纸，借此加害于他；这是开启结尾的最后一次反转。在下一场戏里，大家误以为泰奥达死了：一个不幸的"收场"。之后的第六场戏里，阿玛拉松特得知泰奥达爱她；第七场戏里，她想要自尽，却只是昏迷过去：又一个不幸的"收场"。第八场里，泰奥达活生生地重现舞台：一个既幸运又意外的"收场"，因为当时打开毒信纸的另有其人。结尾终于泰奥达和阿玛拉松特的婚礼。

以上就是多收场式结尾最复杂的形式。当然，如 559 号手稿作者所说，在"有些剧本里，收场紧接着结尾，两者融为一体"（同上，第 10 节），他还补充道，"融入结尾的收场是最有感染力的"（同上，第 11 节）。当一个剧本的终场情节极为简单，以至被最大限度延后的最后一次反转足以终结所有故事线，或者排除所有障碍的时候，结尾和收场融为一体的情况就出现了。我们可以举一个相对古老的例子，就是洛特鲁的《郭斯洛埃斯》（1649），该剧的男主角希洛艾斯直到最后一场戏才做出最后的决定，而洛特鲁也有意把郭斯洛埃斯的死讯保留到了最后一句台词。

我们可以把 18 世纪有些含糊的用词明确化，并把上述结论概括成以下这个定义：一个剧本的结尾包含了最后一个障碍的排除或者最后一次反转，以及由此引发的一系列事件；这些事件有时被称为收场。

2. 结尾的规则

无论是理论家的论述还是剧作家的实践，都展示了一定数量与结尾相关的要求。对于后者的系统性陈述无处可寻，但我们可以很容易从文本里把它们推断出来。古典剧作法里的结尾应当遵循的规则可以用三个词来概括，那就是必然、完整和迅捷。我们将一一讨论这三点。

肯定结尾的必然性意味着剧本这最后一部分和结点一样，不容许偶然的出现，而且结尾得成为结点的必然结果。这其实也是情节统一的条件之一，我们在此前的研究里已有说明。不过这种对于偶然的摈弃只是最严格意义上的古典主义的理想，要想在实际创作中稳定地实现这一点，还差得很远。但在这个问题上，结尾比结点的要求更高，因为结尾的偶然性表现为"天外救星"这种遭到所有理论家一致批判的糟糕形式。拉米神父在《关于诗艺的新思考》(*Nouvelles réflexions sur l'art poétique*, 1668)中写道："一个剧本需要自行了结，也就是说剧末的一切都应当是自然发生的，而不能让这些结果显得像是诗人有意为之……"（第145页）贝尔加尔德说"结尾只能源自故事本身"，[8] 克莱蒙（Clément）说"它应当顺理成章地发生，在逼真的基础上让人称奇"（《论悲剧》，1784，第一卷，第27页）。事实上，即使是最伟大的剧作家也不能彻底避免"天外救星"。以高乃依为例，我们在研究情节统一时已经看到，他只能采用这种方式为《阿拉贡的唐桑丘》结尾。他在这部剧的《评述》中颇有风度地承认，负责揭开男主角身份之谜的渔夫是"自行决定来到卡斯蒂亚的，与呈示中所提到的任何插曲都没有关系，而且他选择这一天到来，除了因为剧本的终结需要他的出现之外，再没有任何别的原因"。

在拉辛的作品里，我们找不到如此随意的结尾，但有时困难并没有解决，而只是回避，甚至掩盖了起来。在《忒拜纪》的最后一场戏里，因为自己所爱的安提戈涅的死而陷入绝望的克里翁想要自尽。然而在整部剧里，他却都是以一个奸诈的政客形象示人的，一点也不像一个情人；况且，他此前刚刚像一个高乃依笔下的野心家那样，向他的亲信坦言王位是他的终极目标（第五幕第四场）。因此自杀的想法更多是出于拉辛想要剧中所有角色都死去的意愿，而不是来自于克里翁的人物心理，后者是结点的元素之一。

在《巴雅泽》里，洛克萨娜的死也并非源自剧本的内在设置。这位女苏丹被苏丹阿姆拉派遣的奥尔冈所杀，而奥尔冈直到第三幕第八场才首次被提及。苏丹此前曾经下令处死巴雅泽，因此这一角色的出现乍一看像是在确认苏丹的命令。这时我们就可以理解他为什么姗姗来迟，因为他的出现只是再次强调惨剧的不可避免。但在结尾里，他却借着局面一片混乱承担起一个既没有预告又无法预见的额外任务：受苏丹"秘密"（第五幕第九场）委命处死洛克萨娜。苏丹的这一命令出现在洛克萨娜那句决定了悲剧真正结尾的"出去!"之前,自然也就不可能从结尾中而来。鉴于洛克萨娜对于巴雅泽的爱不可能一直躲过多疑的苏丹的法眼,洛克萨娜遭到惩罚是迟早的事,从这个意义上来说,也许这样的结尾是逼真的。但拉辛为了集中戏剧张力和道德困境,草草处理了这一细节,以至违反了结尾的规则。

然而,最受诟病的还要数《伊菲革涅亚》的结尾。[9] 这一剧本的主题似乎天然就需要借助于"天外救星"。为了让结尾变得更易被接受,拉辛如他在"序言"里所解释的那样,想象了艾丽菲尔一角替伊菲革涅亚上祭坛。诚然,这一角色与结点紧密相连,且出现在了呈示中,但大家是怎么得出神索要的祭品是艾丽菲尔而不是伊菲革涅亚这样的结论的呢?个中缘由并非出自剧本的结点。剧中唯一的一处铺垫出现在第四幕第四场,当克吕泰涅斯特拉告诉阿伽门希腊人为海伦而战是个错误的时候;她提醒后者海伦在嫁给梅内拉斯之前曾被泰塞埃掳走并为后者产下一子;而剧本的结尾告诉我们这个孩子正是艾丽菲尔。即便如此,克吕泰涅斯特拉提及这个私生子的存在也完全不是为了提供卜辞的另一种解读方式,而只是为了证明海伦的无德。最后一场戏里,卡尔夏说"海伦的女儿"不是伊菲革涅亚而是艾丽菲尔。他是如何知道的呢?兰卡斯特先生[10] 的假设是艾丽菲尔的背叛引起了卡尔夏对她的注意,随后卡尔夏便认出了这位年轻女子。鉴于卡尔夏知道海伦和泰塞埃育有一女,他凭直觉认出盛怒之中的艾丽菲尔就是那个女儿,或者凭借其他蛛丝马迹得出这个结论也不是没有可能;然而拉辛什么都没说。卡尔夏的宣告被描绘得像是得到了神启,有"天外救星"相助。那时,这位祭司是

可怕的,毫无疑问完全被神明附体了(第五幕第六场)

他说是"神明"向他解释了卜辞,并"将自己的选择告诉了他"。拉辛可以遵循前人所频繁使用的方式来处理,通过某处疤痕,或者某个可能将其抚养长大的老者的证明,来"认出"这位身世成谜的女子。但他没有这么做。拉辛勾勒了理性解释结尾的方式,却在他自己这部悲剧的尾声保留了主题本身蕴含的超自然特征。在"序言"里,他颇为谨慎地确认道,"剧本的结尾来自剧本本身",看上去

仅仅是为了辩白。这样的谨慎对于他那个时代的剧作法而言是不够的，它只是为了让人接受剧末这种"神迹"（le merveilleux）的入侵，或者说这种神圣特征的存在；后者的作用将在《费德尔》里得到充分发挥，《阿塔里雅》也是，只是在一个完全不同的层面上。

高乃依的态度则要理性得多。《阿提拉》就是这样一个绝佳的例子：它的结尾本来是最有可能归于偶然的，却在高乃依笔下巧妙地与结点联系了起来，并成为后者的必然结果。历史告诉高乃依阿提拉因失血而死。[11] 于是高乃依想到在剧本开头就提醒我们阿提拉"每天"都会失血（第二幕第一场），失血的严重程度与他的怒气成正比。而在第五幕里，这位匈奴国王被剧中一系列事件所激起的怒气变得越来越严重：第一场戏时，弗拉迪米尔说阿提拉"乖戾到了极点"；到了第三场戏他本人登场时，他说到了自己的"怒气"，而奥诺里也正是反抗他的"怒火"，并注意到他开始流血。因此这部剧远比《伊菲革涅亚》称得上是"剧本的结尾来自剧本本身"。

*　　*

一部古典剧作的结尾所要符合的第二个条件是完整。所有重要角色的命运都必须确定下来，剧中出现的一切问题都应得到解决。这至少是这个条件最初的形式，之后它会根据实际创作的经验而得到修改。多比尼亚克写道："收场必须让戏剧诗彻底完结，也就是不留下一丝余波，无论是观众应该知道的，还是他们想要听到的，一概不剩……"（《戏剧法式》，第二卷，第九章，第 139 页）的确，没有在结尾处回应观众的期待是剧作家的遗漏。从这个层面上说，巴霍的《卡丽丝特》（1651）的结尾是非常令人失望的。涉嫌巫术而入狱的异乡人卡丽丝特，最后得知自己是柯林斯王位的合法继承人；她和西西里国王之子克雷翁两情相悦；尽管没有什么阻挠两人的恋情，但巴霍却不说两人是否结婚。[12] 两个次要角色，爱着卡丽丝特的尼康德尔和爱着克雷翁的阿丝苔丽，他们的命运也不得而知。同样的失误也出现在了莫里哀的《纳瓦尔的唐嘉熙》（*Don Garcie de Navarre*）里，剧本固然是以唐嘉熙和艾尔维尔、唐希尔维和伊涅斯之间的两场婚姻告终的，但莫里哀不屑于让唐阿尔瓦和爱丽丝结合，尽管两人之间的爱情没有任何障碍可言。

190　　然而，更多时候，古典主义作家在剧本结尾处所犯的错误并不在于遗漏，而是过于面面俱到。他们笃信分毫不可遗漏，以至有时会去深究一些意义不大的细节，以及对一些看来没有价值的点加以诸多阐释。《寡妇》出版时，批评家惊讶高乃依没有在结尾告诉大家一个像乳母那么次要的角色的命运；于是他不得不在剧本的《评述》里做出回应："有些人觉得第五幕没有提到她是有问题的，但这类只为他人利益而行动的角色，在重要性上不足以激起大家的好奇心，来探究他们对于剧中事件所持的看法，当剧情不涉及他们之时，他们就再也没有存在感了……"在日后《欺骗者续篇》的前几版里，高乃依还将嘲讽这些"一丝不苟的人"身上过于细微的好奇心。杜朗特在剧末示意让人找《欺骗者》的作者来把他的经历写成戏剧。他和克里东在剧本结尾的大方向上达成了一致，然后克里东补充道：

> 选题合理，我看也合时宜。
> 你的马却成了仅存的问题：
> 作者若不做交代，剧本将糟糕收场；
> 剧中涉及的一切，无论大小，
> 如果结尾没有告知它们的命运，
> 那些一丝不苟的人就会质疑
> 并且作诗讽刺，以此为乐。[13]（第五幕第五场）

这显然是有意嘲讽。然而提出了马的问题的高乃依，在剧中却不敢任由它而去，而是让克雷昂德告诉了我们它的命运：

> 由于害怕它的存在让我在城里身份暴露，
> 我一会儿就会还它自由，任它自寻新主……（同上）

从接受的角度而言，最能体现一个过于完整的结尾的不便之处的剧本，可能是拉辛的《布里塔尼古斯》。学界基本的公认是：当大家在最后一幕第四场得知布里塔尼古斯的死讯后，对于剧情的兴趣就下降了，但剧本还有四场戏，在原始版本里甚至是五场。拉辛认为有必要叙述布鲁斯的痛苦，阿格里皮娜的盛怒，朱妮的归隐（从此与维斯塔贞女们为伍），这也成了刺杀纳尔西斯的契机以及尼禄陷入绝望的缘由。这些可能是剧本结尾所要求的一系列"收场"，但它们减弱了戏剧张力。从 1670 年开始，布尔索（Boursault）就批判这部剧的第五幕，[14]而国家图书馆 559 号手稿的作者日后也写道："我不知道《布里塔尼古斯》起初的遇冷是否与这一幕的尾声有关。"（第四部分，第三章，第 8 节）在这部剧的"序言"里，拉辛尝试为自己辩解道："鉴于悲剧是对于一个有多位人物参与其中的完整情节的模仿，只有当我们知道这些人最终处于什么境遇之中，情节才算结束。"但这并没有妨碍大家觉得这个完整的结尾过于拖沓。

因此，过于严格地执行规则会导致困境。如何摆脱？1668 年，拉米神父为我们提供了一个解决方案。他在《关于诗艺的新思考》里写道：

> 当阅读终于彻底完成，人们知道了自己想要知道的一切的时候，饱和感，或者说空虚感就会完全显现，与此同时，人们会陷入必然紧随虚幻的快乐而来的厌倦和反感之中。于是聪明的诗人会提醒他们的读者，为了留一些欲求给读者，他们不会将剧本完完全全地收尾，而只是把事情留在了一个能够让读者自己轻易猜到后续的状态之中。（第 148—149 页）

也就是说，这位奥拉托利会*成员建议作者不完全结尾，对结尾做出提示而不在细节上展开。这个解决方案并不是他发明的，他只是把剧作家从 17 世纪初就开始使用的一种手段表述了出来。事实上，在详尽式结尾的潮流之外，的确存在另一种趋势，有意将尾声置于模糊之中，展现冲突的悲剧出路，但不强调这种出路可能引发的一系列余波。就整个古典主义时期而言，每个阶段都能找到采用这种

---

* 16 世纪成立于罗马、得到教廷认可的宗教团体，由共同生活的教区神甫组成，旨在通过讲道和教育使成员以及教内兄弟姊妹通往圣化之路。

方式结尾的剧本作为例子。

　　1637年，特里斯坦的《玛利亚娜》以希律王的绝望结尾，当他终于意识到自己将妻子判处死刑不公之时，一切都已经太迟了。那么他会由此而陷入疯癫吗？他会自尽吗？特里斯坦没有告诉我们。他只需要让演出在这种强烈的情绪里结束，情绪本身就是结尾，对于之后的事大家已经不想知道了。同一年，高乃依的《熙德》也问世了。席美娜会嫁给罗德里格吗？在未来是有可能的；她既没有拒绝也没有接受。多比尼亚克认为"剧本没有完结"（《戏剧法式》，第二卷，第九章，第140页）。高乃依在《熙德》的《评述》里做了回应；他指出，席美娜结婚出现在了原始的西班牙版本里，然后又补充道："为了不与历史相违背，我觉得不得不抛出结婚的想法，但又给想法的实现留下不确定性；只有这样我才可能调和戏剧的得体和事件的真相。"不管是出于什么原因，这种在结尾处理上"抛出想法"，"但又给想法的实现留下不确定性"的习惯是难能可贵的，因为它的存在，结尾的必要效果才得以体现，同时避免了一些无用的让观众不耐烦的说明。

　　多比尼亚克院长自己也曾采用这种手段。在他的悲剧《泽诺比》（1647）的尾声，奥莱里昂想要杀了马瑟林，然后自尽，但我们不知道她是否会执行这一计划；不过不重要；对于她的绝望的描绘已经足够终结这部悲剧了。高乃依的《索福尼斯巴》（1663）里也存在同样的不确定性。在女主角死后，马希尼斯是在痛苦中死去还是平复了过来？高乃依在"告读者书"里回答了这一点："我笔下的梅泽图勒对他的绝望的描述能配合这两种想法中的任意一种；也许这是我至今为止在戏剧中所做的最巧妙的处理：大幕落下之时，本该如此强烈的不悦却只存在了如此短暂的时间。"可见高乃依在这部剧里也偏好悬而未决之感。拉辛的《忒拜纪》（1664）也是如此：克里翁想要寻死，但身边人极力拦阻。我们不知道作为男主角之一的他是否能成功，也不知道他是否会一直坚持这一想法；就像我们不知道《安德洛玛克》里的俄瑞斯忒斯会回复理智，还是会被过度的情绪左右，对他人或者自己造成致命的伤害；就像我们也不知道在托马斯·高乃依的《阿里亚娜》（1672）里，那个被泰塞埃抛弃的女主角会如她自己所愿自尽，还是会像传说中那样平复过来。当大家不再关心最末的那些收场时，剧作家就应该忽视它们。

第七章 结尾

* *

这么做的另一个原因就是结尾的第三条规则要求它尽可能的迅捷。因此这条规则有时和第二条要求结尾完整的规则难以兼容。但正如我们刚刚所看到的,第二条规则在具体创作中是可以被弱化的,而迅捷这一点对于古典主义作家而言却是必需的。高乃依在《第一论》里说道:"一切收场都应该留给第五幕,甚至要尽可能地推到终场。"(马蒂·拉沃,第一卷,第48页)《第三论》则明确了这么做的原因:"因为观众……迫不及待地想要看到终场。"(同上书,第114页)而多比尼亚克院长在强调了不完整结尾的弊端之后,也补充道:"但是不能为了避免这一弊端而陷入另一个弊端,我指的是在收场里加入一些对结尾无用的,在观众期待之外,甚至他们所不想听到的无用话语和多余情节。"(《戏剧法式》,见上)莫万·德·贝尔加尔德也说,结尾不能"太短也不能太简单"。[15]

这种迅捷和简单在早期剧本的结尾里并不存在。阿尔迪时代的作家比拉辛时代的作家,甚至比和起步阶段的高乃依同时期的作家都要耐心许多。他们热衷于进展缓慢的结尾,有时甚至刻意加长,以便品味结尾蕴含的情绪。以阿尔迪的《科尔奈丽》(*Cornélie*)为例,这部剧的结尾可以在第二幕第二场就到来,因为正是在那场戏里男主角阿尔封斯决定娶女主角科尔奈丽。如果后者没有因为不必要的惊吓而逃逸隐居的话,这场婚礼在第三幕结束时就可以到来。第四幕里阿尔封斯去了隐居处,但没有找到回避他的科尔奈丽。整个第五幕都用来让两位被可以分开的角色重聚;但为了填充剧情,需要有中间人的出现:于是有了第一场里的隐士,第二场里科尔奈丽的孩子;到了第三场,两位情人终于得见;但仍需要找来一位"牧师"和一些朋友;甚至到了最后一场戏,结局依然因为阿尔封斯为了自娱而设计的一个毫无必要的"错配"而被延迟。

在玛黑夏尔《英勇的姐妹》(1634)里,结尾在第四幕结束时就随着战争的结束以及主角们真实身份的揭晓而到来了。因此第五幕就只是一个尾声;它把那些会从已有情境中衍生出来的平庸事件详尽地展开,而一个古典主义剧本可能用几行诗文就带过了。在第一场戏里,吕西多尔和奥兰普互诉衷情;第二场两人确定结婚;第三场戏留给了多拉姆和奥龙特这对二号情侣的爱情;第四场告诉我们梅兰德会爱上热朗德尔；这对三号情侣的爱情在第五场戏里得到确认；然后，三对情侣按照自己的重要性先后一一出现，以便我们参加他们的婚礼：第六场是吕西多尔和奥兰普；第七场是多拉姆和奥龙特；第八场即最后一场是梅兰德和热朗德尔。

洛特鲁《被迫害的洛尔》（1639）的第五幕同样节奏缓慢，缺乏意义。从第一场开始，两位主角就已经秘密结婚了。因此接下来就只剩让其他角色接受这场婚姻了。第三场戏里，大家得知洛尔是王族血脉；在经历了第四场戏里一对次要角色的婚礼之后，洛尔的婚事也得到公主的认可（第八场），而洛尔事实上是这位公主的妹妹（第九场）；随后是国王对于这桩婚事的认可，他自己则将迎娶公主（第十场）。我们肯定是没法抱怨这部剧的结尾不完整了。

要评价高乃依早期的喜剧，就应该把它们和这些差不多同时期的剧本做对比。它们显然是以相同的方式构建了结尾，如里瓦耶先生所说，缓慢的原因在于"主要情节的结局总是率先得到呈现，……然后才是次要情节的结局"。[16] 显然，当观众知道了核心内容之后，就不再对细枝末节抱有兴趣。高乃依很明白这一点，于是《第一论》在谈到《梅里特》和《寡妇》的第五幕时，才会有以下这句话："那里的主角们总是同时出现，他们只想知道误导或者强行分开他们的始作俑者是谁。"（马蒂·拉沃，第一卷，第 27 页）

剧作法的进步让这些缓慢的结尾显得乏味，为了与之对抗，作家们大约从 1640 年代开始追求尽可能迅捷的结尾。我们在前文中已经指出了洛特鲁的《科斯洛埃斯》结尾的唐突：国王科斯洛埃斯的死讯直到最后几行诗文才揭晓。西哈诺·德·贝尔热拉克（Cyrano de Bergerac）似乎想要在他的《阿格里皮娜之死》（*Mort d'Agrippine*, 1654）里复制这种效果：与剧名所示不同的是，阿格里皮娜在这部悲剧里并没有死，但结尾直到宣告谋反者塞扬和他的情妇里维拉死讯的最后一行诗才完结。在古典主义的众多代表作里，要找到同时符合必然和完整，又非常迅捷简短的结尾并不难。以高乃依的《西拿》为例，奥古斯都直到最后一场戏的中段才做出最终决定。而因为《布里塔尼古斯》的结尾缓慢而遭到指责的拉辛，从后一部剧就开始了还击：《贝蕾妮丝》里的皇后直到最后几行诗才终于做出了让剧情完结的那个决定。

3. 结尾的种种传统

我们刚刚研究的这些规则适用于所有剧种。除了它们之外，还应该再加上一定数量的传统；这些传统体现的可能是某个剧种的特色，如悲剧、悲喜剧或者喜剧；也可能作为种种有一定影响力的风潮为整个古典主义戏剧所共有，但它们并不构成必要的创作技巧。可以肯定的是，悲剧的结尾通常不同于喜剧的结尾。泰奥菲尔·戈蒂耶（Théophile Gautier）以一种打趣的方式大致表达出了这种区别，他在《莫班小姐》（*Mademoiselle de Maupin*）的"序言"里写道：

> ……自古以来，人们就认为一切悲剧的目的在于在最后一场戏里打倒一个无法忍受现状，又遭人嫌弃的大人物，就像一切喜剧的目的在于让两个愚蠢的、年仅六十的年轻主角喜结连理。[17]

这种区别在 17 世纪并没有那么绝对，因为那个非常受欢迎的混合剧种，即悲喜剧，让不同剧种的不同形式的结尾有了串联的可能。不过我们还是从研究古典主义悲剧中结尾的种种传统开始。

在 17 世纪上半叶，悲剧的结尾不仅离不开死亡，而且极为血腥恐怖，这是剧作家有意为之的。而悲剧也正是通过结尾来彰显存在感，在悲喜剧这个往往和它混为一谈，却又在 1640 年以前比它更受欢迎的竞争对手面前捍卫自己的立场，因为大团圆结尾是悲喜剧最重要的特征。在这一时期的悲剧里，残暴的结尾并不罕见。阿尔迪的《阿尔克梅翁》里的女主角阿尔菲斯比对丈夫阿尔克梅翁因妒生恨，便给后者套上了一个染了毒的"颈圈"，导致他陷入疯癫。为了让复仇更彻底，阿尔菲斯比还仿效美狄亚，把自己的孩子推向失去心智的丈夫，任他们被后者杀害。然后她还想让自己的两个兄弟杀了阿尔克梅翁，但结果是三人在相互绞杀中一起死去。当三具尸体在第五幕里被带到阿尔菲斯比面前时，因为失去兄弟而痛不欲生的后者便想要自杀。一位阿尔迪的仰慕者，若耶尔，在 1633 年出版了《悲剧画作，又名弗洛里瓦尔和奥尔卡德的死亡爱情》（*Tableau tragique, ou le*

第一部分　剧本的内部结构

funeste amour de Florivale et d'Orcade），如果要在杀戮中建立悲剧性的话，这个作品的名字可谓十分贴切。弗洛里瓦尔爱着英俊的奥尔卡德，但父亲热昂想要把她嫁给有钱的塞朗德尔，因此用锁链将她绑了起来，强迫她应允。母亲露西为了解救女儿而毒害了热昂。第二天，热昂的鬼魂回到了人间杀死了妻子。与此同时，塞朗德尔让自己的情敌奥尔卡德相信弗洛里瓦尔已死，并说服了他和自己一起自杀；被骗的奥尔卡德真的自杀了，而塞朗德尔却只是虚张声势；弗洛里瓦尔在发现奥尔卡德上吊后也跟着自尽，塞朗德尔看到自己心爱的女子死去，终于真正地结束了自己的生命。因此剧本在结束时，全部主要角色无一例外都丧命了。

当高乃依选择《美狄亚》作为自己第一部悲剧的主题之时，可能正是出于观众对这类表演的兴趣。比美狄亚杀害自己的亲生孩子更可怕的一个希腊传说也在不久后被搬上舞台，即 1638 年出版的蒙莱昂（Monléon）的《蒂艾斯塔》（*Thyeste*）。蒂艾斯塔和他兄弟阿特雷的妻子梅洛普所生的孩子被阿特雷毒死；梅洛普自杀；至于蒂艾斯塔，阿特雷则先让他在不知情的情况下吃了自己孩子的肉，喝了血，然后告诉他真相，并把孩子们的头、手臂和腿放在盆子里拿到蒂艾斯塔面前，还向他展示了梅洛普的尸体。洛特鲁的悲剧《克里桑特》（1639）的结尾可能没那么血腥，但作者却不知为何通过亲信的反应来强调了恐怖感。在呈现了三个次要角色的死亡之后，被囚的王后克里桑特也遭到了罗马人卡西的强暴。遭到部队首领惩戒的卡西在第四幕终场时自杀。克里桑特砍下了他的头颅，并在结尾处把头扔到了自己的丈夫安提奥什跟前，以证自己的清白；由于安提奥什依然有所怀疑，她选择自杀；安提奥什也跟着自杀；两人的亲信先后申明自己无法面对自己主人尸首的惨状，因此将后事交由他人料理。1640 年出版的盖然·德·布斯加尔的《克莱奥梅纳》的结尾也特别血腥。克莱奥梅纳的两个孩子自杀了，他的母亲和妻子被士兵杀害，他自己则与一小队追随者继续抵抗为数众多的敌人，尽管杀了很多，但眼看自己落于下风，他决定和战友们（其中有九人的名字都出现在了剧中）相互结束生命，以避免失败的耻辱，最后的结局也的确就是这样。这次大家就可以不用去数死亡的人数了。1648 年还有一部名为《洛克萨娜之死》的悲剧问世，作者的名字只以 I. M. S. 这三个首字母来表示；这部剧开场出现的八个角色只有三人在终场时依然活着。

第七章 结尾

投石党乱之后,这类结尾就不再风行了,一方面是因为得体原则让舞台呈现变得困难起来;另一方面,受悲喜剧的影响,悲剧也可以大团圆结尾了。然而,当拉辛开始自己的悲剧创作生涯之时,想到的还是这一传统。高乃依的第一部悲剧是《美狄亚》,拉辛则是《忒拜纪》。他在"序言"里用如下话语对剧本结尾出现大量角色的死亡表示歉意:"这个剧本的收场可能有点过于血腥了。的确,几乎没有哪个演员在终场时还是活着的。但另一方面,《忒拜纪》就是这样,这是古代最悲剧的主题。"《忒拜纪》就算了,它很快就被人遗忘了。但《巴雅泽》又怎么说呢?它的结尾如同阿尔迪时代的人能够期待的那样血腥。巴雅泽、阿塔里德和洛克萨娜这三个主角在剧中丧命;此外,奥尔冈也死了,苏丹的追随者们则是和巴雅泽一同归西。这种对于恐怖的追求也被塞维涅夫人(Mme de Sévigné)斥为"大屠杀",它似乎把我们带回到了 30 年前。不管怎么说,这似乎告诉我们,拉辛作品里那种被佩吉(Péguy)分析得头头是道的"残忍"不专属于心理层面。

大团圆结尾不出现在世纪初的悲剧里。当时它还只属于悲喜剧。兰卡斯特先生发现,1552—1636 年间出版的 83 部悲喜剧都是大团圆结尾。[18] 而正是从 1636 这一年开始,情况开始改变了。悲剧在经历了之前的低谷后,因为两个剧本的大获成功而得到了跃升。这两个剧本分别是梅莱的《索福尼斯巴》(1635)和特里斯坦的《玛利亚娜》(1637),它们赋予了这一剧种一种全新的威望,并导致很多人争相模仿。此后,只用了短短几年时间,悲剧就想到了通过借鉴悲喜剧来巩固它所掀起的风潮,因为悲喜剧依然是那时最受观众喜爱的剧种,[19] 而它让人愉悦的核心因素之一,就是大团圆结尾。1639 年,斯库德里的悲喜剧《爱情暴政》和萨拉赞写作的"序言"一起出版,这篇序言的名称是《论悲剧》,而不是大家可能以为的《论悲喜剧》。萨拉赞在序言中明确指出:像斯库德里悲喜剧里的那种大团圆结尾,是可以引入悲剧的。他提醒大家亚里士多德"也将善终列入悲剧的终结形式",并补充道:"尽管大部分悲剧中会有流血,并且以某个角色的死亡作结,但不能就因此断言所有这些戏剧诗的终场都不能离开死亡。"[20] 那部 1657 年才出版,但很早就构思甚至部分完成撰写的《戏剧法式》,也提醒大家古代的悲剧常常出现大团圆结尾(第二部,第十章,第 143 页后);多比尼亚克院长还肯定地说道，在法国，悲剧的结局"或表现为主要角色的不幸，或表现为他们愿望的达成"（第二部，第九章，第 136 页）。

　　但在这场结尾的演变中起决定作用的，不是理论家，而是剧作家的创作和作品所获得的成功。从这个意义上说，高乃依的《西拿》所带来的影响是决定性的。这部在 1640 年末或 1641 年初上演并大获成功的作品是第一部重要的大团圆结尾的法国悲剧。杜里耶是主要的效仿者，他的最后三部悲剧，1642 年上演的《艾斯德尔》(*Esther*)，1644 年上演的《塞沃勒》，1647 年上演的《泰米斯托克勒》(*Thémistocle*)，都是大团圆结尾。高乃依后来的作品里也包含了大量善终的悲剧。这些作品的结尾往往是以暴君或者叛徒身份出现的反面角色死后，正面角色重获幸福，完成原本不可能的婚姻。因此结尾既有流血，也会留下一种解脱和满足的感觉。这样结束的剧本有《罗德古娜》《赫拉克里乌斯》《佩尔塔西特》和《阿提拉》。同样形式的结尾自然也出现在了其他作家笔下，比如托马斯·高乃依的《康茂德之死》(1659)。在这个剧里，暴君康茂德的死（第五幕第七场）使拉艾图斯和埃尔维、艾莱克图斯和马尔西亚的成婚（第五幕第九场）成为可能。我们可以发现，当喜剧的结尾呈现一个反面角色放下执念，彻底改变，以成全年轻主角们的幸福时，是可以和这类悲剧结尾对应起来的，除了不存在死亡这一点。莫里哀的作品就是如此，在《太太学堂》《达尔杜弗》或者《吝啬鬼》里，是阿尔诺夫、达尔杜弗或者阿巴贡的最后失败让其他角色此前一直受到威胁的幸福得以实现。

　　在 17 世纪下半叶的悲剧里，甚至连反面角色的死亡在结尾里也不再是必需的了。高乃依的《尼克梅德》里没有角色死去，如果不算阿拉斯普这个区区的卫队长，以及梅特罗巴特和泽农这两个几乎没有存在感，甚至没有露脸的职业叛徒的话。《蒂特和贝蕾妮丝》和《布尔谢里》的结尾都没有死亡，悲剧之处只是在于相爱的主角无法成婚。诚然，高乃依称这两部剧为"英雄喜剧"而非悲剧，但几乎在同一时间，拉辛毫不犹豫地把自己那部结尾特点一致的《贝蕾妮丝》称为"悲剧"。1666 年出版的《阿杰希拉斯》是悲剧，然而里面无一人死亡，剧本的结尾和喜剧一样，是三对人的婚姻。在最后一场戏里，高乃依毫无忌惮地借阿杰希拉斯之口向众人说出了以下这几句话，强调了这部悲剧结尾的皆大欢喜：

第七章 结尾

> 我已还公道于你们所有人，
> 我想让你们如愿以偿的这一天，
> 对你们而言是美好的……

至于悲喜剧，则一定是大团圆结尾，以至马尼翁在 1660 年出版他的悲喜剧《蒂特》之时，无视历史事实，让剧本以提图斯和贝蕾妮丝的婚姻作结。然而传统上，人们一直把这样一个圆满的结尾和结点所包含的事件对立起来，认为结点的实质是悲剧性的。狄马莱·德·圣索林在他的悲喜剧《西庇阿》(*Scipion*, 1639) 的"告读者书"里宣称，悲喜剧是"由王子们担任主要角色，并遭遇严重的、灾难性的变故，但又大团圆结局的剧种"……对于 1668 年的拉米而言也是如此，悲喜剧"演绎的是一段严肃的经历（aventure sérieuse），其中的主要人物身份高贵，经受着一些巨大的不幸，但结尾处的意外事件又让他们转危为安"。[21] 夏步佐也持同样的看法，他的定义如下："悲喜剧向我们展现尊贵者的不凡经历，他们在承受某种巨大不幸的威胁后，终于大团圆结尾。"[22]

为了确保悲喜剧里悲剧性结点和大团圆结尾的反差，最固定的手段是在呈现主角受到一个严重危机"威胁"之余，让我们以为主角死了，这也是理论家所期待的；到最后一场戏时，他奇迹般地再次出现，最大限度地满足了观众对于悲剧性以及大团圆结局这两者的共同追求。在整个古典主义时期，我们都能举出这样的悲喜剧，男女主角先是被误以为死去，后又在结尾生还：洛特鲁的《克雷阿热诺儿和杜里斯特》(*Cléagénor et Doristée*, 1634)，博瓦罗贝尔的《帕莱娜》(*Palène*, 1640)，吉尔贝尔的《罗德古娜》(1646)，基诺的《阿玛拉松特》(1658) 或者《阿格里帕》(*Agrippa*, 1663)，等等。就连悲剧也借鉴了这一颇受欢迎的做法。从《西拿》开始，高乃依就带着保留地进行尝试：一个观众以为死去的角色，马克西姆，在第四幕终了时重新出现；甚至到了剧本的最后一场戏，奥古斯都还对他的在生表示惊讶；当然，他并不属于最主要的角色。到了《奥东》里，高乃依就更为大胆了：在剧本第五幕的第三场戏里，主角奥东被宣布死亡，但第六场戏又否定了这一消息。基诺的悲剧《贝雷洛冯》(*Bellérophon*, 1671) 也以同样的方式结尾。

喜剧的传统结尾是婚姻，甚至倾向于数场婚姻。高乃依在《第一论》里写道，我们的喜剧"少有不以婚姻结尾的"（马蒂-拉沃，第一卷，第27页）。这一做法不仅是为了呈现一个令人愉悦的结尾，也是出于结尾完整的考虑：如果所关心的角色没有一一找到自己的幸福，大家是不会满足的。这就是为什么拉米神父几乎把多重婚姻变成了一条规则，他写道："诗人们应当对一切都做出安排，以便让主角的朋友们，也就是那些在主角落难时不离不弃的人，尽可能地在后者时来运转时得到同样的幸福……喜剧总是以数场婚姻作结的原因也在于此，这样妥善安排的结果是皆大欢喜，观众也可以满心欢喜地离开剧场。"[23]

让所有主角成婚是极为普遍的风潮。它不仅为喜剧所特有。田园牧歌剧已经遵守了这一点。[24] 它也和大团圆结局一样被引入了悲喜剧甚至悲剧。我们已经知道，托马斯·高乃依的《康茂德之死》以两场婚姻结束，皮埃尔·高乃依的《阿格希莱》则是三场。在喜剧和悲喜剧里，多场婚姻的结尾十分常见。高乃依的《梅里特》《寡妇》《侍女》和《欺骗者》里均有两场；"五作家"的《杜乐丽花园喜剧》，莫里哀的《纳瓦尔的唐嘉熙》和《吝啬鬼》里也是两场。玛黑夏尔的《高贵的德国女人》或者《英勇的姐妹》，洛特鲁的《被迫害的洛尔》里则有三场。洛特鲁的另一部悲喜剧《错失良机》里甚至有四场之多。

为了让这些婚姻陆续发生，有时不得不在逼真性上做出一点牺牲。我们常常能见到这样的情况：剧中的主要情侣一成婚，那位遭弃的年轻男子或女子便在最后一刻（in extremis）决定改娶或者改嫁她（他）人，而相应的情感转变却显得过快，欠缺说服力；唯一的解释是这样的处理符合作家和受众对于对称感的追求。高乃依的《亲王府回廊》即是如此：最后一幕第四场，利桑德尔和塞里德决定成婚；但在整部剧里，伊波利特都爱着利桑德尔，直到第五幕第五场，她还确认了自己对后者的爱；但在第七场戏里，她却表示要嫁给爱她的杜里芒，可能就是为了结尾的皆大欢喜。在高乃依的悲喜剧《克里唐德尔》里，同名主角的婚姻显得同样刻意。因为这个角色被描述为具有同性恋倾向，尽管描述很隐晦，但在古典主义戏剧里依然是一个绝对的特例："梗概"把他描述为弗洛李东王子的"侍宠"。他在加里斯特面前稍稍献了一会儿殷勤，两人的婚姻在第二幕第四场戏里被提上日程，但结尾时加里斯特嫁给了罗西多尔；虽然克里唐德尔真正爱的只有弗洛李东，并且还在第五幕开场时确认了这一点，但他却在终场时同意迎娶杜里斯。似乎双重婚姻是一个大团圆结尾可以接受的下限，作家们得不惜一切代价做到这一点。

但对于有些作家而言，这也是一个上限。如果非要坚持的话，让剧中所有处于适婚年龄的角色成婚也并不是难事，然而，注重逼真性的作家往往会拒绝这样一个已经被滥用的手法。对于古典主义作家而言，大团圆结尾的确包含一场婚姻；如果有两场，也能接受；但三场就太多了。尽管六十多岁的高乃依也会自娱自乐地用三场婚姻作为《阿格希莱》的结尾，但年轻时候的他是明确反对喜剧结尾出现过多婚姻的。他的第一个剧本《梅里特》让同名女主角嫁给了蒂尔西斯。那么蒂尔西斯的妹妹克罗丽丝呢？在最后一场戏里，我们发现艾拉斯特用诡计把克罗丽丝和她的未婚夫费朗德尔拆散后，是可以替代后者而娶她的。克罗丽丝也接受了，但高乃依很清楚这场婚姻有违逼真。他在该剧的《评述》里说道，艾拉斯特和克罗丽丝的结合"只是为了满足那个时代让所有登台的角色成婚的习惯"。作为对这一习惯的讽刺，他补充说道，我们完全也可以让费朗德尔娶"梅里特的某个表妹或者艾拉斯特的姐姐，以此来让他和其他人团聚。但那时开始，我就已经不完全屈从于这一潮流了……"他想说的是三重婚姻的潮流，因为他认为双重婚姻是不可避免的。虽然《评述》里所提示的第三场婚姻没有出现，但在剧本里，高乃依却提供了另一个方案，当然是带着揶揄的目的。为什么不能娶……乳母呢？这部喜剧也正是在这个令人捧腹的反差提议里落幕的。

在另外两部喜剧里，高乃依延续了对于结尾中这些刻意安排的婚姻的揶揄。《亲王府回廊》以两场严肃的婚姻告终，分别发生于利桑德尔和塞里德、杜里芒和伊波利特之间。但侍女弗洛里斯提议让塞里德的父亲普莱朗特和伊波利特的母亲克里桑特也走到一起。这就有些出格了。对于提议，克里桑特回复了如下两句话，它们不仅为剧本收尾，也道出了高乃依的想法：

> 除了我们两人已经过了热恋的年纪之外，
> 这也过于像是喜剧的标准结尾了。

第一部分　剧本的内部结构

在《欺骗者续篇》1660 年被删除的结尾里，杜朗特和克里东试图把他们的经历写成喜剧。克里东指出：

> 主题的确罕见，但却不符规则：
> 因为故事里只有您一人结婚。

杜朗特的回复体现了他对于婚姻过多的结尾的嘲讽：

> 作者可以轻松地让它变得规则起来：
> 克雷昂德会娶克里梅娜；
> 至于菲利斯特，只要为我设计一个妹妹的角色
> 许配给他，他一定欣然接受；
> 你自己也可以和利斯配成一对。[25]

所以这里戏仿的是一个四重婚姻的结尾。

投石党乱之后，人们继续嘲讽着这类结尾。无论是托马斯·高乃依的《时髦爱情》(*l'Amour à la Mode*)，还是莫里哀的《冒失鬼》，作者都是带着与观众心照不宣的微笑来让剧中角色成婚的，尤其当涉及仆人和侍女的时候。在《时髦爱情》的终场，奥龙特迎娶多洛特时说道：

> ……最终我必须得结婚。
> 喜剧还能以其他方式收尾吗？

至于他的仆人克里东，娶多洛特的侍女利塞特则是最理想不过了。他也站在传统的角度宣称：

> 这个结局还不够完美。
> 我娶了利塞特才是好的收尾。

第七章　结尾

他的主人们听取了他的意见，让他和侍女得以牵手。在《冒失鬼》的结尾处，莫里哀也是让莱利和赛丽、莱昂德尔和伊波利特两对情侣成婚。但马斯加里耶跳出来说道：

> 你们倒是都找到了归属。就没有哪位女子
> 能和可怜的马斯加里耶相配？
> 看着这里个个出双入对，
> 我也忍不住想要结婚了（第五幕第十一场）

莫里哀以最小的代价满足了马斯加里耶以及观众。在剧中一直没有说话的安塞尔姆在剧本结束前两行开口说道："我这儿有合适你的。"马斯加里耶随即宣称自己心满意足，莫里哀甚至都无须直言安塞尔姆将许配给他。要得到观众的掌声，只需以某种方式让所有人都成婚——尽管高乃依或者莫里哀之类的作家都嘲讽这一传统。

＊　　＊

其他一些结尾的传统为所有剧种所共有。其中最重要的一个在于让尽可能多的角色在剧本终了时集结。似乎是剧团成员想要在结尾处悉数登场。这一传统颇有韧性，也在大量的剧本里得到了呈现；古典主义戏剧的观众应该对它是情有独钟的；但它其实并不久远。事实上，在16世纪时，人们对于同时让三个演员登台的做法还是带有犹豫的；兰卡斯特先生甚至讲到了那一时期的"三角色法则"。[26] 多比尼亚克院长也还记得这个被他认为已经过时了的规则（《戏剧法式》，第四卷，第一章，第270—271页）。夏普兰在《论戏剧诗》里提及了一点，但他将结尾排除在外，似乎是呼吁让尽可能多的角色在结尾出现："有些人希望在同一场戏里出现的角色不超过三人，以避免混淆，这点我同意，但最后一幕的最后几场戏例外，因为在那里，一切都趋于终结，混淆让结尾更高贵，更优美。"[27]

大约四分之一个世纪之后，当高乃依出版《戏剧三论》时，多演员结尾的传

统已经牢牢地确立下来了；《第三论》里说道："在那些大团圆结局的剧本的第五幕，我们把所有角色汇集在舞台上；以前的人不会这么做。"（马蒂-拉沃，第一卷，第111页）我们还会看到的是，即使剧本不是大团圆结局，也会出现这种角色的结集。不过高乃依自己还是从一部善终的悲剧出发，对这种结尾传统的力量做出了最为奇特的解释。带着高乃依一贯的直率，《尼克梅德》的《评述》强调了剧本"结尾的缺点"："……普鲁西亚斯和弗拉米纽斯……从海上逃离之后，突然重新鼓起勇气，回来捍卫王后阿尔西诺埃，与她共存亡。"对于这种有些让人意外的"性格上的不统一"，高乃依的解释如下："我起初写剧本的结尾时，没有让他们两人返回[28]……但观众已经看惯了所有角色在这类诗歌的尾声集结，他们的口味造成了我的改变，我决定满足他们，哪怕这样会牺牲一点规整。"换句话说，这一传统的势头已经强大到盖过了对于剧本逼真性的要求。大量例子都体现了这一点，我们只举其中最明显的那几个。

207 在洛特鲁的《幸运的海难》里，除了被抛弃的情人塞法丽、一个配角医生和刽子手，所有存活下来的角色都出现在了最后一场戏里；我们能在他们中找到像乳母和卫队长那样只有半行诗文作为台词的毫不重要的角色。在高乃依的《克里唐德尔》的终场，除了被送去接受审判的皮芒特，不仅所有主要角色都出现在了舞台上，甚至连第一幕里死去的两个配角，里卡斯特和热昂特的尸体，也被搬上了舞台；而在《西拿》的结尾里，也只差欧弗伯、波利柯莱特和艾凡德尔这三个被解放的奴隶没有出现，而且后两人在剧中几乎没有承担任何作用。在莫里哀的作品里，《太太学堂》在终场时集结了除公证员之外的所有角色，《吝啬鬼》的结尾也出现了不下十人；这些人中不乏像拉弗莱舍那样没有一句台词的人物。《安德洛玛克》首版的第五幕第三场，在刺杀庇鲁斯后，集结了俄瑞斯忒斯、艾尔米奥娜和安德洛玛克这三位依然在生的主角，不过在后来的版本里，安德洛玛克不再登场。同样，拉辛在结束《贝蕾妮丝》时，也让他笔下的三位主角，提图斯、贝蕾妮丝和安提奥古斯，首次并且是唯一一次在剧中相聚。

最后，还存在一定数量的剧本让所有存活的角色，无论多少，无一例外地在结尾处登场。比如梅莱的《希尔瓦尼尔》（1631），玛黑夏尔的《英勇的姐妹》（1634），"五作家"的《伊兹密尔的盲人》（1638），洛特鲁的《凡赛斯拉斯》(1648)，高乃依的《阿拉贡的唐桑丘》(1650)和《佩尔塔西特》(1653)。"五作家"的《杜乐丽花园喜剧》(1638)也在此类剧本之列，它用最后一场戏起首处的一句说明来确认了这一结尾传统："此处所有角色都奔向昏厥的克莱奥尼丝。"因此，宣布结尾的到来也就成了释放"所有人登场"的讯号，而后者是这些作家自认必须要遵守的传统。

这一传统的存在也可以通过另一个途径来体现。如果法国剧作家在改编外国剧本的过程中，在基本遵循原作情节的同时对小部分场次做出修改，那么我们就可以认为这些修改的目的在于让原作符合法国戏剧里某些他们所坚守的传统。这些修改自然是可以出于不同的原因。当它们涉及结尾，而修改的结果又是把原作结尾没有集结的所有重要角色聚到一起的话，我们就无法不把这种角色的集结视为法国作者对原作所做出的锦上添花的改变。如果我们把洛特鲁的《姐妹》(*Sœur*, 1646)，尼克（Nicole）的《方托斯姆》(*Phantosme*, 1656)，朗博尔（Lambert）的《嫉妒姐妹花》(*Les Sœurs jalouses*, 1660)，莫里哀的《情怨》(1662)，以及它们的原作，也就是德拉·波尔塔*的《姐妹》(*Sorella*)，普劳图斯的《凶宅》(*Mostellaria*)，卡尔德隆**的《带和花》(*La Banda y la flor*)，赛琪***的《利欲熏心》(*L'Interesse*)，两相比较的话，我们会发现法语版本里无一例外地在结尾处添加了集结所有主要角色的场次。

终场时集结剧中角色的做法不只出现在喜剧里，我们在悲剧的结尾也已经看到了同样的做法。前者展现了所有人最终在婚姻里找到了自己的幸福，后者通过最后的一次相见来减弱一个不幸结尾带来的悲伤，两者似乎都为观众提供了一种满足感，我们几乎可以把它称之为完满。这种满足感的存在也可以通过某种反例来得到印证。有些剧本在倒数第二场戏里集合了一众角色，却以一场独白或者两人间的对话来结束剧本，这样的剧本就带上了忧郁色彩；就像是欣喜之后陷入了失落。以洛特鲁的两部悲喜剧为例，《克雷阿热诺儿和杜里斯特》(1634)和《忠贞之喜》(1635)都在结尾处集结了剧中出现的几乎所有角色，并且也让他们

---

*　德拉·波尔塔（della Porta），16世纪意大利博学家、剧作家。
**　卡尔德隆（Calderon），17世纪西班牙剧作家。
***　赛琪（Nicolo Secchi），16世纪意大利剧作家。

中的大部分人找到了另一半，但剧本却是在那几个没有成婚的人所留下的几句看透世事的台词里结束的。而在高乃依的《侍女》和《王家广场》这两部先后出版的喜剧里，这种做法体现得更为明确。两者都是在倒数第二场戏里集齐了所有主要角色，然后又在遭弃的女主角的哀叹里悲伤地终结：阿玛朗特诉说自己苦涩的时候，那位带给她不幸的男主角阿里多尔，正沉浸在自己的幸福里。莫里哀的《恨世者》也有着一个与之类似的忧郁结尾：在最后一场戏的开头，除了仆人以外的所有角色可能都出现了，但他们随后一个接一个地离场：先是克里唐德尔和阿加斯特，再是奥龙特，再是阿尔西诺埃，最后是塞里美娜；只留下了阿尔塞斯特和他的两位朋友，费兰特和艾丽昂特；他们三人最终也先后离去。这种终场前的纷纷散去体现的是悲伤，而观众期待的是结尾处的接踵而至，因为后者带来的才是欢悦。

* *

我们再来谈一谈最后一种结尾的传统。这种传统讲求在剧本将要完结时，忘记演员们正扮演着某些角色，让他们以演员的身份说话；这样一来，他们就能直接与观众交流，以几句俏皮话收尾，或者暗示刚才台上被当成现实来呈现的那些经历可以作为某个剧本的素材，而这个剧本恰恰刚在舞台上呈现完毕。这是一种在演出，也就是虚构结束后，回归现实的方式。这种手法来自于闹剧，它既带来了喜剧效果，又把舞台和观众的关系复杂化了。17世纪有几部喜剧使用了这一手法。比如斯卡隆的《若德莱：男仆主人》（1645），就是在结束时借若德莱之口告诉观众刚刚看到的一切都只是"戏"。斯卡隆喜欢这种突然打破虚构的诙谐（burlesque）手法，他能借此制造反差的喜剧效果；《喜剧小说》里常常用到。在高乃依的《欺骗者续篇》里，克里东说出的那两句为剧本画上句号的台词也带有类似的目的：

> 那些站累了的人可以坐下了。
> 我是顺便给大家这个建议的，再见。

在这部剧 1660 年以前的几个版本里，结尾处这种回归现实的特征更加明显；杜朗特和克里东寻思着怎么让《欺骗者》的作者把俩人的经历变成剧本。[29] 这个手法固然有喜剧性，但它破坏了戏剧所制造的幻觉；关于不该混淆表演和真实这一点，多比尼亚克日后将会着重加以强调（《戏剧法式》，第一卷，第七章）。到了古典主义时期，这种形式的结尾几乎被完全舍弃。当然，我们还是能至少找到一个例外，而且还不乏诗学价值，那是在斯库德里的悲喜剧《慷慨的情人》（1638）里：剧本在主角莱昂德尔谈到西西里时所说的这段话里落幕：

> 有一天，我想在这片我所喜爱的海滨
> 讲述我在爱情里的折磨和欢愉，
> 以便让某位才子，为了我的荣耀
> 把一个如此动人的故事搬上舞台，
> 一个无比美妙真诚的故事，
> 一段将会流芳百世的佳话。[30]

4. 隐形的结尾

还剩下最后一种结尾要提，它与我们此前研究的规则和传统都无关。由于得体性的限制，某些形式的死亡无法在舞台上呈现，再加上地点统一规则的确立，剧作家常常无法让观众目睹构成结尾的事件。这就需要有一个角色来对此进行叙述。举例来说，观众既没有亲眼见到《波利厄克特》里主角被处决的过程，也没有见到《安德洛玛克》里庇鲁斯被害那一幕。我们是事后再了解到结尾的。这种情况出现的频率很高，甚至可以说在古典剧本里司空见惯了。不过也不值得将这种结尾单列出来进行研究，因为用叙述代替表演这种手法实际上并不只出现在结尾，我们会在研究剧本的外部结构时讲到；此外，在大多数情况下，从表演中去除这些事件也并没有给结尾带去不同的色彩。

然而，隐形有时还是会换来一种悲剧色彩。当阻碍结尾呈现的不再是纯粹的消极原因，当这些原因不只是约束或者限制，相反，是剧作家想要从中得到一种新形式的悲剧感情时，结尾就不只是被迫隐形，而是从隐形中获取它全部的力量。这样的例子十分罕见，也正是因为罕见，才更有意义。我们将举两例，分别是拉辛的《巴雅泽》和高乃依的《苏雷纳》。

在《巴雅泽》里，主角之死在最后一幕的第四场戏里成为定局，而它并没有呈现在舞台上，观众直到第十一场戏时才知晓。中间这几场戏一方面呈现了巴雅泽以外的角色所经历的事件，另一方面，这些留在舞台上的角色在巴雅泽的问题上也并非毫无作为。他们不只是像在其他剧本里常见的那样，对后者的命运做出假设，希望后者逢凶化吉；相反，他们选择主动作为，似乎坚信巴雅泽依然在世，这正是他们幻想的悲剧之处。因为洛克萨娜已经很明确地宣布了她的念头，先是在第三场戏里，也就是在最后一次接见巴雅泽之前，然后是在那声"出去"之后，也就是第五场戏开头两行诗文。所以观众知道巴雅泽必死。当其他角色在讨论一些只有巴雅泽生还才有意义的行动之时，观众不可能不想到那场隐形的行刑戏。然而，第七和第九场戏里阿高玛的起义，还是指向了那个隐形的巴雅泽；而第六场戏里阿塔里德在洛克萨娜面前的辩护的感人之处，也正是在于她试图拯救一个已死之人；她直到第八场戏才隐约意识到真相，正是这个真相让观众记住了巴雅泽之死，它比直接在舞台上呈现行刑更能触动观众。如果拉辛将这几场戏安排在洛克萨娜做出处死巴雅泽的决定之前，它们的悲剧色彩将大大减弱。

隐形所带来的悲剧性已经在《巴雅泽》里得到了强烈的体现，但将它推至顶点的，还要数高乃依的最后一部悲剧《苏雷纳》，这部可能受了《巴雅泽》影响的作品拥有我们全部古典主义戏剧里最新颖最感人的结尾之一。高乃依先是通过在物质上和心理上严格限制主角们的自由空间来制造焦虑。他特意在第四幕第二场告诉大家宫殿已经被卫兵包围，出入必须由国王批准，随后又在第五幕第一场戏里确认了这一消息。与此同时，剧情也在结束时陷入了一种普遍的疑虑和担忧氛围，受到威胁的主角们无力自救。在一片不祥之中，高乃依设置了一个完全可以预料的结尾，然而，它的全部震撼之处也恰恰来自于这种无情的可预见性；古希腊悲剧里的宿命感便是如此。第四幕一开场，所有有理智的角色就纷纷预测并宣布了苏雷纳的死，并认为它无可避免。在第五幕的前几场戏里，主角们拒绝向政治所带来的无情压力屈服，也不愿接受一些简便、谨慎的解决方案；一次接一

第七章 结尾

次的抗拒对于观众而言就是通往悲剧的不同阶段，仿佛无形的死亡正一步步逼近。死亡即将到来。第三场结束时，它出现了，不听姐姐劝说的苏雷纳离场时，死亡已确凿无疑。戏剧的张力在急促展开的第四场戏里达到了顶峰，舞台外的苏雷纳遭到处决。与此同时，他的情人尤里蒂斯正在和帕尔米斯争论，后者仍在试图让她明白，如果她再不及时说出那句能挽救苏雷纳的话，苏雷纳的死将不可避免。这句话依然有效，但除了尤里蒂斯外，所有人都意识到死亡正在一秒一秒逼近。高乃依充分地利用了这种焦虑，从这个意义上说，他是格朗吉涅洛*式剧本的先驱；他让帕尔米斯说出了每个观众心中所想：

> 这时，他的身体可能已被刺穿，

一句完美体现了这个萦绕不去的隐形结尾的台词。在那场感人至深的争论结束时，尤里蒂斯让步了；她终于接受牺牲自己的爱情来挽救苏雷纳。但一切已经太迟。亲信奥尔梅娜带来了苏雷纳的死讯。她的叙述只有区区五行诗文。无法再多了，因为这类叙述通常所蕴含的感情已经在前几场戏里预支了。修辞的魔力也就此变得无用，多余。通过展示两种意志的碰撞，直到终了，高乃依成功地革新了悲剧的结尾，这场戏之所以让人心碎，正是由于一种被严苛而又残酷地定义了的情境所带来的紧迫感，以及那场争论背后，在某个远离我们视线的地方，正在上演的杀戮，比起清晰地对其进行描述，让观众自己联想更能制造焦虑感。

---

* 格朗吉涅洛（le Grand-Guignol），20 世纪上半叶巴黎一家著名的以恐怖戏剧闻名的剧院。

第二部分
剧本的外部结构

第一章　排演和地点统一

我们通过角色、情节、呈示、结尾来研究一个戏剧剧本的内部结构时，无须一直考虑剧本曾以什么方式上演。剧作法首先是作家的活，剧作家的工作和小说家或者诗人的工作没有实质分别，尽管他有自己的技巧。但当我们开始分析剧本的外部结构，琢磨如何定义并解释它的不同形式时，就不能站在纯粹的文学角度了。诚然，简单地阅读戏剧剧本也能揭示大量常规的形式，供我们一一分类。然而，如果我们想要理解这些形式在剧作法基本架构里的位置，我们就会意识到不能只把它们看作文学传统的延续，也要明白它们是为演出而设计，取决于演出的物质条件，只有这样，对于它们的解读才能完整。因此，要研究戏剧剧本的外部结构，首先要思考的就是排演对于剧作法的影响。

1. 演出的基本条件及其对于剧作法的影响

这种影响是多元的，它体现在不同方面。我们在下文里（本部分第三章第3节）会看到观众的态度以及演员的吟诵传统是怎样让古典剧作家赋予"长段台词"（tirade）在对话中的主导地位的。保证不同场次之间的连贯性之所以成为惯例，甚至规则，也和演出时的种种物质条件紧密相关，我们在下文里（本部分第五章第1节）还会让大家看到，这种习惯做法往往是由古典主义时期剧院的结构，以及排演的某些特殊性决定的。但是，在古典主义剧作法所有受舞台活动支配的元素中，最重要的元素被理论家称为地点统一。作家在写作剧本时可以忽略情节所发生的具体地点。但对于观赏演出的观众而言，地点是一个可见的现实，需要通过布景来呈现，至少是加以提示。剧本里书面营造的外部环境是怎样去适应为演出需要而搭建的真实环境的呢？前者又是怎样决定后者的呢？这些是本章试图解答的问题。

第二部分　剧本的外部结构

在此之前，可以先提一下古典主义剧作法里相对不那么重要的几个受排演条件影响的方面，这种影响至少和文学意义上的考量并驾齐驱。它们是剧本的分幕、对白的地域色彩，以及角色的分配。

为什么古典主义剧本要分幕？因为它以拉丁文剧本为模板，更因为它践行了贺拉斯在这一点上的告诫。[1] 但这还不是唯一的原因。17 世纪的观众——世纪初的全体观众或者是包厢票价上涨后正厅前部的站立观众（包厢成了文雅人士的专属）——既好动又喧闹。他们来剧院固然是为了看戏，但也是为了高声点评，嬉笑，寒暄，交友，或者作弄身边的其他观众。剧院是大众的沙龙。而大众需要幕间休息的时间来进行自我表达，喝点清凉饮品，吃点食物。如果不给他们这些放松的时间，他们就会在演出进行中自我放松，这将会扰乱演出。

幕间的频繁出现也与照明的需要有关。由于光源的力度弱，数量就必须大。无论是用油灯，还是长的甚或短的蜡烛，都常常要想着灯芯或者烛芯。如果不及时剪去灯花或烛花，灯芯或烛芯就会冒烟；这会让剧院内本就污浊的空气变得更糟，还会影响视线。当时大概每隔半个小时左右就要剪（霍斯波尔，《排演》，第 158 页）。而这差不多就是一幕戏的时长。因此正好可以利用幕间休息来让烟雾笼罩下的光源重焕生机。贺拉斯关于剧本分五幕的告诫神奇地配合了剪灯花烛花人的职业需求。

＊　＊

布景和服装既有一丝朴拙的现实主义，又带着点需要观众抱着很大善意才能体会到的象征性。它们的现实主义一点都没有得到风格化，与日后技艺进步之后的情况大相径庭。说它们复制了 17 世纪的现实还远远不够：它们就是那个现实本身。演员的穿着通常和观众一样。[2] 剧院贫穷时，他们的戏服也不堪，比如世纪初或者在那些乡间剧团里。之后，大爵爷们的赏赐让他们的戏服变得更为体面，但还是不适应舞台。剧场的光线需要特别的服装与之配合，有别于城市里日常穿着的服装，这一点在 17 世纪时还没有人意识到。最初，演员穿得跟市民或者贫苦大众一样，随后，在某些场合下，跟爵爷一样——但从来没有穿得像演员

182

一样。他们的衣橱可以非常丰富；往往充斥着"时髦的衣裳"，那些

> 在婚礼，舞会上，在盛大场合里
> 最尊贵的爵爷曾经为了，
> 参加国王的入城仪式，或者
> 为了出使外国而穿过的，

（夏尔·贝［Charles Beys］，《叹为观止的疯子》［*Les Illustres fous*］，第四幕第五场）

日后，这些衣服可以卖出高昂的价格：弗洛李多尔花了 2 万银币购买"俏玫瑰"*的衣服。[3] 但有需要的时候，这些华丽现代的戏服也会穿在古代主角的身上，没人觉得不合适。高乃依《波利厄克特》初版的卷首插图里所展现的那个亚美尼亚同名主角就戴着一顶漂亮的羽帽。后来的伏尔泰，也是好不容易才让他那个时代的演员们穿上了更符合剧本情境的戏服；对于这种古典主义式排演的朴拙，他不无嘲讽地说道："戴着白色手套和一顶大帽子**的波利厄克特，摘下手套和帽子开始祷告。"[4]

同样的朴拙也出现在布景里。背景布上所画的宫殿统一都是 17 世纪的宫殿。想要取悦观众，有一个屡试不爽的办法：呈现他们所熟悉的，并且喜欢在舞台上看到的一些地方。《王家广场》或《杜乐丽花园喜剧》这样的剧名对于 17 世纪的观众而言是有诱惑力的。在评述自己的另一部喜剧时，高乃依承认："我［……］选择《亲王府回廊》这个题目，是因为这场美妙的，因如实[5]而令人愉悦的演出，应该会激起观众的兴趣。"（《亲王府回廊》，《评述》）高乃依的算盘并没有落空，因为这部剧的成功主要归结于那几场展现了书商、浣衣者和杂货商等人店铺的戏（分别是第一幕第四至第七场，第四幕第十二至第十五场）。高乃依在《评述》中承认，自己为了引入这些场次果断地违背了情节和地点的统一，也破坏了场次的连贯。1645 年的托勒立（Torelli）更为大胆：他在排演《装疯卖傻》（*Finta*

---

* 弗洛李多尔（Floridor）和俏玫瑰（Bellerose）都是 17 世纪上半叶法国的知名演员。
** 手套和帽子是高乃依时代男士的风尚，而波利厄克特是古罗马时期的人物。

183

Pazza）时，把展现希腊斯基罗斯岛的古代布景和西岱岛、卢浮宫、新桥这些观众喜爱的巴黎景观并置。对此他不以为然地解释道："人们可能会因为这种奇特的时间错位而指责我，但我只是想让那些欣然接受这一切的人愉悦。"（霍斯波尔，《排演》，第 141 页）

与这种美学相匹配的装饰物往往是真实物件。《马赫罗备忘》[6]里有大量的例子。为了排演一部田园牧歌剧，他要求有"草木或者画布"（第 65 页）作为布景：画布可以满足这一需要；但真正的"草木"更佳。同一个布景里的泉也是"流动或者干涸"（同上）的；在另一部剧里，马赫罗要求有"岩洞里的泉，流动的或者画的"（第 84 页）：可见，至少在某些情况下，人们可以看到舞台上流淌着真正的水。杜里耶的《苏雷纳的葡萄收割节》（Les Vendanges de Suresnes）需要呈现苏雷纳种植葡萄的山坡；马赫罗在《备忘》里写道："要在舞台两侧以勃艮第的方式布下裁剪好的纸板葡萄藤。"（第 94 页）但他又补充道："如果是在葡萄生长的季节，就要准备四五串来制造真实感。"（同上）在他看来，只要有的话，真葡萄会比画的葡萄更好。

《马赫罗备忘》也常常提到杀戮或者负伤的情节里必不可少的血（比如在第 73、75、90、93 页）；它被事先盛放在一个小羊皮袋或者一块海绵里（同上书，第 71、90、93 页），刀剑一刺就会喷射出来。兰卡斯特先生假设它是用红酒来代替的（《历史》，第一卷，第二册，第 724 页），这不无可能；但布景师在他们的《备忘》里还是称它为血；可能是牛血吧。

在没有其他办法的情况下，动物由演员来扮演，也可能通过画布或者画板来呈现；当涉及的是狮子或者独角兽时，显然就是这么解决的（《备忘》，第 73 页）。但至少有过一次，马赫罗要求使用一头"活羊"（同上书，第 85 页）。而在 1682 年高乃依的《安德洛墨达》重演之际，一匹活生生的马也登上了舞台，"他们用一匹真的马来扮演飞马，这在法国还是第一次见"。[7]当时这匹马先是被"严格禁食"，到了登台时，有人拿燕麦在它面前晃，令其"在饥饿的驱使下，嘶叫，跺脚，完美地达到了大家的期待"。[8]

尽管大家在排演中极力追求这样的真实感，但依然无法解决所有问题。那些没有办法呈现的对象，常常需要象征性地指出来。比如共存布景（décor simultané）的使用，就意味着存在一定数量约定俗成的舞台习惯。17 世纪初期，这类布景主要在勃艮第府剧院使用，它的出现部分取决于在空间有限的古典主义舞台上改造中世纪多重宽广布景的需要：舞台边缘所安置的不同隔间代表剧情所需的不同地点。演员们有时会在隔间里表演（《历史》，第一卷，第二册，第 720 页）；但由于这些隔间十分狭小，在里面行动可能也相当不便，大多数时间，演员只是一开始出现在里面，以示情节发生的地点，随后就会走到舞台中央说台词；而在观众心里，情节依然在他出场的地方展开。[9] 那些对情节无用的隔间，在所有不需要它们的场次就被视而不见。按里加尔的说法，演员甚至会加快步伐，或者通过先下台又立刻重新登台的方式，来表现舞台上共存的这些隔间之间存在距离。[10]

演员们有一些易于辨认的外部特征。闹剧演员以及后来一段时间之内的喜剧演员，都会戴面具或者在脸上涂厚重的粉。1637 年，也就是《熙德》首演的那年，《戏剧诗编排论》的作者还证实了这一做法的存在（加泰，《熙德论战》，第 280 页）。爵爷通常有一顶羽帽，国王有一个王冠，刽子手有络腮胡，隐士有袍子，牧人有牧杖。[11] 一些太难呈现的动态场景则是用背景图画的方式象征性地加以表达。1642 年《奥尔良少女》（*Pucelle d'Orléans*）出版时，多比尼亚克院长苦涩地抱怨演员们没有"在燃烧的火焰和围观的群众中间呈现这位少女……而是让人绘制了一幅毫无技艺，毫无逻辑，完全与主题相悖的蹩脚画作"（参见"书商告读者书"）。此外，同一场演出还被指责"当舞台上需要 12 名左右的演员来充分展现士兵们对咨议会判决的不满时，观众却只看到了区区两个守卫……"（同上）的确，舞台的狭窄，剧团演员有限的数量，都阻碍了群体活动的呈现；那时的人只能接受两个士兵充当一支军队的现实。

既然古典主义时期的排演所体现的现实主义和象征性同样朴拙，我们就很容易理解为什么舞台上几乎看不到剧情发生地的地域色彩。排演的一切努力都在于复制当时法国的现实；当无法重构时，就会借助于象征性的手段。其他时代和其他地点离他们的考虑范围很远。也许有人会反驳说剧作家的态度与其他作家并没有不同：整体而言，古典主义就不在乎地域色彩，以小说家为例，他们并没有舞台的限制，但对于域外风情的兴趣并不比剧作家更大。而对于戏剧而言，排演在通往展现风土人情的道路上设置了一个额外的障碍，指出这一点很重要。即便剧作家想要那么做，他们也无法创造一种真正的域外风情，因为演出条件不允许。

尽管不太明显，我们还是可以看出剧作家想要这么做。他们无法区分不同时代、不同地域之间的细节差异；但他们至少做到了提醒大家不同形式文明的存在。古典主义戏剧里有一种对于古代的描绘；17世纪小说里的希腊人、罗马人或者高卢人都只是法国人，戏剧却塑造了一种古代英雄的形象。巴尔扎克*的论著、史学家或伦理学家的思考里所勾勒的理想罗马人，在悲剧里定型，并赢得了威望。他的形象刻画始于梅莱和杜里耶，又在高乃依那里得到了不倦的延续。在舞台上，罗马人是所有悲剧主角里唯一在穿着上与17世纪现实不符的；他的那身著名的"罗马式装扮"，配有护胸甲，有羽毛装饰的头盔，"小木桶裙"，以及半筒靴。这身想象出来的装扮甚至不是古罗马角色所特有，因为它也出现在古希腊或者东方的主角身上。但这至少体现了针对古代和现代进行区分的考量，这与构建一种想象中的"罗马"主角心理是并行的。

古典主义戏剧不在时间和空间上做细节的区分，但大处还是有别的。欧洲对它而言是一个内部不加区分的整体：拉·加尔普奈德《埃塞克斯伯爵》里的英格兰，高乃依《阿拉贡的唐桑丘》里的西班牙，斯库德里《乔装王子》里的意大利，玛黑夏尔《高贵的德国女人》里的德国和波希米亚，洛特鲁《凡赛斯拉斯》里的波兰，和法国没有区别。但穆斯林文明就被认为是一种独特的现实，有时会被赋予一种特殊色彩。我们知道，莫里哀的《贵人迷》里有土耳其风情，拉辛的《巴雅泽》里也提到了伊斯兰王国后宫那些令人不安的习俗，但早在这些出现之前，洛特鲁《美丽的阿尔弗莲德》里的阿拉伯戏份，特里斯坦的悲剧《奥斯曼》，就已经体现了一种强调伊斯兰异域奢华风情的考量；这种考量在17世纪末那些乏味的、徒有其名的东方小说里是不存在的。路易十三时代的布景师会尝试帮助剧作家创造这种独特风情：1634年，马赫罗在排演阿尔

---

* 此处指让-路易·盖·德·巴尔扎克（Jean-Louis Guez de Balzac），17世纪上半叶法国著名文人。

迪的《勒考西》（*Leucosie*）时，就索要了"土耳其人所佩戴的头巾"（《备忘》，第 73 页）。但 1678 年洛朗（Laurent）排演拉辛的《巴雅泽》时，就没有再提到头巾（同上书，第 113 页）；而 1680 年，拉杜乐丽（La Tuillerie）的《索里曼》（*Soliman*）在法兰西剧院上演时，尽管剧情发生在君士坦丁堡，对于布景的要求也仅仅是"任意宫殿"（同上书，第 126 页）。本就不明显的地域色彩，就这样一点点地消失了。在 17 世纪上半叶，它曾获得一定的成功，虽然是一些孤立的个案，但颇有价值。它们距离伏尔泰式的戏剧可能还很遥远，离维克多·雨果的戏剧就更远了。然而，我们依然可以想见的是：某些在生活中富有冒险精神，对于异国怀有兴趣的作家，比如特里斯坦、梅莱、吉尔贝尔，本有可能把戏剧带上异域风情之路。如果说他们最终没有那么做的话，是否应该仅仅怪罪于古典主义理论抽象的普世主义呢？毕竟它所带来的限制对于这些剧作家而言是轻微的。倒是排演的种种条件为他们想法的实现制造了另一层意义上不可逾越的障碍。

* *

剧作家创作自己的角色时也会考虑到排演。当我们局限于研究剧本的内部结构时，角色看起来就像单纯的情节构成元素。但如果我们思考剧本的外部结构，就会意识到角色是由演员来扮演的，就不会怀疑作者有时在创作一个角色的过程中也会对他未来的扮演者有所偏好。1674 年，夏步佐在《法国戏剧》中写道："在巴黎，当作者了解每个演员的能力和所长时，（知道这些有助于他们更好地评估），演员们就乐于把分配角色的任务交给他……"（第 71 页）除了作者会将创作好的角色按照演员不同的可能性来进行分配之外，对于夏步佐而言，这里的"评估"想必还表示作者构思和写作角色的时候，考虑的是如何让角色能够得到他所信赖的剧团中几位主要演员最好的演绎。演员就是这样通过大家对他职业生涯以及表演所长的认识，对作者所设计的角色施加影响的。尽管我们对于 17 世纪演员的生活和个性，哪怕是最出名的那些，也知之甚少，但依然可以在某一些点上找到这种影响。

226　类似蒙道里*、弗洛李多尔、尚美蕾小姐**这样的伟大演员，可能在那些想要把角色托付给他们的剧作家的想象里是有一个固定形象的。在演绎《玛利亚娜》中的希律王一角以及《熙德》里的罗德里格时，蒙道里在悲剧表演上的激情和力量给大家留下了深刻的印象；如果说特里斯坦和高乃依事先就想到了这位天才演员会给角色带来这样的效果，算不算过分呢？弗洛李多尔的高贵让他后来成为了高乃依戏剧的主角以及拉辛早期作品中主角的扮演者。至于尚美蕾的悲剧女演员天赋，则与拉辛对于自己笔下那些在激情里失控的女主角的设计不无关系，她的同时代人肯定了这一点。

当我们知道剧本在某程度上是受剧团委托创作的，而角色的归属在剧本撰写前就已经决定时，我们就可以得出更明确的结论。达勒芒·德·黑奥（Tallemant de Réaux）谈到女演员勒努瓦（Lenoir）时这样说道："这个勒努瓦是大家见过最娇小玲珑的女子。梅莱的保护人贝兰伯爵（comte de Belin）曾要求创作由她担任主角的剧本；因为伯爵为她所倾倒，剧团因此而生存得很好。"（《历史》，第一卷，第二册，第 744 页）可惜，我们对于这位女演员的个性了解太少，不足以找出梅莱笔下哪些女主角由她扮演。

有几位喜剧演员的影响倒是很容易找到，因为他们都自我"创作了人物"，后人专门指出了这一点：作家要想获得成功，只需要为了这个人物形象写作角色和剧本。以玛黑剧院的演员贝勒莫尔（Bellemore）为例，他的专长是演绎满口大话的可笑军人，继承了拉丁喜剧里"吹牛军人"（miles gloriosus）的传统：高乃依《戏剧幻觉》里的玛塔莫尔（Matamore）一角，还有玛黑夏尔《真正的吹牛军人玛塔莫尔》（Le Véritable Capitan Matamore）里的同名主角，都是为他所写。在 17 世纪的众多演员里，得到最为丰富的文学演绎的是若德莱。因一种喜剧意义上的丑和一口鼻音腔而走红的他，出色地演绎了高乃依《欺骗者》里的仆人克里东一角，随后，他就以本名出现在了大量喜剧里，如斯卡隆的《若德莱：男仆主人》，杜维尔（d'Ouville）的《星象家若德莱》（Jodelet astrologue），托马斯·高乃依的

---

*　蒙道里（Mondory）是 1630 年代巴黎最负盛名的演员之一，隶属于玛黑剧院（Théâtre du Marais）。

**　尚美蕾（La Champmeslé），拉辛创作生涯中后期的情人。勃艮第府剧院著名女演员。

《王子若德莱》(*Jodelet prince*)，莫里哀的《可笑的女才子》，等等。

17世纪那些主要的悲剧作家在设计角色时想必也考虑了相关演员的个性。这种情况在阿尔迪身上是极有可能的，因为那时的他为一家和他长期保持联系的剧团写作。对于1630年前后进入戏剧领域的作家而言，这种可能性就小了一些，因为他们在成为剧作家之前都是文人，对于演员的圈子并没有深入的了解。不过，我们还是有必要举出几个与这些作家相关的，证明他们在创作角色时考虑了演员个性的证据，以及几个可靠的推断依据。高乃依在《美狄亚》里刻画了美狄亚和伊阿宋夫妻之间的一场残酷争斗；而扮演这两个角色的演员，维里耶夫人（la Villiers）和蒙道里恰恰互相厌恶；达勒芒谈到维里耶夫人时说："据说蒙道里爱她，但她讨厌蒙道里，两人之间的交恶促成了他们相互竞争，这令他们双双成为这一行的佼佼者。"（《历史》，第745页）现实生活的境遇和戏剧情境重叠，并让后者更加强烈……《熙德》论战时，斯库德里指责高乃依加入公主一角只是为了给新演员博夏朵夫人一个角色，这一说法并没有遭到否认（加泰，《熙德论战》，第86页）。洛特鲁《郭斯洛埃斯》的角色分配也可以从同样的角度加以解释。[12] 至于非常了解女演员的拉辛，则常常根据参演的女演员来确定自己悲剧中的女性角色。兰卡斯特先生特别强调了几处明显相关的例子：拉辛写作《布里塔尼古斯》时，戴泽耶夫人（la des Œillets）已经开始变老，而剧中的女主角阿格里皮娜也不再是年轻女子；当尚美蕾小姐进入勃艮第府剧院时，拉辛为他创作了《贝蕾妮丝》；而当剧团最终引进博瓦尔夫人（la Beauval），拥有三位一流女演员时，拉辛也就可以创作有三个重要女角色的剧本了，比如《伊菲革涅亚》和《费德尔》（《历史》，第四卷，第一册，第130页）。

当作者本人同时也是演员时，他自然也会特别考虑到角色分配的需要。作者-演员数量众多，尤其是到了17世纪末，就有蒙弗洛里（Monfleury）、维里耶、普瓦松（Poisson）、布雷古尔（Brécourt）、尚美蕾、奥特罗歇（Hauteroche）、舍瓦里耶（Chevalier）、罗西蒙、南特耶（Nanteuil）、杜贝什（du Perche）……他们中最伟大的那个，莫里哀，在他所有的作品里都体现出了对于排演的考虑，这在其他人那里并不算明显。被视为那个时代最优秀喜剧演员的他，毫不犹豫地在自己写作的剧本里担纲最重要的角色，不仅戏份最多，而且刻画最细腻，台词也伴随着最具表现力的姿态和舞台动作：这样的角色有斯加纳海尔、阿尔诺夫、奥尔贡、阿尔塞斯特、唐丹、阿巴贡、普塞聂卡（Pourceaugnac）、茹尔丹先生、克里萨尔（Chrysale）和阿尔冈（Argan）(《历史》，第三卷，第一册，第 23 页）。同时他也没有忘记同伴，总想着让他们每个人的才华最大程度地得到发挥。甚至连不足之处也可以变成喜剧元素，比如在《吝啬鬼》里，莫里哀为跛脚的路易·贝加尔（Louis Béjart）*写作了拉弗莱舍一角，并刺激阿巴贡对"这个臭瘸子"产生一种好笑的疑虑。

2. 书面作品和舞台作品

我们现在要开始明确地点统一在古典主义剧作法中的地位；它显然也与排演存在着紧密的联系。鉴于演出时作者为情节所设想的那一处或者几处地点，必然会通过一块或者多块布景来表现，我们自然会以为作者脑海中的这些布景的形象指引着他的创作。然而，我们发现在 17 世纪时，这个形象是非常模糊的，有时甚至完全不存在。法国的剧作家往往首先是一个作家，其次才是戏剧人；他可以创作剧本，但并不总是想到他们最终在舞台上的呈现，他会认为那是排演者该考虑的事情。直到 1933 年，艾米尔·法布尔（Émile Fabre）还在感叹"很多作家……对于排演一无所知"。[13] 1639 年，拉梅纳迪尔也发现了一种类似的不作为，他说道："因此首先要让我们的戏剧诗人知道，他们中大部分人彻底推给演员的这个舞台也是他们创作的一部分，剧作家也有必要了解它的运用。"

"他们中大部分人"遭到批评也的确不冤，至少在前古典主义时期是如此，我们此前指出的排演对剧作法产生影响的种种细节只是特例，并非常态。无须惊讶。1630 前后，剧作法传统还不存在，或者说不受重视；所有的古典主义技艺都还有待开创。对于初涉戏剧的年轻作家而言，那时的排演不见得能为他们指引方向，反而会让他们迷失：因为它既过于简化，又十分复杂，继承了一些已经不再有意义的传统，后者几乎和正在萌芽的文学上的古典主义原则直接对立。在阿

---

* 莫里哀剧团中的演员。

尔迪以及后来者遗留下来的这种极度反古典主义的舞台组织的陪伴下，古典主义戏剧的诞生还需要三十余年的不懈努力。于是，我们不难理解为什么剧作家在刚刚入行时会更倾向于作为文学的戏剧，以及他们为什么往往无法想象自己的作品在演出时被置于何种布景之中。

在 17 世纪初期，分场的确切情境往往很难判定，甚至在阿尔迪这样的职业剧作家那里也是如此。以他的悲喜剧《血脉的力量》为例，剧情发生在六七个不同的地点，且没有任何关于排演的指示；绝大多数时候，剧本文本本身能帮助我们定义这些地点，但细节上依然存在着大量模糊之处。第一场戏发生在托莱多的河边；下一场戏换了一批不同的角色，还是在托莱多，只是河已经可有可无了；那么两场戏是在同一地点吗？我们不得而知。第二幕第三场戏是一个新角色，唐伊尼戈和儿子唐阿尔丰斯之间的对话；而这一幕的开头，我们已经在唐阿尔丰斯自己的房间里见过他了，只是其他角色的出现又把我们的注意力转移开去；然后唐伊尼戈登上舞台，他是来儿子的房间看他吗？还是说两人在另一间房里交谈呢？剧本没有任何说明。类似的例子还有很多。阿尔迪及其后来者无所顾忌地增加地点，就像他们无所顾忌地增设次要角色一样。他们想要呈现一切。他们的视野宽广，却模糊；他们既不在乎节约布景，也不想着对布景加以明确。在让·德·谢朗德尔这样的业余剧作家那里，我们甚至能找到对情节完全无用的地点：以他 1608 年版本的悲剧《提尔和漆东》为例，情节完全发生在提尔，但具体在城市的哪些地方，又难以确定，只知道这些地点可能不同；其中只有一场戏，第四幕第一场，被设定在漆东：这场全是漆东国王哀叹的戏除了激起对于国王的同情之外，没有任何用处。而这一效果完全可以不通过改变地点来实现。230

如果我们知道剧作家在写作的时候不考虑排演的问题，这样的做法就很容易解释了。前古典主义剧本首先是一种叙述：作者讲述一个故事，故事的素材带来不同的插曲，要求有不同的地点，而情节在它该发生的地点之间来回。那时的作家还只是作家，他们不需要精确地在地理上定位插曲，而只是对这些插曲的悲剧或喜剧价值感兴趣。他们也不需要想着重新利用已经用过的布景。我们不如以洛特鲁的《安提戈涅》为例，一起来看下剧作家是怎样将这个传奇故事戏剧化的。这部悲剧首先展现了忒拜的宫殿，王室在那里徒劳地尝试制止波吕尼克斯和

第二部分　剧本的外部结构

厄忒俄克勒斯之间的争斗。第一幕尾声，决定和兄弟一战的波吕尼克斯在忒拜城下自己的营帐里做战前准备。第二幕里，战事依然在城墙前的某处进行最后的筹备，而波吕尼克斯在等来了厄忒俄克勒斯后，与他相互挑衅，全然不顾安提戈涅和伊俄卡斯忒两人的苦苦求求。之后几幕的地点转移到了克里翁的宫殿，后者也成了主角；他试图把自己的意志强加于安提戈涅和艾蒙。但第五幕的地点究竟是殿内的一个还是两个厅堂呢？洛特鲁似乎没有考虑这个问题，我们只知道有艾蒙出现的三场戏里没有父亲克里翁，而后四场戏里则只有父亲没有儿子。全剧的最后两场戏把我们带到了安提戈涅死去、艾蒙自尽的山岩边。由此可见，洛特鲁并没有为他的角色们指定出现的地点，而是任他们自由走动，他跟随其后。

　　只想着主角和情节的前古典主义作家，有时甚至不知道他所讲述的情节具体发生在哪儿，这一点上的无知可以被人一眼看破。它或许与谨慎有关：作者可能不知道自己的剧本会在哪个剧院，在怎样的布景里上演，保持模棱两可有助于适应任何演出环境。但《塞内卡之死》却不是这种情况，特里斯坦的这部悲剧是专门为了莫里哀和贝加尔家族的光耀剧团（Illustre Théâtre）而创作的。然而，剧中的地点却和大部分前古典主义剧本里的一样难以确认。两组对立角色先后出场：一边是尼禄和他的朋友们，另一边是谋反者以及受到牵连的塞内卡。剧中的第317行台词指向了梅塞纳斯的花园，但两组人先后来此交谈的可信度很小，除非舞台上一会儿呈现尼禄的宫殿，一会儿又切换到塞内卡或者某个谋反者的家中；在这一点上，特里斯坦的文本让我们无从判断。

　　另一部悲剧，拉·加尔普奈德的《埃塞克斯公爵》，在为排演提供指示方面的负作用也算引人注目。塞西尔夫人去牢房看完埃塞克斯公爵后，出来说了一段独白，引出独白的话是这样的："塞西尔夫人，独自一人，在牢房外。"（第四幕第七场）拉·加尔普奈德想让我们明白，塞西尔夫人已经不在上一场戏的地点了。但她现在究竟在哪呢？她正去往王后处，后者的房间可能离牢房不远。作者对于这段路程所作的说明十分模糊，因为在下一场戏的开头，塞西尔夫人遇到了自己的丈夫，并试图让他相信自己没有去看望埃塞克斯。

　　剧本序言里谈到情节发生地的那些文字告诉我们：绝大多数时候，这些地点确在剧本构想完成后才得以确定。先写剧本，再考虑情节在哪儿发生。高乃依在

《熙德》的《评述》里谈到"具体地点"时说:"对于那些断开的场次而言,是很容易确定的;但对于连贯场次,比如第一幕的最后四场戏,就很难选择一个普遍适用的地点。"选择之所以困难,是因为滞后。高乃依在写作《熙德》时似乎并没有考虑;是剧本引发的批评让他开始注意这个问题的。

232

剧作家在确认地点方面所表现出来的事不关己的态度有时会给排演制造几乎无法解决的难题。比如《米拉姆》的第五幕就体现出狄马莱·德·圣索林完全是一个不考虑舞台的作者。女主角米拉姆在这一幕的前六场戏里都没有出现;第三场戏里大家以为她服毒了,然后又在第六场戏里得知她服下的只是一剂安眠药,并没有死去;她既不在舞台上,也没有任何时机来到情节的发生地。然而,在第七场戏里,其他角色决定为她提供救治。国王喊道:

> 一起去救她。

阿扎莫尔提议:

> 一起跑去唤醒她。

他们其实并不需要跑。米拉姆就在舞台上,毫无缘由!所有人一起见证她苏醒。大家为她提供的救治先是没有效果,然后

> 公主有呼吸了。
> 她终于醒来了,

并说了几句话,引出了大团圆结尾。但她是怎么到来的呢?狄马莱没有想解释,我们只能自己去假设。鉴于舞台上的挂毯常常会遮掩住一个布景隔间,当时演出时会不会拉起挂毯,露出昏睡中的米拉姆呢?但布景呈现的是一个花园,这种假设似乎没有可能性。那么公主是不是坐轿子、轮椅,或者被侍女们抬上舞台的呢?是不是只有她自己的女眷搀扶着她?这些问题都与排演有关。怎么方便怎么

193

来吧！反正作者没有考虑到。他只是把戏写了下来，并没有在脑里付诸画面。

所有这些事实让我们只能把前古典主义戏剧里地点不明确这一点和当时戏剧的叙事特征紧紧联系起来。地点的不确定说明当时的剧本叙述成分远大于表演。即使到了梅莱时期，当剧作家已经能够构思出地点统一的大致形式了，比如统一在一座城市或者一片森林里，舞台所制造的幻觉依然是很不完美的，因为在这个统一的地点内部，还是只能模糊地区分出几个不同的具体地方。尽管读者能在剧本里看到"舞台是一片森林"这样的说明，观众也能在舞台上看到背景画布上所呈现的森林，他们依然无法把注意力分散到这片森林里那几个配合情节发生需要的不同区域。在这个背景前面，观众所看到的是一些向他讲述一个故事的角色。至于这个故事必须在这片森林里的不同区域展开才能实现逼真这一点，观众的感受还是不明显的。他听着每个角色说出自己的台词，但在演员们并不明确的位移里，他体会不到任何地点转换的舞台幻觉。因为这些没有得到区分的具体地点在观众眼中丝毫没有现实存在感。要想让这些地点得到统一，首先得让观众感受到它们的存在。17世纪上半叶戏剧里文学性大于舞台性这一特点，或者说书面作品主导舞台作品这一现象，是地点统一的头号敌人。

3. 对于场面的狂热

地点统一的第二个敌人是观众对于戏剧演出里构成场面（spectacle）的种种元素的热衷；这种热衷已经到了一种相当狂热的地步。场面的丰富可能不见得就不容于地点统一；但它让后者的实现变得困难起来。在整个17世纪，我们经历了古典主义理论所带来的地点统一规则的日益强化，但也见证了场面狂热的顽强发展。经过前古典主义时期模糊的对抗之后，这两股力量最终确立了各自的势力范围：为了遵守地点统一，悲剧几乎去除了一切构成场面的元素，而在"机械装置剧"以及歌剧里，场面之美得到了绽放。那些既不想放弃场面，又不想违反地点统一的理论家，则提出了一些能同时满足眼睛和心灵的奇思妙想。

场面的狂热从本质上说是大众化的。巴黎人民好看热闹。而17世纪的外省民众也因为无聊而在戏剧里找寻娱乐。[14]古典主义时期的法国人民整体上钟情于舞会、芭蕾、骑兵表演、节日、烟花、游行、制服、绣金的服饰，以及一切能构成场面的元素。如果戏剧能为他们提供同样的享受的话，对于观众和戏剧而言都是好事。剧作家莱西吉尔（Rayssiguier）在1632年就有些苦涩地发现："大部分带着泰斯铜[15]来勃艮第府剧院的人，都想要我们用舞台内容的多样和变化来满足他们的眼睛，而大量的插曲和匪夷所思的情节让他们失去了对于剧本主题的认识。"（莱西吉尔，《阿曼特》，"告读者书"）这段文字很清楚地体现了视觉愉悦的获取是以牺牲地点的单一性为代价的，这还不算情节的单一性问题。

事实上，17世纪上半叶的大量剧本是为了满足大众的场面狂热而写成的。我们可以举两个例子。1634年，斯库德里的《乔装王子》上演；这部剧所获得的巨大成功很大程度上是它"美妙的舞台装置"所带来的，作者在他的"告读者书"里对这一点很是得意。的确，演出包含了一场众人见证下的，在神庙中举行的，展现了全部细节的典礼（第一幕第四场），以及另一场花园里的魔幻仪式（第三幕第二场及后续），最后还有两位情人间的一场法庭对峙（第五幕第六场及后续）。《辉煌的奥兰皮：圣阿莱克西》（*L'Illustre Olympie ou le Saint Alexis*）是德枫丹纳在1644年首次出版的一部悲剧。对于今天的我们而言，它很是可笑，但是再版的数量证明了它在当时所获得的成功：17世纪至少就有四次，18世纪又多次再版。里面有什么看不到！两位倾慕奥兰皮的将军，因为后者要嫁阿莱克西而遭到无视，于是两人深夜在女主角房外徘徊；至于奥兰皮，按作者的说法，则是"婚衣准备就绪［……］，并再次展示压在衣物下的那张阿莱克西的肖像和一串钻石项链"（第二幕第三场）；而得到神的恩宠的阿莱克西，却为了过上贫苦和纯洁的生活而半夜逃婚；我们看到他"在一间神庙里，手拿两件外套"（第二幕第六场）；他在森林里遇上了乞讨者，又遭遇了船难；对他矢志不渝的奥兰皮想要知道他的去向，便查阅地图（第四幕第四场）；阿莱克西后来自己也开始乞讨，回家后也无人能认出他来，我们看着他在"洞穴里被他父亲的仆人欺凌"（第四幕第五场）；皇帝奥诺里乌斯在他的宝座上听到了一个神圣的声音，命他去奥兰皮家中寻一件宝贝，然后又有天使报信说这宝贝就是那位垂死的乞讨者的身体；阿莱克西也的确死了，其他天使围着他"集体奏乐"；我们看到他的身体平置于一张"装饰性的床上"，盖上了一件帝王的外衣，佩戴着皇冠，脚下是皇帝的权杖；在奥诺里乌斯的请求下，死者张开了手，露出了一张写有他身份的纸片。

像这样大肆挥霍场面元素的情况并不一直出现。但其中有几个元素在17世纪，尤其是在投石党乱以前的大量剧本里都能找到，往往还以牺牲地点统一为代价。为了尝试衡量它们在古典主义剧作法中的重要性，我们会找出其中最具特色的那些，将它们分为四个类别，并用17世纪时常用的四个形容词来为其命名：场面可以是盛大的，神迹般的，哀婉的，或者戏剧性的。

"盛况"（pompe）的概念是古典主义美学里最重要，也是研究得最不得法的概念之一。此处，我们并不会细分这个概念所包含的众多方面，而只关注和场面相关的那部分。多比尼亚克院长说，"舞台的盛况"可以"通过角色的数量和威严，或者通过精彩场面"来获取（《戏剧法式》，第三部分，第五章，第233页）。这种"精彩场面"的最佳范例之一可能是高乃依《罗德古娜》的第五幕，当中的角色既有威严，因为都是王室血统；又有数量，因为加冕仪式是在两个不同的人群面前进行的，分别是"一队帕尔特人和一队叙利亚人"（第五幕第三场）；此外，高乃依还不忘在悲剧的第一行诗文里强调这是一个"盛大的日子"。当我们不想或者无法在舞台上呈现人群时，至少也会在对话里提及。比如在拉辛的《伊菲革涅亚》的结尾，人群就承担了一个角色。我们能听到他们的叫喊；伊菲革涅亚对母亲说：

> 您听到了一群不耐烦的民众的声音。（第五幕第三场）

而不能离开舞台的克吕泰涅斯特拉嚷道：

> 大家却抢在我之前一拥而上。（第五幕第四场）

当人群在舞台上参加一场庄严的仪式时，仪式的盛况则会通过号角声有意地加以渲染。包括玛黑夏尔的《英勇的姐妹》（第二幕第十一场），博瓦罗贝尔的《帕莱娜》（第三幕第一场），洛特鲁的《幸运的海难》（第五幕第六场）和《伊菲革涅亚》（第五幕第二场）在内的一些剧本里，都提到了造型优美、声音动人的号角。马赫罗经常索要"号角"，比如在勃艮第府剧院排演阿尔迪已经遗失了的剧本《勒考西》时（《备忘》，第 73 页），还有夏尔·贝的《塞丽娜》（[Céline]，同上书，第 94 页），皮舒的《不忠的心腹》（[L'Infidèle confidente]，同上书，第 80 页），奥弗莱的《马东特》（[Madonte]，同上书，第 70 页），杜里耶的《利桑德尔和加里斯特》（[Lisandre et Caliste]，同上书，第 68 页），等等。

当舞台上的角色参加一场献给他们的助兴活动时，"盛况"所要求的"精彩场面"就同时呈现在了他们和观众面前。前古典主义剧本里不缺舞蹈和歌曲。洛特鲁的《美丽的阿尔弗莲德》和萨尔布莱（Sallebray）的《美丽的埃及女人》（La Belle Égyptienne）的最后一幕，都在喜结连理的主角面前呈现了芭蕾舞表演。而洛特鲁的《柯尔克斯的阿耶斯兰》（第二幕第四场）和高乃依的《安德洛墨达》[237]（第二幕第一、第二场）里则都出现了歌曲。但最受欢迎的助兴活动还是戏剧，有几个剧本就向我们展示了为剧中角色而上演的戏剧。高乃依《戏剧幻觉》的最后一幕排演了一出悲剧的结局，并且得有一位观众肯定它的"光芒"（第五幕第五场，第 1675 行），也就是盛况。吉雷·德拉·泰松奈里的《统治的艺术：智慧的太傅》（L'art de régner ou le sage gouverneur, 1645）是一部几乎完全由戏剧演出构成的悲喜剧：一位老师想要通过戏剧的手段对学生进行道德教化，于是，一群演员就"在一系列盛大的舞台上表演了五个不同的故事"，这些故事占据了剧本的五幕。作者在一篇名为"本诗结构"的梗概性文字里，强调了每段演出的盛况：五幕分别被定位在"一个精美的花园""一片豪华的营地""埃及最美的一个广场""王室的一间房"和"一座能看到海港和神庙的城市"。洛特鲁《圣热奈》（1647）的主角是一个演员，在第二、第三和第四幕的大部分时间里，他都在"豪华"无比的"舞台上的一个舞台"上（第二幕第一场）表演。

* *

神迹（merveilleux）为场面带来了另一番吸引力。我们知道，17 世纪的人曾思考过是否能运用基督教或者多神教神迹中的其中一个，或者两者都用上。通常他们会把前一个从戏剧里排除。在高乃依的两部基督教悲剧,《波利厄克特》和《泰奥多尔》里,除了不可见的上帝恩宠,没有任何神迹场面。其他作家就没有那么多顾忌了。在外省业余作家的一些剧本里(《17世纪法国戏剧文学史》,第二卷第二册第十七章,以及第三卷第一册第十二章),一直都会用到基督教神迹的场面。甚至在巴黎,也有像德枫丹纳那样的职业剧作家,创作了《圣阿莱克西》这样因为基督教神迹而获得成功的剧本。而洛特鲁也没有单纯地把《圣热奈》构思成一部关于人类信仰的悲剧:他把来自上天的一个声音引入了剧本,后者说了四句鼓励热奈皈依的台词(第二幕第二场)。热奈认为自己看到了一个被光明和仙乐簇拥的天使,从天而降为其洗礼(第四幕第四场);他声称这个天使"在一张纸上"展示了他过往的错误(第四幕第六场)。然而观众没有看到这些;只能想象。不过整体上说,基督教神迹在古典主义的戏剧场面里所占的比重还是小的。

而在处理多神教神迹时,作家们就自如得多了。世纪伊始,阿尔迪就让朱诺出现在了《阿尔塞斯特》的第一幕里。而洛特鲁的《濒死的赫丘利》(1636)则提供了那个时代最受欣赏的神迹场面之一。尽管不可见,但这些神也参与了剧情,因为台上的主角们对着他们说了长时间的话:赫丘利面对的是朱庇特(第一幕第一场,第四幕第一场),德伊阿妮拉面对的是朱诺(第二幕第二场)。剧末,死后封神的赫丘利从天而降,用了四节诗文向幸存者们说话(第五幕第四场)。在这之后,神迹场面就不再出现在严肃剧里了,但还是时常在对话里被提及。在杜里耶的《塞沃勒》(1647)里,朱妮拒绝相信福尔维曾见到塞沃勒乔装成伊特鲁利亚士兵,便对这位她的亲信说道:

你看到的只是乔装成他的一个恶魔,
试图在他死后再扼杀他的德行。(第二幕第二场)

在高乃依的《俄狄浦斯》里,奈莉娜巨细无遗地讲述了特雷西怎样从地狱召唤来拉伊乌斯的幽灵;这个幽灵从"厚重的雾气"里出来,在"民众和宫中众人眼前"现身;拉伊乌斯看上去高傲、愤怒,又似在施加威胁,"眼神严苛","面色惨白"，腰间血红；用六行诗文说出了一个神谕后，又再次消失（第二幕第三场）。这样的再现无异于一次场面的展示。拉辛《伊菲革涅亚》的结尾也包含了神迹，由那个理性的尤利西斯转述：

> 柴堆的火燃起。
> ……
> 惊愕的士兵说狄亚娜
> 驾着云从天而降，来到了柴堆上方。（第五幕第六场）

但戏剧场面里的神迹并不只是建立在基督教或者多神教的传统之上。由于当时人们普遍相信魔法，魔法制造的神迹不仅存在，而且颇受欢迎。我们能在大量剧本里找到这一元素，投石党乱以前尤为如此。在哈冈的《牧歌》（1625）里，魔法师波利斯泰纳拥有一块"魔力水晶"（第一幕第二场，第215行），通过这块水晶，他让大家看到了远离舞台的两个角色的行动；魔法的实施需要在相关主角身边画一个圈，并且在一个雷电交加的暴风雨环境下召唤魔灵（第二幕第四场）。在朗巴尔（Rampale）的《贝兰德》（Bélinde）里，魔法师制造了一个形似梅里特的幽灵，为了迷惑追寻这位年轻女子的情人。梅莱在《西尔维娅》（1628）里用整个第五幕来呈现一个魔法主题的插曲：两位情人在被施以魔法后，都以为对方死了，于是陷入绝望；和恶魔对抗的弗洛莱斯唐成功地打碎了穹顶上悬挂的一个水晶球，破除了魔法；一个来自上空的声音全程指引着这位勇敢的骑士，并安排了两位情人的婚礼。在《希尔瓦尼尔》（1631）里，梅莱使用了另一种魔法手段：一面由埃及的"孟菲斯石"做成的镜子（第五幕第二场）会让照镜子的人陷入死亡般的沉睡。洛特鲁至少在他的两个剧里把魔法当成了主要的剧情推动因素：《遗忘的指环》（Bague de l'oubli, 1635）的故事围绕一枚能让人失去判断力、理性和记忆的指环展开；整部悲喜剧随着国王佩戴或摘下指环而频起波澜。在《无辜的不忠》（L'Innocente infidélité, 1637）里，遗忘的指环换成了爱情的指环；带上魔法指环的国王被动地爱上了给他指环的那名女子。

高乃依在他的第一部悲剧里将魔法带来的场面效果层层叠加；他的《美狄

亚》既是嫉妒引发的惨剧，也是一位女魔法师的传奇。美狄亚在一条长裙上洒上了毒药，作用在了她的情敌克雷乌丝和后者的父亲克里翁身上（第四幕第一场，第五幕第五场）；她用她的魔法棒打开了囚禁埃勾斯的牢房的门；她给了他一枚可以隐身的指环，并且在牢房里安排了一个与他相似的幽灵替代他（第四幕第五场）；同样是用她的魔法棒，她迫使一名奔跑而过的家丁停下，向她讲述克雷乌丝和克里翁的死，两人都是被她洒在长裙上的毒药所引发的火焰所吞噬的（第五幕第一场）；最后，她在两条龙所牵引的战车上飞身而去（第五幕第六场）。在《戏剧幻觉》里，高乃依也像哈冈等许多剧作家一样，再次采用了魔法师这个便捷的设置，让其他角色看到空间上甚至时间上很遥远的事件。

拟人化角色的使用是戏剧中神迹的最后来源。由于它的人为痕迹更为明显，一般只出现在某些特定的类型剧里。芭蕾剧就是其中之一，班斯哈德（Benserade）就曾频繁地使用这种神迹。[16]它也出现在了一些剧本的序幕里，从某种程度上说有点类似前言，作用是解释作者的意图。无论是为了从即将开始的故事中提炼教化意义，还是为了强调对于时事的影射，又或是为了给呈示做铺垫，拟人化手段都颇为实用。以莫里哀的《安菲特律翁》为例，我们可以在序幕里看到拟人化的黑夜；在高乃依《金羊毛》的序幕里，则有法兰西、凯旋、和平、婚姻、争执，以及妒忌这一系列拟人化角色；拉辛《艾斯德尔》的序幕里也有拟人化了的虔诚一角。

目前为止，我们所举的大部分神迹场面的例子都来自于1650年以前的作品；到了17世纪下半叶，随着地点统一规则和逼真性需求的进一步发展，神迹运用变得更困难了。观众对于场面的狂热在一些本质上不受严苛的古典主义理论束缚的体裁里得到了满足。比如，持续受到追捧的芭蕾剧就乐于呈现神奇的场面。它甚至还和喜剧相结合，莫里哀写作了不少芭蕾喜剧，其中最重要的一部，《贵人迷》，就把芭蕾剧的奢华和讽刺的喜剧性结合了起来。在另一部没有舞蹈的喜剧《唐璜》里，莫里哀也引入了一个带有神迹的大场面结尾。相比之下，悲剧就更为保守，通常它满足于用几行台词来提及这类场面。然而，拉辛所投入的这类严肃体裁创作也还有一种变体，那就是装置悲剧，可谓是悲剧树干上分离出来的一根奢华的旁枝。这类极为流行的悲剧形式将对17世纪末的歌剧产生影响，它追求的不是地点的统一，而是多变。

早在投石党乱以前，就有剧作家尝试将"装置"，也就是大场面和神迹引入剧本。[17] 但这一体裁的创造者可能[18]还是布瓦耶，后者在 1648 年推出了《尤利西斯在喀耳刻之岛》(Ulysse dans l'île de Circé)。他在剧首写道："舞台根据装置的变换而变化。"的确，与剧中的场面更替相对应的，是达到极致的地点变换。观众看到了喀耳刻之岛，埃俄罗斯在那儿和风对话，并与之一同飞离，塞壬在那儿为特里同演奏（第一幕）；但他们也看到了一个花园（第二幕第一场），一个地穴（第二幕第六场），魔法师喀耳刻的宫殿（第三幕），地狱（第四幕第一至第三场），一座堡垒（第五幕第一场），叛徒尤里罗什的船（第五幕第六场），太阳，云上的朱庇特，以及一架飞行的战车上的喀耳刻（第五幕第八场及后续）。大约同一时期，高乃依的《安德洛墨达》也追求类似的效果，在舞台上呈现了珀尔修斯和海怪的对抗（第三幕第三场）。高乃依在该剧的"梗概"里承认，"他的主要目的是通过场面的恢弘和多变来满足视觉，而不是通过逻辑的力量来触及思想，或者通过细腻的激情来打动心灵"。

几年后，还是高乃依，创作了《金羊毛》这部堪称装置悲剧杰作的作品。剧中有丰富的神迹场面。从序幕开始，就已经出现了不同的神以及拟人化角色，战神马尔斯，"被争执和妒忌囚禁在自己宫殿之内"的和平（第二场），四个先"从天而降"又"交错飞升"的小爱神（第四场），等等。然后还能看到"彩虹上"的伊西斯，朱诺和帕拉斯，"各自在自己的战车上"；"帕拉斯升上天空，朱诺降至地上，两人的战车同时穿过舞台"（第一幕第六场）。从法兹河浮出"格劳克神和两个特里同和两个歌唱的塞壬，与此同时，一个巨大的珍珠贝壳……由四条海豚和四方风神凌空托起……上面是许浦西皮勒女王，如同坐在王座上一般"（第二幕第三场）。随着魔法师美狄亚的魔棒一挥，国王艾特的"金色王宫"变成了一座"恐怖殿堂"（第三幕第四场）；遭到怪物威胁的许浦西皮勒被驾云而来的阿布绪尔托斯王子救下（第三幕第五第六场）。之后，爱神"飞过舞台，但不是像一般的飞行那样从一侧到另一侧，而是从底部到前段，朝着观众的方向，这在此前的法国还从来没有出现过"（第四幕第五场）。第五幕超越了一切；美狄亚出现了，骑在她的飞龙上，夺走了神奇的羊毛，然后又打跑了长有翅膀的阿尔戈人

（第五幕第四、第五场）；最后是驾着自己战车出现的朱诺，而后是朱庇特和太阳，两人都在各自的宫殿里；在朱庇特殿中，"可以看到浅刻珐琅所画的这个神的所有爱情故事"（第五幕第六场），这体现了在1661年，对于场面的追求依然盖过了对于逼真的考量。

大家对于这些神迹乐此不疲。尽管这些演出的票价昂贵，通常是普通演出的两倍，但按照多比尼亚克的说法，民众"依然不放过任何观看类似演出的机会"（《戏剧法式》，第四部分，第九章，第357页）。这并不是因为演出在技术上达到了完美；"器械的正常运行"并没有得到保证"……而当等待时间过长的时候，民众也会失去耐心"（同上书，第361页）。但怎么可能抵抗音乐、歌唱和舞蹈的乐趣，抵挡数量众多、内容丰富的布景所营造的场面，抵挡这些伴随着雷电而来，出现在云上，看似能在天地间翱翔的神呢？这类"翱翔"大概就是排演的成功之处了，它们给受众留下了难以忘怀的印象，后者对于这种看似挑战重力法则的做法总是百看不厌。1657年，萨尔布莱的《帕里斯的裁断》（*Jugement de Paris*）在勃艮第府剧院重演时，出现了二十多次"翱翔"（《17世纪法国戏剧文学史》，第二卷，第240页）。神话的存在让人们对演出如痴如醉。

* *

人们也喜欢惊恐，和男女主角一起颤抖，同情他们的命运；这种大众化的情感与亚里士多德那个著名的法则，激起恐惧和怜悯，十分吻合。为了满足这种情况和这个法则，排演将提供多个悲苦场面的元素。最常见的是牢房。拉梅纳迪尔在1639年出版的《诗学》里，颇令人信服地谈到了牢房所带来的效果："一丝烛火以及昏暗光线下呈现出的漆黑和阴暗会把牢房变得让人恐惧，鉴于在大多数悲剧里，诗人的意图是激发对于被囚者的同情，因而这些囚禁地点越是可怕，就越能触动观众的怜悯之心。"（第十一章，第414页）

这位批评家还说道："牢房场景在悲剧情节里是比较常见的。"（同上书，第413页）的确，我们可以举出大量的例子。布景师马赫罗的《备忘》里记录了71个剧本的排演情况，其中有9个包含了牢房。[19] 被囚者会主动地通过一段独白来倾诉自己的苦痛，在勒伯格（Lebègue）先生看来，"这几乎是一个必不可少的节目了"（同上）。通常，这个独白以斯觉式的形式出现；比如在特里斯坦的《玛利亚娜》（第四幕第二场），高乃依的《美狄亚》（第四幕第四场），洛特鲁的《圣热奈》（第五幕第一场），以及其他许多剧本里，都是如此。

显然，舞台上呈现牢房等于又给情节增加了地点：这是对于地点统一的背离。此外，牢房还给排演带来了不便。它通常很小，又被铁窗封闭起来；观众看不太清铁窗后的演员，后者自己也不舒服；他会倾向于走出来说台词。这有违逼真原则，但可能是当时的普遍做法，拉梅纳迪尔的话似乎透露了这一点："被囚者决不能走出牢房，去到舞台前端。"（《诗学》，第十一章，第 413 页）他解释道："如果看到被囚者可以自由行走却不逃离，观众会感到震惊。"（同上）而当马赫罗想让演员在牢房里表演时，也会特意加以说明。比如，阿尔迪的《潘多斯特》需要"一座能看到整个人的大牢房"（《备忘》，第 72 页）。杜里耶的《克里多冯》（*Clitophon*）需要"一座塔状的牢房；铁窗必须大而低，以便让观众看到三个囚徒"[20]（同上书，第 86 页）。但在更多的情况下，马赫罗并没有做类似的说明，因此我们只能得出如下结论：牢房是布景里一个几乎只有象征意义的元素，演员并不在里面表演。

这一做法的虚假性没多久就将显现。如此呈现牢房不仅破坏了地点统一；而且，如果演员走出囚室说台词，就违背了逼真原则，不出来的话，又给表演制造了障碍。高乃依在《美狄亚》的《评述》里指出："我安置埃勾斯的牢房是一个让人不悦的场景，我会建议避免：这些遮住演员一半身体，使其远离观众的铁窗，总是让那部分的情节变得死气沉沉。"为了避免这种不便，古典主义戏剧设想了三种解决方案。一种是把牢房的边界延伸到整个舞台，从而把观众的视线带到牢房内部，铁窗就变得可有可无了；高乃依在《欺骗者续篇》里就是这么做的，这部剧大约有一半情节（整个第一和第三幕，第二幕的第四至第七场）都发生在牢房内。另一种方案是不把主角悲惨地扔进囚室，而是让士兵看守着他，这样他在舞台上的行走就可以不受约束了；这是高乃依在《波利厄克特》和《佩尔塔西特》里为我们呈现的。最后一种更为简单，就只说有主角被送入了牢房，但不呈现给观众看，比如洛特鲁的《郭斯洛埃斯》。

牢房不是唯一一个制造悲苦场面的元素。所有使人联想到角色死亡的元素，无论这种死亡是真实还是虚假的，都在布景中得到了有意的强调。关于阿尔迪已经遗失的剧本《疑似乱伦》（*L'inceste supposé*）的排演，马赫罗写道："舞台中央得有一个灵堂，其中一边放置排列成金字塔状的蜡烛，蜡烛上方是一颗心脏，整个空间挂满绘有眼泪的黑色帷幕。"（《备忘》，第 78 页）而洛特鲁那部迷人的喜剧，《遗忘的指环》，需要的是"装饰了黑色帷幕的断头台"（同上书，第 69 页）。帕萨尔（Passar）已经遗失的剧本《塞莱尼》（*Célénie*）需要"一个铺上黑布，躺了一个女演员的担架"（同上书，第 104 页）。杜瓦尔（Durval）的《阿加利特》（*Agarite*）需要一片"墓地"和"三座坟"（同上书，第 80 页）；洛特鲁的《无病呻吟》是"一间灵堂和三座坟，大量炽热的光"（同上书，第 82 页）。马赫罗对于坟地的需求很大，在其他一些剧本的排演里也都出现了（同上书，第 77、87、90、91 页等）。

尸体也能确保舞台的效果。1614 年的匿名剧作《艾菲谢娜》（*Éphésienne*）毫不犹豫地向我们展示了一个被绞死在绞刑架上的人。拉·加尔普奈德的《米特里达特之死》（1636）是一部遵守了几乎所有古典主义规则的悲剧，它在法尔纳斯见到四具尸体这样的恐怖场景中结束。而在高乃依的《贺拉斯》里，我们能确定卡米尔的尸体没有展示在舞台上吗？第五幕开场时，老贺拉斯说了以下这句台词：

让我们的眼神离开这不幸之物。

这可能只是一个简单的想象之物，而眼神可能也只是思考的眼神。可能卡米尔的尸体在幕后，老贺拉斯从幕后走出来时说了这句话。但还有可能尸体就在舞台上的一张用于展示的床上。如果演员想要运用这一观众所喜爱的背景元素，至少高乃依留给了他们呈现的可能。

舞台上也会罕见地出现死而复生的情况。1632 年的匿名剧作《足智多谋的缝纫用品商》（*Mercier inventif*）就以四场复生结束了剧情。17 世纪的职业剧作家则更为谨慎。不过，尽管他们不会让死人复生，有时却会让这些死人的鬼魂登台，以制造恐惧。1642 年，杜里耶在他的《撒乌尔》里，就让撒乌尔的鬼魂出现在了第三幕第八场戏里。之后，剧作家们又开始满足于口述这些场面；在《特洛阿德》（*Troade*, 1679）里，普拉东（Pradon）就是这样处理阿喀琉斯的鬼魂的。

* *

场面最后还被用来强调剧情；当排演把构成结点的冲突直观地呈现在观众眼前之时，它也就具备了戏剧性。角色之间的冲突可以通过演员之间的打斗实质化地表现出来。在路易十三的时代，这些打斗中最普遍的形式是一对一决斗。就 17 世纪上半叶而言，贝纳东（Bennetton）先生找出了 18 部在舞台上呈现了决斗的剧作。[21] 洛特鲁的《柯尔克斯的阿耶斯兰》里有决斗（第三幕第六场），高乃依的《亲王府回廊》（第五幕第二场）和《熙德》（第一幕第三场），以及其他一些剧本里也都有决斗场面。在玛黑夏尔的《英勇的姐妹》（1634）里，观众见证了五场决斗，分别在第一幕第六、第七场，第二幕第九场，第四幕第七场（两次）。有时，决斗以法庭辩论的形式出现，比如斯库德里的《乔装王子》（1635）里的第五幕第九场，巴霍的《卡丽丝特》（1651）里的第四幕第十一场。有时，也会有角色安排杀手监视对手，这样，本可以演变成决斗的一场冲突就以一次伏击结束；高乃依的《克里唐德尔》里的第一幕第五场及后续场次，梅莱的《维尔吉尼》里的第三幕第三场及后续场次，都是如此。当洛特鲁需要在舞台上呈现这样的袭击场面时，他会倾向于让演员手执火枪，而不是佩剑，《幸运的海难》（第四幕第八场）和《无辜的不忠》（第四幕第六场）里都出现了响亮的爆炸声。掳走女主角也是把冲突实质化的一种戏剧手段；通常它只是在对话里被提及，但高乃依在《寡妇》（第三幕第九场）里就把它呈现在了舞台上。

舞台上呈现的对抗也不总是两人之间的决斗。17 世纪的剧本有时会试图向我们展现真正的战斗；当然可能只是其中的一个片段。像玛黑夏尔的《英勇的姐妹》（1634，第二幕第十一场）和斯库德里的《慷慨的情人》（1638，第五幕第四场）这样的剧目，就在文本里指出需要呈现战斗场面。

无论是出于呈现的难度还是出于戏剧价值，博瓦罗贝尔的《帕莱娜》（1640）

为我们提供的场面都是独一无二的。那是一场战车赛跑,获胜者能娶走女主角;两位求婚者之间的对抗犹如一场决斗,但也有些像行凶,因为德里昂特的战车的一个轮子在比赛前被人无耻地松开了。博瓦罗贝尔所给出的排演指示让我们能清楚地想象这一戏剧性片段在舞台上的呈现:"号角以及其他一些声音响起后,舞台大幕拉开,可以看到两架战车,其中一驾翻了,德里昂特被困在底下,而克里特则手执佩剑出现在另一驾上;国王和帕莱娜坐在他们以及普雷桑特、达蒙、欧利拉斯等许多人附近;克里特看到狼狈的德里昂特,从自己的战车上跳下,说道……"(第三幕第一场)对话就从这儿开始;尽管无法展现比赛的整个进程,至少博瓦罗贝尔让大家对其中最重要的部分形成了想象,并且在观众眼前呈现了男主角从战车坠下、性命堪虞这样的戏剧性时刻。

尽管剧作家极力使打斗的形式多样化,但主角的险境不只是通过打斗场面来表现的。他们需要对抗的,可以不是对手,而是世俗的法律或者宗教的法条。我们可以在不少剧本里看到处在被行刑或者被献祭边缘的角色。同样是在《帕莱娜》里,我们可以找到这样的例子;在这部剧的第五幕,祭司"抬起手臂挥向帕莱娜"(第三场),后者被认定为在战车赛跑中作假;但女主角并没有死,因为"在巨大的喧闹声中,克里特和达蒙提着剑走了进来"(第五场)。看似一触即发的灾祸通过不可预见的反转得以避免,具有这种特征的险境特别适合结尾。比如洛特鲁的《幸运的海难》,或者拉辛的《伊菲革涅亚》,结尾都是如此。结束了高乃依《贺拉斯》一剧的那场诉讼,也远非空洞的陈述,对于古典主义时期的观众而言,它就是戏剧里向多神教诸神或者向正义献祭所引发的血腥场面的变体。

这些例子将我们导向了如下结论:这一时期的场面并不都是简单的点缀,它也可以在剧本本身的构建中发挥作用。如 18 世纪的一位批评家日后说的那样,有时得把它"视作……为悲剧的宏大效果而服务的必要手段,而非随意的摆设,激起他人好奇的简单物件"(克莱蒙,《论悲剧》,第一卷,第 168 页)。在《戏剧法式》里,多比尼亚克院长甚至把场面的意义置于与心理刻画的深度以及情节的可靠性同等的层面;他说,当我们选择剧本的主题时,必须"衡量故事是否建立在以下三个东西中的任意一个上面;可以是一种美丽的激情,比如《玛利亚娜》和《熙德》；可以是一个漂亮的情节，比如《乔装王子》和《克雷奥梅东》；可以是一个不寻常的场面，比如《西曼德或双双献祭》(Cyminde ou les deux victimes)。"（第二部分，第一章，第67页）多比尼亚克院长此处所引用的前四个剧本的作者，分别是特里斯坦、高乃依、斯库德里和杜里耶。最后一部是他自己的作品，然而多比尼亚克院长极少自我引用；可能这次他是没能找到拥有"不寻常的场面"的更好的例子。乍看之下，将这部可能从未上演过的散文体悲剧（《17世纪法国戏剧文学史》，第二卷，第一册，第367页）和其他四部出自知名剧作家之手并获得成功的作品相提并论似乎有些自负。然而，如果我们考察一下场面在《西曼德》里的戏剧价值，就不得不承认多比尼亚克院长的自信不是没有道理的。西曼德是阿兰希达斯王子的妻子，后者命中注定要被献祭给尼普顿；西曼德想替丈夫而死，但丈夫拒绝了她高贵的提议。在献祭的决定性时刻，观众能看到这一对被牺牲的人："阿兰希达斯和西曼德被绑在移动的祭坛上"（第四幕第二场），被献祭者将被带到海里。这个场面本身就很壮丽：宫殿和神庙之间能看到海，围观悲剧的人群以及祭司们的现身，则保证了"盛况"。此外，它还有一个较为罕见的戏剧价值，就是这对夫妻最后的谈话所引发的焦虑，在死亡的边缘，两人都想为对方牺牲更多，都想表达更强烈的爱意；他们所说的每个词都可能令这驾通向死亡的囚车震颤，对于这一场面的关注必然是充满激情的。通过让悲剧里的祭坛移动起来，多比尼亚克院长赋予了它戏剧的动感。

4. 帷幕的问题

今天，我们已经不再对帷幕进行思考了。这个舞台装置里的元素已经变得如此普通，以至我们再也意识不到它曾经为戏剧创作带来的一系列巨大的可能性。引入帷幕是决定性的一步，尤其是对于地点的呈现而言，后者与这一遮蔽舞台的机械手段的存在或者缺失紧密相关。因此我们有必要看一下古典主义戏剧如何使用帷幕，以及帷幕的使用对情节所涉及的不同地点的展现和构思产生了什么影响。

在16和17世纪，帷幕还不是一个常规的舞台元素。它是奢侈品，剧本提到它的时候，总会强调它的罕见。1610年，旺多姆公爵的芭蕾剧在法国上演时，布景是一片森林和一座被施了魔法的宫殿，"这一切都被一块巨大的帷幕遮蔽，森林也是"；芭蕾开始后，帷幕"落到地上"（《17世纪法国戏剧文学史》，第一卷，第二册，第715页）。如果这是一种习惯做法的话，大概就不会被提及了。这种赞叹的口吻就像是发现了一个巧妙又新鲜的事物，它也出现在了《自然奇观芭蕾》（*Ballet des effets de la nature*）的描述里，后者1632年在小卢浮宫的室内网球馆上演："他们想到要把前台遮蔽起来……目的是让人们只有在芭蕾开始后才能看到它。为了做到这一点，届时会有一块巨大的布垂在舞台前端，从天花板直到地上，所有观众都会迫不及待地想要看到它所遮蔽的部分。到了该要降下的时候，它就会立即消失。"（同上书，第716页）

这一时期帷幕还只是出现在排演比普通戏剧更为考究、昂贵的芭蕾剧里。普通的剧本几乎从来不提有帷幕遮蔽整个舞台这一点。在《喜剧小说》里，斯卡隆以讽刺的方式描述了由外省演员即兴排演的一场特里斯坦的《玛利亚娜》："一块脏布拉起之后，我们看到演员'命运'（Destin）躺在一张床垫上，头上顶了个篮子作为王冠，揉了揉眼睛，像是刚睡醒，然后用蒙道里的语调说出希律王的台词，第一句是'出言不逊的幽灵扰我清梦'。"（第一部分，第二章）这段文字里的全部细节都是戏仿性质的，体现了将一个"盛况"粗俗化的过程。如果说"脏布"在这里扮演了帷幕的角色，那是因为帷幕在当时是尊贵的，而用如此不堪的方式来呈现这个尊贵元素显然是带有喜剧效果的。当高乃依的《安德洛墨达》在小波旁宫剧院（Petit-Bourbon）上演时，盛大的演出场面里也出现了一块帷幕，1650年的《邮报》（*Gazette*）带着赞许的口吻记录道：它"升起，舞台显露，速度之快让最敏锐的眼睛……也无法跟上它消失的过程，按照它巨大的宽幅而设计的用于上拉[22]的平衡块，比例恰到好处"（马蒂-拉沃，第五卷，第281页）。这个过程并没有出现在幕间，因为文章里没有提到这块升降速度非同寻常的帷幕；一直到剧末，才又说道："舞台显露时迅捷升起的幕布，以同样的速度落下，将舞台遮蔽。"（同上书，第289页）勃艮第府，也就是王家剧团所在的剧院，也不总是使用帷幕。剧院布景师们留下的《备忘》里通常都不会提到。然而，1678年，特里斯坦的《玛利亚娜》再度上演时，米歇尔·洛朗（Michel Laurent）就写道：

"剧终时降下帷幕。"(《备忘》,第116页)按兰卡斯特先生的说法,这一例外可能的解释是:尾声时希律王陷入疯癫并昏厥的情节与其说是剧情的结束,不如说是剧情的中断(同上书,第116页,注释1)。

看一下装置师们的导注,我们就会很容易明白:帷幕的操作方式非比寻常。那是因为这种操作极为微妙。1637年,意大利人萨巴蒂尼在《戏剧舞台和装置制作法式》[23]里,用了整整一章来回答以下这个问题:"怎样拉起遮蔽舞台的帷幕,用哪些方式"(第一部分,第三十七章)。他写道:"有两套不同的惯用操作流程,用以在戏剧开始前揭开舞台。第一种是让帷幕自上而下降落。第二种是自下而上升起,然后隐藏在天顶上方,如果条件允许的话。"(同上书,第59页)需要注意的是:这还只是在剧本开场时让帷幕消失,完全没有涉及幕间的升降。[24]萨巴蒂尼所记录的第一种方式是最简单的,但它有一个很大的不便之处,就是可能会制造窘境,萨巴蒂尼这样写道:"帷幕降下时可能会部分落到演员身上,进而引发噪音和混乱。"[25]可以想象,对于这种可能引发本就不太安分的观众的骚动,无法做到精准的操作,布景师会有所犹豫。第二种方式更好,但它要求"条件允许",也就是需要有平衡块将帷幕拉起。同样是在这一时期,托勒立恰好刚刚开始在戏剧装置里运用平衡块。[26]它使那些后来让装置悲剧大放异彩的"翱翔"成为可能;但它们会带来很大的噪音,操作起来不太精准,花费也不小,因此用得很少。所有这些困难都解释了为什么至少对于17世纪上半叶而言,帷幕都是一种非同寻常的奢侈元素,下半叶可能还是如此,而观众通常一进入演出大厅就能看到舞台上全部的布景(《17世纪法国戏剧文学史》,第一卷,第二册,第717页)。

出于同样的原因,即使有帷幕,也不会在幕间降下遮蔽舞台;让它在演出开始之前消失就已经需要花很大的工夫了。人们不会想要重复这样费力的操作。我们将要引用的一些文本会确认这一点。

1647年,布罗斯(Brosse)出版了他的悲剧《维吉尔的图尔纳》(*Turne de Virgile*)。在卷首的"告读者书"里,他写道:"当拉丁人受到若图纳演说的激励,攻向特洛伊人时,得降下一块布,他们在布后面交战,伴随着兵器碰撞的声音。"这个插曲出现在第三幕和第四幕之间,我们不能把这里的"布"混同于帷幕:它是一条只遮蔽布景中一个隔间的挂毯,就如"告读者书"里所明确指出的那样,它的目的是避免"血染舞台",从而遵守得体原则。如果说这个花招有必要的话,正是因为幕间没有帷幕。

多比尼亚克院长在《戏剧法式》里建议大家"避免陷入一个非常明显的错误……即假定在幕间会发生一件应当会被目睹的事,也就是发生在舞台上的事件:因为舞台就暴露在观众眼前,他们应当会看到台上所发生的一切"(第三部分,第六章,第 238 页)。如果有一块帷幕存在,避免舞台在幕间"暴露在观众眼前",那么这样的建议就会失去意义。1660 年,高乃依在《第三论》里给予演员的建议也属于同样的情况:"尽管舞台上有说话者的房间,但他不能在里面现身,除非他从挂毯后登台"(马蒂-拉沃,第一卷,第 108—109 页),也就是从布景背后;如果是在某一幕的开场,又有帷幕,倒是可以(高乃依正是以一幕戏开场时的登台为例解释了他的想法)。

拉米神父在 1668 年的解释尽管出于偶然,却更为清晰。关于"戏剧诗",他写道:"这些诗通常分为五幕,幕与幕之间舞台空置。"[27] 1674 年,夏步佐也说道,负责在幕间演奏的乐师必须记下每一幕最后的几段台词,以避免等着别人冲他们喊:"演吧"。[28] 如果幕间有帷幕降下或者升起的话,这样的提醒也就不需要了。

这种幕间帷幕缺失的情况一直延续到了 18 世纪,马尔蒙特尔为我们带来了一个可靠的证据。他写道,"破坏演出魅惑力"的那块布"应当在每次魅惑中断的时候落下……希望每一幕一结束人们就能将它降下;这有利于制造幻觉;这样一来,大家就不用看着这已经不再令人感到惊艳的装置的运转,而且一旦运转失败,还会变成笑话;此外,大家也不用再看着剧院的下人们来到舞台上排列或者打乱罗马元老院的坐席了"。[29] 但这些愿望的实现还时日漫长;就歌剧院而言,直到 1828 年,幕间才有帷幕降下。[30]

现在我们已经能确定,帷幕在 17 世纪十分罕见,并且从来不在幕间使用,然而,这个事实对于舞台上地点的呈现所带来的后果是巨大的。概括起来,就是它会让舞台上改换布景变得十分不便,必须像是在机械装置剧里那样实现某种壮举。可能大家也可以满足于共存布景,尽管它有着明显的不足之处。然而,作家们本就倾向于把剧本仅仅看作用来背诵，甚至只是在书房里默读的文本，而不是在舞台上呈现的，包含了真正戏剧所带来的限制和全新魅力的作品，这种约定俗成的，不利于制造舞台幻觉的布景，会加剧这种倾向。

为了结束这种叙述为主的局面，创作一些能通过准确地呈现地点来真正制造戏剧幻觉的剧本，就只有两个途径了：一是改共存布景为连续布景，但要在技术上实现这一点，必须拥有一块在每次更换布景时都能操控自如的帷幕，也就是得有迅捷安静的操作工；然而，这个条件在17世纪时无法实现。二是满足于一个不变的布景，而组成这个布景的元素和观众的想象一致；这恰恰就是人们所说的地点统一。鉴于当时人们想要的是一种真正得到表演，而不是单纯叙述的戏剧，第二种方案也就成了必然的选择。帷幕缺失的后果，就是舞台的幻觉需要地点统一来保证，这同时也间接源于观众对于场面的狂热。这种从对于文本的过度关切中解放出来的狂热，催生了芭蕾剧的种种浮夸之处和机械装置剧中的种种神迹，也引发了对于真实之物的渴求，以及由此而来的布景集中化现象，后者将成为古典现实主义的手段之一。

5. 挂毯和"跟踪摄影"

帷幕、挂毯和布这几个词意思相近，需要仔细加以区分。它们所指代的是两种差别很大的事实：一是在某些时候所使用的，在演出开始前遮蔽整个舞台的大帷幕，二是作为布景元素之一的小帷幕，后者只遮蔽某一个隔间，可以在演出进行的某一时刻被收起，让大家看到隔间的内部。17世纪时，"帷幕"（rideau）这个词通常被用来指代我们此前已经研究过的，舞台上的大帷幕。而垂在布景里某个隔间之前的小帷幕，古典文本里最常使用的称谓是"挂毯"（tapisserie），有时人们也会称其为"帷幕"。至于"布"（toile），则是一个类别名词，指代哪一种都可以。为了做到尽可能的清晰，我们现在开始不再使用"布"，而统一使用"帷幕"来指代舞台上的大帷幕，用"挂毯"来指代作为布景元素之一的小帷幕，现在我们就来描述后者在剧作法层面的特点。

由于帷幕缺失而导致的排演丰富性的降低，在挂毯的存在上得到了部分弥补。如果说前古典主义时代，对于场面的狂热带来了尽最大可能呈现不同地点的需求，那么，挂毯将有助于在舞台前端所出现的那些地点之外再增加一个，同时从纵深上将布景延伸。尽管共存布景已经能呈现多个不同地点了，但鉴于舞台狭窄，它们的数量不可能很大。人们可以轻松地放置一套呈现三个地点的布景，如洛特鲁的《艾美丽》（*Amélie*）那样（《备忘》，第95—96页）。而依照马赫罗的《备忘》所说，杜瓦尔的《阿加利特》需要六个明显不同的地点：一个房间，一座堡垒，一片墓地，一间带窗的屋子，一个画匠的铺子，以及一个花园（同上书，简述，第80—81页，32号插图）。这个数字似乎很难被超越了。[31] 然而，许多前古典主义时代的剧情的发展，都需要六个以上的地点，比如梅莱的《维尔吉尼》，就需要至少七个。[32] 在这种情况下，挂毯的使用就构成了某种备用空间，能在必要之时揭开一个新地点。

挂毯之所以能承担这一角色，是因为舞台上的隔间并不像里加尔（《亚历山大·阿尔迪》，第187—189页）想象的那样，总是呈现为一块简单的背景布，或者一个小到演员无法在里面表演的屋子。相反，有些排演说明告诉我们，剧本的其中一部分情节需要在隔间内部进行。比如，布景师有时需要"一间比较漂亮的屋子，内设两张椅子，人坐在里面"（《备忘》，第82页），有时明确指出人必须能"绕着陵墓"（同上书，第87页），"绕着祭坛"（同上书，第102页）走动，如果舞台上有一个林子，那么"里面必须得有散步的空间"（同上书，第69页），诸如此类。而我们此前也已经提到舞台上的牢房必须能看到真正的犯人这一点。当一块原本遮掩着它们的挂毯消失后，新的空间也就出现了，如同揭开一个全新的小舞台一般。

马赫罗及其继任者们的《备忘》大量提到了这类对于挂毯的使用。在杜里耶的《利桑德尔和加里斯特》里，舞台的背景是一座牢房和一间肉铺。但"在第一幕里，它必须被隐藏，到第二幕才能展现出来，并在同一幕里重新遮起：遮盖的部分作为宫殿"（同上书，第68页）。因此，用于遮掩的挂毯上画的应该就是一座宫殿，后者构成了剧本大部分时候的背景；而当剧情在第二幕里转移到牢房和肉铺之后，宫殿就临时让位于这两个新地点了。同样是杜里耶的作品，《阿雷塔菲尔》的布景设置如下："舞台中央需要一座隐藏的殿，殿里有一座墓和一些兵器……殿前面是另一座为国王而设的宫殿"(《备忘》,第 77—78 页)。马赫罗留下的草图里只有这后一座宫殿(同上书,27 号插图),当时它被画在了一块前四幕里用作舞台背景的挂毯上。到了第五幕,挂毯消失,人们看到远处出现一座不同的宫殿,以及一座结尾所必需的陵墓。同样,在杜瓦尔的《尤利西斯的苦差》(*Les Travaux d'Ulysse*)里,"地狱"是"隐藏"的(同上书,第 83 页),因为它并不需要一直出现;在梅莱的三部剧作里,挂毯只在第五幕有用:《希尔瓦尼尔》里的陵墓此前得"隐藏在田园牧歌风景的布后"(同上书,第 87 页),《西尔维娅》里的魔宫和祭坛"只出现在第五幕里"(同上书,第 90 页),《克里塞德和阿里芒》里的陵墓和祭坛也是如此(同上书,第 91 页)。班斯哈德《伊菲丝和伊安特》(*Iphis et Iante*)里的神庙"在第五幕之前一直被遮掩,到第五幕中间才被揭开"(同上书,第 107 页),诸如此类。高乃依的《亲王府回廊》的排演情况也与之类似:作者说,待时机一到,则"拉起帷幕,书商、浣衣女工、杂货商便出现在了他们各自的铺子里"(第一幕第四场)。

在所有这类剧本里,挂毯所揭开的新地点与布景里的其他地点有着很大的差别,彼此之间不仅没有连接,甚至可以像共存布景里不同的隔间那样存在明显的距离。在高乃依的喜剧《亲王府回廊》里,女主角们的屋子构成了舞台布景的固定部分,但她们显然并不住在司法宫;杜瓦尔的《尤利西斯的苦差》第三幕里的地狱也并不毗邻第二幕情节的发生地,喀耳刻岛。当人们意识到挂毯不只可以作为改换布景的一种常规手段,就像日后为连续布景的使用而设置的舞台帷幕一样,也可以在一定的想象力的帮助下,被视为一条真正的挂毯,或者至少被视为一座建筑物的墙面:在它被收起的同时,原本隐藏在这个地点背后的部分也得以显现,这时,人们就在地点统一上取得了进步。挂毯由此成为两个相接地点之间一处真实的隔断,而这种相接本身就是迈向地点统一的标志。我们可以在多部作品里观察到这一点。

高乃依的《寡妇》的布景是一条街(第三场第三幕开场),街边是菲利斯特和克拉丽丝的家。但依照剧情需要,女主角得在几场戏的时间里出现在"她的花园里"(第三幕第八至十场)。里瓦耶先生猜测这个花园此前被一条挂毯所遮蔽[33]:在克拉丽丝的家隐去的同时,后面的花园也就显露出来了。同样是高乃依的作品，《王家广场》的排演也应当用类似的方式去理解：它的布景包含了昂热丽克和菲利斯这两户相接的人家，以及只出现了两场戏的昂热丽克的房间（第三场第五第六场）；呈现这位女主角家的那条挂毯可以收起，以便露出内部的房间。在斯库德里的《恺撒之死》（*Mort de César*，1636）里，所呈现的地点里包括了恺撒的居所；有一刻（第二幕第二场），"恺撒的房间开启，他的妻子在床上安睡，他刚穿好了衣衫"。同样，特里斯坦也给他的悲剧《奥斯曼》（1656）加上了以下这段说明："情节发生在君士坦丁堡。舞台是欧式或者土耳其式宫殿的正立面，有……一扇窗，当奥斯曼接受近卫军士兵的抱怨时，可以将帘子拉起。"事实上，我们也的确在第四幕第四场戏里看到苏丹奥斯曼在宫殿的阳台上和反叛的近卫军谈判。

随着用挂毯分隔两个真实相接的地点的做法变得愈发自然，戏剧剧本里甚至可以直接提到这一点。以梅莱的《索福尼斯巴》（1635）为例，马希尼斯命人将之前服毒自尽的索福尼斯巴的尸体抬过来，家丁卡里奥多尔回复道：

> 陛下若是想让人展示
> 这可怜之物，它就在隔壁。
> 他的房间之门离此处只有两步之隔，
> 只需升起这条挂毯，
> 您便可以从这儿看到。（第五幕第七场）

挂毯拉起后，梅莱写道："房间显现"。斯库德里的《安德洛米尔》（1641）的舞台也以类似的方式得到了处理。舞台上呈现了王后安德洛米尔位于叙拉古的宫殿以及围攻城市的努米底亚人的营地。这两个地点挨得如此之近，以至升起挂毯就能看到敌方；公主波利克里特专门强调了这一点：

> 来人，将帘幕拉起，以便
> 稍后能从此处看到敌方阵营。
> ……

第一章 排演和地点统一

> 我们在这一侧被压迫得如此之紧
> 敌军已经驻扎到了我们城壕边缘。
> 我们听到了来势汹汹的敌军的声音
> 城墙上的箭能直飞他们的营帐。（第二幕第四场）

过了一会儿，努米底亚人西法克斯也在营中对他的王子克雷奥尼姆说道：

> 请看这座宫殿，安德洛米尔就在那儿。（第三幕第二场）

另一个剧本，1636年出版，但可能1632年就已经上演了的梅莱的《奥松那公爵的风流韵事》，向我们展示了除了呈现相邻的地点之外，挂毯是如何让剧中角色从一处转移到另一处的。在这部剧里，主角们的经历颇有些复杂，但梅莱留下的那些丰富的关于排演的说明却让我们能够轻松地跟上他们各自的变化。布景包含了一栋房子，里面有艾米丽和弗拉维两人的房间，正是她们，与奥松那公爵以及其他角色一起比拼各自的风流韵事。这两个房间由一条挂毯隔开，而它们临街的那面墙也由挂毯来呈现，当需要展示屋内的场景时，挂毯就会收起。从街上走来的公爵通过一条丝质的梯子登入艾米丽的房间："由于他进屋了，表现房子其中一面外墙的布收起，内室显现"（第二幕第二场）。在下一场戏的尾声，公爵的表很不凑巧地发出了声音，吵醒了在隔壁房间睡觉的弗拉维："此处，第二块布收起，被表声吵醒的弗拉维出现在她的床上"（第二幕第三场）。两位女子各自听着将她们房间隔开的那条"挂毯"（第三幕第二场），随后公爵和艾米丽通过丝梯下楼。类似的舞台手法在后续的场次里还有出现；当有角色从房间走到街上时，梅莱会特别提及挂毯的操作："此处两块布收起，艾米丽出现在街上"（第三幕第二场），"此处房间的布拉起，两人双双出现"（第三幕第三场）；当作为隔断的挂毯收起，有人从一间房走到另一间时，梅莱也会加以说明[34]（第五幕第六场）。

一部这样的剧作为排演带来了一处重要的创新：逼真地实现了在两个不同地点之间的穿梭。这在共存布景里通常是无法做到的，因为在这种布景形式里，狭窄的舞台上并列呈现了一些在现实中可能距离很远的地点；人物的穿梭只能是象

259 征性的。到了地点统一主导的古典主义时期，舞台上再不会出现这样的问题。但在不到半个世纪的一段较短的时期内，由于挂毯的存在，前古典主义的舞台发现了在不同地点之间真实穿梭的方式。这一发现将会带来一些奇特的后果。

*　　*

不收起挂毯也能在舞台上移动。当有一个角色需要长途旅行时，是不可能在剧院里真实呈现他的位移的。但如果是一次远足，一次散步，或者在两个相隔不太远的地点之间的移动，人们就会想办法把它搬上舞台。像 17 世纪上半叶这样一个如此热衷于仿真演出的时期，不可能不去冒险尝试这种戏剧上的创新。不出意外，《奥松那公爵的风流韵事》这部关于奔走的喜剧，为我们提供了一个范例。第二幕开头，公爵和他的亲信阿尔梅多尔在一起；他告诉后者自己爱上了艾米丽，想要去见她。场景似乎是公爵的府上；不管怎样，离艾米丽的家都有点远，但又没有太远，因为梅莱借公爵之口说明了他所在之处和他心上人住所之间的距离："离这儿二十步"，公爵对阿尔梅多尔说道。鉴于公爵想要独处一阵，后者就只能祝他一路顺利了：

……按您的计划来吧
愿这段美妙的旅程得到爱神的眷顾。（第二幕第一场末）

第二场戏所呈现的的确就是这段"旅程"。喃喃自语间，公爵走完了"二十步"，来到了"艾米丽家所在的那个十字路口"，看到了"开着"的"窗"，接下来就只需要顺着丝梯上爬了。

260 在《科尔奈丽》的一场戏（第四幕第四场）里，阿尔迪向我们展现了同样类型的一次旅行，但距离更长，因为那时的人对于逼真性还没有那么在意。阿尔丰斯寻找他失踪了的爱人科尔奈丽。在这场戏的开头，他在他博洛尼亚的朋友安东尼家；他以为能在那儿找到科尔奈丽，但后者已经不在了。于是他先在城里游荡，又出城去乡间行走，最后终于来到了一处隐居之所，而科尔奈丽恰恰躲在那里。这场戏从开头到结尾,地点发生了变化,但这种变化伴随着人物的走动,而后者一直在舞台之上。

《熙德》第一幕的结尾也可以用同样的方式加以解读,高乃依通过他在这部剧的《评述》里所做的分析告诉我们,他自己对于前古典主义时期排演上的这个特点心知肚明。他说,要找到一个适合第一幕最后四场戏的地点是很不容易的。的确,"伯爵和唐迭戈走出宫殿时在争吵";但如果让唐迭戈在被羞辱之后当街宣泄他的怒气和绝望,那么他就会"立马被路人"以及主动请缨替他报仇的朋友"团团围住";因此他得在自己家里抱怨,而罗德里格的出现也会显得顺其自然。但考虑到《熙德》这个部分的戏是连场的,怎么才能选到一个既能连续呈现这些事件,又可在某种程度上被视为单一的地点呢?高乃依为这个问题提供了一个明确的、无可挑剔的解决方案,他说:"通过戏剧的假定,大家可以假想唐迭戈和伯爵从王宫里出来后,边走边吵,当唐迭戈遭到掌掴之时,两人已经走到了他家门前,于是他必然会进去求助。"

这种"戏剧的假定",我们可以为它取一个名字。电影的现代词汇里恰好有这样一个词,指代一个移动镜头对于一次行进的捕捉,就是"跟踪摄影"(travelling)。前古典主义戏剧让观众的视线追随一个在几个相连的布景里移动的人物,追求的也是这样的效果。在我们所分析的那些例子里,阿尔迪、梅莱和高乃依都是这样处理的,可以称得上是"跟踪摄影"的先驱了。

不止如此。如果说一切运动都是相对的,那么不仅仅是人物相对于地点发生了移动,地点相对于人物也出现了位移,两者在舞台上的呈现大体一致。如果前古典主义戏剧有勇气向我们展示移动的人物,那么它也应该能展现移动的地点。我们也的确在有些剧本里发现了确凿的地点移动,可以将其视为反向的"跟踪摄影"。

拉·加尔普奈德的《米特里达特之死》(1636)提供了一个惊人的例子,里面有两个地点出现了缓慢的移动,它们之间起初隔着一定距离,然后不知不觉地靠近,最后合在了一起。身在锡诺普的米特里达特被罗马人围困。剧本首先展示了围城军队的阵营。然后,"挂毯收起,米特里达特,伊浦西克拉苔和他们的两个女儿一起出现"(第一幕第一场)。和马赫罗设计布景的其他剧本一样,这里的挂毯还只是一种区分两个现实里有一定距离的地点的常规手段。当它收起时，我们就转移到了米特里达特在锡诺普的宫殿里。罗马人进攻得手，占领了城市的一部分；而米特里达特的王宫还在抵抗。在罗马人占领区，我们看到通敌的法尔纳斯游说城民，以图让他们接受罗马的保护。而随敌军一起向米特里达特逼近的，还有情节发生的地点。当最后一丝希望也破灭之后，米特里达特和全体家人一起自尽。但敌人依然在逼近。到了第五幕尾声，此前那两个分散了我们注意力的地点，也就是罗马人和米特里达特各自所在之处，合为一体。法尔纳斯进入了宫殿，失声叫道："神啊，什么景象！"而剧本此处的页边写着："挂毯拉起后，法尔纳斯进入了房间，看到了王座上的米特里达特和伊浦西克拉苔，以及在两人脚下，他的妻子和姐妹。"（第五幕第四场，所有这些人都已死去）在剧本开场时还只是被用来区分两处不同布景的常规挂毯，在这里变成了一条真正的挂毯，只要收起就能进入隔壁的房间。

262　　除了这种渐进式的移动之外，地点的移动也可以是突如其来的。当角色从一个房间走出，穿过一道门，突然出现在另一个房间时，他眼睛所观察到的正是这样一次突如其来的移动。可能只有带着这一看法才能理解杜里耶的《撒乌尔》（1642）中两场戏之间怪异的串联。在前一场戏里，观众看到的是约拿丹和阿布奈尔之间的一场对话；对话以约拿丹的这两句台词结束：

　　　　我们去国王那儿吧，他就在那，乔装着，
　　　　仅有法尔提相伴。（第三幕第一场）

只是对话的这两人根本没有走进国王撒乌尔的房间，这意味着他们应该要离开舞台。相反，倒是撒乌尔在法尔提的陪同下进去了。下一场戏就在这四个角色之间展开，地点也和上一场戏一致。然而，地点理应是要移动的，比如，从候见厅转到了国王的房间。不过杜里耶感兴趣的不是地点，而是人。作者的注意力就和今天电影的摄像机一样，跟随着演员，如果需要移动，也是地点自动前来配合。

阿尔迪的一部剧作为这种手法提供了最后一个范例。《塞达兹》的第五幕情节发生在斯巴达。塞达兹从留克特拉前来为他两个女儿被奸杀一事讨公道。这一幕的整个第一部分都在展示他如何在法庭上控诉。审判此案的国王和监察官们认为控方证据不足，便没有接受塞达兹的指控。后者激烈地表达不满，其中一位监察官用以下这句台词来结束了对话：

> 执达员！喂，来个人把他赶到外面去。（第五幕，第1231行）

塞达兹就此被赶出了审判庭。然而，他并有没有离开舞台，消失的反而是法院。直到剧本结束，法官们也没有再说过一个词；塞达兹和他的同胞们诉说着斯巴达人的不公，心灰意冷的他最后选择自尽。这里，镜头又一次跟随着人物而移动了；当审判庭对于剧情不再有价值时，就走出了镜头。

这几部剧作所勾勒的移动美学日后将被古典主义戏剧所抛弃，直到电影时代的到来才重新浮出水面。

6. 趋向地点统一

鉴于与排演相关的问题已经阐明，现在我们就能看到地点统一是怎样为古典主义戏剧所接受的了。在排演的种种条件里，要求地点统一既会遭遇阻碍，也会得到鼓励，同时还要面对一些危险的捷径。只要作者还认为剧本是用来读而不是用来演的，地点统一就无法得到定义；只要观众还是更热衷于丰富的场面而非一种严谨的简约，这种统一也就无法普及。此外，如果剧作家不满足于共存布景别样的模糊性的话，那么变换布景所需的帷幕的缺失倒是会迫使他追求地点统一。然而，由共存布景衍生出来的种种传统却借着"挂毯"所带来的便利得以延续，并且在"跟踪摄影"手法的帮助下变得更具适应性，这让剧作家在地点统一问题上耍小伎俩成为可能，后者会想方设法做到大致遵守统一，比如呈现一个合一但并非单一的地点，情节上也是如此。基于这些原因，我们毫不惊讶地观察到，对于地点统一的接受经历了漫长而艰难的过程，并且，它几乎由始至终都没能在不受质疑、不加妥协的情况下实现主导。

与其他两种统一不同，地点统一没有尊贵的"出身"。亚里士多德对它只字未提；而早期的意大利理论家也没有谈到（《古典主义理论》，第 257 页）。按照布莱的说法（同上书，第 275 页），一直要到 1630 年，它才首次在法国被提及，那是在玛黑夏尔的《高贵的德国女人》的序言里。随着对于逼真的需求越来越高，地点统一逐渐从时间统一里派生出来：舞台上呈现的只能是人物在情节规定的时间里能去到的那些地点（同上书，第 257、276 页）。因此，地点统一从属于时间统一，随着后者的变化或扩张或收缩；这种从属特征还体现在另一个方面：每次当这两种统一之间出现冲突时，最终屈服的总是地点统一，我们已经见识了这一点（见本书第一部分，第六章，第 4 节）。最后，排演的条件以及观众的喜好往往会让严格遵守地点统一变得很难。大量 17 世纪剧作家都能找到办法来统一情节和时间，但却因为地点统一所带来的"限制"而叫苦不迭，对于自己的这种无力，他们只能安慰性地将它解释为同时代人的普遍问题。如果从字面上严格遵循某些公开的定义的话，地点统一将不再是一种规则，而将成为一种例外。

在谈到惯例的时候，高乃依说道，"只有接受［它们］才有可能实现那些伟大的规则派人士所要求的严格意义上的地点统一"（《亲王府回廊》，《评述》）；同时，他也谈到了"具体操作中［为了遵守这种统一］而采取的某种必要的滥用"（《王家广场》，《评述》）。然而，尽管这些做法都很普遍，但的确与逼真相悖，因此，高乃依有时也无法求助于它们，而是冒起了"打破"地点统一的风险，并不忘在自己剧本的《评述》里认错（《王家广场》《美狄亚》）。《熙德》里的多样化地点让这部剧饱受批评；和其他文章一样，《法兰西学院对于熙德的看法》也注意到了"同一个舞台呈现了数个地点"，只是学院对于这个问题有着更为清醒的认识，因此才做了如下点评，也让它的批评变得温和了一些："的确，这个缺点我们在大部分戏剧诗里都会出现，而且，诗人的不作为似乎让观众也逐渐习惯了起来。"（加泰，《熙德论战》，第 392 页）

其他理论家也表达了同样的惋惜之情。比如萨拉赞，就在他出版于斯库德里《爱情暴政》（1639）卷首的《论悲剧》一文中，指出了阿尔迪及其后来者们在地点统一问题上的"妄为"，并补充道："然而，直至今日尚有残余，而我们的诗人们却没有足够认真地去加以避免。"[35] 多比尼亚克也花了很大篇幅研究地点统一，他发现古人并不总是遵守这一点；至于现代人，则更为糟糕了。他说："此处我不会谈论现代作家，因为每个人都知道，在这一点上，没有什么比我们所接触到的这些诞生于意大利、西班牙和法国的戏剧革新之后的诗剧作品更有违常道的了；除了高乃依先生的《贺拉斯》，我怀疑是否还有哪一部作品严格遵守了地点统一；至少我从未见到。"（《戏剧法式》，第二部分，第六章，第111页）当然，当多比尼亚克院长日后和高乃依发生矛盾之后，后者也将不再被视为例外，而是与其他人一样"有违常道"，比如他不认为《塞托里乌斯》[36]实现了地点统一，尽管高乃依在这部悲剧的"告读者书"里肯定地说道，自己费力克服了"规则的不便"，遵守了地点统一。

剧作家们并不总是像这样花费精力，即便是那些经验老道的，有时也会忽视这条规则。1678年，也就是在皮埃尔·高乃依彻底封笔之后，同时也是拉辛停止创作世俗剧本之后，在戏剧领域写作了30年的托马斯·高乃依的悲剧《埃塞克斯伯爵》上演。这部作品无可争议地破坏了地点统一，因为《马赫罗备忘》为该剧准备了"一座宫殿和一间在第四幕出现的牢房"（《备忘》，第115页）。对于规则的这种明显的践踏并没有妨碍这出悲剧大获成功；也就是说，哪怕在古典主义的巅峰时期，观众和作者也都不认为地点统一是必要的。

让我们再以两个剧本为证作为结束，因为创作时间更晚，它们的意义也更为重大。1695年，布瓦耶出版了一部并不遵守地点统一的悲剧，《犹迪》（*Judith*），他在"序言"里明确说道："如果必须要遵守人们所要求的这一处完美的统一，那么几乎所有的戏剧作品都会因为这个缺点遭到批判。"而到了18世纪，当国家图书馆559号手稿的作者不带感情色彩地评判古典主义作品时，虽然歌颂了地点统一，却温和地指出："违反这条规则固然有错，但只要程度不算过分，就丝毫不会影响一部动人剧作的感染力，我想，在聪明人眼中，拉辛和高乃依的每部作品里都存在这样的错误。"[37]（第四部分，第四章，第1节）

这样一来，我们就心知肚明了。地点统一从来就不是一个必须为之牺牲一切的强制条件。它是可以接受妥协的。当遵守它可能导致过于沉痛的牺牲之时，作者最终反而会选择牺牲它。尽管颇费周折地跟随着情节统一和时间统一这两个"姐妹"提升了自己的地位，但它所受到的尊重从来未能与后两者相提并论。它的历史是一段漫长的、勉强完成的演化；而这条通向完美统一之路有时也会将我们导向虚假统一的迷途。

* *

在17世纪的前三分之一时期，剧作家毫不重视地点统一，依据情节需要以及观众对于多样化场面的需求，故事随意地穿梭于差别极大的不同地域。这种老旧的手法在阿尔迪那里能找到大量实例，后者作品里的疆界极为广博：《耶西浦》以雅典和罗马为背景，《血脉的力量》的情节发生在西班牙和意大利，《艾尔米尔：幸运的重婚》(Elmire, ou l'heureuse bigamie) 则涉及了德国、罗马和埃及。在阿尔迪之后，剧作家们继续让主角在广袤的大地上旅行。吉博安的《费朗德尔和玛丽塞》(1619) 的故事发生在苏格兰、普罗旺斯以及法国的西南地区；梅莱的《西尔维娅》(1628) 始于克里特岛，终于西西里岛；在玛黑夏尔的《高贵的德国女人》(1630) 里，故事的场景"从波希米亚到了西里西亚"（"序言"）；杜里耶的《阿尔耶尼丝和波利亚克》(1630) 把法国和西西里搬上了舞台；杜罗歇 (du Rocher) 的《恋爱中的印第安女人》(L'Indienne amoureuse) 把我们带到了佛罗里达和秘鲁；直到1639年，洛特鲁还出版了《美丽的阿尔弗莲德》这部情节发生在北非和英格兰的剧作。

这种自由做派招来了严厉的批评；人们视其为野蛮的表现，用激烈的言辞加以批判。1639年，在斯库德里的《爱情暴政》卷首出版的《论悲剧》里，萨拉赞写道："阿尔迪……无法将他[剧本]的场景固定在同一个地方；他肆无忌惮地改换地域，穿越海洋；人们常常会惊讶地看到一个刚刚在那不勒斯说过话的人物，用了仅仅几句台词，或者乐师演奏一曲的时间，就来到了克拉科夫。"[38] 但让他尤其无法忍受的，还要数《幸运的重婚》，也就是《艾尔米尔》："从未见过像这部作品里出现的如此长的一段漂泊（同上）。"萨拉赞也批判阿尔迪的后来者，他话语中所借用的意象很好地突出了这种老旧技法的特点："他的后来者们长期保留了这种流动的场景；他们的里拉琴，就和奥尔菲或者安菲翁的琴一样，拥有建造城市，*并且让顽石和森林追随他们的能力，他们的剧本就像地图一般，将广袤的大地纳入了方寸之间。"（《论悲剧》，第 327—328 页）。但他随后总结道：在 1639 年，"这种恣意妄为"已经"无法为人接受"了，这种"异端"已经"不再有支持者"（同上书，第 328 页）。他的断言将得到多比尼亚克院长和高乃依的肯定。前者认为，"在一个不变的空间同时呈现两个不同的地点，比如法国和丹麦，亲王府回廊和杜乐丽花园，是有违逼真的"（《戏剧法式》，第二部分，第六章，第 101 页）。后者则在 1660 年表达了他厌恶"这种将巴黎、罗马和君士坦丁堡置于同一个舞台的无序做法"（《梅里特》，《评述》）。

古典主义者的这种严苛并非没有道理，因为这类剧本里不同地点之间的距离实在过远，极大地破坏了逼真原则；鉴于那些长途跋涉并无实际意义，就更让人无法接受了：主角随性地从一地游走到另一地，这种蛮横的处理让萨拉赞这样的人感到厌恶，这才有了后者对于"这种流动的场景"以及"漂泊"的批判。当多重地点的出现是源于剧情需要，人们就会宽容许多。比如，杜里耶的《克雷奥梅东》（1636）上演时曾经大获成功，30 年后都依然有人记得（《历史》，第一卷，第二册，第 486 页）；然而，这部剧在舞台上呈现了两个地点，王后阿尔及尔和国王波利康德尔各自的王宫，两者之间显然路途遥远，因为阿尔及尔要经海路才能到达波利康德尔处，并且在途中遭遇了船难（第四幕第二场）。两人几乎整部剧都处于战争状态，而杜里耶认为有必要先后展现这两个敌对阵营；但阿尔及尔的王宫仅仅出现在了一场戏里（第一幕第一场）；正如在谢朗德尔的《提尔和漆东》里，漆东的王宫也只出现了一次（第四幕第一场）。

有时，对于一个精心设计的双线爱情剧而言，如果不能让两位有情人在结尾前重逢的话，也会要求在舞台上依次展现两个相隔较远的地点。洛特鲁的《无病呻吟》（1631）就是这类执迷于"多线"情节的剧作的典型代表，由于这些情节线的设计十分僵化，地点之间的对峙也成了常态。在洛特鲁的剧里，珀尔希德和克莱奥尼丝这两位女子同时爱上了男主角克洛理丹，两人的家距离遥远，来回穿

268

---

* 根据希腊神话的说法，安菲翁无比动人的琴音甚至让顽石感灵，围绕他建了一座城，即著名的忒拜城。

梭如同旅行。克洛理丹爱珀尔希德，对克莱奥尼丝则无动于衷；为了制造情节障碍，克洛理丹几乎在整部剧里都得出现在克莱奥尼丝的家里；伴随着一系列不同的误解，地点在这里成为了障碍。剧本不停地向我们展示珀尔希德（第一幕第一场，第二幕第四场，第三幕第四场，第四幕第三、第四场）和克莱奥尼丝（第一幕第二、第三场，第二幕第一至第三场，第三幕第一至第三场，第四幕第一、第二场，第五幕第一至第六场）各自所在之处，而两人也直到第五幕才重新见面。

与这部剧为每条情节线指定地点这种过于简单的做法相对的，是一些更为巧妙的设计。比如主角通过乔装或者冒充他人来到对手所在之地；斯库德里的《乔装王子》（1635）或者托马斯·高乃依的《蒂莫克拉特》（1658）都是如此。呈现战争场面所引发的地点问题也有解决方法，那就是让关键一役发生在某座城池的城墙外，这样民众就可以看到战事的发展，并为其中一方祈求胜利；这种手法日后将大受欢迎，成为向多重地点合一迈进的重要一步，我们将在下文对它进行研究。

* *

当地点统一只排除在舞台上呈现两个相距太远的地点，而包容来回较为方便的地点之时，这条统一规则的历史就进入了第二个阶段。在这个前提下，同一座城市里的不同地点，城市和它的近郊，或者类似平原、森林或者小岛这样小规模自然区域里的不同地点，都可以构成统一，当然，是广义上的统一。要准确定义这种统一所存在的历史时期并不容易。阿尔迪的《卢克莱丝》就已经如此，而到了1678年，托马斯·高乃依的《埃塞克斯伯爵》还是如此，后者在舞台上呈现了伊丽莎白的宫殿以及一间不远处的牢房。然而，这种形式的地点统一得到普遍遵守的时期还是1630—1640年间，直到1640—1650年间也还是如此，但程度次之。

在地点统一的历史里，主宰这一时期的剧作家是让·梅莱，他被视为《熙德》之前最重要的剧作家。1631年，在意大利田园牧歌剧的影响下，他用《希尔瓦尼尔》示范了这种新型的统一规则，并且附上了一篇轰动一时的序言，反响堪比维克多·雨果的《克伦威尔》序言(《历史》,第一卷,第二册,第379页)。而他的《索福尼斯巴》(1635)所获得的巨大成功,也成为这种广义上的地点统一得以确立的关键因素。事实上,梅莱所设想的地点统一从来就只是同一座城市或者同一个小范围的地区,至于里面的具体地点,则可以有多个。在《希尔瓦尼尔》之后,他还写了九部剧作,除了最后一部以外,每一部都遵守了这个意义上的地点统一,没有任何一部将情节局限在一个房间或者单独的一个实际大小不超过舞台的地方。他宣称他的《索里曼》(1639)"符合一切悲剧规则",然而,从前三幕到后两幕,情节发生的地点也从宫殿外转移到了宫殿内:当然,这已经满足了他所设想的统一。至于他的最后一个剧本,那出平庸的《西多尼》(*Sidonie*, 1643),倒是遵守了狭义上的地点统一,但梅莱对于这一点似乎并不看重,他在第五幕的开头写道:"如有需要,此处神庙的门将会打开。"也就是说,对他而言,剧本到底要呈现两个相邻的堂还是一个单独的堂无足轻重。

　　梅莱的绝大多数同时代人都是以和他相同的方式遵守地点统一。兰卡斯特先生曾经注意到,1635年和1636年上演的14部悲剧在排演时所呈现的地点都没有超越一个国家的界限,并且很少超越一座城市的范围,但它们也从来不只呈现单独的一个房间(同上书,第二卷,第一册,第29页)。斯库德里说他的《乔装王子》(1635)的"场景在巴勒莫",但同时也在"告读者书"中承认,在巴勒莫之内,地点"改换了五到六次";他的《恺撒之死》(1636)发生在罗马,但呈现了参议院,一个广场,以及恺撒、布鲁图斯和安东尼各自的家(分别出现在第四幕第八场,第五幕第六场,第二幕第二场,第三幕第二场,第二幕第一场);他的《慷慨的情人》(1638)被定位在了塞浦路斯岛的尼科西亚,但城外的一片树林(第五幕第四场)也是地点之一。特里斯坦说他的《玛利亚娜》(1637)"场景在耶路撒冷",但也向我们展现了希律王的房间,玛利亚娜的房间,一间牢房和一条街(分别出现在第一幕第一场,第二幕第一场,第四幕第二和第四场)。在洛特鲁的《幸运的海难》(1637)或《圣热奈》(1647),杜里耶的《撒乌尔》(1642),以及同一时期的其他大量剧本里,出现的都是这类地点统一。

　　与这种形式的地点统一相关的理论要到1639年才出现,相对较晚,而且正是在这一时期,一种更高要求的统一也开始成型。这种理论来自拉梅纳迪尔,他在《诗学》里表述了梅莱在这一点上的看法。他写道,场景"通常是一整座城市,时常会是一个小地方,有时会是一间房屋"。[39] 他强调这个设想为共存布景的使用提供了条件:"如果故事一半发生在某个王宫的不同房间,一半在宫外的多个不同地点,那么舞台的主体就必须……留给宫外的那些地方,而把深处分割成多个用墙、门、柱或拱隔开的房间。"[40](同上)但当这些看法表述出来之时,它们其实已经过时。梅纳日(Ménage)立刻选择了对立面;他在《论泰伦提乌斯的〈自我折磨的人〉》里写道:"法兰西学院的拉梅纳迪尔先生在他的《诗学》里赋予了舞台整个城市的边界,这太过随意了。"(霍斯波尔,《排演》,第71页)此外,针对这种设想下的地点统一的批评之声已经出现。萨拉赞在1639年指出,他那个时代的剧本的场景"的确是在单独的一座城市里,但不是在单独的一个地方";然后他总结道,"我们不知道角色是在家中还是在街上说话"。[41] 同样的指责此前针对的是《熙德》;斯库德里注意到,"观众大部分时候都不知道角色身在何地"。[42] 哪怕是捍卫《熙德》的人,比如这个写作了《熙德评判》的"巴黎市民,教区财产管理员",也不得不承认,"场景有时是宫殿,有时是广场,有时是席美娜的房间,有时是公主或者国王的房间,而所有这些都一片混乱,以至角色有时会在没有穿过任何一道门的情况下奇迹般地转移地方"(加泰,见上,第234页)。

尽管还没有援引高乃依本人针对这一问题的看法,但我们知道,他采用的往往是梅莱所设想的地点统一,这和其他剧作家一致;不同的是,1640年以后,高乃依依然保留了这一做法。他的《寡妇》(1634)把地点统一扩展到"整座城市"(见"告读者书"),就那个时期而言,这并不奇怪。然而,在1648年版本的《作品集》的卷首,他却在"告读者书"里写道,"如果可能的话",必须把地点统一"限定在宫殿的一个厅堂,或者某个比舞台大不了多少的空间里,但也可以把它扩展到一整个城市,甚至在有需要的时候,还可以利用周边的一些地方"(马蒂-拉沃,第一卷,第3页)。在1660年的《第三论》里,我们还能找到同样的观点,只是稍稍弱化了一点:"我很乐意认同在一座城市里发生的事符合地点统一。这并不意味着我希望在舞台上完整地呈现这座城市,它显然有些过大了,而

第一章　排演和地点统一

只是两三个位于城墙内的具体地点。"（马蒂-拉沃，第一卷，第 119 页）高乃依在这里对一个总的地点和多个具体地点进行了明确的区分。正因如此，同样是在 1660 年版本的《西拿》的《评述》里，高乃依才会写道："剧中有两重具体地点。一半剧情发生在艾米丽家，另一半在奥古斯都的房间里……但这并不影响我们将整部剧的地点视为统一。"（《西拿》，《评述》）对《欺骗者》而言也是如此："该剧的地点统一在于情节都发生在巴黎之内；但第一幕在杜乐丽花园，其余是在王家广场。"（《欺骗者》，《评述》）

尽管有不足之处，尽管定义模糊，尽管有着各种各样的争议，但是梅莱所设计的，被高乃依长期采纳的这种前古典主义时期的地点统一，相较于阿尔迪及其后来者的老旧设想，还是有着明确的优势。它实现了一种毋庸置疑的集中化，舍弃了上个时代的作者所热衷的地理上的穿梭以及对于天南地北不同地方的拙劣呈现。

的确，前古典主义戏剧并不崇尚地理。它有时会因为满足时间统一的需要而遭到牺牲，这一点我们已经讲到过了（本书第一部分，第六章，第 4 节）。为了强调一种对于地点统一的刻意追求，剧作家还会以各种极为古怪的方式对它加以扭曲。比如克拉弗莱（Claveret）就在《掳劫普洛塞庇娜》（*Ravissement de Proserpine*, 1639）的序言里写道："场景分别在天界、西西里和地狱，读者可以通过自己的想象，把它们看作是从天界到地狱的一条垂直线，从而找到某种形式的地点统一。"这句奇怪的声明体现了一个完全违反地点统一的剧作家究竟可以怎样想方设法地宣称自己遵守了地点统一。在另一些情况下，作者会让场景地点处在一种谨慎的模糊之中。1632 年，高乃依在《克里唐德尔》的序言里写道："尽管可以由我来指定，但我让读者来选择场景所在地"；而该剧 1644 年的版本则稍稍明确了一点，此前的"国王"变成了"苏格兰国王"。

如果说观众对于大场面的热情无法再通过多样地域的呈现得到满足，那么至少在台词提到一些舞台上没有呈现或者呈现得很拙劣的地方时，这种热情也算得到了某种补偿。在巴霍的《卡丽丝特》（1651）里，这类文字描述在人物对话中就占据了显著的位置，我们可以将它和时间统一有时在诗文中所扮演的角色相提并论（本书第一部分，第六章，第 4 节）。比如，女主角在提到她心爱的王子克雷翁时，就毫无道理地自言自语道：

> 这段等待的时间，我该做些什么自娱呢？
> 伴着让我在爱情里沉醉的潺潺流水声
> 小憩，直到他回来？
> ……
> 还不如在这片林子里扎一束花；
> 只是雨水已经让它们的颜色变得暗沉。
> 那就还是去这棵树上刻几行诗吧……（第二幕第五场）

这些源自田园牧歌剧的消遣有些刻意。倒是"花园"里忧郁的卡丽丝特在自然面前所流露的感情更为真挚：

> 树木，花坛，水渠，可爱的孤独，
> 你们惬意地见证了我的担忧……（第三幕第一场）

这部剧里的另一位女主角也表达了类似的情感：

> 这些开满鲜花的花坛，这些林荫小径，这些喷泉，
> 都无法缓解我的苦痛。（第四幕第一场）

无论这类说明究竟有着怎样的诗文价值，它们都体现了前古典主义戏剧很难把自己关在一个只有剧作法功能的抽象布景里，而把感观隔绝在外。

然而，集中化是大势所趋，对情节无用或者有损地点统一的布景遭到无情地削减。曾经满足了梅莱和拉梅纳迪尔的城市统一显得太过宽广。梅纳日想要的舞台只能包含"所有在视线范围内能同时分清的地点"。[43] 我们无意进入理论家在这些细节上的辩说，而是要来提一下两种能够达到这一结果，从而再次收缩布景的手法。第一种主要运用于喜剧，它的做法在于呈现主要角色的家所在的那条

街。这种手法无处不在，高乃依的《梅里特》是如此，莫里哀的《情怨》，拉辛的《讼棍》也都是如此。如果是悲剧，那么街就显得不够高贵了，取而代之的是一个广场，上面有宫殿或神庙；比如高乃依的《美狄亚》，就是这样的一个布景。另一种常用于悲剧或者悲喜剧的手法，在于呈现一场在一座遭到围困的城市的高墙上看到的战斗。它可能受了塔索（Le Tasse）的《被解放的耶路撒冷》（*Jérusalem délivrée*）里，唐克雷迪那场著名战斗（第六章）的启发。它的好处在于让前古典主义剧作家能够把敌对双方聚拢，而不是像前人那样先后分开展示。梅莱的《索福尼斯巴》（1635）正是得益于这个手法，拉·加尔普奈德的《米特里达特之死》（1636）和斯库德里的《爱情暴政》（1639）也都是如此。

1640年，这个手法首次在悲剧里把情节发生地缩小到了宫殿或者房屋里的一个厅堂。有两部悲剧在这一年实现了这一点，一部几乎被遗忘，另一部十分知名；我们不知道哪一部完成在先。前者是多比尼亚克院长的散文体悲剧《泽诺比》，作者说他"在严格遵守了戏剧诗规则的同时还保全了历史的真实性"。得益于梅莱、拉·加尔普奈德和斯库德里已经采用过的这个手法，地点统一得到了无可挑剔的遵守，获胜后进入城内的敌人和战败者出现在了同一个场景地点。另一部作品是高乃依的《贺拉斯》，它的事件架构有所不同：原本占据舞台的是战斗获胜的一方，至于跌宕起伏的战斗进程，则由一位亲历者复述。拉辛在他的第一部悲剧《忒拜纪》里，同样是通过反复但并不巧妙地运用这种类型的叙述（分别出现在第一幕第一、第三场，第二幕第四场，第三幕第一场，第五幕第二场戏）而做到了地点统一。

*　　*

集中之后再集中，地点统一最终来到了第三个也是最后一个时期，仅有的真正属于古典主义的时期。我们可以这样定义它的需求：舞台上所呈现的地点应当与情节发生的那个唯一的、确切的地点吻合。多比尼亚克院长用他一贯的严谨陈述了这条以逼真为基础的古典主义意义上的统一理论："演员出现的地点绝对要成为他所扮演的角色的行动地点的再现……此后这个地点就不能再变动了，因为它在后续的情节里也并没有变动……"。"在一个不变的空间和一块不变的地上同时呈现两个不同的地点是有违逼真的……"（《戏剧法式》，第二部分，第六章，第 100—101 页）

这位理论家的理性主义思维极其苛刻，他甚至想把这种地点的一致性强加给装置悲剧，哪怕这类戏剧的基本法则就是尽最大可能寻求场面的多样化。概括来说，他认为舞台所呈现的那块地不能变动，但背景和舞台的两侧，也就是布景部分，"是可以在演出过程中变动的，因为它们展现的只是演员行动过程中的周边环境，后者本来就有可能受到变化"（同上书，第 102 页）。为此，他提供了一个可能的例子，和他的描述完美契合：假设海边有一座废弃的宫殿，"乡间的穷人们住在里面"；一位王子遇上了船难，在那里住下，命人将它装饰一新；随后一场大火到来，宫殿付之一炬，大海在眼前显现，"海面上可以呈现一场舰队之间的战役。如此一来，尽管舞台布景变换了五次，但地点统一依然巧妙地得到了遵守"（同上）。甚至有些太巧妙了。机械装置剧的作者其实根本没有这样大费周章，而是毫不犹豫地打破地点统一，以便展现一系列令人惊奇的大场面。

至于非机械装置剧的作者，则在 1640 年后努力遵守严格意义上的地点统一，将情节框在一个厅堂之内，1650 年后更是如此。在 1652—1658 年间上演的 14 部悲剧里，10 部做了这样的处理（《历史》，第三卷，第一册，第 167—168 页，注释 2）；而在 1659—1665 年间上演的 22 部悲剧里，有 17 部做到了这一点（同上书，第三卷，第二册，第 430 页）。到了世纪末，这种做法几乎已经完全普及。然而，把布景缩减到单一的一个厅堂或者一个地方，可能只是解决了表面问题。现实中，角色有可能只在舞台上所呈现的那个单一的地方见面吗？1639 年时，萨拉赞和拉梅纳迪尔就已经不这么认为了。让前者感到遗憾的是：舞台常常"像是一个共用的厅堂，不属于任何人，但每个人又都可以随意处置"[44]；后者认为，"将原先在国王住所里发生的事呈现在一个像广场一样全开放且不明确的地方，是糟糕的"。[45] 因此，仅仅呈现一个单一的地点是不够的，还必须对它作明确的定义，就像现实中的地点那样，同时，它也不能是一个纯粹约定俗成的地点，不然就等于重新引入本已经摈弃了的老旧的、前古典主义的象征性布景。

高乃依对于困难的感受比任何人都深。然而，他远没有能够让他剧本里的地

第一章 排演和地点统一

点变得精准，符合现实，哪怕他看到了这么做的必要性；他还是倾向于给自己自由，保留一部分约定俗成的做法，并努力捍卫它的合理性。曾经，他援引"戏剧的假定"来为我们认为可以称作"跟踪摄影"的手法正名，这次，他提出了另一种假定来定义一种"杂合地点"（lieu composite），当然，后者依然是我们所建议的命名。1660 年的《第三论》以一种最清晰最完备的方式讲述了这个杂合地点所需要满足的条件。高乃依思考的出发点如下：在他看来，在同一个地点先后展现敌对双方把自己最机密的安排告诉自己的朋友，是有违逼真的；比如，特里斯坦的《塞内卡之死》就遇上了这个问题。以下是高乃依的建议：

> 法学家接受法律上的假定；而我想以此为例，引入戏剧上的假定，以求确立这样一个戏剧意义上的地点，以《罗德古娜》为例，它既不是克莱奥帕特拉，也不是罗德古娜的房间；在《赫拉克里乌斯》里，它不属于福卡斯、莱昂蒂娜或布尔谢里三人中的任何一位；而是一个向以上所有房间开放的厅堂，我赋予它两个特权：一，每个在里面说话的人被视为和在自己房间说话一样具有私密性；二，通常，较为合适的做法是让舞台上的人去找那些在自己房间里的人说话，但在我看来，为了实现地点统一以及场次的连贯，后者也可以主动登台来找前者，而不觉突兀。（马蒂-拉沃，第一卷，第 121 页）

这一解决方案还远远称不上完美，因为第一种特权违反了人们想要遵循的逼真，第二种则不仅有违逼真，还破坏了合理性。然而，高乃依依然坚持这么做，因为这一方案调和了剧作家的自由以及观众新近产生的对于简单的渴求。高乃依晚期的大部分剧作都很好地遵守了地点统一，但那都是建立在一个杂合地点之上的统一。《罗德古娜》的《评述》说得很明白："剧中地点统一的表现形式是我在'第三论'里所解释的那种，并且伴随着我为戏剧所申请的从宽原则……"的确，针对《罗德古娜》的排演，勃艮第府剧院的布景师只要求"宫中的一个殿"（《备忘》，第 109 页），但高乃依在《第三论》里却说角色们的"利益太过不同，无法在同一个地点陈述自己最隐秘的想法"（马蒂-拉沃，第一卷，第 118 页），而

277

231

且还说在现实里，他们至少需要三个不同地点。《赫拉克里乌斯》也是如此，高乃依说："在地点统一上，对待它要和对待《罗德古娜》一样宽容。"（《赫拉克里乌斯》，《评述》）事实上，其他许多剧作都是如此，因为高乃依在《赫拉克里乌斯》的《评述》里补充道："之后的大部分剧作都有此需要，我在相关的评述里就不再重复了。"

高乃依不是唯一一个利用杂合地点之便的人。古典主义舞台上如此常见，又如此频繁遭到嘲讽的"无主之殿"（palais à volonté）对于所有人来说都是便利；而它也几乎是无处不在的。杂合地点只是表面遵守地点统一，实际却把观众导向虚假统一的诸多手段中的一种。它其实是在严苛的地点统一和严苛的逼真之间的一种妥协：借助某种约定俗成的对于逼真的违背，它得以把情节固定在一个看似统一，但并不真正对应一个具体地点的地点。此外，它也只是代表了追求地点统一过程中违反逼真的一种特例。还存在不少其他的情况。

事实上，哪怕场景只发生在一个真实的、唯一的地点，剧作家往往也得在违反逼真的前提下才能将全部情节限定在那里。于是他就有了自我正名的需要。因为这么做并非顺理成章，他感到可能会遭到质疑，也的确有被质疑的理由。这种面对可能的反对而做出的回应有时会让我们看到，反对比回应更为有力。判断哪一方更符合逼真原则其实往往是主观的；但如果空间上的定位足够合理的话，剧作家甚至不会专门提及它。

然而，他们常常认为有必要在序言或者剧本正文里为这样的空间定位正名。喜剧里的情人们通常在街上而非在他们的家中交谈，这逼真吗？从本质上说，高乃依不这么认为，但由于这种做法对于地点统一而言是必要的，他也就此顺应，并试图通过建立一种区分来为其正名：一位出身高级贵族家庭的年轻女子不能当街与年轻男子交谈，但一位来自市民阶层的女子则可以。正因如此，他才在《亲王府回廊》的《评述》里写道："塞里德和伊波利特……身份并没有高贵到无法接受她们的情人在她们门前说话。"但他自己也并不是十分肯定，所以才又补充道："的确，她们在那儿说的话如果在一个房间或者厅堂内说会更好……"针对《戏剧幻觉》，高乃依又找到了另一个理由：这部剧里的伊莎贝尔用了不下九行台词来解释为什么她让她的克兰多尔"下楼"与她说话；她的父亲脾气很差，而那位遭到拒绝的情人又满心嫉妒：

> 在我房内则有可能被他们撞破；
> 此处交谈我们更为安全，（第三幕第八场）

如果有人出现，两个年轻人可以立即溜走。

　　《贺拉斯》的《评述》指出了地点统一所带来的一些有违逼真的"制约"："至于地点，尽管在剧中是统一的，但并非没有造成制约。毫无疑问，贺拉斯和居里亚斯没有任何理由告别各自的家庭来开启第二幕"，高乃依在文本里也避免让观众注意到这一反常之处。在第五幕里，"由于地点统一带来的制约"，国王在"贺拉斯的家里"公布了他的判决。剧本把这一反常的举动解释为国王向老贺拉斯所表达的特殊敬意（第四幕第二场，第 1158—1168 行）。在第三幕里，人们有理由对于萨宾娜和卡米尔这两位主要相关人士没有和全城人一起见证贺拉斯兄弟和居里亚斯兄弟之间的决斗而感到惊讶。于是萨宾娜只得向我们解释说她们被关在了家中，因为大家害怕她俩的绝望之情会感染两方阵营，并由此导致停战（第三幕第二场，第 773—778 行）。在《波利厄克特》里，为什么是宝丽娜来到"一个厅堂或者一个公共的候见厅"见塞维尔，难道不应该是她"在自己的房里"等待后者到访才得体吗？对于这一点，《评述》解释说"是为了向塞维尔示好，因为后者的怒气让她父亲感到恐惧"，同时，如果塞维尔不愿离开她，她也可以退到自己房里去。至于《庞培》里的那个解释，则更没有说服力了：克莱奥帕特拉和科尔奈丽在那个"与王宫里所有房间都相通的大门厅里"；尽管"两人似乎更有理由在她们的房间里说话；但女性的好奇心足以让她们迫不及待地走出来……"（《庞培》，《评述》）在《塞托里乌斯》里，需要解释的是为什么庞培会非常冒失地来到一座完全由塞托里乌斯这个敌方首领掌控的城市与后者谈判；"告读者书"提出"这是君子之间，罗马人之间的信任"；高乃依最多也就承认道："如果不让他出现这种行为偏差，我就无法保证地点统一，这得怪规则不利，而不应怪我，我对于这种偏差心知肚明。"如果读者觉得这个理由站不住脚，想要另一种解释，他就会得到以下回复：庞培想要见自己深爱的妻子，而后者处在塞托里乌斯的控制之下。

甚至在机械装置剧这类不需要解释的剧作里，高乃依也照样做出了解释。以《安德洛墨达》为例，大家会为朱诺进入一个封闭的地点，类似王宫里的一个大殿，而感到惊讶吗？按照该剧《评述》的说法，惊讶是没有理由的，因为朱诺是一位女神，"可以随时随地地出现或消失"。然而，这种属于神的特权并不足以让理性的高乃依感到满足，他还指出，在他那个时代的排演里，这样的登场是逼真的：因为用以呈现殿堂或者房间的布景"上方只有云；当观众看到朱诺的凤鸾从天而降之时，不会立即对地点心生批评之意，认为它有失真实，因为它并不是由墙板封闭起来的"。

就地点统一所带来的这些困难而言，高乃依几乎是17世纪作家里唯一一位引起我们注意的。其他人虽然也遇到这些困难，但都不会提出来。只是在他们的作品里，还是有迹可循。以《情怨》为例，场景被设定在了一条街上，对此，莫里哀用了和高乃依在《戏剧幻觉》里一样的理由来做解释。在第二幕第一场戏里，阿斯卡聂不无道理地问道：

> 我们在此处谈论这些合适吗？
> 得谨防有人出现撞破我们……

弗洛西娜答道：

> 屋里反而更不安全：
> 这里可以眼观六路，
> 我们大可以放心交谈。（第二幕第一场）

我们知道，在《忒拜纪》里，拉辛统一地点的方式是让一个从城墙高处观察战事的人来叙述战斗进程，并把两位反目成仇的兄弟之间的几次会面都安排在了厄忒俄克勒斯宫殿里，也就是场景所在之地；这并不是毫无困难的。波吕尼克斯在第二幕里首次造访厄忒俄克勒斯的行为可以通过双方的休兵来解释。战斗一触即发之时，二次造访的想法又被提了出来，波吕尼克斯向对方提议：

> ……或来这里，
> 或在他的营中等待。（第三幕第五场）

厄忒俄克勒斯想要前往自己兄弟所在之处。但伊俄卡斯忒担心有诈，于是苦劝道：

> 我的儿啊，以神的名义，
> 请您还是在此等候，在此与他见面。（同上）

这并不失逼真，但我们很难不察觉到：拉辛有些过于刻意地强调让角色遵守地点统一的理由了。在《讼棍》里，他就显得不那么在意。一切都发生在街上，甚至佩蒂·让尝试小憩的情节，后者觉得有必要做如下解释：

> 睡在街上不会冒犯任何人。
> 睡吧。（第一幕第一场）

这的确不冒犯任何人，被冒犯的可能只是理性吧。

* *

　　我们最后要问的是，在17世纪，是否真的存在一些完整遵守了地点统一所有要求的剧作，即呈现一个不仅单一，而且符合现实，并得到准确定位的地点，而不是杂合或者模糊的地点；情节固定在这个地点却不失逼真。越是用批评的眼光来审视逼真性，满足这些条件的剧本就越少。每个人可以按照自己对于逼真的重视程度来做判断。在我们看来，似乎还是存在一些古典主义剧本严格地遵守了地点统一，但数量极少。在喜剧里，大家可以引证的最早的例子可能就是高乃依的《侍女》了，后者出版于 1637 年，但可能在 1632 年或者 1633 年就已经上演；它的献词肯定地写道，"地点丝毫没有超过舞台的范围"，而且呈现的还是一个符合现实的地点。至于悲剧，通常大家都会将拉辛的作品视为完美遵守了地点统一等古典主义规则的典范。然而，需要注意的是，最重要的其中三部，《安德洛玛克》《布里塔尼古斯》和《巴雅泽》都在舞台上的同一个地点呈现了不同人群之间的勾心斗角，这与特里斯坦的《塞内卡之死》或者高乃依的《西拿》如出一辙。那么在拉辛的作品里，这个地点究竟是杂合的，还是敌对双方先后出现也不失逼真的单一地点呢？拉辛谨慎地回避了这个问题。在《米特里达特》的第二幕第一场戏里，让大家感到惊讶的是，莫尼姆没有去迎接返回的米特里达特，而是留在了舞台上，尽管她对此做出了解释，但理由似乎也并没能说服她的亲信。相反，《伊菲革涅亚》和《费德尔》里的地点统一似乎是完美无瑕的。

　　至于《贝蕾妮丝》这部悲剧，无论从地点统一还是从剧作法的其他方面来看，都是一次后无来者的巨大成功，它更像是一座难以逾越的高山，而非一个范例和模板。剧中的地点罕见地被定义得无比精准："场景在罗马，提图斯和贝蕾妮丝两人房间之间的一个小间里"。通常，悲剧作家只会指出情节发生的城市，视需要补充说明地点是一座王宫还是宫内的一个殿堂，并不会明确周边具体的环境位置；他们知道自己会为这些细节所困，很难在保证逼真的条件下让整个剧本都与之相符。显然，拉辛想要比他们做得更多，更好。从剧本最初的几行诗文开始，他就解释道：

> 这个华丽僻静的房间，频繁
> 见证了提图斯的秘密。
> 正是在此间之内，他躲开宫中众人，
> 向王后诉尽衷肠。
> 这扇门紧邻他的房间，
> 另一扇则通往王后的房间。（第一幕第一场，第 3—8 行）

　　没有人能比这更为明确了。拉辛总是为剧作问题制造一些极为严苛的表述。正是由于这种前期的严苛，如果不特立独行的话，当他要解决这些问题时就会遇到不小的困难。在《贝蕾妮丝》里，人们总是能准确地知道角色们的行踪，这在古典主义戏剧里是一个例外；因此，要判断他们的演化就比较容易了；有时大家会觉得他们有些奇怪。让这些角色置身于同一个如此精确的地点看上去并不容易，因为他们一直在相互找寻：29 场戏里有 7 场是过渡戏份，戏里总是有一位亲信奉命前去寻找一位主角或者报告他的到来（分别是第一幕第一场，第二幕第一、第三场，第四幕第二、第七场，第五幕第一、第二场）。有时角色们甚至无法找到对方，比如在第二幕开头，提图斯召见安提奥古斯，然而，直到整幕戏结束时安提奥古斯也没有现身。这种缓慢可能就是过度集中的代价。

  该如何总结这一切呢？古典主义时期对于地点统一的追求不仅仅是漫长和困难的，因为它撞上了高墙。它同时也是徒劳的，无法获得明确的结果。人们常常只能实现一种虚假的地点统一，虽然也只呈现一个单一的布景，但并不是一个真正的、真实的地点。哪怕有人做到了严格的地点统一，这种征服也是代价大于收获；高乃依曾清楚地感受到了这一点，虽然时代推着他走上了这条道路，但他从未相信能到达成功的终点。然而，当人们纷纷开始向多线情节，尤其是向情节持续时间过长的现象宣战时，那就必须要与多重地点做斗争了，因为后者也是那套被认为过时了的剧作体系的核心部分。这场战争最终获胜了，但它是一次庇鲁斯式的凯旋。

第二章　剧本和幕的形式

从外部结构来看，戏剧剧本不仅由情节发生的地点决定，也由它的整体形式或者其中的不同元素而定义。因此我们有必要一一来研究剧、幕、场，以及场的组成部分的种种形式，鉴于有着稳定的体系，它们也成了剧作法的一部分。

1. 剧本的形式

古典主义剧本基本总是维持着相同的长度。多比尼亚克院长将其大致估算为1500行诗文（《戏剧法式》，第三部分，第五章，第214页），[1] 每一幕大约300行；现实中的数据比这个略大。在16世纪和17世纪初，剧本的长度可以相差整整一倍。加尼耶的剧本通常比古典主义剧本长出许多，阿尔迪的剧本则又短了不少：《犹太女人》有2174行，《塞达兹》则只有1368行。直到1630年左右，还存在一些与后来主流的篇幅相比过长或者过短的剧本：前古典主义时期最知名的两部剧，泰奥菲尔的《皮拉姆和蒂斯比》（1623）和哈冈的《牧歌》（1625），前者只有1234行，后者却多达2992行。梅莱的《西尔维娅》（1628，长达2250行）将成为最后几部真正的长剧之一。在之后的所有剧本里，诗文的行数都在1500—2000之间浮动。甚至可以说，绝大部分时候是介于1650—1900行之间。高乃依最短的剧本是1529行的《王家广场》；最长的一部，如果不算通常含有序章以及抒情短诗片段的机械装置剧的话，是2122行的《阿格希莱》，但它里面并不都是亚历山大体的诗句；严格意义上说，高乃依最长的悲剧是2010行的《俄狄浦斯》；他有9个剧本长度在1700—1800行之间，12个在1800—1900行之间；后面这个浮动范围里的剧本最多。在拉辛的不含歌队的五幕剧里，最短的是《贝蕾妮丝》，1506行；最长的是《伊菲革涅亚》，1796行。至于散文体剧本，只要是五幕剧，长度基本也和诗体剧相当。

的确，幕的数量是继长度之后，第二个能帮助我们定义古典主义剧本形式的元素。在绝大多数情况下，这个数字是五。多比尼亚克院长用一种非同一般的语气肯定了这一点："……需要知晓的是，所有诗人都认同戏剧剧本在常规情况下只能是五幕，不能多也不能少。"（《戏剧法式》，第215页）的确，至少就悲剧而言，与这条规则不符的剧本的数量微乎其微，且都是无足轻重的作品。[2] 有人指出，在亨利四世时期，还有四幕或七幕的悲剧（《历史》，第一卷，第一册，第二十一章）；但之后就再也见不到了。只有外省的业余作家在尝试宗教悲剧时会写作两幕、三幕、四幕、六幕，甚至二十一幕的悲剧；但他们的这些例子不值一提，因为他们几乎对于古典主义剧作法的所有规则都一无所知。

喜剧里的情况就不完全相同了。大部分喜剧是五幕剧，但也有三幕或者单幕的剧本。莫里哀比其他人写作了更多的短剧：他的作品里有13部五幕剧，9部三幕剧，8部单幕剧。在其他喜剧作家那里，两幕、四幕或者六幕的剧本很罕见，整个17世纪也只能找到两三个例子。可见，那时的人还是倾向于奇数，但这和魏尔伦理由完全不同。一部五幕喜剧是野心之作：它借鉴的是悲剧这种"宏大类型"（grand genre）的形式。当它的影响范围较小，不再冠以《恨世者》或者《达尔杜弗》这样的名字，而是叫作《安菲特律翁》或者《乔治·唐丹》的时候，三幕也就够了；之所以固定在三幕，是因为给予它不少启发的意大利喜剧是三幕剧。最后，如果它只是一部应景的消遣之作，比如《凡尔赛宫即兴》（L'Impromptu de Versailles）或者《太太学堂批评》（La Critique de l'École des femmes），就只需一幕，从忽略幕间的闹剧衍生出来的像《可笑的女才子》这样的剧本也是如此。偶数分幕的情况几乎从未出现，因为它与任何一种文学传统都不符。

可见，日后伏尔泰口中的"高雅品位"（grand goût），要求剧本无论悲喜，都包含五幕，并且得是诗体。当然，我们也不是没有见过散文体的悲剧和喜剧，后者的数量更大一些。只是它们成为散文体往往是因为无法诗化，并不是一种主动的选择。在戏剧创作中，散文体写作只可能是像多比尼亚克院长那样，对于自己的诗化能力有所怀疑，或是像莫里哀那样，没有时间诗化。在拉莫特之前，通常没有人认为剧本必须是散文体的；大家只是能容忍散文而已，喜好的还是诗体剧。古典主义时期没有散文体剧的美学。

讨论完幕的数量，就轮到场的数量了。一幕剧所包含的场的数量有助于定义幕的结构。鉴于一部古典主义剧作绝大多数情况下都含有五幕，场次总数就可以成为一种对比的工具，它的变化也会是有启发意义的。事实上，从某个角度来看，这个数字定义的是剧本的进度快慢。如果场次很多，人物的来回走动就会频繁，人物的登场时间也会比较短，因为整部剧的时长基本上是固定的；相反，如果场次数量不大，单场的持续时间就会比较长，人物也会变得缓慢一些。我们只需要定义一个平均值，就可以从这个角度来评判所有古典主义剧本了。在我们看来，可以接受的一点是，绝大多数17世纪的五幕剧所包含的场次数量都在25—40之间。以下是游离在这个区间之外的有价值的剧本：在进度"缓慢"的剧目里，有拉辛的《亚历山大》和基诺的《阿斯特拉特》，均有23场；高乃依的《庞培》和《塞托里乌斯》有22场，特里斯坦的《塞内卡之死》、拉·加尔普奈德的《米特里达特之死》、吉尔贝尔的《沙米拉姆》有21场；在这个方向上走得最远的是高乃依，《西拿》20场，《苏雷纳》18场。另一个方向上的剧本数量更大，通常质量也更低：高乃依的《寡妇》有41场，玛黑夏尔的《英勇的姐妹》和斯库德里的《安德洛米尔》47场，巴霍的《卡丽丝特》和基诺的《阿玛拉松特》48场。超过50场的情况比较罕见；然而，洛特鲁的《被迫害的洛尔》有52场，高乃依分场最多的剧本《亲王府回廊》有54场，而杜里耶更是写了两部58场的剧作，《阿雷塔菲尔》和《克里多冯》。到了18世纪，剧本的这种迅捷呈现了上升的趋势，尤其是在喜剧里：《图卡莱》（*Turcaret*）有69场，《费加罗的婚礼》多达92场。

场次数量这个因素还能指示作品的进度，以及这种进度在不同剧本之间的变化。高乃依作品里的分场变化巨大，既有18场的《苏雷纳》，也有54场的《亲王府回廊》。这个浮动范围在拉辛作品里就小了许多，它介于《亚历山大》的23场和《伊菲革涅亚》的37场之间。但是要把这些结果和莫里哀作品里的情况相比就有些困难了，因为后者的喜剧通常不足五幕。

关于古典主义剧本形式的最后一个基本认识在于情节价值在剧本不同部分的分配。这种价值呈上升趋势，至少作者会试图让它逐步上升。古典主义剧作法很早就确立了从结尾开始构想，因此，让这种价值在结尾达到顶峰，将余下的部分导向戏剧张力的这个最高点，便是理所当然的了。作者们试图制造一种渐强（crescendo）效果，把情绪的顶点，也就是盎格鲁-撒克逊批评界所说的"高潮"（climax）放置在剧本的尾声，他们基本上也成功了。如果结尾的进展比较快，这个顶点就出现在第五幕；反之，如果结尾缓慢，"高潮"就会前移到第四幕。无论是何种情况，理论家一直强调的观点是，剧本的尾声必须比开头重要。多比尼亚克和高乃依在这一点上意见一致。《戏剧法式》的这位作者说道，后几幕得要"比前几幕多一些东西，这可以体现在事件的必然性上，激情的高贵程度上，或者场面的罕见性上"（第三部分，第五章，第228页）。高乃依则写道："现在我从情节来到了幕，每一幕都必须包含情节的一个部分，但这些部分之间不能是对等的，留给最后一幕的总是要多于其他几幕，给予最初几幕的也总是少于其他几幕。"（《第三论》，马蒂-拉沃，第一卷，第107页）在高乃依看来，《罗德古娜》是体现这种持续上升的戏剧张力的一个完美的例子。他在《评述》里说，这个剧本"一幕幕逐步提升。第二幕超越第一幕，第三幕高过第二幕，而最后一幕胜过一切"。这种情况在其他大量古典主义剧本里也得到了体现，比如洛特鲁的《郭斯洛埃斯》或者拉辛的《伊菲革涅亚》，在这两个剧本里，情节价值不断地上升，一直到那个被延后至第五幕尾声的意想不到的结尾，才达到顶峰。

现在我们也来进行一个反向的测试。如果一个剧本的结尾被赋予了一种特别强烈的情绪，那么相比之下，开头会不会变得有些空洞和缓慢呢？《罗德古娜》里那个著名的第五幕，这部通往地狱的机器，难道不是以一个缓慢并且几乎是纯叙述性的第一幕为代价的吗？高乃依自己也承认第一幕有一些"缺陷"（《罗德古娜》，《评述》）。一部古典主义剧作的开端常常承载了过多的内容，而我们也已经知道，17世纪的作者对于呈示部分的要求远没有对于结尾那般高，因为呈示在他们看来困难重重，几乎不可能克服。他们不愿意太快亮出他们的底牌。18世纪时，狄德罗甚至认为不一定非得让所有角色都在第一幕里出现，连他们的名字也可以不提。[3] 其中一位男主角往往要到第二幕才登场，这种情况在女主角身上就更频繁了。有一个细节可以证明这一点：通常，在一部古典主义悲剧里，每一幕都至少会有一位女性角色出现；但我们还是在17世纪的重要作品里找到了两个例外的情况：分别是洛特鲁的《凡赛斯拉斯》和拉辛的《伊菲革涅亚》；而在这两部剧里，被剥夺了这个体现情节价值的元素的，恰恰是第一幕；两个第一幕都没有女性的身影。

诚然，一个剧本的情节变动程度并非一定随着情节价值的提升而提升。但这种情况还是经常出现，而每一幕的场次数量通常也是逐步上升的。在布瓦耶的《奥洛帕斯特》里，每一幕的场次数分别是 4、5、6、7、8，这种规律性增长并不总是能遇到。同样，第五幕与其他几幕相比过度切分的情况也不常出现：然而，在梅莱的《希尔瓦尼尔》里，第五幕还是被切成了多达 15 场戏，而其他几幕里场次最多的也就是 7 场；在盖然·德·布斯加尔的《克莱奥梅纳》里，情节变动最大的一幕只有 6 场戏，第五幕却有不下 20 场。不过整体的趋势还是为后几幕切分出更多的场次。要在涵盖绝大多数情况的前提下用一句话来描述这种趋势实属不易。但我们还是建议用以下方式来进行尝试：如果我们汇总 17 世纪剧本里第五幕的场次数至少和第四幕持平，第四幕的场次数也至少和前几幕中任意一幕的场次数持平的那部分，那么我们就会得到一个可观的剧本总和，足够将场次数量随幕的推进而增加的趋势梳理清楚。在符合这些条件的剧本里，有梅莱的《克里塞德和阿里芒》，玛黑夏尔的《高贵的德国女人》里的第一日和第二日，洛特鲁的《赛莲娜》《凡赛斯拉斯》和《郭斯洛埃斯》，狄马莱·德·圣索林的《想入非非》，斯库德里的《乔装王子》，高乃依的八个剧本（《王家广场》《波利厄克特》《庞培》《安德洛墨达》《俄狄浦斯》《奥东》《阿提拉》和《苏雷纳》），莫里哀的《太太学堂》，托马斯·高乃依的《蒂莫克拉特》和《斯蒂里贡》，拉辛的《费德尔》，等等。

* *

那现在是不是就该来区分不同类型的剧本了？要这么做的话，就只能求助于剧本内部结构的种种元素了；这意味着研究障碍和反转的数量以及分布情况，通过情节线的数量来定义剧本的单一性。然而，从杜里耶的《阿尔西奥内》这样一部简单的剧本到高乃依的《赫拉克里乌斯》这么复杂的剧本，形式上并没有明显的区别。这是因为外部结构有它自己的种种规律，它们并不是剧本内部架构深层趋势的外部表现，相反，它们反映的是古典主义作家的集体美学意识里，想要加诸剧作内容之上的诸多外部形式。无论剧本是何内容，这些形式都是大致相同的，因为 17 世纪所有的戏剧作品都有一个比较明确的长度，都分成幕和场，都体现了某种渐强的趋势。不过有一种值得专门讨论的特殊形式，它与剧本的实质内容完全脱离，因为它所关心的恰恰是如何突出剧本的框架。我们称它为嵌套剧（la pièce encadrée）。

古代的剧本被歌队所嵌套；在舍弃了歌队的同时，古典主义剧作法也失去了一种固定的装饰元素。在 17 世纪初的一些剧本里，残存的歌队依旧起着框架的作用；我们可以举出的最晚近的例子之一是梅莱的"田园牧歌悲喜剧"《希尔瓦尼尔》（1631）：它始于一个序章，而每一幕，包括第五幕，都以歌队的一段乐章结束。在机械装置剧和歌剧的影响下，像拉辛的《艾斯德尔》这样一部世纪末的悲剧，也采用了类似的形式。

有时，起到框架作用的也可以是同一种情境的有规律重复。狄马莱·德·圣索林的《想入非非》就是这么构建的：在剧本前四幕的每一幕的结尾，阿尔西东都会把自己的一个女儿许配给一个年轻男子；但在做出这四个承诺之后，他意识到自己只有三个女儿……他的窘境填满了这部对称喜剧的第五幕。

这些都是孤立的个案。"剧中剧"的框架要更为考究一些。当一个剧本以自己的角色为观众，在他们面前呈现另一场戏剧演出时，这些观众出现的时刻就很自然地成为了"剧中剧"的框架，而"剧中剧"的前后通常都会有相关人物对它的点评。在运用了这种手法的剧作里，最著名的是洛特鲁的《圣热奈》：演员热奈在剧中演出了一部戏，占据了洛特鲁的悲剧的中间三幕，也就是第二、第三和第四幕（相关场次分别为第二幕第五和第六场，第三幕第二至第五场，第四幕第二至第四场）。这三幕的开始和结束都是观众对于热奈所表演的剧目的思考。高乃依的《戏剧幻觉》也是以大致相同的方式来呈现的：魔法师和他的说话对象占据了整个第一幕，以及之后四幕每一幕的第一场和最后一场戏。剩余的戏份，也就是剧本的主体，是魔法师让其他人物所观赏的一场表演，并辅以他的解释或者点评。吉雷·德拉·泰松奈里在他的《五种激情的胜利》（*Triomphe des cinq passions*, 1642）里也采用了这种手法：为了治好阿泰米多尔的五种激情，一位魔法师让后者观赏了五部简短的悲剧，每部一幕。这位作者在 1645 年还出版了《统治的艺术：智慧的太傅》：剧本的序章介绍了这位"智慧的太傅"，出于教导目的，后者将会让一群演员在他贵为王子的学生面前表演"五个不同故事"；每一幕都会呈现其中一个"故事"，而在每一幕的结尾，太傅都会从故事里提炼出一个道理来教导这位年轻王子"统治的艺术"。在《没有喜剧的喜剧》（*Comédie sans comédie*，1657）里，基诺也用了一个相似的框架：一群演员爱上了一位富商的女儿们，第一幕里，这些演员向富商提议在他面前表演，以证明他们的职业合乎道德，于是，一幕里面出现了四个剧本；这些剧本分别是一部田园牧歌剧、一部"谐剧"（pièce burlesque）、一部悲剧和一部装置悲喜剧；也就是说没有喜剧，标题正是由此而来。结尾时，富商被说服，同意把女儿们许配给这一众演员。由此我们看到，"嵌套剧"的形式有些奇特，它更符合喜剧而非悲剧，它的主要目的在于通过某种取样来展示当下流行的不同剧种。或刻意，或天马行空的特征让它只可能在一些非常特别的剧目中被采用；除了上述所举的剧作以外，我们再找不到其他例子了。[4]

2. 幕的平衡和结构

平衡剧本里不同的幕，是古典主义作家关心的问题之一。他们会尽可能保证每一幕的诗文数量大致相当。而在有一部五幕剧里，每一幕所包含的诗文数量甚至都完全一致：这个独一无二的例子是高乃依的《侍女》，一部每一幕都不多不少，正好 340 行诗文的喜剧。对于这一点，作者似乎是比较自豪的，1637 年剧本出版时，他在"献词"里写道："如果您愿意数一下诗文的话，您会发现没有哪一幕的数量多于另一幕。"然而，随着年岁增长而变得更为明智的他，在 1660 年的《评述》里，还是对于这种并没有太大意义的炫技做法做出了中肯的评价："我不敢说自己是为了遵守规则才让幕与幕之间平衡到了连诗文的行数都完全一样的程度：它并不能带来任何美感，而只是一种刻意。"接下来，他又道出了在幕的平衡问题前，作家所应该持有的真正的古典主义立场："的确要使它们变得平衡；但这种平衡不需要如此的精确：只要避免明显的不均即可，也就是不能

第二章　剧本和幕的形式

有些幕让观众疲惫，有些幕又没有填满。"而在此之前，多比尼亚克院长也已经说过"有可能的话"，不能让"分割出来的幕与幕之间变得太为失衡"（《戏剧法式》，第三部分，第五章，第 228 页）。

的确，当时人们对于 16 世纪戏剧以及前古典主义戏剧里存在的那种幕与幕之间的过度失衡是持反对态度的。罗贝尔·加尼耶的《犹太女人》的第一幕有 180 行诗文，第二幕有 706 行。在玛黑夏尔的《英勇的姐妹》（1634）里，第二幕长达 54 页，第三幕就只有 29 页了。梅莱的《维尔吉尼》（1635）的第一幕有 15 页，最后一幕 34 页。在洛特鲁的《美丽的阿尔弗莲德》（1639）里，最后一幕的长度也几乎达到了第一幕的两倍。到吉尔贝尔的《罗德古娜》（1646）里，还是有一幕 17 页、另一幕 26 页的情况出现（分别为第一幕和第三幕）。到了投石党乱之后，这种比例失调的情况就十分罕见了。莫里哀的《贵人迷》第三幕的长度是第一幕的三倍；但这个文本长度上的差别可以通过幕间插入的芭蕾舞串场的长度差别得到弥补。

*　*

从自身来看，幕并不是对于剧本的随意分割。它有自己的统一性和个体性，并且形成了，至少试图形成一个有机的整体。在浪漫主义时期，强调这种个体性，为戏剧的每一幕下一个标题成为了一种流行。对于大量古典主义剧本而言，这么做也并非没有可能，而且这还不仅限于嵌套剧。18 世纪时，狄德罗就表达了这个观点，他写道："如果一位［戏剧］诗人很好地思考了他的主题，很好地分割了他的情节，那么他剧本的每一幕都是可以单独命名的；在史诗里，有深入地狱，死亡游戏，校场点兵，幽灵显现这样的说法，到了戏剧里，也可以有疑云之幕，怒火之幕，相认或牺牲之幕这样的称谓。"[5] 在《可笑的一餐》（*Repas ridicule*）里，布瓦洛用另一种略为不同的形式表述了幕的有机统一性：这篇讽刺诗里的那个乡下人盛赞基诺的《阿斯特拉特》，其中有一个原因如下：

他剧本的每一幕都是一部完整的剧。（《讽刺诗Ⅲ》，第 198 行）

说出这句话的那个角色可能是可笑的，布瓦洛自己也嘲讽了这种过于完美的对称。但它的确是存在的。人们可以像雨果命名《爱尔那尼》（*Hernani*）里的每一幕那样，为《阿斯特拉特》的每一幕下一个标题：比如"爱情""神谕""谋反""亲密的敌人""拒绝"。这一练习同样适用于其他大量不同时期、不同主题的17世纪戏剧。在梅莱的《西尔维娅》（1628）里，第一幕的主题是不可能的爱情，第二幕是父权，第三幕是嫉妒，第四幕是王权，第五幕是魔法。以高乃依的作品为例，《熙德》的每一幕可以依次命名如下："交锋""复仇""罗德里格和席美娜""罗德里格对抗摩尔人""罗德里格对抗唐桑丘"；而《罗德古娜》的每一幕则可以是"孪生兄弟""克莱奥帕特拉""罗德古娜""安提奥古斯和塞勒古斯"和"加冕"。这样的命名练习还可以继续很久。

和整个剧本一样，每一幕的进度快慢也可以由所包含的场次数量来定义。关于幕切分成场所带来的后果，多比尼亚克院长也做了说明：如果场太少，幕就"会不够多变"；如果太多，"就会太过于跌宕起伏，而陈述不足，也就是陷入了混乱，不够清晰"（《戏剧法式》，第三部分，第七章，第246页）。由此可见剧种之别，因为喜剧比起悲剧来"动静更大"，展示的更多是"肢体行为"，而非"精神困惑"。当要确定平均的场次数时，多比尼亚克院长就显得没那么自信满满了，他说："我觉得在悲剧里，一幕至少得有三场，但超过七场或八场就有些别扭了。"（同上）但这些只是假设，因为他后来又补充道："实际经验将会证实我的想法，或者也能提供理据来反驳它，换得一个更好的想法。"

296　　那就让我们来看看实际经验吧。悲剧里不足三场的幕很少，但还是有。比如斯库德里的《恺撒之死》（1636）的第一幕，高乃依的《西拿》的第二幕，《塞托里乌斯》的第三幕，1673年上演的布尔索的《日耳曼尼库斯》（*Germanicus*）的第四幕，就都只有两场。拉·加尔普奈德的悲剧《埃塞克斯伯爵》（1639）的第三幕甚至只有一场戏。除了悲剧之外的剧种尽管原则上节奏更快，也提供了一些这方面的例子。洛特鲁的《赛丽》（1646），吉尔贝尔的《罗德古娜》和莫里哀的《贵人迷》的第一幕都只有两场；莫里哀的《完美恋人》（*Amants magnifiques*）的第三幕仅有一场。在上述这些幕中，场数的急剧减少换来的是单场戏的规模反常地增大：拉·加尔普奈德用第三幕里的唯一一场戏来呈现剧中主角极富戏剧感的审判，高乃依用一些偏长的场次来深入展现奥古斯都、西拿和马克西姆之间，或者塞托里乌斯和庞培之间政治讨论的所有方面的细节。

至于多比尼亚克院长所设定的场次上限数量，则甚至比下限数量更为频繁地遭到打破。以下就是主要的那些含有八场以上的幕的悲剧：洛特鲁的《安提戈涅》和《凡赛斯拉斯》，高乃依的《泰奥多尔》《尼克梅德》《俄狄浦斯》和《阿格希莱》，托马斯·高乃依的《斯蒂里贡》，以上这些剧的第五幕，拉辛的《布里塔尼古斯》的第三幕，都有 9 场戏；同样是拉辛的作品，《伊菲革涅亚》的第四幕有 11 场，《巴雅泽》的第五幕有 12 场。作为一个例外现象，最后再提一下盖然·德·布斯加尔的悲剧《克莱奥梅纳》（1640）的最后一幕，竟然有多达 20 场戏。如果把目光转移到悲喜剧和喜剧上，还会找到更多的例子。我们姑且就每个剧种各举一例：在基诺的悲喜剧《阿玛拉松特》（1658）里，只有第二幕少于 9 场戏；而在高乃依的喜剧《亲王府回廊》里，也只有第五幕少于 9 场。

然而，上述列举的所有这些剧本，无论它们的幕是过度切分还是几乎没有切分，都不是拙劣之作。因此，多比尼亚克院长所指出的每一幕包含三到七八场的这一点，不应当被视为金科玉律：它经常会被打破，有时还并非没有理由。它只是简单地概括了大多数古典主义剧本所遵循的规则。还可以补充的一点是：这个单幕的场次数通常更接近 8 而不是 3，这和我们所估算的全剧的场次平均数，也就是 25—40 这个区间，比较吻合。只需要把多比尼亚克院长所提供的数字乘以 5 即可发现。

* *

在尝试了明确幕的个体性和进度快慢的概念之后，就该继续分析作为剧作元素的幕的结构问题，并挖掘出其中的重要内容了。显然，一幕之中出现的所有场并不享有同样的地位。其中一些处于顶峰，另一些则只是扮演了过渡角色。关于前者，弗兰西斯科·萨尔塞（Francisque Sarcey）会称它们为"核心场"（scène à faire），到了英美批评家的笔下，则成了"高潮"，如果用戏剧的行话，还可以说是"重头戏"（clous）。那么古典主义是如何看待每一幕里的这些"重头戏"的呢？我们的答案还是来自多比尼亚克院长。他说："切分幕的原则是让每一幕通过某种特殊的美而变得出众，也就是说通过一场意外，一种激情，或是其他某种类似的东西。"（《戏剧法式》，第三部分，第五章，第229页）这意味着每一幕都有一场"重头戏"。显然，一幕或者一部剧如果没有一场震撼人心的戏，没有一个"宏大场次"，就很有可能会变得乏味。多比尼亚克认为，如果条件允许的话，每一幕都得有一场，甚至更多。随后，《戏剧法式》的这位作者继续说道："我并非想要将幕紧缩到诗人只能让一种炫目之事进入其中；但当他想要设置多种之时，必须注意做到让这些事件自然地相互触发，不带半分刻意。"大部分时候，古典主义时期戏剧的每一幕都只有一个宏大场次；当出现两场时，那它们也能算实现了一种特殊意义上的"相互触发"：因为第二场戏确实可以由第一场触发，至于反过来如何实现，我们就不太明白了，除非这两场戏分别呈现了某个复杂情节的不同方面，甚至不同的角色；事实也的确是如此。我们现在就为这两种情况各举一些例子。

在高乃依的《罗德古娜》里，第二、第三和第五幕都各有且仅有一个核心场次，它们分别是克莱奥帕特拉给儿子们的提议（第二幕第三场），罗德古娜反过来的提议（第三幕第四场），克莱奥帕特拉自杀（第五幕第四场）；然而，第四幕却有两场大戏（第三和第六场），因为安提奥古斯和塞勒古斯得分别面对他们的母亲。当幕中的"炫目之事"表现为宏大场面时，就更容易区分出来了。在《安德洛墨达》里，高乃依在每一幕里都设置了一个大场面：分别是维纳斯现身（第一幕第三场），安德洛墨达遭风神掳劫（第二幕第五场），珀尔修斯斗海怪（第三幕第三场），朱诺现身（第四幕第五场），四大神现身（第五幕第七场）。莫里哀的《恨世者》采用了同样的幕的结构：没有大场面，但每一幕都有一场重头戏：阿尔塞斯特和奥龙特讨论十四行诗（第一幕第二场），画像*场次（第二幕第四场），塞里美娜和阿尔西诺埃相互冷嘲热讽（第三幕第四场），阿尔塞斯特的态度转变：对于塞里美娜先指责后跪求（第四幕第三场），最后是塞里美娜陷入困境（第五幕第四场）。

在拉辛的作品里，情况往往更复杂一些。以《安德洛玛克》为例，它的每一

---

* 原文为 portrait，指剧中人物描绘、点评他人的行为，这是17世纪巴黎沙龙里常见的做法。

幕都包含了两场重头戏，但对于一部拥有四个主角的剧本来说，这并不算多。在每一幕里，第一场重头戏都围绕着俄瑞斯忒斯或者艾尔米奥娜展开（分别是第一幕第二场，第二幕第二场，第三幕第四场，第四幕第三场，第五幕第三和第五场），第二场则围绕庇鲁斯或者安德洛玛克展开（分别是第一幕第四场，第二幕第四场，第三幕第七场，第四幕第五场）；这种平行发展的方式一直到第五幕才停止，因为第五幕里庇鲁斯死了，而安德洛玛克没有再出现。相反，从这个意义上说，《贝蕾妮丝》体现了另一种与众不同的简单：五幕五场大戏，即贝蕾妮丝和安提奥古斯之间的两次见面（第一幕第四场和第三幕第三场），与之交错发生的贝蕾妮丝和提图斯之间的两次见面（第二幕第四场和第四幕第五场），然后是三人的最终相逢（第五幕第七场）。至于《费德尔》，则混合了前两种做法：前三幕每一幕一场重头戏：分别是费德尔对艾农娜的坦白（第一幕第三场），费德尔对伊波利特的表白（第二幕第五场），泰塞埃和伊波利特的首次见面（第三幕第五场）；但后两幕里就各自出现了两场大戏：第四幕里是泰塞埃诅咒伊波利特（第四幕第二场）和费德尔表达她的嫉妒之情（第四幕第六场）这两场；第五幕里是泰拉梅纳的描述（第五幕第六场）和费德尔之死（第五幕第七场）。

在一幕构建有序的戏里，其他场次自然是应该围绕核心场次而展开。要呈现每一种展开的情况是不可能的。我们只举一个简单的例子，高乃依《罗德古娜》的第三幕。这一幕的高潮是第四场戏，罗德古娜对两位爱着她的王子说，自己将嫁给杀了王后克莱奥帕特拉的那一位，而后者是两人的母亲。在这一幕的前后，情节分别出于上升和下降状态。我们可以一场场来看。这一幕开场时，罗德古娜从克莱奥帕特拉的亲信拉奥尼斯那里得知，王后要命人除掉她。这个危机促使她行动。在第二场戏里，她询问她的大使奥龙特的意见，后者建议她利用克莱奥帕特拉的两个儿子对她的爱来对克莱奥帕特拉进行反击。第三场的一场独白戏里，她陷入了犹豫，表达了自己的顾虑，但最终说服了自己。这样一来，第四场里给予两位王子的建议就一触即发了。在这个高潮之后，情节的张力就该要下降了。第五场戏里，安提奥古斯和塞勒古斯均表达了自己的不知所措，塞勒古斯最终听从了罗德古娜；孤身一人留在舞台上的安提奥古斯，在第六场戏里决定尝试让自己的母亲让步。

第二部分　剧本的外部结构

* *

　　剧作家们还对幕的另一个组成部分十分重视，那就是每一幕的最后一场，因为除了包含了结局的最后一幕之外，这场戏之后便是幕间，随着表演的中断，观众可能会对情节失去兴趣。因此幕的这个结尾部分就必须特别讲究，得尽一切可能让观众对接下来将要发生的事产生兴趣。一部剧里的每一场戏当然都应该有活力，但每一幕的最后一场需要做得更好，这才能抵消掉幕间的空白时间。按高乃依的说法，需要"一个美妙的悬念"，"让情节得以延续"，尤其是"在每一幕的结尾……都要留下对某件将在下一幕实现的事情的期待"（《第三论》，马蒂-拉沃，第一卷，第99页）。

　　的确，高乃依在剧本创作中常常会用一场让人对情节产生重大疑问的戏来结束前四幕；观众如果对幕的内容感兴趣，就会在幕间思考这些问题。比如在《熙德》前四幕的结尾，他就会问：罗德里格会替父报仇吗？国王会惩罚罗德里格吗？罗德里格会战胜摩尔人吗？罗德里格会战胜唐桑丘吗？我们注意到，里面所涉及的每个问题都将在下一幕里得到处理。《西拿》里面也有这样一系列让人焦虑的问题：奥古斯都对于谋反是否知情？西拿和马克西姆是否会分开？西拿是否会坚定地反对奥古斯都？马克西姆的内疚就会把他带向何处？在所有这些例子里，幕的结尾显然都是具有活力的。

　　拉辛的做法乍看之下有些不同。他作品中的幕通常都是以主要人物所做出的决定收尾。以《安德洛玛克》为例，前四幕的结尾分别是这样的：庇鲁斯决定放过阿斯蒂亚纳科斯，并向安德洛玛克求婚；庇鲁斯决定去见艾尔米奥娜；安德洛玛克决定去赫克托尔墓前寻求精神帮助；庇鲁斯决定把自己的卫兵留给阿斯蒂亚纳科斯，并对艾尔米奥娜的怒火不加防备。这些决定只是在表面上为每一幕画上了句号。它们从来就不是解决之道，反而引发了沉重的后果；它们源自冲突，必然也将带来新的冲突。观众非但不会认为问题已经解决，反而会思考下一个问题将会是什么。拉辛的其他作品也都是如此，比如《巴雅泽》。这部剧前四幕结尾处的四个决定如下：阿塔里德决定不对巴雅泽施加影响，后者将会出现在洛克萨娜面前；阿塔里德决定在必要时让巴雅泽娶洛克萨娜，以此来解救巴雅泽；女苏丹决定去了解巴雅泽是否爱阿塔里德；尽管洛克萨娜变节，阿高玛依然决定继续他的计划。无论是威胁式的，还是脆弱的，这些决定都无法结束任何事情；它们只是在引导。

然而，还存在另一种形式的幕尾，非常普遍，尤其是在高乃依的作品里；这场戏似乎并不导向未来，而是回顾过去。它对观众所见证的事件进行解释或点评，因为后者缺乏某个能够帮助他理解事件真实影响力的要素。通过在幕的结尾处补上这个要素，作者有信心会让观众欣喜：也就是先让后者蒙在鼓里，然后再揭开谜底。高乃依的《欺骗者续篇》的前四幕就四次采用了这种手法：杜朗特和克里东揭开自己行骗的秘密，并兴致勃勃地点评着他们的谎言，由此带给观众一种满足感，填补了幕间的空白。这种解释性的戏份常常还会提出新的问题，比如在《梅里特》的第四幕第三场戏里，观众被告知蒂尔西斯死了；但幕尾告诉我们这个信息是虚假的，蒂尔西斯还健在；但剧中的角色在知道真相后会如何行动呢？第五幕就会解答这个问题。而《赫拉克里乌斯》的第四幕幕尾，则是一种主动的不完全解释，它揭开了面纱的其中一部分，让观众对于余下隐藏着的部分产生更大的好奇；艾克旭贝尔向内心抱有警惕的莱昂蒂娜欲言又止：

> 守好您的秘密，我会守好我的。
> ……
> 白昼结束之前您会知道我是谁。

《金羊毛》的第四幕幕尾也具有这样的双重功能，也就是在澄清过去的同时保留了未来的模糊性：一方面，朱诺对美狄亚和许浦西皮勒的做法表达了自己的看法，另一方面，此前让人希望落空的爱神这时过来向受他庇护的人承诺自己将有所行动。

首版《阿格希莱》的第二幕是在这句含糊的台词中结束的：

> 我们看看支持哪一派。

1668 年，高乃依在这一幕的结尾加上了一场简短的解释戏，阿格拉蒂德向妹妹说出了持这一态度的理由，这场戏以如下这两行虽然平淡，但富有情节推动力的台词作结：

> 不过还是和我父亲会合吧；
> 我还有事让他知晓。[6]（第二幕第七场）

这种在幕尾将不确定元素和解释性元素结合的做法，不仅仅出现在皮埃尔·高乃依的作品里。他的弟弟托马斯为《斯蒂里贡》（1660）的第三幕收尾时，用了一场仅有四行台词，却不可或缺的戏：为儿子不惜谋反的斯蒂里贡竟然要求将后者处死，这他的亲信吃惊不已，于是斯蒂里贡回答道：

> 我知道我在做什么，不用为此感到煎熬

并坚称自己将会成功。这样一来，观众就知道了他对儿子的苛刻只是伪装，并且会思考他究竟隐藏了什么。同样的手法也出现在拉辛的作品里：在《忒拜纪》第三幕的结尾，克里翁解释了他政令的内幕；但这种阴暗的意图会得逞吗？在《布里塔尼古斯》第二幕的结尾，纳尔西斯也坦白了自己内心的黑暗，并同时决意毁了布里塔尼古斯。这种高乃依式的解释和拉辛式的决定在此处得以结合，并且在根本上被赋予了一种含糊性：观众知道角色真正想要的是什么，却不知道他的计划能否达成。

　　喜剧作家就没那么绞尽脑汁地为幕间的到来做准备了。对他们而言，只需要让观众畅快一笑就能让他保持继续观看下一幕的意愿。因此，他们满足于用一场特别好笑的戏来结束一幕。高乃依的《欺骗者续篇》已经向我们证明了这一点。而莫里哀在他的芭蕾喜剧里，也会用有趣的串场舞蹈来结束每一幕，比如《贵人迷》；至于他的常规喜剧，幕尾那场戏的喜感则会更加强烈。《情怨》的前四幕就是如此：在一种荒谬的嫉妒心驱使下，爱加斯特和胖勒内两人将爱着他们的妻子赶出家门；阿尔贝尔在一场对情节完全没有推动作用的戏里，冲着梅塔弗拉斯特这个喋喋不休的学究发火；马斯加里耶想要躲开瓦莱尔而不成；然后就是仆人之间上演的情怨加和解的戏码，极具喜感地呼应了他们的主人。《吝啬鬼》也是如此：第一幕结尾，瓦莱尔滑稽地吹捧了阿巴贡；第二幕结尾，弗洛西娜和阿巴贡斗智，结果阿巴贡胜出；第三幕结尾时，阿巴贡被拉梅尔吕什推搡倒地，并引发了令人捧腹的一系列肢体动作；第四幕则结束于吝啬鬼为钱箱失窃而哭泣的那段著名的独白；独白的尾声是以下这两行真正的"结语"："我要全部人都上吊；如果找不回我的钱，我自己也会跟着上吊。"

3. 幕的间歇

在研究了幕本身之后，我们也有必要来研究幕间。我们不能宣称幕间什么都没有，只是两段情节之间的歇停，并就此放弃对它的研究。间歇固然是存在的，但这个间歇并不等于空白：尽管舞台上不作任何呈现，但我们必须假想，幕后有时也发生着一些事情；在这一点上，理论家的说法和剧本的分析结果是吻合的。在17世纪，幕间和场间存在着一个本质的差别。至少在古典主义时期，场与场之间必须相"连"，也就是说两场连续的戏之间不能插入任何东西，但幕与幕之间不仅不应该相连，而且也无法相连。理由很简单，多比尼亚克院长是这么说的："如果前一幕的最后一场和后一幕的第一场戏相连的话，就不成其为两幕了，因为无论从哪里分割都没有区别。"（《戏剧法式》，第三部分，第五章，第221页）换句话说，连场是必需的，而"连幕"是不成立的。幕与幕之间要真正得以分割，那么幕间就必须填上虽不可见但必要的情节。在多比尼亚克之后，大量古典主义戏剧理论家都认定了幕间情节的存在，我们在此只举几位主要人士。

莫万·德·贝尔加尔德院长写道："幕是情节的一部分，它在舞台上会中断，但台后依然会延续，角色们的行动有时甚至比台上更为激烈。"[7] 国家图书馆第559号手稿的作者也提到了"幕间发生的事"（第四部分，第六章，第10节），或者"一幕与另一幕的间歇时出现的事"（同上书，第12节）。在狄德罗看来，"当行动在舞台上停止时，必须在台后继续"，原因如下："当角色们再次登场时，如果情节相比其下台时没有发展，就说明他们可能都在休息，或者被其他不相干的事分散了精力；而这两种情况就算没有违背真实，至少也破坏了情节的吸引力。"[8] 狄德罗甚至还建议作者把那些观众看不到的场次也写下来，至少大概记录下来给演员看，让他们更好地理解自己的角色。克莱蒙的说法是："那些占据最长时间，把角色们联系起来，并且带到舞台上来的事件，就应该在幕间，在假想中发生。"（《论悲剧》，1784 年，第二卷，第 39 页）马尔蒙特尔则写道："在幕的间歇，舞台是空的；但情情依然在舞台之外的地方进行"，[9] "……幕间只是观众的休息，对于情节而言则不一样。角色们得在一幕和另一幕的间隙有所行动"。[10]

那么，占据幕间的应该是哪些情节呢？《戏剧法式》告诉了我们。多比尼亚克说道，必须"要仔细地检视自己的主题，以便把那些会给诗人制造太大困难，却又无益的内容，以及所有可能刺激到观众的内容，扔进幕间"（第三部分，第五章，第 231 页）。也就是说，幕间的运用是为了让诗人更加方便地遵守种种得体规则。尤其可以帮助后者回避那些持续时间过长，无法在舞台上呈现的事件；我们在本书第一部分第六章第 3 节探讨有待消耗的时间时，就已经明白了这一点。同时，幕间的使用也能让角色提及那些因为会打破地点统一而没有在舞台上呈现的事件：比如赫克托尔的墓并没有出现在《安德洛玛克》的舞台上，拉辛是在这部悲剧的第三个幕间让女主角去墓前冥思的。而在洛特鲁的悲剧《克里桑特》里，同名女主角被奸污的情节显然不能出现在 1639 年的舞台上：它发生在第二幕和第三幕之间。有时，作者也会利用幕间来处理掉一些有用但缺乏观感的事件，比如托付亲信这样的行为。以洛特鲁的《郭斯洛埃斯》为例，在第三幕和第四幕之间，阿塔纳斯德这个次要角色收到了一把匕首和一瓶毒药，并且得知了一个秘密；之后，他将在合适的时机把这些都转交给他的主人。在高乃依的《阿拉贡的唐桑丘》的第三幕第六场，布朗什向主人伊莎贝尔汇报，后者此前将她派到卡洛斯身边执行任务；然而，上一次舞台上同时出现布朗什和伊莎贝尔，是第二幕第一场戏，那时并没有提到这个任务；也就是说，布朗什是在第二幕和第三幕之间接到指令的。高乃依把这个没什么价值的细节放在了幕间。

但幕间并不总是只有一些细节。哪怕在高乃依的作品里，它有时也包含了重要的事件。比如在《索福尼斯巴》的第一和第二幕之间，西法克斯和雷里乌斯的停战状态被打破，战事开启，西法克斯战败被俘，全城投降，马希尼斯进城并且先后遇见了爱希克斯和索福尼斯巴。对于一个幕间而言，事件已经很多了。有人认为过多了。比如克莱蒙就觉得幕间是一种"哥特[*]的发明……构思失败"，它的存在让我们觉察到"拉几下琴弓就能消磨数个小时这种设想的粗陋"（《论悲剧》，第二卷，第39页）。也就是说，这位批评家认为幕间要尽可能少安排事件。他继续说道："我们那些伟大的诗人曾经清楚地感觉到了它的不便，以及对于戏剧幻觉的极大破坏，因此在幕与幕之间尽可能少留间歇。尤其是拉辛，在他的作品里，幕与幕之间联系紧密，以至我们几乎能不作停顿地演出他的所有剧作。"（同上书，第39—40页）拉辛会接受这个褒奖吗？后者可是直接违背了古典主义意义上幕和幕间的概念。克莱蒙给出的例子是《米特里达特》第四和第五幕之间的间歇。的确，在这个幕间，什么都没有发生；但如果没有这个间歇又无法演出这两幕，因为第四幕结束时，舞台上的角色和第五幕开场时的角色不同：因此这两幕之间没有也不能连场。我们还会看到，在古典主义时期，用同样的角色结束一幕剧并开启新一幕甚至被视为一种错误。诚然，许多幕间不包含任何事件；每一部古典主义剧作的每一个幕间不可能总是隐藏某个情节元素。但即使什么都没有发生，幕间也还是起到了间歇的作用，因为我们至少得假设：在小提琴演奏的这段时间，有些角色离开了舞台，而另一些登场了；这会需要一些时间，打破了连场，给了观众必要的休息。

当幕间包含一段真正的情节时，后者自然不能一直隐藏着；它得在前一幕或者后一幕里被提到。作者可以只呈现一段情节的开头或者结尾，而无论是哪一种情况，都可以"假设所有不可能呈现或者不宜呈现的内容都发生在了幕间"（《戏剧法式》，第三部分，第六章，第237—238页），这是多比尼亚克院长在这一问题上的核心思想。第一种情况很罕见。我们只在梅莱的《西尔维娅》里找到了一个不错的例子：年轻的费莱纳想要把恋爱中的泰拉姆和西尔维娅分开，为此，他要让这个牧羊女相信泰拉姆对她不忠；他要求杜里斯假装自己眼睛里进了一个小虫，叫住泰拉姆，请求他帮她取出来；因为爱着费莱纳，杜里斯答

---

[*] "哥特"（gothique）在这里指的是怪异的、不规整的。

应来表演这一出；而目睹了这一幕的西尔维娅就相信自己被泰拉姆欺骗了，于是赶走了他；但到了第三幕结束时，杜里斯遇见了她，与她一起散步，并在自己全然不知的情况下开始对她讲述自己所参与的这个骗局。但是观众都已经见证了整个过程，就不需要再重复了；因此杜里斯的讲述是在随之而来的幕间完成的。更常见的情况是幕间包含了在舞台上呈现的一段情节的开头，而不是结尾。让角色提及一段已经发生的、明确了的情节，要比提及一段还处在简单的计划阶段的情节更加容易。正因如此，幕的开始才会倾向于呈现为一次谈话的尾声，后者开始的时间被假定为幕间；那些乏味或者敏感的铺陈就此得以回避。在这些幕的开始，会有一些明确的词，开门见山地指出角色正在继续，而非开启一次谈话。在高乃依[11]、莫里哀[12]和拉辛[13]的大量作品里，这个词都是"是的"。很多时候，他们也会用一个"什么"来开场，以此来体现和幕间的关系。[14]此外，也存在一些其他的措辞：比如斯库德里《安德洛米尔》第二幕里的那句"的确"，莫里哀《恨世者》第四幕里的那个"不"，或者杜里耶《塞沃勒》第五幕里的那个"但是"，最后这个例子有些令人意外，因为很难在没有将一个论据表述出来的情况下对它做出回应。即便是第一幕的开场，也是以同样的方式来处理的：人们认为剧本开始前的那些没有加以切分的时间和幕间有着同样的特征，于是大量剧本就以一句"是的"[15]或者一句"什么"[16]开场。一切中断都能带来一个相似的开头：只要一场戏和前一场之间没有连场，它就可以以一句"是的"开场，暗示此前有过一段作者没有让我们听到的对话。洛特鲁的《无病呻吟》的第四幕第三场就属于这种情况。

* *

接下来我们就要来审视那个我们已经提到过的，禁止在幕间的前后放置同样角色的规则。多比尼亚克对此的表述非常清晰："结束一幕的那个角色不应该开启下一幕。"（《戏剧法式》，第三部分，第五章，第231页）这条规则的存在有两个不同的，甚至相互矛盾的理由。我们可以把它当成是连场规则，或者时间统一规则的必然结果。首先，如果同一个角色既出现在前一幕的结尾，又出现在后一幕的开头,那么两幕之间就出现了连场的情况,而这被视为一个错误,因为幕间失去了它的分割功能;要避免这个错误,必须假设角色在幕间没有留在台上,而是在他处行动。然而,恰恰是角色花在这段隐藏情节上的时间让他无法在下一幕开场时回来:因为他不太可能在短短几分钟的幕间离开舞台,去别处行动,还能再回来;除非他来去匆匆,这种做法有违悲剧主角的身份,但喜剧里是接受的。这些就是多比尼亚克院长的论据(《戏剧法式》,第232页)。后者更在乎的是逼真,而非将不同的幕加以切分的必要性。在这两种角度之间,必须做出选择,因为两者是互相排斥的:当同一个角色出现在了幕间前后,而幕间又没有发生任何事情,那么幕与幕之间就没有真正分割开;如果幕间有事发生,那么逼真又有可能遭到破坏。多比尼亚克没有注意到这个矛盾,因为他和同时代人一样,都说幕间应该要有情节;只是比其他人更钟爱逼真性的他,为这段情节的不够逼真而感到遗憾。

他的同时代人倒是做出了选择。为了切分不同幕的必要性,他们牺牲了逼真。绝大多数情况下,每当一个角色在幕间过后再次出现,他都已经在幕间有所行动了。这次,施莱格尔也复述了17世纪法国剧作家的看法:"当幕间没有发生任何事件,当角色们……再次出现在舞台上而自己的处境又没有任何变化时,幕的切分一定是失败了的。"[17] 在以下这些例子当中,重登舞台的角色的处境已经在幕间发生了改变。首先是高乃依的《王家广场》,在这部剧的第二幕结尾和第三幕开场,克莱昂德和菲利丝都出现了。而依他们所说,他们还利用幕间的时间去菲丽丝家里拿了一张后者的画像,这只花了他们"片刻",并就此对前后两幕做了分割。在托马斯·高乃依的《蒂莫克拉特》里,尼康德尔和阿尔加斯在第三个幕间的前后都出现了;但尼康德尔开启第四幕时说了一句"什么!",这意味着此前已经开始了一段对话,而阿尔加斯也利用幕间的时间去牢房探望了蒂莫克拉特。在马尼翁的《蒂特》里,第一幕的结尾和第三幕开头出现了同样的角色,如果不是第二幕第一行台词就告诉我们这些人在幕间面见了皇后,那这两幕之间就存在连场了。在莫里哀的《太太学堂》里,第一个和第三个幕间的前后都是阿尔诺夫的独白,但这两个间歇也不是空白的:在第一个幕间,阿尔诺夫找寻贺拉斯无果;在第三个幕间,阿尔诺夫见了阿涅丝,因此幕与幕之间是明确分割的。

拉辛的《安德洛玛克》也一样，这部剧的第三和第四幕通过安德洛玛克造访赫克托尔墓地一事得以分割；可见，前后两幕由同样的角色相连并无大碍。

还有一些情况下，那个在幕间过后再次出现的角色没有行动，至少我们无法明确他做了什么；但他重新登场时，身边的角色已经不再是前一幕里与他对话的人了，这就证明还是发生了一些事的：至少前一些人离开，后一些人进来了；因此也就没有连场的情况，幕间完成了真正的分割。比如在拉辛的《忒拜纪》里，安提戈涅出现在了第一幕的结尾和第二幕的开头；但前一次出现时，她身边的人是伊俄卡斯忒，到了后一次，这个人就换成了艾蒙，后者以一句"什么！"开启了第二幕。这前后两场戏之间就没有连场；因为伊俄卡斯忒得离开，有人得去找艾蒙（安提戈涅在第一幕结尾说到了有人会去把他找来），艾蒙得进入并开始和安提戈涅交谈；所有这些都占据了幕间。拉辛的下一部剧作也是如此。在《亚历山大》第二幕的结尾，观众看到的是阿克西亚娜和波鲁斯，而第三幕开头出现的是阿克西亚娜和克莱奥菲尔：波鲁斯的离开和克莱奥菲尔的登场就构成了幕间，尽管阿克西亚娜并没有用一句"什么！"来开启第二幕；如果她这么做的话，观众就会对幕间的真实性更深信不疑了。高乃依的作品也是如此：美狄亚和埃勾斯一起结束了《美狄亚》的第四幕，而第五幕以美狄亚和特达斯开场：这就让我们必须假设有一个间歇存在。[18] 在《阿拉贡的唐桑丘》里，同时出现在第二幕结尾和第三幕开头的艾尔维尔并没有导致这两幕之间出现连场，因为前一场戏里她和卡洛斯一起，后一场戏则换成了阿尔瓦。

17世纪剧作家在现实中的这些做法让我们不得不用以下方式对多比尼亚克的说法加以补充：结束了一幕的角色不能开启下一幕，除非我们知道他在幕间有所行动，或者经过幕间之后，他的对话者发生了变化。有时，这两个条件都没有满足；这样的幕间就是伪幕间了，是空白的。在高乃依的《俄狄浦斯》里，第三个幕间是正常的，因为尽管泰塞埃同时出现在了幕间的前后，但前一次他和伊俄卡斯忒在一起，后一次换成了迪赛和梅佳尔；但这部剧的第二个幕间并不正常，因为"迪赛结束了第二幕，又开启了第三幕"；第二幕结尾她和泰塞埃一起，后者离开了，第三幕开头就只剩她一人了。幕间有可能什么也没发生，因此也不再是必要的了。指出并批评这个错误的多比尼亚克院长说的没错。[19]

在同一个角色经历幕间之后回归的问题之外，还有另一个并没有那么重要的问题，就是角色在同一幕里的离开和回归。在前一个问题上多比尼亚克院长做出了规范。他说，这些来来回回可以适用于喜剧或者悲剧里的男性仆从，但不适合悲剧里的主角或者女性角色，"除非有什么特殊理由让他非得这样匆匆忙忙地完成他的行动，而且不违背得体原则"（《戏剧法式》，第三部分，第一章，第276—277页），或者角色走得不远，有足够的时间回来。在多比尼亚克眼中，间歇的合法性总是从属于逼真和得体原则。他也不建议角色在同一幕里先离开再回归，这种情况实际上在悲剧里也比较罕见。我们只举出一个例子，就是杜里耶的《阿尔西奥内》的第三幕。身为常胜将军，同时也是剧中重要角色的阿尔西奥内，在第三场戏里和国王的女儿莱迪一起出现，但第四场就离开了，第五场又回来找莱迪。他离开是为了去宫中的另一个殿找国王，但没有找到，因为后者在第四场戏里和女儿在一起。于是，迫切想要知道自己能否娶莱迪的阿尔西奥内就在第五场回归舞台了。这显然就是一次捉迷藏的游戏，但他进行得缓慢、逼真；角色们可以乐在其中，又不失悲剧人物的身份，也不会影响理论家对他们的评价。

第三章　场的不同形式：基本形式

对场的结构进行研究首先意味着提出一系列基本问题，这些问题的答案适用于古典主义戏剧里所有的场。这些场在幕的内部是怎么来确定的？也就是说怎么确定它们从哪里开始，到哪里结束？能不能依据它们的基本特征把它们分成几个大类？有没有一个所有的场共有的表达元素？本章就是要尝试解答这些问题。下一章将会研究只在某些场或者场的某些部分存在的那些固定的形式，它们有着既定的或者可以从实际经验中总结出来的一些特殊规则。

1. 场的切分

首先，什么是场？按照多比尼亚克的说法，它是"幕里面通过角色更换带来舞台变化的那个部分"（《戏剧法式》，第三部分，第七章，第 242 页）。拉米神父写道："场始于一个角色登台或者离开。"[1] 莫万·德·贝尔加尔德也说了同样的话："场在角色进入或者离开舞台时开始。"[2] 他们的观点已经很清晰了：每次有新角色进入或者离开舞台，就会带来场的变化。但现实中，剧作家的实际做法往往和理论不符。上述这些定义的出现都晚于投石党乱：在 17 世纪上半叶，剧本出版时，大量的场都没有按照理论家总结出来的原则而进行切分，甚至到了下半叶还有这种情况出现。因此我们有必要从头审视关于场的切分的历史，展现这段历史是如何演化的，以及它在多大程度上与多比尼亚克及其后来者所表述的理论话语相关。

16 世纪时，幕通常是不被切分为场的。在阿尔迪的作品里，开始出现了还很粗糙的切分。比如《塞达兹》的后三幕没有切分，但前两幕均被切分为了两场；至于《科尔奈丽》，则全部做了场的切分；总共有 21 场戏。但这种切分并不符合多比尼亚克的说法：新一场的开始还远不是由一个角色的登场或者离开决定的，以至阿尔迪及其后来者作品里的场，比起古典主义时期的场要长许多。如果《塞达兹》写作于半个世纪之后的话，它的第二幕的第二场戏就会被进一步切分为两场不同的戏：观众首先看到的是夏利拉斯、欧里比亚德和伊菲克拉特，之后，艾维西普和泰阿娜也加入了进来，但阿尔迪并没有分场。这种不分场的现象在 17 世纪上半叶很常见。研究剧本的场次总数时得考虑到这一点；我们此前的研究针对的只是那些按照古典主义方式来分场的剧作。

在前古典主义戏剧里，人们可以通过角色的姓名，他们说的某些话，以及排演的说明来想象他们的行动。即使在没有分场的情况下，以上这些信息有时也能让人很清楚地知道一个角色是登场还是离开了。在泰奥菲尔的《皮拉姆和蒂斯比》（1623）里，第二幕第一场戏皮拉姆和朋友迪萨尔克在一起；在一番长谈之后，他对迪萨尔克说：

再见了，让我一个人在这儿吧。（第 359 行）

然后迪萨尔克离开，皮拉姆开始了独白，但场次并没有变换。在《卡丽丝特》（1651）的第四幕第六场戏里，巴霍先是设计了塞利安、尼康德尔和贝隆特之间的一场对话，然后在一旁写道："塞利安回去找国王，贝隆特去牢房"。于是尼康德尔就独自一人进入独白；但我们还是在第六场戏里。同样的手法也出现在了斯卡隆的作品里：在《亚美尼亚的唐亚菲》（1653）里有一场戏，台上是唐亚菲、弗加拉尔、马克-安东尼和唐阿尔封斯；然后"唐亚菲和弗加拉尔离开"，但这场戏依然在马克-安东尼和唐阿尔封斯之间继续[3]（第一幕第三场）。

到目前为止，我们所举的例子还都只涉及包含古典主义意义上两场戏的那些场。其他例子还有很多。[4] 但也有一些前古典主义的场，相当于多比尼亚克定义下的三场、四场、五场，甚至更多场的戏。比如梅莱的《奥松那公爵的风流韵事》（1636）里的有一场戏就可以切分成三场：它里面先是出现了保林和艾米丽，然后是保林独自一人，然后弗拉维登场和保林一起（第一幕第五场）。盖然·德·布斯加尔的《克莱奥梅纳》（1640）的第二幕第一场，莫里哀的《冒失鬼》的第一幕第四场，都可以进一步切分为四场。梅莱的《克里塞德和阿里芒》

第二部分　剧本的外部结构

（1630）的第四幕第二场，杜里耶《克莱奥梅东》(1636)的第五幕第五场，都可以在多比尼亚克的定义里被分成五场不同的戏。梅莱的《西尔维娅》(1628)里有两场戏（第二幕第二场，第三幕第三场）相当于古典主义时期的六场。最大的可切分场次数出现在哈冈的《牧歌》(1625)里：这部剧的其中一场戏（第四幕第五场）可以分成七场，另一场（第二幕第二场）甚至可以分成八场，我们不如就展开这场戏的细节。舞台上先是只有耶达理一人（第537—612行），然后是蒂西曼德尔一人（第613—660行），然后是耶达理和蒂西曼德尔一起（第661—680行），然后又是耶达理一人（第681—696行），然后是耶达理和半人羊一起（第697—703行），然后是耶达理、半人羊和蒂西曼德尔（第704—706行），然后是耶达理和蒂西曼德尔（第707—727行），最后是蒂西曼德尔一人（第728—750行）。好一场被塞得满满当当的戏。

如果把场数相加，前古典主义切分下得出的数字显然比古典主义切分下得出的数字要小多了。杜里耶的《克莱奥梅东》被分成了28场；但它原本应该有42场。哈冈的《牧歌》是23场；但本应该有44场。梅莱的《克里塞德和阿里芒》显示的是12场，实际则有34场。此外，前古典主义的切分有时也会阻碍对于角色行动的明确。比如杜里耶的《阿尔西奥内》(1640)第一场里所标注的角色分别是"莱迪、泰奥克塞纳和迪奥克莱"；在这场戏快结束前，又标注了"莱迪独自一人"；但此前她先后和泰奥克塞纳以及迪奥克莱有过对话；那么后两者是先后离开还是同时离开的呢？场次的切分并没有告诉我们，文本本身也没有。没有任何方式去了解这一点。

这种太过宽泛、太过不明确的切分方式所带来的不便可能在17世纪上半叶逐步体现出来了，因此作家们才开始寻求解决之道。以特里斯坦1637年出版的《玛利亚娜》为例，这部剧还是依照前古典主义的方式来做场次切分的，但它的每一幕前多了一段散文体书写的梗概，里面出现了一系列被编上序号的句子来详述场次所没有体现出来的内容；梗概内容的序号对应的不是角色的行动，而是剧情的发展顺序。比如长度为264行的第一幕第三场，从头到尾都是一样的角色，但他们在里面讨论了不同的主题；在梗概里，这一场的情节被概括成了四句话，序号为三到六。这种解决方案对于内容的变化是有意义的，但对于排演并无帮助。其他剧作家没有采用。有时，剧本的出版者会通过排版上的变化来标注角色的行动。在阿尔迪的《卢克莱丝》里，幕的内部没有进行场的切分，但每当有新角色出现，后者的名字都会被印成粗体。玛黑夏尔的《高贵的德国女人》（1630）依照旧时的方式来切分场次，以一行花饰加以区别；此外，每当在一场戏里面有角色登场或离开，印刷者会加上一行与场次切分类似，但更细小的花饰；在这部分为两日的悲喜剧里，有 9 场戏里 11 次出现了这样的内部细分。[5] 不过这些独特的做法只是个案。绝大部分时候，印刷者对于切分场次，为场次编序号，标注角色的名字这些都表现得十分随意；17 世纪的出版物里有着大量这些方面的错误，作者们对于此类问题也不感兴趣。

我们很难断定剧作家是从 17 世纪的什么时候开始放弃前古典主义对于场的粗略切分，转而采用更准确反映角色行动的切分方式的。不过，同一个剧本在不同版本里出现的变更倒是可以在这一问题上提供有用的信息。我们仅以高乃依作品里的那些变更为例来进行研究，这既是因为这些变更是在一段很长的年月中逐步积累起来的，也因为高乃依是 17 世纪所有剧作家里唯一一位对于分场这一版式问题抱有兴趣的，如他自己在 1663 年《作品集》的"告读者书"里所言。1632 年首版的《克里唐德尔》有 27 场戏；1644 年的次版变成了 37 场。在这两个日期之间，高乃依认为首版里有两场组戏实际上包含了 10 个分场，[6] 因为它们各自都有一位角色登台或离场，于是才做了进一步切分。事实上，高乃依在 1644 年对于前期作品所做的重审，也带来了其他类似的切分：首版于 1637 年的《亲王府回廊》里有四场戏，[7] 每一场都被分成了两场；而首版于 1639 年的《美狄亚》[8] 里的两场戏，以及同年出版的《戏剧幻觉》[9] 里的一场戏，也得到了同样的处理。因此我们可以认为，高乃依是在 1639—1644 年间开始认为有必要在有新角色登台或离场的情况下进行场次切分。这并不意味着与他同时代的作家们也在同一时间具备了同样的想法。只是到了 1657 年，多比尼亚克出版《戏剧法式》时，古典主义式的分场已经基本得到了确立。

然而，在对《熙德》文本在不同版本里出现的变更进行研究时，我们却有了意外的发现。在 1637 年的首版里，后来被定为第二幕第六和第七场的那两场戏是合在一起的。然而，这种不分场的情况没有像其他剧作一样在 1644 年消失，而是直到1660年才被更正。看似反常的这一处理，得从后来的第二幕第七场的实质里去寻找原因。这场戏十分短，只有12行诗文，它几乎只是用来通知国王席美娜的到来，后者在下一场登场，为死去的父亲伸张正义。尽管这场戏包含了唐阿隆斯这个新角色的登场，但高乃依可能只是把它当成了第六场的一个延伸。

也就是说，至少在1660年以前，这一规则并不是那么严谨的。事实上，它向来就比较宽松，也将一直宽松下去，有几个文本可以让我们看出端倪。以多比尼亚克院长为例，尽管他宣称场次切分是普遍法则，但他自己的剧作《泽诺比》（1647）却没有完整地执行这一点；按照作者所提出的原则，这部散文体悲剧的第五幕第二场应该分成两场戏：开场时，迪奥雷和马瑟林先后登场。但迪奥雷的出现只是为了通报马瑟林的到来，整场戏里他仅有三行台词；因此也就没有必要单独分出一场来了。更有说服力的是马尼翁的《蒂特》（1660）里场的结构。这部剧中有四场还是按照旧时的方式来切分的（分别是第四幕第一、第二和第三场，以及第五幕第三场），严格意义上来说，它们应当被分为八场。马尼翁之所以没有把有角色进出之后的对话内容设成新的场次，并不是因为这些内容特别短：它们分别占据了8行、16行、24行和52行。但这四场戏里有三场，登台的角色都不重要：这些人分别是"卫队长"、其中一名卫兵比松，以及贝蕾妮丝的亲信；同样，《熙德》里的唐·阿隆斯或者《泽诺比》里的迪奥雷也都只是"功能角色"。在第四场戏里，贝蕾妮丝在穆西离开后独自一人在舞台上发表了一段16行的独白。这已经不是我们第一次见到这种独白接着对话的切分方式了：它在那些被我们研究过版本变更的高乃依作品的场次里出现了九次。[10] 它将会存在很久，前提是独白不长：在拉辛的《布里塔尼古斯》（1670）里，第二幕第八场里包含了尼禄和纳尔西斯之间的一场对话，以及紧随其后的一段仅有四行的来自纳尔西斯的独白，后者太短，无法构成独立的一场戏。

最后还有一个例子将向我们证实：当登台的不是首要角色，或者当主角独自一人发表了一段比较简短的独白时，可以不另行分场。高乃依《奥东》（1665）的第五幕第五场戏就是如此。这场戏里的角色首先是马尔西安、普罗蒂娜和阿提古斯；全剧第1708行，"两个士兵入场对阿提古斯耳语"；但对于观众而言，这些士兵等于什么都没说：他们只是无声的角色，并没有带来一场新的戏；第1751

行，马尔西安和阿提古斯离开，而普罗蒂娜"独自一人"说了七行台词，也不构成一场新戏。

因此，我们可以得出如下结论：大约从 1650 年起，每当有角色进出舞台，就会出现分场；然而，如果入场的是一个次要角色，台词很少，或者有一个或几个角色离场，留下主角一人发表独白，剧作家也可以不更换场次。

2. 主要的场次类型

一视同仁地对待所有场次是不可能的；拉辛的《布里塔尼古斯》里有仅仅两行的场次（第二幕第五场），高乃依的《西拿》里也有长达 292 行的场次（第二幕第一场）。将它们区分开来的除了长度之外，更多是功能。它们的戏剧作用是不同的。那些主要场次实质上是情节场（scène d'action），而其他场次存在的意义仅在于为情节场完成过渡。多比尼亚克院长多次强调戏剧永远是情节（《戏剧法式》，第四部分，第二章，第 281 页，第四章，第 304—305 页），但也补充说，有时必须把事实告诉那些不知情的角色，或者为一段重要情节做铺垫；为了做到这一点，就需要一种新的场次，当它出现在情节场之前，多比尼亚克称其为"必备场"（scène de nécessité），当它用于解除前一场带来的困惑，则被称作"澄清场"（同上书，第三部分，第七章，第 247 页）；这些场次"几乎总是会让舞台失去活力"；因此必须少用，并尽量用其他的价值来烘托它们。同样，559 号手稿的作者也谈到了"连接场"，后者"用很少的词来回顾前情，以便与后续情节串联起来。它们必须很短……"（第四部分，第六章，第 10 节）。试图在这类场次里找寻结构想必会是徒劳的，因为它们只是穿插在重要场次之间。我们只举两个例子来展示角色的移动是如何让它们变得必要的。

在高乃依《俄狄浦斯》的第五幕第三场里，由于伊菲克拉特和弗尔巴斯在他面前偶遇，俄狄浦斯的可怕身份才得以揭开：张力十足的情节场。然后绝望的弗尔巴斯离开，下一场就成了过渡场，只有 15 行诗文。俄狄浦斯在里面责怪已经离开的弗尔巴斯，伊菲克拉特为他开脱也无果。到了第五场开头，观众才明白这场本身乏善可陈的戏的必要性；迪赛登场说道：

弗尔巴斯已经三言两语告知了我一切。

因此，第四场的那15行诗文的作用仅仅在于给弗尔巴斯时间和迪赛在幕后见面，并向后者揭开俄狄浦斯的真正身份。这样一来，高乃依就避免了在台上二次揭秘，毕竟观众在第三场就已经知晓了。另一个过渡场的例子是拉辛的《布里塔尼古斯》的第二幕第七场，它只有三行。这场戏紧接着朱妮在尼禄的监视下试图让布里塔尼古斯远离她的那个著名的情节场。而这位同名男主角一离开，皇帝尼禄就现身与朱妮相见。但他们什么都说不了。情绪崩溃的朱妮哭着逃离。她的眼泪至少为下一场戏做了铺垫，因为这让尼禄相信朱妮爱着布里塔尼古斯。

让我们告别这些由情境需要所决定的简短场次，来看看使情节得以真正立足的那些宏大场次是怎样呈现的。有时，它们像是一系列简单的罗列，角色们只是陆续讨论一定数量的主题。比如在特里斯坦的《玛利亚娜》的第一幕第三场，希律王和他的顾问们一起回顾了政治军事局势的多个方面，然后努力理解他和妻子玛利亚娜之间关系的实质。高乃依的《熙德》的第二幕第六场是大臣们的一次咨议会；里面先是提到了伯爵拒绝听命所导致的风波，然后则是针对摩尔人可能的进犯采取防卫措施。在拉辛的《布里塔尼古斯》第二幕第二场的对话里，尼禄和纳尔西斯的谈话涉及了多个主题，分别是驱逐帕拉斯，尼禄对于朱妮的爱，后者的美貌和冷酷，布里塔尼古斯对朱妮的爱，朱妮爱布里塔尼古斯的可能性，厌倦了妻子奥克塔维的尼禄想要离婚的事实，阿格里皮娜对于尼禄的影响，布里塔尼古斯对于纳尔西斯的信任。以上都是一些总揽全局的场次。它们并不包含真正的情节，而是呈现某个情境的不同方面。

在这类可以被视作呈示场或者稍长一些的过渡场的场次里，我们无法认识古典主义情节场的真正原则。这个原则在18世纪古典主义理论家笔下得到了表述，只是他们的表达方式初看之下令人有些意外。卡亚瓦·德·莱斯唐杜（Cailhava de l'Estandoux）写道："每一场比较重要的戏，要想成功，就得像完整的剧本一样，有呈示，有情节，有结尾。"[11] 马尔蒙特尔甚至想象了一种理想状态，里面的"每一段台词之于其所在的场就像是场之于其所在的幕，也就是说一种新的形成结点或者解结的手段"。[12] 要理解这些表述，是否可以参考我们对于结点的定义，即一系列障碍和反转的总和？表面来看，答案是否定的，因为显然不是所有的重要场次都包含反转，甚至不见得有特别的障碍。但是构成剧本结点的那些障碍在每一个场次里制造了一种张力，并且被细化为一个或几个点。场和幕以及剧本一样，都围绕着张力的最高点展开。我们已经知道，整个剧本是被设计成向峰顶攀升的，这个峰顶可以出现在结尾或者稍早一些，而幕也是在某一两场重头戏里达到高潮。类似的行进轨迹也能在场的内部找到。我们将对它进行研究，确定其中最大张力点或者戏剧情绪最高峰的数量，并展现场内余下的部分如何通往这些顶峰，或者怎样由这些高潮而生。准确来说，不是所有的重要场次都有呈示、结点和结尾，但它们都会按照一定的秩序，顺着情绪上升或者下落。

在我们尝试再现这种基本展开模式的主要形式之前，还需要说明的是，也有一类场似乎游离在这种模式之外。它们被称为决议场，最有名的例子出现在高乃依的《西拿》《庞培》和《塞托里乌斯》里。多比尼亚克称"它们本质上与戏剧相悖"（第四部分，第四章，第304页），因为它们平静，理性，不包含情节。对于559号手稿的作者而言，"政治决议场是人物平静有序地对于国家利益、战争、和平这些问题进行决议的场次，结盟、谋反等行为都可能出现在这些场次里"（第四部分，第六章，第15节）。这种秩序和平静只是表面的。决议场和我们此前所说的总揽全局的场次之间的区别在于，前者处理一个唯一的主题；但从不客观。角色的激情和利益主导着他们所表述的意见。我们会发现，这些场次也可以并且应当被归入我们马上将要列举的那几类场的展开模式之一。

第一类，也是最简单的一类的特点，是情绪不断上涨直至爆发：整场戏在一个重大的举动或者决定中结束。在纯粹形式下，这类场次展现戏剧张力不可避免的上升，到了无法忍受之时就爆发，同时引发一场灾难，一个无法挽救的行为。以高乃依的作品为例，《熙德》（第一幕第三场）里唐迭戈和伯爵的对话以一个耳光收场，在悲剧《贺拉斯》里（第四幕第五场），小贺拉斯凯旋后和卡米尔的首次见面最终导致了后者的死。有时，这种上升是蜿蜒的；在拉辛的《布里塔尼古斯》里（第二幕第三场），尼禄第一次见朱妮时也得拐弯抹角，几句情话之后，才提议娶她，并强制监视她和布里塔尼古斯的见面。有时，悲剧张力上升的过程也会表现为几个不同阶段，与思绪的发展相吻合，这一手法的本质作用在于让情绪上升到一个更高的台阶。在拉辛的《伊菲革涅亚》的第五幕第二场，阿喀琉斯向女主角提议逃离，伊菲革涅亚的拒绝让他的怒火达到了顶峰。但这一过程经历了三个阶段。对于阿喀琉斯的提议，伊菲革涅亚先是表达了想要牺牲自己以便阿喀琉斯能征服特洛伊的意愿，然后表示自己不能接受背叛父亲的做法，最后，如果阿喀琉斯想要强行将她掳走，她将会自杀：对于一个陷入爱河的情人而言，三个申明一个比一个更让人绝望。同样道理，在高乃依的《波利厄克特》里（第四幕第三场），波利厄克特和宝丽娜的关键会面也是经历了三个阶段的情绪上升。两人首先交换的是基本道德层面的理由：

    无情的人，是的，是时候让我的苦痛爆发了，

说出这句话的宝丽娜明确表示她不愿意再进行理性的讨论，之后的指责也将会变成人身攻击。这些指责伤到了波利厄克特，后者哭着肯定了自己对宝丽娜的爱，但却认为希望自己的妻子皈依基督教是这份爱最了不起的证明。只是这个期待让宝丽娜怒不可遏：

    你在说什么，可怜虫？你怎么敢对此抱以希望？

两人的冲突也随之进入了一个更激烈的阶段，对白的大幅缩短突出了这一点。这一第三阶段最终几乎导致夫妻俩分道扬镳。整场戏的发展轨迹浓缩在了宝丽娜以下这句台词里：

    离开我还不够，难道你还想诱惑我？

或者也可以是在波利厄克特的这句与之形成对比的台词里：

    我一人去天国算不了什么，我想要带你同往。

第三章 场的不同形式：基本形式

　　在这类场次的开头，角色首先会自我克制；但他们会一点点任自己的真实情感流露。于是我们就不难发现，随着情节的发展，遮掩慢慢转向直白，客套也逐渐让位于真实。剧作家有时会在对白中表明这种拒绝拐弯抹角的做法。比如在《苏雷纳》的一场情绪上扬的戏里（第三幕第二场），在一段不短的对话之后，高乃依让奥罗德说出了以下这句台词：

　　……让我们敞开心扉说一次吧。

于是，大家各自摊牌，这场戏也在国王对苏雷纳下达最后通牒后结束。在这部悲剧的另一场重要的戏里（第五幕第一场），害怕说出真话的尤里蒂斯满足于让对话停留在表面，而不是

　　马上进入正题。

但奥罗德迫使她说出全部的真实想法，也正是因为她照做了，这场戏才通过又一个最后通牒达到了高潮。

　　从这个意义上说，决议场也属于这一类型，因为它最终会达成一个决定。比如在托马斯·高乃依的《蒂莫克拉特》里（第一幕第三场），在众臣的极力主张下，王后最终立下了令她无法挽回的誓言：她发誓要取蒂莫克拉特的性命，并承诺将自己的女儿嫁给战胜这个敌人的人。同理，皮埃尔·高乃依的《庞培》的第一场戏也只是看似静止：埃及国王托勒密询问该如何处理战败了的庞培；他的三位顾问大臣先后发言；国王被最激烈的方式所打动，便决定处死庞培。至于《西拿》里著名的第二幕第一场戏，则承载了更多的情绪：在政治讨论背后，是角色之间的交锋。通过向奥古斯都进言，西拿和马克西姆首先交换了各自的理据，随后，当马克西姆直接对西拿说出以下这条个人理由之时，这场有序的话语交锋终被证明只是表面的，

　　所以当您的先祖庞培为我们的自由抗争之时

269

也是在违抗天命吗？

西拿先反驳，后在奥古斯都面前下跪。这个充满戏剧感的举动引发了这场戏最终的决定：奥古斯都保留自己的权位。

在古典主义戏剧的第二类重点场次里，情绪的极点出现在中段，而不是尾声。也就是说先攀升后下落，平复。如果要画出这类场次的情绪波动曲线，那么将会是近似钟形的一条曲线。在拉辛的《费德尔》里，费德尔向艾农娜坦白的那场著名的戏（第一幕第三场）就是这类场次的完美样板。艾农娜的恳切和坚持给费德尔制造的压力逐渐增大，直到这位女主角无法抵抗，然后说出：

既然你想知道。起身吧。

艾农娜起身的动作把那场戏推向了一个更高的层级，费德尔从努力掩盖变成了努力说出。在扯下一层层神话的面纱之后，两个女人终于能够合力揭开这个可怕的秘密。刚一说出，费德尔就在叹息声中告诉我们本段的戏剧张力已经结束：

是你说出他的名字的。

326 但这场戏并没有完结。乳母的高声感叹和费德尔的身心俱疲都无法带来一个决定，这场戏的情境也不允许出现决定；因此张力必须化解。后面那段缓慢的叙述正是出于这个目的：

我的恶有着更遥远的源头……

它既是回顾过去，也是恢复平静。无法在一幕戏里用尽的张力也在叙事中消退。

尽管基调完全不同，但同样的结构也出现了情怨的场次里，从以"情怨"为名的喜剧一直到《贵人迷》，包括中间的《达尔杜弗》，莫里哀在整个创作生涯里都热衷于此。在《情怨》的第四幕第三和第四场里，主人和仆人内部之间先后上演了同样的戏码;《贵人迷》的第三幕第十场也是一场两主两仆的四人戏,主仆的对白相互交错,呈现了一条同样的情节张力曲线;《达尔杜弗》则再次上演了同样的情感上的峰回路转。在所有这些场次里,都有三个时段:相互鄙视的爱人宣告自己不再爱对方;双方的相互攻击让气氛越来越紧张;然后是接近决裂,不得不分手;但他们却做不到,因为他们意识到彼此之间的爱情胜过鄙视;最后气氛趋于缓和,怨让位于真情,双方也终得和解。

《熙德》里的那场重头戏(第三幕第四场)展现了同样的但双重的运行轨迹。它把情怨的场次转移到了悲剧的环境下,并出现了两个高峰。在一段漫长的,越来越有压迫感的说理之后,席美娜忍不住在嘶吼中道出了心声:

走,我一点也不恨你。

尽管两人之间的爱情毋庸置疑,但在当时的情境里,这是无法承受的,他们不能在这个灼热的点上久留,便平复语气,重新开始理性讨论:

你对于责难和流言如此不屑?

327

在这次情绪下降之后,这场戏本可以就此收尾,席美娜两次对罗德里格说:"走吧",也是为了尝试结束对话。然而,罗德里格一边佯装离开,另一边却再次提出了那个无法解决的问题:

你到底如何抉择?

本就没有完全得到克制的情绪再次喷发,成就了一段抒情双重奏:

噢 海枯石烂!
——噢 惨绝人寰!

271

这构成了这场戏的第二个高峰；但和第一次一样，它也无法带来一个决定，于是席美娜打破了幻想，重复道：

> 走吧，再说我也不会听了。

这次罗德里格真正离开了，席美娜此处所说的最后一句台词标志着她的心态复归平静，而这是在经历了两次情绪高潮所带来的诗意洗礼之后：

> 我要找寻寂静和黑夜，任我哭泣。

第三类场次汇集了前两类的特征，更为复杂。张力先升后降，最后再次攀升。它结合了第二类的诗文表达价值和第一类的情节价值。如果既想要制造某种通过先升后降来体现反差的情绪，又想要形成一个决定，而这个决定还得难以实现，从而让情绪在下落后再次上升，那么这类场次就有用武之地了。高乃依的《塞托里乌斯》里的那场大戏（第三幕第一场）就是一个例子。这是一个决议场，但远称不上平静。无论在政治上还是爱情上，塞托里乌斯和庞培在里面都显得情绪激昂。两人在寒暄了几句之后就开始商讨一个双方都能接受的让步方案，可惜未能达成。谈话主题随后被拔高，诸如自由、权威和"两面派"这些亘古不变的重大问题都被提了出来。塞托里乌斯和庞培各自有着一些惜之如命、不可退让的原则，这些原则之间的冲撞构成了这场戏的高潮。但就像《熙德》里席美娜和罗德里格双双承认爱情一样，此处的冲撞没有带来任何结果。在宣告了

> 罗马已经不在罗马城内，我在哪，它就在哪

之后，塞托里乌斯还是得放下身段，回到更为积极实际的商讨中来，于是他才接着说道：

> 还是来议和吧。

新的谈判又一次失败。在政治层面，这场戏走入了死巷。而在个人层面，它却找到了一个出口，并将重新提升戏剧张力。当塞托里乌斯提到阿里斯蒂时，庞培承认自己还爱着这位在反叛者塞托里乌斯营中避难的前妻。随着塞托里乌斯两度揭秘，庞培的情绪将在连续遭受冲击后逐渐上扬，而观众的情绪也将随之被带动起来。塞托里乌斯不仅保护着阿里斯蒂，还想为她物色一位丈夫。对此，庞培的反应十分激烈：

> 丈夫！神啊！我听到了什么？大人，您指的是谁？

情绪上升的第二个阶段，也就是庞培所受到的第二次冲击以及随后的反应，可以用两个词，甚至两个音节概括。塞托里乌斯答道："我"，庞培叹道："您！"而副将希拉则会适时地坦白自己对阿里斯蒂的爱，以及他的政治信念，从而再次改变两位主角需要考量的因素。

同样的结构也存在于高乃依的《罗德古娜》的全部重头戏里（第一幕第三场，第三幕第四场，第四幕第一场，第五幕第三和第四场）。几场戏都是以客套话开头，然后慢慢引出真实想法，将氛围激化，从高峰降下，又升起，最后达成决定。我们仅以第四幕第一场戏为例来作说明。拒绝杀害母亲克莱奥帕特拉的安提奥古斯在罗德古娜面前跪下，向后者承认自己对她的爱慕之情。越来越受感动的罗德古娜最终承认自己也爱着对方。但

> 一份严苛的责任阻碍着这份爱情。

鉴于看不到任何解决之道，情绪也应该缓和了下来，这让罗德古娜有时间慢慢地分析自己的内心境况。就此，大家只看到了障碍。安提奥古斯同意罗德古娜嫁给自己的哥哥，他甚至同意死去，这再次激起了罗德古娜的情绪；最终，她用以下决定性的话语结束了这一场戏：

> 务必待你加冕后再来见我，

这与《熙德》里席美娜对罗德里格所说的那句话如出一辙:

这场以席美娜为赌注的决斗,你务必胜出。

3. 长段台词的暴政

还有一个特点也是所有古典主义重头戏所共有的,那就是角色总是会使用长段台词[13]来进行表达。除了我们后面(第六章第3节)会加以研究的一些特殊的写作形式,角色的对话很少会被切分,而是以整块台词的形式出现,哪怕它本应该随着情绪的变化而出现中断。对于今天的读者或者观众而言,这可能是古典主义技法的种种特点里最容易让人迷失,也显得最不自然的那一个。使用长段台词是17世纪的规则;当时的人甚至都无法想象戏剧里还有其他的表达方式。在莫里哀的"英雄喜剧"《纳瓦尔的唐嘉熙》里,有一个坚持长段台词的有趣的例子。第四幕第八场,唐嘉熙在嫉妒心的驱使下前去对唐艾尔维尔大肆指责;他连续说了36行台词。按照规则要求,之后就轮到唐艾尔维尔来回应了,长度不限,而唐嘉熙则会由他去说。唐艾尔维尔也认为这理所当然,于是说道:

我已经平静地听您说完了,
该轮到我畅所欲言了吧?

由于唐嘉熙装作反对,唐艾尔维尔便提醒他遵守游戏规则:

啊!我已经顺你之意
聆听完了;现在该你来回报了。

接着她就连续说了76行台词,不让唐嘉熙打断。后者又回以26行,两人就此互不相欠。这种情况一直以来就是如此。古典主义剧作里的角色不喜欢被打断,他们之间有一种交替发言的默契。比如在莫里哀的《达尔杜弗》的第一场戏里,即便是急性子的佩尔奈尔，也在耐心地听了一大堆闲言碎语之后才说道：

好了，终于轮到我来说了。

她也就是这么做的。

17世纪时，没有人反抗这种长段台词的暴政。直到18世纪才开始出现含蓄的批评。杜·罗斯瓦（Du Rosoy）是这么说高乃依的："我们觉得他笔下的角色在对话时太像那些技艺纯熟的辩证法学者……"并补充道："甚至拉辛，有时候是不是也给他的角色设计了太长的台词？尤其是在那些情绪激动的时刻，角色不会有耐心长时间聆听与让他们失控的情感相悖的想法。"[14] 莫尔奈先生则在拉辛的作品里举出了几个鲜明的例子，证明"即使在最动荡的情况下，角色在思想的表达上也井井有条"。[15] 他的结论也不无道理："无论角色处于什么样的情境下，说起话来都是一样的清晰，即使他疯了，即使他接收到了会让他发疯的消息，他的逻辑也正确得就像是在头脑冷静的状态下精心准备过一样。"[16]

修辞相较于激情的这种优先权可远远不是1660那代作家所争取来的，我们可以举出大量早前的例子。在多比尼亚克院长的散文体悲剧《西曼德》（1642）里，女主角西曼德将要被献祭给尼普顿；深爱着她的年轻丈夫阿兰希达斯于是满心绝望和愤怒。他诅咒神，尝试拔剑自刎，跳入大海。然而，当轮到他说话时，他却宣称："我那再次咆哮的怒火啊，给我一点时间来说话，请撑起我混乱的思绪以便我来回复。"（第四幕第二场）随后他就用一段完美有序的话语做了回答。在杜里耶的《阿尔西奥内》（1640）里，常胜将军阿尔西奥内爱上了国王的女儿莱迪，向她求婚。第三幕第五场戏里，后者拒绝了他的请求。阿尔西奥内随即陷入了深深的绝望，直至在最后一幕里自杀。但当他刚听到这个消息时，却用了一段长达82行、极有条理的辩护式台词回应莱迪。辩护的第一个点是爱情。他大体想要表达的是自己动了真情。"是的，夫人，我的确"向您父亲开战了。"然而，哎！"正是出于对您的爱我才如此行动。"请您认可"我爱您的人胜过对于王位的野心；"所以"战争悲剧并不是由我的野心而造成的。"最后"，既然是爱情指引了我，您就不能怀疑我的爱情。阿尔西奥内自我辩护的第二个点是政治。

"不过",可能这份爱情让您不悦。那就请您回忆一下。"我很清楚"它带给您的首先是我所带来的破坏。"但"它也"会马上让您看到",事实上我最终加强了您父亲的实力。"因此"您应当接受我成为您的丈夫。

332 　如果连激情主导的时刻都盛行长段台词,那么在那些本就要展现话术的情境里,它的存在就更为理所当然了。我们此前研究过的那类决议场就是它大展身手的地方,比如洛特鲁的《凡赛斯拉斯》(第四幕第五场,第五幕第四和第六场)或者高乃依的《贺拉斯》(第五幕第二和第三场)里的那几场审判戏;斯库德里的《安德洛米尔》(第一幕第四场)和拉辛的《安德洛玛克》(第一幕第二场)里的那几场接待来访使节的戏,甚至特里斯坦的《塞内卡之死》(第二幕第二场)或者高乃依的《西拿》(第一幕第三场)里谋反者发表演说的戏也是如此。演员在舞台上所做的,主要是说。如果只用长段台词来说,那么在古典主义戏剧的所有情境下,情节都必然会披上话术的外衣。多比尼亚克院长清楚地认识到了这一点,他着重强调了用话语的形式来呈现一切戏剧情节的必要性,这在他看来是无法回避的。他说,舞台上出现的话语"应当成为演员的行动;因为在那里,说,就是做"(《戏剧法式》,第四部分,第二章,第282页)。这就是为什么"在演出时,所有悲剧都由话语组成"(同上书,第283页)。如果这些话语再多向诗歌靠近的话,话术水平自然就更高了。只有到了象征主义时期,诗歌才开始反话术。在古典主义理论家眼里,两者是一致的。比如马尔蒙特尔为其《文学基础》(*Éléments de littérature*)中的一节下了一个颇有深意的标题:"诗的话术"(*Éloquence poétique*),他在里面写道:"诗歌只是焕发了自身一切魔力的极致话术……如果有人批评我混淆了文体,那么请他告诉我,拉辛悲剧里布鲁斯对尼禄说话时运用的话术和西塞罗在恺撒面前为里加律斯辩护的结语里运用的话术有何不同。"因此,"戏剧诗"必然和其他诗歌一样具有很高的话术水平,只是里面多了一些建立在剧中不同人物关系之上的特殊要求。马尔蒙特尔接着说道,只需要"清楚知道说话者是谁,听众是谁,需要说服什么,然后按照这些关系来调解话语即可"。可以说,古典主义剧作就是一篇持续不断的辩词。

333 　这一文学传统可以上溯到古代,并且一直通过拉丁文话术的范例得以维系,

第三章　场的不同形式：基本形式

直到 17 世纪，后者一直是学院教育*里最清晰的部分。这一传统并不是戏剧所独有的。长段台词在其他文体里也是横行无忌。比如讽刺诗，尽管它被认为是更为自由的文体，而马图然·黑尼耶（Mathurin Régnier）也被认为是一位几乎与古典主义无关的独立作家，但他讽刺诗里最著名的那一首，第十三首，几乎全部由老鸨马塞特对一个她想要拉下水的年轻姑娘所说的长段台词组成，后者全程不发一言。而 17 世纪时的历史题材写作，是用蒂托·李维（Tite-Live）式的话语方式来处理的。小说也一样，"正式的演说词频频出现"。[17] 话术是让古典主义观众愉悦的一种手段，剧作家不能不加以使用。

就戏剧而言，除了这些文学上的理由之外，演出的条件也是原因之一。我们已经知道，观众是很吵闹的。而长段台词能迫使他们集中注意力，对舞台保持尊重。对于时不时从亲信口中说出的那些缺乏话术水平的意见，他们并不以为然。多比尼亚克说，这些次要角色"说话没人听；观众利用这个时间来谈论刚发生的情节，放松一下注意力，或者吃一点甜食"。[18]《特哈拉什手稿集》[19]（Recueil de Tralage，卷四，第 171 页）里保留着的一份陈情书能告诉我们当时的观众在剧院究竟寻求什么。它来自一位 1696 年因在法兰西剧院某次看戏的幕间用"乐器来叫醒他的仆人"而被捕入狱的"肉铺老板"，他用的可能是某种号。他的自辩很直接，他说"大家不能指责他扰乱演出，因为当时根本没有任何叙述"。可见，演出对于他而言就是叙述，也就是长段台词；只有长段台词才需要安静聆听。而且它也会通过浮夸的、歌唱般的吟诵来加以突出。莫里哀在《凡尔赛宫即兴》里嘲讽了这种"浮夸"，但也承认它"广受认可，也能赢得喝彩"（第一场）。他所做的用更为自然的方式吟诵的努力以失败告终；他也从未作为悲剧演员或者悲剧导演而获得过认可。观众只喜欢"长段连续的夸张诗文"得到加强，拉布吕耶尔证实了后者的成功："民众听得十分饥渴，瞪着眼睛，张着嘴巴，觉得这让他们愉悦，越是听不懂的部分越是喜欢；他们连呼吸都没有时间，只顾得上叫好和鼓掌。"[20] 拉布吕耶尔笔下的"民众"对于长段台词的喜爱还会持续很长时间。1825 年 1 月 17 日，一份已经能称作浪漫主义的报纸，《环球》，写下了这段话：

---

*　指耶稣会学堂所主导的教育。

"长段台词，或者行内所说的裹脚布*，就是人们来剧院找寻的东西。"雨果的戏剧也没有减弱，而是增强了长段台词的权威。因此，长段台词的暴政可以说是古典主义剧作法里影响时间最长的形式之一，甚至在今天戏剧的某些方面，我们还能找到一些它的痕迹。

---

* 法语原文是 tartine，即黄油面包片，19 世纪初的法国戏剧行当用这个词来指代冗长无趣的文字，包括此处所讨论的长段台词。这与中文语境下"裹脚布"的引申用法类似。更有意思的是，同样是在 19 世纪初年，法国民间用 tatane 这个由 tartine 变形而来的词语指代鞋子，让译者坚定了这种翻译上的选择。

第四章　场的不同形式：固定形式

诗歌有商籁或者叙事诗这样的固定形式。同样，古典主义剧作法里也有一部分元素遵守一些特殊规则，并且只存在于某些场次。这些元素是叙述、独白和私语。现在我们就通过批评家的说明和文本分析来尝试定义它们的规则。

1. 叙述的规则

叙述是通过词来回顾没有在舞台上呈现的情节。然而，很多观众认为演胜过说。从 17 世纪开始，就常常有人批评古典主义偏好叙述，对于讲述的热情胜于在行动中展现现实。这是极为准确的。其实，只要古典主义作家认为这个情节可以搬上舞台，他们就会倾向于用表演代替叙述。不幸的是，他们所信奉的几个基本原则往往会阻碍他们在舞台上呈现这些情节，比如，对于地点统一、得体性和逼真性的遵从就会将大量表演排除在外。于是，叙述在古典主义戏剧里就变得十分常见。但它并不是在原则上就更受青睐，恰恰相反，只要有可能，就应该把事件本身呈现出来；只有在不可能的情况下，才会以叙述代之。叙述只有在不得已时才可以被接受，所有理论家都对运用叙述的这种限制特征做了强调。多比尼亚克院长在《戏剧法式》里提醒剧作家，"不要叙述那些主角自己能够逼真地在舞台上表演的情节，不要把那些能够通过他们之口来表达的话语和激情隐藏在幕后"（第四部分，第一章，第 278 页）。拉辛也谈到了同样的限制，他在《布里塔尼古斯》的首版序言里告诉我们，"只有无法在行动中呈现之事才能借助叙述，这是戏剧的规则之一"。布瓦洛有一句很有名的话：

不应该看到的，就由叙述来展现，(《诗的艺术》，第三章，第 51 行）

这句话的真实价值只有通过后几句表述才能体现；依据这些后续的表述，对布瓦洛而言，叙述只是不得已而为之，仅适用于某些特定条件下：

> 亲眼所见之物更易被理解。
> 但总有一些事物需要让眼睛退下，
> 用耳聆听才明智。

同样的话，国家图书馆 559 号手稿的作者也说过："只有无法以行动来展现的内容才求助于叙述。"（第四部分，第二章，第 3 节）

可见，叙述的范围是严格受限的。而且即使是在这个范围内，也不能自动运用叙述。仅仅因为一个与剧情相关的事件无法在舞台上呈现，还不足以就此展开大段叙述。后者还必须服务于剧本；否则就只能一笔带过。我们可以在高乃依的《贺拉斯》里看到这一点。贺拉斯和居里亚斯两大家族的决斗是分两次告诉我们的：第一次是在第三幕第六场，朱莉报信说罗马这边的三位斗士两位阵亡，一位逃逸；此处没有任何值得炫耀的地方，也没有进入真正的叙述；如果硬要加以强调，显然是不合适的，朱莉报信的目的只是为了激起老贺拉斯的反应；相反，当瓦莱尔通报决斗的后半部分，并在细节上描述小贺拉斯的策略以及胜利时（第四幕第二场），他就用了长达 38 行的一段叙述，因为这能提升主角的威望。

* *

多比尼亚克院长和高乃依的有些话可以让我们思考叙述在剧中所出现的位置是否有规则可循。高乃依对叙述和"发生在舞台所呈现情节之前的事"做了区分（《第三论》，马蒂-拉沃，第一卷，第 104 页），后者指的通常是呈示里交代的事件，而前者则是"在情节开始后，由所发生之事引发的，在幕后进行之事"（同上书，第 105 页），也就是其他所有事件。他更钟爱后者，因为前者强迫大家去记忆，"往往令人厌烦"（同上书，第 104 页）。在高乃依的这段表述里，我们能看到的应该只是剧作家寻求呈示简洁化的其中一个方面，并不是这两种叙述之间

第四章　场的不同形式：固定形式

的区别。对多比尼亚克而言，叙述在剧本里可以出现在三个地方：首先是"开场时"（《戏剧法式》，第四部分，第三章，第293页），这里的叙述可以最长，"因为观众新鲜感尚存，思绪仍属自由，记忆也依然空闲"（同上书，第293—294页）；其次是"收场时"，此处的叙述要"比开场时短些"（同上书，第294页）；最后，"情节进行过程中"的叙述将会更短。

展开讨论这些不同的说法，探究多比尼亚克和高乃依在呈示部分的叙述长度上意见相左的原因，都可能是没有意义的：事实告诉我们，无论是叙述的长度还是叙述的其他特征，都与它在剧本里的位置无关。在古典主义戏剧里，长度不一的叙述几乎可以出现在任何位置。但我们可以从这些说法里得知，叙述有两个黄金位置，即剧本的开头和结尾；此外，我们也已经知道，这种分配由剧本内部结构的需求而来。呈示部分的叙述在于提供对情节有用的信息；结尾的叙述则往往回顾主角如何死去。相关的例子不计其数，我们选取的是高乃依后期作品里的其中几部。《俄狄浦斯》里有五段叙述；第一段出现在呈示里，概述了俄狄浦斯的一部分过去（第一幕第三场）；下两段讲述情节展开过程中突发的事件（第三幕第三节，第四幕第二节）；最后两段是死亡叙述，出现在结尾（第五幕第八和第九场）。《索福尼斯巴》也是一样，第一幕里有呈示叙述（第一、第二和第四场），第二幕里则有对于舞台之外发生事件的叙述（第一场），回顾索福尼斯巴之死的叙述出现在结尾（第五幕第七场）。《阿提拉》里只有一段叙述，主题是阿提拉之死（第五幕第六场）。《蒂特和贝蕾妮丝》里的唯一一段叙述位于第一幕第一场。《苏雷纳》里仅有的两段叙述分别出现在全剧的首场和尾场。

*　*

显然，叙述不应该展开观众或读者已经知晓的事实，否则就会变得无趣。然而，这种笨拙的处理屡见不鲜，尤其在17世纪上半叶。马江迪（Magendie）先生注意到，在小说里，"重复的话不计其数；作者以通知角色突发事件为由，把读者已经知道的事再说一遍"。[1]为此，他举了《阿斯特蕾》（Astrée）里同一个插曲被讲述四次的例子。[2]这种乏味的重复也出现在前古典主义剧作里；有时，

281

这些剧本的展开漫无目的，和同时期那些没完没了的小说一样。阿尔迪的作品里就频频出现这类重复的话。以《耶西浦》为例，男主角在第五幕里向罗马元老院讲述的事件在前一幕的两段独白里已经告知过观众了。在《科尔奈丽》里，唐璜和唐安东尼在第二幕开头长篇大论地回顾了第一幕那几场有他们参与的戏份，然而这些内容都已经在我们眼皮底下表演过了。阿尔迪在这部剧里还不止一次犯了这样的错误：在第三幕里，唐璜和本迪沃勒之间的对话先是被唐璜转述给了科尔奈丽，后又被本迪沃勒转述给弗朗西斯科。《泰阿金和卡里克莲》的第七日以信使的一段叙述作结，对此，里加尔说道："信使所讲述的内容，那四幕无休无止的戏已经对我们做了过度介绍。"（《亚历山大·阿尔迪》，第440页）《阿尔克梅翁》的情况更为糟糕：第五幕里尤代姆对于主角之死的叙述包含了观众从第四幕开始就已经知道的事实；他添加了一些新的细节，有些逼真，有些却与观众已知的事实相矛盾：舞台上的阿尔克梅翁明明已经奄奄一息；在尤代姆口中，他却说了八行台词，观众很清楚地知道他没有说过这些。此处的叙述是一种荒唐的润色。

在阿尔迪之后的大量剧作里，还是出现了重复观众已知事实的情况。哈冈在他的《牧歌》（1625）里就两次犯错（第三幕第二场重复了第二幕第四场里的内容；第五幕第二场重复了第四幕第五场的内容）。梅莱的《希尔瓦尼尔》（1631）也是一样（第五幕第十三场重复了第十一和十二场的内容）。而洛特鲁更是"惯犯"：《无病呻吟》（1631）（第五幕第三场重复了第三幕第一和第二场的内容）和《濒死的赫丘利》（1636）（第三幕第四场重复了第一场的内容）里各出现了一次，《幸运的海难》（1637）里出现了两次（第二幕第二场重复了第一场的内容；第五幕第四场重复了第二幕第五和第六场，第四幕第二、第七、第八和第九场的内容）。玛黑夏尔的《英勇的姐妹》（1634）里有一个片段为这种做法进行了天真的辩护；它要表达的是：这一时期的观众丝毫不排斥用一段言辞讲究的叙述来回顾他们已经见到的事实，他们把修辞置于逼真之上。于是，李康特才会对多拉姆说：

您对自己苦痛的讲述实在高雅！

第四章 场的不同形式：固定形式

> 当您用才华对我娓娓道来时
> 您更新了我亲眼所见的事实；
> 我的双眼已经嫉妒耳朵的收获了！（第一幕第二场）

最后一行台词说得十分明确：聆听一段美的叙述所获得的享受和亲眼见证一段情节带来的愉悦在感观上有着本质的不同；这样一来，叙述和情节所涉及的事实是否重叠也就不重要了；对于一群热衷于场面、喜好长段台词的观众而言，重复并不是无趣的。

1635 年，枢机主教黎塞留命人在宫中上演了《杜乐丽花园喜剧》，这部作品的每一幕都由一位不同的作家完成。第四幕的作者遵照传统使用了重复已知事实的叙述：首先，在这一幕的第五场里，园丁和"守狮人"花了大量篇幅讲述主角们如何死里逃生，然后主角们自己又在下一场戏里重复了同样的事实。然而，该剧第五幕的作者却首次批判了这种做法，他让其中一个角色说出，不应该重复观众已经知道的事，这似乎是对前一幕作者的一种批评。当剧中的奈丽斯问女儿克莱奥尼丝为什么她打扮成了"园丁"。后者回答道：

> 夫人，您已经知道了，如果再说原因，
> 我想我的话就不合时宜了。
> 奥尔菲斯已经都告诉您了……（第五幕第三场，第四幕第四场里奥尔菲斯就已经告知了奈丽斯）

终于有一个角色没有借机把已经知道的事重复一遍了。

这个问题与剧作法中其他许多问题一样，都要到《熙德》论战时才引起理论家的注意。以高乃依日后将会修改的版本为参照，斯库德里批评第二场戏部分重复了第一场，这不无道理。他说，艾尔维尔"只是重复了观众刚刚了解的内容"。[3] 而他对此评论道："这是笨拙的，犯了一个创作技法一直教导我们避免的错误：因为讲述观众看到的事实是没有意义的，只会让人厌倦。诗人应该利用好幕后的时间来让角色知情，不让台下聆听的人受罪"，[4] 新的规则已经呼之欲出。只是高

第二部分　剧本的外部结构

乃依还要等上很长时间才满足斯库德里:《熙德》里这场受到指责的戏直到1660年才得到修正。他在《欺骗者续篇》的《评述》里的确会提到"绝不复述观众已见之事这条箴言",但这是为了坦诚他的喜剧没有遵守这条箴言,他在《评述》里写道:"克雷昂德在第二幕里把杜朗特的慷慨告诉了他的妹妹,而此前观众在第一幕已经见证了这一点。"这倒不是因为高乃依以这一"缺陷"为荣,而是他认为没有必要更正。然而,前古典主义剧作法的这个漏洞还是在投石党乱之前就消失了。比如特里斯坦在他1656年出版(上演时间为1646年或1647年)的《奥斯曼》里,隐晦地强调了自己知道这一叙述规则:第三幕第二场里,有一位穆斯林前来向穆福提的女儿讲述奥斯曼对抗反叛士兵的开端;但塞里姆很快出现,并专程对这位女孩说道:

夫人,对于您已经知晓的,我会闭口不谈。(第三幕第三场)

换作十年前,大家不会放过这个说话的机会;十年后,也没人再把这种已经习以为常的简约拿来炫耀。

*　　*

在《戏剧法式》的"叙述篇"(《戏剧法式》,第四部分,第三章)里,多比尼亚克院长提出了叙述的其他规则。比如清晰,有趣,长度适宜,可连续也可分割,不能刻意,等等。此处我们可以忽略这些属于修辞范畴的规则。需要我们记住的只有以下这条剧作法层面的双重规则:讲述的人必须"有强有力的理由支持讲述","听者也得有合理的理由知道对方要讲什么"(同上书,第301—302页)。换句话说,无论对叙述者还是对听者而言,叙述都不能漫无目的。它的逼真与否取决于对话者的心理状态和在剧中的处境。马尔蒙特尔也有类似的表述:"每当有不同角色出现在台上,一位讲、另一位听的时候,听的人应该要集中注意力,保持安静,讲的人则要证明自己有理由选择此时、此地,在这些人面前进行讲述。"[5]

第四章 场的不同形式：固定形式

高乃依特别注意遵守这条双重规则。他似乎对于《罗德古娜》第一幕里的叙述所遭受的批评特别敏感：拉奥尼斯的这些叙述被批为无趣，因为无论讲述者还是听者都是次要角色，他们都无法体现与所叙述事件之间深层的个人利害关系。1660年写作《评述》时，高乃依都用心地通过讲述者和听者的个性来解释这类出现在他不少作品里的叙述。比如关于《美狄亚》，他说在悲剧里很难设计出能聆听呈示部分叙述的角色，"因为它所涉及的重大公共事件都是人尽皆知的，尽管找到人来讲述不是难事，但要找到一无所知的人来听可不容易"。同样是在这篇《评述》里，他还告诉我们听众和事件之间过度的利害关系和缺乏利害关系一样具有伤害性："如果听的人心事重重，那么他们不会有耐心听人讲述细节……对他们而言了解事件只需要一句话。"在《西拿》的《评述》里，高乃依用了同样的原则来解释第一幕里的叙述："艾米丽乐于从她情人口中听到后者带着怎样的热情来按她的意愿行事；而西拿对于能向艾米丽展示她的愿望指日可成也是满心欢喜；这就是为什么无论这段不间断的叙述有多长，都不会让人厌倦。"但如果谋反者西拿在进行这段叙述前就知道自己被皇帝召见，"那么他就不得不闭口不谈，或者用六行台词加以总结，而艾米丽也无法听进去更多内容"。在《波利厄克特》里，这一原则解释了结尾部分叙述的缺失："我没有写关于波利厄克特之死的叙述，因为既没人讲也没人听……"关于《庞培》的叙述，高乃依则写道："讲的人和听的人都思绪平静，有充分的耐心来完成。"而《赫拉克里乌斯》的叙述技巧，在高乃依看来，则是挽回了《罗德古娜》里拉奥尼斯冰冷话语的失败；在《赫拉克里乌斯》的《评述》里比较这两个剧本时，他写道："它［《赫拉克里乌斯》］的处理和另一部［《罗德古娜》］的不同之处在于叙述，这些使剧本变得清晰的内容巧妙地出现在了不同的地方，时机恰当，讲者和听者都十分投入，没有任何一段像拉奥尼斯那段一样那么无动于衷。"一段好的叙述应当同时打动讲的人和听的人。这就是为什么在《奥东》里，高乃依让弗拉维在对普罗蒂娜叙述之前，先说了以下这些话：

  要求我做这段危险的叙述
  您是在冒险投入一场新的争斗。（第二幕第一场）

343

但如果这场争斗太过激烈的话，普罗蒂娜就可能听不下去了。因此要在冷漠和过度的激情之间找到平衡。尽管会有陷入无趣的风险，但古典主义还是更愿意接受少一点张力；与其有违逼真，他还是更倾向于冷淡。叙述的听者，尤其是呈示里的叙述，往往是一个没什么激情的亲信。而叙述的人也常常是一个普通的亲信；这个继承于古代悲剧里无名信使的角色可以是完全无足轻重的。在高乃依的《安德洛墨达》里，第五幕第五场里叙述珀尔修斯之死的任务交给了弗尔巴斯这个此前没有登场的角色，他甚至都被角色名单遗忘了。在《佩尔塔西特》里，高乃依让一个大家一无所知的普通士兵来叙述加里巴尔德之死（第五幕第四场）。相反，如果说叙述的人无论多么富有激情都不为过，那么听的人则不能太过于激动。人们对于拉辛的《费德尔》里泰拉梅纳那段叙述的批评，针对的不是叙述者泰拉梅纳，而是静静聆听的泰塞埃。马尔蒙特尔说："一位把儿子的死怪在自己身上的父亲，在首次接触这个令他痛苦的事实时，是无法忍受别人向他描述那段导致他痛苦的神迹的。"[6]

*　　*

至此，对于在投石党乱之后才基本得到遵守的种种叙述规则，可以作如下的概述：只有当事件无法在舞台上呈现，而讲出来又能为剧情服务，且讲述者和听者都处在不得不讲和不得不听的情境下时，才应该使用叙述。叙述不应该重复观众已经知晓之事；它适合出现在剧本的开头或结尾。

2. 叙述：形式，功能，地位

并不是所有提到了舞台上未呈现事件的段落都是叙述。真正的叙述不仅满足上述那些条件，还具有某种形式；它得有一定的篇幅来引起注意，得讲求话术。用三行台词把一个观众没有看到的事件一笔带过不能称之为叙述。叙述是长段台词，通常力求醒目。比如托马斯·高乃依的《蒂莫克拉特》12次（第一幕第二场，第三幕第二至第六场，第四幕第一、第二和第四场，第五幕第一、第六和第八场）提到了舞台上没有展现的事件。但这 12 个片段大部分都很短，只是传递信息而没有展开，所以不是叙述。我们有必要为真正的叙述来定义形式。这种形式不是僵化的，随着情况的改变会出现大量的变体。我们定义的只是它的典型形式，也就是在起承转合上最清晰，能解释最多个案，最完备的那种形式：古典主义文本里存在的所有叙述都由它简化而来。

　　成形的叙述包含叙述本身，也就是最长的那部分，以及一定数量的附属内容。叙述本身的篇幅可以短到二十来行，长至一百多行。它依照修辞规则来构建，以最巧妙的顺序集合了最鲜艳的，最能给台上听者和台下观众留下生动印象的细节。在剧作法层面，需要解决的问题是如何把这个展现话术的片段变得逼真、动情，成为情节的元素之一。为此，剧作家找到了一个有效的支援，即围绕叙述本身的那些附属内容。在古典主义时期，这些附属内容是开场白、辩白、事实公布、感叹和评论。

　　开场白的实质功能在于把台上听者，更重要的是台下观众的注意力吸引到即将展开的叙述上来。以特里斯坦的《玛利亚娜》为例，当希律王对莎乐美[*]说：

当我开始讲述时不要打断我（第一幕第三场）

这话其实更是说给玛黑剧院的站立观众听的。同样，在梅莱的《西尔维娅》里，马塞也说道：

您若是要听，就请您专心。
叙述的结尾当会让您一乐。（第二幕第一场）

在洛特鲁的《濒死的赫丘利》里，德伊阿妮拉在开始叙述时更是再三强调。先是说了一句，"告诉你一个秘密"；随后两次说道："听着"；过了一会儿又说：

---

[*] 特里斯坦剧中的莎乐美并非让希律王砍下施洗者约翰头颅的那位著名女子，而是希律王的妹妹。

第二部分　剧本的外部结构

> 听听这匹著名的半人马
> 究竟经历了什么才得以正本清源。（第二幕第二场）

然后真正的叙述才开始。洛特鲁知道要让大家安静下来才能开始叙述。出于同样的原因，他在《美丽的阿尔弗莲德》里让阿曼塔斯说道：

> 竖起耳朵专心听我来讲述吧。（第二幕第一场）

在《波利厄克特》里，高乃依同时预告了与波利厄克特和奈阿尔克两人的渎神行为相关的叙述；宝丽娜对斯特拉托尼斯说道：

> 告诉我他们在神殿里的所作所为。

几行诗文之后，斯特拉托尼斯为了确保大家意识到叙述即将到来，回答道：

> 请听我用两句话说下他们粗暴放肆的行径。（第三幕第二场）

在高乃依的《庞培》里，关于庞培之死的那一长段叙述前，有一段展开了的、讲究的开场白从阿肖雷口中说出，它的结尾是这样的：

> 既然您想要我在此为您讲述
> 一次令我们汗颜的壮烈牺牲，
> 那就请聆听，仰慕，怜悯他的死亡吧。（第二幕第二场）

正式的叙述之前还可以附加一段辩白，这是一种对于预计会存在的反对的提前回应，目的是平复听者可能抱有的担忧，或者打消他们可能存在的疑虑。在《伊菲革涅亚》里，拉辛让尤利西斯负责叙述伊菲革涅亚本应被献祭，却最终得以脱生的那场仪式。由一个一直以伊菲革涅亚敌人形象出现的人物来传达这个善终的结尾，这可能会令克吕泰涅斯特拉和观众感到惊讶。于是尤利西斯在叙述之前，就解释了为什么由他来说：他的大致意思是告诉克吕泰涅斯特拉，自己此前之所以支持献祭她的女儿，是因为相信那是上天的意愿；既然现在有另一场献祭让神满意了，他就要来弥补自己给她带来的痛苦（第五幕第六场）。有时，为了让观众认真聆听，作者也会向他们承诺叙述会比较简短。但这样的承诺常常无法兑现。在洛特鲁的《濒死的赫丘利》里，吕珊德要求菲洛克戴特对她讲述赫丘利之死；便说道：

> 用两句话来对我讲述一下吧。（第五幕第一场）

然而，菲洛克戴特随后的叙述却长达 72 行……"两句话"这种说法在洛特鲁的作品里还很常见，引出的通常都是长段叙述。这样的措辞其实颇有深意；它体现了作者担心长段叙述会令人厌倦，但又无法接受对自己的话术展示加以限制。以他的《美丽的阿尔弗莲德》为例，在这一部剧中，我们就找出了四句类似的话：

> 就听我用两句话告诉你，究竟是何种让我遗憾的
> 原因迫使我踏上了这段伤心之旅。（第一幕第一场）
> 两句话你就能明白。（第二幕第三场）
> 两句话就能让你知道真相。（第二幕第五场）
> 请听好；就两句话……（第三幕第六场）

这些话分别引出了长达 42 行、13 行、38 行和 26 行的叙述。

　　在戏剧里，叙述者通常不能依照严格的时间顺序来展开叙述。如果听者真的在意叙述内容，他一定迫不及待地想要立即知道传信人所带来的新讯息；而我们已经知道，听者在意叙述内容是古典主义时期的叙述规则之一。以主角之死为例。叙述者可以出于好意，依据修辞把死亡的来龙去脉交代清楚，并以主角最终咽气来结束叙述；但从戏剧角度出发，台上的角色和台下的观众都想马上知道主

角是否死了。只有在揭开这个谜底之后才可以展开描述。这就是为什么在正式的叙述内容之前,几乎总是会有一两行诗文告知事实,平复听者的好奇心;然后才进入细节。当高乃依在《庞培》的《评述》里写下以下这段话时,已经把这种做法视为规则了:"当我们面对一个情绪平静的人之时,……可以尽情地表述所有细枝末节;但在这之前,即便是当时的我,也已经认为,一上来用三言两语先说出结果比较好。"在剧中,庞培的死也的确是在进入描述之前说出的(《庞培》,第二幕第二场),阿提拉的死也是一样(《阿提拉》,第五幕第六场),还有其他许多高乃依笔下的主角,都是如此。拉辛也是,在《伊菲革涅亚》的结尾,当尤利西斯和克吕泰涅斯特拉见面时,伊萨基国王首先说道:

348
    不,您的女儿活着,神意也已经得到满足。(第五幕第六场)

之后才是可以尽情加以修饰的正式叙述。

  在叙述前先告知核心事实的做法并不是古典主义剧作法的首创。罗贝尔·加尼耶已经这么做了:在《安提戈涅》第三幕里,信使先用了几句话告诉伊俄卡斯忒和安提戈涅,波吕尼克斯和厄忒俄克勒斯已经相互残杀至死;然后才通过长段叙述展开了决斗的种种细节。在《阿尔克梅翁》第五幕里,阿尔迪也以同样的方式处理对于主角之死的叙述。洛特鲁的《安提戈涅》(第三幕第二场),杜里耶的《阿尔西奥内》(第五幕第四场),以及其他许多剧本都采用了类似的做法。

  台上听者所提的问题既有可能触发事实真相,也有可能出现在得知事实之后。信使的哀叹或者泣诉都会很自然地引发这些问题。比如在洛特鲁的《濒死的赫丘利》里,阿吉斯登场时就失声大喊道:

    噢 这饱受摧残的家族! 噢 这令人惋惜的离世!

于是阿尔克墨涅问他:

    旧愁之外,你又要加上什么新痛?(第四幕第三场)

第四章　场的不同形式：固定形式

阿吉斯便把德伊阿妮拉的死告诉了她。在被告知事实后，掌握了核心信息的听者也会询问细节。我们能找到大量用来呼唤、引出叙述的句子。比如在加尼耶的《安提戈涅》里，刚得知两位兄长死讯的安提戈涅就对前来传信的士兵说道：

> 士兵，恳请你
> 完整地告诉我们这个悲剧。（第三幕）

在阿尔迪的《阿尔克梅翁》里，阿尔菲斯比也是得知了自己两个兄弟的死讯；她先是当场昏厥，醒来哀叹了一番之后，对信使说道：

> 还是用你的悲剧话语来讲述讲他们的死亡吧
> 让我彻底陷入遗憾的长流。（第五幕）

在洛特鲁的《安提戈涅》（1639）里，面对告诉了她两兄长死讯的艾蒙，女主角说道：

> 请给我讲述吧。（第三幕第二场）

在吉尔贝尔的《沙米拉姆》（1647）里，泰西冯特一上来就对沙米拉姆说：

> 梅农已经不在人世了。

沙米拉姆感叹了几句后回答道：

> 还是给我讲述一下这场凄惨的死亡吧。（第四幕第三场）

类似的例子我们还可以举出很多；这类指向明确、频繁出现的句子显然是重要的。它们的功能不仅是把观众的注意力吸引到即将开始的叙述上来，也是通过表达听者的期待来证明这段阿尔迪所说的"悲剧话语"的必要性。它们还让这些原本只能成为听众的角色有了说话的机会,避免了把焦点集中在叙述者一人身上,增加了舞台上的互动。事实上,除了提问和请求之外,剧作家还尝试通过感叹或者评论让听者也行动起来,它们可以在事实告知后马上出现,甚至当叙述内容过长时,也可以插入其中。加尼耶的《安提戈涅》、阿尔迪的《阿尔克梅翁》和吉尔贝尔的《沙米拉姆》里的长段叙述,都被来自那位女性聆听者的感叹而多次打断,其他许多剧本也是如此。在洛特鲁的《濒死的赫丘利》里,得知德伊阿妮拉死讯的阿尔克墨涅评论道:

350　　她罪有应得,但我依然
　　　　无法遏制为她的死而哭泣。

当阿吉斯完成了对于这场死亡的细节描述后,阿尔克墨涅又评论道:

　　　　就这样,在一段失控命运的作用下,
　　　　一切深夜的欢愉在清晨被摧毁……(第四幕第三场)

可见,这里的叙述被丰富的外部内容框了起来。如果把我们刚刚分析过的所有细节集合起来,对叙述的典型形式做出最完整的描摹,我们就会依次得到以下元素:叙述者的感叹;听者的疑问;事实告知;感叹,评论,以及听者的新问题;解释和叙述的开场白;叙述本身,其间可穿插听者的感叹和评论,其后还可能出现新的评论。

* *

叙述有多重不同的功能。首要的,并且也是最稳定的功能,自然是对事件进行公开。第二重功能在于刻画叙述者和聆听者的性格;我们已经知道,这是古典主义叙述必须遵守的一条规则;但这种技法上的必要性有时会变成剧本的核心。

第四章　场的不同形式：固定形式

对于叙述的这重功能体现得最极致的例子是莫里哀的《太太学堂》。这部剧一问世，观众就对叙述在剧中的反常地位感到意外。莫里哀在《太太学堂批评》里如此回应批评："说整部剧都只是叙述是不符合事实的"，他还借杜朗特之口解释了剧中多段叙述的心理刻画功能："这些叙述就是与主题相配合的情节；而且它们完成得十分自然，每次都把相关的听者带入了一种能逗乐观众的困窘之中。"（第六场）我们从这些叙述中所了解到的，首先就是贺拉斯或者阿涅丝的天真，以及阿尔诺夫的困窘。莫里哀有意增加它们的数量，《太太学堂批评》里，尤拉尼的这句话体现了这一点："在我看来，《太太学堂》之美就在于这种连绵不断的倾诉。"这部剧由此显得像是一次大获成功的剧作法实验，目的是把叙述的心理刻画价值发挥到极致，这和替代事实完全不是一回事。莱辛很好地看到了这一点，他的评论值得我们在此引用："它并不在于描述事实，而是描述蒙在鼓里的老头得知事实后的反应。莫里哀想要呈现的主要是这个老头的缺点；因此我们得要看到他在面临不幸之际怎样应对；如果诗人把叙述里的内容在我们面前表演出来，而把表演的东西放入叙述，我们就没法看得这么清楚了。"[7]

叙述的第三重功能是点缀。这在多比尼亚克院长看来是不可或缺的，他认为叙述"如果用单薄、缺乏活力的字句来表述……那就是乏味的；因为它没有给舞台带来任何点缀，观众会厌烦，放松注意，不再聆听"（《戏剧法式》，第四部分，第三章，第290页）。不过，前古典主义作家的错误倒是过分点缀。对于描述乐此不疲的他们，会加入一些有吸引力，却对情节无用的景象。比如在洛特鲁的《幸运的海难》（1637）里，克雷昂德对萨尔玛西讲述他的生活。和许多悲喜剧的主角一样，一场海难让他来到了情节发生地；而导致海难的暴风雨从《奥德赛》开始就是绝佳的描述对象，它在洛特鲁的剧本里占据了22行诗文："尼普顿"展现了他的"善变"，"狂风"席卷而来，"厚重的云雾"带来了一片漆黑，可怕的声响开始回荡；马上，

空气中响声渐起，风的呼吸也愈发急促；
这个骄横的大气暴君将平静的海面掀起，变成百座山峰；
他将绳索，帆布和桅杆劈开，击碎，撕裂，

> 这艘可怜的船只已经无法辨认：
> 舵手不知所措……（第一幕第二场）

然后船就沉了。此处的叙述纯粹是为了展现修辞，没有别的理由。古典主义作家当然也不会放弃具有高度点缀功能的叙述，只是他们笔下的种种点缀同时也是情节的元素。我们仅举两个著名的例子加以说明，首先是高乃依的《熙德》（第四幕第三场）里关于罗德里格与摩尔人战斗的那段叙述，它描绘了主角的英勇，让观众明白国王不可能同意牺牲这样一个保家卫国的人；其次是高乃依的《欺骗者》（第一幕第五场）里关于杜朗特自诩举办了的那场水上庆典的叙述，它展示了一个行骗中的主角，并给欺骗者制造了一个之后必须解决的问题。当然，这类叙述同时也能让观众愉悦，因为它们把排演所无法呈现的内容转化成了观众可以想象的壮丽画面。叙述的联想价值在一部像高乃依的《金羊毛》那样的装置悲剧里就体现得特别明显。阿布绪尔托斯向他的姐妹们描述许浦西皮勒的到来：后者坐在一个由"四头海怪"和"四个长有羽毛的侏儒"托起的"漂浮王座"上；观众以为自己亲眼看到了这一场面，很快，他们也的确会看到许浦西皮勒和他的仪仗队一起登场，叙述就在真实的舞台呈现中结束。高乃依对他用来点缀叙述的诗意画面做了明确：许浦西皮勒坐在"一个大贝壳里……由四条海豚撑起，驭四方之风"（第二幕第三场）。而在《塞托里乌斯》这样一部朴素的剧里，高乃依则摒弃了"动情的叙述"和其他"点缀"："告读者书"说，剧中"没有爱情的温柔，没有激情的躁动，没有浮华的描绘，也没有动情的叙述"。

即便叙述是奢侈品，我们不要忘记它也必须"动情"；它的最后一个，但同样不容忽视的功能，就是触发情绪。多比尼亚克院长对于高乃依的《索福尼斯巴》的批评，恰恰在于后者没能在叙述女主角之死的时候打动观众："这段叙述如此之短，又如此冷漠，以至观众完全没有感动。"[8] 有时，叙述会缩短甚至消失，因为本该由它来触发的情绪通过其他手段得到了。我们知道，高乃依的《苏雷纳》就是这样的情况，剧中的情绪由一种特殊的结尾形式触发（见本书第一部分，第七章，第4节）。在拉辛的《米特里达特》里，关于大家误以为死去的男主角的回归，并没有叙述；这一消息的告知非常简短，极富戏剧张力（第一幕第四场）；但它对其他角色造成了足够大的困扰，以至没必要再展开叙述了。而在西哈诺·德·贝尔热拉克的《阿格里皮娜之死》(1654)里，结尾处叙述的缺失则更能说明问题。蒂博尔下令处决塞扬和里维拉。在剧本临近尾声时，奈尔瓦前来告诉他犯人之死。他是这么对皇帝说的：

> 我见证了灾难里
> 一位毫无惧意的女子，一位哲人般的士兵：
> 威胁他们的刽子手，已经……

这时，蒂博尔打断了准备主动展开一段动情叙述的奈尔瓦。这位皇帝不想听叙述，只想要明确知道事实。于是他问道：

> 都死了吗？这两人？

奈尔瓦答道："他们死了"，蒂博尔随即用一句"这就够了"结束了这行诗文。而这也是全剧最后一行。这种突兀的结尾是反常的，它显然是为了追求一种效果。我们只能用蒂博尔的残暴来加以解释。关于两位受害者之死的叙述可能会激起怜悯。禁止叙述，止住本要落下的眼泪，为蒂博尔的恶毒添上了一个新的证据。他对于里维拉和塞扬的报复延续到了死后。杀了他们无法令他满足，于是剥夺了两人的悼词。

一些例子可能会帮助我们理解整个古典主义戏剧里遭到最多批评的那段叙述的真正功能，那就是拉辛的《费德尔》里泰拉梅纳的长段叙述。它之所以长，首先因为它是泰拉梅纳的辩词。泰塞埃问这位老师：

> 你对我儿子做了什么？

而泰拉梅纳得让这位可怕的父亲知道自己学生的死并不是由他造成，强调伊波利特所遭受的灾难之奇异和不可抗拒。与此同时，他的叙述也更是一段悼词，向伊波利特高贵灵魂的一种致敬，作为父亲的泰塞埃应当静静地在苦涩中聆听，在神的面前为他曾经的冒失赎罪。面对尼普顿所制造的种种恐惧，

  伊波利特孤身一人，无愧为英雄之子，

岿然不动。然而，他的马匹却没能像他一样，因此尽管他直到最后一刻依然"无所畏惧"，还是不幸死去，而他最后想到的是阿里西和他的父亲。向这位模范情人、模范儿子、模范战士致敬的悼歌，必然要让泰塞埃和观众安静聆听，所有听者在同一种情绪里实现了心灵的联通。

*   *

  叙述并非轻而易举地成为了古典主义剧作法的其中一个元素。前古典主义时期的不规则派批评它是情节的乏味替代品；热衷于场面，对地点统一不屑一顾的他们，想要把一切都搬上舞台，不作任何叙述。对于叙述最激烈的批评可能出现在玛黑夏尔的《英勇的德国女人》（1630）的"序言"里。他说道："在这些冗长的叙述面前，即便再有耐心的人也难免会感到极度乏味，它们让我们的记忆充斥了种种毫无效果的话语，用长篇累牍的文字夺走了动态情节原本可以带给我们的一切快乐"，难道还有"比它们更让人厌烦的东西吗"？然而，却有一些革新者"认为我们花在动态情节上的时间是毫无意义的；而在我看来，他们用来扫我们兴致，让我们耳朵遭罪的那点时间才是冗长且伤人的……长段描述让我厌烦，而动态情节让我享受"。高乃依在 1632 年出版《克里唐德尔》时，也是这么认为的。他在剧本的"序言"里写道："我把种种意外事件呈现在了舞台上。会有人为这样的创新感到高兴的；其实只要估量一下情节相对于那些冗长烦人的叙述有着多大的优势，你就会觉得我偏爱视觉享受胜过听觉煎熬并不奇怪。"然而，高乃依很快就会采纳古典主义的技法，用叙述来点缀自己的大量剧作。只是他也在 1660 年明确指出，"经过润色的、动情的叙述"应当符合"说者和听者的气质"，考虑到叙述"难免会有所卖弄"，在重大

危机的情境下，或者在"过于强烈的情绪"里，要知道"舍弃这种点缀"(《美狄亚》，《评述》)。直到 1702 年，莫万·德·贝尔加尔德院长还在说"叙述勿滥"。[9]

尽管存在这些反对或者保留意见，叙述还是很早就被广为接受了。夏普兰从 1630 年开始就已经是它的拥趸。[10] 对于修辞以及长段台词的喜好，对于地点统一、逼真和得体的日趋重视，都使叙述在剧作家中得以普及。在这一时期的小说里，它不也是无处不在吗？马江迪先生对小说里的叙述风潮做了一些有用的说明。"有一位小说的主角宣称，要把一个故事叙述好，必须得交代所有的背景条件"。另一位小说主角则对一则干瘪不堪的事实报道抱怨道："不要这样急于满足我，让我一口一口品尝这壶佳酿"……马江迪先生总结道："了解自己职责的叙述者说话都是平静，慢条斯理，依照先后顺序来的。他们足够耐心，绝不会提前透露半分。"[11]

在古典主义戏剧里，叙述的地位体现在它们极大的数量以及其中最讲究的那些叙述的长度上。高乃依的《庞培》(第一幕第一和第三场，第二幕第二场，第三幕第一场，第五幕第一和第三场)和《欺骗者续篇》(第一幕第一[两段叙述]和第三场，第二幕第二场，第三幕第四场，第五幕第三场)里有六段叙述；洛特里的《美丽的阿尔弗莲德》(第一幕第一场，第二幕第一、第三和第五场(两段叙述)，第三幕第二和第六场)，莫里哀的《太太学堂》(第一幕第一和第四场，第二幕第五场，第三幕第四场，第四幕第六场，第五幕第二和第六场)里有七段；托马斯·高乃依的《斯蒂里贡》(第三幕第三场，第四幕第一和第二场，第五幕第二、第三、第四、第六和第九场)里有八段。至于带有长段叙述的剧本，则更容易举出例子来。比如在梅莱的《维尔吉尼》(1635)里，佩里安德尔和克雷雅克两人互相讲述了彼此的过去。前者以如下这段令人胆寒的话开场：

> 伟大的国王，我不得不劳烦您来听我
> 讲述我的家族和我的不幸。(第四幕第三场)

随后是四整页不间断的叙述。佩里安德尔不时想要简化，可惜并不十分有效：

第二部分　剧本的外部结构

> 我不愿在此注明
> 我们途经之处的地理细节，
> 看到了哪些港口，哪些名城，
> 陆地和岛屿的数量和名称……

我们可能都想感谢他没有强迫我们听他罗列地名。当多比尼亚克批评一处长段叙述，比如斯库德里《尤杜克斯》里的叙述时，并不是因为叙述太长，而是因为其中包含的某些细节对情节无用（《戏剧法式》，第四部分，第三章，第292页）。相反，同样是斯库德里的作品，《乔装王子》的开场叙述在多比尼亚克看来就是"成功的，尽管话语过多了"（同上书，第295页）。这处不间断的叙述长达157行（第一幕第一场）。有了这样的一次肯定，我们就能理解为什么许多长段叙述没有因为长度而遭到批评。我们可以举其中几段的长度为例：特里斯坦的《玛利亚娜》里有一段74行的叙述（第五幕第二场），"五作家"的《杜乐丽花园喜剧》里有一段78行的（第一幕第二场），《熙德》里是82行（第四幕第三场），《安德洛墨达》里有89行（第一幕第一场），拉辛的《费德尔》里90行（第五幕第六场），谢朗德尔的《提尔和漆东》92行（1608年版本里第一幕第五场），洛特鲁的《美丽的阿尔弗莲德》98行（第三幕第二场），高乃依的《西拿》103行（第一幕第三场），《庞培》104行（第二幕第二场）。

喜剧作家对于叙述这种形式的戏仿也证明了它的地位。斯卡隆在他的喜剧《若德莱：男仆主人》（1645）里两度嘲讽了叙述习惯性的冗长。在剧本开头，若德莱喋喋不休地对主人唐璜念叨自己如何把他自己，而不是后者的画像送到了美丽的伊莎贝尔那里。他的缓慢冗长招来了对于叙述手法的批评，失去耐心的唐璜感叹道：

> 你就不能三言两语完成讲述吗！
> ……
> 从来没有长段对白让我如此厌烦，
> ……

第四章 场的不同形式：固定形式

说实话，你这故事到底有没有尽头？

若德莱答道："有的，大人"（第一幕第一场）。"大人"这个悲剧词汇的出现让戏仿的意图变得十分明显。后来，当贝阿特丽丝向唐路易展开叙述时，是用以下这句话开场的：

好，好，请您听我用三句话把这事说了。

然而，她的叙述却长达28行，尽是重复之处以及喜剧里的插科打诨；临了，她说道：

……就此别过，我要撤了。
我已经说太久了，这是中了什么邪啊。（第三幕第二场）

尽管斯卡隆在喜剧里嘲讽叙述，但在一部不带任何幽默感的悲喜剧里，他却毫不犹豫地使用了长段叙述，那就是《海盗王子》（*Prince Corsaire*, 1662）。阿尔西奥娜想从姐姐爱丽丝那里了解神秘的"海盗王子"，后者答道：

我从不拒绝自己关心之人。

于是她展开了一段41行的叙述。依然不满足的阿尔西奥娜又说道：

我等待的是一段更宏大的叙述：
我想知道您对他
非凡身世之谜有何了解……（第一幕第五场）

没等她继续央求，爱丽丝立刻又展开了一段长达44行的全新叙述。斯卡隆在叙述问题上或讽刺或使用的两面态度，恰恰体现了这种手法在那个时代的重要性。

在莫里哀的《安菲特律翁》里，我们能找到其他的叙述元素。剧本开场时，独自在舞台上的索西想要演练那段他答应了阿尔克墨涅的关于战役的叙述。于是他把灯笼放在地上，当作阿尔克墨涅，自问自答地开始对话。这场喜剧基调的戏重现了叙述里的那些传统元素：告知事实（安菲特律翁战胜了敌人），听者提问引出详述部分（"索西，对我讲讲这整件事"），证明作为亲历者的索西有能力讲述这场战役：

关于这场胜利的细节
我能娓娓道来。

随之而来的正式叙述里，突然出现了一段可能会持续很久的、详细的地域描述。索西"在手上比划着不同地点"，展示哪里是城市，哪里有河流，"我们的人""敌人""他们的步兵、骑兵"分别在哪，然后才开始描述战役，但马上又觉得有必要明确先锋部队、弓箭手、主力部队的位置，——直到最后墨丘利的到来打断叙述（第一幕第一场）。很难说莫里哀在这里嘲讽的是哪段关于战役的叙述：这样的叙述太多了。

3. 独白：功能和形式

独白可以有多重功能。有一些和其他场的形式共通；另一些则是它的专属功能。前一类我们会很快带过。与所有场以及场的片段一样，独白能让观众了解情节的某个元素，某个角色的情感，或者新近发生的事。呈示里的独白尤其如此：当一个角色在开场时独自走上舞台，主要就是为了给观众带去一些信息的。哈冈的《牧歌》（1625）的前三场戏就是如此，三位重要角色分别通过独白说出了自己心爱的对象：阿尔西多尔和吕锡达斯先后表达了自己对阿尔泰尼斯的爱，而后者爱的只是阿尔西多尔。在剧本的其他地方，一个在对话中隐藏了自己真实想法的角色会在独白中吐露心声。以洛特鲁的《濒死的赫丘利》（第一幕第二场）为例，德伊阿妮拉正是在独处时宣泄了自己的嫉妒之情，并且表达了报复赫丘利的欲望。在特里斯坦的《奥斯曼》里（第三幕第一场），穆福提女儿对于男主角的爱也是在孤身一人时吐露出来的。不过在这类独白里，负面情感比正面情感更为常见。比如"叛徒"就热衷于在那样的环境下揭开自己的真面目。仅仅1639这一年，洛特鲁就出版了两部有叛徒利用独处之机向观众宣告自己虚伪的剧作：在《美丽的阿尔弗莲德》里（第五幕第一场），费朗德宣称自己并没有为罗道尔夫的利益服务，而是欺骗了他；而在《克里桑特》里（第二幕第四场），卡西也告诉观众自己是假意放弃克里桑特，实则还想得到她。高乃依的《佩尔塔西特》也一样，加里巴尔德两次（第二幕第二场，第三幕第六场）在独处时提到了自己的阴谋诡计。不过一旦站不住脚，这些解释也无法让剧本变得清晰。按照兰卡斯特先生的说法，莫里哀笔下的达尔杜弗之所以得到了不同的解读，是因为他没有通过独白公开自己的意图（《历史》，第三卷，第二册，第629页）。还有些时候，独白带来的不仅是情感的表达，也是事实的公布。在高乃依的《罗德古娜》里，正是通过克莱奥帕特拉在第五幕开头的独白，我们才了解了塞勒古斯的死。

有人也说"独白用于串联场次"。[12] 这一功能很容易找到例子。比如在拉辛《费德尔》的第四幕第五场里，费德尔的独白就是用来串联费德尔和泰塞埃之间的一场戏以及费德尔和艾农娜之间的一场戏。如果没有这段独白，艾农娜就得正好在泰塞埃离开的那一刻登场，而这样的巧合是没有任何道理的，因此很难被接受。但这段独白的意义还在于表现费德尔在得知伊波利特爱阿里西之后饱受嫉妒煎熬的状态，这一点更为重要。我们发现，在所有优秀作家笔下，独白除了简单地起到场次串联的作用之外，还有心理分析或者情绪表达的功能。因此，串联功能和展现情感或事实的功能一样，都不是独白的本质功能。戏剧里的所有场次，无论是不是以独白的形式呈现，显然都可以用来串联前后场次，展现情感或事实。而且，我们还将了解到，串联所有场次的做法在17世纪的确立时间比较晚，而独白的使用要远远早于它。

独白的本质功能在于让情感得到诗意的抒发。独处中的角色不再需要掩饰，不再需要遵守某些得体规则，而是可以直抒胸臆。剧作家使用独白不仅可以像在对白状态下那样展现主角的情感，更是可以让主角把情感吟唱出来。17世纪上半叶，"戏剧诗"，如其名所示，保留了许多属于诗歌的元素，它们大量出现在独白里。在大部分这样的独白里，角色会不断地吟唱他的爱情、苦痛、失望、愤怒、焦虑、喜悦。——引用可能会有些乏味，因为冗长本就是这些独白主动追求的效果。在此我们仅列举一些数字来展现抒情元素在其中的首要位置。哈冈的《牧歌》（1625）包含了 19 段独白；其中有 10 段[13]完全用于情感倾诉。在梅莱的《西尔维娅》（1628）里，18 段独白里有 10 段[14]是纯粹的抒情；在洛特鲁的《无病呻吟》里（1631），18 段独白里有 12 段是这样的情况，而在巴霍的《卡丽丝特》（1651）的 13 段[15]独白里，纯抒情的也有 8 段。[16]

剧作家有时会通过节奏或者作诗法的某些方面对独白的抒情特征加以强调。在高乃依的《梅里特》里，费朗德尔通过一段独白诉说了自己对于梅里特的爱（第三幕第一场）。里面的句子格外之长，体现了诗意的连贯性和这位情人不灭的热情：长达 12 行的句子之后紧跟着 5 行半的一句；而事实上，这两句话原为一体，因为后一句的开头重复了前一句开头那声饱含深情的"请告诉她"。呼应的韵脚也强调了这段怨诉的音乐性：我们可以从中找出以下这几对，nommer（命名）– aimer（爱慕），laissée（留下）– pensée（思考），effacer（抹去）– retracer（重绘），然后是另一个基调下的 joie（喜悦）– envoie（寄送），fois（次）– choix（选择），在穿插了 flamme（火焰）– âme（灵魂）这对韵脚之后，又再次回到 foi（信仰）– moi（我）。这种类型的独白接近于诗歌里的固定形式。而作诗法里的其他固定体系也可以替代亚历山大体的常规连韵，构成独白的形式；那就是斯偬式[17]。我们会在下文里把斯偬式作为一种戏剧写作的形式来加以研究（第六章第 1 节）。此处，我们只需要提醒大家注意：它是连韵独白的一种变体，只是更为讲究，连形式也要体现抒情特征，两者的功能完全一样。

独白所吟唱的情感可悲可喜。吉尔贝尔的《沙米拉姆》里仅有的两段独白（第二幕第四和第六场）表达的是喜悦；梅莱的《阿苔娜伊斯》里的两段独白（第五幕第三和第五场）诉说的是痛苦。但后一种情况远比前一种情况常见。在更多时候，独白是呻吟，而非欢呼。在我们提到过的梅莱《西尔维娅》里的 10 段独白里，有 8 段[18]表达了痛苦、愤怒和失望，这实属正常。我们已经知道，情节主要是由障碍促成的，角色们只有在大团圆结尾中才找到幸福。当他们在这些障碍面前自我分析时，从他们嘴里吟唱出来的一定是哀诉。一个凯旋的主角不需

第四章　场的不同形式：固定形式

要通过一长段独白来表达自己的喜悦。他可以在当下兴奋地叫嚷，像《熙德》里的罗德里格那样：

> 出来吧，纳瓦拉人，摩尔人，卡斯蒂利亚人，（第五幕第一场）

但他真正的表达方式是行动，斗争，炫耀他的胜利（也就是通过对话）。在斯库德里的《乔装王子》（1635）里，在五段占据整场戏的独白里，有四段是由被无视的女主角梅拉尼尔完成的。在洛特鲁的《美丽的阿尔弗莲德》（1639）里，被牺牲的那个年轻女孩奥朗特在两段长独白里展开了她的报复（第四幕第二场和第三场开头，第五幕第二场），她是那个没有任何人爱，结尾时唯一没有成婚，甚至都没有现身的人。来自一个被抛弃的角色的怨诉自然是在剧本的尾声的，它代表了一类我们已经提到过的结尾（见本书第一部分，第七章，第3节），即主角独自在舞台上哀叹。

在抒情功能之外，独白还有另一种功能。情感的表达可能不会对独白者产生任何心理改变：如果一位主角在剧本结束时的状态和开场时相同，那么他的哀叹就是无力的。这种情况常常出现。但也有一些时候，独白这种自我回归能打开一个出口；如果吟唱不是漫无目的的，如果它带着分析和思考，那么就能带来解决之道。一段导向决定的独白就和一段对话形式下的情节一样，是整体剧情的元素之一。这意味着在这个独处的角色内心的种种倾向之间，有一种占据了上风。我们在17世纪每个时期都能找到这类带来决定的独白的例子，从谢朗德尔的《提尔和漆东》（1608，第二幕第四场，乳母决定帮助卡桑德尔）到拉辛的《伊菲革涅亚》（第四幕第七场，阿伽门农决定牺牲女儿），两者之间还有杜里耶的《克雷奥梅东》（1636，第一幕第一场，普拉西德明白了得让波利康德尔知道阿尔及尔告诉自己的秘密），不一而足。

至少直到1650年，独白还能具备最后一种功能。当独白者说出一个事实时，听到的不一定只有观众，其他躲藏起来的角色也一样可以听到。毋庸置疑，这种手法人为痕迹明显：首先，在观众面前诉说自己的内心想法，本就已经属于不逼真但约定俗成的做法了，而假定这些虚构的话语能字正腔圆地说出来，并让另一个角色听到，则更不真实了。然而，这种手法在推动情节发展方面实在过于便利，以至前古典主义时期的作家会毫不犹豫地使用它。[19]在朗巴尔的《贝兰德》（1630）里，乔装成男子的梅里特在一段独白里揭开了自己女子的身份，而波利多尔听到了。洛特鲁也常常使用这种手法，比如在1631年或1632年间上演的《赛莲娜》（第三幕第二场）和《柯尔克斯的阿耶斯兰》里（1637，第二幕第二场）。在玛黑夏尔的《英勇的姐妹》（1634）里，有两段独白（第二幕第三场，第三幕第四场）都被躲藏起来的角色听到了。"五作家"的《伊兹密尔的盲人》（1638）提供了一个独一无二，深入展开，并由此而令人印象深刻的例子：男主角在里面说出了一段长达150行的独白，被不下三个随意躲藏起来的角色听到：他的父亲、姐姐和亲信，三人以各自的感叹切割了这一长段台词（第四幕第三场）。这个手法不仅受大众欢迎，在精致讲究者中也不乏喜好之人。比如在枢机主教黎塞留保护下上演的狄马莱·德·圣索林的《米拉姆》（1641，第四幕第四场）以及多比尼亚克院长的《西曼德》（1642，第五幕第一和第二场）里都能找到。到了投石党乱之后，再也没人敢于在严肃剧作里使用它了，但莫里哀还是从中挖掘出了喜剧效果：在《太太学堂》里，阿尔诺夫的一段独白被公证员偷听，并得到了错误的解读（第四幕第二场），而《吝啬鬼》里的阿巴贡也在独自一人谈论他亲爱的银币时生怕被爱丽丝和克莱昂特偷听。

*　*

364　　独白的形式并不完全由它的功能所决定。作为抒情表达，如果独白只是满足于花时间吟唱某种单一的情感，就像老旧时期常见的那样，那么它是没有特殊形式的。而当它表达两重或多重情感之间的冲突时，就会变得有意思，形式也开始出现不同。第一种类型的独白呈现一连串情感、思想上的反应和短暂的决定，它们此消彼长。因为它的存在，角色的心理才可以得到更好的研究，一段模拟了生活境遇的长段台词也才能体现出它的起承转合。在高乃依的《寡妇》里，菲利斯特在得知心爱的克拉丽丝被掳走之后，在一段独白里先后道出了一连串想法（第四幕第一场）：寻死；克拉丽丝可能想要试探他；如果他郁郁而终，克拉丽丝可能也会死去；克拉丽丝已经移情别恋，只会嘲笑他；克拉丽丝有被掳劫者强暴的危险。而在《亲王府回廊》里，高乃依向我们展示了另一个不幸的主角，利桑德尔的犹疑，他以为自己的塞里德爱着杜里芒：独自一人的杜里芒首先想要两个年轻人死，然后又发现自己对两人都关爱有加，最后又扬言自己只爱塞里德，想要除掉杜里芒（第四幕第五场）。在拉辛的《米特里达特》里，当莫尼姆拒绝嫁给男主角时，后者所处的情境也有些相似。他思考着自己应该杀掉哪一个：莫尼姆？西法莱斯？法尔纳斯？还是三人一起杀掉？无法做出决定的他只能哀叹自己的命运（第四幕第五场）。这种形式的独白在意愿突然转变以及动情的逆转局面下，显然是有很大用武之地的。

第二种类型的独白更简单，也更有力。这里并非展现主角在几种不同的冲动撕扯之下无法抉择，而是让他在两种相反、对立、不可调和的情感的作用下而分裂。于是，独白在两种选择之间展开。17世纪时，这类独白最早的例子可能是谢朗德尔的《提尔和漆东》（1608）的第一场戏：卡桑德尔爱上了敌对国国王的儿子贝尔卡尔，而后者爱着另一位女子；女主角先是想着如何满足自己的爱情，然后高声说道：

好极了，疯狂的卡桑德尔，你究竟决定怎么做？

但这一手法在这里并没有得到展开，因为女主角的这个态度转变只是一段长达180行的独白里仅有的一次。在高乃依的《克里唐德尔》的第四幕第二场里，情绪的起伏更大，独白中的皮芒特先后表达了自己对杜里斯的爱念和恨意，上苍对他的不公与成全。这只是一个开始，此后，高乃依还将创作出那些经典的表现二选一处境的独白：比如《熙德》里在"荣誉"和"爱情"之间"摇摆"的罗德里格（第一幕第六场，引号里的是角色的原话）；《西拿》里的艾米丽也是如此，先是出于对西拿的爱放弃了刺杀奥古斯都的念头，然后又改变主意坚持自己的复仇谋反大计（第一幕第一场）；《波利厄克特》里也有一段这样的文字，尽管不如前两段那么广为人知，宝丽娜先是担心波利厄克特和塞维尔之间会产生冲突，接着又觉得两人都足够高贵，不至于对抗，然后又回到最初的担忧，为可能发生的危险而感到惊恐（第三幕第一场）。在拉辛的《安德洛玛克》里，艾尔米奥娜先是想要庇鲁斯的命，后又希望他活下去（第五幕第一场）。这样的例子我们还可以一直列举下去。

有几种表达手法可以凸显它们在主角身上所激发的二选一处境和撕裂状态。以杜里耶的《阿尔西奥内》（1640）为例，在两种相反态度之间犹豫的莱迪通过连续五个问句开始她的独白（第一幕第一场）；此后，她还说出过另一段16行半的独白（第三幕第三场），里面包含了八个问号和六个感叹号。杜里耶试图通过快速的反转来描绘激烈的情绪；以下这四行就是如此，它们出自他的《塞沃勒》（1647）里阿隆的独白：

> 他的拔刀相助让你性命得以保全……
> 但他却是你的情敌……然而，不幸的你啊，难道
> 就该任由情敌的称谓在你心中激起
> 比杀夫仇人更汹涌的怒火吗？ [20]（第五幕第一场）

在《贺拉斯》里，高乃依用了一种不同的手法。他把萨宾娜的独白（第三幕第一场）写成了两段相反且对称的文字；这位女主角想要表达的内容基本如下：无论发生什么，我都将会幸福；然后：无论发生什么，我都将不幸。前一段有28行，后一段26行，而一些字词的完整重复更突出了两个部分之间的可比性。

最后一种突出独白二选一处境的文字手法是两难。我们已经见识了古典主义时期两难的流行性（见本书第一部分，第三章，第2节）。它出现在一个二选一处境下的独白的尾声，用一套观众所喜爱的措辞来证明选择的无力。以下就是一些典型的体现两难式二选一处境的文字。以杜里耶的《克雷奥梅东》（1636）为例，剧中的塞拉尼尔声称：

> 我的内心一直被两个暴君所占据，
> 爱情和尊重将它瓜分

……
如果追随尊重，那么我显然会陷入苦痛，
如果听从爱情，我的耻辱也是不言自明；
……
我将从两者身边逃离，选择死亡。（第五幕第四场）

在盖然·德·布斯加尔的《克莱奥梅纳》（1640）里，男主角说完了"啊，懦夫，我说了什么？""不，不""什么？"之类的话后，总结道：

爱情，野心，神明，
困在其中的我该如何抉择？
该离开我的妻子，还是失去我的祖国，
该看着我的喜悦褪去，还是忍受我的荣光暗淡；
无论选择哪一边，
我都无法回避不幸。（第二幕第三场）

在斯库德里的《安德洛米尔》（1641）里，西法克斯的独白也展现了同样的情绪轨迹，只是更为强烈，独白是这样收尾的：

噢 我被困在了不同的情感之间
我无法抉择，您的力量也是徒劳！
什么，难道要丢弃这颗拯救了你两次的高贵灵魂吗！
但失去我们对国王应有的尊重就可以容忍吗！
什么，选择忘恩负义！背信弃义！
斗胆冒犯你的国王！成为脆弱胆怯之徒！
爱情，荣誉，朋友，我的情人，我的国王，
哎，我该辜负哪一个？
哎，我又该遵从何人？（第二幕第十场）

最后还要指出一种情况，那就是独白中提到的两种选择不是通过文字，而是由演员的表演来加以强调。以洛特鲁的《克里桑特》（1639）为例，剧中的卡西觊觎由卫兵所守护的女主角，但又因为害怕将军而不敢妄动。在他的独白（第二幕第四场）里，他先是决定伺机满足自己的欲望，然后，按照洛特鲁写下的排演说明，"他走到门口又停下"，说道：

我所图为何？

荣誉又占据了上风，但几行台词之后，又出现了新的反转，一旁的排演说明和接下来的台词都体现了这一点：

（他转身）
不，不，别再遵从那个将你吞噬的神。

在其他一些没有保留排演说明的剧本里，演员可能也会以同样的动作来突出独白的不同阶段。

　　独白的抒情特征还可以表现为另一种形式：祈愿。作为一种绝佳的抒情手段在浪漫主义诗歌中大放异彩的祈愿，在古典主义独白里也得到了较好的呈现。当17世纪戏剧里的一个角色独处时，有时会向一些具体物件祈愿，但更多的时候是向抽象事物，尤其是拟人化的情感进行祈愿。将情感抽象化、拟人化的做法最初是一种矫饰的品位。莫尔奈先生所引用[21]的奈尔维兹（Nervèze）笔下的段落之所以可笑，正是因为它堆砌了一系列用来指代拟人化情感的词组：短短几行，就已经讨论了"我的欲望""我的颓丧""我的煎熬""我可怜的心灵""我的希冀""我的生命""我的担忧""我的不幸""我的爱情""我的作为""您的缺席""我的苦闷""我的式微"……我们的例子就姑且举到这里。古典主义的主角喜欢这些抽象的对象，在独白里会用第二人称和它们对话。剧作家由此提升了诗意效果，同时也能通过独白里这种特别的写作形式来完成更为精确的心理分析；此外，由于有了抽象事物或者拟人化情感和独处的角色之间的这种对话，独白场

次原本可能缺失的动态起伏也得到了保留。在梅莱的《维尔吉尼》（1635）里，安德洛米尔用了10行台词来表达自己不愿再结交

> 思想，那可耻的爱欲所留下的可耻的余烬（第四幕第一场）

而"思想"正是她对话的对象。在斯库德里的《恺撒之死》（1636）里，波茜是这样来喝问的：

> 躁动的欲望，残忍的不确定感，
> 希望，恐惧，痛苦，悲伤，担忧，
> 我的思想的暴君们，你们还能横行多久？（第四幕第四场）

高乃依在他的《克里唐德尔》里写了一段独白（第四幕第二场），里面的皮芒特先后和他的血缘、一个刚刚刺瞎了他眼睛的锥子、他"爱情可耻的余烬"、他的感官、他的怒火与命运对话；而在《梅里特》里，费朗德尔用了17行半台词来和自己的"烦人的回忆"交谈（第三幕第一场）；《西拿》里的艾米丽和她的

> 复仇计划所引发的躁动的欲望（第一幕第一场）

之间也有长达16行的对话；至于《罗德古娜》里的克莱奥帕特拉，则和他那"虚假的誓言"对话了24行（第二幕第一场）；在《阿拉贡的唐桑丘》里，卡洛斯在同一段独白里（第二幕第三场），先后和他的荣誉和命运进行了10行和14行对话；对他而言，这些抽象事物与真人如此相似，以至他对他的命运说道：

> 我在和我的荣誉说话，别来打扰我们。

这简直像是一场三人之间的戏。

　　这种造作的细节今天会让人发笑。也许在17世纪时就已经有人笑了，因

第二部分　剧本的外部结构

为那些总能迅速戏仿"大体裁"的喜剧作家对此已有嘲讽。在斯卡隆的《若德莱：男仆主人》里，卢克莱丝在唐费尔南面前说话时就像是独自一人；她高声说道：

> 我的痛苦啊，去让人
> 为我的过失找到借口吧。
> ……
> 流泪吧，我的双眼！叹气吧，我的胸膛！
> ……
> 还有你们，我虚弱的双臂，拥抱我的双膝吧。

而那个宣称自己"极为欣赏阿玛迪斯[*]"的唐费尔南带着嘲讽的口吻评论道：

> 这可是小说的风格，为此我向你表示尊重。（第二幕第三场）

在《冒失鬼》里，莫里哀也为马斯加里耶设计了一段类似的独白[22]（第三幕第一场），以戏仿向拟人化的高贵情感祈愿开始：

> 闭上嘴吧，我的善意，停止您的对话，
> 您愚钝不堪，我无能为力。
> 是的，您说得对，我的愤怒，我承认……

这些玩笑并没有妨碍悲剧作家继续用这类向拟人化的高贵情感所作的祈愿来点缀他们的独白，尽管频率比过去低了一些。在拉辛的《巴雅泽》里，阿塔里德用了七行台词和他"太过嫉妒的情感"对话（第三幕第一场），而在18世纪的《阿尼拔》（*Annibal*, 1720）里，普鲁西亚斯也和自己的内心，和"可笑的荣誉"，以及

---

[*] 中世纪西班牙著名骑士小说《高卢的阿玛迪斯》里的主角。

缺席的仆人对话（第三幕第六场），它来自于想要继续使用这种陈旧手法的一位年轻作家，马里沃，唯一的悲剧作品。

4. 真假独白

要找出独白并不总是一件容易的事。一方面，在那些连场的剧本里（哪怕连得并不完美），独白其实是穿插在对话中的，两者之间的界限十分微妙；另一方面，独白和私语也有相似之处，我们需要对这两种形式加以区分。最简单的情况是角色一整场戏都是独自一人。即便如此，也要注意不把一场戏里唯一说话的角色视为舞台上独处的角色。以高乃依《美狄亚》的第五幕第三场为例，这场戏只有克里翁的一段台词；但这些话是说给他的下人听的，后者尽管一言不发，但也在台上。在拉辛《安德洛玛克》的第三幕第七场里，只有庇鲁斯一人分别对安德洛玛克和塞菲斯说话，但这显然是一场三人戏。

当角色的确是独自一人时，他在独白结束时通常会预告新的角色的到来，除非独白出现在每一幕的结尾：前者会说自己看到后者正走来，为后者的登场做铺垫，并和他在后一场戏里展开对话。这样的预告性话语虽然也可以归入后一场，但在17世纪的版本里，它们总是出现在独白场次里。它们显然只是起过渡作用，在新角色登场的过程中说出。但有两个剧本向我们证明：这些过渡片段在17世纪时被视为独白的一个部分。第一个是玛黑夏尔的《英勇的德国人》(1630)：按照前古典主义时期的习惯，卡米尔的一段独白，紧接着发生在卡米尔和梅妮普之间的对话，被编成了一场戏（第二日，第一幕第四场）。卡米尔的独白是这样结束的：

> 我看到
> 梅妮普回来向我走来。

恰恰是在这句台词之后，印刷工加了一行花饰把独白和场次的剩余部分区分开来。第二个在这一细节上给我们启示的剧本是梅莱的《索福尼斯巴》(1635)；

371

第二部分　剧本的外部结构

其中马希尼斯有一段独白是这么结束的：

> 也许莱利会比我想象的
> 做得更为成功。噢 神啊！他
> 向我走来，宣布我最后的判决：
> 加油啊，我的内心，一如既往地来面对吧。（第五幕第一场）

在这段独白里，通常出现在结尾，用以预告新角色到来的过渡性话语之后，还多了一句台词，是角色的自我思考，形式上，它毫无疑问带着独白特征。因此，当我们估算独白的长度时，也要把这些过渡性的话语算进去。

　　独白在剧本中的位置并不能说明它的实质。它可以出现在第一场戏里，就像阿尔迪的《塞达兹》，特里斯坦的《克里斯皮之死》（*Mort de Chrispe*, 1645），莫里哀的《冒失鬼》，或者拉辛的《讼棍》；它可以用来强调情境的重要改变，比如高乃依的《贺拉斯》《西拿》或者《波利厄克特》那样[23]；它还可以成为喜剧的最后一场忧郁基调的戏，比如高乃依的《女仆》《王家广场》；或是作为悲剧里主角自杀前的过渡，比如高乃依的《美狄亚》或者拉辛的《巴雅泽》。相反，在场的内部寻找独白是有意义的。一场戏可以由斯傥式这种独白的特定形式开场，接着是几行连韵的亚历山大体诗文所构成的真正独白。在高乃依的作品里，这样的情况出现在了《亲王府回廊》的第三幕第十场和《波利厄克特》的第四幕第二场。在同一场戏里，一段对话之后也可以接一段短独白。在本书第二部分第三章的第一节里，我们已经了解到，在这一情况下，古典主义作家不会作场的切分。在拉辛的《忒拜纪》的第一幕第六场里，先是安提戈涅和伊俄卡斯忒两人对话，然后，"稍稍在她母亲身后"的安提戈涅又进行了几行独白。然而，剧本里的排演说明并不总是这么清晰，甚至有可能完全不存在。

　　当主角不是独自一人，而是和其他一个或几个角色一起在舞台上时，我们也无法立刻判断出是否存在独白。有时，一个角色即使没有独处，也可以运用独白似的表达。在高乃依《阿提拉》的第三幕第一场里，在卫队长奥克塔尔在场的情况下，男主角也因为对伊迪奥娜的爱和自己的政治利益无法两全而崩溃。他先是向"美"祈愿，然后就进入了情绪化独白里典型的二选一处境：

> 什么样的灵魂能不被她吸引？
> ……
> 看着我所钟爱的对象进入他人的臂弯！

这段伪装成对话的独白同许多真正的独白一样，最终都在一种不确定中结束。阿提拉对他的亲信说：

> 对她说，让她知道……
> 奥克塔尔：什么，陛下？
> 阿提拉：我不知道。
> 我能想到的一切都会是恼人的试探。

托马斯·高乃依的《阿里亚娜》（1672）里也有一场戏是以同样的方式构建的。女主角因为遭到抛弃而陷入绝望，她在亲信奈莉娜面前说了一长段台词，尽是情绪的突转，如同独白一般：

> 我自己盗走了我的复仇。
> 盗走我的复仇！我在想什么？啊，神啊！
> 忘恩负义之徒！……
> ……
> 我的困惑让我陷入了何等怯懦的希望之中！……（第五幕第五场）

在这些场次里，亲信的角色几乎可以忽略，但至少他还是开口的，主角有时也会和他对话。但是在一段特别富有激情的独白里，情况就不一样了，比如我们已经提到过的，杜里耶《阿尔西奥内》（1640）的第三幕第三场。里面的女主角莱迪像是在自言自语；然而，她的亲信迪奥克莱却在前后两场戏里都出现了，没有任何细节显示她在第三场里离开了自己的女主人；1640 年的版本只是出于疏忽才没有把迪奥克莱写在这场戏的角色名单里；这里就是一场有亲信在场的独白戏。狄马莱·德·圣索林的《米拉姆》（1641），在编辑上更为用心，但实际情况是一样的：这部剧第二幕第五场戏显示的出场角色是"米拉姆，阿尔米尔"；但亲信阿尔米尔一言不发，整场戏就是米拉姆的一段长独白，从头至尾没有一句话是说给阿尔米尔听的。

在本书第一部分第一章第 6 节里，我们曾经指出亲信的隐身能力；主角可以随意忘记身边人的存在，旁若无人地行动或者说话。在亲信面前独白就是这么成为可能的。有时，主角会像阿提拉或者阿里亚娜那样，有那么一刻注意到身边有人。有时，他们则像莱迪或者米拉姆那样，完全视若无睹。还有些时候，在说完一段真正的独白之后，主角会对那个他似乎忽略了的人说话，以表示他知道身边有人：在盖然·德·布斯加尔的《克雷奥梅纳》（1640）里，主角用了 26 行台词来发泄自己对敌人的怒火，随后对自己的亲信说道：

> 庞黛，请过来，我知道您的赤子之心，
> 一直以来，我就相信您高贵，忠诚，
> 这就是为什么我在您面前说出那番话……（第四幕第三场）

此外，有一些排演说明也告诉我们，作者有时故意让他们的主角在有他人在场的情况下进行独白。以洛特鲁的《濒死的赫丘利》（1636）为例，该剧第二幕第三场戏显示伊奥勒在展开一段 24 行独白时"与阿尔西戴斯一起"。而在同一位作者的《美丽的阿尔弗莲德》（1639）里，则有两场这样的戏，罗道尔夫先是在有两个角色在场的情况下，用 40 行台词"对着一旁"表达了他的失望（第三幕第四场），然后又在有一个角色在场的情况下"对着一旁"用 30 行台词倾诉了自己的爱情（第五幕第六场）。[24] "对着一旁"这个短语指的只是他说话时没有在意其他人。

在亲信面前进行独白的做法 17 世纪初就已经出现了，比如在谢朗德尔的《提尔和漆东》（1608）里（第四幕第一场）。高乃依倒是几乎不使用：无论是

《熙德》里的公主（第一幕第二场）还是《罗德古娜》里的克莱奥帕特拉（第四幕第五场），都是多疑的角色，都在支开亲信之后才吐露真情。相反，拉辛用得就很多，比如在《安德洛玛克》（第二幕第一场），《巴雅泽》（第三幕第一场，第五幕第三和第十二场），《米特里达特》（第四幕第一场，第五幕第一场），《伊菲革涅亚》（第二幕第八场）这些剧作里。斯库德里在《慷慨的情人》（1638，第二幕第四场，第五幕第一场），《爱情暴政》（1639，第一幕第一场），《安德洛米尔》（1641，第一幕第二场，第二幕第四场）里也有使用。我们还能在玛黑夏尔的《英勇的姐妹》（1634，第三幕第二场），拉·加尔普奈德的《埃塞克斯伯爵》（1639，第二幕第二场，第五幕第七场），杜里耶的《撒乌尔》（1642，第三幕第九场），吉尔贝尔的《罗德古娜》（1646，第四幕第五场），特里斯坦的《奥斯曼》（1656，第二幕第一场），基诺的《阿格里帕》（1663，第二幕第五场）等剧本里找到这一做法。

* *

现在，我们就可以来定义真正的独白了。独白是由一个独处，或以为自己独处，或明知有人在场，也不介意被人听到的角色所说出的一段台词。我们之后将会看到，正是最后一个特征区分了多人场次里的独白和私语。

5. 独白的历史

起初就有独白。在研究 17 世纪初的戏剧文学过程中，独白的泛滥让人困惑。梅莱的《西尔维娅》（1628）里有 18 段独白，哈冈的《牧歌》（1625）里有 19 段，玛黑夏尔的《英勇的姐妹》（1634）里有 19 段。在洛特鲁的诸多作品里，我们在《被迫害的洛尔》里找到了 13 段独白，《赛莲娜》和《两个少女》（*Deux pucelles*）里有 15 段，《无病呻吟》里有 18 段，而《狄亚娜》（*Diane*）里的独白数量更是多达 25 段，有可能是最高值了。当时尚年轻的高乃依也喜欢堆砌独白：《克里唐德尔》和《寡妇》里有 14 段，《王家广场》里有 15 段，《侍女》里有 18 段。

而且，这些独白往往冗长无度：哈冈的《牧歌》里有一段（第一幕第三场）长达 92 行，梅莱的《西尔维娅》里也有一段（第五幕第二场）同样长度的，玛黑夏尔的《英勇的姐妹》里有一段（第一幕第三场）是 98 行，狄马莱·德·圣索林的《阿斯巴希》（1636）里有一段（第四幕第五场）是 106 行，梅莱的《希尔瓦尼尔》里有一段（第五幕第一场）是 124 行，泰奥菲尔的《皮拉姆和蒂斯比》（1623）里有一段（第五幕第一场）是 169 行，而谢朗德尔的《提尔和漆东》（1608）里竟然有一段（第一幕第一场）长达 180 行。我们还可以通过整部剧里独白的行数来估量它的重要性：《西尔维娅》里有 531 行独白，《英勇的姐妹》有 532 行，《无病呻吟》有 613 行，《牧歌》有 683 行。高乃依的《克里唐德尔》在这张列表里的名次也不算差，因为它有 561 行半独白，也就是占了整部剧长度的 34.5%。当时的剧本里甚至还有一整幕都是独白的情况，就是《皮拉姆和蒂斯比》的最后一幕，只有两场戏，以及玛黑夏尔《高贵的德国女人》第一日的第一幕，包含了三场戏。

　　独白的多产通常被解释为受了演员的影响。高乃依在《克里唐德尔》的《评述》里的话证明了这一点："这部剧里的独白太长，太过频密；这在当时被认为是美的：演员们希望这样，认为独白更能让他们展现自己的优势。"日后，伏尔泰也说道："每个演员都想要通过一段长独白来展现自己；他们拒绝没有独白的剧本。"[25] "那时的演员们想要独白。吟诵，尤其是女性的吟诵，接近歌唱；作者愿意满足她们……"的确，让演员出彩的愿望促成了独白的蓬勃发展，对一个剧作家地位尚且不高的时代尤其如此。读了有一些古典主义剧本之后，我们不禁要猜测，那时的独白是平分给主要演员的，就像是为了满足每一个人。高乃依的《西拿》有五段独白：一段归艾米丽（第一幕第一场），一段归西拿（第三幕第三场），一段归奥古斯都（第四幕第二场），一段归马克西姆（第四幕第六场），就连丽薇也有一段四行的短独白（第四幕第三场）。基诺的《阿玛拉松特》（1658）也是如此，剧中的每个重要角色都有自己的独白：男主角泰奥达有两段（第一幕第五场，第二幕第八场），阿玛尔弗雷德有一段（第三幕第三场），阿玛拉松特有一段（第四幕第五场），克劳代西勒有一场（第四幕第十场）。但如此有规律地平分独白还远远不是普遍情况，甚至不常出现。因此，用演员的影响来解释独白的泛滥并不能令人满意。

我们可以试着用独白在剧中的位置来做解释。在古典主义时期，独白可以出现在剧本的任意位置。但就 17 世纪初而言，它的趋势是成为一切的开头。首先是剧本的开头，我们已经知道，独白式呈示是古旧呈示类型里较为普遍的一种（见本书第一部分，第二章，第 3 节）。然后是作为幕的开头：里加尔数了一下，发现在阿尔迪的《泰阿金和卡里克莲》的 40 幕戏里，有 29 幕以独白开场（《亚历山大·阿尔迪》，第 444 页）。这些甚至都是重要的幕。而在罗贝尔·加尼耶的作品里，我们已经发现了独白作为场的开头的趋势，尤其是在《犹太女人》里。不过我们还是把研究对象锁定在 17 世纪，比如阿尔迪作品里的几场戏。在《血脉的力量》第二幕的开头，阿尔封斯和莱奥卡迪这两位主角在一起；但没有交流；当莱奥卡迪昏厥之后，阿尔封斯开始独白，说出了他的计划；然后莱奥卡迪醒来，开始她的一段独白：她不知道自己身在何处；最后才是两人的对话。似乎角色只能通过独白来介绍自己，似乎他们在开始交流之前必须先自言自语一番。在这一点上，《耶西浦》这部悲喜剧表现得更为明显；剧中有九段独白，其中六段都是作为一场戏的开头，而这些戏也都是在对话中结束。这些独白往往是无用的，无非就是对观众说出角色之后的对话里将要提到的内容。比如蒂特就先在一段独白里陈述了自己的境遇，然后又转述给了朋友耶西浦（第一幕第一场）。索夫罗尼在一段独白里说自己爱耶西浦，但因为后者约会迟到而生气，同样的一番话，之后她又说了一遍给乳母听（第一幕第二场）。有时，即使独白会打破原本正常的场次串联，阿尔迪也还会在一场戏的开头将它引入：在第一幕第四场戏里，索夫罗尼看到耶西浦向她走来，但在开始对话之前，她说了一段独白，犹豫该用什么姿态面对耶西浦。在 17 世纪的这个推崇古旧的时期，对白之前设置独白几乎成为了一个规则。

只要人们还不考虑场次的串联问题，这种结构就可能一直存在下去。之后它将慢慢减少，直至连场的普及带给它致命一击。这也不失为独白崇高地位的一种证明。在 17 世纪的头几十年里，独白远不像古典主义时期那样，被视为在某些特定条件下才允许出现的元素，而是占据了一个为其精心安排的位置：它在重点场次里指示所有重要角色的登场；随后才是用对话来明确内容。这种崇高地位可能有着非常古老的源头：不仅文艺复兴戏剧里独白很丰富，早在拉丁和希腊戏剧里就已经如此。我们可以追溯到单人在舞台上吟诵的那个时代。17 世纪初，演员人数很少，舞台也很狭窄，活动不开；至于作家，我们已经知道，他们对于书写的内容更为敏感，而不是舞台的实际情况，因此，对于他们而言，独白才是戏剧吟诵的理想形式。

*　　*

面对强大的独白，古典主义马上将展开攻势。大家对它诸多批评，因为原本它可以变得更受人欢迎。人们认为它有违逼真，只有当它篇幅没有过长，也没有过于频密地出现时，人们才会接受它；只有当独白者陷入某种激烈的情绪时，人们才认为它是合理的。从 1630 年起，夏普兰就表达了古典主义式的观点："如果我让角色单独登场……那么就像是在激情中融入陈述，只是为了更好地表达情绪。"[27] 1660 年，高乃依也认为"当演员自言自语时……得是由一种激情所引导，而不是出于简单的叙述需要"（《第一论》，马蒂-拉沃，第一卷，第 45 页）。1668 年，拉米写道："严格遵循诗艺规则的人……不会……只为了呈现某种惯于让角色自言自语的激烈情节，而让人物单独登场。"[28] 1671 年的夏尔·索雷尔更为尖刻，他认为"那些惯于自言自语的人不是智者，反而更像是疯子"；不过他还是同意在情绪激动的时刻出现独白。[29] 到了 18 世纪，狄德罗也认为如果独白"平静，就有违真实"，[30] 1784 年的克莱蒙则说"只有当角色被多重情绪困扰时，戏剧诗里才能接受"独白，因为"那些交织对抗的情绪"之间产生了"真正的对话"；他把平静冷淡的独白称为"戏剧艺术的耻辱"（克莱蒙，《论悲剧》，第二卷，第 313 页）。

可见，理论家一致想要缩减独白的存在，尤其是都认为它只有在情绪失控时才能被接受。此外，他们还坚决批判一种老旧类型的独白，也就是为了让另一个躲藏起来的角色听到而说出来的那种独白。多比尼亚克院长在逼真性方面要求极高，认为那是在"粗俗地呈现人性的大意"（《戏剧法式》，第三部分，第八章，第 252 页）；他应该是忘了自己在《西曼德》里也使用了这样的独白；至于高乃依，则将其判定为"一种不可忍受的错误"(《第一论》，第 45 页）。

这种普遍的敌意显示独白逐渐失去了地位。对于剧本的查阅证实了这一点。高乃依作品里独白的分布特别具有代表性。在他到《西拿》为止的前 11 部剧作里，我们数出了 115 段独白；而在从《波利厄克特》开始的后 21 部剧里，则只有 33 段，而且其中大部分独白都只有寥寥数行。高乃依在《西拿》的《评述》里写道："这是最后一部我容忍长独白的剧了"，[31] 而在《克里唐德尔》的《评述》里，我们则可以读到："这股风潮经历了巨大的变化，以至我后期的大部分作品完全不含任何独白；比如在《庞培》《欺骗者续篇》《泰奥多尔》《佩尔塔西特》[32]《赫拉克里乌斯》《安德洛墨达》《俄狄浦斯》和《金羊毛》这些作品里，你们就找不到独白，斯傥式除外。"[33] 在《评述》诞生的 1660 年之后出版的剧本里，《塞托里乌斯》《索福尼斯巴》和《阿格希莱》也不包含独白；其他五部剧里的独白则极度简短，全部加起来也才区区 35 行。

除了高乃依之外，在《熙德》和《塞托里乌斯》之间出版的重要剧本里，我们可以举出一些对于独白精打细算的例子。斯库德里的《爱情暴政》（1639）有三段（第一幕第一场，第四幕第二场，第五幕第一场），博瓦罗贝尔的《帕莱娜》（1640）有两段（第二幕第一场，第五幕第一场）；洛特鲁的《郭斯洛埃斯》（1649）里的三段（第三幕第一和第三场，第四幕第二场）独白加起来只有 19 行；而托马斯·高乃依的《蒂莫克拉特》（1658）里只有斯傥式（第三幕第一场）；马尼翁的《蒂特》（1660）里仅有的一段独白（第四幕第二场）长 16 行；托马斯·高乃依的《斯蒂里贡》（1660）里没有独白，《伽玛》（1661）里有一段（第三幕第二场）。

喜剧的情况则不一样。只要能制造笑料，喜剧作家毫不避讳使用长独白。某些类型的喜剧独白甚至成为经典，有一直延续的趋势。斯卡隆的《决斗者若德莱》（1647）包含了准备上场决斗的若德莱的一段独白（第五幕第一场）；为了克服自己的恐惧，他模拟了决斗现场，当然，自己是扮演占上风的一方。到了下一场戏里，对手阿尔封斯撞破了正在演习的若代莱，随即对他

讥讽，羞辱，拳打脚踢。

第二部分　剧本的外部结构

380　同样，莫里哀的《安菲特律翁》也是以索西的独白开场，后者提着灯笼重复叙述着那场战役，直到被墨丘利撞见并且殴打。《太太学堂》里的那十段独白则开创了另一个传统：它们都出自主角阿尔诺夫之口，后者在里面颇具喜感地分析了自己的苦涩。出于同样的目的，莫里哀在《乔治·唐丹》里也为主角设计了剧中仅有的六段独白。1672 年，这一手法又通过蒙弗洛里《女上尉》(Fille capitaine)里的十段独白得以重现。

在独白的演变过程中，拉辛扮演了一个较为另类的角色。当同时代的其他悲剧作家，尤其是基诺，不再或几乎不再使用独白时，他却依然注重使用这个似乎已经被淘汰了的剧作手法。除了《阿塔里雅》之外，他所有的剧本都包含独白，有时还比较长；《巴雅泽》和《伊菲革涅亚》里各有七段。大家可能会用拉辛对于完成独白的演员，尤其是女演员的重视来解释独白在他悲剧里的复苏。但在查阅了独白的分工之后，我们发现这一假设并不符合事实。由杜巴克夫人*扮演的安德洛玛克没有任何独白。在舞台上创造了贝蕾妮丝一角的尚美蕾只有一段九行的独白（第四幕第一场）；在《巴雅泽》里，她扮演的阿塔里德有三段独白（第三幕第一场，第五幕第一和第十二场）；但洛克萨娜有四段（第三幕第七场，第四幕第四和第五场，第五幕第三场）；在《米特里达特》里，这位著名女演员所扮演的莫尼姆有两段独白（第四幕第一场，第五幕第一场），但米特里达特却有三段（第三幕第四和第六场，第四幕第五场）；当她扮演伊菲革涅亚时，只有三行独白（第五幕第二场）；而在费德尔一角里，她演绎了两段独白（第三幕第二场，第四幕第五场），但泰塞埃也有两段（第四幕第三场，第五幕第四场）。由此看来，拉辛并没有给予自己所爱的女演员们一个盖过其他人的机会，至少没有通过独白这个手段。如果说他作品里的独白多于同时代作家，那是因为他懂得如何在里面制造诗意和情绪，既赢得台下观众的掌声，又让最挑剔的理论家也无从批评。

---

*　杜巴克夫人（Mlle du Parc），拉辛创作生涯早期的情人。原为莫里哀剧团的女演员，后转到勃艮第府剧院。

6. 私语

通过 17 世纪出版的剧本里的排演说明，我们无法区分私语和独白。先不论这些说明可能完全不存在，即便存在，有时也是带有欺骗性的。如上文谈到洛特鲁的《美丽的阿尔弗莲德》（第三幕第四场，第五幕第六场）时所看到的那样，"对着一旁"这个表述有时引出的是一段独白。有时，一段私语反而被当作独白来介绍，比如出自阿尔迪的《卢克莱丝》的这个片段，艾希菲儿在和忒勒玛科斯说话：

> 艾希菲儿（独自一人）：来，鼓起勇气继续吧，会有药效的。
> 什么！您为如此小事而羞愧？（第四幕第三场）

艾希菲儿显然并不是独自一人，而是以私语的方式说了这前两行台词。另外，从长度上也无法区分两者：独白通常比较长，而私语短，但也存在很短的独白和很长的私语。主角并非独处这一点也无法让我们做出判断，因为我们已经知道，有些独白是在亲信面前完成的。在那些多角色的场次里，两者的差异更应该从说话者的意图中去寻找。我们已经说了，独白者不害怕自己的话被别人听到。相反，私语者则有这样的担忧，或者至少是希望自己的同伴没有注意到自己说的话。如果说独白是安全的，私语就意味着紧张状态，要在正常的对话中迅速地插入一点隐秘的思考。在亲信面前，无论是私语还是独白，都假设对话者可以对观众听到的内容充耳不闻；区别在于，在第三者面前独白的人不会遮掩自己说话的行为，而私语者则会努力尝试悄无声息地说出自己的话。

这种尝试在剧本的排演说明里能找到痕迹。像"低语"，或者"轻声"这样的表述就很常见。有一些前古典主义的剧本说得更为明确。比如在《希尔瓦尼尔》（1631）里，梅莱就告诉我们伊拉斯在和阿格朗特对话时"对着观众说了两行台词"（第一幕第五场，第二幕第二场也是如此）。而在《英勇的姐妹》（1634）的对话里，玛黑夏尔笔下的角色也是"转身低语"（第二幕第二场），或是"转身不让多拉姆听到"（第二幕第四场），还有一位假装发怒，事实上却通过私语表现了自责，因为自己对于女主角太过无情，"低声，自言自语，同时敲打肚子"（第三幕第六场）。角色往往利用私语向观众表达自己为了不让对话者听到而无法大声说出口的情感。多比尼亚克认为这个手法对于"向观众传达一种必须知晓的隐秘情感"是很实用的，"失去了这个信息，观众会陷入尴尬"（《戏剧法式》，第三部分，第九章，第255页）。斯库德里的《爱情暴政》（1639）正是这样，受主人蒂西达特的派遣，弗哈尔特给蒂格哈纳王子带去了一个最后通牒；但他决定偷偷解救蒂格哈纳；于是，他既要隐藏自己的这一决定，又得让观众知晓，私语就成了唯一的选择；他"低声说出了这四行台词"：

噢 我是陷入了怎样恼人的困境啊！
悲伤的王子啊，内心深处，我怜惜你；
不过如果能完成我的计划，
弗哈尔特就能在救出你的同时，躲避责难。（第一幕第五场）

在巴霍的《卡丽丝特》（1651）里，尼康德尔在和爱上卡丽丝特的克雷翁对话时，通过一段私语承认了自己对于这位公主的爱意（第一幕第四场）。在拉辛的《布里塔尼古斯》里，纳尔西斯看到布里塔尼古斯邂逅朱妮后，也用一段私语道出了自己向尼禄告密的决定（第三幕第六场）；显然，他无法让这位年轻的王子，自己的学生，知道自己正在为尼禄而监视他，但观众需要知道这个告密之举，才能让随后皇帝的出现显得不是出于偶然。

383　　还有很多时候，私语作为一种喜剧手段被使用。从真正的对话中断开后，它能带来逗趣的效果。我们能在喜剧里频繁地见到这种用法，甚至在悲喜剧里也存在。在洛特鲁的《被迫害的洛尔》（1639）里，被洛尔激怒的国王不知道洛尔就在自己面前，只是乔装成了随从；当他宣称洛尔是"最恶劣卑鄙的女人"时，后者"对着一旁"说道："这就是我的优点"（第一幕第十场）。这是作者的言辞，洛尔不太可能会说出来，但它等于是心照不宣，与观众使了个眼色，供大家一笑。斯库德里的《慷慨的情人》（1638）里的一段私语更为自然，因为对话者模糊地听到了一些内容，于是私语者做出了即兴的应对，而押韵让这句即兴而作的台词显得恰如其分。伊布拉西姆和妻子哈里姆相互讨厌，各自出轨，却又假装相爱；伊布拉西姆说他要出海旅行，接下来的两句台词如下，其中第一句可以视为一段私语：

> 哈里姆：愿惊涛骇浪成为你的葬身之地。
> 伊布拉西姆：你说什么？
> 哈里姆：愿我的祈福在惊涛骇浪中保你万全。（第四幕第九场）

在以上所有的例子里，私语都是单独出现的。有时，一长段戏或者一段长台词也会被一系列的私语所切分，它们从一个侧面让剧情变得更为清晰。在梅莱的《索福尼斯巴》（1635）里，高潮应该是作为胜利者的马希尼斯走进索福尼斯巴的宫殿，被这位阶下囚吸引，提议立即娶她那一场戏；一旁的亲信所说的几段私语突出了马希尼斯在被爱情征服的过程里所经历的不同阶段；在谈到马希尼斯时，菲尼斯对柯西斯贝说：

> 你看，他被迷住了。

过了一会儿：

> 没看错的话，胜利的是我们。

最后，柯西斯贝说：

> 这人果真越陷越深了！（第三幕第四场）

在高乃依的《欺骗者》里，热昂特对儿子杜朗特的批评被后者或抱怨或嘲讽口吻的私语所切割（第四幕第四场）。在《恨世者》里，莫里哀用阿尔塞斯特脱口而出的低声怒评多次打断费兰特给予奥龙特那首十四行诗的好评（第一幕第二场），而在《达尔杜弗》里，奥尔贡对于达尔杜弗的赞美也被杜丽娜尖刻的私语所切分（第二幕第二场）。无论是为了缓解长段台词的单调，还是用这些意外的点睛之词来制造喜感，私语在这些片段里都发挥了自己的作用。

17 世纪初的观众对于私语自然是无比喜爱。有些剧本大量运用了这种手法。梅莱的《索福尼斯巴》有 29 行半的私语，洛特鲁的《凡赛斯拉斯》里有 44 行，高乃依的《欺骗者》有 71 行，玛黑夏尔的《英勇的姐妹》有 103 行。很难想象这些私语都是为了制造喜感，或者为长台词或长段戏提供必要的喘息而设计。很多时候，作家们只是为了迎合观众或是草率地追随一种传统而盲目增加私语。令我们感到惊讶的是，有时作者会明目张胆地使用多余的私语。在"五作家"的《伊兹密尔的盲人》（1638）里，阿特兰特看到儿子费拉尔克走来，后者说了一段五行半的私语；之后，费拉尔克在回答父亲的问题时，又差不多重复了他在私语里所说的内容（第三幕第四场）；因此这段私语毫无用处。

和独白一样，私语也不是为了让台上的角色听到而说的。然而，这种情况又的确存在，类似独白遭到隐藏角色的偷听，两者可能来自同一种古老传统。在朗博尔的《嫉妒姐妹花》（1660）里，法比听到了菲力班的私语，并曲解了它的意思。在莫里哀的《安菲特律翁》里，墨丘利听到了索西的私语，这就更能理解一些了，毕竟他是神（第一幕第二场）。需要和这种情况区分开来的，是那种原本就只为了让某个人听到而说出的私语。在莫里哀的《达尔杜弗》里，在达米斯辱骂了达尔杜弗并被父亲奥尔贡赶出家门后，达尔杜弗当着奥尔贡的面，"对着一旁"说道：

385　　苍天啊！不要因为他给我制造了痛苦而惩罚他啊！（第三幕第七场）

这句私语完全没有体现达尔杜弗的真实情感，达米斯根本没有伤害到他；他只是为了说给奥尔贡听，让后者赞许他以德报怨，拥有一颗基督般的慈爱之心。如果说私语者一定不希望自己的话被人听到，那么这里就是一句伪私语。高乃依对此十分清楚，并且从《寡妇》开始就已经娴熟运用了：这部喜剧里的乳母在私语里假装为克拉丽丝被掳走一事感到哀伤,而事实上她本人就是帮凶;她这么说只是为了让身边的塞里当听到,让后者相信自己的无辜。在该剧的《评述》里,高乃依写道:"第四幕第六场看似以这些私语开场,但其实无一句是私语。戏里的塞里当和乳母的确各自对着一旁说话,但两人都希望对方听到自己说的内容。"这无疑证明了在真正的私语里,角色是不希望自己的话被他人听见的。

* *

同样是在这段《寡妇》的《评述》里,高乃依表达了对于真正私语的反对。他写道:"这部喜剧可以让大家知道我对于私语一直以来的敌意。"《侍女》的《评述》里又一次针对私语使用了"敌意"一词,并且解释了高乃依是怎样找到一种全新的回避方式的:他在这部剧的第一场戏里给出了所有必要的解释。在《欺骗者》的《评述》里,高乃依第三次表达了"对于私语的敌意";只是这一次,作者宣称自己不得不强迫自己接受,因为一旦去掉了私语,剧本就会少了西班牙语原作里的"大部分美"。

这种三度强调的敌意不禁也让我们产生了些许怀疑。的确,一部像《赫拉克里乌斯》这样主题本身适合私语的作品没有任何私语。然而,运用了长达71行私语的《欺骗者》却是17世纪使用这种手法最多的剧本之一。高乃依还在另外七部作品里运用了私语,但他只字不提:分别是《克里唐德尔》(第一幕第九场,第四幕第一场),《亲王府回廊》(第三幕第九场),《侍女》(第一幕第五场,第三幕第六场),《欺骗者续篇》(第一幕第一和第四场,第四幕第四和第六场),《佩尔塔西特》(第三幕第三场),《塞托里乌斯》(第四幕第三场)和《阿格希莱》(第五幕第三场)。这种矛盾现象体现了理论和实践在高乃依身上产生的冲突。尽管他知道私语有违逼真,被理论家所批判,尽管他自己也批判,但他同时很清楚私语的功能和趣味,也清楚观众对这种手法的喜爱。因此,他还是偷偷摸摸地将它引入了自己的作品,《欺骗者》里正大光明的使用是例外。

17世纪的理论家,这群不知疲倦的戏剧立法者对私语也非常苛刻。在他们笔下，即使出现再严厉的批判也不足为奇，他们曾经也是这样试图约束独白的使用的。拉米指出："那些一丝不苟地遵循［戏剧］艺术规则的人是无法忍受所谓的私语的。"他还补充说道，这个手法建立在一个"荒诞"[34]的假设上。对于夏尔·索雷尔而言，对于私语的假设是"极为怪异"的；他接着说道，这种习惯是不被接受的，"得彻底消除，或者离它越远越好"。[35] 多比尼亚克稍微宽容一些。在他看来，私语有时是有用的，但缺乏逼真性；只有在符合某些规则的前提下才能被接受，他不厌其烦地罗列了出来（《戏剧法式》，第三部分，第九章）；每一条都是为了让这个手法尽可能逼真起来。我们快速地浏览一下其中主要的几条，看看剧作家究竟是如何遵守或违背的。

第一条规则是私语尽可能短：在多比尼亚克看来，两行已经太长了；半行"是最合适的长度"（同上书，第256页），最多不能超过一行。在这一点上，多比尼亚克院长并没有以身作则：在他那部散文体的《泽诺比》里，仅一场戏（第五幕第五场）里就有三段私语，一段17行，一段22行，一段27行。长段私语在17世纪初频频出现；哈冈的《牧歌》里有一段12行的（第二幕第三场）；梅莱的《西尔维娅》里有一段15行的（第二幕第三场）；洛特鲁的《被迫害的洛尔》里有一段24行的（第二幕第五场）。在古典主义作家笔下，私语通常不超过4—5行，但也很少向拉辛的《米特里达特》里（第三幕第五场）莫尼姆的那句"苍天啊！难道我被愚弄了？"那么简短。

如果一个角色正忙于一段没有台词的情节，他的对话者就可以在这时说出一段逼真的私语。多比尼亚克的原话如下："如果一位演员低声读着一封信，另一个便可以在这时像独自一人般说话"（《戏剧法式》，第256页），他所举的例子是玛黑夏尔的《英勇的姐妹》里的一场戏，吕西多尔阅读梅兰德给他的信时，后者"低声"地说了七行台词（第二幕第三场）。但最常见的情况还是中断对话的私语；如果中断时间过长，对方会有所察觉。在我们刚举例的这部剧里，玛黑夏尔就已经注意到了这一点：奥兰普向奥龙特请求救助，但后者有些犹豫，于是说了一段八行的私语；而奥兰普也以私语的方式自言自语道：

他看似唉声叹气，内心却犹疑不定。（第三幕第三场）

同样，在莫里哀的《太太学堂》里，当阿尔诺夫用六行台词低声嘀咕，表达不满时，阿涅丝问他：

> 您怎么了？您似乎在小声抱怨。（第二幕第五场）

利用这种为了追求逼真而设计的话语，剧作家可以制造喜剧或悲剧的效果。还是在《太太学堂》里，阿尔诺夫在读了阿涅丝的信后，"对着一旁"说道：

> 啊！荡妇！
> 贺拉斯：您怎么了？
> 阿尔诺夫：我？没什么。我咳嗽而已。（第三幕第四场）

然而，在拉辛的《伊菲革涅亚》里，听到女主角如此回应父亲的私语，不禁让人感到悲凉：

> 阿伽门农：伟大的神啊！我该将她置于不幸之中吗？
> 伊菲革涅亚：陛下，您遮遮掩掩，似是在哀叹……（第二幕第二场）

私语这个小小的问题，和其他一些更为重要的问题一样，体现了古典主义剧作法如何利用旧时的流行元素，对其进行约束，让理性服务于真实人性的表达。

第五章　连场

在研究了场的基本形式和固定形式之后，我们就可以来探讨场与场之间是以怎样的方式实现联结，或者断裂的。这时，"scène"这个法语词的双重意义就有些碍事了。众所周知，这个词在戏剧词汇里，既可以指代文本里幕以下的一个次级划分，即"场"，又可以指代剧院里演员表演的那个区域，即"舞台"。因此我们需要展现的是，在第一重意义上，连场主要取决于场的结构，而在第二重意义上，又取决于舞台上演员的行为。为了表达清晰的需要，我们在本章内使用"scène"一词时取的都是它的第一重意义，幕以下的一个次级划分，而我们会用另一个现代的、技术性的词，"plateau"，来指代舞台。

1. 舞台和连场

如果说从1630—1660这30年间，理论家和剧作家尤为关心连场的问题，这主要不是基于古典主义的美学考虑，而是因为17世纪时，演员的每次登场和离场都是缓慢而微妙的。我们会通过解读留存至今的数量有限的史料来尝试告诉大家，在大部分情况下，舞台相对而言都是比较深的，从深处登台的演员前行并且穿越整个舞台是颇费周折的，他行进速度慢，但不得不一直走到舞台前端，以便表演时尽可能离观众更近。

17世纪的巴黎剧院通常都呈狭窄的长方形。搭建或者改建的人只能在空间允许的范围内对舞台进行有限的加宽；但在长度上，他们却可以通过缩减留给观众的位置让舞台变得更深。他们倾向于通过深度来弥补舞台的狭窄；而舞台往往又都是极为狭窄的。按霍斯波尔女士的估算，勃艮第府剧院的舞台只有5—6米宽[1]（《排演》，第109页）。当时为大量剧团提供表演场所的室内网球馆通常有10米宽[2]（同上书，第38页），有时还得从这个宽度上去掉两边的过道。17世纪的许多剧院似乎都是深而窄的。勃艮第府剧院的深度估计是介于 6.25 米—7 米之间[3]（《排演》，第 109 页）。1634 年，玛黑剧院所在的那个室内网球馆的舞台有 9 米深（同上书，第 41 页）。通常，室内网球馆的整体馆长介于 30—32 米之间（同上书，第 38 页和第 41 页），所以在那里建深而窄的舞台更容易。

对于场面的喜好也让舞台的深度成为必要。世纪初流行共存布景。它由一些隔间组成，其中最大的一个出现在舞台深处，其他的则排列在两边。在翻阅马赫罗等勃艮第府布景师的《备忘》时，我们可以发现，布景的两侧几乎总是比深处更为丰富；所以需要有地方来摆放情节所需要的隔间，这个数量有时还不小。之后，共存布景会消失，但正如我们所知道的那样（见本书第二部分，第一章，第 3 节），对于场面的热衷并不会消失。为了满足这一点，必须用空间的深度来弥补宽度的不足。

宫廷演出的舞台比城里剧院的舞台通常要宽很多。尽管场地更大了，但深度依然可观。卢浮宫里为王室娱乐所准备的大厅的长度是宽度的三倍：按霍斯波尔的说法（《排演》，第 322 页，此处的说法与第 48 页的说法相矛盾），它的面积是 42 米乘 15 米，而不是 49 米乘 15 米；因此要准备一个很深的舞台并不难。总长 35 米的小波旁宫的厅有一座深 15.50 米的舞台（同上书，第 49 页）。1660 年，当维加拉尼（Vigarani）为杜乐丽宫修建为机械装置剧而设的演出大厅时，他果断地把舞台的深度设计为绝无仅有的 43 米[4]；而留给观众的区域就只有 31 米长了。[5] 这位意大利建筑师可能是受了他自己国家剧院的启发，那里的舞台总是深度大于宽度：1618 年开始兴建的帕尔马的法尔内塞剧院有 40 米深，但宽度只有 12 米。[6]

在这些深度很可观的舞台上，演员更多时候得从深处而非两侧登台。我们可以通过研究幕后空间的大小和布景的陈设来展现这一点。当时对于幕后空间是精打细算的。在 1545 年被翻成法语的《建筑首书》里，塞里奥（Serlio）写道："最后一块幕布至少得向底墙后推两尺，以便相关演员上下台时得到遮掩"（《排演》，第 91—92 页），这样一来，背景幕布后就不足 1 米了。很难想象 17 世纪法国剧院里的幕后空间如此狭窄。[7] 1634 年的玛黑室内网球馆留给演员的幕后空间有 4.50 米深（《排演》，第 41 页）。但两侧显然做不到遮掩，因为室内网球馆的总体宽度只有 10 米。可能一条非常狭窄的通道足以让演员在不被察觉的情况下溜到舞台前端。然而，我们知道有一个地方不存在这样的一条通道，因为舞台的宽度和厅的宽度一样，没有可能在两段再辟出这样一个空间，那就是 1659—1661 年间莫里哀进行表演的小波旁宫；《法国墨丘利》(Mercure françois，第 49 页）告诉我们，那是一个 8 图瓦兹*宽的厅，里面的舞台也是 8 图瓦兹宽。

布景主要是由画布组成。最简单最经济的陈设方式是一块背景布辅以两侧各一块布，直达舞台前端；两侧的幕布还可以呈现多个不同的地点；如果一套共存布景里只有三个隔间，那么只需要在舞台两侧各放置一块画布。当我们采用这种陈设方式时，演员可能就会从舞台左侧或右侧的深处登台，在两块画布之间前行。至少夏尔·佩罗（Charles Perrault）1688 年的《古今对照》里有一段话证实了这一点；佩罗参照了大约生活在 1620—1630 年间的"长者"们的说法，写道："当时的舞台装饰了多块挂毯，演员从它们的相连处上下舞台。"（第 105 页）除此之外，画布上可以设计门形的开口，两块或者多块呈现不同地点的画布也可以面向观众摆放，以便观众从两侧登台，从两块幕间间经过。但至少在马赫罗的《备忘》的年代，这些似乎还是属于例外的情况。正如我们已经了解到的那样（见本书第二部分，第一章，第 3 节），这位布景师有时会指出，牢房得大到足够让演员在里面表演，在另一些比较罕见的情况下，他也会在《备忘》里明确写道，宫殿、街道或者森林得给演员留出实实在在的过道。如果这种情况很普遍的话，他就不会认为有必要强调了。以洛特鲁的《忠贞之喜》为例，他想要"一个为国王而备的宫殿形的出口"（《马赫罗备忘》，第 85 页）。在同一位作者的《赛莲娜》里，他又设计了"一扇可以开关的门"（同上书，第 88 页）作为特色。关于夏尔·贝的《塞丽娜》，他写道："在舞台的另一边，一片密集高耸的乔木林。那里设置入口。"（同上书，第 93—94 页）同样是贝的作品，《莫名嫉妒》(Jaloux sans sujet) 里的其中一个布景元素是"可以供演员通行的宫殿或街道"（同上书，第 106 页）。在所有不含上述类型说明的情况里，我们只能认为演员无法从马赫罗所描述的布景里通过。

---

* 图瓦兹（toise），法国旧时的计量单位，相当于 1.949 米。

第五章　连场

要从两块相连的"挂毯"中间穿过并不是件容易的事，尤其当你还带着一个假发套或者一顶带有羽毛的帽子时。我们此前引用的那段佩罗的文字，下文是这样的："登台离场是极为不便的，常常会弄乱演员的发型头饰，因为当他们进出时，只在上端有小小开口的挂毯会重重地砸在他们身上。"（《排演》，第105页）而上了舞台之后，演员所受的折腾也不见得就到了头。在到达一个能让场下观众看到的位置之前，他还得越过那部分可能出现在舞台上的观众。我们只知道允许舞台上坐观众的做法一直延续到了1759年；但我们并不知道这种做法始于何时。与之相关的最老的史料是1637年1月18日蒙道里写给巴尔扎克的一封讲述高乃依的《熙德》大获成功的信："我们门前的人群是如此密集，我们的场地显得如此之小，以至舞台上那些以前给随从歇脚的角落都被用作了蓝带*人士的尊享座位；而舞台上也与平日一样，坐着佩戴十字勋章的贵客。"（《排演》，第267页）这句话证明了舞台上坐观众的做法在1637年以前就已经存在，至少对于随从而言是的。但在17世纪上半叶，舞台上的观众人数似乎还不多（《历史》，第二卷，第一册，第18页，以及第三卷，第一册，第43页）。随着时间推移，情况会越来越严重，以至在1686年的某一天，在盖内阁剧院（Théâtre Guénégaud）的舞台上出现了多达203个观众。总之，蒙道里所说的那些"舞台的角落"只可能是指背景幕布和侧面布景交会处，或者舞台舞台两侧摆放的那些小隔间：被安排在那里的观众有出现在向观众走去的演员的行进路线上的风险。

此外，除了在喜剧里，演员不能允许自己快速绕开碍事的观众。他们必须维持一种缓慢高雅的步伐，以此来展现角色的尊贵。在这个国王的核心气质在于威严，神父不能奔跑，法官越"庄重"越受认可的世纪，演员所扮演的国王和王子们只能慢慢行走。而这类角色除了在悲剧里一直出现，在田园牧歌剧和悲喜剧里也是常客；如果再算上必须跟着他们的亲信，以及喜剧里无法快步行走的老者，我们就会发现，在大多数情况下，演员在舞台上的移动是缓慢的。

最后，演员还得一直走到舞台前端。几乎所有的场次都是在那儿上演的，除

---

*　此处的"蓝带"指旧制度法国享有"圣灵勋章"之人。

了共存布景时代那些必须在隔间里表演的戏份。事实上，也只有在这个离观众最近的位置，演员的对话才有可能被听到并且理解：因为古典主义时期的剧院音效平平，而观众也远非一直保持安静。况且，尽管我们并不知道确切的照明设置，但那时剧院的光线应该很微弱（《排演》，第156—158页），演员只有站在这个位置才能被看清。此外，只有在这个位置，他的身材和背后的布景看上去才是比例正常的；事实上，这些背景画是按非常严格的透视来绘制的，消失点很远，通常是通过呈现越来越远的建筑来加强舞台的纵深感；因此画中最末的那些建筑极为渺小；如果演员和它们站在同一距离的位置，就会显得像巨人一般，建筑则会显得无比狭小；为了保证比例和常人一致，演员必须得靠近观众，这样一来，透视也会让观众产生背景十分遥远的错觉。这就是为什么塞里奥永远不建议演员靠近背景画布。[8]

当然，我们所指出的那些难题可以不在同一时间出现。演员可以不经由末端登上舞台，可以避免自己的发型受到画布的干扰，可以不撞到坐在台上、处于他们身前的观众，可以加快一些行走的脚步，也可以不等完全落位就说台词。但他在台上所走的这条路往往还是漫长而充满陷阱的。因此，新一场戏的开始需要长时间的等待。与其让这个等待的时间变得不合时宜的寂静，不如用一段逼真的对话将它填满。比较谨慎的作者会通过预告新角色的到来度过两场戏之间这段几乎不可避免的间歇。这就是为什么在古典主义戏剧里，一场戏的结尾处基本上从来免不了会出现一行或数行台词，让大家注意正有人走来。为了让演员有时间可以以高雅的姿态走完勃艮第府7米深，或者玛黑9米深的舞台，这些台词得慢慢道来。在梅莱《索福尼斯巴》（1635）的首场戏里，愤怒的西法克斯赶走了妻子索福尼斯巴，梅莱在剧本一旁作了注："她返回"，也就是返回幕后；然后西法克斯又说了两句台词，梅莱也再次作注："他独自一人"。也就是说，索福尼斯巴用了两句台词的时间离场。这种缓慢的节奏在更早的剧本里也有体现。同样是在梅莱的作品《克里塞德和阿里芒》（1630）里，一位国王说道：

然而此时
我那聪慧的亲信正向我走来；

他的步伐极慢。来啊，说说有什么新的讯息？（第二幕第二场）

在阿尔迪的《阿尔克梅翁》里，阿尔菲斯比在第 1388 行台词处看到了迎面走来的尤代姆；但后者步伐实在太慢，直到 1403 行台词时，还没走到，以至阿尔菲斯比不得不冲着他喊道：

加快，加快步子，尤代姆……（第五幕第一场）

可以想见，台下的一部分观众可能和这位女主角一样不耐烦。正是为了满足他们，人们才会想要寻找各种不同的连场形式来尽可能避免时间的浪费。

2. 连场的不同形式

追求快速衔接，就无法避免我们前文所指出的那些由排演客观条件所导致的种种不便，也无法避免在场次转换过程中把穿着相似的演员和观众弄混的情况（见本书第二部分，第一章，第 1 节）。普尔院长（l'abbé de Pure）曾经写道："他来了……我看到他了……，听到这类台词的时候，我们有多少次把一些穿着体面、走上舞台找座位的人，当成了演员和我们所等待的角色？这种情况即便在开演之后还会出现。"[9] 演员登台和离场的时间是没法节约的，但可以避免的是在同一个场次转换中演员先下后上的情况。这种类型的场次衔接在前古典主义戏剧里十分常见，但后来因为导致中断而受到诟病：在前一个角色离场后一个角色登台之间，舞台是空的。古典主义戏剧对空有着恐惧，帕斯卡尔之前，人们认为自然也是如此。如果上一个角色缓慢地离开，然后舞台空了几秒钟，下一个角色才缓慢登场，那么这整个过程既冗长又失真。在这类情况下，古典主义者就会认为场次之间缺乏串联。

然而，每次有地点转换时都会出现这类情况。这与地点转换是否通过共存布景或其他手段在舞台上得到精确呈现关系不大。只要下一场戏所设定的地点和上一场戏不同，连贯性就会被打破。况且在绝大多数情况下，两场连续的戏所涉及的角色是不同的，角色都是出于一定的理由才被安排在前一个或者后一个地点的；因此在后来者登台之前，前一场戏的角色必须先行离场。但偶尔也会出现同一个角色参与两场相连又发生在不同地点的戏的情况。两场戏之间不一定存在连场，除非用类似借"挂毯"（见本书第二部分，第一章，第 5 节）瞬间转移地点的方法。在高乃依《熙德》的第五幕第五场戏里，席美娜在自己的房间和唐桑丘说话，然而下一场戏就又和其他角色一起出现在了王宫里。她是离开舞台后又马上回来了吗？还是从代表她房间的地方直接去了代表宫殿的地方？这两种约定俗成的假设都是糟糕的。

可见，连场的问题与地点统一相关。在地点统一确立之前，凡地点转换必没有连场的情况出现在了大量剧本里。比如梅莱的《克里塞德和阿里芒》（1630）就是这种情况，连场 7 次遭到破坏，[10] 而 7 次都[11]存在地点转换；拉·加尔普奈德的《埃塞克斯伯爵》（1639）也是如此，连场 6 次遭到破坏。[12] 德枫丹纳的《圣阿莱克西》（1644）里少了 11 次连场[13]；而每次都出现了地点的变换。也就是说，这类剧本追求多重地点，但在每个地点内部，又希望做到场次连贯。而我们已经知道（见本书第二部分，第二章，第 3 节），在规范的剧本里，场次的连贯应该终于每一幕的结尾，也就是我们今天会说的一幅"画卷"的终了。当连场缺失的情况出现在了幕结尾以外的地方，它和地点转换之间关系之紧密，在古典主义者看来，已经到了相互牵连的地步。刚刚通过《贺拉斯》体验了一回地点统一的高乃依，在《西拿》里却选择了抛弃严格意义上的统一，因为在他看来，让谋反者和皇帝，即谋反对象，先后出现在同一个殿里是不逼真的。高乃依在该剧的《评述》里指出了这种不可能性，并说出了由此而引发的结果："这正是我在第四幕里破坏连场的原因……"[14]

然而，前古典主义作家常常会在没有地点转换作为理由的情况下打破连场。在 17 世纪前 40 年里，在地点变换之外的其他许多情况下破坏连场的剧本不胜枚举。比如谢朗德尔的《提尔和漆东》（1608），几乎没有什么场次之间是连贯的。而在世纪初最成功的两部剧，哈冈的《牧歌》和泰奥菲尔的《皮拉姆和蒂斯比》里，第一幕所包含的三场戏里的角色都是完全不同的。在梅莱的作品里，《西尔维娅》里连场被破坏了 6 次，[15]《希尔瓦尼尔》里有 4 次，[16]《维尔吉尼》里是

13 次，[17]《索福尼斯巴》里有 5 次，[18]《奥松那公爵的风流韵事》里有 6 次。[19] 玛黑夏尔的《英勇的姐妹》16 次破坏了连场，[20] 杜里耶的《克雷奥梅东》是 7 次。[21] 斯库德里在《乔装王子》里 13 次忽略了连场，[22]《恺撒之死》里有 9 次，[23]《慷慨的情人》里是 3 次。[24] 就洛特鲁的作品来看，《无病呻吟》里我们能发现 9 处连场的缺失，[25]《遗忘的指环》里有 5 次，[26]《塞莲娜》里是 9 次，[27]《被迫害的洛儿》里是 4 次。[28] 高乃依早期的剧本是以同样的方式构建的：《梅里特》里有 8 处连场的缺失，[29]《克里唐德尔》里有 13 次，[30]《寡妇》里是 8 次[31]；之后的《美狄亚》里有 3 次，[32]《戏剧幻觉》里是 2 次。[33] 当然，当前后两场戏里出现了同一个完全游离在情节之外的角色时，我们是不把它算作连场的，比如玛黑夏尔的《英勇的姐妹》(第一幕第一至第四场)里一位沉睡的女主角，或者梅莱的《维尔吉尼》(第三幕第五至第六场)里的一具尸体。我们发现，当两场戏之间缺乏连场时，往往并不是因为作者无法将它们串联起来，而是因为他不愿意。我们可以以哈冈《牧歌》的第二幕第三、第四场戏为例来进行分析。在第三场戏的结尾，阿尔泰尼斯说她要等吕锡达斯来一起去找魔法师波利斯泰纳；而到了第四场戏里，我们也的确看到了这三人之间的谈话，然而，两场戏之间却没有连场。事实上，阿尔泰尼斯在第三场戏的最后几句台词里说自己等不了吕锡达斯了，决定主动去找他；于是舞台就空了；波利斯泰纳上场，在第四场戏开头说了一段独白；随后，在幕后相遇的吕锡达斯和阿尔泰尼斯两人也双双登场；但他们还是没有直接和波利斯泰纳对话；而是用了六行台词来说自己听到了波利斯泰纳的声音，打算向后者走去，随后，波利斯泰纳又在两行私语里说自己看到了两人走来；最后，两个年轻人和魔法师之间才开始直接对话。其实要让他们一下子就相遇并不难，这样也可以把这两场戏串联起来；然而，哈冈还是愿意设计这个缓慢复杂的过程，以便自己能够用一段独白来开场，这与当时的习惯做法有关，我们已经了解了这一点（见本书第二部分，第四章，第 5 节）。

一场没有和前场相连的戏自然会享有每一幕戏开头才有的那些特权（见本书第二部分，第二章，第 3 节）。人们可以设想在这个由于衔接断裂而出现的空白时段里发生了一些不同的事件，尤其可以假定有一段对话已经开启，而我们听到的仅仅是尾声。梅莱《维尔吉尼》的第四幕第三场戏与前一场之间没有衔接，它

以佩里安德尔对特拉斯国王所说的这两句话开场:

> 陛下,以上就是嫉妒和虚伪
> 在今天对我造成的一场真实悲剧。

它们的存在让人不得不假定佩里安德尔在前一段类似幕间的时间里做了一段叙述。

以上我们所举的所有例子都早于1640年。在那之后,不转换地点却依然放弃连场的习惯尽管又存在了几年时间,但已经逐渐变得罕见了。在杜里耶的《阿尔西奥内》(1640)里,我们可以发现两次断裂。[34] 斯库德里的《安德洛米尔》(1641)里有五次,[35] 其中只有两次与地点转换相关。[36] 在高乃依的《欺骗者续篇》里,有一处没有连场(第二幕第三、四场之间)是因为地点变了,另一处(第四幕第三、第四场之间)则没有地点转换。1651年,我们在巴霍的《卡丽丝特》里还能找到两处场次断裂(第二幕第六、七场之间,第四幕第四、五场之间)。

连场在那些思考剧作法的人眼中显得必要是17世纪中叶的事了。此前,理论家虽然知道这个加快场次过渡的手段,但只把它当作一种非必要的辅助。当夏普兰在1635年左右写下这段话时,代表的就是前古典主义的想法:"有些人希望每一幕的各个场次之间都相互连贯,这的确很美,舞台也会因此而不再有空空荡荡的时候,但它并不是必要的。"[37] 相反,当布瓦洛写作《诗的艺术》的时候,则认为以下这点是必要的:

> 在理性引导下的情节
> 不能在一个空荡的舞台上迷失。(第三章,第407—408行)

这一原则对他而言如此重要,以至在几行诗文之后,他又以另一种形式重复道,场次必须"总是保持连贯"(同上书,第412行)。当18世纪的伏尔泰列数悲剧的必要条件时,也不忘提醒道,"永远不能让舞台空空荡荡"。[38] 就17世纪而言,讨论了连场问题的理论家里,最重要的是多比尼亚克和高乃依。他们区分了多种不同形式的连场形式，我们现在一一来了解一下。

多比尼亚克是情节连贯性的坚定支持者，他在《戏剧法式》里用了整整一章（第二部分，第四章）的篇幅来讨论这个问题。他宣称"舞台永远不该空空荡荡"（第二部分，第四章，第106页）。对他而言，连场不是一种点缀，而是必需的。他区分了四种连场类型，分别称之为在场、找寻、声响和时间。"所谓在场式连场，即后一场戏开始后舞台上留有前一场戏的角色。"（第三部分，第七章，第244页）这是所有连场形式里最普遍的一种，使用频率远超其他；它不会带来任何问题，而在场式连场的反面恰恰就是连场的缺失：因为当舞台上没有任何前一场戏的角色时，也就是舞台空出来时，连场就不存在了。多比尼亚克所指出的其他那些连场形式是极为罕见的，呈现起来也十分困难。他在书中写道："第二种是找寻式连场，即新登台的角色前来找寻离场的角色。"（同上）但"如果离场的角色为了躲避新登台的角色而离开，或者新登台的角色不是为了寻找离场的角色而来，那就不存在连场……因为在这种情况下，就不是找寻式连场，而成了逃逸……"（第244—245页）多比尼亚克所批判的逃逸式连场在古典主义戏剧里是存在的，我们之后会举出一些例子。而他所定义的找寻式连场在作品里却几乎是绝迹的。不过我们还是能在杜里耶的《卢克莱丝》（1638）里找到一个段落作为例子。在这部剧第五幕的第二场和第三场之间，当女主角离场后，她的亲信上台找寻无果。我们需要注意的是，即便因为有了这种形式的连场，情节的某种理想的连贯性得以保留，但它并没有为演员上下舞台所遭遇的具体问题带来有效的解决方案，因为它完全没有削减这些行动所必须花费的时间；这一观察同样适用于多比尼亚克提出的最后两种连场形式。

《戏剧法式》的作者继续写道："通过声响而实现连接，意味着当舞台上出现声响时，有一个可能听到它的角色为了了解声响的由来或者出于其他原因登场，结果发现舞台上已经空无一人。"（第三部分，第七章，第245页）多比尼亚克说普劳图斯的作品里有这类连场存在。但必须得说，我们在17世纪的法国戏剧里没有找到。最后一种形式的连场"通过时间来实现，也就是当一个和离场角色毫无瓜葛的角色紧随后者登台，这个时间把握得不早不晚，恰到好处"（同上）。多

第二部分　剧本的外部结构

比尼亚克院长给出的与时间连场相关的例子都来自普劳图斯或者泰伦提乌斯；他补充说这种连场"有些过于任性"，只有在处理得"非常精准，巧妙地加以掩饰"后才能被接受（《戏剧法式》，第246页）。无论如何，它是很微妙的，要理解它的实质并不容易。兰卡斯特先生（《历史》，第二卷，第一章，第105页）在洛特鲁的《克劳兰德》（1637）里找到了一个例子。我们更倾向于引用拉辛《贝蕾妮丝》最后一幕里的一个感人片段：先是第四场里安提奥古斯的一段绝望的独白，后是第五场里提图斯和贝蕾妮丝之间的讨论。安提奥古斯说完独白后离场，然而剧本并没有交代他是否看到了另两位此时登台的主角，后两人倒是看到了他。然而在第三场戏里，提图斯曾让安提奥古斯跟着他去皇后处。因为听闻贝蕾妮丝决定连夜离开罗马而方寸大乱的安提奥古斯没有听从皇帝的命令，留在了舞台上进行独白。他再也不想见到他心爱的女人以及这个皇帝朋友；于是便在说了10行台词后离开。如果提图斯在安提奥古斯说完独白之前登台，他就会看到后者，并会为自己的命令没有得到遵守而讶异；情境也会随之变得有些尴尬，情节原本的感人程度将遭到削弱。但如果在安提奥古斯的离开和提图斯的返场之间出现了一段明显的间歇，拉辛就只能用一些次要角色来填充，这也会破坏感人程度。因此，多比尼亚克所说的时间连场的相关条件在此处似乎就能被满足了。在当时出现的大量针对《贝蕾妮丝》的批评里，没有一条是针对这一处连场的。而在剧本的前言里，拉辛也没有就这一点进行辩解。这可能就是因为大家认为这是一处可以被接受的时间连场，后者的存在让那时已经得到普及的连场得以遵守。

　　高乃依面对连场问题的态度和多比尼亚克不同。在创作生涯的开始阶段，他的看法和夏普兰一样：连场值得追求，但并非必需。在1637年的《侍女》的献辞里，他宣称连场"只是锦上添花，并非金科玉律"。到了1648年出版个人作品集时，"告读者书"里的他就没那么言之凿凿了："我更愿意称其为锦上添花，而非金科玉律，但所添之花有着极大的渲染效果。"最后，到了1660年，他又迈出了新的一步：他的《第三论》先是重拾了过去的说辞："连场……是诗作的重要点缀，通过表演的连贯来服务于情节的连贯；不过它终究只是一种点缀，并非规则"（马蒂-拉沃，第一卷，第101页）；然而，在下一页里，高乃依话锋一转，几乎说出了与前文相矛盾的话："由于我们已经让观众对此习以为常，因而他们只要看到一场断开的戏就将其视为缺陷……曾经并不是规则的做法因为频繁得以实践,如今也成了规则之一。"和他的同代人一样,高乃依最终也接受了连场的必要性。

在《侍女》的《评述》里,他区分了几种不同类型的连场。《侍女》包含了其中的两种,"在场式和视线式"。对于前者,他并没有做出解释,因为那是最为普通的一种,他的理解想必也是和多比尼亚克院长一致的。然而,高乃依关于视线连场的想法却构成了对于《戏剧法式》的批判。多比尼亚克不接受逃逸式连场;高乃依则认为后者尽管不如在场式连场那么好,但也"达到条件了";在他看来,如果多比尼亚克院长能接受找寻式连场,那么逃逸式也能接受。在结语里,高乃依说道,他"通常所指的视线连场就是其他人所说的找寻式连场",这话不无模糊之处。事实上,高乃依所说的视线连场是多比尼亚克笔下的找寻式连场和逃逸式连场的总和。由于那一时期的戏剧文学里不存在找寻式连场,这一讨论就带来了如下结论:多比尼亚克批判的逃逸式连场被高乃依以视线连场之名加以肯定。就我们而言,还是保留逃逸式连场这个在我们看来更为清晰的称谓。最后,高乃依还提到了声响式连场;在他看来,后者是"不符合条件的",他觉得它"牵强",不建议采用。对于时间式连场,他则是只字未提。[39]

在 17 世纪的戏剧演出里,这些不同的连场形式是怎样呈现的呢?第一部所有场次都相互连接的法语剧本是一部喜剧:克拉弗莱的《明辨者》(*l'Esprit fort*),可能首演于 1630 年。然而,鉴于剧本直到 1637 年才出版,克拉弗莱在这段时间里把剧本改得更为符合新的潮流也不是没有可能的。无论如何,这个版本体现了他对连场的兴趣,比如在第一幕第四场的某一个时刻,他明确写道,奥龙特从灌木丛后面出来,"使舞台不至空空荡荡"。在《明辨者》的诸多连场里,有三处是逃逸式的,分别是第二幕第一、第二场之间,第四幕第五、第六场之间和第六、第七场之间。高乃依在《侍女》里仿照了克拉弗莱的做法,这部在 1632 年或 1633 年首演的作品也直到 1637 年才出版;对于克拉弗莱可能修改剧本的假设也适用于高乃依。《侍女》里有两处逃逸式连场,分别是第二幕的第一、第二场之间,第三幕的第一、第二场之间;如果我们认可这些连场的合法性的话,那么它就是第二部所有场次都相连的法语剧作。第一部所有场次都实现了在场式连接的法语剧作是一部悲喜剧。杜里耶的《阿尔西梅东》，首演于 1632 年或 1633 年，出版于 1634 年。这些剧本的例子并没有立即得到悲剧的效仿。第一部所有场次都相连的法语悲剧是杜里耶的《卢克莱丝》，首演于 1636 年，出版于 1638 年；我们已经知道，它包含了一处找寻式连场。第一部全部场次都实现了在场式连接的法语悲剧是蒙莱昂的《蒂艾斯塔》，首演于 1637 年，1638 年出版。高乃依的首部全连场的悲剧是《贺拉斯》。

也就是说，连场开始被一些作家视为规则，至少是一种值得追求的点缀，是 1630—1640 年间的事。需要指出的是，这些作家并不介意使用逃逸式连场。1640 年之后，连场的使用开始普及；在这个时间点之后，即使还有剧本忽略这一规则，通常也只忽略一次。在狄马莱·德·圣索林的《米拉姆》（1641）里，连场只缺失了一次（第二幕第二、第三场之间）；高乃依的《西拿》（第四幕第三、第四场之间），杜里耶的《塞沃勒》（第四幕第三、第四场之间），洛特鲁的《圣热奈》（第二幕第三、第四场之间）里也都是如此；甚至在莫里哀的首个剧本，《冒失鬼》里还出现了这样的情况（第三幕第五、第六场之间）。到了投石党乱之后，连场的使用几乎得以完全普及，至少在悲剧里是如此。

至于逃逸式连场，从 1608 年出版了《提尔和漆东》的谢朗德尔一直到拉辛，它在 17 世纪的各个时期都出现过。通常当它出现时，对话里都会有明确的说明。比如《提尔和漆东》第一幕的第五场，就是以下面这段话作为结尾的：

> 梅里亚娜：我听到了一些声音。
> 贝尔卡尔：那似乎是国王。
> 梅里亚娜：那我们离开这儿吧，别让他发现我们在一起。

在"五作家"的《杜乐丽花园喜剧》（1638）里，弗洛丽娜在克莱奥尼丝和阿格朗特面前退下时，对阿尔巴兹说："我们回避一下吧。"（第三幕第六、第七场之间）在吉尔贝尔的《罗德古娜》（1646）里，达西对阿尔塔科塞斯说：

> 罗德古娜来了，我们快走。（第四幕第四场）

第五章 连场

而在下一场戏的开头，罗德古娜愤怒地嚷道：

阿尔塔科塞斯和达西竟然躲着我！

梅莱的《希尔瓦尼尔》（第一幕第一、第二场之间），斯库德里的《爱情暴政》（第一幕第一、第二场之间），杜里耶的《塞沃勒》（第三幕第四、第五场之间），巴霍的《卡丽丝特》（第二幕第四、第五场之间），布瓦耶的《奥洛帕斯特》（第五幕第二、第三场之间），高乃依的《亲王府回廊》（第一幕第一、第二场之间）和《美狄亚》（第一幕第三、第四场之间），拉辛的《安德洛马克》（第四幕第一、第二场之间），《贝蕾妮丝》（第四幕第二、第三场之间），《米特里达特》（第二幕第一、第二场之间）和《伊菲革涅亚》（第四幕第一、第二场之间），等等，这些作品里都有逃逸式连场。由于这种手法十分显眼，一旦重复的话很难不给人留下一种刻意为之的印象，因此在以上这些例子里，我们所指出的都是剧中唯一的一处逃逸式连场。

* *

现在，我们就可以用理论和实践所得去面对不同形式的连场所带来的问题了。理论家从一个情节连贯的抽象理念出发，区分了大量不同形式的连场，有时差异十分细微。它们都以一种比较巧妙的形式体现了连贯的理念，因此都有自己的合理性。但在具体实践中，只有两种是重要的：最简单也最普遍的是在场式连场，次之是逃逸式连场，后者在某些情境下也表现得比较自然。找寻式、视线式、声响式和时间连场只在极少的情况下会出现，解读起来也往往比较微妙；实际上，它们没有起到任何作用。

然而，受舞台格局和演员行动影响的并不是延续性，而是换场的迅捷。相比连场的缺失，在场式连场在缩减场次衔接段的无效时间上有了巨大的进步：如果有一个演员连续两场戏都留在台上，即在场式连场的情况下，在同一个间歇时段就不会出现第二个演员登台，第三个演员离场的情况；如果出现了这样的情况，就成了逃逸式连场，或视线连场，又或是时间连场；也就是说，在场式连场意味着每次只有登台或者只有离场，而不是像避免连场缺失那样，需要在一个演员离场时另一个演员紧接着登台；因此，场次转换所需的时间也缩减了将近一半。从迅捷上来看，逃逸式连场相比连场缺失也是一种进步，尽管这种进步无法和在场式连场相提并论。的确，在逃逸式连场里，舞台从来不会空出来：离场的演员至少会瞥见登台的演员；也就是说，他开始离场时，下一位已经差不多完成登台了，而不是像连场缺失的情况下那样，第一位完全离开后，舞台空了片刻，第二位演员才彻底登台。从持续时间角度来说，找寻式、声响式或者时间连场，相比连场缺失的情况，没有任何进步。因此我们发现，在理论家按照连贯原则所推导出来的种种形式里，只有那些能够节省时间的形式存活了下来，它们是最适应古典主义时期排演的具体条件的。

407

3. 角色上下舞台的理据

研究连场不能只关注每一处场次转换里角色们的行动本身，也应该关注这些行动的原因，思考它们是否合理。古典主义理论家一致认为角色的每次离场或者登台都必须有逼真的理据支持。剧作法里可能找不出一条重复了更多次、更着力强调的原则了。1635 年，夏普兰在《论戏剧诗》里写道："有一条是绝对必要，且建立在逼真原则之上的，那就是角色的每一次登台或者离场都得是必要的，他进出的理由也得展现出来。"[40] 多比尼亚克在他 1657 年出版的《戏剧法式》里说："优秀的剧作家总是习惯于让角色交代自己的去向，以及离开舞台的动机……"（第二部分，第四章，第 92 页），他还补充说道："无论什么角色，只要出现在舞台上，必须是出于某种理由，不得不在这一刻来到此处。"（同上书，第四部分，第一章，第 274 页）高乃依在 1660 年的《第三论》里说，必须为"每个角色的登台或离场提供理据"（马蒂-拉沃，第一卷，第 108 页）。到了 18 世纪，关于这一点的论述口吻依然是毫不含糊的。1702 年，莫万·德·贝尔加尔德指出，角色"永远只能在必要的时刻登场或者离开"。[41] 伏尔泰提到这一条时把它视作悲剧的核心规则之一；在谈到角色时，他在《贺拉斯、布瓦洛和蒲柏之比较》中

342

第五章　连场

说道，"他们出现或者离开时，观众必须能明白其中的缘由"，[42] 在《哲学辞典》里的"戏剧艺术"这一词条下，他也说"他们的进出必须合理"。1784 年，克莱蒙也写道，必须"提供角色出入舞台的动机，他们得在情节的驱使下相遇，而当他们离开时，不能仅仅因为无话可说，而是因为不得不去舞台之外的地点继续自己的行动"（《论悲剧》，第二卷，第 46 页）。

　　这一要求的存在首先有理论层面的原因。它的第一基础是逼真：在上文所引的话里，夏普兰已经明确了这一点，而其他理论家也对此深信不疑，按照布莱先生的话说，他们都视逼真性为"古典主义信仰的核心条款"（《古典主义理论》，第 388 页）。其次，在理论家看来，对演员的登台和离场做出解释的做法也源于他们所推行的连场理念里包含的连贯原则。有两个文本对此做出了非常明确的解释。首先是多比尼亚克，他之所以想让离场的演员说出去向，是"为了让人知道他们之后并不会无所事事，而会继续演绎自己的角色，哪怕观众已经看不到他们了"（《戏剧法式》，第二部分，第四章，第 92 页）。而克莱蒙也说道："为什么要解释角色的登台和离场呢？那是为了让人感受到完整性；除此之外我看不到别的理由了。人们想要知道新登场的角色是否会延续已有的情绪；想要知道角色离开舞台后的行动是否会延续并且提升这种情绪。"（《论悲剧》，第二卷，第 28 页）

　　这些理论层面的理由并不是全部。戏剧角色之所以要在对话里说明他们登台或者离场的动机，也有物质层面的原因。我们已经知道，一个新角色需要比较长的时间来完成登场；因此有必要让已经在舞台上的角色说几行台词来填补这个时间上的空白；后者可以说出新角色登场的原因，或者，在逃逸式连场的情况下，也可以说新角色的到来让他不得不离开。此外，在他们交代登台或者离场理由的同时，等于也指出了有角色上下舞台的事实；作者也就不必再额外添加排演说明了，这避免了文本的累赘感。一个精心撰写的剧本是可以不借助于任何附加说明的。这就是多比尼亚克在以下这段话里所表达的意思，他把自己的设想推向了极致："诗人应该让自己笔下的角色做出足够巧妙的表述，以至剧本无须再做幕与场的区分，也无须再注明对话者的姓名。"（《戏剧法式》，第一部分，第八章，第 56 页）在这一点上，就像在其他许多方面一样，高乃依与多比尼亚克意见相左；他想让作者们用页边注"巨细无遗地"（《第三论》，马蒂-拉沃，第一卷，第 110 页）说明角色的行动；他认为这些说明会为所有人的剧本阅读提供便利，尤其是对于那些"在外省奔走的演员"来说：因为他们没法向作者寻求解释，得完全依靠文本的指引（《第三论》，第 110—111 页）。

在实践中，17 世纪剧作家的想法更接近多比尼亚克院长，而不是高乃依；他们在文本内部做了尽可能细致的解释，在舞台说明上则十分简略。这可能是因为他们不太信任当时的印刷匠，这也不是没道理的：后者常常会把舞台说明印得面目全非，或者错位，台词张冠李戴，在一场戏的开头漏写出场角色的情况也屡见不鲜。对演员进出舞台做出解释的做法可能也部分源于这些物质层面的考虑；起初，剧作家只是想要填补演员在舞台上行走所需的时间，让观众了解登台和离场的演员的身份；随后，他们意识到，这些由演出和印刷的种种物质条件所催生的台词，也可以拥有符合逼真和连贯原则、合乎情理的内容。

17 世纪时，对演员进出舞台做出解释的规则并不总是像 18 世纪那样僵化和具有强制性。在当时诸多理论家里，对戏剧作品做了最为认真的研究、最注重具体实践的两位，多比尼亚克和高乃依，在这条规则的运用上留出了重要的余地。高乃依说必须"解释每个角色进出舞台的原因"，但只是在"可能的情况下"（《第三论》，马蒂-拉沃，第一卷，第 108 页）。他对于离场和登台的处理也不尽相同；他写道，"对于离场而言，我尤为坚持此规则的必要性，没有什么比一个角色仅仅因为无台词可说而从舞台撤离更为丑陋的了"。对于登台，他就没有"这么严苛"了，因为"观众等着角色"（同上）。的确，对于新登场角色将说之话充满好奇的观众，可能不会去思考为什么这个角色要在此时此刻出现。这种情况在全剧或者某一幕的开头尤其明显，那时，角色只是出于"演出需要"才出现的，我们也可以假定他之前就已经在了。[43]"因此，我乐于为每一幕的首场戏免去这一严苛的做法，但其他场次不可……"（同上书，第 109 页）高乃依总结道。现实也的确如此，我们发现古典主义作家，甚至包括最讲求这一规则的那部分，在幕的开头都不会解释角色进出舞台的原因：角色在那儿，是因为作者选择了让他们出现，他们的在场是理所当然的；从这个角度说来说，幕的开头都是绝对的。在前古典主义时期的剧本里，那些出现在地点变换之后的场次自然也是如此。其实我们只要牢记，幕间的本质功能在于打破舞台所呈现情节的连贯性，就

第五章　连场

可以从连贯原则出发推导出这些事实（见本书第二部分，第二章，第3节）。

多比尼亚克想让剧作家对登台和离场都加以说明。"但是"，他说道："不能像今天个别作家那样草率处理，以至显得十分刻意。"应该要让观众"体会到"角色进出舞台的缘由，"而非让他亲手触碰"；"过犹不及"（《戏剧法式》，第四部分，第一章，第275页）。然而大家并没能始终保持克制。在他的《亚历山大》里，年轻的拉辛还是透出了一丝稚嫩，对一处逃逸式连场做了过度的强调；男主角看到塔克希尔登场后，对阿克西亚娜说了如下这段话：

> 他来了。我可不想逼她倾诉。
> 就让他自己解释他的欲求吧。
> 我的存在对您而言已经过于煎熬。
> 情人相会讲求私密：
> 我就不打扰你们了。（第四幕第二场）

这里，对于角色离场的解释就有些过度了。而在其他一些情况下，角色甚至还会有两个支持其离场的理由。在阿尔迪的《阿尔克梅翁》里，主角在送走亲信时让后者向自己的妻子转达他即将前往的消息，同时，也是因为他希望和走上舞台的情人（第一幕第二场）独处。在高乃依《俄狄浦斯》第一场戏的结尾，也存在双重解释，迪赛对泰塞埃说：

> 永别了，大人：王后召见，
> 我只能离开您去拜见她；
> 而且国王也来了。

梅莱的《维尔吉尼》里甚至出现了三重解释，在其中一场戏的结尾，谈到心爱的佩里安德尔时，安德洛米尔是这么说的：

> 所以还是离开，试着平复，

345

打扮自己,然后派人去请他。(第一幕第二场)

但大部分时候,前古典主义时期的剧作家都不会过度解释角色的行动;恰恰相反,他们笔下的主角有时会在没有任何理由的情况下突然登场或离开。在杜里耶的《克雷奥梅东》(1636)里,贝丽丝正对塞拉尼尔说着一段长对白,试图让他明白一个极为复杂的爱情故事,然而后者却在贝丽丝说到一半时一言不发地离场了;以下就是这位女主角所说的最后几行台词:

……我以为自己甚至会任您去牺牲,
如果我的话至少……她走了,
却在我心里留下了
远胜此前所述的煎熬。(第三幕第二场)

吉尔贝尔的《罗德古娜》(1646)里有一场戏出现了罗德古娜和她的两个儿子,阿尔塔科塞斯和达西;它的结尾是女主角的以下这两句话:

在太阳去往另一个半球之前,
大家会看到王座上的是哥哥还是弟弟。(第三幕第二场)

下一场戏预告的角色是罗德古娜和达西;阿尔塔科塞斯也的确没有出现;罗德古娜先开始说道:"达西,请过来";丝毫没有表露出对于另一个儿子离开的诧异;然而,没人知道阿尔塔科塞斯是怎样离开,为什么离开的。在《沙米拉姆》(1647)里,吉尔贝尔提供了一次完全没有解释的登台的示范。尼努斯和沙米拉姆一起;向后者提议娶她;沙米拉姆拒绝然后离开;因此在下一场戏里,尼努斯应当是独自一人才对;然而,他的女儿索萨姆却登台了,没人知道原因;她显然并没有作为旁观者出现在上一场戏,因为她问了父亲为何事所扰:

啊,大人,您怎么了?又有新的预感

困扰着您？……（第二幕第三场）

甚至到了 1660 年，在托马斯·高乃依的《斯蒂里贡》里，同名主角对于穆西安离场的解释，也并没有什么说服力：

> 返去吧，穆西安，我的希望寄托在你身上，
> 你在别处的出现对我至关重要。（第五幕第一场）

可以与这些脆弱或者根本不存在的解释相提并论的，还有归结于偶然的解释。当一个人说角色是出于巧合才走上舞台的，他就等于承认了角色无故登台。但这种做法很便利：当你需要一个角色时，这个角色就恰好来到了指定地点。我们可以在高乃依的《贺拉斯》里找到这样的例子；谈到卡米尔时，萨宾娜对朱莉说：

> 看，老天适时地把她送了过来。（第一幕第一场）

在巴霍的《卡丽丝特》（1651）里，克雷翁以为登场的尼康德尔是给他带来国王的命令的。然而事实并非如此，尼康德尔说：

> 我出现在这里完全是巧合，
> 希望我能纾解您的苦痛。（第一幕第四场）

可见，相比让舞台上的角色来做出逼真的解释，这些剧作家更喜欢将行动归结于偶然。这种实用的巧合频繁出现在没有那么追求逼真性的喜剧里，不但不加掩饰，反而理直气壮。莫里哀的作品提供了多个这样的例子。在《冒失鬼》里，尽管赛丽被特吕法尔丹"日夜"监视，但在莱利和马斯加里耶想要和她说话时，她就"适时地出现了"（第一幕第二场）。在《恨世者》里，塞里美娜指着走上舞台的阿尔塞斯特，对阿尔西诺埃说道：

第二部分　剧本的外部结构

> 这位先生来得正是时候
> 他比我更适合和您交谈。（第三幕第四场）

在《乔治·唐丹》里，男主角两次希望岳父岳母前来见证自己的不幸，他也恰好巧遇了他们两回。他说："我现在就要去向她父亲和母亲控诉，他们的女儿是怎样让我陷入哀伤和愤恨的，这应该有用。怎么？两人恰巧出现了。"（第一幕第三场）索当维尔入场的偶然性在乔治·唐丹的话里体现得更为明显："命运在此为我提供了挫败对手的东西，而为了善始善终，它适时地派来了我所需要的法官。"（第二幕第六场）

在严肃剧作里，古典主义作家，尤其是17世纪下半叶的那些，通常都能顺利地解释角色全部的登台和离场。但《贺拉斯》里的解释并不完美，可能因为这是高乃依第一部遵循地点统一和连场的作品：正如《评述》所言，地点的统一"带来了些许限制"，高乃依因此而无法逼真地告知全部角色的行动；我们已经在这部剧里找出了一处归结于巧合的解释，此外，第三幕第三场卡米尔的登台更是完全没有解释。而在拉辛的《费德尔》这样的剧本里，所有角色的每次登台和离场都得到了逼真简练的解释。要从细节上展现就太长了；因此我们仅仅举几处最有价值的。在第二幕里，伊波利特看到迎面走来的费德尔，遂让泰拉梅纳为离开做好一切准备再回来：

> 去吧，做好一切离开的准备。
> 传出讯息，飞奔过去下达命令，然后回来
> 把我从一场恼人的交谈中解救出来。（第四场）

到了费德尔向伊波利特表白的下一场极富戏剧性的戏里，大家就忘记了这几行台词；泰拉梅纳在第六场戏里的回归也没有得到解释。在第四幕第一场戏里，艾农娜告诉泰塞埃伊波利特曾试图对费德尔施暴；控诉完结后，艾农娜离开舞台，但并不只是因为没有台词了，而是找到了一个合理的退场理由，她对泰塞埃说：

> 王后已经独自承受那锥心之痛太久；
> 请允许我离开您返回她身旁。

在下一场戏里，伊波利特登台；他没有也无法立即解释他的出现，因为泰塞埃一上来就痛斥他；之后，伊波利特在自我辩解时提到了自己爱着阿里西，他对父亲说：

> 我战战兢兢地来告知您本人，

这就解释了他的出现。在最后一幕第二场里，对于泰塞埃回归的解释更加隐晦。尽管因为儿子的否认而有所动摇，但泰塞埃并没有被说服，他在第四幕里离场向尼普顿献祭，以便"敦促"神"履行他不朽的誓言"（第四场）。但他仍然抱有怀疑，觉得自己并没有彻底明白，想要再次询问艾农娜（第五幕第四场），因此回到宫中追问。他在第二场戏的开头说道：

> 神啊，请拨开我的迷雾，在我眼前
> 展现我来此所寻求的真相。

可见，这里对于登台和离场的解释并没有大张旗鼓，符合多比尼亚克所推崇的准则，可谓达到了形式上的完美。我们觉察不到，但仔细一找又能找到。

第六章　戏剧写作的不同形式

在针对17世纪戏剧剧本的外部结构所展开的研究里，我们先后思考了排演、剧本整体形式、幕和场的形式、幕和场的连接这些问题。现在就需要通过审视戏剧写作的不同形式来让这一研究深入细节。我们不时能在对话里见到这些形式，它们和叙述或者独白这类场的固定形式的不同之处在于，尽管后者结构清晰，但它们身上更重要的却是功能性；在成为固定形式之前，它们已经是古典主义剧作法的必要元素了。相反，我们所说的戏剧写作的不同形式首先指的是写作的种种方式；它们是文体意义上的元素，是规律的音乐性。对于它们而言，形式比内容更重要，形式先于内容而存在。当然，我们不会对这些形式所带来的文体、作诗法或者语言本身加以研究；那不仅很难收住，也非本书目的所在。我们只会定义这些形式在剧本里的运用，并指出它们作为剧作法的何种元素而存在。为此，我们会按照篇幅长度对这些形式加以区分。较长的形式有斯偬式，以及一些抒情、浮夸的，大都以四行诗形式呈现的片段，短的形式有交替对白（stichomythie）、警句和重复句。最后，我们会对一些相对次要的，或者没能被古典主义剧作法所提到，偶尔出现的形式做出说明。

1. 斯偬式

存世的种种作诗法理论对于斯偬式（stances）和诗节（strophes）所作的区分并不成功。不过它们一致认为，斯偬式是一种特定的诗节形式。在下文中，我们会用斯偬式来指代我们将要研究的抒情段落的整体，而用诗节来表示构成这些整体，遵循同种格律的单位元素。事实的确如此，斯偬式就是一连串的诗节。那么构成斯偬式的诗节究竟有什么特征呢？18世纪时，马尔蒙特尔对斯偬式所下的定义最有利于剧作法研究。在他看来，"就其最规则的形式而言……无论是出

第六章　戏剧写作的不同形式

于聆听还是思考，最完满的斯偬式由始至终只包含一种思想，并且和它一起完结"。[1] 在其他文体里，句子和意思可以横跨两个连续的诗节，而在戏剧里，斯偬式通常由一系列意思独立，结尾得到明确标示的诗节构成。虽然戏剧里的斯偬式在结尾处也会出现逗号，句子在之后的台词里加以延续，就像洛特鲁《幸运的海难》第四幕第二场里那样；但这是极为罕见的。绝大多数情况下，在 17 世纪的戏剧文学里，斯偬式里的每个诗节都形成一个整体。我们可以较为轻松地用一句话概括出它的意思，并发现，同一个主题永远不会在两个独立的诗节里展开。在洛特鲁《美丽的阿尔弗莲德》的第四幕第二场戏里，奥朗特的斯偬式表达了以下想法：我发现了爱情；我童年的纯真消失了；我曾经不相信爱情真实存在；现在我感受到了它；它让我痛并快乐着。在特里斯坦《塞内卡之死》的第五幕第一场戏里，塞内卡通过四个诗节分别表达了自己乐于一死，看透了世事，人间被恶所统治，他呼唤至尊精神。在上述这两个例子里，每一个诗节都以句号或者感叹号结束。

在戏剧里，斯偬式内部的这些休止之所以如此明显，是为了诵读考虑。它们强调了每个诗节的"收尾"（chute）。这样的收尾通常会追求修辞效果：比如一句"妙语"（pointe）、反衬或者其他各种精妙的表达。在《致歉阿里斯特》（Excuse à Ariste）里，高乃依遗憾地叹道：

> 段落结尾处的一句冷淡之语
> 哪怕有菲比斯在，也是对诗艺的侮辱。[2]（马蒂-拉沃，第十卷，第 75 页，第 11—12 行）

在《安德洛墨达》里谈到斯偬式时，他再一次说到"用反衬或巧思妙语来结束每个段落"。多比尼亚克也写道："这种诗歌的本质在于……它的每一个诗节内部都总是具有一些巧思妙语或者令人愉悦的点缀。"（《戏剧法式》，第三部分，第十章，第 262 页）而布瓦洛则认为，从马莱伯开始

> 斯偬式学起了优雅收尾。（《诗的艺术》，第一章，第 137 行）

这种"收尾"有时和《恨世者》里奥龙特的十四行诗一样巧妙。这样的例子不计其数,我们不妨举高乃依的《侍女》(第二幕第二场)里弗洛拉姆的斯偲式。在它的五个诗节里,每一个都以一句妙语收尾,足以让当时的文人才子乐在其中。前两处收尾由反衬主导:

> 我的假意换来了真情,
> 被爱让我苦不堪言。
> ……
> 您的怪责对我才是恩惠。

第三个说给阿玛朗特听的诗节在结束时巧妙地提到了

> 这场不公的瓜分
> 你扼住了我的话语,达芙妮扼住了我的勇气。

第四个诗节以一句戏谑的悖论结尾:

> 我只想借你来接近达芙妮:
> 阿玛朗特,现在我做到了;我的爱却也结束了。

最后一个诗节还是以反衬收尾,想到自己心爱的人时,男主角请求爱神给予他

> 一点自由以便把自己的自由全部交给对方!

对于戏剧中的斯偲式的定义还有最后一个特点。它不仅仅是一连串几乎总是独立的,以妙语收尾的诗节,同时也是一种独白。以斯偲式的形式进行对话绝对是特例,比如洛特鲁《濒死的赫丘利》的第五幕第四场戏。在狄马莱·德·圣索

第六章　戏剧写作的不同形式

林《想入非非》的第三幕第四场戏里，"浮夸诗人"阿米多尔对法朗特吟诵了自己创作的斯偬式；但那是为了向后者兜售，之后，法朗特将把这些诗句作为自己冥思的成果献给他的爱人。除此之外，其他的例外情况都只停留在了表面。在博瓦罗贝尔《帕莱娜》的第五幕第二场戏里，女主角在即将被献祭之时，在众人面前吟诵了斯偬式，思索自己可悲的处境；但她完全像是自言自语。在高乃依《欺骗者续篇》的第三幕第二场戏里，杜朗特在仆人克里东面前用了斯偬式，立即遭到了后者的戏仿：这是一段在亲信面前说出的独白。在几乎所有情况里，斯偬式都只是一种格律不同的独白而已。

* *

斯偬式的形式极为多变。六步、七步、八步、十步和十二步音节的诗句都有。奇数音节的诗句很少见；洛特鲁的《费朗德尔》（*Filandre*，第一幕第一场）和《幸运的海难》（第四幕第二场），斯库德里的《乔装王子》（第二幕第五场）里的斯偬式是七步音节的。六步音节的诗句比较常见；高乃依的《寡妇》（第三幕第八场）和《亲王府回廊》（第三幕第十场）里有；洛特鲁的《安提戈涅》（第三幕第一场）和拉辛的《忒拜纪》（第五幕第一场）里也有，只是混合了十步音节。但最常见，且远超其他形式的格律是八步音节和亚历山大体；它们几乎存在于所有的斯偬式里。很多仅仅由这两种格律的诗句构成，比如玛黑夏尔的《英勇的姐妹》（第五幕第四场），杜里耶的《克雷奥梅东》（第三幕第一场），梅莱的《阿苔娜伊斯》（第二幕第三场，第四幕第一场），托马斯·高乃依的《蒂莫克拉特》（第三幕第一场），特里斯坦的《奥斯曼》（第三幕第一场，第五幕第一场），高乃依的《美狄亚》（第四幕第四场），《波利厄克特》（第四幕第二场），《俄狄浦斯》（第三幕第一场）和《金羊毛》（第四幕第二场），等等。仅由八步音节构成，诗节之间只存在韵脚差别的斯偬式也有不少。比如洛特鲁的《克里桑特》（第五幕第一场），《圣热奈》（第五幕第一场），拉·加尔普奈德的《米特里达特》（第五幕第一场）之死，杜里耶的《阿尔西奥内》（第三幕第一场）或者高乃依的《赫拉克里乌斯》。因此，从整体上来说，奇数节奏比较罕见；而在大量

第二部分　剧本的外部结构

不同的偶数节奏里，八步音节这种旧式法语诗歌的抒情形式占有一定统治地位。

每一个诗节所含的诗句数量也是十分多变的。洛特鲁的《费朗德尔》（第一幕第一场）或者高乃依的《亲王府回廊》（第三幕第十场）里有四行一节的；高乃依的《王家广场》（第一幕第三场，第三幕第五场）或者特里斯坦的《奥斯曼》（第三幕第一场，第五幕第一场）里有六行一节的；梅莱的《阿苔娜伊斯》（第二幕第三场）里有七行一节的；洛特鲁的《安提戈涅》（第三幕第一场），高乃依的《美狄亚》（第四幕第四场）或者《赫拉克里乌斯》（第五幕第一场）里有八行一节的，托马斯·高乃依的《蒂莫克拉特》（第三幕第一场）里有九行一节的，玛黑夏尔的《英勇的德国女人》（第二日，第四幕第一场），洛特鲁的《克里桑特》（第五幕第一场），杜里耶的《阿尔西奥内》（第三幕第一场），高乃依的《熙德》，《波利厄克特》（第四幕第二场）或者《俄狄浦斯》（第三幕第一场），拉辛的《忒拜纪》（第五幕第一场）里，都有十行一节的。似乎八行和十行的诗节最为常见。

组成斯悌式的诗节的数量也同样多变。洛特鲁的《幸运的海难》（第四幕第二场，第五幕第五场）里有三节的斯悌式，特里斯坦的《塞内卡之死》（第五幕第一场）里有四节的，托马斯·高乃依的《蒂莫克拉特》（第三幕第一场）里有五节的，博瓦罗贝尔的《帕莱娜》（第五幕第二场）里有六节的，斯库德里的《爱情暴政》（第四幕第二场）里有七节的，杜里耶的《克雷奥梅东》（第三幕第一场）里有八节的，玛黑夏尔的《英勇的姐妹》（第二日，第四幕第一场）里有十节的。而光是高乃依一人的作品里，就涵盖了几乎所有这些类型的斯悌式：《熙德》（第五幕第二场）里有四节的，《寡妇》（第二幕第一场）里有五节的，《王家广场》（第一幕第三场）里有六节的，《亲王府回廊》（第三幕第十场）里有七节的，《侍女》（第五幕第九场）里有十节的。尽管很难说哪些类型更常见，但我们还是发现，没有少于三个诗节的斯悌式，超过七节的也不多；当出现八节或者更多时，诗节通常都较短，比如四行一节。

还有十分少量的斯悌式形式特别：用副歌来强调每一节的独立性。在洛特鲁的《塞里美娜》（1636）里，女主角吟诵了四节体的斯悌式，每节六行（第三幕第一场）；每一个诗节的最后一行都是以下这句：

第六章　戏剧写作的不同形式

　　罢了，爱情啊，是得让步了。

爱着塞里美娜，并且在一旁"听着却没有现身"的阿里多尔（因此这是一段独白），认为自己得到了对方的芳心，于是在除了最后一节之外的每一节结束后，都以私语的形式吟诵了两句亚历山大体诗，再次强调了副歌所带来的重复效果。在拉·加尔普奈德的《米特里达特之死》（1636）里，米特里达特的斯偬式里也出现了一种副歌，尽管用意没那么明确（第五幕第一场）。三个诗节里每一个诗节的后四句诗的韵脚都是一致的：donne（或者 ordonne）三次对上 couronné 的韵，moi 则和 roi 对上。此外，前两个诗节的最后一行诗也是一致的：

　　牧羊人害怕成为国王。

举完这些例子之后，我们就应该来讲一下有名得多的高乃依的《熙德》里的例子了。第一幕第六场里罗德里格那篇脍炙人口的斯偬式由六个十行的诗节组成，每个诗节的最后一个韵脚都出现在 peine 和 Chimène 这对词上，连续六次。在1660年对于《安德洛墨达》所做的《评述》里，高乃依批判了这一"表演"，认为它"毫不自然"，并且说《熙德》里的斯偬式之所以"不可原谅"，正是因为这种造作。高乃依态度的转变源于以下这一现实：1660年之后，至少在严肃剧里，人们彻底放弃了为斯偬式设置副歌的做法。

　　不过，在喜剧里，比如斯卡隆的作品里，我们还是能找到斯偬式的存在。他的《若德莱：男仆主人》（1645）里包含了若德莱的一段六诗节的诙谐独白，每一节前后都出现了以下这两行副歌：

　　事关名誉啊，我的牙齿们，弄清楚些，
　　我怕的无非就是失去牙齿啊。（第四幕第二场）

同样是在这部剧里，类似的斯偬式也能从侍女贝阿特丽丝口中听到；以下这两行诗句出现在了五节的每一节前后：

355

第二部分　剧本的外部结构

> 事关名誉啊，我的眼睛，哭吧，哭吧，
> 如果你们还有泪珠余下，给我一些，我要。（第五幕第一场）

与前一处副歌不同的是，这两行本身并不诙谐，但它们同样让人忍俊不禁，因为第一行对应了若德莱的副歌，而它们所在的斯僦式里也出现了喜剧的元素。我们可以举最后几行诗为例，后者的存在肯定了我们把若德莱的独白和侍女的斯僦式相提并论的做法。通常，斯僦式和独白一样，只能从主角口中说出，而贝阿特丽丝在提到这一点的同时，宣称：

424

> 如果观众里有人
> 认为斯僦式不属于我，
> 那他就得知道，作者谨小慎微，
> 很清楚对谈会
> 威胁到秘密，
> 便给了我一段独白玩玩。

*　　*

　　不同的斯僦式所表达的观点和情感差异极大，但变化的种类倒也不至于无限延伸。多比尼亚克还是一如既往地出于逼真考虑，认为有必要限制斯僦式的使用。由此，他得出了一个极为奇怪的结论；在他看来，要让斯僦式变得逼真，"吟诵它的角色"必须"有足够的时间来打磨它，或者让人打磨"（《戏剧法式》，第三部分，第十章，第263页）。因此，他认为斯僦式不能由角色即兴说出，如同剧本里所有的独白和对白那样，而应当像一首诗那样，由登台吟诵的角色提前写就，或者提前委托一位诗人精心写成。出于这一原因，多比尼亚克明确指出（同上书，第264页），相关角色至少必须在某一个幕间离开，以便有时间来写作接下来将要吟诵的斯僦式。显然，多比尼亚克院长的建议在绝大多数时候都会毁掉他自己所追求的逼真性。不过，在有些情况下，斯僦式看上去的确像是提前

第六章　戏剧写作的不同形式

写好的诗。比如狄马莱·德·圣索林的《想入非非》里的斯偿式，就由一位诗人写好兜售给一位情人，我们在前文中已经提到过了。斯库德里的《乔装王子》里的斯偿式也是如此，后者应该还是颇受认可的，因为作者本人在谈到剧本的成就时，用他"惯常"的谦虚口吻说道："所有贵妇都对它烂熟于心。"（《阿尔米尼乌斯》[Arminius]，序言）此外，这篇斯偿式更像是某种类型的诗或者歌谣，并且也不是以独白的形式呈现，而是出现在了克雷雅克和阿尔杰尼的对话中。乔装之后的克雷雅克在里面隐晦地说出了自己的故事：

> 风和日丽的希腊，
> 一位坠入爱河的年轻王子
> 不敢面见他的情人
> 执行了一个危险的计划，
> ……
> 用一身乡野装束
> 遮盖了自己的身份（第二幕第五场）

他对爱人的情意也就此得到了表达。但多比尼亚克的原则并不只是针对这类例外情况；他希望所有斯偿式都能提前写成，同时，他也批评那些在动情的时刻设置斯偿式的作者，"似乎人在这样的状态下还能随意创作歌谣一样"（《戏剧法式》，第263页）。从这一角度来说，在高乃依的作品里，罗德里格和波利厄克特的斯偿式就应该被批判。显然，当时的人并没有在这个问题上听从多比尼亚克。尽管存在理论家所提出的这些限制，剧作家还是采纳了独白的传统，并且接受了独白有时可以通过斯偿式这种特殊格律的形式加以呈现。

事实上，真正制约斯偿式的使用的，并非逼真性，而是它形式的音乐性。高乃依对此十分清楚，他在《安德洛墨达》的《评述》里写道，斯偿式"不是万能的表达形式：怒气、愤慨、威胁，以及其他一些激烈的情绪都与它格格不入；但不悦、犹疑、担忧、美梦，以及一切能让角色冷静下来思考自己应说之话、应定之事的，都和它长短不一的节奏，每节末尾的停顿，完美契合"。我们不能从一个立场如此微妙的文本出发，对不同的斯忸式的内容做出快速的分析。我们只能说，斯忸式所表达的情感的确与独白相似，但不包括其中最激烈的那些，而斯忸式的结构为它的表达提供了种种特殊的可能性。

吟诵斯忸式的角色会主动参考常理来分析自己的情感。因此他会进行推演，这在受激情掌控的独白里是不被允许的。在"矫饰形而上学"（métaphysique précieuse）风行的时期，这样的推演可以十分复杂。比如在高乃依的《寡妇》里，菲利斯特口中的斯忸式就完成了如下推演：敬意和爱情在我心里斗争；它们都因克拉丽丝而起，我被二者所奴役；我发现她爱我，但我不能向她表明心迹；她也不会表露；那么她是在让我保持沉默……此时，菲利斯特突然自我反省，意识到自己的推导十分荒谬，便说出了以下这段极为在理的话：

> 根本是胡思乱想！
> 处于折磨之中的我
> 在苦痛面前变得如此敏感细腻！（第二幕第一场）

敏感细腻可能是这一时期主角心理的一个特点，但它也是为了满足斯忸式末尾设置妙语的需求。即便是简单的推演，为了得到最有效的呈现，也会采用斯忸式。常见的情况是，前一节诗提出一个常理，后一节诗把这一常理运用到角色自己的特殊处境中。在拉·加尔普奈德的《米特里达特之死》里，米特里达特的斯忸式的前两节就是如此：幸福是不稳定的，即便是国王也会陷入不幸；就个人而言，我的幸福消逝了，法尔纳斯（反叛的儿子）的幸福也不会长久（第五幕第一场）。在高乃依《波利厄克特》的斯忸式里，男主角也是以同样的方式进行推演的；前两节诗明确说世间的快乐是短暂的，而上帝的正义终将到来；第三个诗节就宣称代西将遭到惩罚；第四节则是第一节的一个结果，波利厄克特声称对于菲利克斯毫不在意，并且从此视保利娜为自己求善之路上的障碍（第四幕第二场）。同样，洛特鲁的《圣热奈》也通过斯忸式展现了一位依照普遍到特殊的方式进行推理的主角：其中的第三节说：为上帝而死是光荣的；而第四节的结论就是果断赴死（第五幕第一场）。

第六章　戏剧写作的不同形式

斯偬式也适合用来表达两种相互矛盾，让角色难以抉择的情感。我们知道，对这些情感加以表述是独白的功能；斯偬式也是如此，形式上的对称性让它可以轻松地履行这一功能。众所周知，在高乃依的《熙德》里，罗德里格的斯偬式就表达了发生在他对席美娜的爱和为唐迭戈复仇的欲望之间，一场痛苦但又和谐的内心斗争（第一幕第六场）。在同一部剧里，公主的斯偬式也表达了爱情和高贵的矜持之间的斗争（第五幕第二场）。杜里耶的《阿尔西奥内》提供了在两种选择间摇摆明显的斯偬式：身为国王之女的莱迪先后说道，我犹豫是否要克制自己对阿尔西奥内的爱；让自己痛苦是错的；不，因为我不能嫁给一个并非王室血脉的男人；不，我可以，因为他优秀无比；不，他背负着罪行，我该要恨他（第三幕第一场）。同样，在托马斯·高乃依的《蒂莫克拉特》里，艾丽菲尔也说自己被希望和恐惧撕裂（第三幕第一场）。高乃依的《俄狄浦斯》呈现了一个徘徊在名誉和爱情之间的迪赛：第一个诗节里，她倾向于爱情，到了第二个诗节，名誉又占了上风，第三节里则坦言爱情是美好的，诸如此类（第三幕第一场）。

我们现在提一下最后一种情况，那就是斯偬式履行了独白的另一功能，告知观众新的事实。在拉辛的《忒拜纪》里，正是第五幕开头安提戈涅的斯偬式告诉了我们伊俄卡斯忒的死，以及波吕尼克斯和厄忒俄克勒斯之间重拾对抗的事实。

*　　*

在对话中插入会打破对话本身节奏的斯偬式有时是一个棘手的问题。斯偬式的不规则节奏有别于对话或者常规独白里占据绝对主导的连韵亚历山大体的规则节奏，这一点常常会困扰 17 世纪的剧作家。为了弱化这一区别，让不同节奏之间的转换变得不那么突兀，他们想到了把结构固化的斯偬式的结尾和亚历山大体对话的重启错开。他们有两种方式来实现这一目的：一是利用新角色在斯偬式最后一个诗节结尾前的登场使其中断，一是当斯偬式结束后，角色继续用亚历山大体诗句继续独白，直到下一场戏的角色到来。前一种做法十分常见；洛特鲁的《费朗德尔》（第一幕第一场），玛黑夏尔的《英勇的姐妹》（第五幕第四场），高乃依的《寡妇》（第三幕第八场），《侍女》（第四幕第一场）和《王家广场》（第

428

三幕第五场），杜里耶的《阿尔西奥内》（第三幕第一场）等剧作里都有这样的例子。有时，角色打断自己正在吟诵的斯觉式，是为了说出自己看到了另一位角色的到来；我们在前文中已经解释过这种常见的过渡性的说明（见前一章第1节）。在梅莱的《阿苔娜依斯》里，泰奥多斯用四个诗节向女主角表达了自己的爱意；但为了完成和之后的对话之间的过渡，他主动打断了自己：

美丽的阿苔娜依斯！……布尔谢里来了。（第二幕第三场）

"美丽的阿苔娜依斯"没有给此前的四个诗节添加任何内容；这句诗是为了告知布尔谢里的到来而作；这样的说明无法在不违背逼真的前提下融入斯觉式内部，因此为了自然地引出下文的对话，只能中断斯觉式。高乃依的《赫拉克里乌斯》（第五幕第一场）和拉辛的《忒拜纪》（第五幕第一场）里的斯觉式也是出于同一理由才被中断的。

第二种做法，即用亚历山大体的独白来连接斯觉式，也有一定的代表性。洛特鲁的《克里桑特》（第五幕第一场），斯库德里的《慷慨的情人》（第一幕第三场）和《爱情暴政》（第四幕第二场，第五幕第一场），高乃依的《波利厄克特》（第四幕第二场）和特里斯坦的《奥斯曼》（第五幕第一场）里都有这样的例子。它通过亚历山大体的独白结尾为后一场戏的对白做准备。比如波利厄克特的斯觉式后的六行独白，主要就是为随后保利娜的登场而准备的。

个别想要拉近斯觉式和亚历山大体所运用的普通语言之间距离的剧作家，在这条尝试的道路上走得更远。以斯卡隆为例，通过诗节的更迭，他把斯觉式的节奏复杂化，而这种做法在他那个时代是极为罕见的。在他的《海盗王子》里，奥罗斯马纳的斯觉式包含了四个诗节：第一和第三节各有六行，分别是六音节、八音节、十音节或者十二音节；第二和第四节各有八行，除了一行十音节之外，均是八音节诗句（第四幕第一场）。尽管最后两节诗和前两节诗的布局是一致的，但节奏的极度多变性让这篇斯觉式看上去像是散文。在"五作家"的《伊兹密尔的盲人》里，第五幕的撰写者把第三场戏里费拉尔克和阿里斯苔各自吟诵的两节诗错误地称为了"斯觉式"；这两节诗每节六行，分别由八音节诗句和亚历山大体诗句组成；但诗节里诗句的分布和韵脚的处理都不一致。当然，这种混乱的出现仅仅是由于该幕作者的漫不经心所致。更具代表性的混乱情况来自于同一部剧的第四幕。在费拉尔克的一段亚历山大体的，以斜体形式出现的独白里，这一幕的作者插入了某种类似斯觉式的，以罗曼字体出现的诗篇。它被分成三个诗节：第一个诗节节奏规则，两行八音节，两行亚历山大体，接着又是两行八音节；但第二个诗节和它没有任何相似之处，费拉尔克说了一段话来解释这种有意为之的不对称：

> 我又再次开始了胡思乱想
> 觉得我悲伤的
> 话语的节奏
> 和我每天的命运一样毫无规则可言。

430

同样，第三个"诗节"也是以类似的话开始的：

> 为了表达我所经受之事，
> 以及我的爱情，我的哀怨也变得毫无章法。

　　在这个古怪的例子里，抒情体的无力在亚历山大体以及连韵的逐渐回归中体现了出来；斯觉式有点像是解体了。通常，17世纪的剧作家不敢在作诗法上抛开节奏的规律性，但还是有人会尝试这么做。高乃依在《安德洛墨达》的《评述》里还为他们辩护了："不让所有诗节在节奏上千篇一律，不重复韵脚的更替，变换行数，可能都是好的。这三方面的不对称会让斯觉式更接近正常话语，让人感受到角色完全被情绪所左右的状态。反之，一旦规律了，就会显得背后有作者用同一种方式打磨过一般。"正是出于这种对于自然效果的追求，斯觉式才被中断，或者通过一段亚历山大体的独白加以延续，并由此解体，作诗法也趋于自由多变，在17世纪下半叶的剧作里我们是能找到一些这样的例子的（见本章第6节）。

*　*

斯惯式的源头要从16世纪末17世纪初剧作里大量形式多样的抒情诗文里去找寻。[3] 正如不同类型的次要角色一步步被亲信这种单一的类型所吸收（见本书第一部分，第一章，第6节），不规则的抒情体对话、书信、神谕、歌谣也逐渐为斯惯式所替代，但又并未完全消失。但1630年以前，斯惯式还不像我们上文所定义的那样。1627年，巴齐尔·丹布兰维尔（Bazire d'Amblainville）在重写自己的一部旧作，田园牧歌剧《公主：幸运的牧羊女》时，用一系列由六音节和十音节诗句组成的诗节来替代旧版中的一段常规独白；但他并未给这些诗节冠上斯惯式之名（第三幕第三场）。在1628年和1629年的作品里，有六部包含了这种形式的诗节群，但它们也都还没有被称为斯惯式（《历史》，第一卷，第一册，第283页）。第一部出现了真正的斯惯式，并被如此命名的法语剧作，是玛黑夏尔的"两日"悲喜剧《高贵的德国女人》，出版于1630年。第二日第四幕第一场戏就是由斯惯式构成，只是后者被简单地称作"罗斯丽娜的怨艾"。相反，同一幕的第八场戏却极力把焦点放在了所采用的手法上。这场戏标题处的完整书写如下：

第八场

阿里斯唐德尔

在狱中的怨艾

斯惯式

此后，当高乃依在他的几部剧里使用这种抒情体的诗句时，也会用"斯惯式"作为标题。1634年首版的《寡妇》两次提到了"斯惯式"（第二幕第一场，第三幕第八场）。1637年首版的《王家广场》以"作为结语的斯惯式"告终（第五幕第八场）。1639年出版的悲剧《美狄亚》也指出自己包含了"斯惯式"（第四幕第四场）。这些说明日后将会消失。但1642年时，梅莱的《阿苔娜依斯》却还突出了那篇"致爱情的斯惯式"（第二幕第三场）以及其他"斯惯式"（第四幕第一场)。

这种体现在版面上的奢侈地位证明了这种手法的受欢迎度。事实也的确如此,斯傥式迅速扩散到了所有戏剧类型里。以 1630—1634 这一时间段为例,它出现在了其中将近一半的悲喜剧里(《历史》,第一卷,第二册,第 452 页),以及大量的田园牧歌剧里。在《寡妇》(第二幕第一场,第三幕第八场)以及高乃依之后的喜剧里它都出现了,比如《亲王府回廊》(第三幕第十场),《侍女》(第二幕第二场,第四幕第一场,第五幕第九场)和《王家广场》(第一幕第三场,第三幕第五场,第五幕第八场)。同一时期的其他喜剧,古热诺(Gougenot)的《演员的喜剧》(Comédie des Comédiens),洛特鲁的《塞里美娜》和《费朗德尔》,斯库德里的《疑似吾儿》(Fils supposé)里也都使用了斯傥式。第一部出现了真正的斯傥式的法语悲剧是高乃依的《美狄亚》(第四幕第四场)。尽管洛特鲁的《濒死的赫丘利》早于后者,但剧中的斯傥式并非以独白形式呈现:赫丘利是对着其他在场的角色吟诵的。没多久,斯傥式就将在悲剧里大行其道。兰卡斯特先生发现,1637—1639 年,三分之二的悲剧里都包含斯傥式(《历史》,第二卷,第一册,第 153 页)。这个比例随后将下降:按照兰卡斯特先生的统计,从 1643 年到投石党乱初期,在 25 部不知名悲剧里有 10 部含有斯傥式(《历史》,第二卷,第二册,第 572—573 页)。

尽管像特里斯坦的《玛利亚娜》(第四幕第二场)或者高乃依的《波利厄克特》(第四幕第二场)这样的剧本只使用了一次斯傥式,但在大量其他剧本里,斯傥式都出现了数次,这也体现了该手法的盛行。高乃依的《熙德》(第一幕第六场,第五幕第二场),特里斯坦的《奥斯曼》(第三幕第一场,第五幕第一场),以及同时代的其他许多剧本里都出现了两次;洛特鲁的《赛莲娜》(第一幕第二场两次,第三幕第二场),古热诺的《演员的喜剧》(第四幕第七场,第二幕第二场,第三幕第三场),高乃依的《侍女》(第二幕第二场,第四幕第一场,第五幕第九场)和《王家广场》(第一幕第三场,第三幕第五场,第五幕第八场),"五作家"的《伊兹密尔的盲人》(第一幕第二场,第四幕第三场,第五幕第三场)里都出现了三次;在斯库德里的《疑似吾子》(第二幕第一场,第三幕第一场,第四幕第六场,第五幕第一场)里,甚至四次出现了斯傥式。

第二部分　剧本的外部结构

喜剧作家对于斯偲式的戏仿也证实了这种手法的风行。1637年，狄马莱·德·圣索林就在他的《想入非非》里让那位"浮夸诗人"吟诵了由古怪的、学究味浓重的辞藻堆砌而成的斯偲式，令人发笑；后者是这样对自己的心上人说话的：

433
> 你那性质多变的冷漠
> 制造了一股回旋力：
> ……
> 为食言而歌颂吧，
> 我亲爱的感官的悖论，
> 用我感受的症状
> 来理清百科全书……（第三幕第四场）

在高乃依《欺骗者续篇》的第三幕第二场里，杜朗特倒是吟诵了一篇严肃的斯偲式，但他的仆人克里东在同一场戏立即予以嘲讽。斯卡隆的《若德莱：男仆主人》（1645）包含两篇斯偲式，点缀了我们上文引用过的副歌；它们都带有诙谐特征（第四幕第二场，第五幕第一场）。1669年出版的蒙弗洛里的《只手遮天的女人》（*Femme juge et partie*，第五幕第三场）对此进行了模仿。

斯偲式风潮到了投石党乱时期就接近尾声了。既然那时人们已经批评独白所遵循的传统有违逼真（见本书第二部分，第四章，第5节），那么对于更约定俗成的斯偲式，也就更有理由感到厌烦了。1652—1658年间出版的14部悲剧里，只有3部包含了斯偲式（《历史》，第三卷，第一册，第168页，注释2）；不过其中有一部，托马斯·高乃依的《蒂莫克拉特》（第三幕第一场）大获成功。1660年，高乃依在他为《安德洛墨达》所写的《评述》里巧妙地加入了一段为斯偲式辩白的文字；他提到自己在"许多其他诗剧里"都采用了这种抒情体诗篇，而且，细数"过去三十年来"戏剧领域"有成就者"，"没有哪一位不在自己的某些诗剧里融入了斯偲式"；但他也承认在他写下那段文字的时刻，"戏剧里的大量文人和学者都已经"对斯偲式表现出了"反感"。事实也的确如此，斯偲式的风潮基本就是 1630—1660 年间的事。高乃依 1660 年出版的戏剧集里的最后两部作品,《俄狄浦斯》（第三幕第一场）和《金羊毛》（第四幕第二场），也将成为他最后使用斯偬式的作品；因此,《安德洛墨达》的《评述》看上去就像是高乃依无奈放弃斯偬式之前为这种手法所做的最后一次辩驳。除了高乃依之外，1660 年之后，只有在一些今天已经被彻底遗忘了的、毫无经验的作家的作品里还能找到斯偬式，比如诺盖尔（Noguères）1660 年的《曼利之死》（*Mort de Manlie*，第三幕第六场），然而，这部剧同时也完全违反了三一律，或者福尔（Faure）的《曼利乌斯·托卡图斯》（*Manlius Torquatus*，第三幕第二场），1662 年由"作者自费"出版。此外，还有一位剧坛新人也使用了这种已经过时的手法，但随后立刻放弃，那就是拉辛。在一封 1663 年 12 月写给勒瓦索尔院长（l'abbé Le Vasseur）的信里，拉辛提到自己在《忒拜纪》里把一篇原本可能很长的斯偬式"删减到只剩三个诗节"。这次谨慎的尝试也将成为他的最后一次尝试，在拉辛后来的悲剧里再找不到斯偬式的痕迹；后者在 17 世纪最后三十年的悲剧里几乎消失殆尽。

2. "盛况"和四行诗

我们此前提到过古典主义时期的排演对于"盛况"的追求。就当时而言，这种品位自然也体现在了戏剧写作的种种形式里。在那些讲求规模的段落里，诗句的组织并不是通过简短或者长短不一的句群来实现的，而是表现为一连串规则的、有一定篇幅的段落。单句，甚至两联句，都不足以满足一个完整句子的需求。我们发现，在追求文字"盛况"的抒情性段落里，最具代表性的元素是它的四行体例。巴里耶尔（Barrière）先生发现，在高乃依的作品里，"节奏单位并不是单个诗句，而是四行诗：剧中的想法总是很自然地通过四行一组的段落得以表述，并由此形成了完备、独立的整体，通过标点符号加以明确标示……四行诗盛行，有时孤立，有些成群出现"。他还补充说道："韵也服务于它的统一性：事实上，跨段落押韵的情况极为罕见。"[5] 马迪·阿尔·巴希尔（Mahdi Al Bassir）先生在研究高乃依部分作品里的抒情性时，也遇到了可观的四行诗群；在《美狄亚》[6]（第五幕第七场）的一段独白里，他找到了七段连续的四行诗，而谈到《熙德》里的一段独白时，他写道："这明显是按照四行诗的形式来切分的，我们有理由把它视作真正的斯傥式。"（第三幕第五场）

435　　马里奥·罗科（Mario Roque）先生继续推进了对于这个现象的研究，并且做出了精彩的定义。他在展现《罗德古娜》（第二幕第一场）里一个连续八节四行诗的段落时写道，这种节奏"必然是一切诗节的书写节奏：它意味着，并且创造了一种在我们常规的思维和话语之外的智识或者情感的张力；如果说悲剧的亚历山大体节奏已经让我们提升到了某种音域之上，那么对于吟诵者和听者来说，四行诗系列更为宽旷的节奏就相当于才思的迸发，犹如振翅高飞，感受到每一个独立想法的成长，好似要单飞一般"。[7] 高乃依"通过扩展四行诗系列让角色的对话在一种更宽旷、有规律的节奏里变得庄重、高贵、主动或者富有英雄气息，符合剧中情境或者情感的发展"（同上书，第11页）。关于这些"连韵四行诗"在整个剧本诗行数中所占的比例，罗科先生还给出了有用的数据：在高乃依的前六部喜剧里，四行诗的平均比例是16%；在《罗德古娜》里，有一幕是18%，另一幕达到了33%；平均比例27%；高于拉辛《布里塔尼古斯》的20%，莫里哀《达尔杜弗》的15%。罗科先生总结道，"高乃依乐于累积这些四行诗，数量可能不及其他人，但似乎大于与他同时期的某些作家"，同时，他还给出了不少六组甚至更多的四行诗的例子：《美狄亚》里的第105—136行；《熙德》里的第1001—1024行，第1285—1316行；《西拿》里的第237—272行，第457—488行，第653—680行；《波利厄克特》里的第1—40行，第1379—1414行；它们自然都"出现在那些格调高雅或者戏剧张力极大的段落"（同上书，第7页）。最后要再提一下的是，雅克-加布里埃尔·卡恩（Jacques-Gabriel Cahen）在拉辛的作品里找到了七组（《亚历山大》，第445—472行）和十二组（《安德洛玛克》，第173—220行）类似的四行诗。[8]

　　上述这些例子既丰富又清晰，我们无须再举其他例子了。在古典主义戏剧
436 里，抒情性和文字"盛况"往往通过四行诗的形式来呈现，这一点似乎是确定的。此外，这种表现手法也不是唯一的。当需要特别强化庄严或者弛缓的效果时，四行诗的框架可能就无法满足了，作者会倾向于六行、八行或者更多的行

第六章　戏剧写作的不同形式

数。不过，与四行诗不同的是，这些长段的诗句群无法连续有规律地出现。然而，还是有一些剧作家被它们所吸引。前古典主义时期的悲剧诗句总是刻意拉长，并且往往显得有失巧妙。在梅莱《西尔维娅》第四幕的开头，为了在临死前隆重地表达自己想要让儿子成婚的愿望，国王说了长达14行的一句台词；但他让观众等待了太久，直到第12行，主句的动词才出现！相反，在拉辛的这句12行的台词里，我们倒是能沉浸在角色的吟叹之中，因其有着平衡的结构和透着庄严感的长度，是古典主义时期戏剧写作里文字"盛况"的典范：

> 啊！为了再度踏上新的征程，
> 即便前方望不到坦途，
> 即便命运与我作对，将我抛低，
> 战败无援，遭受迫害，失去国家，
> 在海上漂泊，似匪徒胜过王者，
> 仅有的财富，是米特里达特之名，
> 那也请记住，带着这个荣耀的名号，
> 无论我身在何方，都会让人瞩目，
> 或许一切坐在王座之上，
> 配得上国王头衔之人，都无不欣羡
> 这场比他们的荣耀更为光辉的海难，
> 即便罗马，也需四十年之功才能勉强完成。（《米特里达特》，第二幕第四场）

不过，无论是有意为之的长句，还是有规律连续的四行诗，这些抒情手段在剧作法层面都没有任何必要性。它们会出现在一些完全没有写过戏剧剧本的诗人的作品里。我们仅举一个出现频率较高的17世纪的例子，那就是马图然·黑尼耶的作品。在《马塞特》批评本里，费尔迪南·布鲁诺（Ferdinand Brunot）认为黑尼耶在长篇抒情句的使用上乏善可陈，但四行诗的组合却颇为成功；在他看来，后者构成了"韵脚更替法则的一个自然产物"，[9]而维亚奈（Vianey）在谈起黑尼耶时则说，"有些时候，他的《讽刺集》好似用四行诗写成"。[10]现在就让我们更加仔细地来审视这些在 17 世纪剧本里出现频率着实很高的系列四行诗或者长诗句群，以期找出它们在剧作法层面的价值。

我们发现，连续的四行诗可以占据一整场戏，或者被置于情节张力的顶点，考虑到它们的抒情价值，这也十分正常；但它们还很频繁地出现在一个从我们关心的角度而言特别有意思的地方，那就是一场戏的开头。高乃依的作品里不断出现以连续的四行诗开场，随后又节奏大变的戏份：《美狄亚》里的一场戏（第五幕第七场）以七节四行诗开场，《贺拉斯》里有一场（第三幕第一场）是三节四行诗，《金羊毛》里有一场（第五幕第七场）是两节，《索福尼斯巴》里有一场（第二幕第二场）是八节，《叙雷纳》里有一场（第五幕第一场）是四节；此外，在上述所有情况下，剧本其他部分的四行诗节奏再不规律。更有启发性的是托马斯·高乃依的《蒂莫克拉特》里的一个片段：发生在王后和咨议大臣之间一场极为重要的决议。作者给出了如下排演说明："王后入座并让众王子和克莱奥梅纳坐下"（第一幕第三场）。在这一庄重时刻标志性的肃静结束后，一场包含了不下 14 节四行诗的庄严对话开启；随后，讨论升温，四行诗的节奏被打破，变得更为多样。这整个过程就像是四行诗这种表现"盛况"的抒情元素首先被用来确立这场戏的基调；而盛大气氛一旦得到营造，不适合表现激情、暴烈或者急进的四行诗就消失了。但它还是把高贵传递给了后续的对话。如我们所知（见本书第一部分，第一章，第 3 节），古典主义剧作家正是出于同样的原因才力求让主角在其他角色之前现身。

既然四行诗主动表现盛况，并且首选一场戏的开头，那它以孤立之态出现在开场的呼唤中就不足为奇了。我们知道，在独白里，角色常常呼唤观念、物件或者缺席的对话者（见本书第二部分，第四章，第 3 节）；这些呼唤频繁地表现为四行组诗。在对话中，当对于对话者的呼唤不再是简单的一声"大人""王子"或者"夫人"，而是被赋予了一些充实句子的前提时，它也会以四行诗的形式呈现。且看在高乃依《金羊毛》里一场大戏的开头，柯尔克斯国王如何对阿尔戈英雄开口：

勇士们，我的命运因你们而让人欣羡；英雄们，我的王位和生命都来

第六章　戏剧写作的不同形式

自于你们；在如此多重大的恩惠之后，你们会让我承受忘恩负义的耻辱吗？

（第一幕第三场）

在哈冈《牧歌》的那段独白里（第五幕第二场），情况也是如此：阿尔泰尼斯先是用两行私语为克罗丽丝离开舞台提供时间，然后便以四行诗句呼唤迫害她的"众神"；在洛特鲁的《遗忘的指环》里（第二幕第四场），莱昂德尔的独白以一节对着魔力"指环"而吟诵的四行诗开场；同为洛特鲁作品的《濒死的赫丘利》里（第一幕第一场），赫丘利的独白也是以针对"众神之王"朱庇特的一段四行诗开始。高乃依作品里以四行诗形式呈现的呼唤同样无处不在：《克里唐德尔》里（第一幕第九场）罗西多尔呼唤自己"伤口"的四行诗；《美狄亚》里美狄亚呼唤"太阳神"（第一幕第四场）或者伊阿宋呼唤自己的孩子，

一位疯狂母亲发泄怒火的工具（第五幕第五场）

用的是四行诗；《戏剧幻觉》里（第四幕第七场）克兰多尔呼唤自己"记忆"的四行诗，等等等等。继承了这一传统的拉辛，在费德尔第一次呼唤太阳神时也采用了四行诗作为框架：

一个可怜家庭的高贵闪耀的缔造者，
一个曾让我母亲引以为傲的父亲，
看到我深陷的困境当会脸红的
太阳神啊，这是我最后一次前来见你。（《费德尔》，第一幕第三场）

但有时，四行诗无法满足文字"盛况"及其所需的篇幅。于是便要在保证易于辨认的前提下加以扩充，在扩充后的这类呼唤中，四行诗被用来命名呼唤对象，后者可以是人、观念或者物件，同时结合相关的背景因素，动词则被甩到第五行。我们仅从高乃依笔下的独白和对白中寻找这样的例子。在《梅里特》里，费朗德尔如此抱怨道：

第二部分　剧本的外部结构

　　　　抛下的情人，抛不下的回忆啊，
　　　　你们置我于不顾，在我脑海中再次放入了
　　　　一张我如此想要抹去，
　　　　即便在梦中也难重新描摹的画像，
　　　　快些[*]离去吧……（第三幕第一场，此处我们用下圆点对动词加以强调）

蒂尔西斯和心爱的梅里特最终喜结连理时，则宣告：

　　　　迷人的眼神啊，忠实的传递者，
　　　　我们隐秘的情愫通过你们得到诠释，
　　　　心灵的甜蜜中介，你们已经这么多次地
　　　　告知了我声音所忌惮传达之事，
　　　　我们不再需要你们的密语……（第五幕第四场）

在《美狄亚》里，女主角第一次出现在舞台上时的开场白是这样的：

　　　　婚姻律法的至尊守护者们，
　　　　捍卫伊阿宋承诺的众神啊，
　　　　当他用虚假的誓言征服我的羞涩时，
　　　　是你们见证了他宣称爱火长存，
　　　　看看这个背誓者对你们如何不屑一顾……（第一幕第四场）

这句刚结束，美狄亚立即开始了第二次同样形式的呼唤：

　　　　还有你们，深谙黑暗残暴之道的团体，
　　　　阿格隆河的女儿们，瘟疫、亡灵、恶妇，

---

*　快些所对应的 Hâtez-vous 在法语原文的结构中是动词。

> 高傲的姐妹们，如果我们之间的交情
> 对你们以及你们的蛇*还有所意义，
> 那么就走出你们的囚室……

在《泰奥多尔》里，马塞尔在得知心爱的女儿死去的那悲剧一刻，对泰奥多尔和狄迪姆说道：

> 噢，致使我毁灭的罪人夫妇，
> 让我陷入不幸的罪魁祸首，
> 在我一无所有之时，你们却还在这场
> 虚妄的激辩中争相炫耀夺走了我的一切
> 你们挑衅我的怒火至如此地步……（第五幕第六场）

　　加长之后，以四行诗为初始元素及核心成分的诗句就可以扩至六行。还是以高乃依的作品为例：在《熙德》里，当国王隆重接见罗德里格，嘉奖其战功时，便是以一段六行诗开场（第四幕第三场）；在《阿提拉》里，阿提拉面对两位应他召见而来的王，同样是以六行诗开场（第一幕第二场）。这类诗句还可以扩充到八行，在《金羊毛》的序章部分，法兰西对胜利之神所说的那段"盛况"空前的台词就是一段八行诗开场（第一场）。但在所有这些场次，包括此前的例子里，句中的核心动词都出现在第五行。只有在前古典主义时期一些没那么高贵，也不是很成功的呼唤里，情况才有所不同，比如梅莱《西尔维娅》的女主角独白里的呼唤：

> 虚幻的话语，爱情的想法，
> 请勿重燃这荒唐的火苗，
> 请勿令我在过去中纠缠，

---

* 希腊神话中，复仇女神姐妹三人以蛇为发。

请勿重新勾勒这张已经褪色的画像,
此刻的我,只想就此将它彻底抹去,
对它的记忆,甚至已不如一场旧梦。(第三幕第四场)

如果在上述的几度呼唤中,主句的动词没有急于出现,而是推迟到第五行之后,那么延缓的效果将会加深,并且会伴随某种说话者呼吸急促的效果。以高乃依的《安德洛墨达》为例,开场时王后对珀尔修斯所说的话里,动词就直到第八行才出现:

441
高贵的陌生人啊,在一切君王面前
都闪耀着种种美德的您啊,
只需目睹便能让人坚信
有着王族或神族血统的您啊,
既然您知晓这位受害者
月月赎罪的缘由,
那么在我们于此处等待国王之际,
请成为诸神与我之间公正的裁决者吧。(第一幕第一场)

在我们所列举或者提及的所有这些片段里,情境和语调都包含了古典主义作家口中的"盛况"。因此我们可以这样总结:为了表现这种盛况,四行诗就此成为古典主义时期戏剧写作的一个受宠元素;它既可以像非戏剧诗作那样以较长的系列组诗形式呈现,也可以出现在戏剧诗某一场戏或者某一段呼唤文字的开头,赋予其宏大感,只是在这种情况下,剧情的发展就会要求它在节奏上更为多变。

3. 交替对白

勒伯格先生说:"交替对白(stichomythie)是一种特殊形式的对白,里面每一句用来回应对方的台词,长度都只有一行。"[11] 这种在 17 世纪法国戏剧里常见的写作形式可以追溯到希腊戏剧,那里面也大量存在。我们习惯于用"stichomythie"这个从希腊语复制过来的,很难让人产生意义联想的词来指代它。提到这种表现手法的法国批评家也并没有找到更为简单且足够明晰的词来代替。如勒伯格先生所说,"stichomythie"这个词的本义是每句台词都恰好为一行的一段对白。然而,在17世纪法国的戏剧文学里,这种规律的快节奏也可以通过长度为半行、两行或者四行的台词的有规律轮替加以实现。鉴于像"hemistichomythie"(半行交替对白)、"distichomythie"(两行交替对白)、"tétrastichomythie"(四行交替对白)这类指代几乎完全相同的现象的词让人望而却步,我们还是从广义上来使用"stichomythie"一词,来指代一切由长度相同的短台词构成的对白;甚至那些十分常见的,台词长度并不完全一致的对白,也可以算在里面。

以下就是古典主义悲剧里成千上万严格意义上(即每句台词均为一行)的交替对白中的一例;出自高乃依的《波利厄克特》一剧中,女主角宝丽娜告诉塞维尔两人不该再相见:

塞维尔:我竟要被剥夺这仅存的财富!
宝丽娜:远离这对你我都不祥的会面。
塞维尔:这是何等爱情的代价!我的付出,又换来了何种收获!
宝丽娜:要治愈我们的苦痛,这是唯一的药方。
塞维尔:我愿在这苦痛中死去:请在回忆里将它珍视。
宝丽娜:我却要治愈我的苦痛:不然我名誉无存。(第二幕第二场)

以下则是古典主义喜剧中同样形式的例子;取自莫里哀的《太太学堂》,在那场戏里,贺拉斯对爱着自己的阿涅丝说,他必须离开她一阵子:

阿涅丝:求您了,请记着尽快回来。
贺拉斯:爱情的火焰已让我迫不及待。
阿涅丝:见不到您,我欣喜不再。
贺拉斯:离开了您,我悲伤不已。

阿涅丝：哎！若真是如此，您就会留在此处。
贺拉斯：什么！您竟能怀疑我极致的爱意？
阿涅丝：不，您对我的情无法与我对您的爱相比。（第五幕第三场）

为了节奏更快，台词也会被缩减成半行。比如在斯库德里的悲喜剧《爱情暴政》里，波利克塞娜要求自己的丈夫蒂格哈纳杀了自己以免落入征服者之手，两人的对话是这样展开的：

蒂格哈纳：什么？刺向我的爱人？
　　　　波利克塞娜：什么？难道要将她抛弃？
蒂格哈纳：难道要送她一死！
　　　　波利克塞娜：难道不送她这一程！
蒂格哈纳：难道要泯灭人性！
　　　　波利克塞娜：难道要失去勇气！
蒂格哈纳：难道爱你就要伤害你！
　　　　波利克塞娜：难道要看着我遭人凌辱！（第二幕第五场）

同样的形式也出现在洛特鲁的悲剧《安提戈涅》里，艾菲斯见到艾蒙为了捍卫安提戈涅而违背父亲克里翁的命令，替艾蒙向后者求情时，有如下这段对白：

艾菲斯：陛下，他只是陷入了爱情。
　　　　克里翁：我必将严惩不贷。
艾菲斯：他只是为他的情人着想。
　　　　克里翁：他冒犯了他的父亲。
艾菲斯：他以为是在向您进谏。
　　　　克里翁：那他就过虑了。
艾菲斯：她来自您的应许。
　　　　克里翁：他的性命也是一样。

第六章 戏剧写作的不同形式

艾菲斯：他承认自己有些急躁。

　　克里翁：那他就该承担相应的后果。

艾菲斯：但是，陛下，那他的爱人该如何是好？

　　克里翁：但是，艾菲斯，那我的恨意又何处安放？[12]

（第五幕第四场）

我们把有规律更替的、连续的两行台词也称为交替对白。这种较慢的节奏在阿尔迪的作品里比较常见。比如在《塞达兹》里（第三幕）就有 10 组连续的两行台词；《耶西浦》里（第二幕第二场）有 14 组。洛特鲁也喜爱两行一组的交替对白；我们在《无病呻吟》里（第二幕第二场）找到了一个 13 组的例子；《赛莲娜》里（第一幕第二场）有一个 7 组的，《幸运的海难》（第二幕第三场）里有一个 8 组的。请允许我们来举一个高乃依作品中稍短一些的例子；在《戏剧幻觉》里，阿德拉斯特想要娶并不爱他的伊莎贝尔，并以如下方式来表达自己的"长情"：

阿德拉斯特：既然有父亲的首肯，那么我这份没能得到善待的爱意
　　　　　　最终只能求助于他的权威。
伊莎贝尔：这并不是为您赢得认可的方式；
　　　　　您美好的想法只会给您带来耻辱。
阿德拉斯特：在天黑之前，我却还是希望看看
　　　　　　爱情缺席时，他的意志能带来什么。
伊莎贝尔：而在白昼消逝前，我倒是希望看到
　　　　　一个再度受挫的情人。（第二幕第三场）

无论是在这个例子里，还是在此前我们所提过那些例子里，每一组里的两行诗文都是押韵的，整体上的对称效果从没有因为跨组押韵而被打破。

四行一组的交替对白比较罕见。当两个角色分别用有规律的一组四行诗来表达各自的不同看法，并且有多次来回时，我们就认为它是交替对白，因为当这样的你来我往达到一定长度时，就很难说是无心插柳了。高乃依《西拿》里有一个

这样的例子，出现在第二幕第二场，西拿和马克西姆两人就如何在奥古斯都面前自处产生了对立，来回交锋了五次，[13] 每一次的台词都是一组四行诗。同样道理，在这种形式里，也不存在跨组押韵的情况。

到目前为止，我们考察的都是来回长度相等的交替对白。但也有一些由长度不一的多组台词构成。在这些对白里，虽然还是一连串相互回应的台词，但每一组的长度是变化的。为了表现出讨论逐渐升温，剧作家会在保留台词两两往复的框架下，把每一组台词的长度从两行变为一行，或是从一行变为半行。斯库德里的《安德洛米尔》里（第二幕第十一场）就有这样一段交替对白：前八组为单行台词，后八组为半行台词。在洛特鲁的《幸运的海难》里，则有一段交替对白由五组两行台词和十组单行台词组成。请允许我们只引用节奏由慢转快的那部分；首先开口的是一位纠缠不清的情人：

杜里斯蒙：什么！长久以来为您罕见的美貌而效劳
　　　　难道是对您的伤害，还被您视作纠缠？
塞法丽：您应该先听我说，而不是寻求解释：
　　　　您能对我做的最甜美之事，就是别来找我。
杜里斯蒙：这寥寥数语倒是解答了我的困惑。
塞法丽：对于想要寻求解释之人就该这么说话。（第三幕第四场）

还有些时候，这些长度不一的台词并不是由慢到快地串联在一起，而是遵循了另一种算是能有效呈现对话双方思想或情感的节奏。在洛特鲁的《被迫害的洛尔》里（第一幕第十一场），有一段交替对白里先后出现了两组两行台词、四组单行台词、四组四分之一行台词和两组半行台词。在斯库德里的《安德洛米尔》里（第五幕第五场），有一段质疑的对白以以下形式呈现：五组单行台词，两组半行台词，然后是四组单行台词，接着又是两组半行台词。而在高乃依的《西拿》里（第四幕第三场），奥古斯都和丽薇之间的讨论则在形式上有着更多的变化：先后是两组四行台词，两组单行台词，四组两行台词，然后在奥古斯都的一段篇幅较短的长段台词后，又是三组单行台词，两组一行半的台词和两组单行

第六章　戏剧写作的不同形式

台词。在托马斯·高乃依的《康茂德》里，有一场戏完全由一段形式较为自由的交替对白构成（第三幕第五场）；它的价值在于使用了三行台词；由于会打破韵脚的规律性，三行台词很少出现。以下就是这场戏里每组台词的长度：三行、三行、八组单行、三行、单行、单行、单行、三行、五组单行、三行、单行、单行、三行、单行、三行。可见，整场戏都由单行或三行的台词组成，而且这些台词也并非完全两两成对，互为回应。

我们可以发现，交替对白是朝着形式灵活的方向发展的，之所以还保留了这个名称，也只是出于习惯，以及与其他大量类似的固化形式之间的渊源。从成对的相同长度的短台词到随意汇集短台词，并且不强制加以配对的灵活形式，交替对白形式上的这一过渡现象在拉辛《讼棍》的有一场戏里（第一幕第七场）体现得十分明显。那是发生在西卡诺和伯爵夫人之间的一段讨论，当两人想要陈述各自的情况时，里面的交替对白以对称的形式组合了长度不同的台词元素；包括了四组单行台词，两组半行台词，两组单行台词，两组半行台词；但当两人开始争吵时，台词的组织就脱离交替对白的形式定义了，因为被快节奏情绪变化左右的他们，无法再以对称的方式组织台词，取而代之的是一种更为灵活的形式。

大量这样灵活的对白依然被我们称为交替对白，因为组成它们的那些短台词还是体现了一种相对规律的快节奏，而后者也是交替对白的本质所在。早在阿尔迪的《塞达兹》里（第三幕），欧里比亚德和夏利拉斯之间的一场对话就已经按照以下这种节奏来组织台词了：两行、两行、两行、两行、一行半、两行半、两行、两行、两行、单行、单行、两行、单行、单行、单、行、单行、两行、半行、一行半、单行、单行、两行。我们可以发现，台词之间并不总是对称，但有种明确的对称趋势，节奏也很快；既避免了单调重复，又给人留下了规律的印象。特里斯坦的《玛利亚娜》有一场戏（第二幕第二场）完全由 53 行灵活形式的交替对白构成，每组台词的长度先后是：单行、两行、单行、单行、单行、单行、两行、两行、单行、单行、单行、两行，然后是七组单行台词，接着是半行、一行半、两行、两行。同样应该归入这类灵活形式的交替对白的，还有洛特鲁《圣热奈》里（第二幕第六场）阿德里安和弗拉维之间的对话，高乃依的《波利厄克特》里（第三幕第三场）宝丽娜和菲利克斯的会面，以及《奥东》

446

377

第二部分　剧本的外部结构

里（第四幕第四场）卡米尔和普罗蒂娜表现出她们嫉妒和狡诈的那一整场戏。在上述所有段落里，我们都能找到半行、单行、一行半、两行的台词，有时也有三行、四行或者五行的台词，它们之间组合的对称性尽管时断时续，并不严谨，但依然能察觉到。形式灵活的交替对白里最有特色的一个例子出现在莫里哀的《恨世者》里（《达尔杜夫》的第一幕第五场也是如此），在这部剧的第一幕第一场戏里，阿尔塞斯特拒绝了费兰特的建议，不为自己所遭遇的诉讼而求人。两人的对话始于一段完美的交替对白，由六组单行台词组成；但为了避免单调，这种节奏并没有一直保持，而是立刻被一种非常规的方式切断。大部分情况下，引发断裂的都是一个出现在一行或者半行亚历山大体诗句开头的单音节，于是剩下的诗句就只有 11 个（而非 12 个）或者 5 个（而非 6 个）音节；这种奇数的诗句既制造了对话的动感，又带有一定的规律性，不至陷入单调。

447　　当这种演变发展到极致，交替对白就被切分得支离破碎了，节奏也变得极快，而在此前那些例子里已经不太明显的对称性也进一步让位于灵活性和动态感。莫里哀的《情怨》里（第三幕第四场）有一段长 36 行[*]，共 40 组台词的对话，高乃依的《赫拉克里乌斯》里（第四幕第六场）也有一段长 12 行，共 14 组台词的对话，它们都体现了交替对白演变的最新阶段。就高乃依的作品而言，还有一些对话节奏甚至更快，除了追求速度之外，已经看不出交替对白所要求的对称性了：比如在《欺骗者》里（第五幕第五场），有一段 20 组台词的对话长度仅为 8 行，《唐桑丘》里（第五幕第四场）也有一段 13 组仅 4 行的对话。在这样的一种节奏下追求规律性就有些荒唐了，它会比标准意义上交替对白的规律性显得更为刻意。

　　此外，如果认为交替对白仅限于两人之间的对话，那就错了。三个甚至四个角色都有可能在里面出现。在阿尔迪的《血脉的力量》里（第二幕第二场），皮萨尔、爱斯特法尼和莱奥卡迪三人差不多平分了一段包含了单行和两行台词的交替对白。在洛特鲁的《塞莲娜》的一段由 14 组单行台词组成的交替对白里（第二幕第三场），菲力多尔的对话对象首先是塞莲娜，但在最后两组台词里，弗洛

---

[*] 这里的"行"是诗行（vers），即一句完整的亚历山大体十二音节诗。

里芒取代了同名女主角。以高乃依的作品为例,《堂桑丘》里(第三幕第二场)有一段三位伯爵之间的交替对白;《俄狄浦斯》里(第三幕第三场)则有一段迪赛、伊俄卡斯忒和俄狄浦斯之间的交替对白。在拉辛的《忒拜纪》里(第四幕第三场),厄忒俄克勒斯、波吕尼克斯和伊俄卡斯忒之间也有一段交替对白。洛特鲁的《安提戈涅》里更是有两段:一段发生在伊斯梅娜、安提戈涅和克里翁之间(第四幕第四场),另一段发生在克里翁、安提戈涅、波吕尼克斯的遗孀阿尔姬以及后者的"近侍"梅奈特之间(第四幕第三场)。

　　从我们所研究过的这些不同形式的交替对白里,可以总结出一些特点。首先,交替对白,尤其是形式固化的交替对白里,常常会穿插警句或者重复句这类我们下文将会研究的写作形式。以下就是取自拉辛的《亚历山大》的一个例子:[448]两位在抵抗亚历山大的策略上意见相左的国王各自都用道德警句的形式表达了自己的看法:

　　　　塔克希尔:张狂和轻蔑是不忠的向导。
　　　　波鲁斯:畏首畏尾能带来的只是耻辱。
　　　　塔克希尔:人民爱戴能体恤他们的国王。
　　　　波鲁斯:他们更欣赏善于治国的国王。

在交替对白里,重复句比警句更为常见。我们可以举两个简短的例子加以说明。在盖然·德·布斯加尔的《克莱奥梅纳》里,阿基雅迪丝劝丈夫克莱奥梅纳放下尊严逃避死亡的危险;由于后者拒绝,她便说道:

　　　　　　你想让你的死亡来增加我的痛苦吗?
　　　　克莱奥梅纳:你想让我的离开来玷污我的名声吗?
　　　　阿基雅迪丝:你就这么置爱情于不顾?
　　　　　　克莱奥梅纳:你就这么置名誉于不顾?(第三幕第四场)

在托马斯·高乃依的《时髦爱情》里,两个情人也都有意用重复句的形式来相互

第二部分　剧本的外部结构

指责：

>　　多洛特：我愤怒不是没有理由的。
>　　奥龙特：我抱怨也不是没有理由的。
>　　多洛特：您刚对我说过的话就是明证。
>　　奥龙特：您今天对我写下的也是明证。（第二幕第八场）

要通过交替对白这种本质上如此断裂的形式来表达连贯的思想有时是很难的。一场激烈讨论中出现的句子不太容易插入单行或者半行的台词里，很可能超出篇幅。在交替对白里句子被打断的情况并不罕见。洛特鲁《无病呻吟》的一段对话里（第二幕第二场）有两个几乎连续的例子，尽管相关台词长达两行。有时，当此前被打断的角色再次开口时，会重拾原先的句子，将它说完。在洛特鲁的同一个剧本里，我们能找到一个例子，就是出现在父亲一角艾里芒和情人一角克洛理丹之间的一段交替对白，内容与一个年轻女子有关：

>　　艾里芒：如果我的权威掌控着她的欲望，那么……
>　　克洛理丹：什么！你要用它来阻挠我们共同的快乐？
>　　艾里芒：会有你之外的另一个人出现在她的念想之中。（第四幕第二场）

同样是洛特鲁的作品，《安提戈涅》里谈论波吕尼克斯的克里翁，在被安提戈涅打断后，也重拾了此前的感叹：

>　　克里翁：一个曾要置自己人于死地的死者！
>　　安提戈涅：任您如何定义，他始终是我的兄长。
>　　克里翁：曾与自己手足兵戎相见的兄长！（第五幕第三场）

还有些情况下，打断对方的人会自己接过对方未说完的话，改变其原意，将其完成。比如在高乃依的《侍女》里，克拉里蒙让自己的爱人达芙妮对他宽容一些时，伶牙俐齿的后者立马抢过他的话，借以表达自己爱情至上的原则：

> 克拉里蒙：我所赋予您的权力……
> 达芙妮：应当不受任何例外情况的限制。（第三幕第二场）

如果一个句子无法通过这些不同的方式来超越交替对白里的台词框架，那么它就得压缩，以便纳入一种预设的形式，这种难免显得艰涩的压缩会导致句式的缩水，或者句法上的妄为。同样是在高乃依的《侍女》里，出现了两句连续的台词使用同一种旧体句式来表达相反的两层意思：

> 阿玛朗特：在我的双眼之外，另有他物吸引着您。
> 弗洛拉姆：除了您的双眼，再无他物让我受罪。（第二幕第三场）

同一个句式，前一句表达"在我双眼之外的另一物"，后一句表达的却是"除了您的双眼别无他物"。在洛特鲁的《安提戈涅》里，当厄忒俄克勒斯和波吕尼克斯激烈交锋时，厄忒俄克勒斯宣称：

> 这如此高傲的心让我震惊。

波吕尼克斯也希望用一句六音节的反诘对兄长的话做出完美的回应：

> 而我，你的心，如此低贱。*（第二幕第四场）

这一处三重**对立的确完美，但代价何其之大！蒂博岱（Thibaudet）曾经不惧

---

* 波吕尼克斯想要表达的意思是"你的心在我看来如此低贱"，但为了在音节数上与前一句保持一致，便做了缩减。
** 我对你，我的心对你的心，高傲对低贱。

指出马拉美诗歌里的"小黑鬼"*，那么波吕尼克斯的这句话，会不会被人说成是后者的"近亲"呢？如果这种危险的游戏在长度仅为四分之一行的交替对白里出现，就会变得有些可笑了。比如在斯库德里的《爱情暴政》里，蒂西达特被敌人蒂格哈纳和妻子奥尔梅娜轮番定义。我们不禁要问，蒂西达特究竟是谁？

  蒂格哈纳：叛徒。
    奥尔梅娜：却是我的国王。
      蒂格哈纳：但残忍。
        奥尔梅娜：却还是丈夫。（第四幕第六场）

  形式固化的交替对白本身也常常晦涩。比如高乃依《唐桑丘》里的这些台词，如果没有长篇的解释或者不加留意，就难以得到清晰的理解：

  唐曼里克：王后对于唐娜艾尔维尔还有吸引力吗？
  唐阿尔瓦：如果我带走了指环，那必须得告诉您了。
  唐洛佩：卡尔洛斯处处中伤您，至少大家是这么认为的。
  唐阿尔瓦：他的嫉妒者不止一个，至少大家是这么看的。
  唐洛佩：他们两人中总有一个会向您让步……（第三幕第二场）

  但在另一些情况下，严谨的交替对白对于修辞的高要求会让对话格外清晰，这是长段台词不一定能满足的。在严格遵循规则的基础上，有些剧作家能在诗句的狭窄框架里清晰表达一些复杂的想法。比如在高乃依的《亲王府回廊》里，就有一段交替对白成功地呈现了几位为了挽回自己不忠的情人，假意向他人示爱的主角；利桑德尔在他的"侍从骑士"阿龙特面前抱怨爱人塞里德对他的"轻视"，

---

* "小黑鬼"（petit nègre）原指 19 世纪中叶到 20 世纪中叶非洲法属殖民地黑人士兵和他们的白人长官所使用的简化版、不地道的法语；后来这一表述被用来泛指为了使用便利而遭到简化的语言。

第六章 戏剧写作的不同形式

尽管这"轻视"可能纯属假装：

> 阿龙特：要让她们终止，必须模仿她们。
> 利桑德尔：难道要用不忠来让她忠诚吗？
> 阿龙特：如果不学她们那样假装，就得一直承受下去。（第三幕第一场）

17世纪初戏剧里所欠缺的果决和简洁，之所以在古典主义戏剧里得以体现，可能要部分归功于交替对白。

最后还需要指出的是，对于交替对白里台词风格有着清晰认识的剧作家，有时会在一段交替对白的结尾明确告诉观众：此后的对话将趋于自然。"我们就此打住吧"，在哈冈的《牧歌》里（第五幕第三场），阿尔西多尔如此说道；而在此之前，是一段长达16行，且逐行针锋相对的交替对白。在斯卡隆的《海盗王子》里，阿曼塔斯则用了以下这句台词来结束一段类似的对白：

> 大人，那是白费唇舌，浪费时间啊。（第三幕第五场）

*　　*

我们已经知道，交替对白的历史可以追溯到希腊戏剧。之后，塞内卡的悲剧和文艺复兴时期的悲剧里也都出现了这种手法。在16世纪的法国，我们能在若代尔的《克莱奥帕特拉》（第一、第三、第四幕）里找到形式特别固化的交替对白。其中一段里，克莱奥帕特拉回答她的两个亲信艾哈斯和夏尔米奥姆提出的问题：他们的对话包含了18组单行台词，艾哈斯和夏尔米奥姆严格遵守了一人一句的秩序（第一幕）。罗贝尔·加尼耶大量使用了交替对白：以他的《安提戈涅》为例，共有九段交替对白，分别出现在第一、第二、第四（六段）和第五幕里，包含了连续15组（第四幕）、18组（第五幕）和20组（第四幕）的单行台词。[452] 他的《犹太女人》有六段交替对白，分别出现在第二幕第一场和第四场（两次），第三幕第一场和第四幕第二场；《布哈达芒特》（*Bradamante*）里八段，分别出现

383

在第一幕第二场,第二幕第一场和第二场,第三幕第四场,第四幕第四至第六场,第五幕第五场。17世纪初的阿尔迪也在几乎所有的作品里都使用交替对白,尽管更为克制。比如《阿尔克梅翁》(第一幕第二场里两段),《科尔奈丽》(第五幕第五场),《血脉的力量》(第二幕第二场,第三幕第一场),《耶西浦》(第二幕第一第二场),《塞达兹》(第三幕里两段)这些剧本。这个手法在17世纪很长一段时间里都颇受欢迎:谢朗德尔在他的《提尔和漆东》(1608)里使用了六段交替对白(第一幕第三和第四场,第二幕第一和第三场,第四幕第一和第五场);哈冈在《牧歌》(1625)里用了九段(第二幕第二、第三场和出现了两段的第五场,第三幕第四场,第四幕第五场和出现了两段的第三场,第五幕第三场);斯库德里的《安德洛米尔》(1641)里有十二段(第一幕第五场,第二幕第三、第六、第九、第十一场,第三幕第二、第八和出现了两段的第六场,第四幕第一和第五场,第五幕第四和第五场);特里斯坦的《塞内卡之死》(1645)里有四段(第二幕第四场,第三幕第二场,第五幕第一和第三场);洛特鲁的《克里桑特》(1639)里有四段(第一幕第二场,第二幕第二至第四场),《安提戈涅》(1639)里有八段(第二幕第四场,第三幕第三和第五场,第四幕第三至第五场,第五幕第四和第五场),《凡赛斯拉斯》(1648)里有四段(第二幕第一场,第三幕第二和第四场,第五幕第四场);高乃依的《亲王府回廊》里有五段(第二幕第三和第八场,第三幕第一场,第四幕第十场,第五幕第五场),《侍女》里有四段(第一幕第五场,第二幕第三场,第三幕第二场,第四幕第六场),《波利厄克特》(第二幕第二场和出现了两段的第六场,第三幕第三场,第四幕第三场),《赫拉克里乌斯》(第四幕第三和第五场,第五幕第三、第五和第六场),《尼克梅德》(第一幕第三场和出现了两段的第二场,第三幕第七和第八场)里各有四段;莫里哀的《情怨》里有三段(第一幕第三场,第三幕第四和第十场);拉辛的《忒拜纪》里有四段(出现了两段的第一幕第五场和第四幕第三场)。上述这些交替对白往往都不短。我们知道:在特里斯坦的《玛利亚娜》里,有一段形式灵活、长达53行的交替对白占据了一整场戏(第二幕第二场)。

在所有形式固化、篇幅较长,且都严格遵循单行台词来回的交替对白里,最长的两段分别出现在洛特鲁《无病呻吟》(1631)的第四幕第二场(36行)和高乃依《侍女》的第三幕第二场（40 行）。1669 年写作《侍女》的《评述》时，高乃依对这一手法的刻意性做了严苛的点评。用他的话说，达芙妮和克拉里蒙之间的这段对话"有着一种危险的刻意性，每人每次只说一行台词这点完全脱离了逼真，因为现实中的对话无法具有如此精准的量度"。他接着说道，欧里庇得斯和塞内卡如此频繁地使用这种手法，"以至他们笔下的角色有时看起来就像是为了用警句交锋而登场的；这种美不应该让我们羡慕。它太过做作，无法表现明理之人的爱情……"

这样的保留看法，我们在整个 17 世纪只找到一例，总体上说，交替对白依旧大行其道，占据一整场戏的情况也并不罕见。在我们刚举过的三场纯粹由交替对白构成的戏之外，还能再找到其他例子。当然，大部分情况下，这些场次都比较短，比如斯库德里的《安德洛米尔》的第五幕第四场，或者高乃依的《塞托里乌斯》的第二幕第三场；当场次比较长的时候，相关的交替对白则呈现为更灵活的形式，比如托马斯·高乃依《蒂莫克拉特》（1658）的第四幕第三场，《康茂德》（1659）的第三幕第五场，或者他的兄长，皮埃尔·高乃依《金羊毛》的第三幕第四场，《奥东》的第四幕第四场。甚至在散文体的剧作里，也出现了节奏类似交替对白的段落，当然形式上也是比较松散的。比如在多比尼亚克院长的散文体悲剧《泽诺比》（1647）里，就有四个由单行或两行连续台词构成的段落，分别位于第一幕第三场、第二幕第二场、第四幕第三场和第五幕第二场；其中最活跃的一段（第一幕第三场）只有九组台词，且每组的长度都不到一行。

到了 17 世纪中叶，交替对白的运用变得更为讲究。如高乃依日后在《侍女》的《评述》里说到的那样，大家开始察觉到，这种"刻意"之所以值得商榷，是因为剧作家"没有像亚里士多德要求的那样，在掩盖这一伎俩上花费足够的心思"。我们所说的那种形式灵活的交替对白就是为了掩盖而存在的。它早在 17 世纪初就已经出现，但直到古典主义时代才得以普及。巴霍的《卡丽丝特》（1651）里的一段能让我们明白为什么它比形式严格对称的传统交替对白更受欢迎。救了自己父亲安泰诺尔一命的克雷翁，想要娶异乡人卡丽丝特；但安泰诺尔厌恶卡丽丝特，想让克雷翁和阿丝苔丽完婚。于是，父子之间展开了一场以交替对白形式来呈现的激烈争论，双方针锋相对，频繁重复着部分字词：

454　　　　安泰诺尔：请不要牺牲您曾拯救过的生命。

　　　　　　克雷翁：既然您的孩儿保全了您，那么请您也将他保全。

　　　　　　安泰诺尔：(爱上我不共戴天的仇敌，您是想

　　　　　　　　　　先让我名誉满身，再让我臭名昭著？)

　　　　　　　　　　请接受阿丝苔丽，不然就结果了我。

　　　　　　克雷翁：若是要夺走卡丽丝特，不如送我一死。

　　　　　　安泰诺尔：(您定要不顾反对成为这异乡人的裙下之臣？)

　　　　　　　　　　莫非您不是我孩儿？

　　　　　　　　　　　　克雷翁：莫非您不是我父亲？

　　　　　　　　　　至少怜悯一下我所蒙受的苦痛吧。

　　　　　　安泰诺尔：也请勿要加剧令我恼怒的苦痛。(第一幕第三场)

　　引文中的括号由我们所加。如果抛开括号里的诗文，这就是一段形式上完美无缺的交替对白。但是巴霍并没有采用，而是加入了这些"多余"的台词；这样一来，他既保留了交替对白的快节奏和激烈性，又避免陷入一种预设的形式，自然地表现了思想和情绪的浮动。

　　古典主义剧作家在运用交替对白时，还有另一种"掩盖伎俩"的手段。首先，他们并不排斥，反而是较为频繁地使用交替对白，但他们会控制篇幅，让它变得更易接受。事实上，到了17世纪下半叶，我们再也找不到像洛特鲁《无病呻吟》里的36组单行台词，或者高乃依《侍女》里的40组单行台词那么长的交替对白了。比如我们可以来观察一下1650年后高乃依的作品。《安德洛墨达》里唯一的一段交替对白（第五幕第二场）仅有六行。《尼克梅德》有五段，分别出现在第一幕第二场（两例）和第三场，第三幕第七和第八场，但里面最长的对称部分也不过九行（第三幕第七场）。《佩尔塔西特》里有两段不太规则的交替对白（第一幕第二场，第四幕第三场），加起来才七行。《阿提拉》里仅有的一段真正意义上的交替对白（第一幕第三场）长八行，而《蒂特和贝蕾妮丝》里的那段（第五幕第五场）只有六行。布瓦耶的《奥洛帕斯特》（1663）里有三段单行的规则交替对白，位于第二幕第二场（两例）和第五场；它们的篇幅分别是四组、五

组和十组台词。拉辛在《安德洛玛克》(第一幕第二场)、《布里塔尼古斯》(第三幕第八场)、《米特里达特》(第一幕第三场)和《伊菲革涅亚》(第二幕第二和第五场)里也都使用了交替对白。《布里塔尼古斯》里的那段最长,它的形式极为灵活,包含了半行、单行、两行、两行半、三行和四行这些长度不一的台词。《安德洛玛克》和《米特里达特》里的交替对白非常简短。《伊菲革涅亚》里的交替对白中对称的段落分别为六行和四行。有时,在杜里耶这样一位前古典主义作家的作品里也能找到同样的克制,比如他的《阿尔西奥内》(1640)包含了四段交替对白,分别出现在第一幕第二和第三场,第三幕第四场,第五幕第二场;其中最长的一段(第五幕第二场)也仅有十三行;《撒乌尔》(1642)里更是只有一段,六行(第三幕第四场)。

最后需要指出的是,有些作家还是会在一些传统意义上需要交替对白的情境里完全放弃这种写作形式。正如我们即将看到的那样,当两个相互嫉妒或者彼此厌恶的角色对话时,交替对白的确是一种常见的表达形式。比如在洛特鲁《郭斯洛埃斯》(1649)的第三幕里,希洛埃斯和继母西哈之间的那场激烈的对话(第三场)就是一段14组单行台词的交替对白;但在两人此前的两场对手戏里(第一幕第一场,第二幕第三场),并没有出现交替对白。而高乃依作品里心怀嫉妒的女性,无论是《欺骗者》里(第四幕第九场)的卢克莱丝和克拉丽丝,还是《蒂特和贝蕾妮丝》里(第三幕第三场)的贝蕾妮丝和多米希,对话时也都没有使用期待中的交替对白。在莫里哀的《恨世者》里,塞里美娜和阿尔西诺埃之间的对话(第三幕第四场)尽管恶毒,却也没有采用交替对白。

* *

显然,交替对白的形式尤其适合表达对立的情绪、观点或者意愿。比如在洛特鲁的《幸运的海难》里(第二幕第三场),克雷昂德一心求死,而萨尔玛西不愿他死,两人的对话就很容易呈现为交替对白的形式。这种写作手法能表达两个角色之间的极端对立,因此适合出现在剧情张力达到顶点之时。以特里斯坦的《塞内卡之死》的一段交替对白为例(第五幕第三场),对话双方分别是以宣判死刑来加以威胁的尼禄和辱骂了他的埃皮卡里斯。而在高乃依的《泰奥多尔》里（第一幕第二场），普拉西德和继母马塞尔也是在一段交替对白里相互嚷嚷着彼此的仇怨。此外，经由一段对称的、逐渐升温的交锋而积聚起来的张力，也可能会因为一个经过铺陈的、迅疾显著的情节转变而最终得到释放。众所周知，在高乃依的《熙德》里，唐迭戈和伯爵之间的那段交替对白（第一幕第三场）最终以老迈的唐迭戈被掌掴而结束。在洛特鲁的作品里，两个对手之间的交替对白往往也是先升温，再以决斗告终：《柯尔克斯的阿耶斯兰》里出现了一次（第三幕第六场），《赛莲娜》里有两次（第一幕第二场，第二幕第三场）。在高乃依的《金羊毛》里，女魔法师美狄亚和许浦西皮勒王后都爱着伊阿宋，两人之间那场很长的类似交替对白的对手戏（第三幕第四场）以美狄亚被激怒而告终，后者"魔杖一挥"，将背景里的"金色宫殿"变为了被魔怪占据的"恐怖宫殿"。在拉辛的《布里塔尼古斯》里，尼禄和布里塔尼古斯之间的交替对白（第三幕第八场）也以这位年轻王子被捕而完结。

　　在其他一些带有同样性质张力，但不那么激烈的场次里，对话双方的对立依然是由嫉妒所引发，后者可谓是交替对白的幕后推手。在洛特鲁的《遗忘的指环》（第三幕第四场），托马斯·高乃依的《康茂德》（第三幕第五场）和《时髦爱情》（第二幕第一场），皮埃尔·高乃依的《奥东》（第四幕第四场）里出现的交替对白，语气都是既动听又尖酸。而在皮埃尔·高乃依的《尼克梅德》里，讽刺挖苦贯穿始终，因此也少不了与之相配的交替对白；事实上，后者的确出现了五次（第一幕第二场两例，第三场，第三幕第七和第八场），也都带着恶毒的讽刺。同样动听又尖酸的，还有莫里哀《恨世者》里阿尔塞斯特和奥龙特之间那段交替对白（第一幕第二场），或者拉辛《伊菲革涅亚》里伊菲革涅亚和艾丽菲尔之间的那段（第二幕第五场）。

　　在其他一些并不尖酸的交替对白里，角色对峙的原因在于一方极力阻止另一方想要完成的事件。在高乃依的《寡妇》（第三幕第七场），《侍女》（第四幕第六场），斯库德里的《恺撒之死》（第四幕第二场），《慷慨的情人》（第二幕第三场），《安德洛米尔》（第五幕第五场），杜里耶的《撒乌尔》（第三幕第四场）等作品的交替对白里，都出现了质疑的声音，有的关于施政，有的关于婚姻，有的

第六章　戏剧写作的不同形式

关于凶杀、决斗或者自杀的计划。

但是，交替对白并不总是表达两种意愿之间的碰撞。它也常常出现在一些既没有暴力，又不尖酸，甚至与一个能影响全局的决定也毫不相关的段落里。这些对话讨论的可以是与剧情没有紧密联系的原则或者事件。在谢朗德尔的《提尔和漆东》里，有四段像这样毫无敌意的对话（第一幕第三和第四场，第二幕第一场，第四幕第五场）。在玛黑夏尔的《高贵的德国女人》里，交替对白（第一日，第一幕第二场）讨论的是爱情；在高乃依的《梅里特》和梅莱的《希尔瓦尼尔》里，金钱和才能的价值分别成了讨论的对象。这些交替对白都只是热烈的交谈，不过它们所涉及的问题都包含了两条相反的出路。在高乃依的《亲王府回廊》里，这种对称性消失了。这部剧里所出现的交替对白有时虽也激烈，但并不尖刻（第二幕第三场，第三幕第一场），有时甚至还很平静（第四幕第十场），里面的角色只是带着些许热情表述着自己对于不同问题的看法。高乃依喜爱这种灵活不呆板的对话；他在《唐桑丘》里就有使用，有时是在角色传递信息时（第三幕第六场），有时则是为了心平气和地发问和回答（第五幕第二场）；《贺拉斯》（第四幕第二场）和《塞托里乌斯》（第二幕第三场）里的例子则是出现在一些简单的解释里。在上述这些情况下，交替对白不再是一种将角色对立起来的手段，而只是为了加快节奏使对话更简洁，这是长段台词无法做到的。

我们看到，随着形式上从激烈转为平静，交替对白里的敌意也一点点消退。它甚至可以表达极度高贵、大度的情感，或者爱情。两股野心，两种嫉妒，两段仇怨，两重自私之间的对立，也可以被双方的大度所取代，并展现两个争相攀登道德高峰的男主角。比如斯库德里，就在《乔装王子》里（第四幕第七场）用交替对白表现了两个竞相表达大度的情人，《安德洛米尔》里也有两段类似的发生在朋友之间的大度之争（第二幕第十一场，第三幕第二场）。但涉及爱情的话，似乎就只能在两情无法相悦的情况下使用了；当一个角色爱上了另一个不能爱他的角色之时，两人之间会出现交替对白，比如哈冈《牧歌》的第四幕第三场，玛黑夏尔《英勇的姐妹》的第二幕第六场和第三幕第三场，洛特鲁《幸运的海难》的第三幕第四场，高乃依《侍女》的第三幕第二场，或者《戏剧幻觉》的第二幕第三场，等等。

第二部分　剧本的外部结构

如果两个角色心心相印，但他们和外部现实之间产生了对立，这样的爱情也能用交替对白来表达。换言之，两情相悦但受到外部因素阻挠时，交替对白适用。比如在"五作家"的《杜乐丽花园喜剧》里（第三幕第七场），阿格朗特和克莱奥尼丝彼此相爱，但双方父母禁止他们成婚，两人在哀叹之余，决定宁死不离。这类表现爱情的交替对白最有名的例子出现在高乃依的《熙德》里，两位主角很明白必须彼此憎恨，但又无法做到，于是便来回吟唱他们的爱情和苦痛（第三幕第四场）。斯库德里写作以下这段出自《安德洛米尔》的交替对白时，就借鉴了《熙德》：

斯特拉托尼斯：让我们彼此憎恨吧，憎恨吧，既然是名誉所愿。
波利克里特：如果我们的内心不愿如此，那它就微不足道。
斯特拉托尼斯：必须如此。
　　波利克里特：恕难从命。
　　　　斯特哈尼托斯：它坚持如此。
　　　　　　波利克里特：它自以为是，己所不欲，勿施于人。（第四幕第一场）

高乃依自己也在其他剧作里描绘了这样不可能的爱情。以《波利厄克特》为例（第二幕第二场），宝丽娜和塞维尔之间的交替对白里就有质疑的成分：宝丽娜想要两人不再相见，塞维尔却依然想要见她；宝丽娜很努力地不让自己心软。在《俄狄浦斯》里，当伊俄卡斯忒知道了俄狄浦斯是杀害拉伊奥斯的凶手，但还不知道他是自己的亲生儿子时，两人用一段感人的交替对白结束了这一幕。

可能因为这类情境的存在，也可能因为爱和恨只有一步之遥（心理学家很清楚这一点），有些时候，交替对白也被用来表达一段幸福的爱情，或者不同程度的柔情蜜语。以洛特鲁的《幸运的海难》（第四幕第五场）或者斯库德里的《安德洛米尔》（第四幕第五场）为例，剧中的交替对白都只是单纯地表达爱情。另一些对爱情充满信心的主角则会用交替对白和情人打情骂俏，比如洛特鲁的《被迫害的洛尔》（第一幕第十一场）或者高乃依的《亲王府回廊》（第五幕第五场）。在悲剧里，交替对白也可以表达情感撕裂的痛苦。以拉辛的《伊菲革涅亚》为例，在这部父女情也许比爱情更深刻的剧作里，最感人的一段交替对白正是出现在父女之间：伊菲革涅亚向父亲敞开心扉，而无法表达自己爱意的阿伽门农只能强忍泪水，以只言片语回应（第二幕第二场）。这样的情境与相互敌视的主角之间的话语交锋相去甚远。不得不说，交替对白这种自成一体，有时显得有些刻意的形式既能渲染最恶毒惨烈的对抗，也能表现最细腻温柔，令人动容的情感流露。

4. 警句

警句或箴言[14]可能是古典主义时期的戏剧写作形式里最知名的一种了。每个人从小就知道高乃依在《熙德》里写下了：

不经历危难的凯旋暗淡无光（第二幕第二场）

以及《贺拉斯》里的如下两句：

为国捐躯何其光荣
致人们竞相追逐这场壮美的死亡。（第二幕第三场）

但大家并不太知道该如何准确地理解"警句"，这些句子是怎样铭刻在我们记忆里的，它们在古典主义剧作法中的地位又如何。接下来，我们就要尽力来回答这些问题；我们会先后审视理论家的贡献，警句在戏剧文学中的发展历史，它们所表达的种种观点，以及它们本身的形式。

16世纪和17世纪初的理论家向我们证实了受众和作者对于警句的热衷。在斯卡利杰（Scaliger）眼中，它们就是整座悲剧大厦赖以支撑的廊柱。[15] 洛当·戴加里耶（Laudun d'Aygaliers）在1598年写道："悲剧中必须频繁出现警句。"[16] 1628年时，阿尔迪也认为"[戏剧]技艺的秘密"在于"优美的警句不失庄重的糅合，让它们从演员的口中掷地有声地说出，并在观众的心中回响"。[17] 这段话让我们觉得那个时代的演员可能会采用一种夸张的强化方式来吟诵警句。杜尔菲（D'Urfé）在《希尔瓦尼尔》的前言里就显得没那么狂热了，他宣称诗句的"本质目的在于愉悦，令人获益只是巧合"。在他之后，梅莱也写作了一部《希尔瓦尼尔》；后者在前言里就强调了他的"警句和谚语思维"。在《阿玛朗特》（Amaranthe, 1631）的前言里，宫博试图对滥用警句的现象做出回应，但他也立刻说道："我自己也不得不承认这种滥用令人愉悦，这样的错误是美妙的，和缺失相比，我宁可[18]它泛滥。"按照盖·德·巴尔扎克的说法，是"大众有需求"。[19] 斯库德里在谈到戏剧作品时，则说警句是其中"最美最有用的部分"，也是"亚里士多德的一众法则里最重要的"。[20] 之后，高乃依和多比尼亚克还会在他们各自的批评作品里对警句展开分析。

这两位作家与他们身边其他许多作家一样，用道德价值来捍卫警句：警句教授美德。在《欺骗者续篇》的"献词"里，高乃依肯定地写道，戏剧诗的益处之一"在于我们可以在剧本的几乎任何地方巧妙安插的警句和思考"。在《第一论》里，他又再次说道，剧作家可以在"几乎任何地方"使用这些"警句和道德教诲"（马蒂-拉沃，第一卷，第18页）。多比尼亚克院长在《戏剧法式》名为"论教导或劝诫文字"的那一章（第四部分，第五章）里对警句做了研究。其中自然不乏道德化的宣讲："必须用戏剧进行教育"（第318页），警句是一种"风俗教育的手段"（第319页），等等。鉴于17世纪关于艺术的道德性之争十分重要，出现这样的观点也就很容易理解了，但我们无法就此弄清警句的本质。此外，即便是在高乃依自己的作品里，我们也能轻易找到大量推翻这类道德化说辞的段落。比如下面这句出自《塞托里乌斯》的警句就不含任何道德内容：

　　时间是一位大师，能解决许多事情。（第二幕第四场）

而以下这两句分别出自《庞培》和《苏雷纳》的警句则传递着一种可疑的道德观：

第六章　戏剧写作的不同形式

　　正义不是国家的美德。(《庞培》第一幕第一场)
　　再高的美德也会在力量面前退让。(《苏雷纳》第五幕第一场)

至于《罗德古娜》里克莱奥帕特拉这句可怕的警句，又该让人作何感想：

　　死在自己的敌人之后是美妙的。(第五幕第一场)

　　当我们遵循古典主义理论家为警句的使用所设定的界限时，就可靠许多了。这些界限和那些为其他剧作手法而设的界限一样，都源于逼真性需求的上升。"这些箴言和蕴含了普遍真理的句子，或是在情节里得到践行，或是作为情节的结果出现。"(《戏剧法式》，第四部分，第五章，第313页)当多比尼亚克写下这句话时，便为警句的定义带来了一个有益的元素，以及在使用上的第一个限制。也就是说，仅仅对受众有益还不够，这些具有普遍意义的原则还必须与剧中相关角色所处的具体情境存在必然联系。多比尼亚克一方面批判那些"实质上冰冷无力"的"说教话语"(同上书，第314页)，另一方面又肯定那些"不知不觉融入诗歌内部的大胆有力的箴言"(同上书，第319页)。他还明确道："这些普遍性的箴言或者习惯说法应当与主题相连，并在一定条件下运用到角色以及情节上。"(同上书，第320页)他夸赞高乃依笔下的警句，因为它们"大胆、新颖、出色"，表达"有力"，诗句"璀璨"，但更是因为它们"似乎只是为那个它们所处的具体主题而作"(同上书，第322页)。

　　出于逼真性的考虑，多比尼亚克还要求警句"尽量短小"，并且不能插入"一段激烈的表述或者某种强烈的情感中间"，因为一个被激情所左右的角色不太可能"适时地克制下来思考并说出这样的句子"(同上书，第321页)。高乃依对于警句的看法也是如此，"要节制地使用，少让它出现在整体性的叙述中，也不要展开，尤其是当说话者充满激情时"(《第一论》，马蒂-拉沃，第一卷，第18页)。18世纪的批评家进一步强化了这些限制。对于国家图书馆559号手稿的作者而言，"警句或道德性文字"只能出现在"呈示部分""国事的决议里""剧本结尾"(作为情节和道德性的总结)，或者其他那些必须"展现我们对角色的某种

462

行为有所期待"的段落里（第四部分，第五章，第6节）。关于警句在激情性段落里的位置问题，他做了一个有意思的区分："即使在激情里，人也能展开关于主题的思考；但那得是为了表达激情的某种起伏，而不是为了说理。"（同上）为此，他举了拉辛《费德尔》里泰塞埃对伊波利特说的那句台词：

卑鄙之徒总以伪誓欺人。（第四幕第二场）

这一警句的意义并不在于陈述了一个普遍道理，而是在于见证了泰塞埃说话时的情感。关于情感至上这一点，伏尔泰有一句惊人之语："一切都得是情感，说理本身也不例外。"（《高乃依评论》，《罗德古娜》，第三幕第六场）之后，人们还会以"天才"和"热情"之名来批判所有的警句。1784年的克莱蒙就是如此，在他看来，运用警句就"证明该作家没能对自己笔下角色的处境理解透彻"，他"让他们说着对与自己无关的情感作理性思考的第三者的语言"（《论悲剧》，第二卷，第200—201页）。可见，在这些理论家看来，出于逼真的需要，警句的使用范围不断缩减，直至几乎完全消失。这种手法本身的历史将向我们确认这一点。

* *

警句在16世纪的悲剧里极为丰富，几乎可以说是遍地开花。依照施瓦茨和奥尔森两位先生的计算，[21]在塞内卡的悲剧里，警句的平均数量是82.5，而在若代尔和罗贝尔·加尼耶那里，这个数字分别达到了310和201。高乃依可以算是古典主义作家里最爱使用警句的了，但与16世纪的前辈相比还差得很远，他悲剧里警句的平均数不过25.5（同上），如果把所有作品都算在内的话，这个数字就跌至了24.5（同上书，第7页）。因此，我们可以认为，经过大量"序言"以及其他理论文字所证实的17世纪上半叶的警句风潮，源于这一手法在16世纪所获得的巨大成功。也就是说，警句首先是戏剧文学的传统之一。

但仅有这点还不足以解释。因为歌队也是戏剧文学的传统，然而，作为16

世纪戏剧重要组成元素的它，到了17世纪初却几近消失。警句之所以更为长寿，是因为道德诗和劝诫诗在17世纪上半叶依然活跃，且不止于戏剧领域。从中世纪开始，法国人就喜爱在意图明确、写作规范的短诗里说教或者受教。《老加图对句》（Distiques de Caton）是12世纪阅读最多的书，之后许多代人都会查阅背诵。距离古典主义时代更近的，有1574年比伯哈克（Pibrac）的《道德四行诗》（Quatrains moraux），1612年皮埃尔·马提厄（Pierre Mathieu）的《书简：论生死四行诗》（Tablettes ou Quatrains de la vie et de la mort）。1642年，这两部作品还同时得到再版。高勒泰（Colletet）借鉴之后写作了《道德和警句诗论》，1658年出版。1660年，莫里哀的《斯加纳海尔》里的老头高尔吉布还建议自己的女儿放弃小说，阅读

>比伯哈克的《四行诗》和咨议大臣马提厄
>价值连城的学术《书简》，
>满是有待铭记的金玉良言。（第一场）

让听众在微笑之余，也还会有所收获。

这种对于简短清晰形式的热衷，日后将催生出"道德家"*的散文，比如萨布雷夫人（Madame de Sablé）、梅雷**和拉罗什富科等人的《箴言集》；以及一些与道德完全无关，只是如此自称的诗歌作品。梅纳尔（Maynard）肯定不是一位道德家。然而，依佩里松（Pellisson）之见，他的作品之所以成功，主要原因之一在于"他刻意将自己的诗句一行行分离：以至常常出现五六行连续诗句里每一句都表达独立意思的情况"。[22] 佩里松的这一评论并不像我们今天可能以为

---

* 此处的道德家（moraliste）并非指热衷道德说教的人士，而是哲学家的一种。他们观察和思考人类生活、习俗和生存境况，并用简短明晰的方式写下自己的思考。著名的17世纪"道德家"有著有《思想录》的帕斯卡尔，《箴言集》的作者拉罗什富科（La Rochefoucauld），《品格论》的作者拉布吕耶尔（La Bruyère）等人。

** 梅雷（Méré），即安图瓦·宫博（Antoine Gombauld），人称"梅雷骑士"，因其在梅雷接受教育。

的那样是批评，而是褒扬。也就是说，在17世纪中期，一个有文化修养的人能够欣赏如箴言般句句分离的诗作。同样的优点，或者说缺点，也出现在了马图然·黑尼耶的作品里。比如在他的《讽刺诗》（第十三篇）里，马塞特就说了如下这些话：

> 福祸全赖己。
> 知己知彼，女子方能如鱼得水。
> 运势皆由己。
> 否极则泰来。
> 自助者天助也。

连续五行诗句是五个完整的、相互独立的句子，五句警句。费尔迪南·布鲁诺在点评这个段落时说道，黑尼耶"可能是遵循了……一种将谚语融入诗歌体裁的文学潮流"。[23] 他举了《讽刺书斋》（*Cabinet Satyrique*）里的一首诗为例，里面的每段四行诗都以一句谚语收尾。[24] 警句在戏剧文学里大获成功的年代，也正是所有这些作品在17世纪的风靡期。

因此，我们会很自然地认为：受众在戏剧领域表现出来的对于警句的热衷，和他们在道德诗，甚至非道德诗里表现出来的对于类似形式的追捧是一脉相承的。在谢朗德尔的《提尔和漆东》里，有一段文字所包含的警句就似是介于道德诗和戏剧诗之间。这部剧作1608年的版本在角色（书中被称为"对话者"）名单之前有一首名为"角色简述"的十四行诗。诗里的每一句都以警句的形式写成，由剧中的不同角色说出，道出了他们每个人与剧情的关联。以下就是这首十四行诗的头四行：

> 阿里斯塔克：伤害自己的邻里并不是勇气的表现。
> 蒂里巴兹：没有久经沙场的国王，何谈名震四方。
> 卡桑德尔：取代对手可不是投机取巧。
> 贝尔卡尔：当一切都徒劳时，就得试试运气了。

第六章　戏剧写作的不同形式

16 世纪时，当剧作家或者他们的出版商出版剧本时，常常会想到在包含了警句的诗文前加上引号，用人们所热衷看到的这种写作形式来吸引眼球。这种做法在 17 世纪初年依然存在，比如蒙克雷提昂的《苏格兰女人》（1601）和《赫克托尔》（*Hector*, 1604）。1623—1628 年间出版的亚历山大·阿尔迪的六卷本《戏剧集》也用引号来标记了一部分警句。但我们不能仅仅依靠这个符号来确认警句：以《卢克莱丝》为例，这部剧里只有七句台词前加上了引号（分别是第 99、104、116、297、605、700 和 891 行），这些也的确都是警句，但剧中还有其他许多警句并没有任何标记。17 世纪最后一部以这种方式来标注警句的作品可能是 1631 年出版的梅莱的《希尔瓦尼尔》。但在这部剧里，引号的使用十分混乱：它不仅没有标出所有的警句，而且得到标注的那些诗句，有的也只是徒有警句之形（第一幕第三场），有的是私语（第二幕第二场），有的是独白（第四幕第二场），有的是错配（第二幕第二场），有的甚至什么也不是，我们完全无法理解引号存在的理由（第四幕第三场）。

这一做法的消失让警句引发了一个剧作法层面的问题。当剧作家开始认为他们的作品与其他文学作品有别，是为舞台演出，而非为阅读而作时，这类引号就被放弃了，因为只有读者能看到；取而代之的得是一种为观众而准备的，突显那些他们希望让观众细细品味的警句的手段。下文研究警句的形式时，我们会具体分析这个问题是如何得到解决的。此处我们只需要指出，这种手法将一直风靡到 1660 年左右。哈冈、玛黑夏尔、梅莱、杜里耶、斯库德里、特里斯坦、洛特鲁等很多作家的作品里都出现了这种手法，它几乎无处不在。布瓦耶和托马斯·高乃依在创作生涯的早期就有使用；大量使用经典警句的皮埃尔·高乃依在他的最后几部作品里也依然使用着这种手法。

即便是在最风靡的时期，警句也只是出现在严肃剧里。的确，当角色依照情节的基本原则而说出警句时，体现的是他的抽象化能力以及自我辩护的欲求，这一行为本身不可能有任何逗趣的元素，因此也只能局限在高贵的戏剧类型里。悲剧和悲喜剧里都存在大量警句。后者也很好地融入了高乃依创作初期那些构思精巧、不太逗趣的喜剧里。《戏剧幻觉》和《欺骗者》之所以引发了观众更多的笑声，也不是因为警句的存在，后者在剧里只是一些简单的理性观察，比如以下这句：

第二部分　剧本的外部结构

再善于欺骗的人也有说真话的时候（《欺骗者》，第四幕第七场）

也可能是谚语，以下就是一例：

赠予的方式比赠予的内容更有价值。（同上书，第一幕第一场）

在斯卡隆或者莫里哀的那些实实在在的喜剧里，仅有的警句是一些民间广为流传的谚语。值得注意的是，喜剧里的警句有时是对于悲剧警句的一种戏仿。比如在托马斯·高乃依的《作茧自缚》(Geôlier de soi-même, 1656）里，伪装成王子的囚徒若德莱就对他的狱卒们说，自己将会把他们悉数送上绞刑架，但同时又安慰道：

为王子而牺牲者将名垂青史。（第二幕第六场）

大约从1660年起，另一种理想的悲剧模型开始确立。依照莫尔奈先生的说法，正是从这一时期开始，"基诺的爱情悲剧取代了高乃依的英雄悲剧"。[25] 在由高乃依和同时代其他作家所创作的那种形式的悲剧里，主角通常都会对自己展开道德拷问，有时还极为复杂；为了解决这些疑问，他们会求助于一些基本的原则，有时他们坚持自己的道路，有时则想要在其他角色面前为自己辩护，警句自然也就脱口而出。在基诺和拉辛的时代，爱情即便没有主宰一切，至少也占据着头等位置；而爱情可不在乎原则，这一时期那些为情所困的主角几乎从不想要自我辩护，因此他们无视警句。鉴于逼真性逐渐成为他们最重要的需求，在后者的名义下，他们比批评家更主动地将箴言从越来越多的悲剧中驱逐出去。尽管在基诺这样的作家的作品里，我们不时还能找到高乃依风格的铿锵有力的警句，比如下面这句，出自《阿格里帕》：

不惧死之人无所畏惧。（第三幕第四场）

而在拉辛的《伊菲革涅亚》里，也出现了这样一句谚语式的台词：

> 以怨报德，实属不敬（第四幕第六场）

但总体而言，这一时期的警句还是稀少，平庸，暗淡无光。投石党乱之前的警句或意气风发，或咄咄逼人，在大作家的作品里，更是成为人性的呐喊。然而，拉辛笔下的警句就往往带着幻灭的情绪：

> 与爱情无缘，那是公主之命。（《安德洛玛克》，第三幕第二场）
> 什么都瞒不过时间。（《布里塔尼古斯》，第四幕第四场）
> 战争有正反两面。（《米特里达特》，第三幕第一场）

这就是警句的黄昏了。

* *

至于警句的内容，我们不会过多讨论。对于一项针对剧作法的研究而言，它几乎不会有任何贡献，因为警句的内容五花八门。无论什么看法都能以警句的形式加以表达。施瓦茨和奥尔森两位先生以高乃依悲剧里的警句为例，对里面所表述的观点做了分析和归类。[26] 他们列出了10个主要类别，分别是爱情、政治、国王、高贵之人、死亡、复仇、名誉、道德胜利、仇恨、野心；以及22个次要类别，其中最后一个类别所包含的例句的数量远远大于其他，它被命名为"杂录"。尽管门类已经如此繁多，却依然可以继续添加，但这并没有多大意义。我们就只举一类内容富有一定剧作价值的警句作为例子；它们是针对罪行展开的思考。在悲剧或者悲喜剧里，无论对错，常常有一个角色被推定为罪人。而那些需要决定是否要将他作为罪人来对待的人，则会做出道德、政治以及心理层面的考量。在林立的茫茫警句中，这就是一个重要的十字路口，因为有大量复杂且直接影响情节的看法需要被浓缩在简明的语句里。在高乃依等作家的作品里，我们确实能找到不少关于罪行的警句。以下就是其中一些：

> 斗胆如此就已视同叛国。（高乃依,《尼克梅德》,第二幕第一场）
>
> 承认自己背叛之人不值得信任。（同上书,第三幕第八场）
>
> 明知国家福祉受到威胁,
>
> 却依然隐瞒,等同作恶。（高乃依,《苏雷纳》,第四幕第三场）
>
> 无辜者不该接受妥协,
>
> 清白之人又何惧之有。（洛特鲁,《遗忘的指环》,第二幕第三场）
>
> 妄图为理应遭受惩罚的
>
> 罪人开脱,也等同犯罪。（洛特鲁,《塞莲娜》,第三幕第二场）
>
> 营救罪人,如同揽罪上身。（托马斯·高乃依,《蒂莫克拉特》,第一幕第三场）

既然警句里什么都有,那么必然也能找到矛盾对立的内容。有时,剧作家自己不表态,而是让剧中两个在同一个问题上看法相左的人针锋相对。以《西拿》为例,当高乃依让欧弗伯催促马克西姆揭发"叛臣"西拿时就是如此:

> 马克西姆:这是让人避之唯恐不及的罪恶[*]。
>
> ……
>
> 欧弗伯:只要是惩罚罪行,又何罪之有。（第三幕第一场）

在《布尔谢里》里则有以下的例子:

> 阿斯帕:言听计从者必不善发号施令。
>
> ……
>
> 马尔西安:良臣绝不会成为昏君。（第二幕第二场）

有时,从一部剧到另一部剧,作者也会改变自己对于同一个问题的看法。高乃依在《波利厄克特》里写道:

---

[*] 指揭发一事。

第六章　戏剧写作的不同形式

倾诉往往能缓解苦痛，（第一幕第三场）

但到了《阿格希莱》：

当命运对我们不公时哀叹，
则无异于雪上加霜。[27]（第二幕第七场）

由此可见，我们不必对这些可以随意反转的观点较真，把它们当成普遍道理。如多比尼亚克院长所说，它们的价值不在于内容本身，而在于它们出现时与剧中具体情境的契合程度。正是出于这个原因，当它们脱离剧本后，往往就显得十分贫乏了。即便是在那些毫无争议的大作里，警句本身的内容也平庸得令人唏嘘。比如以下这些：

爱情这个暴君不放过任何一人。（高乃依，《熙德》，第一幕第二场）
得到满足后，野心便让人不悦。（高乃依，《西拿》，第二幕第一场）
步伐稳健，则不惧跌倒。（高乃依，《波利厄克特》，第二幕第六场）
执迷过错之人从不愿承认过错。（同上书，第三幕第三场）
绝望中人，死亡前一片坦途。（拉辛，《米特里达特》，第五幕第一场）
母亲的罪行是一个沉重的负担。（拉辛，《费德尔》，第三幕第三场）
在凡人心中，恐惧简直为所欲为！（拉辛，《阿塔里雅》，第二幕第五场）

在有些情况下，想要仅仅了解警句的意思甚至都是荒谬的，因为它可能只是为了解释情节的发展。比如在拉辛的《贝蕾妮丝》里，贝蕾妮丝对安提奥古斯说道：

人不该欺瞒：我有限的耐心
已经在怪罪您的怠慢。（《贝蕾妮丝》，第一幕第四场）

"人不该欺瞒"大概能列入最平庸警句之列了。显然，贝蕾妮丝并不是要在这里宣传不该撒谎这个道德真理，而只是想让自己的朋友明白，她对他推心置腹。警句并不总是会扮演像此处这样的附属角色；但如果细究它所表达的看法，我们往往一无所获，因为警句从来只是手段，而不是目的。

* *

剩下就是如何定义警句的形式这个核心问题了。在 17 世纪上半叶的严肃剧作里，警句的风格极为普遍，以至大量诗句都带有警句色彩，但它们并不一定都是警句。我们常常需要思考，一个表达普遍道理的句子究竟是可以独立于剧本而存在的警句，还是剧中一段对白的组成元素。因此，通过明确且易辨识的特征来定义警句就变得十分重要了，它能让我们准确判断哪些是警句，哪些不是。

我们可以从上文已经引用过的，来自多比尼亚克院长的定义出发。对他而言，警句是"蕴含了普遍真理的句子，或是在情节里得到践行，或是作为情节的结果出现"（《戏剧法式》，第四部分，第五章，第 313 页）。这个定义的前半部分很容易被所有人理解：警句表述一个普遍、抽象的看法，相当于宣布了一条金科玉律；这条律令可以与道德、政治、心理、常识、集体经验等一切领域相关。至于定义的后半部分，则需要细细探讨：使用警句的角色所处的具体情境，正是该警句所表述的那条金科玉律在剧中的实践及其结果。以高乃依的《熙德》为例，当伯爵说：

不畏死者又何惧威胁。（第二幕第一场）

他说出了一个对所有人，尤其是他而言，都有价值的普遍道理：他想说自己不惧死亡，因此也不害怕威胁；这就是一个警句。但多比尼亚克并不是仅仅表达了警句践行的必要性，而是加入了一个首要的形式上的限制，那就是警句所传递的基本原则只能通过实践或者作为结果和剧中的具体情境产生关联。换言之，如果在这些箴言里出现了哪怕一个与剧本的具体情节相关的词，它也会就此失去普遍意义，从而不再是一个真正的警句。以《熙德》为例，当罗德里格说：

> 诚然，我年纪尚轻；但出身高贵者
> 自古皆年少成名，（第二幕第二场）

第一行的后半部分和第二行一起，表达了一个具备普遍意义的观点；但由于"我年纪尚轻"这句指向了一个具体事实，我们就不能认为这两行台词构成了一个警句。普遍和具体之间的区分并不总是如此简单，警句也可能带着精巧的伪装。比如在特里斯坦的《塞内卡之死》里，萨宾娜在尼禄面前提到塞内卡时，说了以下这句带有警句风格的台词：

> 皮索的身边人当和他一起覆灭。

假设她以如下方式来表达：

> 叛徒的身边人当和叛徒一起覆灭。

那就是一句警句了。但皮索的名字导致它和剧情之间产生了具体联系，因此特里斯坦的这句台词就不属于警句。在同一部悲剧里，埃皮卡里斯对塞维努斯说道：

> 谁听从了如此胆怯的一个灵魂
> 在通往辉煌的道路上将遭受误导。（第五幕第三场）

"这样一位胆怯者"并不是具有普遍意义的表达；埃皮卡里斯想说的是：像他这样的一位胆怯者。在高乃依的《金羊毛》里，国王埃塔说道：

> 对待王冠不可如此儿戏：
> 在权杖和我们面前应心存敬畏。

第二部分　剧本的外部结构

> 当国王之面藐视这位王后，
> 既不忠，又不智。（第三幕第一场）

尽管许多成分都具有普遍意义，但此处我们所标注的那几个词还是指向了具体情境；因此，这段四行诗就不能被视为警句。在托马斯·高乃依的《伽玛》里，艾希奥娜提到自己继母伽玛的态度时宣称：

> 抵抗最激烈者亦乐于在她受制时让步。（第一幕第四场）

"受制"（contrainte）一词的阴性形式*顿时让这句台词失去了本可以有的普遍意义。

与这些伪警句相对的，是可以用明确的语法特征来定义的真正警句。首先，真正的警句必定出现在一句完整的、有独立意义的句子里。在它之前的句子可以帮助我们理解它，也可以为它作相对巧妙的铺垫，但并不是不可或缺的。在高乃依的《美狄亚》里，埃勾斯对克雷乌丝说：

> 请不要控诉爱情的盲目：
> 当人意识到过错时，带来的是双重辜负。（第二幕第五场）

第一行台词为第二行铺垫，但后者表达的是一个独立于克雷乌丝的具体处境的普遍真理，因此就是一个警句。在杜里耶的《克雷奥梅东》里，普拉西德告诉阿尔及尔，他们的敌人克雷奥梅东曾经战胜过一头狮子，阿尔及尔回应道：

> 即便战胜过狮子，也并非不可战胜。（第一幕第六场）

要理解这一警句，当然最好知晓具体的情境，但也不是不可或缺的：战胜狮子的

---

* 译者用"她"一词来体现法语原文中过去分词"受制"的阴性形式。

情况尽管并不多见，却也是可以理解的人类行为……

其次，真正的警句里没有任何连词或者副词与它所处的语境相关。在上述引自高乃依《金羊毛》的那个例句里，"如此"一词就足以让我们把它排除出警句之列。当然，像"并且"或者"但是"这样普通的连词倒是不会影响警句的独立性；我们可以认为：后者在保留自己个体性和普遍价值的同时，也通过这些连词与之前的句子连接了起来。所有这些来自不同角度的审视都是建立在意义而非形式之上的。

第三，真正的警句里所包含的一切名词都带有普遍意义，与剧中的人物以及情境无关。比如上文出现的来自特里斯坦作品的台词里，有专有名词"皮索"，指代塞维努斯的普通名词"灵魂"，因此它们就不能被视为警句。在这个例子里，我们还是得从意义出发，而不能被不定冠词*所蒙蔽，因为后者在17世纪的语言里完全可以用来指代一个具体的人物。比如，"un père"（一位父亲）这样的表述既可以指"所有父亲"，也可以像高乃依的《熙德》里那样，指代主角自己的父亲，剧中的罗德里格说：

定当要为父亲复仇，置情人于不顾。（第一幕第六场） 475

这显然并不是一句具有普遍意义的箴言，不然就太荒唐了；此处的"父亲"只是罗德里格的父亲，"情人"也只是席美娜这个情人，这句台词只有在罗德里格自身的处境下才有意义。不过，在洛特鲁的《郭斯洛埃斯》里，当主角说：

父亲定下的规定高于一切。（第二幕第二场）

就是警句了。

第四，警句里的主语和补语如果是代词，也必须具有普遍意义。这些代词颇具欺骗性。比如"on"在17世纪就可以指代一个具体的人。高乃依的《波利厄

---

* 指的是出现在"灵魂"（âme）一词前的不定冠词 une（一个）。

克特》里有这样一句台词：

> 我们（On）两人有着同一颗千疮百孔的心，（第一幕第三场）

它就不是警句，因为这里的"on"指的是波利厄克特和宝丽娜。但像以下这句台词：

> 无所畏惧者能轻而易举地以身犯险（高乃依，《安德洛墨达》，第五幕第二场）

显然就具有普遍意义。代词qui也是同样的情况。以高乃依的《泰奥多尔》为例，普拉西德提到马塞尔的时候说：

> 她可能只是假意请我伪装。
> 人收手往往只是为了更好地出击。
> 想让我欺瞒她之人也有理由欺我。（第四幕第一场）

这里的第二句台词是警句，但第三句不是，因为"欺瞒"的补语赋予了"qui"（之人）一重具体的含义：这里的"之人"只可能是马塞尔。在其他情况下，qui常常会指代"所有人""任何人"，比如在洛特鲁笔下的这处警句里：

> 任何人只要对胜利渴望，就已经离胜利不远。（《凡赛斯拉斯》，第二幕第二场）

第五，也是最后一点，警句里的动词一定是现在时。但正如名词或者代词的普遍指向是建立在意义而非形式上，这里的时态也是理解层面上的现在时，在语法层面上，有时则可能以其他形式呈现。在几乎所有的警句里，动词都是直陈式现在时。然而，一个作为经验之谈而出现的过去时，也具备现在时的意义。以高乃依的《贺拉斯》为例，当老贺拉斯宣称：

初犯从来就不是*罪过。(第五幕第三场)

他并没有指向过去的一个具体行为,而是提取了对于今天以及任何时候都有价值的一个往日经验。句子的独立性,名词、代词和时态的普遍意义,这些就是真正的警句所具备的通用的、利于辨识的特征,我们可以像上文一样在语法层面对它们进行明确的表述。

*　*

古典主义戏剧里有数千个警句都满足了上述那些条件,但最多只有十来句是让人无法忘记的。个中原因值得我们在此思考,因为这并不是一个单纯的文体学问题。当剧作家明白到自己如何区别于其他人,开始为观众而不是读者写作时,当用以标示警句的引号失去了存在意义时,警句的写作艺术就变成了剧作法的要素之一。只有按某种方式来写,才能让听者注意到警句,并为之鼓掌。高乃依通常被认为擅于创作"锻造精良"的警句。那么,什么叫"锻造精良"的警句呢?这一表述与批评家笔下其他的同类表述一样,都来自于感受,但也意味着有内容存在,后者并非不可分析。如果分析到位了,我们就有可能展现出一个警句之所以"优美"的原因,并由此揭示出剧作家为了制造这种效果所运用的手段,至少是其中的一部分手段。因此,在审视了警句的概念后,我们还要对"锻造精良的警句"这一概念展开分析。上述我们认定警句的种种条件是必要且充要的,但这次新的探究就只能整理出一个也许并不完整的非必要条件清单了。我们看重的是它们的效果,而非必要性。

此处,警句的内容是有意义的。显然,一个表达强烈情感的警句,比如以下这些:

为父报仇者无所不能。(高乃依,《熙德》,第二幕第二场)

---

* 这里的系动词"是"在法语原文里以简单过去时 fut 的形式出现。

第二部分　剧本的外部结构

> 不惧死亡者亦不惧暴君。（高乃依，《俄狄浦斯》，第二幕第一场）
>
> 不懂死亡之人不配生存。（布瓦耶，《奥洛帕斯特》，第四幕第四场）

比一个表达平平无奇的观点的警句效果更佳。但能让警句时不时打动我们的还是形式。那些知名的警句可能有着明显的节奏；比如半行位置（六音节后）出现的停顿特别长。不过我们不会在这里研究诗句内部的节奏，这属于作诗法的范畴。对于我们试图重构写作方式的剧作家而言，问题在于如何让观众感受到警句和普通的亚历山大体诗句有着本质区别。警句必须从它所在的那段个人化的文字中独立出来，表达一些具有普遍意义的看法。剧作家总是会采用分割和隔离的方式来突出警句。没有了引号，他们就设想出其他手段将警句明确地划分出来供观众欣赏。

第一种手段在于把警句严格地限定在完整诗句的框架以内。在普通的对话里，哪怕只是为了打破亚历山大体的单调节奏，台词也往往会横跨多行诗句；然而，对于警句而言，这一节奏是根本，因此警句总是占据单行或多行完整诗句。这个数量越少越好，有时甚至半行就够了。比如以下出自高乃依作品的半行警句：

> 爱情里百无禁忌（《西拿》，第三幕第一场）
>
> ……无所不能者必畏惧一切。（同上书，第四幕第二场）
>
> ……拿人手短吃人嘴软（《欺骗者续篇》，第二幕第五场）
>
> 沉默即是认同。（《布尔谢里》，第五幕第四场）

这类警句为数不多，也并没有令人印象深刻。警句的常规框架是单行诗。我们在上文中已经举过一些长度恰好为一行的警句了，以下是另一些例子：

> 能从罪行中获益者才会犯罪。（高乃依，《美狄亚》，第三幕第三场）
>
> 爱情只是欢愉，名誉却是责任。（高乃依，《熙德》，第三幕第六场）
>
> 复仇是对于失去的弥补。（高乃依，《贺拉斯》，第四幕第五场）

第六章　戏剧写作的不同形式

作为九五之尊而死，何其壮美。（高乃依，《西拿》，第二幕第一场）

得逞之罪即为德。（布瓦耶，《迪米特里乌斯之死》[La Mort de Démétrius]，第五幕第二场）

杀敌一千，自损八百（布瓦耶，《奥洛帕斯特》，第四幕第二场）

危难之际，方显伟大。（拉辛，《安德洛玛克》，第三幕第一场）

警句也可以占据两行。通常，在这种情况下，它就因为不够紧凑而不如前者那般铿锵有力。这组两行诗可以由两个相互配合的警句组成：

与仇人同归于尽，死也瞑目，
濒死还能取人性命，实乃快事。（洛特鲁，《濒死的赫丘利》，第二幕第二场）
殊死一搏之人难以降伏：
这高贵的绝望不易消亡。（高乃依，《贺拉斯》，第三幕第一场）
为人君者常须自我约束，
若要无所不能则不应肆无忌惮。（高乃依，《蒂特和贝蕾妮丝》，第四幕第五场）

一个句子占据两行的情况也时常出现：

有心栽花花不开，
无心插柳柳成荫。（哈冈，《牧歌》，第二幕第三场）
为了上帝自我献祭，
是奔向生命，而非忍受刑罚。（高乃依，《泰奥多尔》，第五幕第三场）
对于宁死不屈者，
为国捐躯充满诱惑。（高乃依，《俄狄浦斯》，第二幕第八场）
在真正的爱情里，一旦心灵沦陷，
一举一动都是倾诉。（高乃依，《苏雷纳》，第二幕第二场）
痛苦是不公的，若是不加以迎合，
一切理由都只会加剧它的疑虑。（拉辛，《布里塔尼古斯》，第一幕第二场）

警句也可以扩展到三至四行，但它的力度也随着篇幅的增加而削减。以下就是一些三行的警句，它们内部成分之间的关联一例比一例更紧密：

> 罪犯眼中，死亡可怕；
> 死有余辜者惧死。但它也会被渴望，
> 且难言凄惨，对于那不幸之人。（洛特鲁，《美丽的阿尔弗莲德》，第二幕第四场）
> 死亡是生命苦役的终结，
> 想要延续之人
> 才呻吟不休，哀叹不止。（特里斯坦，《塞内卡之死》，第五幕第一场）
> 即便罪行应受百倍惩罚，
> 没有聆听就做出裁决，
> 也等于将正义的惩戒变为不公。（高乃依，《美狄亚》，第二幕第二场）

至于长达四行的警句，则往往由两组两行诗构成：

> 人不会放弃名正言顺的伟大；
> 清白之财，人会毫无愧疚地留存；
> 人所离开的财富愈是高贵，庞大，精美，
> 敢于离开之人愈是断其取之不义。（高乃依，《西拿》，第二幕第一场）
> 只要尚有需臣服之人，
> 任何尊贵便也难称完美；
> 统领之权再大，
> 也抵不上一次屈从之苦。（托马斯·高乃依，《斯蒂里贡》，第一幕第七场）

像以下这种四行完整一句的警句比较罕见：

> 对于有宏图却无行动之人，
> 若百般提醒无果，

> 时间便会从他手中夺过武器，
> 转交给罪恶之人。

两组两行诗之间的区分通常是十分明确的：

> 伟大之人知禅让，禅让也不无荣耀：
> 这一义举让他流芳后世；
> 然而，当一件高贵之物让我们动情，
> 退让就是懦弱，不知爱惜。（高乃依，《罗德古娜》，第一幕第三场）
> 为帝位而生之人若甘愿屈尊，
> 则无异于放弃这一荣耀；
> 除了王座和死亡，他应当蔑视一切；
> 不敢为掌权而死，则与懦夫无异。（高乃依，《赫拉克里乌斯》，第三幕第二场）

可见，四行诗形式的警句也依然能制造精彩的效果。但这已经是上限了，越界将会是危险的。理论上，警句的定义里并没有长度限制；但事实上，如果警句延伸为一长段警句式的话语，它就会失去简短形式所包含的力量。以下这五行出自高乃依作品的诗句依然可以被认为是一个警句，因为离开了前几行，我们就无法理解后几行，但我们已经无法再把它称作"锻造精良"的警句了：

> 理智和爱情是死敌，
> 当后者主导之时，
> 前者无法与之共存：
> 理智攻势愈猛，它愈发顽强；
> 理智愈是恐吓，它愈是大胆。（第二幕第三场）

需要和这种情况加以区别的，是连续警句，也就是叠加的多句意义独立的单行警句。这就像是某种警句链，与此前引用过的出自马图然·黑尼耶笔下的那个片段类似。以下便是一例，它的最后一行证明了所有这些形式上独立的警句都指向了同一个道理：

> 理智再强，也会时常打盹，
> 我们自身的感觉不值得信赖；
> 我们的思想有着与我们作对的强大力量；
> 我们观察别人远胜过观察自己；
> 谁想要从如此危险的处境里脱身，
> 就该信他的朋友们，而不是自己。
> 我的个人安危正系于这一信条。（斯库德里，《恺撒之死》，第三幕第一场）

由此可见，剧作家突显警句的第一个手段，在于将后者纳入尽可能少的完整诗句。第二个手段则是通过词语重复来强化节奏。我们将会看到，这类重复不仅在警句里极受欢迎，在整个对话里都是如此。以下就是一些通过词语重复来强化效果的警句的例子：

> 不幸之人的死亡是一种幸运的死亡。
> （洛特鲁，《美丽的阿尔弗莲德》，第二幕第四场）
> 罪与无罪有时并非绝对。（同上书，第五幕第三场）
> 秘密复仇之人，秘密享受荣耀。（高乃依，《克里唐德尔》，第一幕第八场）
> 对漫不经心者，人们也容易漫不经心。（高乃依，《侍女》，第一幕第六场）
> 谁能让人相信他的激情，就能让人相信他的能力。
> （高乃依，《欺骗者》，第四幕第九场）
> 在巨大的危险中，人从来无法全身而退。*
> （特里斯坦，《塞内卡之死》，第四幕第二场）

---

* 法语原文的后半部分重复使用了 danger（危险）一词，直译为"人从来无法没有危险地退出"，但不符合汉语的表达习惯，故不作保留。

第六章　戏剧写作的不同形式

第三个手段在于韵脚的安排。大家可以看到，不仅是我们所举的这些例子，而是在我们能遇到的几乎所有其他例子里，两行的警句都有着相同的韵脚；而当警句长达三行时，则是后两行押韵，以此来明确收尾；如果有四行，则只有两个韵脚，并且不可能出现第二和第三行押韵，而第一和第四行分别和位于它们前后的诗行押韵的情况。因此，警句的独立性法则决定了韵脚的排布。如果意外出现了不遵守这一韵脚排布的情况，警句就会失去它的鲜明特征。以下就是几个两行警句不相互押韵的例子；它们就带有不确定和不完整性[*]：

若爱情靠希望而存活，它也会随着希望消逝；
这是一团失去了燃料的火苗。（高乃依，《熙德》，第一幕第二场）
才能迟早会得到回报，
等待愈久，愈是珍贵。（高乃依，《阿格西莱》，第三幕第一场）

我们还能找到最后一个古典主义剧作家用以增强警句效果的手段，也就是用单音节词来为警句收尾。这些出现在行末的短促有力的词语把警句从之后的诗句中明确地区分了出来[**]：

一段怯懦的人生当以最残忍的死亡告终。（洛特鲁，《美丽的阿尔弗莲德》，第二幕第四场）
三心二意就是无情无义。（高乃依，《唐桑丘》，第二幕第四场）
不自助者，天不助之。（洛特鲁，《郭斯洛埃斯》，第一幕第三场）
权杖一经握起便会失去不少份量。（同上书，第二幕第二场）
有心求死就当找寻致命之物。（高乃依，《苏雷纳》，第一幕第三场）
爱情的弱点在于爱上不爱自己之人。（同上书，第三幕第三场）

---

[*] 遗憾的是，译者能力有限，无法还原法语原文的韵脚效果。
[**] 汉字均为单音节，因此这一特征无法在中译本中加以体现。

第二部分　剧本的外部结构

　　而在诗行的开头，单音节词只有在得到强调时才有意义。冠词，或者像"il"（他）这样的普通代词就起不到任何作用。以下这样的警句就没有任何像引号那样能作为标示的元素：

483　　　　　　无所不能之时，伪装即是可耻。*（高乃依，《佩尔塔西特》，第三幕第四场）

　　相反，有一个句首的代词却大受欢迎，那就是"qui"，表示"……之人"或者"……者"。它既得到了强调，又能在这种惜字如金的写作形式里仅用一个单音节就同时指代主句和关系从句的主语。这也是为什么有大量充满能量的警句都以"qui"开头：

　　　　无论发生何事，求死之人鲜有畏惧。（洛特鲁，《凡赛斯拉斯》，第四幕第二场）
　　　　犯众怒者命不久矣。（高乃依，《西拿》，第一幕第二场）
　　　　轻易宽恕者即鼓励冒犯。（同上书，第四幕第二场）
　　　　贪生者的信仰死气沉沉，怯懦不堪。（高乃依，《波利厄克特》，第二幕第六场）
　　　　半途而废的复仇者自掘坟墓。（高乃依，《罗德古娜》，第五幕第一场）
　　　　意欲指挥者当懂得服从。（玛黑夏尔，《帕皮尔》[*Papyre*]，第三幕第一场）
　　　　能寻死之人又何惧死亡。（托马斯·高乃依，《蒂莫克拉特》，第四幕第八场）
　　　　决意背叛之人即应许他人对其背叛。（布瓦耶，《迪米特里乌斯之死》，第三幕第六场）
　　　　能弑君之人必不信仰任何神明。（托马斯·高乃依，《伽玛》，第三幕第四场）

　　上述种种手段的频繁出现以及逐步完善可能是警句衰落的原因之一。人们总是先用尽各种办法来彰显它，直到有一天产生疲倦。

---

* 法语原文里起首之词为单音节的人称代词"il"。

5. 重复

在所有的修辞手法里，重复手法是唯一在古典主义剧作法的研究里占有一席之地的。17 世纪的戏剧作家与其他作家一样，可能用遍了所有的修辞手法；但在运用重复手法时，他们追求的是大量专属于戏剧的效果，并乐此不疲。简单的词语罗列或者诗句重复在 17 世纪剧本里占了巨大的篇幅。布尔什（Boorsch）先生指出："从早期的喜剧一直到最后，高乃依在作品里最常使用的手法之一就是诗句重复。"[28]17 世纪几乎所有剧作家都是如此，只是在高乃依那里尤为明显。围绕大量重复句建立长对白的情况并不罕见。对于演员来说，不管是出于何种目的的重复，都能带来一种极富表现力的表达；同时，重复手法的呈现形式和它所隐含的情感又极其多变，这些都是这种手法在戏剧创作中大受欢迎的原因。布尔什先生发现高乃依的《蒂特和贝蕾妮丝》里有一句台词隔了 528 行之后才被重复，遂指出，"这意味着演员会用一种不寻常的力量来强调这些诗句"。[29]的确，演员们，尤其是那些屡遭莫里哀嘲讽，吟诵台词极为夸张的勃艮第府的演员，把重复句以及此前研究过的其他戏剧写作形式都视作自我表现和赢取喝彩的良机。甚至还存在比《蒂特和贝蕾妮丝》里的那个例子间隔更远的重复句，它就要求演员有更精湛的技艺来加以突显。高乃依《赫拉克里乌斯》里的最后一句重复了 1440 行以前的一句台词。洛特鲁《弗洛里蒙德》（*Florimonde*）的第一幕第一场里的一个段落到第五幕第一场才被重复。即便在间隔不那么大的情况下，重复句的频率和力量依旧令人印象深刻。

古典主义戏剧里的角色不仅热衷于重复，还希望大家注意到他们正在重复。他们有时喜欢用一些体现他们主观意愿的表达方式来强调重复这一事实。"我再重复一遍"（奥洛帕斯特，第二幕第一场），布瓦耶笔下的一个角色说道。这类句子在高乃依创作生涯后半阶段的作品里尤为常见。比如《唐桑丘》里有"我已经对您说过了"（第三幕第四场），"我就斗胆再说一遍"（第四幕第一场）这样的句子，几乎完全相同的表述还出现在了《尼克梅德》（第一幕第一场，第四幕第二场），《俄狄浦斯》（第四幕第一场），《塞托里乌斯》（第三幕第一场），《奥东》

(第三幕第五场，第五幕第二场）这些作品里。《蒂特和贝蕾妮丝》里的一位主角强调了重复的乐趣：

> 我对您说过了，夫人，我乐意再说一次……（第三幕第一场）

《布尔谢里》的女主角在首次重复的时候用了一句"我已经对您说过了"（第三幕第一场）来加以提示，但最终还是没有第三次说出同样的话：

> 反复强调已让我疲累，
> 无法忍受再一次描绘。（第四幕第二场）

一个词在同一行诗句里得到重复的情况也很多见。这种重复通常是为了强调，但在 17 世纪初年，这也可能是因为句中的想法出现了断裂。阿尔迪的《血脉的力量》里有以下这两行：

> 极端的悲恸，极端到了
> 无以复加的地步……（第一幕第三场）

在写下了"极端的悲恸"之后，作者就陷入了尴尬的境地：他无法让他的从句和引导从句的形容词连接起来，因为"悲恸"一词把两者分开了。于是他就重复了这个形容词，并由此额外收获了一种强调效果。这样的重复在简单句里就不是必需的了；但在《耶西浦》里，作者依然刻意地追求重复：

> 切记避免极度随意。*（第一幕第二场）
> 莫名的幸运让我们也变得莫名。（第二幕第一场）

---

* 法语原文中用了两次 extrême（极度 / 极端），但译文中无法照搬。

第六章　戏剧写作的不同形式

这类句子在 17 世纪十分普遍。比如哈冈笔下的一位主角就说道：

> 蔑视我者，亦遭我蔑视。(《牧歌》，第四幕第二场）

在洛特鲁和高乃依的作品里，还有同一个词以同样或者近似的形式重复三遍的情况：

> 拥有一个心中有神的丈夫，
> 对于妻子而言，就是拥有无尽的财富。(洛特鲁，《圣热奈》，第四幕第三场）
> 她有理由怕我，这种害怕让我恐惧。(高乃依，《罗德古娜》，第一幕第五场）

在杜里耶的作品里，也出现过连续三句台词包含重复成分的情况。比如《撒乌尔》里的约拿丹说，敌人知道：

> 为了不断征服，我们已经习惯了征服，
> 如果人可以借着荣耀抵达荣耀，
> 那么也可以借着凯旋再度凯旋。(第一幕第一场）

有时，作者甚至不需要寻找一个允许重复的句型结构，只要想强调某一个词，就立即加以重复。比如以下这个例子：

> 冒失，无耻，疯癫，疯癫的青年，(阿尔迪，《血脉的力量》，第一幕第三场）

或者还有更出人意料的：

> 太过，太过溺爱的孩子……(杜里耶，《撒乌尔》，第二幕第三场）

这些重复的手法可以是单纯出于强调的目的。从这个角度来看，以下这些出自高乃依作品的句子带有对话的自然性：

> 要活下去，狄迪姆，要活下去。（《泰奥多尔》，第五幕第三场）
> 他不敢的，奥尔梅娜，他不敢的。（《苏雷纳》，第四幕第一场）

然而，重复也可以产生精妙的效果，甚至文字游戏。高乃依在《梅里特》里曾写道：

> 这对无与伦比*的情侣如今已长眠地下。[30]（第四幕第六场，第1268行）

这一手法还可以带来喜剧效果。高乃依1633年的第一部剧作是以下面这个有些粗俗的玩笑结束的：

> 乳母，毛遂自荐去费朗德尔那儿当乳母吧。[31]（《梅里特》，第五幕第六场，第1808行）

斯卡隆笔下的若德莱也颇有喜感地对唐费尔南重复道：

> 过于暴躁的丈人，过于凶恶的丈人，
> 杀气腾腾的丈人，永远的丈人……（《若德莱：男仆主人》，第四幕第五场）

词语在句首重复的情况要单独考量。这种做法并不是为了让大家注意重复现象本身，而是为了赋予诗句律动。如果打一个比方来体现这类重复的意义，那就像是跳跃之前的试脚。在高乃依的《熙德》里，席美娜的这句感叹就能让人感受

---

* 法语原文里，"对"这个词用的是 pair，"无与伦比"则是 sans pair，同一个 pair 以不同意义重复出现，这在中译文中较难呈现。

第六章　戏剧写作的不同形式

到这种蓄势待发的力量：

　　　　落泪吧，落泪吧，我的双眼……（第三幕第三场）

艾尔维尔的回应也是如此：

　　　　放下吧，放下吧，夫人，放下一个如此悲凉的念头，（同上）

唐迭戈也用了同样的方式对罗德里格说道：

　　　　捧好，把你的胜利果实捧得更高。（第三幕第六场）

这类重复有时会让句子变得有些奇怪。由于重复的部分必然不能太长，有时当它第一次出现时，我们就很难理解，只有当它第二次出现，整个句子读完，才能明白过来。比如泰奥菲尔《皮拉姆和蒂斯比》里的角色就是这么嘶喊的：

　　　　你真是让我，神啊，你真是让我害怕，（第四幕第二场）

梅莱的《西尔维娅》也是一样：

　　　　你真是把我，哎，你真是把我骗惨了。（第三幕第四场）

命令式里作补语的人称代词常常在第一次重复的时候被省略，比如以下这些例子：　488

　　　　抱怨吧*，菲利斯特，你就抱怨吧……（高乃依，《寡妇》，第四幕第一场）

---

*　此处的"抱怨吧"对应的原文 plains 是法语中的命令式。

419

挥吧，挥向我吧，用您的剑，对着这里……（高乃依，《索福尼斯巴》，第四幕第三场）

来吧，来让我看一下这鲜明的弱点……（同上书，第四幕第五场）

或者是句中的一个不定式结构被重复的部分所隔断：

去对他，去对他诉说你罕见的经历。（高乃依，《美狄亚》，第五幕第六场）

在这些情况下，句首重复的那部分完全无足轻重，重复为的是句子的律动，而不是重复本身。比如以下这些例子：

这实在，这实在太正常不过，在这样的幸福过后，
他在我们的部队和您的心中……（《塞托里乌斯》，第四幕第二场）

这是，这是一个失去希望，无处躲藏的罪犯。（布瓦耶，《奥洛帕斯特》，第四幕第七场）

这类重复历来有之，也很常见。16世纪就已经存在了，比如若代尔的《克莱奥帕特拉》里的这个例子：

而我渴求，而我渴求更多。（第二幕）

甚至在那些最波澜不惊的剧作里，它们也会为了制造律动而出现。比如某个叫雅克兰（Jacquelin）的作家所留下的《索里曼：高贵的俘虏》（*Soliman ou l'esclave généreuse*, 1653），这是一部充斥着冗长对白的平庸悲剧，剧中的一个角色不无道理地宣称：

必须，必须行动，而不是夸夸其谈。（第四幕第三场）

在斯库德里的《慷慨的情人》里，也有两行连续的诗句里出现了这种手法：

> 让我们，让我们狠下心来吧，既然她无动于衷，
> 转变吧，理所应当地把爱情转变成愤怒吧。（第一幕第一场）

它在洛特鲁的作品里很常见。比如《幸运的海难》里就有三个节奏相同的例子：

> 必须要，必须要死去……（第一幕第三场）
> 我已经，我已经活得太久……（第二幕第五场）
> 我是，我是弗洛洪德……（第五幕第五场）

《塞莲娜》里更是有六例，分别位于第三幕第三场，第四幕第一场，第五幕第四、第五、第六场（两例）。高乃依也频繁地运用这种手法。[32]《阿提拉》里有仅仅两场连续的戏里就出现了五次：

> 展现吧，终究要展现和身份相符的心灵。
> 看着，看着这血流淌……
> 归还吧，把它归还予我，这至尊的帝国……
> 宽恕吧，至少宽恕到婚礼之后。
> 看看吧，不如看看……（第五幕第三、第四场）

拉辛的《忒拜纪》里也出现了：

> 必须，他必须逃离，而不是退下……（第四幕第一场）

　　同一个词也可能在不同的诗句里得到重复。通常它就是不同角色之间讨论的对象。以高乃依作品为例，在《欺骗者续篇》里，"金钱"这个词在连续的六个诗句里出现了四次（第一幕第一场）；在《尼克梅德》里，男主角和阿尔西诺埃

第二部分　剧本的外部结构

之间因为他们都不愿启齿的"两个词"而展开交锋，而这个表达重复出现了四次（第三幕第七场）；在《苏雷纳》里，"亲信"这个在帕科鲁斯和尤里蒂斯的对话里指代男主角的词语，也在四行诗句里被重复了四次（第四幕第八场）。

　　如果被重复的词是一个专有名词，这种手法就更有意思了。因为重复，专有名词被赋予了一种挥之不去的能力：说出这词的角色显得无法摆脱名字背后的那个人物。在《被迫害的洛尔》里，洛特鲁利用这类重复制造了一种迷人的效果：奥朗台王子爱着洛尔，但因为觉得后者对他不忠，便发誓不再爱她；然而，他对洛尔名字的不断重复证明了他根本无法忘却：

　　　　我！要我忍受洛尔，还和她交流！
　　　　要我驻足停留，并且现身
　　　　于洛尔会去的地方，会和洛尔相遇之处！
　　　　要我去探访洛尔还哄她整日！
　　　　要我继续对洛尔怀有爱意！
　　　　在洛尔如此无礼地对待我之后，
　　　　还要我为洛尔担忧！（第四幕第二场）

随后，在同一场戏里，奥朗台又回心转意，用八行诗句表达了自己对洛尔的爱意：每一行都出现了洛尔的名字，总共重复了八次。在《卡尔多纳的唐洛佩》（*Don Lope de Cardone*）里，洛特鲁故技重施：唐佩德尔宣称自己不再爱爱丽丝，但在他的话语里，却八次提到了爱丽丝的名字。于是，他的亲信惊讶道：

　　　　什么！爱丽丝之名不离口，却又厌恶她的专制！

而唐佩德尔以精神分析家的口吻回复道：

　　　　我是以此将爱丽丝置于语词之外，

第六章 戏剧写作的不同形式

将她从谋篡而来的位置上驱赶，
清除掉一切有关爱丽丝的记忆。（第四幕第五场）

在创作《安菲特律翁》时，莫里哀可能也想到了这一手法：索西不知该如何称呼宣称自己才是索西的墨丘利，便称他为我；这个专有名词属性的我在 84 行诗句里重复了 31 次；而在第 810—820 行之间，重复现象尤为明显，共计 12 次（第二幕第一场）。最后，托马斯·高乃依在写作《阿里亚娜》时，也把这种手法用在了悲剧的基调下：被泰塞埃抛弃的女主角嘶喊道：

我会不会忘记泰塞埃？神啊，我怯懦的心
会用可耻的热情将泰塞埃滋养！
我依然在泰塞埃的压迫下为奴为婢！
我明知该憎恨泰塞埃，却又想要反悔！
是的，泰塞埃会永远感受到我的怒火。（第五幕第六场）

然后她发誓忘记泰塞埃，这就让她第六次重复了这个名字。

另一种类型的重复表现为连续几行诗以同样的词开头。这一现象的存在有着不同的原因。有时仅仅是因为作者难以把不同的从句串联起来，这种情况多见于 17 世纪初。比如阿尔迪笔下的一个角色说自己

无法在城里找到
朋友，或是可靠的援救，
朋友，即某一天，某个合适的时间，
能带来鸿运之人。（《血脉的力量》，第四幕第一场）

在这个例子里，我们完全不必寻找重复"朋友"一词背后的意图。在写下前两句之后，阿尔迪想要用一个关系从句来明确自己的想法；为了指出这个从句的先行词不是"援救"，而是"朋友"，他能想到的最佳办法就是重复。出于同样的原

因,《阿尔克梅翁》的男主角说道:

> 我没有任何颓唐真正找到了缘由,
> 颓唐却依然会抑制它们的势头……(第一幕第二场)

今天的很多记者也是这么写作的。

在阿尔迪的其他作品里,这类重复除了对句法进行了并不那么成功的简化之外,也带有一定的目的性。比如《耶西浦》里的女主角,在谈到身为罗马元老的丈夫之时,说道:

> 因为他,人人对我报以尊重,
> 因为他,人人见到我都躬身。(第四幕第二场)

在《塞达兹》里,有一个角色对村妇的淳朴大加赞许,并且补充道:

> 然后再和我比较造作的夸夸其谈,
> 然后再和我比较造作的桀骜不恭,
> 这些城市所滋养的游手好闲者的行径。(第二幕第二场)

从表意的角度来说,一个连词"和"足以能代替重复的部分。但因为有了重复,作者可以在不改变句子结构的情况下,通过对重复元素的强调来制造细微的变化,用极低的成本赋予了对话连贯性和力量。夏尔·佩吉的诗里有大量这类重复。就整个 17 世纪而言,这种手法很快就会被视为老旧,但它的存在还是延续到了阿尔迪的成功之后。比如在《克里唐德尔》里,高乃依写道:

> ……我那不公的命运,你也有份,
> 它把你送来此处是为了让我惊恐,
> 它把你送来此处是为了让我痛苦。(第四幕第七场)

第六章　戏剧写作的不同形式

　　爱情教会我们的心一同燃烧，
　　爱情教诲我们的眼彼此对话。（第五幕第二场）

在 1637 年版本的《王家广场》里，我们还能读到：

　　正是，正是那时才该把你激将，
　　正是，正是那时才该让我疯狂。
（第三幕第三场，马蒂-拉沃，第二卷，第 258 页，注释 1）

但到了 1660 年，这几行诗就被删除了。1642 年，杜里耶在《撒乌尔》里写道：

　　所以，这个曾经雷霆万钧的约拿丹，
　　却会需要一个领袖带他前往战场，
　　却会需要一个领袖操控他的臂膀。（第二幕第三场）

在 1647 年的《塞沃勒》里，也能读到：

　　就此，双方都举动一致，
　　就此，双方都出乎意表。（第一幕第二场）
　　诚然，这敌人让我也大吃一惊；
　　诚然，这敌人让我竟心生爱慕。[33]（第四幕第三场）

直到 1659 年，托马斯·高乃依还在《康茂德》里写道：

　　为什么你不留给我憎恨你的权利？
　　为什么你不留给我背叛你的权利？（第二幕第七场）

　　在上述这些例子里，重复现象只出现在了两句连续的诗里。当它涉及更多诗句时，通常就不能像对待佩吉的诗那样，用制造细微变化和连贯性来解释了。一个肯定的表述经过多次重复得以强调后，就变得比每一句诗所带来的新的细节更为重要了。这种对于一部分内容进行三次或者更多次重复的做法，适合用来表达修辞学上所说的诅咒。就17世纪而言，卡米尔一角在高乃依的《贺拉斯》里那一系列以"罗马"作为前四行诗开头的诅咒，是其中最著名的例子（第四幕第五场）。16世纪也有类似的例子，比如以下这段来自若代尔《克莱奥帕特拉》的女主角的铿锵宣言：

> 是帕耳开*，而非恺撒，会让我付出代价，
> 是帕耳开，而非恺撒，让我精神解脱，
> 是帕耳开，而非恺撒，会把我战胜，
> 是帕耳开，而非恺撒，会结束我内心的悸动。（第四幕）

为了在重复上不落下风，她的亲信夏尔米奥姆声称自己也想一死，"尽管"克莱奥帕特拉才是最不幸的；而"尽管"一词，她在连续的七行诗的开头重复了七次。在17世纪，除了《贺拉斯》之外，高乃依也在其他许多剧作里运用了这类重复。比如在《熙德》里，席美娜在国王面前提起亡父的鲜血时这样说道：

> 这鲜血曾无数次捍卫过您的城墙，
> 这鲜血曾无数次为您赢得过战斗，
> 这鲜血，遍地流淌，还冒着怒气……

494 对于这"鲜血"，她近乎执迷，此后又重复了多次，最后请求国王"以血还血"（第二幕第八场）。在《波利厄克特》里，宝丽娜对塞维尔说：

> 请别让我留下耻辱的泪水，

---

* 法语原文为 Parque，罗马神话中掌管命运的一组女神。

请别让我燃起已然克制了的爱火,
最后,请别让我再承受这些痛苦的会面……(第二幕第二场)

在《佩尔塔西特》里,霍德兰德用五行连续的诗句肯定了自己对格里莫阿尔德的仇恨,每一句都是以"我恨"开头,而在随后的十三行里,又七次出现了名词"仇恨",以及动词"恨"的不同形式(第一幕第二场)。同样是在这个剧本里,格里莫阿尔德谈到自己的罪行时,对霍德兰德说:

仅仅因为它们,统帅三军的我,
声名才能比肩最伟大的英雄;
仅仅因为它们,我才战无不胜,仅仅因为它们,我才得以执政,
仅仅因为它们,我的正义才深入人心,
仅仅因为它们,我才无愧于这顶王冠,
仅仅因为它们,我才见到您,仅仅因为它们,我才爱上您,
也仅仅因为它们,我完美的爱情
也才敢为您做出前所未有之事。[34](第二幕第五场)

这类重复在其他剧作家那里也有出现,并达到了一定的效果。比如在博瓦罗贝尔的《帕莱娜》里,这些夹在极短的诗句里的重复成分,就颇为可笑:

啊,野蛮的判决!啊,毫无人性的国王!
啊,过于严苛的老天!啊,惨遭暗算的命运!
啊,不幸的对抗!啊,残酷的胜利!(第四幕第五场)

在吉尔贝尔的《沙米拉姆》里,它不失庄重:

我要,我要惩罚她罪恶的灵魂,
我要她坠入永恒的黑夜,

第二部分 剧本的外部结构

> ……
> 我要把我的怒火蔓延到她整个家族……（第四幕第三场）

495 当角色的语调开始上升，它甚至可以出现在像《若德莱：男仆主人》这样的喜剧里，斯卡隆笔下的唐璜振振有词地说道：

> 我只需要找到杀我父亲的凶手，
> 我只需要找到我那大意的妹妹，
> 我只需要找到他卑鄙的绑架者……（第二幕第八场）

这些不同形式的重复，表现了肯定陈述潜在的一切细微差别，上述种种例子对此已经有所呈现。作为对于某个问题的回答而言，对问句里一些词语加以重复就已经比简单地回答"是"更具肯定意义了。比如在托马斯·高乃依的《斯蒂里贡》里，我们就能看到这样的例子：

> 马瑟林：尤谢里乌斯不在了。
> 奥诺里乌斯：他死了？
>   马瑟林：他死了。（第五幕第六场）

在皮埃尔·高乃依的《欺骗者》里，两个朋友讨论起前晚所谓的水上庆典时，也是如此：

> 菲利斯特：昨晚？
> 阿尔希普：昨晚。
>   菲利斯特：美妙？
>   阿尔希普：壮观！
> ……
> 杜朗特：水上？

第六章　戏剧写作的不同形式

>　　阿尔希普：水上。
>
>……
>
>　　杜朗特：那是昨晚？
>　　　　阿尔希普：昨晚。（第一幕第五场）

重复可以单纯为了强调。这样的例子数以千计，我们可以举出托马斯·高乃依的这一句：

>　　武装起来对抗负义之人，武装起你的怒火。（《蒂莫克拉特》，第一幕第四场）

说话者的尖酸语气还可以加重这种强调。在皮埃尔·高乃依的《索福尼斯巴》里，索福尼斯巴和艾希克斯两人争夺马希尼斯的爱；在谈到这个男主角时，索福尼斯巴对自己的竞争对手说：

>　　我无意从您身边把他偷走。（第二幕第三场）

但她还是夺走了马希尼斯，艾希克斯发现后，不无苦涩地问道：

>　　您无意从我身边把他偷走？（第三幕第三场）

通过重复手法来表达的情感一直可以上升到最大的怒气，比如高乃依《美狄亚》那可怕的结尾，伊阿宋称自己的孩子为"小小的负义之人"，而杀了这些孩子的美狄亚对他说：

>　　抬起头，负心人，看看这臂膀
>　　他已经替你解决了这些小小的负义之人。（第五幕第五、第六场）

它甚至可以是愤慨，比如在托马斯·高乃依的《阿里亚娜》里，泰塞埃和被他抛弃的情人之间的对话：

泰塞埃：我恨我的不公，但却无能为力！
阿里亚娜：你无能为力！（第三幕第四场）

无论被重复的内容是什么，重复都具有表达肯定和加以强调的作用。而这个内容也可能是滑稽的。人们常说莫里哀的作品里有一种"重复的滑稽"。但从大家给出的例子来看，滑稽的并不是重复本身。《达尔杜弗》里奥尔贡反复说的"那达尔杜弗呢？"和"可怜的人！"（第一幕第四场），《恨世者》里阿尔塞斯特的那句"我不是这个意思"（第一幕第二场），《吝啬鬼》里的"不用嫁妆"（第一幕第六场），《斯卡班的诡计》（*Fourberies de Scapin*）里的"他去那艘鬼舰船上干什么？"（第二幕第七场），这些著名的句子首次出现时就已经很滑稽了。重复只是对于这种效果的加强。如果它们本身没有喜剧价值，我们就无法理解它们是怎样在不断的重复中变得滑稽的了。古典主义悲剧所提供的不计其数的重复的例子已经足以证明这种手法并没有什么神秘的喜剧力量。它只是一面放大镜，既能放大莫里哀笔下某位男主角的可笑，也能放大高乃依式女主角绝望中的暴力。

* *

到目前为止，我们只是从剧作法角度对重复手法的几个方面做了研究。我们看到，重复尽管表现形式多变，但本质功能还是不断做出肯定表述；鉴于戏剧由情节构成，我们甚至可以说，剧中所有人都在对情节里与自己相关的提议做出肯定或者否定的回应。但重复也是一种抒情的手段。在抒情诗的领域里，诗人丝毫不关心是否要通过肯定回应来作为，而只是吟唱一种情感。作为一种带有音乐性的手法，重复在这样的吟唱里是有用武之地的。而抒情在古典主义戏剧里有着不可忽视的地位：17世纪时，戏剧作品被称作"戏剧诗"，也就是说它既是戏剧，也是诗。因此，我们应该能在这一时期的剧作里找到抒情体的重复，重复手法的实质决定了后者必然有肯定的作用，但它的特点还在于饱含情绪。在这种情况下，人物诉说情绪不见得是为了对听者造成某种影响，更是为了听到自己内心那重隐秘的声音。

在前古典主义时代的非戏剧类诗歌里，重复手法就时有出现。得益于此前"大修辞家"*们的不断实践，它得到了充分的发展。在回声这个极受田园牧歌戏剧青睐的主题里，重复的妙处体现得淋漓尽致，这一主题把文字游戏融入了重复手法中，有时颇为可笑。比如在《黎塞古尔》(*Richecourt*, 1628) 这部可能出自一个名为戈迪的教士之手的悲喜剧里，被囚禁在巴勒斯坦的男主角在牢房里听到一个回声，便问道：

亲爱的声音，你有何意图？哎，囚禁
将会是我通向死亡的不幸通路。

回声回道："你我并不同路**。"35 这类刻意的做法在前古典主义戏剧里只是昙花一现。但有一些等级更高的诗歌会运用重复手法，后者在 16 世纪时似乎与一种真实的抒情性相辅相成。比如斯庞德（Sponde）36 的一首十四行诗，每一行都包含了彰显宏大的重复元素；以下是诗的头四行：

必死之人***啊，从必死之人身上获得生命的你们，
这生命又会在肉身的坟墓里死去，
你们堆积的财富，来自那些
被死亡夺走生命之人的财富……

---

* 大修辞家（Grands rhétoriqueurs）特指 15 世纪中期到 16 世纪初的法国宫廷诗人。
** 此处的法语原文为 Tu n'es pas sage，直译为"你并不智慧"，但如果直译，就无法复制原文的文字游戏，因为这句话的价值并不在于字面意思，而是在于和男主角的台词之间形成了文字游戏：上一句末尾的 passage（通路）在回声里变成了同音不同形，更不同义的 passage。为了在中译文中尽量重现这种效果，译者选择了以"同路"对应"通路"来加以翻译。
*** 法语原文为 mortel，可译作"凡人"，更符合中文习惯，此处译成"必死之人"是为了保留法语原词里"死亡"（mort）的词根，突出诗里的重复现象。

在戏剧诗里,重复手法也可以用来强调某种令人物深陷其中的情绪。比如在罗贝尔·加尼耶的《犹太女人》里,阿米塔尔就曾说道:

> 那就哭吧,就在这被浸湿了的岸边哭吧,
> 既然被俘的我们,只剩下了眼泪。
> 不要停止哭泣,不要停止,不要停止
> 把胸膛浸泡在我们流下的泪水里。
> 为耶路撒冷而哭,被摧毁的耶路撒冷,
> 在烈火中化为灰烬的耶路撒冷。(第二幕)

重复手法所具备的这种抒情价值在 17 世纪上半叶的某些剧作里还能找到些许痕迹。比如在《杜乐丽花园喜剧》(1638)里,有一段由八组单行台词组成的交替对白,每一行都以"因而"(Ainsi)开始(第二幕第五场)。在拉·加尔普奈德的《埃塞克斯伯爵》(1639)里,塞西尔夫人在倾诉内心想法时用了一首真正的抒情诗来总结她的处境,尽管只有区区两行诗句:

> 爱情是征服者,爱情得到了遵从,
> 爱情赢得了这颗心,这颗心遭到了背弃……(第二幕第三场)

在《米拉姆》(1641)里,狄马莱·德·圣索林重复了十遍阿里芒已死:这并不是为了强调这一消息的真实性(因为最后它还是被证伪了),而是要用这句抒情性的重复句来确立整场戏的节奏,并由此激发出情绪:

> 米拉姆:阿尔米尔,他死了……?
>
> ……
>
> ……他死了,阿尔米尔。
>
> ……
>
> 啊!我无法相信,阿尔米尔,他根本没死。

第六章　戏剧写作的不同形式

　　……
　　阿尔米尔：公主，他死了……
　　　　　……
　　　　　……不，不，他没死。
　　　　　……
　　　　　……阿尔米尔，他根本没死。
　　　　　……
　　阿里芒死了？……
　　　　　……
　　阿里芒死了？命运无常啊！
　　阿里芒死了，而米拉姆活着。（第四幕第一场）

在《波利厄克特》里，高乃依也运用重复手法制造了一种类似的效果，但更为克制。在他的亲信面前，塞维尔提起宝丽娜时说道：

　　我只想与她相见，叹息，死去。

由于亲信反对两人见面，塞维尔向他解释了自己的态度，然后悲苦地重复道：

　　就让我与她相见，叹息，死去吧。（第二幕第一场）

　　这类纯诗歌性质的重复无法在情节重要性日益上升的"戏剧诗"里长时间存在下去。在古典主义戏剧里，抒情性的重复必须要适应情节。从某种意义上说，回声主题就已经实现了这种适应；然而因为有失逼真，它很快就过时了。取而代之的，是一种更为自然，既易融入剧情，又能通过重复让人物倾诉内心的手法。这种手法可以这样定义：在一段对话里，某个人物听到一句对他非常重要的话；这句话萦绕心头，令他久久无法忘却，忆起时还伴随着痛苦；独处之后，便一遍遍重复，这一重复不只是抒情，还让他进入沉思，并做出决定。无论是在前古典主义戏剧还是古典主义戏剧时代，我们都能找到这类既饱含情绪又有情节推动作用的重复。比如在杜里耶的《克雷奥梅东》（1636）里，奴隶出身的男主角被国王波利康德尔赎身之后，逐渐成为后者麾下最耀眼的将军；他爱上了国王的女儿，国王却以他出身卑贱为由拒绝了他。痛苦万分的他变得疯癫，不断重复着国王的羞辱之词：

> 至于你对我忠诚的奖励，他说道，
> 别忘了，曾经是我赎买了你。（第四幕第三场）

在同一场戏里，他重复了三次这让人难受的话语，只是稍稍改变了一下词汇。在斯库德里的《安德洛米尔》（1641）里，阿尔巴和克雷奥尼姆都想要娶王后安德洛米尔，后者却羞辱性地命令阿尔巴追随他的情敌。无比羞愤的阿尔巴自言自语道：

> ……她从冷漠变为了轻蔑。
> "您，追随克雷奥尼姆"。专横的王后啊，
> 此等侮辱让人如何接受！
> "您，追随克雷奥尼姆"：卑劣的做法啊！
> 什么，难道我已沦为他的臣下，或是奴仆？
> "您，追随克雷奥尼姆"。是的，我要追随着他；
> 但您知道为什么吗？为了送他归西……[37]（第一幕第十场）

在杜里耶的《撒乌尔》（1642）里，撒母耳的亡魂对撒乌尔说：

> 记住，你的孩子们将会死在你眼前。

而在下一场戏里，陷入惊恐的撒乌尔重复道：

> 我的孩子们将会死去……

第六章　戏剧写作的不同形式

>……
>有人告诉我，你的孩子们，你的孩子们将会死去。[38]（第三幕第九场）

斯卡隆把这种手法运用到了喜剧里。在《决斗者若德莱》的第二幕第二场，作者告诉我们，若德莱"思考着自己和阿尔丰斯说的话"，并重复了前一段对话里的三行台词。这段对话最终以阿尔丰斯掌掴若德莱而结束；尽管这一情境的处理方式是诙谐的，但还是和我们所列举的那些悲剧的例子属于同一范畴。在巴霍的《卡丽丝特》（1651）里，克雷翁谈到卡丽丝特时对阿丝苔丽说：

>我的爱情属于她，友情属于您。

阿丝苔丽立刻回应道：

>你的爱情属于她，友情属于我；
>让她拥有最美的那一半，公平吗？（第二幕第三场）

此后，她还会再次重复这句伤了她心的话。在基诺的《阿玛拉松特》（1658）里，女主角在驱逐爱着自己的泰奥达时说道："请永远不要见我。"而男主角独处后，苦涩地把这句话重复了四次（第二幕第七和第八场）。在托马斯·高乃依的《阿里亚娜》（1672）里，被泰塞埃抛弃的女主角读到了后者留给皮里图斯的纸条，结尾是这句话，"请照顾阿里亚娜"。于是她立即重复道：

>请照顾阿里亚娜！他背弃了誓言，
>让我绝望，竟还让人照顾我！（第五幕第四场）

拉辛也用到了这一手法。在《米特里达特》里，法尔纳斯对米特里达特说，西法莱斯和莫妮姆相爱了。在西法莱斯面前，米特里达特肯定地说道："我一点儿也不会信他。"然而，独处时，他又不无担忧地问道："我一点儿也不会信

第二部分　剧本的外部结构

他？"（第三幕第四场）。在《伊菲革涅亚》里，克吕泰涅斯特拉对自己的女儿说：

> 关于我们的婚姻，阿喀琉斯改变了想法。

并对艾丽菲尔说道：

502
> 您暗中盘算之事大家心知肚明，
> 卡尔夏可不是您来此找寻之人。

在下一场戏里，伊菲革涅亚痛苦地思考着这几句晦涩又带有威胁口吻的话，并对艾丽菲尔说：

> 这些话让我陷入了何等凄惨的境地！
> 关于我们的婚姻，阿喀琉斯改变了想法。
> 我不得不毫无尊严地返程；
> 您却来此找寻卡尔夏以外之人？（第二幕第五场）

对打动了某个人物的话语所进行的重复，因其音乐性、心理刻画和情节推动价值，成为了一种传统。

* *

我们已经研究过的那些重复词句都呈现了双重相似性：无论是作为肯定的表述还是用以表达情绪，形式上，它们都由一致或是近似的词语组成；内容上，这些词语每次出现时也都一致或近似。但形式和内容在这里是可以分离的。形式一致或近似的词语重复时可以表达不同，甚至相反的内容。我们现在就将对这类新型的重复语句展开梳理。

当情境改变时，已经运用过的一种表达可以再次出现，用以突显新旧情境之间的反差。高乃依作品里的许多重复，按布尔什先生的说法，"都被用来……强调处境扭转之后所带来的复仇的快感"。[39] 比如在《罗德古娜》里，拉奥尼斯为了让女主角安心，向她肯定了克莱奥帕特拉的善意：

既然如今爱意取代了怒气，
她便只以母亲的双眼看您。（第一幕第五场）

但当罗德古娜得知克莱奥帕特拉意图命人刺杀她时，便对拉奥尼斯说道：

这就是所谓爱意取代了怒气，
所谓只以母亲的双眼看我……（第三幕第一场）

此处的重复显然带着苦涩的讽刺意味。而在马尔蒙特尔看来，在讽刺里，"人们说的是反话"；它是"一种对于反真相的嘲讽"[40]；因此它特别适合重复手法：原本的一句真心话，在情境扭转之后，遭到了讽刺性重复。不出意外，这类重复在 17 世纪的喜剧里十分常见。以高乃依的《欺骗者》为例，男主角对自己的仆人承诺说：

你将是我心灵唯一的知己
我全部秘密的最大托付者。（第二幕第六场）

但他也无法不对他撒谎，于是，仆人带着嘲讽抱怨道：

什么？先生，您连我也一并耍弄，
我，您心灵唯一的知己，
我，您秘密的最大托付者！（第四幕第三场）

在杜维尔的《疑窦丛生》(*Soupçons sur les apparences*, 1650）里，和友人旅行夜归的莱昂德尔，向友人吹嘘妻子的德行：尽管"貌美""年轻"，还是"巴黎女人"，却偏安隐居，白天都很少上街，晚上更是从不出门，平日在阅读中消磨时间，只在自己丈夫允许的前提下才会去舞会或是剧院，最多会偶尔透过窗户看下屋外的行人。然而，那一晚，她却不在家。于是友人便重复了他那些过早送给妻子的赞誉之词，加以嘲笑（第一幕第五场）。托马斯·高乃依在自己的一部早期喜剧《时髦爱情》里，也运用了类似的情境：奥龙特以为吕希爱他，称赞后者的智慧，却得知她夜会自己的情敌；于是，奥龙特的仆人便不失时机地重复了主人此前鲁莽的溢美之词（第一幕第三、第四和第五场）。我们还可以举莫里哀的《冒失鬼》为例，男主角莱利在剧中自夸道：

> 我固然冒失，偶尔也会失态；
> 然而，只要愿意，我的想象力
> 与任何人相比都不会落于下风。（第二幕第十一场）

但他的想象力却无法帮他从冒失而导致的"窘境"中解脱出来，于是他的仆人马斯加里耶便四次（第二幕第十一场，第三幕第四和第八场，第四幕第一场）对他重复了"想象力"这个不幸的词语。

某些喜剧或悲喜剧会通过对于这些讽刺性重复手法的评论来强调重复的内容。比如在洛特鲁《弗洛里蒙德》的开头，女主角爱上了年轻的克莱昂特，后者却对她表示不屑。由于她以抒情的方式陈述了爱情的力量，克莱昂特便嘲讽道：

> 看看吧，爱情实在是传授着美妙之事。
> 您是在《变形记》里读到这些的；
> 然而那个时代已经过去。（第一幕第一场）

到了剧本结尾，轮到克莱昂特爱上了弗洛里蒙德；于是他请求后者原谅自己此前的冷漠，并表示后者若拒绝他，他就会一死了之。而弗洛里蒙德则逐字逐句地重复了上述那三行台词作为回应。克莱昂特说道：

> 您就笑话我的爱情吧；
> 用我自己的说辞来反驳我的话语；
> 既然我取笑过您，您就嘲讽我的眼泪吧；
> 模仿我的冷漠，用我的武器来为您自己复仇；
> 我甘愿承受，绝无怨言……（第五幕第一场）

在斯卡隆的《决斗者若德莱》里，唐·菲利克斯一度吹嘘自己对爱情无动于衷（第一幕第一场）；后来他食言时，依照斯卡隆的说明，若德莱"再次说出了开场时的那些台词"，这一重复的价值在对话里得到了强调：

> 唐·菲利克斯：你说的是什么？
>   若德莱：某些道德的说辞
>   我常常有幸听您说起。
> 唐·菲利克斯：上帝啊，若德莱，这不是讥笑的时候……（第四幕第八场）

在基诺的《阿玛拉松特》里，克劳代西勒向泰奥达重复了那些后者此前用来批判他的话：

> 无论是怎样的叛徒，都死有余辜。（第一幕第三和第四场）

他还补充道：

> 这是您自己说的，如果我没记错的话。
> 这个想法是正确的，我也这么认为。（第一幕第四场）

形式一致内容不同的这种重复并不总是讽刺性质的，也不一定意味着同一句话首次和二次出现时情境已经有所改变。当两个人物在同一个问题上态度相左，那么在同样的情境下运用一致或者类似的词语，恰恰是为了更好地突显两人之间的对立。在洛特鲁的《凡赛斯拉斯》里，老国王凡赛斯拉斯想要退位以救儿子拉迪斯拉斯之命：

> 我能轻而易举就走下这至尊之位：
> 我更愿保住一个儿子，而非一顶王冠。

拉迪斯拉斯拒绝，并对父亲说道：

> 我能轻而易举就放弃这至尊之位：
> 请抛下一个儿子，而非一顶王冠。（第五幕第九场）

在高乃依的《熙德》里，罗德里格和席美娜之间那场重头戏也满是这类重复。两位想法完全相左的主角一直用着同样的表达，比如罗德里格，就完整地重复了席美娜的话语：

> 因为这，我们的爱情让我坚持以你为先，
> 我应当用自己的高贵来回应你的慷慨，（第三幕第四场）

只是对人称代词做了改动。同样的手法也出现在了高乃依的其他作品里。在《布尔谢里》里，女主角对阿斯帕说她嫁给了年迈的马尔西安：

> 阿斯帕：老态龙钟，风烛残年的他！
> 布尔谢里：老态龙钟，风烛残年，但我嫁了，我喜欢他。（第五幕第四场）

《苏雷纳》里的这段对话也很典型：

帕科鲁斯：……您盲目的爱，狂烈失态……
尤里蒂斯：我的盲目和狂烈不如人们想得那般厉害。（第四幕第三场）

拉辛的作品里也运用了这类手法。以《忒拜纪》为例，当伊俄卡斯忒建议让自己的两个儿子共同统治忒拜时，看法的对立也是因为形式的近似而得到了突显：

伊俄卡斯忒：城邦利益将成为他们的律法。
克里翁：城邦利益要求只有一个国王。（第一幕第五场）

《亚历山大》里的这几行与马其顿英雄相关的台词也是如此：

塔克希尔：让我们对他履行义务，这对我们毫发无伤。
波鲁斯：对我们毫发无伤？陛下，这您敢相信吗？（第一幕第二场）

莫里哀作品里也出现了相同的手法。《吝啬鬼》里有一场阿巴贡和女儿爱丽丝对峙的戏：前者希望后者嫁给安塞尔姆，后者不从。父女各自说了十组台词，两人意愿上的顽固对抗在几乎完全一致的形式里得到了强调："我请求您原谅，父亲。——我请求您原谅，女儿。——……有了您的许可，我一定不会嫁他。——……有了您的许可，您今晚就会嫁他。——今晚就嫁？——今晚就嫁。——这不会发生，父亲。——这定会发生，女儿"（第一幕第四场），诸如此类。此外，言语上的重复还通过演员对称的肢体动作得到表现：在这十组成对的台词里，有四组都伴随着爱丽丝对父亲谦恭的致意，而阿巴贡则讽刺地回敬了她。

的确，用肢体动作来强调这类重复所包含的对立看法是颇具吸引力的。但这样的肢体运用只能出现在喜剧里。要证明这一点，我们可以举一个反例：梅莱的《阿苔娜伊斯》，一部基调严肃的悲喜剧。剧中的皇帝泰奥多斯用以下这些话驱逐了爱他的阿苔娜伊斯：

离开这里，你这祸星，永远不要回来。

在你面前，我的双耳和内心就此紧闭。

……

走吧，做回我出现之前，那一无所有的你。

独处后，阿苔娜伊斯痛苦地重复了最后一句，至于另两句，梅莱加上了一个舞台说明："摸着自己的心脏"，并且稍稍做了修改：

离开这里，泰奥多斯，永远不要回来。
在你面前，我的双耳和内心就此紧闭。（第五幕第三场）

这个动作表达的是阿苔娜伊斯将泰奥多斯从自己心里驱逐，就像后者将自己从宫中驱逐一样，这样的舞台表演用意过于明显，即为了突显重复句在形式上的一致和意义上的反转，就不再感人了。

由于没有肢体动作，严肃剧本的作者就使用对称的戏剧写作形式来强调这类重复的对称性。他们很自然地想到了交替对白，而我们已经知道，后者很欢迎"重复"手法。比如在高乃依的《波利厄克特》里，男主角和他的妻子就在多组交替对白里运用同样的句式表达了他们截然相反的理念：

宝丽娜：看在这份爱情上，请不要抛下我。
波利厄克特：看在这份爱情上，请勇于追随我。
宝丽娜：离开我仍不够，你还要诱骗我？
波利厄克特：去天国仍不够，我还要引你前往。（第四幕第三场）

508 而独白里常见的反转也可以通过重复同样的词语来实现。比如在高乃依的《塞托里乌斯》里，阿里斯蒂以为庞培已回心转意，便宣称：

离开我的思想吧，嫉妒和怨恨，
恼怒所诞下的阴暗的孩子，与我的荣耀为敌之人，

第六章　戏剧写作的不同形式

　　凄凉的怨恨啊，我不愿再相信你们。

然后，当意识到自己弄错了，她又说了以下这几句话：

　　回到我的思想里来吧，嫉妒和怨恨，
　　名誉所诞下的高傲的孩子，高贵的狂烈啊；
　　我愿相信的是你们……（第三幕第二场）

＊　＊

　　还有最后一种可能的重复。我们已经研究了形式和内容都类似的重复，以及形式类似内容不同的重复，因此我们还可以思考是否存在内容类似、形式不同的重复；如果这种情况存在，那就不是词汇，而是观点的重复了；变化的表述结合对等的思想，可能会产生和我们刚刚研究过的讽刺性重复或者对立性重复不同的效果；如果说遣词的一致突显了态度的对立，那么遣词的变化也不会掩盖立场的一致；恰恰相反，这种表现方式会显得更加轻巧，从而减弱过度对称所带来的审美疲劳。这类用不同词汇重复相同观点的做法在 17 世纪是存在的，尤其是在莫里哀的作品里。因此，我们建议称它为莫里哀式重复。尽管这种手法也出现在了其他作家那里，但提供了最精彩范例的人却是莫里哀，他以一种最孜孜不倦，有时最具悖论色彩，而毫无疑问又最为成功的方式，探索并实践着这种手法。因此，我们将从这类重复在莫里哀作品里的运用开始研究，然后再找寻它的来源，以及它在其他剧作家作品里的使用情况。

　　《情怨》里有着大量的对称元素。首先是情节对称：仆人之间的感情关系和主人之间的完全一致。露西尔和艾拉斯特两情相悦，而瓦莱尔也爱着露西尔；玛丽奈特和胖勒内两情相悦，而马斯加里耶也爱着玛丽奈特；从第一场戏便已经是如此。言辞上的对称也数量众多。以下这个交替对白就是一例：里面的重复还并不是莫里哀式的，因为尽管对话双方所表达的内容是一致的，在方式上寻求变化的心思也显而易见，但词语的重复还是存在的：

　　　　艾拉斯特：爱情如何？

　　瓦莱尔：您的爱火如何？

　　　　艾拉斯特：一天旺过一天。

　　瓦莱尔：我的爱情也更胜从前。（第一幕第三场）

而在另一段交替对白里，两位角色就在完全没有使用相同词语的情况下表达了一致的想法和感情：

　　波利多尔：与他说话我浑身颤栗。

　　　　阿尔贝尔：恐惧让我无法开口。

　　波利多尔：该从何处说起？

　　　　阿尔贝尔：该用何种话语？

　　波利多尔：他完全陷入了情绪之中。

　　　　阿尔贝尔：他脸色大变。（第三幕第四场）

为了通过动作来强调情感上的一致性，这两位父亲双双跪倒在了对方面前，就像之后《达尔杜弗》里达尔杜弗和奥尔贡所做的那样。在《情怨》的同一场戏里，阿尔贝尔和波利多尔继续用不同的词说着同样的东西：

　　阿尔贝尔：请您可怜可怜我悲惨的遭遇吧。

　　波利多尔：在此等辱骂之下，我才是苦苦哀求之人。

　　阿尔贝尔：您的善意让我心如刀割。

　　波利多尔：您的自谦让我不知所措。

　　阿尔贝尔：再次致歉！

　　　　波利多尔：哎呀！您无须多礼！

这一手法不仅可以用于对白之间，也可以出现在完整的场次之间。在第四幕里，观众看到了艾拉斯特和露西尔之间的一场情怨戏（第三场）：两人先是想要分手，退还对方的书信和礼物，后又冰释前嫌。而下一场发生在他们的仆人，胖勒内和玛丽奈特之间的戏也完全遵循了同样的结构：怒火，怨气，退还礼物（没有书信，因为他们两人不通信），软化，和解。主人间谈吐优雅，仆人间用词粗俗，两者之间的这一区别制造了喜感；同时，这种区别因为两场戏之间一致的结构而显得尤为突出。

我们可以在莫里哀的作品里找出大量这类重复的例子。我们只会引用其中的一些。这种用不同形式的表达来呈现同样内容的心思，即便在最细微之处也能见到。比如在《凡尔赛即兴》里，面对莫里哀的发问，其他演员的回答分别是："什么？——这是？——能否？——那么？——何故？——所为何事？——究竟何为？"（第一场）这些词句平平无奇，却无一重复。在同一场戏里，当三位女演员先后问出同一个问题时，方式也都各不相同："您意欲何为？——您有什么想法？——您所指为何？"以下是同一部剧里，两个人物之间另一段对称对话的片段：

> 拉格朗日：啊！相信我，你把你的角色给我是正确的。
> 莫里哀：那是当然！你把属于你的用在我身上也挺有趣。
> 拉格朗日（笑道）：哈哈哈！这真是好笑。
> 莫里哀（笑道）：哈哈哈！这实在滑稽。（第三场）

在《恨世者》里，莫里哀式的重复手法突显了奥龙特和阿尔塞斯特之间的情感对比，两人都想让塞里美娜在他们之中做出选择：

> 奥龙特：如果我在您心中似乎胜过他的话……
> 阿尔塞斯特：如果她的心意向您有任何倾斜的话……
> 奥龙特：我发誓再也不作非分之想。
> 阿尔塞斯特：我对天发誓不再见她。（第五幕第二场）

在《女学究》里，这一重复构成了特里索丹和瓦迪乌斯之间那段相互吹捧的对话的核心（第三幕第三场）：特里索丹的八句台词和瓦迪乌斯的八句台词表达了相同的意思，但除去几个不可或缺的代词或连词之外，没有任何一句用了相同的词语。

《贵人迷》则是在两场篇幅不短的戏里几乎连续、逐句地使用了这一手法（第三幕第九和第十场）。在第一场戏里，克莱翁特和他的仆人科维埃尔双双抱怨了他们各自的"情人"，露西尔和侍女妮可儿的无情。主仆两人表达了同样的想法，一个言辞高雅，符合他家境良好的年轻人的身份，另一个俗语连篇，颇具喜感；两人各自的台词长度相仿，在遣词上做了精心的区分：

> 克莱翁特：我在她膝前留下了如此多泪水！
> 科维埃尔：我替她从井里打了这么多桶水！
> 克莱翁特：我多么热切地向她展现了我爱她更胜自己！
> 科维埃尔：我为了替她转动纺锤忍受了多么炎热的环境！
> 克莱翁特：她不屑地弃我而去！
> 科维埃尔：她无耻地背对着我！
> 克莱翁特：此等背弃当处以极刑。
> 科维埃尔：这样的背叛配得上千个耳光。

此后是一场情怨的戏。在莫里哀早期创作的喜剧《情怨》里，有两场戏先后呈现了主仆和各自情人之间的怨诉与和解；而在这部《贵人迷》里，莫里哀让四个角色在同一场戏里交替对话。对称的效果也因此而倍增。刚开场时，男性角色先是低声抱怨或是保持沉默；两位女士则自由地运用着莫里哀式的重复：

> 露西尔：怎么回事，克莱翁特？您怎么了？
> 妮可儿：你怎么了，科维埃尔？
> 露西尔：何事让您哀伤？
> 妮可儿：你的坏心情因何而来？
> 露西尔：您哑了吗，克莱翁特？

第六章 戏剧写作的不同形式

妮可儿：你不会说话了吗，科维埃尔？

之后，当四人轮流开口时，我们可以发现他们的想法和肢体动作一致，话语的组织则是同样的多变：

露西尔：……克莱翁特，我要告诉您今早我回避您的缘由。
克莱翁特（想要离开以回避露西尔）：不，我什么都不想听。
妮可儿（对着科维埃尔）：我要告诉你我们匆匆别过的原因。
科维埃尔（也想要离开以回避妮可儿）：我什么也不想听。
露西尔（跟着克莱翁特）：您要知道，今早……
克莱翁特（无视露西尔继续前行）：不，我已经对您说了。
妮可儿（跟着科维埃尔）：要知道……
科维埃尔（也无视妮可儿继续前行）：不，负心人。

这场戏太长，又广为人知，我们就不完整引用了。它堪称一段舞蹈和台词并重的真正芭蕾。在女士追着男士走了一会儿之后，又轮到男士追着女士走了；在这两段对称的行进间，角色之间的台词数量是一致的，长度也基本相同。在刚刚引用的较长的台词结束之后，出现的是非常短促的对话，四人各自的台词都是严格均分而来：两次行进间分别出现了 20 句台词。与这种节奏上的规律性相对应的，是词汇上的多变性：后者通常依据人物性格和身份发生变化；如果需要的话，也会为了变化而变化。比如一个说"不"，另一个说"没有"；或者一个说"求您宽恕"，另一个说"求您慈悲"，诸如此类。

莫里哀作品里最让人惊叹的莫里哀式重复的例子，可能要算《唐璜》里男主角同时向夏洛特和马图丽娜这两位农妇做出婚姻承诺的戏了（第二幕第四场）。和《贵人迷》里那场情怨戏相比，这场戏既没那么长，也没那么跌宕起伏，但它通过连续 54 组对称的台词，成功地处理了一个已经成为《唐璜》传奇的一部分，且没有变化的情境。唐璜轮流转向这两位农妇，绝大部分时候"低声"细语，以免另一位听到，并且成功地让两人都相信自己才是他偏爱的那位。尽管对两人表达的内容相同,却从未出现一样的词汇。夏洛特和马图丽娜也一度心生怀疑,并要求唐璜高声地做出解释,于是,快速且对称的对白就换成了更长一些的陈词,"陷入尴尬"的男主角"对两人说出了"一些模棱两可的话,同时满足了她们。这篇呈现了道德和文体双重意义上的两面性的经典之作,最终在唐璜轮流对马图丽娜和夏洛特"低声"说出的三句话中完结。而夏洛特和马图丽娜最后的两句台词也体现了莫里哀式的对称,即用变化的词汇来重复相同的看法:"至少我是他爱着的那个。——我才是他会娶的那个"。

莫里哀式重复可能有两个源头,分别与某个主题和某种写作形式相关。就主题而言,它来自于仆人对于主人情感的戏仿。这一主题早在17世纪初就已经存在。比如在让·奥弗莱(Jean Auvray)的《马尔菲丽》(Marfilie, 1609)里,先是女主角召唤地狱的亡灵:

家神、恶灵、小鬼、游魂和魔鬼啊,

然后仆人托马斯便以诙谐的方式回应道:

火腿、香肠、瓶瓶罐罐啊。[41]

在克鲁瓦人尼古拉·克雷提昂的《情人:大牧歌》(Les Amantes ou la Grande Pastorale, 1613)里,坠入爱河的上尉布里亚雷表达了自己高贵的情感之后,仆人弗龙塔兰戏仿了他的话语来表述自己有些粗俗的口腹之欲。[42] 莫里哀不太可能知道这些剧本,但他一定知道高乃依的《欺骗者续篇》。而在这部喜剧的其中一场戏里(第一幕第二场),我们先是见证了杜朗特和梅里斯这对恋人爱情戏的开始,紧接着却又看到了他们的两位仆人,克里东和利斯之间诙谐的打情骂俏:男方想要吸引女方,后者却觉得克里东手段"可笑",额头"凹陷",脑袋"有些问题",并嘲笑他的"声调"和他的"鼻子";克里东的角色是由演员若德莱扮演的,后者浓重的鼻音逗得平民观众捧腹大笑;听这位演员戏仿矫饰爱情的话风,带着鼻音说出"爱火、抽泣、殉情"这样的字眼,想必是极具喜感的。克里东用了以下这句话来解释自己的求爱行为：

> 我们的主人们干柴烈火，我们也得点上一把。

这一逻辑似乎受到了许多喜剧作家的青睐。比如杜里蒙（Dorimond），就在他的《绿帽者学堂》(*École des Cocus*, 1661)里用到了：莱昂德尔声称自己在见到"明眸皓齿之人"和"身材姣好之人"时，便会"任凭感官所左右"，而他的仆人特拉波兰则适时地宣告：

> 对我来说，当我看到这名为厨房之地的
> 神圣之美，不断地对我微笑，诱惑着我，
> 当我在里面看到一大碗鸡汤，
> 鸡肉和鸽子肉……
> ……
> 正是在这一大堆纯真的诱惑里，
> 我任凭自己的感官所左右。[43]（第六场）

这种逗趣的主题本身就带有想法上的对称元素，后者又与形式上的变化密不可分，这是它和莫里哀式重复的共通之处。

在那类建立在相似形式基础上的重复里，我们还发现，早在莫里哀之前，就已经存在对于重复元素在用词上稍加变化，但又让形式上的重复清晰可见的趋势。重复用得越频繁，就越可能显得刻意和机械。因此，人们会将它弱化，比如在一长段列举的文字里，就会对列举词汇的顺序加以调整。以高乃依的《侍女》为例，达芙妮召唤了世间存在的一切：

> 功名、财富、高尚和魅力，

第二次提及时，就成了

第二部分　剧本的外部结构

　　　　功名、魅力、财富和高尚。（第四幕第七场）
　　　　˙˙　˙˙　˙˙　˙˙

一样的词，但变了顺序。类似的现象还出现在高乃依的《贺拉斯》里，

　　　　就让众人、众神、众魔和命运
　　　　　　˙˙　˙˙　˙˙
　　　　合力来对抗我们！
　　　　如今这般境地已无法更糟，
　　　　随命运、众魔、众神和众人去吧。（第二幕第三场）
　　　　　˙˙　˙˙　˙˙　˙˙

在居里亚斯的这段四行台词里，第一和第四行便更换了词序。

　　有时，在改变词序之外，作者还会在重复的部分增加新的元素。梅莱的《希尔瓦尼尔》就是如此：剧中有一位"仁慈的敌人"不久后变成了"仁慈又残忍的敌人"（第四幕第三场）。或者像高乃依的《王家广场》那样，用"热火"来替换"火焰"（第二幕第七场），"普世的善"来替换"所有人共同的善"（第五幕第一场），诸如此类。在一个对称框架内所进行的这些自由调整体现了莫里哀式重复在形式上极大的弹性。

516　　和许多其他手法一样，莫里哀的这种手法也不乏先例。在他亲自参与演出的，来自狄马莱·德·圣索林的《想入非非》（1637）里，就有一场戏让福尼耶（Fournier）看到了《女学究》里特里索丹和瓦迪乌斯那段对话的"影子"。[44] 的确，那场戏里的痴情汉和诗人的抱怨方式都让人联想到了日后的莫里哀式重复：

　　　　菲力丹：她对她那专情的爱人可真是严苛啊！
　　　　阿米多尔：今时今日人们对于学究可真是残忍啊！
　　　　菲力丹：美人啊，如果你能明白我付出的一切！
　　　　阿米多尔：世道啊，如果你知道我的价值！
　　　　菲力丹：那我在你的爱情里就会有真正的一席之地。
　　　　阿米多尔：那我就会在广场上有一座自己的塑像了。

450

但事实上，他们说的并不是同样的事，赫斯佩里如此评论他们的对话：

> 这同病相怜的两人真是让人同情，
> 一个控诉世道，另一个抱怨我的佳人。（第四幕第四场）

两人在形式上的确有"同病相怜"之感，但并非出于同样的理由。倒是在博瓦罗贝尔的《帕莱娜》（1640）里，有一小段文字体现了真正的莫里哀式重复：

> 帕莱娜：我的双眼啊，你们将要目睹怎样的场景！
> 伊帕里娜：我的心啊，您将承受怎样的冲击！（第二幕第九场）

类似的重复也出现在了高乃依的《欺骗者》（1644）里：

> 阿尔希普（走出克拉丽丝家时对后者说道）：我们的父母已经同意，您是我的人了。
> 热昂特（走出卢克莱丝家时对后者说道）：您的父亲把您许配给了杜朗特。
> 阿尔希普（对着克拉丽丝）：只要您一句话，这事就圆满结束了。
> 热昂特（对着卢克莱丝）：只要您一句话，这桩婚姻就算成了。
> 杜朗特（对着卢克莱丝）：请别违背我的心意。
> 阿尔希普：您二位今天都哑了吗？
> 克拉丽丝：我的心意由父亲全权定夺。
> 卢克莱丝：遵从父母是女儿的天职。
> 热昂特（对着卢克莱丝）：那就接受这甜蜜的安排吧。
> 阿尔希普（对着克拉丽丝）：那就再甜蜜地顺从一次吧。（第五幕第七场）

巴霍的《卡丽丝特》（1651）里的这段交替对白也是如此：

> 克雷翁：我的心已被刺穿。

第二部分　剧本的外部结构

卡丽丝特：我的心已经僵死。

克雷翁；我已陷入绝望。

卡丽丝特：我又何尝不是。（第二幕第十三场）

上述文本显然都出现在莫里哀创作生涯开始之前。而在与莫里哀同时期或者之后出现的作品里，这样的例子同样不难找到。比如基诺的《爱俏的母亲》（1666）里就有莫里哀式重复，这部喜剧改编自莫里哀剧团表演过的一部来自多诺·德·维塞的喜剧：

伊莎贝尔：您还没有出去？

阿冈特：您还没有回去？

是谁留住了您？

伊莎贝尔：是谁让您逗留？

阿冈特：我？没有，我这就要走。

伊莎贝尔：我也正要回去。（第五幕第七场）

高乃依的《阿格希莱》里也有莫里哀式重复：

柯蒂斯：啊！如果背弃承诺不是一种耻辱的话！

斯皮特里达特：如果誓言能够被随意抛下！

柯蒂斯：那么我也早就另觅新欢了！

斯皮特里达特：那我就会和您一样朝秦暮楚了！

同样的重复没过多久再次出现：

柯蒂斯：只有您能让我欣喜若狂。

斯皮特里达特：我的幸福完全取决于您。

柯蒂斯：让我痴迷之人，您能赐予我。

第六章 戏剧写作的不同形式

斯皮特里达特：我心之所向，您能赐予我……（第一幕第四场）

而在由莫里哀剧团首演的，同样来自高乃依的悲剧《阿提拉》里，也不乏这样的重复：

阿尔达里克：如果人们被您说服，那我是何其不幸啊！
瓦拉米尔：如果人们信了您所言，我还能指望些什么？
阿尔达里克：啊！为什么你我不能两全其美！
瓦拉米尔：啊！为什么我们的幸福水火不容！
阿尔达里克：罢了，那我们就各自尽人事吧。
瓦拉米尔：罢了，那我们就各自听天命吧。（第一幕第三场）

最后，莫里哀式重复也以一种相当隐蔽的方式出现在拉辛的作品里。以《伊菲革涅亚》里的一场戏为例，阿尔加斯前来告知克吕泰涅斯特拉和阿喀琉斯，阿伽门农打算牺牲自己的亲女儿；由于此前一直在等待这个可怕的消息，因共同的担忧而走到一起的两人以对称的方式回复了他：

阿喀琉斯：阿尔加斯，您说什么？
　　　　克吕泰涅斯特拉：神啊！他告诉了我什么？
……
　　　　克吕泰涅斯特拉：我浑身颤抖。请您解释下，阿尔加斯。
阿喀琉斯：无论那是谁，说吧，不用惧怕。

阿尔加斯让他们不要把伊菲革涅亚送往她父亲那里，而两人再次说道：

克吕泰涅斯特拉：为什么我们要怕他？
　　　　阿喀琉斯：为什么我要提防？（第三幕第五场）

可见，由于具备音乐性和灵活性，以及对于相似处境的强调能力，莫里哀式重复的成功完全没有局限在喜剧领域。

6. 其他形式

最后就剩下其他几种在古典主义戏剧文学里并不具有代表性的写作形式了，有些在 17 世纪初就已经被放弃，有些尽管酝酿了更久的时间，但一直未能产生影响，还有些只能出现在一些不常见的情境下。它们的共同点在于把多变性带入了连韵的亚历山大体诗句统一的节奏里。这种对于多变性的关切可以表现为三种形式：首先是创造一些能融入正常的亚历山大体对话的特殊形式；其次是用自由多变的音节体系来代替常见的对话形式；最后是通过戏剧特有的吟诵风格来柔化亚历山大体诗句本身。我们将会一一对它们加以检视。

在众多特殊形式里，我们已经研究过的斯偈式是唯一具备重要性的。在洛佩·德·维加（Lope de Vega）的独白里常见的商籁，在法国并不是一种戏剧写作形式：无论是高乃依《梅里特》里蒂尔西斯的商籁（第二幕第四场），还是莫里哀《恨世者》里奥龙特的商籁（第一幕第二场），都只是以引用的形式而存在。而 16 世纪红极一时的歌队，则在 1630 年前后就被职业剧作家所抛弃了。阿尔迪只在少数剧本里用到了歌队，它们很可能是他最早的创作，比如《狄多》（Didon）和《蒂莫克莱》（Timoclée）；在这两部悲剧里，除了最后一幕外，每一幕都在歌队的吟唱中结束。哈冈的《牧歌》1625 出版，上演的时间是 1619 年或 1620 年。这部剧的前四幕结束时都出现了牧羊人或者"祭司"组成的歌队，第五幕则是在一篇自由体的"祝婚诗"中结束。17 世纪最后一部呈现歌队的重要剧作是梅莱的《希尔瓦尼尔》，它改编自 1627 年出版的奥诺雷·杜尔非的同名剧作，后者有可能因为篇幅过长而从未上演。梅莱的《希尔瓦尼尔》出版于 1631 年，1630 年上演；和杜尔非的版本一样，它的每一幕也都是在歌队的吟唱中结束。在此之后，歌队就只出现在学院作品*或者戏剧爱好者创作的宗教作品里了，

---

* 指耶稣会学堂里师生共同创作的宗教题材戏剧。

第六章　戏剧写作的不同形式

这些作品与古典主义剧作法毫不相干。到了17世纪下半叶，随着包含大量群众演员的"机械装置剧"的兴起，歌队似乎又有了重生的机会。然而，它在高乃依的《安德洛墨达》里所扮演的角色却微不足道，在《金羊毛》里更是完全消失。即便是像多比尼亚克院长这样为歌队的消失感到遗憾的人（《戏剧法式》，第三部分，第四章，第212页），也承认无法让它重生，不敢将它放入自己的作品里。尽管拉辛在《艾斯德尔》和《阿塔里雅》里重新引入了歌队，但那与两个剧本的宗教性质无关：杜里耶的《撒乌尔》，高乃依的《波利厄克特》和《泰奥多尔》，洛特鲁的《圣热奈》里，都没有歌队。拉辛这么做是为了让他的新演员们，即圣西尔学园的女学子最大可能地在剧中承担角色。同样是出于这个原因，教会或者世俗的教育者才一如既往地在他们自己写作的法语或拉丁语剧本里设置歌队，让学生们来表演，至于职业戏剧，则早早地放弃了这种耗费过大的手段。

和歌队一起消失的，还有那些过于精巧的诗体形式，从早期矫饰派无视"七星诗社"的打击，对它们青睐有加这一点来看，这些形式已经形成了自己的传统，可以追溯到马罗体*诗歌，或者"大修辞家"过度打磨的创作中最糟糕的那部分内容。古典主义戏剧的平民观众对于这些停留在形式上的微妙毫无兴趣。我们可以把它们当作一种没有明天的奇巧手法来提一下，比如《费朗德尔和玛丽塞之爱》（1619）的结尾：这部包含了歌队的悲喜剧以费朗德尔和妻子玛丽塞的亡魂之间的对话而告终，而这最后十三行诗句的首字母组合起来正是作者的名字：吉尔贝尔·吉博安……

更有意义的是被17世纪初的作家们称为"对话"的那种形式；鉴于这个称谓比较含糊，因为它可以指代一切有多人参与的戏剧场次，我们用"抒情对话"这种说法来替代它。这种形式由一系列节奏模式相同的诗句组成；和斯傥式一样，这些诗句可以接受任何音节和押韵方式的组合，当然，除了连韵的亚历山大体式之外；对话者（两人或四人）轮流吟诵一组这样的抒情诗句。这种形式最知名，也配得上这一知名度的段落，出现在梅莱的《西尔维娅》（1628）里，那个片段的标题就叫"对话"。对话的双方是牧羊人费莱纳和对他不屑一顾的牧羊女

---

*　克雷芒·马罗（Clément Marot）被认为是走出中世纪后的法国文学里第一位重要诗人。

西尔维娅。两人轮流吟诵了 20 组两行交叉押韵的亚历山大体诗句；这种节奏很容易让人联想到维吉尔笔下的牧羊人之间针锋相对的交替对白。以下就是这个片段的开头：

> 费莱纳：我的爱慕和不幸的源泉啊，
> 　　　　愿这时日对你更为青睐，温柔。
> 西尔维娅：纠缠不清、恼羞成怒的牧人啊，
> 　　　　收回你的祝福，我不愿与你有一丝瓜葛。
> 费莱纳：既然时间能改变一切，
> 　　　　你的严酷也终会有软化的一天。
> 西尔维娅：若真有那天，这溪流必定
> 　　　　也会反转，向源头奔流。
> 费莱纳：若真有那天，看着我受苦，
> 　　　　你的良心必会自责。
> 西尔维娅：你的话太过考验人的耐心，
> 　　　　永别了，时间已晚，我得走了。
> 费莱纳：停下，我的太阳；什么！我的苦苦追寻
> 　　　　竟无法得到和你说话的权利？
> 西尔维娅：你只是徒劳地试图阻我离去。
> 　　　　如果我是太阳，那就定会落山。（第一幕第三场）

这段"对话"收获了难以置信的成功。即便是在 1637 年《熙德》论战最激烈的时候，高乃依也不得不承认"这段对话……在宫中大受欢迎"，具有"美妙的魔力"。[45] 直到 1742 年，丰特内尔（Fontenelle）还提到这个"父母在我们儿时反复吟诵"[46] 的段落。在梅莱之前乏善可陈的抒情对白，[47] 由于梅莱的成功，出现在了大量剧本里。在他的《西尔维娅》批评本里（第 172 页），马尔桑（Marsan）列出了布里达尔（Bridard）的《尤拉尼》（1631，第三幕第二场），巴霍的《克罗丽丝》（*Clorise*，1631，第四幕第一场），斯库德里的《引火自焚》（*Le*

Trompeur puni, 1633，第一幕第三场)，1631 年和 1633 年上演，但很晚出版[48] 的杜里耶的《阿玛西里斯》(*Amarillis*，第三幕第一场)，这些剧作对于《西尔维娅》里那段对话的模仿。我们也能在其他许多剧本里找到抒情对话，比如拉莫莱尔 (La Morelle) 的《菲利纳》(*Philine*) 的第三幕第一场戏，里面有四个牧羊人轮流说话，分别被他们各自的情人所驳回；再如蒙莱昂的《安菲特里特》(*Amphitrite*, 1630) 里安菲特里特和太阳针锋相对的第一幕第四场戏；还有梅莱自己日后创作的《希尔瓦尼尔》(1631) 的第三幕第七场：在这场戏里，狄兰特回绝了弗珊德，而希尔瓦尼尔又回绝了狄兰特，两度回绝不仅诗节体例相同，甚至用词也完全一致。在同一时期洛特鲁的四部剧作里，我们也能找到抒情对白：它们分别出现在1631年或1632年上演的《塞莲娜》(1637) 的第一幕第四场；1633年前后上演的《忠贞之喜》(1635) 的第三幕第一场；1634年或1635年上演的《无辜的不忠》(1637) 里包含了四个人物的第二幕第一场戏；以及1636年上演的《美丽的阿尔弗莲德》(1639) 的第五幕第三场。1635年上演的来自"五作家"的《杜乐丽花园喜剧》(1638) 的第五幕第四场，也得到了抒情对白的点缀。从这些作品的问世时间可以看出，这一手法尽管一度十分流行，却也只局限在一段时间之内。在梅莱笔下得到发扬光大之后，抒情对白只勉强存在了十年。[49] 当然，在托马斯·高乃依1653年出版的《离奇的牧羊人》(*Berger extravagant*) 的第二幕第三场戏里，还能找到抒情对白；后者甚至是对梅莱的《西尔维娅》里那段抒情对白的模仿：两者都由交叉押韵的双行诗组成，而在托马斯·高乃依的剧本里，双行诗里的首行完全重复了梅莱作品里第一组台词里那些诗句。然而，需要注意的是，托马斯·高乃依以"诙谐牧歌剧"之名出版了他的剧本，剧中的抒情对白和其他元素一样，都是戏仿：它让人联想到梅莱曾经的那段著名的抒情对白，但在这种戏剧写作形式的历史上，它并不是什么独到的创作。

我们可以从剧作家或者剧作类型这样的具体角度去解释抒情对白的消失。让这种手法成为潮流的梅莱，风头很快被高乃依盖过，并渐渐地放弃了戏剧创作。而从《熙德》论战开始，容不得竞争对手成功的高乃依把精力主要放在了悲剧上，也不太可能沿用由梅莱所开创的抒情形式；这种谨慎保持了很多年，当他构建《索福尼斯巴》的剧本时，也特意采用了一种与梅莱版本极为不同的方式。另

第二部分　剧本的外部结构

523　一方面，无论对错，人们还是会把抒情对白和田园牧歌剧联系起来，而后者的衰败来得很快。尽管如此，许多田园牧歌剧的元素都进入了悲喜剧，但抒情对白不在其中。我们可能还是得承认古典主义戏剧基本上排除了抒情元素，而后者在17世纪上半叶还颇为重要。只有斯觉式一直存活到了1660年前后。可以说，抒情对白就是古典主义戏剧理性化进程的牺牲品之一，也许有人会感慨这些难以融入剧情的抒情形式的消亡。

　　对于副歌这种写作形式，剧作家的兴趣倒是持续了更久，但它的影响力还是局限在真正意义上的歌曲里，比如歌剧。我们知道，斯觉式时而会伴有副歌。而重复手法有时也会趋近于副歌：这其实是很自然的事，毕竟副歌只是间隔相同的重复。以斯库德里的《恺撒之死》（1636）为例，在安东尼吟诵恺撒的悼文时，四次用了以下这句话：

　　　　罗马人啊，这是恺撒的鲜血在对你们诉说。[50]（第五幕第五场）

这四句之间都有三行的间隔，因此我们可以把它们视作某种副歌。这种规律的节奏也出现在了高乃依的作品里：《唐桑丘》里的男主角每隔两行就重复"桑丘，渔夫之子"，连续三次，并把这句话扩展为第四段双行诗：

　　　　尽管非他所愿，尽管只是渔夫之子，
　　　　但桑丘在这个地方终于还是被当成了王子。（第五幕第五场）

在《欺骗者续篇》里，有一段副歌，后者说假副歌，出现在了连续三段长度不断增加的台词之后。这段单句的副歌带有双关之意，且都是由菲利斯特对杜朗特说出：

　　　　请回到您想要摆脱的牢笼。（第五幕第五场）

524　在《美丽的阿尔弗莲德》（1639）里，洛特鲁也引入了副歌风格的重复，只是中间隔了整整一幕。这部喜剧的第二、第三和第四幕都是以阿尔弗莲德的这两句话作结的：

> 爱情啊，心灵的瘟疫，
> 我会扭转我的命途，战胜你的严酷。

在一些用于吟诵、十分讲求词语对称的歌谣里，副歌也时有出现。比如在斯库德里的《慷慨的情人》（1638）里，苏尔玛尼尔和萨哈伊德轮流以四行诗的形式来劝诫哈里姆。两人分担的这六段四行诗都以副歌开头，只是越来越不明显。其中的前两段始于两句完全一致的诗句：

> 若是您最后想要得到理性的助力，
> 那就从自己的苦痛里将解药提取。

在第三和第四段台词里，原先的副歌就缩减为半行了："请稍作考虑……"而到了最后两段，就只剩下一个相同的韵脚：crime（罪行）和 légitime（合法）（第五幕第一场）。

最后一个耐人寻味的假副歌的例子出现在洛特鲁的《安提戈涅》（1639）里。在伊俄卡斯忒和两个儿子的讨论中，双方成功地运用抱韵的四行诗表达了不同的看法，甚至用了几乎一样的词：三段四行诗的韵脚以及大部分诗句的表述都是一致的（第二幕第四场）。

古典主义戏剧里还零星地出现过一些歌谣，有些带副歌，有些没有。以悲喜剧为例，有洛特鲁的《柯尔克斯的阿耶斯兰》（1637，第二幕第三和第四场），萨尔布莱的《美丽的埃及女人》（1642，第二幕第二场），后者还是以一段芭蕾结束的。而在一些真正的芭蕾喜剧里，自然也有歌谣出现，比如莫里哀的《艾里德公主》（*La Princesse d'Élide*）第二幕的第三段插舞和第三幕的第四段插舞，各有两首歌谣；机械装置剧也是如此：高乃依的《安德洛墨达》包含了不下五首带有副歌或重复的歌谣，分别出现在序章、第二幕第二场、第三幕第三场、第四幕第六场和第五幕第八场里。

525　　最后，还有一种存在于古典主义戏剧每个时期和每个剧种的写作形式，也就是书信、神谕和预言。它们都由特定情节所催生，不会频频出现，但每当有角色需要朗读书信，说出神谕或是预言时，剧作家就能用尽可能多变的韵脚和音节数来取代对白的常规节奏，哪怕是在最严肃的悲剧里。书信不要求用常规的连韵亚历山大体诗句来写。以洛特鲁的《郭斯洛埃斯》（1649）为例，帕尔米拉斯的信就是抱韵的（第四幕第一场）。在基诺的《贝雷洛冯》（1671）里，斯泰诺贝所念的"字板"是交叉押韵的，并且混合了八音节诗和亚历山大体诗（第一幕第四场）。拉辛的《巴雅泽》里有两封信：巴雅泽写给阿塔里德的那封是抱韵的，其中包含了八音节、十音节和十二音节的诗句（第四幕第一场）；阿姆拉写给洛克萨娜的那封是交叉押韵的亚历山大体（第四幕第三场）。在诗体的喜剧作品里，书信一般都是散文体的；以莫里哀的作品为例，《太太学堂》里阿涅丝的那封（第三幕第四场），《恨世者》里塞里美娜的那封（第五幕第四场），《女学究》里瓦迪乌斯的那封（第四幕第四场），都是如此。而当神或者神的传话者和祭司揭开神谕或者预言时，就不能像悲剧里其他角色那样表述了：高乃依《贺拉斯》里的神谕（第一幕第二场）是交叉押韵的，拉辛《伊菲革涅亚》里的神谕（第一幕第一场）也包含了交叉押韵的诗句，甚至把十音节诗和亚历山大体诗句混在了一起；到了《阿塔里雅》里（第三幕第七场），当拉辛笔下的约雅达公开预言时，先后用到了六音节、八音节、十音节和十二音节的诗句。

* *

　　在少数情况下，这种作诗法上的随意性蔓延到了整个对白中。1627年出版的杜尔非的《希尔瓦尼尔》里的诗句就基本都不押韵，音节长度也不统一：主
526 要是四音节和六音节的诗句，也有三音节、五音节这样无论在戏剧诗还是抒情诗里都极为罕见的奇数音节诗句；拉克鲁瓦（La Croix）的《被惩罚的不忠》（*L'inconstance punie*, 1630）也是由不同音节数的诗句写成。这些剧本的特殊形式看似并无影响力，但多年之后，高乃依也不禁会想要尝试这种自由多变的作

第六章 戏剧写作的不同形式

诗法。我们知道,《安德洛墨达》的《评述》提出把斯觉式化成节奏不断变化的诗节；但他只在《安德洛墨达》的序章和神的台词部分采用了这种形式的写法。《评述》里是这么写的："对于出现在机械装置上的神明角色而言,他们所说的一切台词都呈现为同样的有序或无序。"这种创新来自于不规则诗体的神谕和预言的自然延伸。《金羊毛》也沿用了这种做法：序章和神的对白脱离了亚历山大体节奏。

但在 1666 年时,高乃依的"自由押韵诗体悲剧"《阿格希莱》问世。它是以这种方式写成的第一部出自重要剧作家之手的法语剧作。"告读者书"强调了这部悲剧形式上的创新。高乃依写道："我处理它的方式从未在法国人中出现过。"正如兰卡斯特先生指出的那样,他的大胆也是比较克制的:《阿格希莱》里四分之三的诗句是亚历山大体的,而其他都是八音节诗句；至于押韵方式,90% 情况下也都是连韵、交叉韵或者抱韵这些最基本的。《阿格希莱》问世之后的数年里,只有两部名作延续了高乃依的这种自由做法：分别是莫里哀的《安菲特律翁》(1668)和 1671 年出版、由莫里哀、高乃依和基诺合作而成的"芭蕾悲剧"《普赛克》(*Psyché*)。需要注意的是,《安菲特律翁》是一部独特的喜剧,神在剧中直接参与了情节,并具有重要作用。似乎只有在神明角色的保护下,才能摆脱连韵亚历山大体的束缚。可能也正是出于这个原因,17 世纪戏剧里的自由体诗作才如此罕见：只有在机械装置剧以及它的继承者歌剧里,神明才扮演了重要角色。

*　*

甚至在使用亚历山大体诗句时,剧作家也会尝试引入某种多样性来淡化它。我们在此处无法研究作诗法的每个方面,只关注一个具有说服力的细节即可,那就是跨行,它把剧作家和 17 世纪的其他作家明确区分了开来。我们知道,布瓦洛对它是持反对态度的,他宣称,从马莱伯开始,

……诗句之间就不敢再度跨行。(《诗的艺术》,第一章,第 138 行)

第二部分　剧本的外部结构

　　尽管在古典主义的抒情诗里，跨行几乎销声匿迹，但在戏剧诗里，依然能找到一些显著的例子，它的出现与戏剧本身密切相关。当舞台上的人物想要给对话者留下印象，并让他注意到某个词，那么把这个词放到下一行有时就能达到效果。与更为高贵的剧种相比，在不那么重视规则的诗体喜剧里，就常常能见到这类富有表现力的跨行做法。哪怕是在悲喜剧和悲剧里，也有它的印迹。无论马莱伯和布瓦洛是如何权威，高乃依和拉辛还是会在一些情况下使用。以下就是高乃依作品里特别充满能量的跨行的例子。《泰奥多尔》的女主角让爱她的普拉西德无视马塞，直接娶她：

　　　　为了对抗马塞尔，把我从耻辱中解脱，
　　　　尚有另一条更为稳妥、快捷之路，
　　　　我有理由永远地给予它祝福：
　　　　死亡；我只能从您身上得到。（第三幕第三场）

528　《苏雷纳》是一部跨行极为频繁的剧作；在第一幕里，尤里蒂斯对男主角说道：

　　　　大人，请不要让我在如此巨大的不幸之外，
　　　　再看着您和我暴君们的血脉联姻，相爱，
　　　　请不要向他们奉上，我仅剩的财富，
　　　　您的心：这样的馈赠会断绝我的生路。（第三场）

在第三幕里，奥罗德谈到苏雷纳时说道：

　　　　他一己之力就将他人从我身上夺走之物归还，
　　　　我的权杖；他刚为我摆脱了克拉苏：
　　　　我该赠他何物，才能配上他的功勋？（第一场）

这部剧里还有其他跨行的情况（第一幕第一场，第三幕第二场），包括以下这段

第六章 戏剧写作的不同形式

透着浪漫主义美学的文字：

> 这冷酷的画面，来自我对他的爱意，
> 爱情，将它印在了我苍白的脸上，它会
> 咒骂他的心。（第三幕第三场）

在拉辛的《忒拜纪》里，克里翁描述厄忒俄克勒斯杀害波吕尼克斯时也用到了跨行：

> 这个泯灭人性的弟弟试图夺走
> 他手中利刃，正是在这致命的时刻，
> 他刺穿了他的胸膛。（第五幕第三场）

在《伊菲革涅亚》里，阿伽门农通过一次跨行表达了自己的女儿危在旦夕：

> 一旦我的女儿踏上了奥利德的土地，
> 那就必死无疑。（第一幕第一场）

同样，在《费德尔》里，阿里西也是通过跨行向泰塞埃暗示他妻子的罪行：

> 您无敌于世的双手
> 将人类从无数恶魔中解救。
> 但它们尚未尽毁；您留下了
> 一个……陛下，您的儿子不许我再说更多。（第五幕第三场）

有时，剧作家会反其道而行之。为了让台词更具能量，更出人意料，那个得到强调的词可以不出现在诗句的开头，而是末尾。以斯库德里的悲喜剧《乔装王子》（1635）为例，爱上了克雷雅克的阿尔杰尼公主对她的亲信说道：

那有谁能向我保证他是王子出身呢?

而此时,躲在一旁偷听的克雷雅克突然跳出来答道:"我"(第三幕第五场)。几乎是在同一时期,高乃依在他的《美狄亚》里写下了这句著名的台词:

奈莉娜:在这场如此大的变故里,您还剩下什么?

美狄亚:我。(第一幕第五场)

有时,跨行的使用也只是单纯为了吸引对话者的注意。在这种情况下,后者的名字会被移至下一行。在杜里耶的悲喜剧《克雷奥梅东》(1636)里,贝丽丝对塞拉尼尔说道:

请不要仓促地找寻一个类似的理由;
过于急切解释之人会显得心中有愧,
塞拉尼尔,事情往往如此。(第二幕第一场)

在《苏雷纳》里,高乃依笔下的尤里蒂斯如此说道:

你不知道我所遭遇的不幸,
奥尔梅娜。(第一幕第一场)

而另一段苏雷纳对尤里蒂斯说出的动人对白是这样结束的:

然而我们却要永远分离,
夫人。(第五幕第二场)

还有些时候,跨行带来的不是能量,而是通过延长诗句放慢表达的节奏,进而表达人物的忧郁。比如在梅莱《索福尼斯巴》的最后一幕,我们就能感受到马希尼斯这两句话里的忧郁：

> 可能莱利的成功，会
> 超过我的预期。（第一场）

而在拉辛的《巴雅泽》里，阿塔里德的哀叹让我们对于忧郁的感受更为强烈：

> 于是，快乐和欢愉全面地
> 将我抛弃，扎伊尔它们径自前行。（第三幕第一场）

第三部分
为观众而调整剧本

第一章 逼真

到目前为止，我们已经先后研究了17世纪戏剧剧本的内部和外部结构。这一研究的目的在于分析这些结构。然而，要真正做到这一点，我们必须时时刻刻考虑到这些剧本上演时所面对的观众。构成古典主义剧作法的种种元素的存在，不仅仅因为它们自身的逻辑必然性，也不完全取决于它们在整个剧本中的功能；它们同样受制于由演出环境、观众的习惯或需求所带来的一系列历史因素。因此，在剧作法层面，为受众而调适剧本的现象几乎无处不在。当然，这种调适也遵循古典主义时期受众的总体文学观和对于戏剧的具体理解。这些经过了理论家长期讨论所形成的，且在实践中也十分重要的观点，与剧本的内部结构和外部结构皆息息相关；它们既影响了剧作的整体架构，又影响了细节的设计。人们用逼真和得体这样的字眼来表述它们。我们将通过本章和下一章来研究它们对于剧作法的影响。

1. 逼真的作用领域

我们知道，逼真是古典主义美学最重要的特征之一；甚至可能就是最重要的特征。17世纪理论家不断地强调着逼真的不可或缺，并且为作家提供了让作品变得无比逼真的种种原则。他们不失巧妙地构建了一整套逼真的哲学，只是，后者虽然作为哲学颇有价值，但对于剧作法而言并没有多大用处。我们不会讨论那些最初由意大利人卡斯特尔韦特罗[1]提出的问题：关于常态逼真和超常态逼真之间的区别，或者如何在逼真且可能、不逼真却可能、逼真却不可能和不逼真也不可能这种种情况之间做出选择，及相应的理由。我们只是想让大家注意到，在理论上，逼真所涉及的领域是十分宽广的；它们唯一的边界就是文学本身。逼真如同暴君一般统治着一切，无法绕过，几乎所有理论家都会这么说。对于夏普兰而言，逼真是"诗不变的内容"。[2] 拉辛更是言之凿凿："悲剧唯有逼真方能动人。"（《贝蕾妮丝》"序言"）多比尼亚克院长也是独尊逼真，容不得其他；他的所有观点，最巧妙、最正确、最深刻，有时也最荒诞的那些，都源于逼真。他顺着逼真指引的方向前行，有时会走得很远。《戏剧法式》里没有哪个章节不以逼真作为理据，并且常常是决定性的理据。当多比尼亚克写到"论逼真"这一章时，则直接以一种不容置疑的口吻开篇，如同胜利者的呐喊："以下就是一切戏剧剧本的基石，……以下就是这里面一切运行的基本特征；一言蔽之，逼真是戏剧诗的内核，没有它，舞台上所说所做的一切都不再合理。"（第二部分，第二章，第76页）对于寸步不让的多比尼亚克而言，仅仅在总体上遵循逼真是不够的，他说道："……大家必须知道，再细小的舞台情节也得是逼真的，不然就会彻底失败，不配出现在那里。"（同上书，第78页）逼真不只要出现在情节里，还应该出现在"时间、地点、人物、尊严、意图、手段和行动理由里"（同上）。简言之，就是无处不在。

而实际上，古典主义戏剧里还是有不少有失逼真之处的，它们也不只出现在缺乏经验的作家的平庸作品里。如果要以逼真之名展开审判的话，在被告席上出现的将不只是玛黑夏尔或者德枫丹纳这些我们能想到的作家，也会有高乃依、莫里哀和拉辛。这是因为，逼真的规条常常会与其他古典主义规条或者受众的品位产生冲突。事实上，正是有了这些矛盾的存在，逼真的作用领域才被限制在了一个可控的范围之内。

早在1630年，逼真的观点就已经显现出一些来自于它自身的矛盾结果。那个时代的人激烈地讨论着某些人试图引入戏剧写作的一系列统一规则。其中一些，比如1630年《英勇的德国女人》"序言"里的玛黑夏尔，以逼真之名攻击这些规则；另一些，比如1631年《菲利斯·德·希尔》"序言"里的皮楚，则以逼真为名倡导这些规则。两派人似乎都有道理。我们可以举一个当时讨论得最多的规则为例，那就是24小时规则。规则派声称，在一个下午的时间里呈现一些需要数周、数月，甚至数年才完成的事情，是有违逼真的；情节真实的持续时间必须尽可能接近表演的时间。而在不规则派看来，对现实中可能发生的一切都加以呈现的想法是有违逼真的；1635年，斯库德里在《演员的喜剧》的序章里这样回应自己的对手：如果你们真的想要展现你们笔下的角色在24小时里的生活，"你们就得让他们去进午餐，进晚餐，上床……"

我们已经知道这几大统一规则是怎样一点点接受妥协，才得以和逼真相兼容的。规则和逼真之间，总得有一方，或者双方一起，做出牺牲。逼真也并没能全身而退。1660年的高乃依对于它的退让尤为敏感："为了确保地点统一，我们常常让角色在公共广场上说话，而从逼真的角度来说，他们在房间内聊更为合理；我确信，如果有人把我在《熙德》《波利厄克特》《庞培》或者《欺骗者》里安排的情节放到小说里，那么这些情节的持续时间应该会稍稍超过一天。就这样，为了遵循时间和地点的统一，我们抛下了逼真……"（《第二论》，见马蒂-拉沃，第一章，第84页）然而，这些规则之所以和逼真一样确立了地位，也是因为它们不再有违逼真。所谓确立地位，指的是它们成为了惯例，被广为接受。当然，如果仔细思考的话，我们可以认为惯例是有违逼真的；然而，正因为它是惯例，所以没有人会加以思考。古典主义戏剧和一切戏剧一样，都建立在惯例之上。任何东西只要冠上了惯例的名字就会显得有违逼真。维克多·雨果在《克伦威尔》"序言"里就以《熙德》的演出为例来取乐。人们应该以逼真之名来抗议熙德以诗句的形式说话，抗议身为西班牙人的他说法语，抗议真正的熙德并没有出现，出现的只是"叫皮埃尔或者雅克"的演员，最后，人们还应该要求用真的太阳、树木和房子来代替烛火和布景，因为一旦"走上了这条路，逻辑就会一直抓着我们的领子，我们再也停不下来了"。维克托·雨果的说理一点点变得荒诞的原因在于，他说着说着就用真实代替了逼真，但他还是让我们清楚地看到：对于逼真来说，包括规则在内的惯例是致命又必要的敌人。

537

逼真的第二个敌人是真实。雨果所混淆的这两个概念在古典主义作家那里是得到了明确区分的。对于他们中最了不起的那些人而言，逼真和真实显然不一定重合，两个概念之间的对抗有时甚至是极为戏剧化的。布瓦洛说：

真实有时会有违逼真，（《诗的艺术》，第三章，第48行）

反之，当作者臆造了一个主题，或是为了主题更好地被观众接受而改变了一个历

第三部分 为观众而调整剧本

史细节,那么他所呈现的内容可能还是逼真的,但一定脱离了真实。该如何选择?古典主义者并未在这个问题上有所犹豫:每当两者出现冲突时,他们都更青睐逼真。按布莱先生的说法,"这代人一致认为,诗由逼真原则所主导,完全无须遵循历史真相,哪怕要从后者中提炼主题"(《古典主义理论》,第 210 页)。

然而,历史的地位在 17 世纪却又极为尊贵,尤其在悲剧作家的眼中。他们不敢臆造任何显得有违历史的内容。鉴于模仿古人也是规条之一,古典主义者也会把目光转向古代戏剧,而后者的主题都来自历史或者地位等同于历史的传说。亚里士多德所提到的唯一一部虚构主题的悲剧,阿加同(Agathon)的《花》,并没有在法国自成一派,而且除了题目之外,我们对它也一无所知。17 世纪的作家会想尽办法让人们相信他们悲剧的素材在历史上有迹可循。他们的序言里满是古代文本和参考文献,他们会像史学家一样引用原始资料;尽管当他们背离了某种传统认知时,也会用逼真或是得体来解释,但在可能的情况下,他们还是更倾向于援引某个被人们遗忘的作家那里的某些鲜为人知的证据来驳斥传统的看法,并以此来为他们自己采用的说法正名。以拉辛为例,他的几乎全部序言都是如此。对于古典主义悲剧作家而言,逼真和历史是两尊强大的神,他们力图不得罪任何一方。

这并不容易。历史在对抗中通常都居于下风。尽管非常知名的历史事件很少被篡改,像马尼翁的《蒂特》(1660)里皇帝提图斯最终迎娶贝蕾妮丝这样的情况实属罕见,但为了逼真而改动历史细节的做法却是频频出现。不过,对于那些青睐有失逼真的历史事件的作者而言,历史就可以为他们保驾护航了。高乃依的态度就常常如此(《古典主义理论》,第 202—205 页)。因为有了历史作保障,真实就可以将逼真赶出悲剧。

当然,我们需要注意的是,高乃依在这一问题上的立场被许多批评家错误地解读了。在前者所作的所有申明里,他们只愿意记住这一条:"一部精彩的悲剧的主题不应该逼真,我并不担心说出我的这一看法"。假如把这句话当作高乃依的终极想法,认为它能解释高乃依的一切作品,就是在歪曲高乃依的思想,我们也不可能理解高乃依为什么是一位古典主义作家。要理解这条著名申明的适用性,我们有必要把它放回到当时的背景中。这句话出现在 1647 年出版的《赫拉

第一章　逼真

克里乌斯》的"告读者书"里。当时的高乃依正在回应人们对剧情其中一个元素的批评。在这部悲剧所设定的情节开始前20年,对皇帝忠心耿耿的莱昂蒂娜得知太子赫拉克里乌斯将会在一场宫廷政变里被杀害,便用自己的儿子和他调包,代他而死,同时又把赫拉克里乌斯当成自己的儿子抚养长大。这样一个历史事件,至少是记载下来的事件,在当时看来恰恰是有违逼真的。高乃依在"告读者书"中回复道,真相让逼真失去用武之地,因此我们有权利选择前者,抛弃后者;但他也很清楚这只是权利,并非义务:"一切真相都可以为诗所接受,当然这也并非必须。"然而,高乃依应该还是感觉到他那些笃信逼真的读者并不容易说服;所以才不得不对莱昂蒂娜的这一行为,即《赫拉克里乌斯》全部剧情的基础,做出解释。为此,他甚至有些自相矛盾地否定了我们刚刚引用的那句话:"我就简明扼要地说吧:一部精彩的悲剧的主题不应该逼真,尽管有人可能会把这当作一个悖论,但我依然不担心说出我的这一看法。这样的证据在同一个亚里士多德那儿并不难找……"当高乃依在1660年的作品集里重读这句话时,这一证据应该就显得没那么容易找了。在这一版本里,《赫拉克里乌斯》的《评述》取代了1647年的"告读者书",此前那段著名的却有些冒失的宣言也因此消失了。终究,高乃依还是意识到这是一个悖论。他的真实想法体现在这段宣言之前的那句话以及1660年的《第一论》里,后者认为"悲剧的主题必须逼真是一条非常错误的箴言"(马蒂-拉沃,第一卷,第14页)。换句话说,高乃依觉得悲剧的主题可以有违逼真;但他从来没觉得它必须如此,除了那个他陷入悖论误区,脱离了辩证思维的时刻,后来冷静下来反思的他,对此也感到懊悔。

高乃依赋予自己的这一灵活空间还是减弱了其作品的逼真。批评家通常用拉辛来与他作对比,在人们看来,后者重逼真,轻历史。然而,拉辛作品的那些序言主要也都是从历史的角度为自己辩驳,由此可见,他的态度与高乃依并没有本质差别。《亚历山大》的"序言"是这么开篇的:"没有哪部悲剧比这一部更忠于历史了";同时,它还提醒大家亚历山大和克莱奥菲尔之间的爱在查士丁和科丘斯(Quinte Curce)那里都有记载。《安德洛玛克》的"序言"用了欧里庇得斯的一个例子来证实阿斯蒂亚纳科斯的存在。《布里塔尼古斯》的"序言"里则遍布着塔西佗的引文。《米特里达特》的"序言"援引弗罗鲁斯(Florus)、普鲁塔克、卡西乌斯·迪奥（Dion Cassius）和阿庇安（Appien d'Alexandrie）以佐证主角远征罗马的计划。《伊菲革涅亚》的"序言"指出，艾丽菲尔这个角色的想法来自保萨尼亚斯（Pausanias）。《费德尔》的"序言"明确说道，阿里西"不是一个臆造的角色"，维吉尔作品里提到过这个人物。如果拉辛真的完全笃信逼真，他还会援引这么多权威史学家吗？

这个问题在喜剧里并不存在，因为后者的主题无须得到历史的佐证，这一点是大家都接受的。这是否意味着喜剧完全由逼真所主导呢？我们还是来听听拉辛的说法。他在《讼棍》的"序言"里说道："我觉得阿里斯托芬超越逼真的做法是有道理的。"的确，《黄蜂》（Guêpes）和《讼棍》这样的作品都是有违逼真的。拉辛对此并没有抱怨，也不找借口。对他而言，情境（而非性格）的反逼真是喜剧的法则吗？如果我们以莫里哀的作品为例，那么反逼真的例子比比皆是。比如阿尔诺夫被骗，比如奥尔贡对达尔杜弗执迷到宁可牺牲自己的整个家庭，比如阿尔塞斯特如此不了解塞里美娜，比如乔治·唐丹可笑到了荒诞的地步，还有阿巴贡的吝啬，茹尔丹先生的虚荣，费拉曼特的学究气，阿尔冈对自己健康的呵护。[3] 所有这些人物都被蒙蔽了双眼。他们无法看到对观众而言显而易见之事。也正因为这一点，他们才可笑。无论是莫里哀还是拉辛，都会毫无顾虑地声称，一部精彩的喜剧的主题不应该逼真，他们也不会像高乃依那样陷入悖论之中。

一面是规则以及古典主义戏剧里其他一些约定俗成的做法，另一面是严肃剧种里的历史真相和喜剧里的"放大"做法，在两者的围剿下，逼真的作用领域大大缩减。那么它还剩下些什么呢？我们是否还能说，在有限的范围内，逼真必须得到严格遵守呢？要做到这一点，这个概念必须具备客观性，必须让所有人都认可它的价值。然而，这个词的词源本身却否定了这一点。逼真意味着看似真实，但那是对谁而言呢？在所有关于逼真的定义里，我们只摘录了最简单也最清晰的那个，来自哈班神父："逼真就是一切符合受众的看法的内容"。[4] 在某个具体的时代，受众可能会有一些共同的想法和需求，了解了它们，才能了解作者如何让作品与之相适应。然而，它们在细节上的差异是如此之大！人们对于逼真的认识各不相同，关于逼真的讨论也可以是无穷无尽的。在这样一个主观性很强的领域，总会出现各执一词的现象。比如伏尔泰，就以逼真之名对高乃依《罗德古

第一章 逼真

娜》里的一个片段表示过反对。我们现在就来复述伏尔泰的意见，并加入我们自己的评论。在这部剧中，安提奥古斯的兄弟塞勒古斯被母亲克莱奥帕特拉杀害；他的老师蒂玛耶纳把消息告诉了安提奥古斯。对此，伏尔泰说道："有多位批评家（还是只有伏尔泰自己？）认为，塞勒古斯临终时说了四句完整的台词却没有提母亲之名，这是不合情理的；他们说这一设计太过于迁就舞台（但蒂玛耶纳在叙述的时候，还是为塞勒古斯最后的遗言赋予了一种文学形式；无论这是老师所为，还是那位不幸的王子自己的原话，抑或是源于作者，它的确就是一种惯例）；他们声称，如果他是被母亲刺伤了胸口，就应该自我保护；一个王子不能就这样死在一位女性手里；如果凶手是由母亲所指派，那么他就不应该说这是一只珍贵的手（除非他认出凶手是克莱奥帕特拉的人，把'手'和指使者的'脑'视为一体；况且，如果假设塞勒古斯是在母亲面前被士兵所杀，那么这两处不逼真都将不复存在）；最后，他们还认为，安提奥古斯听到这段叙述时，应当跑去事发地（这毫无用处，因为蒂玛耶纳向他确认了塞勒古斯的死；而且，在一场隆重仪式的进行过程中这么做也有难度；最后，这也是危险的，因为他明白自己的生命受到了克莱奥帕特拉或者罗德古娜的威胁）。就由读者来评判这些批评的价值吧。"[5] 很遗憾，针对逼真所展开的一切批评的价值还是要交由读者或观众来掂量。就剧作法里的这个元素而言，天平并不存在。

鉴于逼真的作用范围是变化不定的，我们就没必要继续在这一问题上耗费时间了。我们只需要注意，理论家口中那无所不能的逼真，在具体实践中几乎总会遭到质疑。对于戏剧剧本内在的逼真，我们无法做出任何确凿的判断。不过我们可以在三个世纪之后，比较清晰地看到古典主义戏剧里的某些元素对我们而言是不逼真的。这些有违逼真之处比任何话语都更能告诉我们 17 世纪受众的接受方式，受众对于逼真的认识，以及作者为了调适剧本而付出的努力。

2. 无形的反逼真，成功的反逼真，耻辱的反逼真

首先，有一系列不同类型的反逼真是 17 世纪的受众完全没有察觉的；它们是无形的。受众被作者为他呈现的事件所吸引，在情感上参与其中，却不会思考

475

这些事件是否逼真。这样的人就是后来 19 世纪所说的"优质受众"。其实如果假以思考，我们就会发现角色的心理有时是极为怪异的；但如果这些反逼真之处源于激动人心的情境，受众也不会抱怨。高乃依的作品里有着大量这类反逼真的例子。比如在《克里唐德尔》里，加里斯特没有意识到自己的姐妹杜里斯和她爱上了同一个人，罗西多尔也没有意识到杜里斯因为得不到后者的爱而心生恨意，甚至想要杀了对方（第一幕第四和第八场）；到了第二幕第七场，皮芒特没有认出乔装成男性的杜里斯，与她贴面致意，而杜里斯不知为何，竟然觉得皮芒特把她当成了罗西多尔，想要借着致意来刺杀她！当然，《克里唐德尔》是一部明显有些生涩的悲喜剧，我们姑且可以不论。然而，即便是在进入成熟期的高乃依所创作的悲剧里，也不乏失真的心理刻画，尽管不至于那么异想天开。以《美狄亚》为例，伊阿宋的性格就很不清晰：开场时（第一幕第一场），他看上去对于爱情没有任何真挚可言，结婚或者离婚都只是出于政治需要；然后他为美狄亚感到惋惜（第一幕第二场），似乎对她的态度有所软化，但还是承认自己爱的是克雷乌丝（第三幕第三场）；到了剧本结尾处（第五幕第五、第六和第七场），他狂热地爱着克雷乌丝，对美狄亚却是十分憎恶。可以把这看作是人物性格的演变吗？他的前后矛盾难道是反映了人心本质上的两面性，就像日后司汤达所分析的那样？把夹在美狄亚和克雷乌丝之间的伊阿宋比作夹在雷纳夫人和玛蒂尔德之间的于连·索雷尔是没什么意义的。在高乃依的作品里，心理刻画往往只是为情节服务的，这也是为什么在他的时代，人们不会对这样的安排感到震惊。有时，高乃依自己也会在他的"论述"里承认这些反逼真之处；但他并没有把它们排除出自己的作品。比如在《赫拉克里乌斯》的《评述》里，他就批判了艾克旭贝尔有失逼真的计谋，后者告发被命人逮捕了谋反者，然而这么做竟是为了更好地团结他们反对暴君；此外，他还批判了莱昂蒂娜牺牲自己儿子的做法，尽管这是历史事实。但如果没有了上述这些反逼真之处，悲剧也就不复存在了。

在一些平庸的剧作里，如果受众和主角之间建立起了情感联系，后者的经历就可以毫无顾忌地趋于荒唐。比如在《圣阿莱克西》里，德枫丹纳呈现了一个在新婚夜突然向往贫穷和贞洁的人生，随后逃离家乡，在外浪迹数年的罗马年轻人，而妻子竟也在他的流浪过程中完美地保持了忠贞。这种种不可思议的情节并

第一章 逼真

没有妨碍这部剧获得成功，它在 17 世纪，甚至 18 世纪，都曾多次再版。

和心理刻画的反逼真一样，政治上的反逼真有时也被古典主义时期的受众所忽视。以《贺拉斯》为例，在施莱格尔以前，从来没有人指出过这部剧的情节基础，即阿尔伯和罗马的捍卫者的人选的不可信之处。在施莱格尔看来，"这是巨大的反逼真之处。在这样的一次决斗里，难道会有人选择亲缘关系如此之近，有无数理由达成默契的两个战士吗？"[6] 在高乃依的《苏雷纳》里，帕科鲁斯向主角解释怎么做才能避免迎娶国王之女曼达娜的时候，是这么说的：

> 必须应承一切，然后让她来行动；
> 必须寄望于她始终如一的傲慢
> 会适时地否定来自父亲的意愿……（第四幕第四场）

我们很难不认为帕科鲁斯此处提出的策略比苏雷纳所采纳的做法更好，也更为逼真。

另一个受众习以为常的反逼真元素是同一部剧作里堆积了过多的事件。1634 年，玛黑夏尔出版了他的《英勇的姐妹》，并附上了来自梅莱、杜里耶、洛特鲁、斯库德里和高乃依的赞诗。这部剧包含了五场决斗，两度行刺；几乎所有的主要角色都在舞台上受伤了，还有五个次要角色死去；六个主角里有四个都在剧情展开过程中移情别恋……即便是高乃依的《熙德》，情节对于 24 小时来说也过于密集了；尽管评论家们指出了这一反逼真之处，但丝毫没有影响作品的成功。在《贝蕾妮丝》的"序言"里，拉辛问道："一天之内累积了需要数周才可能发生的事件，这还有逼真可言吗？"然而，在《费德尔》里，他在情节和时长关系的处理上也有失逼真：伊波利特离开宫殿，穿过城市，走出了特洛艾森，遇上了海怪，试图控制住自己的马匹无果，然后死去；阿里西突然出现，发现了伊波利特的尸体，昏厥；她的亲信伊斯梅娜把她唤醒并安慰她；见证了一切的泰拉梅纳回到了王宫中，叙述了整个过程；所有这些事件竟然只花了吟诵 77 行台词的时间！还需要指出的是，伊波利特走后，阿里西留在了宫中和泰塞埃一起；因此她前往海边，发现死去的伊波利特，昏厥，复苏，以及泰拉梅纳回到宫中（第五幕第二至第五场),所有这一切都浓缩在了吟诵37行台词的时间里。

有时,当某个角色不早不晚,在某个特定时刻萌生了一个想法,对于剧情是有作用的。虽说这个想法可以出现在任何时刻,但如果是在作者需要的时候出现,就有失逼真了。然而,这在17世纪戏剧里却是常有的现象,也并没有遭到控诉。比如在杜里耶的《克雷奥梅东》(1636)的结尾,国王波利康德尔对王后阿尔及尔说出了两个若是在开场时出现便会毁掉整个情节的想法:

您应当终结如此多非人的痛苦,
既然您已经手握了解救的方法。(第五幕第六场)

这里的解救之道指的是王后知晓的一个秘密,的确,后者可以让剧情在开始前就终结。剧中还有另一个迟来的秘密:在第五幕第七场里,波利康德尔公开表示,被众人当作他女儿的那位女子并不是他的女儿;因此她可以嫁给太子,并不存在大家所担心的乱伦。在高乃依的《赫拉克里乌斯》里,从未怀疑过自己身份的男主角直到第五幕局势即将明朗时才开始心生疑惑(第一和第七场)。同样类型的反逼真也出现在了拉辛的《费德尔》里:为了让阿里西相信他诚心娶她,伊波利特在第五幕里讲到了一座"令伪誓恐惧的神庙",位于"特洛艾森的城门处"(第一场):作伪誓者必当场丧命。两个年轻人相约在那里见面。如果伊波利特和泰塞埃在第四幕里想到了这座神庙的显著特点,剧本就无法收尾了:伊波利特只需要在这个神庙里确认自己的无辜,就不再显得可疑了。没有任何人注意到了这一处反逼真,伊波利特、泰塞埃、阿里西,可能拉辛也是,还包括剧本的观众和最初的评论家,没有任何人研究过《费德尔》。还需要注意的是,剧中有些角色出于情节需要,对自己不可能错过的信息一无所知。这种情况大量出现在亲信一角上,他们迎合地凑到主人身边,来听取一段对于已知事件的叙述,当然受众是不知晓的。还有一些更有违逼真的例子。在高乃依那部满是各类反逼真之处的《克里唐德尔》里,加里斯特躲起来偷听罗西多尔说话,她以为后者爱着另一个人;而以为身边只有侍从的罗西多尔承认了自己对加里斯特的爱;但加里斯特离开时却依然认为罗西多尔撒谎,背叛了她;因为剧情需要她如此(第一幕第一至第三

第一章　逼真

场）。在博瓦罗贝尔的《帕莱娜》(1640)里，王子克里特对国王说：

> 我在您宫中已经流连了六月之久，（第一幕第一场）

而没过多久，当国王需要完成一段叙述时，却又对克里特和另一位王子说：

> 鉴于你们从未到过我宫中，可能
> 对于此处发生之事一无所知……（同上）

这些主角是记性不好。还有一些则是脸盲到难以置信的程度：他们无法辨认出自己非常熟悉，但乔装了的人物，这种熟视无睹的情况有时甚至能持续很久。似乎乔装足以让人无法辨认脸和声音。这已经是约定俗成的了，因为受众对于这类反逼真毫无察觉。但悲喜剧却常常滥用乔装，由此造成的反逼真之处无比明显。在洛特鲁的《无病呻吟》(1631)里，年轻的珀尔希德为了乔装成男子，穿上了亲戚阿里亚斯特的衣服；她和自己的父亲奥龙特对话时，后者竟然没能认出她来（第四幕第三场）。到了下一场戏里，奥龙特又和穿上了珀尔希德衣服的阿里亚斯特对话；他们的对话围绕选丈夫展开，对于剧情至关重要，占据了四页剧本；奥龙特问这位所谓的女儿想要嫁给谁，却没有意识到自己是在和阿里亚斯特对话。在高乃依的《克里唐德尔》里，罗西多尔没认出杜里斯，后者是他的"情人"加里斯特的姐妹，并且也没有乔装（第一幕第九场），里萨尔科没认出扮成农民的皮芒特（第二幕第二场），皮芒特没认出乔装成男子的杜里斯（第二幕第七场），杜里斯也没有一下子认出皮芒特（同上），而在皮芒特和杜里斯说出自己名字前，弗洛里当同样一个都没认出来（第四幕第四和第五场）。在玛黑夏尔的《英勇的姐妹》(1634)里，奥兰普看到沉睡中的奥龙特时没能认出来，把他当成了倾慕自己，自己也十分熟悉的多拉姆（第一幕第三场）。在德枫丹纳的《圣阿莱克希》(1644)里，父亲（第四幕第三场）和妻子（第四幕第七场）都没有认出打扮成乞丐模样的阿莱克希，尽管他们聊了很久。在马尼翁的《蒂特》(1660)里，皇帝没发现自己的宠臣克莱奥布勒就是他爱着的，乔装成男子的皇后贝蕾妮丝。

因为不够高贵,乔装这一手法不容于悲剧。取而代之的人物替换手法同样有失逼真。但这不仅没有让人不悦,反而常常为人称道,部分采用了这一手法的剧本甚至大受欢迎。在托马斯·高乃依的《蒂莫克拉特》(1658)里,蒂莫克拉特被当成了格雷奥梅纳,在基诺的《阿格里帕》(1663)里,阿格里帕被认作了蒂伯里努斯,《阿斯特拉特》(1665)里提尔国王之子被当成了阿斯特拉特,诸如此类。在举了其他的一些例子后,[7] 莫尔奈先生说道,在1660前后的英雄悲剧里,"至少有三分之一包含了一到两个被误认,或者弄错了自己身份的角色"。[8]

时代的错位也没有让观众感到无法接受,至少在前古典主义时代是如此。在玛黑夏尔的《英勇的姐妹》(1634)里,波斯国王崇拜日神,特拉斯国王崇拜战神,但人们在剧中已经使用加农炮了。在洛特鲁的《幸运的海难》(1637)里,一方面,人们召唤古代神话中人,另一方面,却有角色被手枪所伤。但很快,对于本土色彩的重视让那些情形最严重的不一致之处得以修正。特里斯坦是这方面的先驱。在《玛利亚娜》的手稿里,他笔下的那些犹太人角色会说起赫丘利、翁法勒和美狄亚。1637年出版时,他删去了这些诗文,因为"不愿在一个犹太的环境里引入希腊神话的回忆"。[9]

有时,作者会很笨拙地在一个有失逼真的细节上反复强调。从我们的角度来说,至少也会觉得这种做法笨拙;但如果他那个时代的受众没有注意到的话,这个细节体现的就不再是作者的笨拙,而是他的一种确信了,他知道自己和受众之间对于逼真的理解都很宽泛。在泰奥菲尔的《皮拉姆和蒂斯比》(1623)的结尾,皮拉姆以为蒂斯比是遭到野兽的袭击而死,便陷入了自责:

> 是我把她带到了这个罪恶的地方,
> 我,叛徒,明知这汪泉水,
> 是熊和狮子血腥捕猎之处……(第五幕第一场)

不难看出,他无非是在强调自己行为的反逼真之处。然而,与他同时代的人却极为欣赏这个结尾。如果斯库德里所言属实的话,《乔装王子》里类似的情境也大

第一章　逼真

获成功。这部剧里的王子为了爱情乔装打扮，来到自己刚刚交战过的王国。他的侍从觉得这么做有失谨慎：

> 因为如此多的士兵，如此多的将领，
> 都曾在我们的雄师面前沦为俘虏，
> 他们难道没有认出他的可能吗？（第四幕第一场）

对于我们而言，这位王子的身份应该是会被识破才符合逼真；但古典主义的惯例保护了他，因为没人能认出乔装者。

* *

以上列举的所有反逼真之处对于 17 世纪的受众而言都是无形的，不存在的。但在另一些情况下，受众尽管完全能察觉有违逼真之处，却依然表现出宽容，有时甚至可能享受其中。理论家声称要把反逼真逐出诗的国度，然而这是徒劳的；它不会消失，甚至不会收敛、臣服；而是会借着受众的感情巩固自己的统治。无论说教者如何反对，总有一些反逼真的情境屹立不倒。在这一点上，没有什么比《熙德》论战期间出版的最生动最公允的册子之一，即《〈熙德〉评断》，更能体现普通观众的品位和理论家的美学理想之间的鸿沟了。按照册子副标题所示，这部《〈熙德〉评断》"由一位巴黎市民所著，此人为其所在教区财务管理员"。至于这位"市民"是否如众人所想（嘉泰，《熙德论战》，第 51—53 页），是夏尔·索雷尔，对于我们而言并不重要。重要的是他代表了受众的基本看法：他欣赏《熙德》，也非常清楚地看到，并且幽默地分析了高乃依这部剧里的种种反逼真之处和其他缺陷；然而，哪怕它们有违逼真，也令他感到愉悦，因此他反对理论家的苛责，以此捍卫自己的乐趣。这位教区财务管理员写道："我从未读过亚里士多德，对于戏剧规则一窍不通，我是以自己感受到的快乐来衡量剧本的好坏的。在这部作品离奇的情节变化里，有着一种难以名状的魔力……"（同上书，第 231 页）他肯定地表示，戏剧作品"只需要有某一种闪光之处即可，只要它能令人愉悦,那么是否带有欺骗性都不重要了"(《熙德论战》,第232页)。一方面,他重提并肯定了斯库德里那些针对《熙德》反逼真之处的批评;但另一方面,他又认为这些批评说到底都不重要,因为后者所指出的那些反逼真之处对于情节而言都是不可或缺的,而且往往制造了美感。他时而把反逼真视为一种可以原谅的缺陷,时而又把它当成是一种优点。因此他表示,《熙德》主题"之美正是在于它的奇特和离经叛道……而它所引发的如此大的关注也源于此"(同上书,第235页)。在结束这本册子时,他还明确表达了大众对于反逼真之处的热衷:如《熙德》这样的剧本"绝对将受到以我们普罗大众为主的群体的追捧,我们喜爱一切奇特和出格的东西,不在乎亚里士多德的那些规则"(同上书,第240页)。

为了满足以这位"巴黎市民"为代表的受众,剧作家一直寻求着奇特和出格的东西。他们的作品里从来不缺少那些令人咋舌的巧合。比如在高乃依的《克里唐德尔》里,被三位刺客追杀的罗西多尔在杀掉其中一位时折断了自己的剑,但立刻夺过了杜里斯的剑继续打斗,然而后者此刻正拿起剑要杀妹妹加里斯特(第一幕第九场);另一方面,王子弗洛里当的坐骑遭雷击而死,因此只能步行,却能在皮芒特即将要杀掉杜里斯之际适时出现阻止(第四幕第三至第五场)。在玛黑夏尔的悲喜剧《英勇的姐妹》(1634)里,几乎所有可能的反逼真之处都出现了。为了摆脱自己的情敌吕西多尔,多拉姆编造了一个假消息来威吓后者。他声称,国王因为听说吕西多尔想掳走自己的女儿而准备下令抓捕他;然而,令人难以置信的是,这套说辞竟然和吕西多尔的真实计划吻合;多拉姆是这样叙述当时的场景的:

> 听到这些话,他面色惨白;
> 捏造之事凑巧与真实相符;
> (谁会想到)那原本就是他的计划……(第一幕第二场)

最后一行台词告诉我们他意识到了情节安排有失逼真;但并没有影响受众对剧本的喜爱。在梅莱的《维尔吉尼》(1635)里,泽诺多尔和法尔纳斯想要杀掉夹在他们两人中间的维尔吉尼;他们刚一拔剑,维尔吉尼就吓得晕倒在地,于是两人就分别刺中了对方（第三幕第九场）。"多么奇怪的意外啊"，维尔吉尼之后回顾这一过程时所发出的感叹显然是合理的（第三幕第十一场）。而梅莱对于这一意外的反逼真之处显然是心知肚明的，他甚至利用这一点来推动情节。派这两位杀手前去杀害维尔吉尼的阿尔帕里斯试图把两人的死归咎于后者。于是他说道：

> 她的故事对任何人而言都如此可笑
> 这不仅无害，反倒帮了我们大忙。
> 她那完全违背理性的讲述，
> 与虚构无异……（第四幕第二场）

对于观众而言，这样光明正大的反逼真之处反而成了剧本的魅力之一。洛特鲁在写作《克里桑特》（1639）时，可能也想到了这一场戏。我们能在他的剧本里找到类似的场次，尽管反逼真的程度没有那么严重。剧中，卡西把一位女囚交给两个士兵后：

> 为了率先享乐，他们
> 出现争执，相互辱骂，
> 最终动起手来，拳脚相加，
> 两人都被击中心脏，同时死去。（第三幕第二场）

同样是出于偶然性，一些剧本里会出现两个长得完全一样的人物，让人难以分辨。这种真假角色的主题不只在喜剧里有，比如洛特鲁的《索西》和《孪生兄弟》（*Ménechmes*），莫里哀的《安菲特律翁》；它也成为了一些悲喜剧的情节基础，从小说化色彩浓重的、来自斯库德里的《里格达蒙和里迪亚斯》（1631），直到有些悲情的、布瓦耶的《奥洛帕斯特》（1663），或者基诺那部极具戏剧张力的《阿格里帕》（1663），都是如此。《阿格里帕》的情节建立在溺水而亡的国王蒂伯里努斯和冒充他身份的阿格里帕这两人完全相似的外形之上。杜博院长（l'abbé

第三部分　为观众而调整剧本

Du Bos）认为这种反常的相似性有违逼真，[10] 但剧本依然大受欢迎。除了外形特征的相似外，甚至还有剧情建立在简单的同名现象之上。比如在杜里耶的《克拉里热纳》（1639）里，两位互不相识的男主角都叫克拉里热纳；这足以使其中一人因为另一人的罪行而遭到指控；而当第三个角色，泰拉里斯特，声称自己也叫克拉里热纳的时候，局面就愈加复杂了……

另一个永远不会退出古典主义戏剧的反逼真之处是神迹。在机械装置剧里，神的介入是一种必要的点缀。以高乃依的《金羊毛》为例，朱诺先是把查尔西奥普藏在"一团很厚的云下"，然后乔装成后者的样子前去给伊阿宋建议（第二幕第一场）。在由莫里哀创作大纲的《普赛克》里，女主角被"两位风神掳到空中"（第二幕第四场）。在另一些场面没那么大的作品里，魔法则很受追捧；它主要出现在田园牧歌剧和悲喜剧里，17 世纪的受众完全不认为它有违逼真。对于基督教的神迹，人们也能谨慎地接受。异教的神迹虽不可信，但由于人们太过喜欢，以至无法割舍。于是，剧作家设想了一种奇怪的妥协，既符合理性，又满足受众对于反逼真的热衷，即在神迹之中，融入少许逼真。国家图书馆 559 号手稿的那位 18 世纪作者如此说道："逼真配合神迹能制造精彩；相反，神迹若是少了逼真那么除了可笑之外，不会带来任何效果。人有可能被自己不相信的东西打动吗？"（第三部分，第二章，第 13 节）可见，单纯的神迹不容于机械装置剧以外的任何作品；但只要融入一个逼真的细节，这种矛盾的结合就能满足古典主义受众那并不苛刻的理性。以博瓦罗贝尔的《帕莱娜》（1640）为例，在它的故事蓝本里，一个被判处火刑的角色因为一场奇迹般的浇灭了火焰的大雨而得救。博瓦罗贝尔保留了这场有违逼真的及时雨，但也为它提供了一个至少还称得上合理的解释。在他的剧本里，身受重伤的德里昂特昏厥过去后，人们以为他死了；当大雨降下，他又苏醒了过来，欧利拉斯描述道：

　　……可能是这场喜雨的冰凉
　　重新激活了这位人中俊杰的感官，
　　也可能是这雨起了奇迹般的作用，
　　而我见证了它的效果。（第五幕第七场）

第一章 逼真

受众会选择他所青睐的解释。

当拉辛考虑写作《伊菲革涅亚》时,神迹理性化的问题也出现了,至少表面看来如此。因为不想让女主角死去,欧里庇得斯那里有一个解决之法:狄亚娜在献祭地用一头母鹿替代伊菲革涅亚,就此拯救了后者。但在拉辛看来,这个奇迹是无法接受的。他在"序言"里写道,这一"变换在欧里庇得斯的时代必定不乏信徒……对于我们则过于荒唐,过于失真"。因此,他"十分庆幸"自己在另一处史料中找到了两个伊菲革涅亚的说法,另一位伊菲革涅亚又名艾丽菲尔,是一个挺令人反感的角色,可以在结尾里代阿伽门农之女而死。这样一来,结尾就符合逼真了。然而,它得以实现却是因为神在最后一刻启示了卡尔夏,向后者揭示了应当献祭的不是伊菲革涅亚,而是艾丽菲尔。可见,反逼真之处只是得到了简单的转移,变得不那么明显而已。同为拉辛作品的《费德尔》的结尾,实质上,或者从缘起上来看,也属于神迹。伊波利特之所以会死,是因为尼普顿派去的巨兽让他的马匹受惊。在复述这个事件时,拉辛和写作《帕莱娜》时的博瓦罗贝尔一样,同时提供了神迹式的解释和逼真的解释。同样是谈到伊波利特的马,针对为神迹所吸引的普通观众,泰拉梅纳如此说道:

> 有人甚至说他看到了,在这可怕的乱局里,
> 一尊神,用刺棒扎向了群马满是尘土的腰间。(第五幕第六场)

而对于那些在意逼真的学究,马群脱缰的原因,则仅仅是受惊了:

> 恐惧让它们失控,听不见任何声响,
> 再不知如何停步,也无法辨认声音。(同上)

但为什么它们再不知如何停步,也无法辨认伊波利特的声音呢?因为痴迷于阿里西的后者,忽视了对于自己马匹的训练,马也渐渐忘记了他。可见,"停步"和"声音"出现在这两行诗里并非没有理由,正是此处所突出的这种忽视让剧本的结尾显得逼真。事实上,在剧本的开头,泰拉梅纳就已经提醒伊波利特,他似乎

第三部分　为观众而调整剧本

不再像过去那样，常常

> 让未驯服的骏马学会乖乖地停步，（第一幕第一场）

至于男主角自己，也向阿里西宣称：

> 在林中久久回响着的，只有我的哀叹、呻吟，
> 我那些无所事事的马儿也已经忘了我的声音。（第二幕第二场）

554　　在这些例子里，逼真是对于一种根本性的反逼真的辅助，而不是作为它的对立面出现的。不过，这种针对神迹的所谓理性化的做法还是体现了反逼真原本所向披靡的态势有所减弱，一切正在向以反逼真为耻的情况过渡。

*　*

事实也的确如此，在另一些情况下，古典主义作者会使用一些他们明知反逼真的情境，但试图加以解释，令其看来逼真一些，这种做法有时并不巧妙。他们似乎为自己笔下的反逼真之处感到羞愧，但为了取悦受众，依然用到了剧本当中；而为了应付那些看重逼真性的学究，他们也想出了一些还算站得住脚的解释。从前古典主义到古典主义，这类令作者羞愧的反逼真在哪个时期都有。在玛黑夏尔的《英勇的姐妹》（1634）里，年轻的奥兰普佩戴上头盔和盾牌，乔装成男性，却担心被"情人"多拉姆认出；鉴于剧情不允许她暴露身份，奥兰普就开始强调自己有违逼真的行为中逼真的成分：

> 我的痴迷加上焦急
> 让我在此活活暴露自己
> 因为声音、发型和眼神：
> 啊！多拉姆来了……放下面罩；

第一章 逼真

少说话，举止和脚步再沉重些。（第一幕第五场）

我们已经在梅莱的《维尔吉尼》（1635）里见识过维尔吉尼的反逼真经历了：两个前来杀她的士兵意外将对方刺死，维尔吉尼得以幸免于难；而另一个角色，阿尔帕里斯，正是因为这一事件的反逼真性本身而受益。仅仅这一点，就足以让梅莱宣称自己遵守了逼真原则。他在"告读者书"里写道："我认为自己是遵照亚里士多德的规条来创作的：里面无处不体现了逼真和惊奇，恶行得到了惩戒，德行受到了奖赏，恶人为了加害无辜之人而运用的种种手段，恰好让后者从危境中全身而退……"就这样，作者轻易地摆脱了针对反逼真之处的指责。洛特鲁的《濒死的赫丘利》（1636）也是如此：想要谋害赫丘利的德伊阿妮拉把一件后者要在祭坛上拿取的白衣浸泡在半人马涅索斯的毒血里；但血是红色的，赫丘利不可能不注意到这件将会结束他生命的衣服在颜色上的改变。对此并不在意的洛特鲁只是让德伊阿妮拉牵强地做出了以下解释：

> 他本有可能认出这血，
> 但如今只是泛红的水，不会显现。（第二幕第二场）

在高乃依的作品里，这类令作者感到羞愧的反逼真之处都会得到无比详细的解释：但正是这种过度解释让我们对相关情节的逼真性产生怀疑，因为自然而然之事是不需要如此多解释的。以《庞培》为例，描述庞培之死的阿肖雷尽管留在了岸边，却既知道庞培战船上发生之事，又知道庞培对科尔奈丽所说的话，以及塞提姆对庞培说的话，还知道男主角的态度和情感。对于自己为什么无所不知，他是这么解释的：

> 他的随从菲利普是唯一追随他的人；
> 正是从他那儿我得知了刚才所说之事，（第二幕第二场）

这样的解释有可能会引发新的疑问。在《泰奥多尔》里，狄迪姆成功潜入了关押

第三部分　为观众而调整剧本

泰奥多尔公主的牢房；他扔了金币给守卫，但这个有些惊人的成就还是得到了三重解释：

> 可能是出于对他高贵出身的敬重，
> 可能是他们曾在他麾下效力，
> 可能是他的金币立即有了效果，
> 总之，这一干人等突然就服从了他：
> 他没有受到任何阻拦就走了进去。（第四幕第三场）

556　马尼翁在《蒂特》（1660）里对于反逼真的强调和解释格外引人注目。乔装成男性的贝蕾妮丝成了皇帝蒂特的宠臣，但后者没认出她来。她对亲信克莱翁特说：

> 我徒劳地在此处逗留了三月有余，奇迹啊，
> 他可是看到了我的双眼，听到了我的声音呀。
> 爱情啊，是你塑造了我们的模样，
> 难道会有情人一年之内忘记我的形象？（第一幕第一场）

可见，反逼真成了剧情的一部分，作者以此为荣，并让观众从中得到享受；然后再理性地加以解释，赋予它看似并不具备的逼真性。克莱翁特向贝蕾妮丝解释了这个奇迹般的状况出现的原因：

> ……旅途的疲劳，
> 服装、发型、年岁的变化，
> 甚至举止和声音的伪装，
> 更何况恺撒只见过您一次。（同上）

布瓦耶的《奥洛帕斯特》（1663）也是如此，这部剧的情节建立在国王托纳克萨尔和奥洛帕斯特两人完全一致的外形上，后者在托纳克萨尔离世后冒名顶替登上

了王位；然而，这样的设计又是反逼真的。布瓦耶试图对此做出解释。剧中，奥洛帕斯特让知情人艾希奥娜辨别自己的身份，艾希奥娜表示无能为力：

> 你二人同时在场，人尚且错认，
> 如今我只见其一，又如何知晓？
> 何况六个月来，我已
> 如此习惯他的容貌和声音，
> 以至两人即便并未相似至此，
> 仅凭感官又如何加以区分？（第四幕第四场）

这类自知羞愧的反逼真较为常见，因为对于希望作品能娱乐受众的作者来说，它们是不可或缺的。事实上，反逼真统治时代这种对于反常之事的热衷几乎在所有人身上都能找到，只是程度有所差别，同时也遵循着某种逼真。总而言之，这种种类型的反逼真的存在让人看到，在古典主义的逼真领域里，反逼真依然有其一席之地。

第二章　得体

和逼真一样，得体定义的也是一种让剧作适应受众的手段。理论家的说明很快使我们相信，对这一概念展开具体研究的唯一方式就是探查受众在它缺失之后有何感受，这点和此前对于逼真的研究如出一辙。如果说研究逼真其实就是研究反逼真，那么，研究得体也就意味着找到古典主义戏剧观众眼中的不得体之处。

1. 观念和词汇

17世纪的理论家常常提到得体，但他们不仅从来不明确告诉我们后者意味着什么，有时还会把得体和逼真混为一谈。在17世纪的"风俗理论"里，对于这两个概念的界定是比较模糊的：在亚里士多德和一众意大利理论家之后，当时的法国人也长期思考着戏剧角色的"行为"*应当具备什么特征才能令受众愉悦。在我们看来，所有这些讨论的最大意义在于尽最大可能区分逼真和得体，这种区分可以如此进行：逼真是一种智识上的需要；讲求的是戏剧作品各种组成元素之间的某种严密性，荒唐和随意，至少是受众所认为的荒唐和随意，被排除在外。得体是一种道德上的需要，它要求戏剧剧本不挑战品位与道德观念，或者说受众的偏见。显然，角色的"行为"应当同时满足逼真和得体。在对于逼真的研究里，剧作法只能涉及"外部"层面，也就是和受众之间的关系。得体也是如此：理论家可以分析这个概念本身的内涵，但剧作家只会对它在道德层面对剧本和受众的关系所作的定义感兴趣；而在18世纪，17世纪可能也是，得体这个词似乎也是特指这层意思。马尔蒙特尔区分了"与角色相关"的"契合"（convenances）和"尤与观众相关"的"得体"（bienséances）：前者"涉及情节发生的时代和地

---

* 此处的"行为"和上文"风俗理论"中的"风俗"一词，在法语原文中均为 mœur。

方的风俗习惯，后者涉及情节上演的时代和地方的舆论和习俗"。他还补充道："当作者笔下角色的言行与他所处时代人物可能的言行一致时，就算契合；但如果那个时代的习俗挑战了我们时代的习俗，而作者又不加修饰地呈现了出来，那就违背了得体……可见，为了遵守当下的得体和适宜，作者常常不得不远离契合，破坏真实。"[1]

这个文本提醒我们，得体和逼真一样，会与真实相冲突。总有一些历史性的或是基于共同体验的真相是失当的。多比尼亚克就已经说过："舞台呈现的不是事物曾经的，而是应有的面貌。"（《戏剧法式》，第二部分，第一章，第 68 页）我们会看到，剧作家的工作往往就是对作品的母本或是母本所体现的对于现实的看法加以改动，使其符合受众的道德要求。

早在 1555 年，"得体"一词的单数形式就出现在了勒芒的佩勒提耶（Pelletier du Mans）的《诗艺》里（《古典主义理论》，第 218 页）。1628 年出版的亚历山大·阿尔迪《戏剧集》第五卷的"告读者书"里也出现了这个词。夏普兰第一次使用这个词的单数形式是在 1635 年左右出版的《论戏剧诗》里（同上书，第 219 页）。在拉梅纳迪尔 1639 年出版的《诗学》里，出现了复数形式的"得体"（同上书，第 220 页），而这位批评家也被称为"得体大师"（同上书，第 220、230 页）。然而，与那几大"统一"观一样，得体的观念是从 17 世纪 30 年代开始受到热烈讨论的。在查阅了大量文本后，我们发现有这样的一个共识，那就是在 1630—1640 年间，前古典主义戏剧里出现了一场道德意识危机。这并不意味着我们所理解的得体或者诸如拉辛等人后来所采纳的得体观念，在这个时间点已经被广泛遵循，它只是简单地体现了人们的一种感受，即这一时期相较于之前有了决定性的改变，经历了一次真正的"净化"。1630 年，贝莱主教、小说家卡穆（Camus）说道："再讲究的贵妇也会毫不犹豫地出现在有戏剧表演的场所。"（《亚历山大·阿尔迪》，第 666 页）1635 年，洛特鲁在《遗忘的指环》卷首"致国王的献词"里，谈到了自己的这部剧作："我殚精竭虑，只为她[*]能令人

---

[*] 17 世纪献词里常用的修辞手段，即把自己的剧作（法语中为阴性名词）比作一位女子，若剧本以女主角名字为题，这样的比喻则更显巧妙。

愉悦，我让她变得如此谦卑，我费了如此多心力使她的行为更雅，因而她即便不美，至少也是矜持的，原本的一位世俗女子，在我手下成为了虔敬的修女。"这里的矜持和虔敬都是相对的，因为这部《遗忘的指环》还是包含了许多让我们不适的情境和表达。同样，1636 年，梅莱也在自己最放纵的剧作，《奥松那公爵的风流韵事》的"序言"里说道："今天，再正经的女士出入勃艮第府*时，也会像出入卢森堡府**那般无甚顾虑。"同年，巴尔扎克说舞台上的"各类污秽已被清扫干净"（《亚历山大·阿尔迪》，第 667 页）。1639 年，斯库德里把他那个时代"尽是克制与谦卑"的戏剧和前几个世纪那些"充斥恶言秽语"的戏剧加以对立（同上）。日后，在《法国戏剧振兴计划》里，多比尼亚克也说道：那种种"不洁之处"，"令人羞耻和不正经的演出"已经"彻底从已故的枢机主教黎塞留先生的戏剧里清除了"（《戏剧法式》，第 388 页）。路易十三本人也持同样的观点，因此 1635 年时才会同意在圣日耳曼开设剧院，而雷诺多（Renaudot）在同年 1 月 6 日的《邮报》里也写道："自从人们从舞台上清除了一切会玷污那些最敏感耳朵的东西之后，戏剧成了陛下的巴黎市里最纯洁、最令人舒适的娱乐之一。"（《亚历山大·阿尔迪》，第 667 页）

所有这些宣言都在告诉我们：路易十三在位的最后那些年里，得体看上去已经开始成为作者和受众之间默契的一个必要条件了。有些人甚至认为它彻底奠定了自己的统治。然而事实却完全不是如此，《熙德》论战证明了这一点。高乃依剧本的大获成功把这个剧作法层面潜藏的问题，以及其他几个问题，完全暴露了出来。《熙德》里让时人感到震惊的，并不是唐迭戈和伯爵之间的决斗，那是在三十多年后才会发生的事，而是席美娜的态度：她接受了杀父仇人的夜间到访，对后者说自己依然爱着他，最终还不排斥嫁给他。在《对于熙德的点评》里，斯库德里认定她是一个"不知羞耻之人"（嘉泰，《熙德论战》，第 80 页）。《法兰西学院对于熙德的看法》更为温和，但还是对席美娜一角做出了如下评价："她

---

* 即勃艮第府剧院，是巴黎的第一家固定剧院，并在 1629 年成为巴黎第一家专属于法国王家剧团的剧院。

** 卢森堡府曾是摄政王后，亨利四世遗孀，路易十三母亲，美蒂奇的玛丽（Marie de Médicis）在巴黎的住所。

第二章 得体

的行为即便没有败坏道德，至少也是丑陋的。"（嘉泰，《熙德论战》，第 372 页）日后，剧作家也将一直牢记着论战里学到的这一课，他们会越来越懂得舍弃一些有风险或者会令人反感的情境，即便后者出现在了剧本的母本里。

洛特鲁在改编普劳图斯的喜剧《孪生兄弟》时就体现了谨慎的态度。在这部上演于 1630 或 1631 年，出版于 1636 年的剧作里，普劳图斯笔下的妓女一角成了一位受人尊重，以自己的德行为傲的寡妇，其他一些令人反感的情境也一一被舍弃。高乃依在查士丁那里找到了如下素材：比提尼亚国王普鲁西亚斯想要杀害儿子尼克梅德，却最终被后者所杀。他在《尼克梅德》的"告读者书"里写道："我从自己的剧本里去掉了这样一个野蛮的收场，避免了让父子二人中任何一个产生残害至亲的想法。"索福克勒斯和塞内卡笔下俄狄浦斯的传说对于一个 17 世纪的观众而言也是不可接受的。在他自己版本的《俄狄浦斯》的"告读者书"里，高乃依颇有些讽刺地写道："对于这位不幸的王子如何自挖双眼的那段精湛独特的描述，以及被挖出的双眼在舞台上的呈现，占据了那些无与伦比的母本的整个第五幕，我们的观众中最优雅的那一部分，也就是我们精致的女士们，若是看到这些，定会反感不安，也必然会招来其他人的批判。"拉辛的《安德洛玛克》的情节发生在特洛伊战争结束一年之后，也就是说，剧中男主角之一俄瑞斯忒斯已经杀了自己的母亲克吕泰涅斯特拉。但正如兰卡斯特先生指出的那样，剧中没有任何一个人物失礼地提到这一点。

* *

在开始研究古典主义戏剧不同时期、不同领域里得体遭到破坏的情况之前，我们有必要指出：观念和词汇并不是以同样的方式来挑战 17 世纪的受众的。比起大胆的情境，后者对粗鄙的词汇要敏感得多。以夏普兰为例，他能接受作者描绘"污秽的爱情"，只要"用的是正经的话语"；他还加上了一句本身格调就有些可疑的评论："这叫作将污秽包裹"（《古典主义理论》，第 228 页）。多比尼亚克则认为演出必须"正经，对于即便最放纵的人也想要维系的，至少表面上想在剧院里维系的公共礼俗和羞耻之心，不能有任何挑战"（《戏剧法式》，第四部分，第九章，第 360 页）。也就是说，表面功夫就够了。因此，我们会毫不惊讶地看到这样的剧本，它们不只用无可挑剔的词汇来表现一些颇具风险的情境，甚至还把它们的做法上升为道德行为准则，由此将虚伪理论化。有两部在《熙德》之前颇受欢迎的喜剧就是如此。它们是梅莱的《奥松那公爵的风流韵事》和高乃依的《戏剧幻觉》。前一部剧中的女主角艾米丽嫁给了宝林，但她还有一个情人，卡米尔；与此同时，奥松那公爵对她也觊觎已久。奇怪的是，她向公爵坦白了自己和卡米尔之间的关系，并说丈夫蒙在鼓里，因此自己的名节得以保存：

> 如您所见，事实并非我没有爱他，
> 只是他[宝林]全然不知。
> 一直以来，我们都足够幸运，足够聪明
> 才不至于在事关名声之处被抓个现行。
> 即便到了我们爱情破灭的那刻，
> 除了推断，他也无任何蛛丝马迹可得。（第二幕第三场）

可见，这些轻浮的女主角的所谓名节只是对陷入丑闻的恐惧，曾经的马塞特和日后的达尔杜弗都有这样的说辞，而在高乃依《戏剧幻觉》的第五幕里，这一点体现得更为明显。剧中一位女性角色对自己的丈夫如此说道：

> 既然我容颜已老，美貌不再，
> 你的爱慢慢倦怠也属常态。

她毫不反对丈夫有情妇；只是要求他谨慎，守住表面的道德：

> 隐藏，伪装，做个秘密情人。（第五幕第三场）

同样现实的，还有罗西娜公主对自己的情人做出的关于名节的回应：

第二章 得体

> 你难道不知道，这些虚无缥缈
> 从丈夫和母亲的脑袋里生出来的想法，
> 这些陈旧的名节故事，丝毫不能
> 遏制激情的肆意生长？
> 负心人，难道该由我来教你这些？
> 神啊！爱情还能让我把自己放得更低吗？
> 我对他说着原本属于他的话语，
> 而我的满腔热忱却落得一无所获。[3]

此处的高乃依背叛了"伟大世纪"，正如日后吉罗杜（Giraudoux）谈到《危险关系》时，说它背叛了18世纪。只是随着《熙德》论战，这场浓缩了前古典主义时期道德危机的事件的兴起，这类场景才显得令人无法忍受。"奥松那公爵的下作"[4]这样的字眼或出现在高乃依笔下，或借其朋友之口说出；同时，他还颇有诗意地把竞争对手梅莱的"缪斯"送往了"妓院"。[5]此外，高乃依也在1660年对作品再版进行校订时，删去了我们刚刚引用的那段来自罗西娜公主的对白。

至于那些真正粗鄙的词汇，则大约是在1630年前后消失的。在那之前，它们可谓遍地开花。比如在谢朗德尔的《提尔和漆东》（1608）里，蒂里巴兹听闻儿子的死讯后惊呼："我要嗝屁了！"（第二幕第五场）1628年付梓的阿尔迪的《戏剧集》里包含大量下流词汇。比如不忠的女人在里面常被称作"婊子"（《阿尔克梅翁》的第二幕第二场和第四幕第一场；《血脉的力量》第一幕第三场；《耶西浦》第三幕第一场）或者"老鸨"（《阿尔克梅翁》第三幕第一场；《耶西浦》第三幕第一场）。在《血脉的力量》里，面对强暴了一个年轻女孩的儿子，莱奥诺儿愤怒地说道：

> 恶心的畜生，你那股粗暴劲
> 就不能在必要时发泄在别处？
> 非得要糟蹋这朵温柔腼腆的花？（第四幕第二场）

565

第三部分　为观众而调整剧本

"尚未开苞"这个词出现在了阿尔迪的《耶西浦》(第三幕第一场),布瓦森·德·加拉尔东(Boissin de Gallardon)的《活人骨灰瓮:菲力东和波利贝拉的爱情》(*Urnes vivantes ou les Amours de Phélidon et Polibelle*, 1618)(第二幕),甚至1637年和1644年这两版的高乃依的《王家广场》(第三幕第四场)里。

此后,这类词汇就只在诙谐文体里出现了。比如在斯卡隆的《决斗者若德莱》(1647)里,贝阿特丽丝提到若德莱时说出了"他会向我提议偷情"这样的话(第二幕第四场)。而在《若德莱:男仆主人》(1645)里,另一位贝阿特丽丝对她的女主人伊莎贝尔说道:

> 如果我哪天失信于您,就让我
> 像一根没人要的猪血肠一样噘屁。(第二幕第一场)

同样是在这部剧里,若德莱冲贝阿特丽丝发火时说道:

> 啊!你这头母狼!母猪!母狗!疯婆子!野蛮人!
> 希望你断臂,断手,断脚,断头,断脖子,屁股开花!(第三幕第七场)

我们知道,语言的纯洁派对于那些指代身体部位的词特别注意。比如"乳头"这个在斯卡隆的《亚美尼亚的唐亚菲》(1653,第四幕第三场)和莫里哀的《屈打成医》(第二幕第三场)里能见到的词,就被认为是粗俗的。在高贵的体裁里,它被"胸"这个词替代,后者十分常见,且通常是广义使用,不带任何情色意图。至于"肚子"一词,则慢慢遭到清除,它在玛黑夏尔和洛特鲁的作品还能见到。在前者《高贵的德国女人》(1630)里,女主角想要烧掉那些有损名誉的材料,却苦于无火,于是说道:

> 我宁可把它们吞进肚子。(第二日,第四幕第六场)

洛特鲁的《美丽的阿尔弗莲德》上演于1636年前后,出版于1639年,在这部剧

第二章 得体

里，罗道尔夫认为自己害得情人阿尔弗莲德郁郁而终，于是说道：

> 苟活的我，却成了杀害自己的凶手，既然如此，
> 哪怕是到阿尔弗莲德的肚子里，也要把自己搜寻。（第三幕第四场）

在这个意思上，"肚子"将被"腹""胸"或者"肋"这几个高贵的词替代。在洛特鲁作品的情色片段里，"床"这个词出现频率很高；鉴于爱情中的女性被比作"太阳"，洛特鲁笔下的男主角们就声称要将"这太阳留在他们的床上"（《无病呻吟》第二幕第二场，《遗忘的指环》第五幕第六场）。然而，在地位最高的那些体裁里，"床"这个词也依然得以保留。以拉辛的《布里塔尼古斯》为例，阿格里皮娜在不带任何情色意图，也没有冒犯任何人的情况下，说出了罗马元老院的律法把克劳德置于她的"床"上（第四幕第二场）这样的话。最后，矫饰派清除"脏音节"的运动也没有放过戏剧。以高乃依为例，他在普利斯库斯和约达尼斯这两位提供悲剧《阿提拉》主题的历史学家那里找到了一位名叫伊尔蒂可的女主角，在剧里将其更名为伊尔蒂娜；但伏尔泰告诉我们，"她在首演的时候是叫伊尔德科娜*；之后才把这个可笑的名字改掉"。[6] 这么做可能也不是没有道理的。

2. 日常生活

对于人物真实日常生活的描绘成了得体的第一个牺牲品。在前古典主义戏剧里，角色可以正常吃喝、睡觉、更衣，满足生理需要；生病时，也不总是一种抽象的"虚弱"；他们的表达方式十分鲜活，他们的生活环境被描述得十分具体，贴近现实。但所有这些到了17世纪下半叶，到了高贵体裁里，都变得凤毛麟角，而且表述时也笼统到再无特点可言。这一演变自然也不是戏剧领域所独有的现象；比如讽刺诗，也是如此，从安哥·德·莱斯佩洛尼埃尔（Angot de l'Espe-

---

* 原文为Ildecone。17世纪时，可被用来指代女性性器官的con，被纯洁派视为脏音节。

497

ronnière）到布瓦洛，讽刺诗的文献价值和引发联想的能力大大降低了，当然，它也在其他一些方面得到了改进。

17世纪初的悲喜剧不惧在舞台上呈现主角吃吃喝喝的样子。以阿尔迪的作品为例，《血脉的力量》是以一场宴会结束的，而《科尔奈丽》的女主角也尝到了精心准备的糖渍水果，以下就是唐安图瓦纳向她奉上的：

> 有些据说是长在树上的果子，
> 好奇如我，便亲自将它们用糖腌渍；
> 您可以按口味任意选择。

科尔奈丽回复道：

> 口干舌燥，我需要的当是一杯水。（第二幕第三场）

在诙谐喜剧里，角色总是尽可能地吃。斯卡隆的《若德莱：男仆主人》（1645）里的男主角便是一例：

> 这位年轻俊朗的少爷，刚才用餐时，
> 吃得风卷残云一般，连衣服都解开了。（第三幕第二场）

之后，若德莱还对食物做了细节描述：

> 我曾去过
> 一位友人家，吃一个咸牛蹄，
> 在那儿我发现了一颗比琥珀还好闻的大蒜。（第四幕第三场）

在莫里哀的喜剧里，阿巴贡也提到了"几粒肥美的豆子，配上点缀了栗子的钵子肉酱"（《吝啬鬼》，第三幕第一场）；而一个诸如唐璜那般的大老爷也可以堂而

第二章　得体

皇之地在舞台上用餐，只是莫里哀没有允许自己说出具体的食物（《唐璜》，第四幕第七和第八场）。在洛特鲁的悲喜剧，《克雷阿热诺儿和杜里斯特》（1634）里，口渴也有了用武之地。剧中的女主角对她的情人说道：

> 但我无法克服自己迫在眉睫的干渴：
> 说话间，这干渴已经加剧
> 致使我几乎无法再多忍受一刻。
> 亲爱的，如果我的幸福于你如一汪清泉，
> 那么请分一点水，缓解我的煎熬！

正巧，"林子里有一条小溪"，克雷阿热诺儿回复道。但怎么把水运过来呢？

> 如有需要，我的帽子可以帮上忙。（第一幕第三场）

情节也的确如此发展，克雷阿热诺儿离开了片刻之后，"捧着盛了水的帽子"回来（第一幕第五场），然而，匪徒已经利用他取水的时间掳走了杜里斯特。

前古典主义戏剧里也不缺睡觉的场面。为了更有表现力，还往往伴随着鼾声。比如在玛黑夏尔的悲喜剧《高贵的德国女人》（1630）里，一位士官指责守卫在看官犯人时睡觉：

> 是睡觉的时候吗？什么？鼻子都碰到羽毛[*]了，
> 你们居然还打鼾？真是没什么能让你们上心；
> 这要是有人想出去，岂不是轻而易举？（第二日，第四幕第七场）

在斯库德里的悲喜剧《乔装王子》（1635）里，也能找到对于阿尔杰尼公主的"婢女们"睡觉场景的描述：

---

[*] 此处的羽毛可能指的是用于装饰帽子的羽毛。

第三部分　为观众而调整剧本

> 酣睡中的她们都像是没了灵魂的躯壳，
> 除了那位女主事：鼾声如雷的她
> 吓跑了死神的那位亲兄弟*。（第三幕第五场）

在斯卡隆的作品里，若德莱的鼾声更是史诗级的；贝阿特丽丝说若德莱：

> 侧身躺在一张脏席子上，
> 没多久就开始打鼾。
> 即便是马儿吸气，也从未如此大声。
> 整扇窗都在震动，玻璃杯统统碎裂……（《若德莱：男仆主人》，第三幕第二场）

而斯卡隆笔下的另一位男主角则是在睡觉时饱受折磨：

> ……然而臭虫
> 还是影响了我舒服地入睡，
> 库蚊叮咬我，大大小小的老鼠
> 在我鼻子上撒尿，我还梦到了鬼怪。（第二幕第一场）

甚至在他的一部悲剧里，斯库德里也呈现了其中一个人物的睡觉场景，那就是1636年出版的《恺撒之死》，里面有这样一条排演说明："恺撒的房间打开，妻子在一张床上睡着，他自己则穿好了衣服"（第二幕第二场）。

在前古典主义戏剧里，还有人在舞台上更衣。比如洛特鲁《遗忘的指环》里的国王，就像现实里的法国国王一样，在自己的廷臣面前穿衣（第二幕第五场）；随后又下令："上洗漱具"，于是就有人给他呈上了一个装满水的"脸盆"（第二幕第六场）。在洛特鲁的《无辜的不忠》里，菲利斯蒙"让埃尔芒特的仆人们为他更衣，并对镜梳头"（第五幕第一场）。梳洗的行为有时会显得有些过分。比如

---

*　睡眠（sommeil）常被称为死亡的亲兄弟。

500

第二章 得体

在斯卡隆的《若德莱：男仆主人》里，就用到了牙签和耳勺这样的工具。若德莱一边剔着牙，一边说着斯倪式，其中的副歌部分是这样的：

> 我的牙齿啊，请保持洁净，这关乎体面。
> 我最害怕担心之事莫过于掉牙。（第四幕第二场）

570

在台词的一旁，写着这样的排演说明："若德莱：独自一人，剔着牙齿"。同样是在这部剧里，他还曾向唐费尔南如此问道：

> 您身上就没有像样的耳勺吗？
> 里面痒痒的，我也说不来是什么。
> 昨天，我剔牙时把自己那把折断了。（第二幕第七场）

可见，这条名叫得体的鸿沟把上述这些剧本和古典主义悲剧分隔，后者即便要提到更衣、梳洗、睡眠或者饮食，也只会用一些高雅、谨慎、含蓄的方式来表达。比如拉辛《费德尔》里的这些句子：

> 这些虚荣的饰物，这些纱巾，实在沉重！
> 是哪双多事之手，打下了所有这些结，
> 精心地梳理了我额前的头发？
> ……
> 暗影已经三次遮蔽了天空
> 睡意却仍未眷顾您的双瞳，
> 白昼已经三次将黑夜驱散，
> 您却仍不进食，任身子衰竭……（第一幕第三场）

而且，此处的费德尔也并没有吃或睡，而是不吃不睡。

对于人的生理需要，前古典主义时期的角色们也毫不避讳，还会利用它来制

造喜剧效果。比如在梅莱的《奥松那公爵的风流韵事》里,就有角色提到一个情人在窗下等待伊人时的不幸遭遇:

> 这位害羞的情人,
> 淋到了从窗台降下的一场喜雨,
> 那气味令所到之处芬芳,
> 一点也不输那琥珀和丁香。(第二幕第一场)

到了斯卡隆的《亚美尼亚的唐亚菲》里,这一切就变得更为直白、粗鄙。在一个类似的情境里,唐亚菲如此吼道:

571

> 啊!狗娘养的,是陪媪,侍女还是魔鬼,
> 你全尿在了我身上,可恶的臭娘儿们,
> ……
> 让爱情见鬼去吧,还有那见鬼了的阳台,
> 不管谁从那里出来,最好都满身是尿,一丝不挂!(第四幕第六场)

在《讼棍》里,拉辛在提到那些小狗时,也毫无顾虑地说道:"它们尿的到处都是"(第三幕第三场);这个细节在他看来似乎并没有不妥,因为在剧本的"序言"里,他声称自己"愉悦了众人"却"没有一句肮脏可疑的表达,一个不正经的玩笑……"

呕吐同样也没有让17世纪的受众感到尴尬。梅莱的《希尔瓦尼尔》(1631)的女主角描述了自己的一个噩梦:"张着血盆大口"的蛇和鱼朝着她吐毒液,"伴着恶臭的气味",

> 突然,心脏剧烈跳动,我开始抽搐,
> 紧接着是头痛和呕吐。(第二幕第二场)

502

第二章 得体

在《泰奥多尔》(第四幕第三场)里,高乃依也用到了"让灵魂呕吐"这样引申的表达。

吐痰对于斯卡隆来说也不是一个不雅的举动;在《若德莱:男仆主人》里,贝阿特丽丝对女主人伊莎贝尔说:

> 没多久后,我就听到您的父亲费尔南
> 在楼梯上吐痰;您知道他吐起痰来
> 比我在马德里认识的任何人都要厉害。(第二幕第一场)

高乃依在《寡妇》(第二幕第三场)里也用到了这个词的引申之意。然而,在疾病的方面,他就大胆了许多。比如《阿提拉》就以一种极为现实主义的手法描写了男主角的出血症状。不只是对话里提到了阿提拉流血,还必须在舞台上加以呈现。剧中的奥诺里对阿提拉说道:

> 看,看这流淌的血,它是对你的警示……,(第五幕第三场)

而之后在幕后发生的那次导致阿提拉死亡的失血应当就是一天之内的第二次了,[572]以下两行台词就证明了这一点:

> 我们带着满心困惑和恐惧,刚一离开,
> 阿提拉就再次疯狂地失血……(第五幕第六场)

在《费奈比斯的婚礼》,1664年匿名出版的一部喜剧里,也出现了一个全身溃疡的角色,一个盲人,以及一位驼背的女孩;不过这部完全无视得体的喜剧可能从未在舞台上演出过。

在17世纪初的剧作里,即便没有使用粗言秽语,角色们的话也带着一种日后逐渐消减的生猛劲头和不加雕饰的感觉。路易十三时期,戏剧主角的对话可能与现实中的对话比较接近。高乃依在谈到自己的第一部作品《梅里特》时,说

503

这种"淳朴的风格"是对于"正人君子之间对话的一种再现"(《梅里特》,《评述》)。比如,无论在戏剧里还是在现实中,年轻人都以你相称。而到了后来,即便情人之间也以您互称,在喜剧里也是如此。丰特内尔颇有道理地指出:"旧时人们甚至在悲剧里也以你相称……这一习惯直到高乃依的《贺拉斯》才终结,而即便在那部剧里,居里亚斯和卡米尔之间也依然将其沿用。"[7] 在 1630 年前后,戏剧里的年轻男女对自己父母无礼的情况并不罕见。比如在洛特鲁的《遗忘的指环》里,莉莉娅娜因为自己的行为而遭到父亲指责后,不作任何回应就离开了(第一幕第四场)。在高乃依的《寡妇》里,菲利斯特对母亲说道:"您的坦言与我无关。"(第三幕第七场)

我们可能会倾向于认为渎神是更放肆的行为,即便是打着反异教神明的旗号。然而,17 世纪初的观众似乎并不以为然。以阿尔迪的《塞达兹》为例,男主角在两个女儿遭到家中客人的奸杀之后,如此召唤"司掌好客的朱班*":

573
  如此行径发生在你眼前却不加惩处
  可见这寰宇之内并无首领统辖、做主,
  可见一切随意而生,秩序、公义皆无,
  可见德行愈高,受害愈深,最为困苦。(第四幕)

而在玛黑夏尔的《英勇的姐妹》(1634)里,奥龙特渎神的理由更是微不足道,仅仅因为丢失了头盔和盾牌,他就对众神说道:

  你们和你们的神谕一样虚假;
  人们因为恐惧而膜拜你们,实非本愿;
  你们既不为信众而忧,又毫无善念;
  恩典如过眼云烟,承诺似镜花水月,
  ……

---

* 朱班(Jupin)即众神之王朱庇特。

第二章　得体

> 骗子，我被你们的虚伪耍弄……（第一幕第四场）

然而，到了 17 世纪下半叶，渎神的话语或只出现在一些无名之辈的作品里，比如无人知晓的约伯尔的悲剧《巴尔德：萨尔玛特王后》（1651）；或即刻遭到激烈的批判，比如托马斯·高乃依的《康茂德》（1659）里，皇帝康茂德有渎神言论，但他是一个丑陋的暴君，企图杀害另外五个角色，艾莱克图斯、拉艾图斯、佩尔蒂纳科斯、埃尔维和马尔西亚，并且流放元老院的一半成员。所幸罪行得逞之前，他就遭到毒杀。临终之际，他先是咒骂了神明，然后说道："来人，将我带离此地。"对其充满厌恶的马尔西亚答道：

> 满足他这个要求。
> 我既担心被视作他的帮手，
> 也恐他因为在我面前咽气
> 而绝望地加倍辱骂神明。（第五幕第四场）

由此可见，与起初不同的是，渎神在这里变成了一个有损得体的行为。

最后，还有些剧本让我们见识了角色身边别样的自然或社会场景。比如有的角色有家养的动物环绕，但唯一不破坏得体的动物就只有高贵的马，顶多再把狗也算在内。尽管在洛特鲁的作品里也出现了狍子，但实属例外。《克雷阿热诺儿和杜里斯特》（1634）里有一位女主角说自己丈夫打猎回来送了她

> 一头长着金角，俊美健硕的狍子。（第二幕第四场）

可惜的是，这一切只是南柯一梦。

高乃依的《亲王府回廊》向我们呈现了书店、日用织物铺和杂货铺里的货架；这些商贩互有交流，也和顾客对话。[8] 舍瓦里耶的《五苏钱*马车的故事》

---

* "苏"（sous）是货币单位。

(*L'intrigue des carrosses à cinq sous*, 1663)这部现实题材的喜剧反映的是当时的新生事物。它创作于巴黎第一家公共交通公司成立后不久，后者的创始人是帕斯卡和他的两位朋友，罗阿内兹公爵和克莱南侯爵。观众在舞台上见到了这种"五苏钱马车"，即17世纪的公共汽车，同时也聆听了乘客之间热烈的交谈；车上有艳遇发生，有约会进行，也有扒手在忙活。如果要展现当时的真实日常的话，旅店也是一个有意义的场景地，但它不常出现。梅莱的悲喜剧《克里塞德和阿里芒》（1630）里（第三幕第一场，第四幕第三场）有两个小段落提到了一家旅店。普瓦松的一部直到18世纪依然红火的独幕剧，《旅店晚餐后》（*L'Après-Soupé des Auberges*, 1665），达到了一种现代意义上的现实主义色彩：各类角色在剧中轮番登场，也不怎么考虑情节，用日后的话来说，它所呈现的是一段真正的"生活的切面"。但正是因为它的日常色彩，这种生活在17世纪下半叶逐渐被以得体之名逐出了喜剧以外的体裁。

3. 情感，情欲和性事

古典主义戏剧里，对于角色情感生活的描绘自然也是在不同程度上服从于得体的。我们将会看到的是，角色的情感道德直到1640年前后还是十分自由的，甚至之后还留有这种自由的某些痕迹。

在前古典主义戏剧里，年轻女孩的行为毫无教育意义可言。在洛特鲁的《遗忘的指环》（1635）里，莉莉娅娜的父亲对女儿的德行就不抱任何幻想：

> 我知她水性杨花，毕竟
> 美貌之下，难有检点。（第一幕第四场）

国王为了让她成为自己的情人，提议用一个莫须有的罪名把她父亲和未婚夫监禁起来（第一幕第三场）。莉莉娅娜欣然接受。计划实现之后，她甚至额手称庆（第二幕第三场）。然而，这样不道德的行为并没有妨碍洛特鲁炫耀这部喜剧的"克制"。可见，在这一问题上，他的受众并不比他严苛。

第二章 得体

路易十三在位的最后那些年里，偷情也堂而皇之地出现在了戏剧里，且没有遭到任何责难。比如在玛黑夏尔的《高贵的德国女人》（1630）里，已婚的罗斯丽娜爱上了阿里斯唐德尔（第一日，第三幕第一场）。高乃依《戏剧幻觉》第五幕里的角色把偷情视为无法避免的现象。而梅莱的《奥松那公爵的风流韵事》（1636）也是以偷情的胜利而结束：可笑碍事的丈夫遭陷害而出局后，所有人"哄堂大笑"（第五幕第七场），然后就是一场情人聚首的精致的小型晚宴（第五幕第八场）。

当然，多配偶制毕竟还是没有出现，哪怕剧中的角色来自一个允许这种婚姻形式的文明。高乃依在《阿提拉》的"告读者书"里提到了男主角拥有"多位妻子"，但那是为了表明自己在剧中"删去"了这一细节。然而，在阿尔迪看来，重婚似乎是一个诱人的主题；他在德国的传说里找到了一个类似的故事：一位被土耳其人俘虏的领主以为自己的妻子已死，便娶了苏丹的女儿；但他的原配其实在世，因此他就在不知情的情况下同时拥有了两位妻子；而据说教皇还允许他维持现状！这个故事也成了《艾尔米尔：幸运的重婚》的母题。在阿尔迪的剧本问世很久之后，一位无人知晓的作者勒比格尔，在1650年出版了一部类似题材的悲喜剧《阿道夫：高贵的重婚者》，并且在"告读者书"里捍卫作品的道德立场。索福尼斯巴的故事也无比接近重婚：她作为西法克斯的妻子，却嫁给了击败自己丈夫的马希尼斯。在他自己版本的《索福尼斯巴》（1635）里，梅莱出于得体的考虑，假定西法克斯已在战斗中，即索福尼斯巴改嫁之前遇难，但这与李维的叙述不符。1663年，当高乃依重拾这一主题时，认为让西法克斯活着也无妨。然而，后续的发展证明他错了。他在"告读者书"里承认，"人们愤然而起"，"抵制这两个丈夫"；高乃依不得已用了一种不太具有说服力的方式来为索福尼斯巴的大胆之举辩护："那些无法接受她同时有两个丈夫在世的人忘了，依据罗马的法律，配偶一旦被俘，婚姻就自动失效。而对于迦太基的法律我们几乎一无所知；但索福尼斯巴的案例让我们有理由假设，那里的法律在解除婚姻问题上更为宽松。"

由于重婚无一例外地遭到严禁，前古典主义作者的笔下就设想了极不道德的共事现象。比如在谢朗德尔的《提尔和漆东》（1608）里，卡桑德尔和梅里亚娜

第三部分　为观众而调整剧本

两姐妹共同爱上了贝尔卡尔；而卡桑德尔对于姐妹俩共侍贝尔卡尔毫无意见：

> 如今的情人并没有忠诚到
> 不敢接受两位不同的美人。（第二幕第二场）

在洛特鲁的《遗忘的指环》里，在谈到年轻的莱昂德尔时，国王带着戏谑的口吻对妹妹说：

> 你中意的这位俏郎君适合当个宠臣，
> 卡拉布尔公爵作丈夫更佳。（第一幕第六场）

577　乱伦之恋在古典主义戏剧的各个时期都十分常见。碍于得体，恋人们无法行乱伦之实，但这并不影响作者和受众都乐见有实际亲缘关系或以为是亲人的角色之间萌生爱情。在玛黑夏尔的《英勇的姐妹》（1634）里，年轻的奥龙特自始至终对自己的哥哥吕西多尔保持着"狂热的爱"。吕西多尔对此拒绝道：

> ……追求亲哥哥，不知羞耻的妹妹……
> ……
> 快离开这儿吧，胆大妄为的可怜虫。（第二幕第九场）

但无论是玛黑夏尔还是当时的观众，都没有对这样的感情感到不满。在梅莱的《维尔吉尼》（1635）里，女主角尽管以为佩里安德尔是自己的哥哥，却依然对他说：

> 我对您有着温柔的情愫，
> 就像少女对着自己的情郎……

而佩里安德尔也以同样的口吻做了长段的回应。他们的敌人认为维尔吉尼是佩里

508

安德尔的"姘妇"（第二幕第三场）。剧本结尾处，大家发现两人并非兄妹，因此可以结婚；但佩里安德尔依然不无暧昧地称维尔吉尼为"我的妹妹"（第五幕第十场）。到了洛特鲁的《姐妹》（1646）一剧里，乱伦之恋更是成了剧情的基础：莱利误以为妻子苏菲是自己的妹妹，便想要自杀。而在高乃依的《赫拉克里乌斯》里，情况恰好相反：马尔西安发现自己深爱的布尔谢里是自己的妹妹，无奈忍痛放弃这段爱情；倾诉苦痛时，他说自己心已被撕碎，"值得同情"，并表示自己宁可活在此前"迷人的误会"里，而不是接受"苦涩的真相"（第三幕第一场）。在《俄狄浦斯》里，高乃依对伊俄卡斯忒和俄狄浦斯之间的乱伦避而不谈，却在一度以为是兄妹的泰塞埃和迪赛之间制造了乱伦之情；迪赛在剧中说道：

> 国王啊！如果可以，请不要做我的兄长……（第四幕第一场）

在布瓦耶出版于1649年的悲剧《蒂利达特》里，乱伦之情是真实且狂烈的：阿里亚拉特和尤里蒂斯是一对恋人，当他们发现双方实为兄妹时，直接选择了自杀。到了1663年，同样是布瓦耶，他在悲剧《奥洛帕斯特》里为男主角设计了一个同时包含乱伦和重婚的双重计划，并以波斯的习俗来为之辩护，因为奥洛帕斯特正是波斯国王。他一方面爱着艾希奥娜，尽管后者以为自己是国王的妹妹；另一方面又想娶阿拉曼特，于是对后者说道：

> 接受一段波斯国认可的双重婚姻吧，
> 让我的爱把您送上冈比斯的王位，
> 以便我坐在您和我妹妹之间，
> 一手予她，另一手，和我的心一起，赠予您。（第四幕第二场）

而面对艾希奥娜时，奥洛帕斯特则为乱伦之恋做出了一段响亮的辩解：

> 如果爱情是因相似而联结，
> 如果是出生、风俗的对等

第三部分　为观众而调整剧本

> 成就了那一对对完美的恋人,
> 除了兄妹,何处更适合爱情栖居呢?
> ……
> 当纯洁的爱火助力自然而生的
> 感情冲动,这样的爱可真是甜美啊!
> 当一颗心在同一人身上找到了自己的
> 爱人和妹妹,这爱情里的拥抱该是何其强烈啊!（第三幕第五场）

彼时正值路易十四在位的鼎盛时期,在一部十分严肃且受到认可的悲剧里表达这样的情感,也并没有让任何人感到震惊。

在同一时期的多位作家笔下,非兄妹之间的近亲爱情或近亲婚姻也常有出现。在这方面,高乃依比拉辛更为敏感谨慎,这表明这一点并不受得体规则的限制。在《罗德古娜》的"告读者书"里,高乃依说自己设定尼加诺尔*"还没有娶罗德古娜,以便他的两个儿子能爱上后者而不至让观众反感,如果遵照历史的话,观众就会觉得爱上自己父亲的遗孀这样的事情太过怪异"。《安德洛墨达》的"梗概"也表达了类似的顾虑:"我也改动了费内的身份,尽管在奥维德笔下他是国王的弟弟,但在我这里他只是侄子,在我们的生活方式里,表兄妹之间的婚姻比叔侄之间的婚姻更容易接受,后者对我的观众来说会显得有些怪异。"但拉辛并没有为自己在《巴雅泽》里让阿塔里德和巴雅泽这对表兄妹[9]（参见第一幕第一场）相爱而表达任何歉意,也不怕在《布里塔尼古斯》里提到克劳德娶了侄女阿格里皮娜一事;不过他还是指出了这桩婚事属于"乱伦"（第四幕第二场）。

当然,以上种种无论如何还是属于例外情况。在年轻主角之间正常的感情关系里,得体依然展现了自己的影响力,至少也是试图确立这一点。无论在戏剧里还是在社会上,得体对于女性都是严苛的,对于男性则不然。男性有权利向自己喜欢的女性示爱,他们也大量使用了这一权利;女性则完全没有。多比尼亚

---

* 剧中的全名为迪米特里乌斯·尼加诺尔（Démétrius Nicanor）。

克斩钉截铁地说道:"一位女子绝不能亲口对一位男子说出自己爱他。"(《戏剧法式》,第四部分,第六章,第329页)为了绕开这个禁令,剧作家运用了大量狡猾的手段。在最简单的情况下,女主角对男主角示爱有三个阶段:首先是女主角向亲信承认自己的情感,然后,在痛苦地克服了自己的羞涩之后,向男主角本人承认,最后,也是最艰难的,就是向外人启齿。这三个阶段完整地出现在了拉辛的《费德尔》里:费德尔先后向艾农娜(第一幕第三场)和伊波利特(第二幕第五场)承认了自己罪恶的爱,而到了临终时,终于又向泰塞埃忏悔(第五幕第七场);另一方面,阿里西对伊波利特的纯真之爱也是先后告知了伊斯梅娜(第二幕第一场)和伊波利特本人(第二幕第三场),最后才轮到泰塞埃(第五幕第三场)。甚至莫里哀喜剧里的年轻女孩角色也遵守这一规则。比如在《爱情是医生》(*Amour médecin*)里,吕辛德在见克里唐德尔之前,告诉侍女利塞特自己爱上了这个年轻小伙;尽管与费德尔的爱情相比并没有那么难以启齿,吕辛德自己却还是指出:"对一个女孩子来说,如此肆无忌惮地表达自我可能不太正经。"(第一幕第四场)《吝啬鬼》里也是如此,玛利亚娜先向弗洛西娜承认了自己对克莱昂特的爱,然后才去见阿巴贡的这个儿子(第三幕第六场)。

对于一位得体的年轻女子而言,向男性承认自己的爱并不容易。这样的示爱 580
需要勇气,因为这其实是要求她展现男性的态度。比如在洛特鲁的《克雷阿热诺儿和杜里斯特》(1634)里,狄亚娜就是这样鼓励自己向费莱蒙表白的:

让这女子之口拥有男性的话语吧。(第四幕第一场)

一旦表白,表白的女子还应该脸红。比如在杜里耶的《克雷奥梅东》(1636)里,当塞拉尼尔对塞里昂特说出以下这段话时,就做到了得体:

要我说出自己坠入爱河,啊!先生,绝不可能。
当我觉得开口会让自己脸红,我就很少开口,
而我也不认为一个克制的女孩
能不失名节地说出这话,哪怕只是用手比划。(第四幕第一场)

她的确也没什么理由开口，因为她根本不爱塞里昂特。但在《普赛克》里，女主角爱上了爱神，在高乃依为她写作的那部分对白里，她一边坦诚了自己的情感，一边又宣称：

> 我应当脸红，或者说得更为低声，
> 然而这份折磨却太过诱人。
> ……
> 我的羞耻心只是徒劳抱怨，
> 女儿家的规矩和得体的要求
> 也只是徒劳地将我纠正……（第三幕第三场）

即便在那些最离经叛道的剧本里，恋爱中的女主角表白时也都伴随着羞耻感。比如在斯库德里的《乔装王子》（1635）里，阿尔杰尼对她的"婢女"而非波利康德尔本人，说出了自己爱上了后者。但这也足以让她补充了以下这段话：

> 噢！羞耻心，你在我的额头刻上了我的罪行！
> 然而，木已成舟，话也已经出口。（第三幕第五场）

581 同一部剧里的梅拉尼尔更为失礼，她公开向克雷雅克表白，后者则假装不解。但她也知道自己有失得体，于是说道：

> 难道你又聋又哑吗？还是立誓要毁我？
> 我已丢了廉耻，莫非你也丢了勇气，
> 才会对我的一腔爱火，冷漠回应？
> ……
> 你无礼的蔑视将我的羞耻变成了荣耀。（第二幕第六场）

在洛特鲁的《无病呻吟》（1631）里，克莱奥尼丝不仅对克洛理丹一见钟情，更是当即对他表白。这一被爱情冲昏头脑的失礼举动需要大量信守得体的宣言来加以弥补。克莱奥尼丝承认自己的冲动"变成"了"放肆",坦言"如此随便的表白有失端庄",但她还是总结道:

> ……无论名节作何要求,
> 无论对礼数的尊重如何来对抗我的理由,
> 在爱情面前,我的任何意见都已不合时宜。(第二幕第三场)

在梅莱的《维尔吉尼》(1635)里,安德洛米尔也是持同样的态度。她历经痛苦才完成了对佩里安德尔的表白,因为后者也并没有帮她减轻半分:

> 所以,您这是要执意坚持,
> 从我口中得到亲口表示
> 让我损了妇道,失了身份,
> 令我饱受折磨之余,再平添耻辱?
> 罢了,我就自己来强逼自己。
> 是的,佩里安德尔,我的确爱上了您,
> 爱得死去活来,这话终于说出了口。

话音未落,她马上承认自己"无礼""疯狂""视得体为无物"(第二幕第一场)。在洛特鲁那部有失道德的剧作《美丽的阿尔弗莲德》(1639)里,奥朗特在一段类似的表白之后,用以下方式批评了自己:

> 我竟然说出了这话,还毫不脸红!(第四幕第三场)

就连斯卡隆,也在《决斗者若德莱》(1647)里让吕希承认了得体的约束,后者在剧中说了如下这段话:

> 唐迭戈啊，终究我得说我爱您；
> 如果您爱我至深，我对您的爱也未少半分；
> 然而，此时此刻对您做出表白，
> 我应当感到无地自容，
> 您也会觉得有失女子的身份。（第五幕第六场）

如果有不知羞耻的女主角在表白时也不脸红，别人就会替她感到害臊。比如在"五作家"的《杜乐丽花园喜剧》（1638）里，当弗洛莉娜积极地对阿尔冈特投怀送抱时，朋友奥尔菲斯对她说道：

> 身为女子，就这么失去了矜持？
> 这风尚是从何时开始兴起的？
> 您主动投怀送抱？啊，我为您脸红！（第三幕第四、第五场）

在高乃依的《寡妇》里（第二幕第四场），克拉丽丝尽管也比较轻易地向她所爱的菲利斯特表白了，但她毕竟不是少女，而是寡妇。

可见，多比尼亚克院长在这一层面的得体上所下达的禁令，从前古典主义时期开始就一直是剧作家所关心的。哪怕在一个年轻女子表达爱意时，她也知道自己其实不该表白，至少她身边的人都清楚这一点。但她还是得表白，否则，剧情在很多情况下就无从展开。出版于1645年的一部被认为是由盖然·德·布斯加尔创作的悲喜剧《奥隆达特：矜持的情人》，以一种荒诞的方式证明了表白在剧作法层面的必要性。剧中的"情人们"矜持到了可笑的地步，以至他们不断地陷入误会之中。不仅是女子，就连男性角色也直到结尾才表白，而他们的亲信或者侍女也频繁地强调，只要这些主角稍稍多一份坦诚，就可以避免这些毫无意义的窘境。

* *

第二章　得体

与情感相比，得体对于情欲方面的限制要严苛得多。就 17 世纪下半叶而言，它的影响力已经不容置疑。当情感层面的相对得体还存在较大的解读余地时，1650 年之后，人们几乎在任何表演里都已经找不到哪怕一个会勾起观众情欲的词语。而在 17 世纪上半叶，这样的影射大量出现，当然极为隐晦。我们将举出其中最重要的那些，以便让大家对前古典主义戏剧在这方面的大胆形成一个概念，并借以展现得体在戏剧的情欲表达力层面所掀起的这场极端的革命。

首先，情色诗这一悠久的文学传统让前古典主义时期的剧作家有了放肆的勇气。在 17 世纪广受喜爱的杰作，尤其是意大利的杰作里，有一部分对情欲颇为看重。以塔索的史诗《被解放的耶路撒冷》为例，作品第四、第五和第十六章里阿尔米德那些充满肉欲的描述，想必对路易十三时期的法国人有着不小的吸引力。戏剧也常常想要提供同样性质的快乐，其中的大胆之处令梅莱或洛特鲁的后来者们感到震惊。18 世纪一份名为《高乃依以前的法国戏剧史》的匿名手稿是这样形容阿尔迪的戏剧的："在风俗和得体方面毫无忌惮；交际花可以躺在床上说着一些倒是挺符合自己身份的话；女主角可以遭到强暴；有夫之妇可以和情人私会，并在舞台上展现前戏，尽一切可能保留情人之间的所有举动……阿尔迪笔下的角色们乐于在舞台上亲吻……"[10] 所有这些都毫无夸大，甚至还远不够全面；这样肆意妄为的情况并非阿尔迪所独有，且会延续到投石党乱前后。前古典主义戏剧里的女主角，即便是少女，也常常表现得像高乃依诗里的这位菲利斯一样：

> 任凭人们对你恭维，亲吻，
> 花容都毫不失色，
> 菲利斯，唯独抉择
> 才会让你不悦。（《短诗》，马蒂-拉沃，第十卷，第 173 页）

而同一时期的小说往往比戏剧更肆无忌惮。[11] 有些场景，剧作家并不敢向观众呈现。在《安德洛墨达》的"梗概"里，高乃依讽刺道："试图通过裸体来展现技艺的画家们，无一例外地呈现裸身被绑在岩石上的安德洛墨达，尽管奥维德并没有这么说过。如果我不在这方面追随他们，他们想必也会原谅我吧……"而按照

第三部分　为观众而调整剧本

布瓦洛的说法：

不该看到的，让叙述为我们呈现，(《诗的艺术》，第三章，第51行)

事实也是如此，这类帮助人们想象那些无法上演的场面的对话并不少见。轻佻的玩笑也从不会让人望而却步，比如梅莱的《西尔维娅》(1628)里情人之间的这段对话：

西尔维娅：但求神明能让您看到我赤裸的灵魂
　　　　　来检视那里所埋藏的爱火。
　　　　　　　　泰拉姆：我对它再清楚不过，
　　　　我更愿意看到的，倒是你赤裸的身躯。(第一幕第五场)

有时角色也会讲述自己的春梦，比如在高乃依《侍女》的首版里，弗洛拉姆就在梦中看到了阿玛朗特：

她是如此大胆，径直来到了我的床上，
向我重复了那些话，还奉上了自己的嘴唇。(第一幕第三场)

直到1660年，高乃依才删去这些诗行。

　　然而，这些迂回的手段并不总是必需的，光是舞台上所呈现的情节，就已经为剧作家提供了足够多激起观众情欲的机会。首先是对我们而言最不隐晦的，也585就是人们乐见的乔装，通常是女扮男装，男扮女装则较为罕见。观众大概能从这些乔装的片段里感受到强烈的快感，不然它们也不会如此频繁地出现。乔装成男性的女子可以经历无数艳遇，包括被另一位女子奉承、爱慕，或者紧紧拥抱，比如洛特鲁的《克雷阿热诺儿和杜里斯特》或是《美丽的阿尔弗莲德》。有时，她可以一整部剧都打扮成男子，比如洛特鲁的《幸运的海难》；有时，她直到全剧的最后几场戏才以女性形象示人，比如玛黑夏尔的《英勇的姐妹》，或者马尼翁1660 年的剧本《蒂特》。这些乔装的片段之所以受欢迎，恰恰是因为它们有违得体。通过高乃依的两个剧本，我们就可以知道它们是不合时宜的：在《克里唐德尔》里，当那位装扮成男子的无畏的杜里斯，刚要开始对弗洛里当王子讲述自己的经历时，突然这样说道：

> 以这等形象示人让我感到羞耻，
> 这羞耻打断了我，把话堵在了半路；
> 请允许我到这片林子的一个角落，
> 换回我的衣服，也找回我的谈吐，
> 以更适宜的样子，给您讲述后续的故事。（第四幕第五场）

王子同意了她的请求。在悲剧《泰奥多尔》里，狄迪姆乔装成了女子——虽然他并没有以这一样貌出现在舞台上——将其先逮捕后释放的克莱奥布勒对普拉西德如此说道：

> 若是我能接受其他人把身着女装的他
> 押解到您面前，您本已见到他了；
> 我认为，他的能力和显赫身世
> 配得上我对他的这一点点宽恕……（第四幕第四场）

在前古典主义戏剧里，床作为道具虽然不像在 19 或 20 世纪的滑稽剧里那样不可或缺，但还是出现了。在 1630—1635 年间的多部剧作中，都有角色卧床的场景出现。比如在高乃依的《克里唐德尔》里，罗西多尔因为负伤而卧床；未婚妻加里斯特前来看望他，在 1660 年以前的版本里，加里斯特都是以如下这个问句开始她和罗西多尔的对话的：

> 我的心肝啊，看到你的情人大胆地

第三部分 为观众而调整剧本

径直来床前找你,你作何感想?

罗西多尔的回应是索要亲吻,他也如愿以偿;在1660年的版本里,高乃依删去了这一大胆举动,也删去了亲吻,但保留了床(第五幕第三场)。在玛黑夏尔的《英勇的姐妹》里,也有名叫奥龙特的女性角色"卧床"(第四幕第三场)。在洛特鲁的《赛莲娜》里,"卧床"的是尼兹。当她用20行台词来论证爱情应该停留在灵魂层面时,前来探望的潘菲尔却"把嘴贴在了尼兹的胸部"(第二幕第二场)。

不过,在17世纪所有发生在床上的戏里面,最大胆的可能要数梅莱的《奥松那公爵的风流韵事》里的那场。我们从剧中得知,艾米丽在丈夫不在时和姑姐弗拉维一起睡;为了看望被自己丈夫打伤的情人,她偷跑出去,恰好遇上了经过房间的奥松那公爵;她让公爵代替自己上那个被她称作"老女人"的弗拉维的床,并要求他不暴露身份;公爵就去了;而弗拉维其实醒着,并听到了两人的对话;只是她并不是艾米丽口中的老女人,而是年方二十,且爱着公爵;这一情境让她心生一计,起初说起来到也算得体:

我找到了释放心中爱火的途径,
还能不有损自己的矜持。

此后,她会装睡,然后在伪装的无意识状态下宣布了自己对公爵的爱:

我觉得,如果公爵是正人君子,
就会从我睡梦中的呓语中得利。

最后,她彻底抛开了得体:

鼓起勇气吧,我的爱,别让对于羞愧的
恐惧阻碍了我们的自由行为:
夜幕会遮盖我们的耻辱。(第三幕第一场)

第二章　得体

公爵进了弗拉维的房间,发现她年轻貌美,并从她的话中得知自己为她所爱;此时,弗拉维假装醒来,公爵要求上床,作为艾米丽的"替身";弗拉维先是拒绝,后来,由于公爵自称很冷,才答应,条件是后者保持在"被子之外",并且循规蹈矩;公爵同意,舞台布景也换了(第三幕第二场)。没多久之后,在洛特鲁的《艾美丽》里,又出现了装睡表白的片段,只是不在床上,而是"在喷泉下方"(第一幕第二场)。

亲吻在前古典主义戏剧里极为常见。正如伏尔泰所说,它的流行首先是源于一种习俗:"那时,人们会索要亲吻,且得偿所愿。这个糟糕的风俗源于法国长久以来对初次见面的妇人亲吻嘴唇的习惯。蒙田说,对妇女而言,把自己的嘴交给任意一位带着三个仆人、长相丑陋的人是悲惨的。"[12] 而莫里哀笔下的托马斯·迪亚法鲁斯之所以可笑,原因之一就在于他问自己的父亲:"我要亲吻吗?"也就是说他还打算遵循一种已经过时的习惯(《无病呻吟》第二幕第五场)。在17世纪上半叶的戏剧里,有多个片段都能证明这些亲吻是严格执行的;它既是权利也是义务。在谢朗德尔的《提尔和漆东》(1608)里,梅里亚娜对乳母说自己会守住贞洁,但也补充道:

> 对于一个纯洁的吻,
> 我不能也不应该加以拒绝。
> 这算不上什么,只是转瞬即逝的善意
> 和对于在苦闷中等待之人的一丝慰藉。(第一幕第三场)

在高乃依的《梅里特》(1633)里,费朗德尔向克罗丽丝索吻,后者觉得这一要求微不足道,不可能拒绝:

> 胆小鬼,不用问,直接拿走;你觉得
> 克罗丽丝会因为一个吻而将你拒绝吗?
>
> (第一幕第四场,这段话只出现在首版里,1660年版本里被删去。)

588 　　克罗丽丝的哥哥蒂尔西斯突然出现，"撞见了两人的亲吻"。但他毫不惊讶，反倒和两人打趣。在 1634 年的《寡妇》里，亲吻更加明确地被视为一个礼貌的举动。菲利斯特和阿尔西东谈起克拉丽丝时这样说道：

> 菲利斯特：我们的愿望，虽然无声，却也无碍传达，
> 　　　　　当几个出于礼节的亲吻……
> 阿尔西东：看来她并没有拒绝你？
> 菲利斯特：但这些并不是多么隆重的事
> 　　　　　无论是出于爱情还是义务，
> 　　　　　我都能轻易得到，又无损得体。

可见，后来因为有违得体而遭弃的亲吻在那个时代是一种必要。下文中，菲利斯特继续提到：

> 礼法所允许的
> 这一自由。（第一幕第一场，这段话只出现在首版里，1660 年版本里被删去。）

之后，杜丽斯在母亲克里桑特面前同意嫁给塞里当，后者向她索吻时说：

> 姑娘啊，你的义务可不容拒绝。

（第五幕第十场，这段话只出现在首版里，1660 年版本里被删去。）

菲利斯特也亲吻了自己的未婚妻克拉丽丝。洛特鲁的《遗忘的指环》也是同一时期的作品。剧中的莉莉娅娜邂逅未婚夫时父亲也在一旁。"他好不容易吻到了她"，洛特鲁写道，因为她有些挣扎，但父亲为了鼓励自己的准女婿而说道：

> 您马上就可以挽回损失，
> 初夜时她会服服帖帖。（第二幕第二场）

第二章 得体

对此，这位父亲丝毫不觉有损得体。当这些亲吻还得到习俗的允许时，作家们从不放过机会。当斯卡隆笔下的若德莱被他人从他声称的未婚妻身边拉开时，说道：

> 上帝啊！这里的人对妻子可真是小家子气！
> 换作其他地方我早就亲了不下十二口了。(《若德莱：男仆主人》，第二幕第七场)

589

洛特鲁的《塞莲娜》里的女主角两度索要"千吻"（第五幕第五、第八场）。戏剧对于角色行为的约束也不妨碍两位女性出于友爱或玩笑而在这部剧里接吻（第五幕第四场）；同样，在高乃依1633年的《梅里特》里，也有兄妹之间的亲吻（第二幕第四场，只出现在首版里，1644年版本里被删改）。亲吻对于前古典主义时期的主角来说实在是天经地义，连神明也不例外。在高乃依1632年的《克里唐德尔》里，由于希望白昼不要太早到来，加里斯特说道：

> 如果忒提斯果真让你到了床上，
> 太阳啊，那就在她嘴上多亲吻两下吧。
> 你一回来就会坏我大事……
>
> （第一幕第一场，这段话只出现在首版里，1660年版本里被删去。）

人们还会强调这些吻的"纯真"和"圣洁"。这两个时常出现的形容词体现了对于那时所理解的得体的顾虑。比如在哈冈的《牧歌》（1625）里，耶达理得到了"纯真的吻"（第二幕第二场）。在梅莱的《西尔维娅》（1628）里，泰拉姆亲吻西尔维娅时，嚷道：

> 激情啊！远离了罪行的快乐（第一幕第五场）

在高乃依1633年的《梅里特》里，费朗德尔在克罗丽丝面前重提了那些"圣洁

521

第三部分　为观众而调整剧本

的吻", 而后者的哥哥蒂尔西斯也对她说道:

> 去找你的费朗德尔, 和他一起
> 你能尽情地享受这些圣洁的吻。

（第五幕第三、第五场, 这段话只出现在首版里, 1660年版本里被删去。）

在洛特鲁的《塞莲娜》（1637）里, 弗洛里芒对女主角说道:

> 把你的嘴留在上面让我的灵魂沉迷
> 不要再抵抗这纯真的快乐
> 你圣洁的美应当以此来回报我的欲求,

590　说话间,"他吻了她"（第二幕第一场）。对于潘菲尔的冷漠, 尼兹感到吃惊:

> 为什么他不来我纯真的嘴上,
> 任他的灵魂沉迷?（第三幕第三场）

从这些剧本中的好多个都可以看出, 亲吻并不只是一个礼貌之举。它也是一种快乐, 其中的情欲意味有时还得到了大肆渲染。从让·瑟贡（Jean Second）的《吻》, 甚至从游吟诗人开始, 情色诗在法国就一直颇受欢迎; 而前古典主义作家对于这一点似乎记忆犹新。在谢朗德尔的《提尔和漆东》里, 那位乳母就明说了亲吻过后会发生什么:

> ……我太清楚
> 吻之后是触摸, 触摸后还有其他动作。（第一幕第三场）

在玛黑夏尔的《英勇的姐妹》（1634）里, 一位女主角吻了一次后,"觉得这吻太过冷淡", 便要求再热烈地加吻（第二幕第六场）。洛特鲁《塞莲娜》里那些少

第二章 得体

女也毫无遮掩地吟唱着她们的快乐：

> 掳走我灵魂的激情啊，
> 啊！生命将在你们的快乐里留存！（第五幕第四场）

她们"热烈亲吻"（第五幕第五场），还宣称"这快乐让我欲仙欲死"（第五幕第八场）。

在戏剧里大量呈现的"这快乐"直到投石党乱时期才为人所不容。1635年，梅莱还敢于将它引入悲剧：当两人的婚姻确定之后，马希尼斯对《索福尼斯巴》的女主角说道：

> 与此同时，请允许我自在地得到
> 一个作为定情信物的纯洁之吻，
> 这也是婚姻之神对您和我的要求。
>
> （他吻了她）
>
> 激情啊！琼浆和火焰般的吻啊！
> 我的灵魂是怎样的不由自主啊！（第三幕第四场）

但到了1639年，当斯库德里在悲喜剧《爱情暴政》里让笔下的角色重归于好时，波利克塞娜仅仅是吻了丈夫蒂格哈纳的手："她吻了他的手"（第五幕第八场）。在《欺骗者》里，高乃依尽管还是让阿尔希普向克拉丽丝索要了两个吻，但后者已经认为这样的要求无比疯狂，拒绝之余，还不忘嘲讽一番（第二幕第三场）。1660年，高乃依修订自己的作品时，仔细地删去了首版里的所有亲吻戏，而我们此前引用的只是其中一小部分罢了。不仅动作没了，就连台词也删了。以《梅里特》为例，从1648年的版本开始，"遭拒的吻"就已经成了"片刻的冷漠"（第二幕第四场）；而在《亲王府回廊》里，"如果我献出了一吻"也变成了"如果我说得太多"（第三幕第四场）；在《戏剧幻觉》里（第四幕第九场），

591

523

第三部分　为观众而调整剧本

> 我们将可以尽情地亲吻我们的情人

变为了

> 我们将可以尽情地奉承我们的情人

诸如此类。

要了解前古典主义时期得体的尺度，我们就必须指出，在17世纪上半叶，亲嘴不是唯一得到允许甚至鼓励的举动。梅莱《希尔瓦尼尔》（1631）里的狄兰特看到熟睡的女主角时说道：

> ……我可以亲吻她的嘴和胸。（第二幕第二场）

在高乃依的《梅里特》里，费朗德尔谈到女主角时，这样对蒂尔西斯说道：

> ……告诉我
> 这位谁都碰不得的美人如何温柔地
> 让你在她眼皮底下偷走了一吻，是嘴上，
> 颈部，还是哪里，我又何从知晓？
> （第三幕第二场，这段话只出现在首版里，1660年版本里被删去。）

在洛特鲁的《塞莲娜》（1637）里，潘菲尔看到尼兹"在床上"，便问爱神：

> 强大的神主啊，我该选择亲吻何处，
> 是嘴，是胸，是脸颊，还是双眸？（第二幕第二场）

有必要重提的是，在17世纪，对于"胸"一词的使用通常都是模糊而高贵的；但似乎在有些时候，它的指向也可以更为明确。无论如何，可以肯定的是，在17

世纪上半叶的戏剧和小说里，[13] 亲吻（参见梅莱，《克里塞德和阿里芒》[1630]，第三幕第二场）或者抚摸（参见洛特鲁，《无病呻吟》[1631]，第三幕第二场）胸部是司空见惯之事。"胸"的柔酥或坚挺都以一种取悦女性的口吻含蓄地表达了出来，比如洛特鲁的《无病呻吟》（第二幕第二场），玛黑夏尔的《英勇的姐妹》（第五幕第一场），斯卡隆的《亚美尼亚的唐亚菲》（第四幕第三场）。而在洛特鲁的《费朗德尔》（1637）里，情色意味更为强烈露骨。蒂芒特想要杀死自己的情人泰阿娜然后自杀，因为他觉得受到了后者的怂恿。而以下就是泰阿娜的原话：

> 在杀我以报羞辱之仇之前，
> 不如在这胸上寻点回报；
> 如果它还算有些风韵，那就亲吧，
> 然后再劈开，以终结它的残忍。

蒂芒特则在"亲吻她胸部"的同时，放弃了这个血腥的计划（第五幕第六场）。

这些"亲热举动"甚至在悲剧里也有提及。在洛特鲁的《濒死的赫丘利》（1636）里，男主角这样谈起年轻的伊俄勒：

> 看这美丽的胸前初初绽放的洁白，
> 控诉这手，竟纹丝不动，傻傻等待。（第一幕第四场）

即便是在 1645 年出版的特里斯坦的《塞内卡之死》里，埃皮卡里斯还让普洛库勒不要忘记那晚

> ……你想要将嘴贴近我的胸，
> 却被我一掌结实地打在臂上。（第三幕第一场）

当不存在这些亲热举动之时，意义指向极为明确的"胸"一词有时也会毫无

顾忌地出现在对话里。在高乃依的《寡妇》里，说起杜丽斯给弗洛朗日留下的印象时，热昂用了这样的话：

> 对他而言，她的双眸犹如两轮旭日，
> 挺拔的胸，宛若两重娇小世界……（第一幕第四场）

后来，高乃依一直不认为有删去这两行的必要。而在他的《玛利亚娜》的手稿里，特里斯坦笔下的希律王以如下方式指责太监要对玛利亚娜的不忠负责：

> 难道我没有让你看好这一对苹果，
> 不让任何男人得以近身？[14]（第三幕第四场）

但这"一对苹果"1637年出版后就消失了。

最后再提一下与这一问题相关的女扮男装的问题，看看当这类乔装变得风险过大时，剧作家用怎样的手段来结束它。当一位扮成男子的女主角遭遇了来自另一位女子过于激烈的挑逗，她会毫不犹豫地向后者展示自己的胸，以示性别。我们在洛特鲁的《克雷阿热诺儿和杜里斯特》（1634）和《塞里美娜》（1636）（第五幕第十一场）里都能看到这样的场景。

* *

人物真正意义上的性行为也是大约在1650年之后遭到禁止的，但此前则完全自由。即便在那些看似恪守得体法则的作品里，依然能够看到心照不宣之处。1684年，贝尔（Bayle）明确说出了受众在这一问题上的理解："在阅读爱情故事时，人们相信主角会比书上所写的更进一步。"[15] 小说如是，[16] 戏剧也不例外：那种种"爱火"和"哀叹"，即便来自最受敬重的男主角和最为矜持的少女，在古典主义时期的受众眼中大概也不会像作者想要表达的那样高洁。

在17世纪上半叶，剧作家也可能会强调主角的贞洁。比如在泰奥菲尔的

《皮拉姆和蒂斯比》(1623)里，蒂斯比说皮拉姆会和自己一同死去，并且是在

>与我们的爱火相匹配的快乐
>将我们的灵魂一起燃烧之前。（第五幕第二场）

从她的话里可以看到，两人并未有情人之实。对于他所在的时代而言，泰奥菲尔的这种保守是绝无仅有的。相反，在17世纪上半叶的戏剧文学里，我们能轻松地描绘出前古典主义时期人物性生活的完整图景。

　　对于角色之间性关系的表达有时很露骨，这还不局限于世纪初那些粗俗的喜剧，比如被认为是特洛特莱尔（Troterel）作品的《互为情敌》（Corrivaux, 1612），兰卡斯特先生将其判定为17世纪最淫秽的剧作（《历史》，第一卷，第一册，第144页），或者匿名的《爱情骗局》（Supercherie d'amour, 1627），又或者是《耶西浦》（其中的第二幕第二场、第三幕第一场和第四幕第二场）这类出自阿尔迪的剧本。从1625年开始，这种露骨的表达也出现在了那些受认可作家的知名剧作里，比如哈冈的《牧歌》(1625)。剧中的魔法师波利斯泰纳为了教育一个嫉妒心很重的女子，命令他的魔怪们：

>呈现耶达理和情郎之间
>如夫妻般亲热的场面。（第二幕第四场）

在梅莱的《克里塞德和阿里芒》(1630)里，国王对克里塞德说起了两人之间的"交合"（第五幕第三场）。在梅莱的《西尔维娅》(1628，第二幕第三场)和洛特鲁的《遗忘的指环》(1635，第二幕第二场)里，都提到了一对新婚夫妇的"初夜"。《遗忘的指环》里的国王还对他想要占为己有的莉莉娅娜说到了"让我们肉身结合的同一个夜晚"（第三幕第六场）。在梅莱的《维尔吉尼》(1635)里，女主角说公主们

>犯错后都会为自己的错误感到羞愧，

595

第三部分　为观众而调整剧本

> 并由此失去了自己以娇媚动人之姿
> 引到床上,又送入棺材的宠臣们。(第一幕第三场)

同为梅莱作品的《索福尼斯巴》(1635)里也出现了床,尽管这一选择有值得商榷之处,但依然不失悲剧特征;以下便是剧中女主角的临终之言:

> 姑娘们,帮我一下,把我抬到床上,
> 让我至少能死在见证这桩凄惨的婚事
> 成为事实的,昨夜的那一张床上。(第五幕第五场)

在杜里耶的《克雷奥梅东》(1636)里,阿尔及尔详细地叙述了自己是怎样当波利康德尔的情人的:

> 羞涩退却后,我满足了他的愿望,
> 我们两人在自愿的情况下成了婚。(第一幕第一场)

在梅莱的《奥松那公爵的风流韵事》(1636)里,迫不及待的宝林对妻子艾米丽说:

> 把您的衣衫脱到柜子里
> 珍惜我偷得的床上时光,
> 因为天明我们就要分离。(第五幕第七场)

在特里斯坦的悲剧《玛利亚娜》(1637)里,妒心很重的暴君希律王提到了索埃姆在御床上让王后玛利亚娜"满足了他的爱欲"(第三幕第四场)。在洛特鲁的《美丽的阿尔弗莲德》(1639)里,阿加斯特所谓的死亡并不妨碍他在下一夜完婚,

> 履行死者们无法尽到的职责。(第五幕第一场)

第二章 得体

高乃依早期剧作的首版里也包含了一些这种类型的细节，1660 年时都被删去了。比如在《梅里特》里，蒂尔西斯声称：

> 美貌，魅力，衣着，面容，
> 会让床褥升温，但于厨房无益。（第一幕第一场）

596

而被这对新人嘲讽了一番的乳母则以如下回应结束了整部剧：

> 看着吧，我为你们准备的爱巢
> 会让你们无法劳作，荒废整晚。（第五幕第六场）

在《克里唐德尔》里，因伤而躺下的罗西多尔对未婚妻矫情地说道：

> 有一天，这张床将成为我欢愉的天地，
> 只有它自己能让它终将完结之事延后；
> 只有它自己能封禁本应交付于我之物。（第五幕第三场）

在《戏剧幻觉》里，角色们更为含蓄：艾拉斯特在命人杀掉伊莎贝尔的丈夫后，将后者带走，并对她说道：

> 对您倾心已久的那位王子，
> 想要在他的一座城堡内为您擦去眼泪。
> （第五幕第五场，马蒂-拉沃，第二卷，第 527 页）

但在日后的版本里，高乃依还是删去了这段暗示性的文字。

在多部前古典主义剧作里，强暴似乎也是一个合适的主题。在阿尔迪的《塞达兹》和《血脉的力量》，以及洛特鲁的悲剧《克里桑特》（1639）里，女主角皆遭到了强暴；在后两部剧里，这一事件是先发生在幕间，后得到叙述的，但在

《塞达兹》里，强暴直接在舞台上被呈现，至少也是作了暗示。而古典主义时期的作家则会避免类似的情节，甚至避免那些可能会引发过于明确的联想的词汇。高乃依在《寡妇》的首版里两次表达了被掳的克拉丽丝可能遭到掳劫者强暴的想法。到了1660年的版本里，其中一处，即人们谈论一位"被掳走并可能遭强暴的情人"的片段就消失了。但另一处得到了保留，因为那里的表述更为隐晦（第四幕第一场）。在1647年首版的《赫拉克里乌斯》里，艾克旭贝尔如此描绘福卡斯的残忍：

> 我们中没有哪位未被这卑劣的暴君
> 杀害了父亲，强暴了妻子。

在1660年的版本里，高乃依把表达变得温和了一些：

> 因为他的残暴，我们中没有哪位
> 缺乏理由来展开一场正义的复仇。（第四幕第五场）

前古典主义戏剧里还出现了多位未婚先孕的女主角。阿尔迪的《血脉的力量》带着殷切的语气提到了这朵"包裹了果实的花"（第五幕第五场）。在杜里耶的《克雷奥梅东》里，王后阿尔及尔讲述了她是如何有了一个"不正当的信物"，"作为人质"留在了她"不幸的身体"里（第一幕第一场）。洛特鲁《美丽的阿尔弗莲德》里的女主角早在剧本开场很久之前就已经怀孕。她承认自己遭到了"侵犯"：

> 我无法否认这个我怀有的证人；
> 无论怎样努力，运用何种技巧，
> 我依然感觉时间已经准备好将我控告。（第一幕第一场）

遇到当初勾引自己的人时，她对他说道：

第二章　得体

> 上天赐予你肮脏的快乐以果实，
> 他让我跟上了你的脚步，即便我无意；
> 敦促我前行的是名誉而非爱情，
> 追随你的是你的孩子，不是你的情人。（第一幕第四场）

在洛特鲁的另一部剧《遗忘的指环》里，这一情境虽然只是简单提及，但用语可谓大胆！一位侍女对国王所觊觎的莉莉娅娜如此说道：

> ……我很担心最终他会偷得
> 那不会让您收窄长裙之物，
> 担心这位深谙此"盗"的年轻君主，
> 从您这儿摘去花朵，报以果实。
> 当他的意愿不再得到遮掩之时，
> 您虽将贵为王后，却也将沦为荡妇。（第三幕第一场）

598

这样的诗文让我们对于路易十三时期受众的敏感度有了一个衡量的标准。

通常，分娩的细节是不会呈现给观众的。尽管在乌迪诺（Oudineau）的悲剧《神的仁政》（*Philarchie des Dieux*, 1612）里，瑞亚边在舞台上生朱庇特，边说：

> 我彻底躺倒，儿子从我肚子里出来了。[17]

这样的特例无人仿效。另一方面，角色们又很乐意谈论孩子，无论是合法的还是私生的。在阿尔迪的《科尔奈丽》里，女主角毫不避讳地说起了自己和费拉雷公爵的私生子（第二幕第三场）。在斯卡隆的《决斗者若德莱》（1647）里，一位少女在和唐·菲利克斯"生了两个孩子后"遭弃（第一幕第三场）。当然，古典主义作家将把这些情境排除在外。他们甚至不太敢谈论少女结婚后可能怀孕一事。在高乃依《寡妇》的首版里，克里桑特的一双儿女都在结尾处成婚，作为母亲的她希望

531

很快便会在两边都看到孙儿。[18]（第五幕第十场）

在《庞培》的首版里，克莱奥帕特拉提到了自己嫁给恺撒后可能会怀上的孩子：

鉴于他已没有孩子，这些新的珍贵信物
将会是我留住他内心的宝贵财富。（第二幕第一场）

然而，自1660年起，这些我们看来天经地义的话语却被高乃依删去。

在《欺骗者续篇》里，高乃依轻轻地点到了性病这一话题。可能因为是喜剧的缘故，他在此后的版本里都保留了克里东解释杜朗特消失的原因时所作的这处谨慎又明确的暗示：

……有人怀疑您当时处在某种
我不便明言的疾病的康复期。（第一幕第一场）

阿尔迪的作品里呈现了卖淫。比如《卢克莱丝》里的一位主角，艾希菲儿，就是风尘女子。在特洛特莱尔的《圣阿涅丝》（1615）和高乃依的《泰奥多尔》里，卖淫都是异教当权者强加给品行高贵的女基督徒的一种折磨。高乃依在主题选择上的大胆超越了他的时代。在1646年版本《泰奥多尔》的"献词"里，他承认："出于庄重，我们的舞台否认了我的主题迫使我必须展示的这一点点东西，因为它难登大雅之堂。"[19]

17世纪还有三部剧作处理了性无能的话题，分别是维罗诺（Véronneau）的《无能》（*Impuissance*, 1634），吉雷·德拉·泰松奈里的《弗朗西翁的喜剧》（*Comédie de Francion*, 1642）以及马塞尔（Marcel）的《有名无实的婚姻》（*Mariage sans mariage*, 1672）。但它们似乎没有产生任何影响。

即便是同性恋话题，有时也会出现在前古典主义戏剧里。在此，我们只举其中最清晰的那些暗示，忽略过于隐晦的那部分。在高乃依的《克里唐德尔》里，男主角在角色名单里被描述为"弗洛里当的宠臣"，他和这位王子之间有着一段"如此温柔的情谊"(第四幕第七场)。鉴于高乃依在剧本"梗概"里说克里唐德尔"这位骑士是王子的嬖幸",这段情谊的性质显然已经十分明白了。在盖然·德·布斯加尔的悲剧《克莱奥梅纳》里,埃及国王托勒密被呈现为"一名举止女性化的男子"(第一幕第二场),"一个举止女性化的暴君"(第四幕第三场),人们如此说他:

他从来就只想着一些不堪的乐事。(第一幕第二场)

在特里斯坦上演于1646年或1647年的悲剧《奥斯曼》里,男主角身边也出现了"嬖幸"(第三幕第三场)。然而,当高乃依在1664年从塔西佗那里提取《奥东》的主题时,就舍弃了这位罗马史学家留下的所有与男主角的女性化举止相关的细节。

4. 战斗和死亡

古典主义所要求的得体不仅容不下日常生活的呈现,某些情感的表达,以及一切与情欲和性爱相关的暗示,也排除了战斗、决斗、暴力的死亡呈现,以及一切"让舞台沾染血腥"的内容。现在我们就来明确一下这个领域的得体在17世纪不同时代分别以怎样的方式得以践行。

类似莎士比亚戏剧里那种在舞台上呈现战役的情况,出现在了多部16世纪末和17世纪初的剧作里。[20] 但到了黎塞留主政时期,它们就变得极为罕见,这可能并非因为有违得体,而只是出于舞台呈现的难度,毕竟观众对于排演的要求变高了。这一时期唯一一部展现了战役的剧作就是玛黑夏尔的《英勇的姐妹》(1634):被多拉姆部队包围的比提尼亚人在号角的助威下尝试突围,却被击退(第二幕第十一场)。《熙德》里罗德里格与摩尔人的战斗,《贺拉斯》里罗马人和阿尔伯人之间的战斗,都只出现在叙述里。1645年前后,一部取材自维吉尔《埃涅阿斯纪》的悲剧上演时,作者布罗斯虽然不敢把战役呈现给观众,却认为后者可能会乐意听到战场的喧嚣;于是他想象了一个独特的折中之法,并在这部名为

《维吉尔的图尔纳》(1647)的作品的"告读者书"里解释道:"当拉丁人在朱图尔纳演说的鼓励下向特洛伊人发起进攻那一刻,应当把幕布降下,双方在后面交战,并发出响声。这一说明本应出现在第三幕结尾的页边,但印刷工疏忽了。因此我主动将它放到了这里,以免你批评我让舞台沾染血腥,以及不合时宜地模仿粗陋的学堂*表演。"到了17世纪下半叶,只有在集市舞台上演出的那些业余剧本才会呈现战斗场景,比如莱里勒·勒巴(Les Isles le Bas)的《王家殉道者》。

没有了组织较为有序的战役,前古典主义戏剧主动用两人或多人之间的徒手搏斗代替。比如在泰奥菲尔的《皮拉姆和蒂斯比》(1623)里,男主角遭到了多克西和希拉尔的攻击,然而前者被他手刃,后者被他打跑(第三幕第一场)。在高乃依的《克里唐德尔》里,遭到三个杀手追杀的罗西多尔将其中两人手刃,并打退了第三人(第一幕第九场)。这些失败的伏击显然是为了凸显主角的英勇。当然,攻击也有部分得手的时候,这就给情节带来了必要的障碍。在梅莱的《维尔吉尼》(1635)里,一个斯基泰上尉和他的士兵们杀了费拉纳科斯和一个奴隶;同为攻击对象的佩里昂德尔死里逃生(第二幕第三至第五场)。在洛特鲁的《美丽的阿尔弗莲德》(1639)里,女主角英勇不逊美貌,击退了阿拉伯海盗的第一次进犯,并杀了他们中的一人(第一幕第二场);然而,得到增援后卷土重来的阿拉伯人俘虏了她和另外几个角色(第一幕第五场)。这类战斗层出不穷,直到1650年。在那以后,它们就因为有违得体而退出了舞台。

当然,无论是在前古典主义戏剧里,还是在同时期的现实中,最普遍的打斗就是两人之间的决斗了。按照贝纳东先生的统计,17世纪有四分之一的剧本里出现了决斗;最集中的时期是1630—1640年间。提及决斗的剧本直到17世纪末都有,但1670年后开始变得罕见[21];而直接在舞台上呈现决斗的剧本只有18部,并且全部出现在1650年前。[22] 高乃依的《亲王府回廊》(第五幕第二场)和《熙德》(第一幕第三场)出现了主角之间打斗的场面;玛黑夏尔的《英勇的姐妹》里出现了五次决斗,1635年前后上演的洛特鲁的《弗洛里蒙德》里有四次,分别出现在第四幕第四、第五场,第五幕第二、第四场。此外,现实里决斗

---

* 指耶稣会学堂带有教学目的的戏剧表演。

第二章 得体

所需的得体自然也约束着戏剧表演中的这类君子之争。比如出于尊重，贵族不会在年长的亲人、女性、君王面前决斗。而剧作家的创作也逐渐体现了对这一现实做法的尊重。1638年，受到反对决斗的黎塞留所保护的作家狄马莱·德·圣索林，[602] 把他的《西庇阿》（1639）搬上舞台时，观众就没有目睹剧中的决斗场面：吕希当一边向对手加拉芒特出手，一边说道："你怎么后退了"（第三幕第二场），而加拉芒特则退得足够大，以至决斗只能在幕后展开。同一时期，与黎塞留关系不那么紧密的其他作家则没有这样谨慎。直到 1648 年，我们还能在布瓦耶的一部悲剧《波鲁斯：亚历山大的高贵》（*Porus ou la générosité d'Alexandre*）里，找到呈现在观众眼前的，发生在阿尔萨西德和佩尔蒂加斯之间的一场决斗（第四幕第二场）。排演说明那里写着："他们打了起来"。投石党乱之后，决斗从舞台上绝迹，但剧中的人物依然会谈论到它，哪怕是在那些古典主义最浓厚的作家的作品里。以高乃依的《俄狄浦斯》为例，剧中的泰塞埃就向俄狄浦斯发出了决斗的挑战（第四幕第四场），只是最终没有发生。在拉辛《亚历山大》1666 年的首版里，阿克西亚娜曾说道，塔克希尔本应和波鲁斯决斗（第三幕第一场）；后来拉辛删去了这一提议，可能认为它已经有些过时。

有两类决斗值得我们重点关注：审判型决斗，即其中一人为了证明女主角的清白或是为了迎娶后者而决斗；军事型决斗，即在两军首领或交战双方各自指派的决斗者之间展开，两人决斗的结果将决定两军战役的结果。这两类源远流长[23]的决斗都出现在了前古典主义戏剧里。高乃依的《熙德》里罗德里格与唐·桑丘之间的决斗是一场真正的审判型决斗。后者也出现在了梅莱的《维尔吉尼》（1635，第四幕第二场，第五幕第三、第五场），巴霍的《卡丽丝特》（1651，第三幕第十一场，第四幕第十一场）等作品里。军事型决斗最著名的例子就是高乃依的《贺拉斯》里贺拉斯兄弟和居里亚斯兄弟之间的决斗。在此之前，洛特鲁的《幸运的海难》（1637，第四幕第二场）和《安提戈涅》（1639，第一幕第六场）也都展现了这类决斗。而在《贺拉斯》之后，也有拉辛《忒拜纪》里厄忒俄克勒斯和波吕尼克斯之间的决斗（第四幕第三场，第五幕第三场）；以及高乃依自己的《布尔谢里》的开篇所出现的那场作为历史事件被提及的决斗（第一幕第一场）。按照夏多布里昂在《墓畔回忆录》里的说法，[24] 这类军事型决斗直到大

603　革命期间还出现在革命军和反革命军的首领之间。

考虑到17世纪戏剧里各类决斗的出现频率之高，我们很难接受高乃依用《熙德》来捍卫决斗，抗议黎塞留政府禁令这样的观点。没有任何与《熙德》同时代的人有过这样的想法。在黎塞留的要求和监督下写作的《法兰西学院对于熙德的看法》，也认为罗德里格和伯爵决斗的选择是正确的（嘉泰，《熙德论战》，第374页）；这与当时贵族的习惯做法是契合的。在《熙德》里赋予决斗重要地位的高乃依，只是简单地迎合当时的风尚罢了。戏剧观众爱看决斗，爱听角色谈论决斗，直到他们认定它有违得体为止。

在前古典主义戏剧里，不只男人们在战场或决斗场上打斗，女人们也是如此。在1650年以前，后者在这方面并没有受到得体所带来的更多约束。多位继承了维吉尔笔下的卡米尔或是塔索笔下的克劳兰德的人物形象的女主角都令人生畏，甚至可以称她们为职业女战士。还有一些则为了远行的便利而装扮成男子，并配上剑或者手枪，她们知道如何使用自己的武器，能攻善守，有能力击杀男性。玛黑夏尔《高贵的德国女人》（1630）里的卡米尔是一名"女战士"（第一日，第二幕第三场）；她以一敌众（第一日，第五幕第五场），习惯杀戮；比如说起克里莱昂时，她曾如此激动：

不如一刀扎进他的胸膛：
这一刻我已经等待了许久；（第二日，第一幕第四场）

持枪在手的她也抵抗过试图逮捕她的一众卫兵（第二日，第三幕第三场）；她还与另一位女子决斗，先使枪，后用剑（第二日，第五幕第三场）。在拉·加尔普奈德的《米特里达特之死》（1636）里，伊浦西克拉苔从丈夫米特里达特那儿收获了如下赞誉：

604　　无敌的亚马逊女人，我曾无数次目睹你
赢得勇武赐予我们的桂冠，
我曾目睹骑兵团在你的号令下

第二章 得体

> 学着你冲垮全副武装的敌军。
> 你的脸和你的剑一样攻无不克。（第二幕第一场）

在剧中的关键战役里，伊浦西克拉苔和丈夫并肩作战，击杀了大量敌兵（第二幕第五场）；她甚至希望和自己掀起叛乱的儿子法尔纳斯决斗以终结战争（第四幕第四场）。到了1640年，人们大概是厌倦了这些女战士，因为在这一年出版的杜里耶的《阿尔西奥内》里，公主莱迪就为自己碍于得体而无法手刃阿尔西奥内而感到遗憾：

> 如果不是因为冷酷无情，满手鲜血
> 不容于我的性别，我的身份！
> 我将亲手满足这刻意回避的心，
> 如赫丘利般对付这个巨人。（第一幕第一场）

1647年，多比尼亚克院长的散文体悲剧《泽诺比》里的女主角是"一个战功彪炳的亚马逊女人"（第三幕第七场），因此还是一名女战士。她甚至表达了军事领域的女性主义诉求："男人们在战争中所自诩的权威，究竟是他们天然的权利，还是一种古老的侵占？"（第四幕第三场）然而，击败了她，同时对她欣赏有加，称之为"女英雄，一个真正的亚马逊女人"的奥莱里昂，却依然认为她的行为不妥，并对她说道："德行能允许一个女子乔装后终日在战争和黑夜里放纵，以杀戮为乐，眼中充满暴戾之气吗？这都是些罪恶的行为，您违背了您这一性别之人应有的内敛，也有损罗马人的尊严。"（第四幕第三场）至此，女战士这类角色便只能消亡，可谓为得体所灭。

无论战斗还是决斗，都要求拔剑相向，这在17世纪下半叶是不可接受的。在古典主义时期，出于尊重，在贵妇或君王面前拔剑都是被禁止的。而在前古典主义时期，这样的情形很常见，哪怕并不是在真正的决斗场上。在高乃依的《寡妇》里，菲利斯特用剑背打热昂（第三幕第六场），并持剑追捕一众男仆（第四幕第二场）。在洛特鲁的《遗忘的指环》（1635）里，轮到国王本人挥剑了（第四幕第五、第六场）。同为洛特鲁作品的《美丽的阿尔弗莲德》（1639）里有一个舞台说明，明确指出角色们都"手执出鞘之剑"（第一幕第四场）。

在 17 世纪上半叶，由这些武器所造成的伤害并没有被遮掩；相反，观众的注意力被吸引到最可怕最血腥的伤害上来。在 1659 年的《俄狄浦斯》里，高乃依不敢呈现男主角被挖去的双眼，但在早年的悲喜剧《克里唐德尔》里，他让观众目睹了杜里斯挖去皮芒特一只眼睛的场面（第四幕第一场），还谈论了许久罗西多尔的伤势（第一幕第九场，第三幕第一场，第五幕第三场）。在玛黑夏尔的《英勇的姐妹》（1634）里，多拉姆"展示了自己新近的伤口"（第二幕第四场），这些新伤两次在剧中得到呈现（第四幕第四和第八场）。在博瓦罗贝尔的《帕莱娜》（1640）里，此前在战斗中负伤的德里昂特对指责自己的"情人"伊帕里娜说：

> 这一击加重了我的伤势，我感到
> 滚烫的鲜血不断地流出。（第三幕第三场）

为了取悦热衷打斗场面的观众，这一时期的剧作家常常会让舞台沾上血腥，至于得体，则要到投石党乱之后才成为必需。

* *

出于得体的需要，剧作家可以抛弃打斗；但在悲剧里，死亡是无法抛弃的。而在死亡的呈现或提及方面，得体的影响方式在 17 世纪经历了巨大的演变。一开始是没有任何限制；将最恐怖的死亡场景搬上舞台反而是受欢迎的。比如在 1613 年前后出版的匿名悲剧《残忍的摩尔人》（More cruel）里，一个被解放了的摩尔奴隶向他的前主人利维耶里实施了可怕的报复：他在后者外出打猎时强暴了后者的妻子，而当后者回来时，又将他的其中一个儿子从高塔上推了下去；利维耶里在楼下央求他放过家里剩下的人，并答应给他金钱；摩尔人同意了，但前提是利维耶里割去自己的鼻子……于是后者割了鼻子；摩尔人嘲笑了一番之后，依

第二章 得体

然从高塔上把他的妻子和另一个儿子推了下来，然后自己也跳楼自尽。在阿尔迪的《阿尔克梅翁》里，我们看到了一个失去心智后杀死自己孩子的男主角（第三幕第四场）；妻子阿尔菲斯比请求自己的两位兄弟阿克西翁和泰蒙杀了丈夫替自己报仇；之后就是阿克西翁和泰蒙和阿尔克梅翁之间的打斗，三人陷入缠斗，统统死去（第四幕第三场）；但对于阿尔迪的受众而言，这还不够；到了最后一幕里，众人"履行义务"将三具尸体抬上舞台（第一场），这是为了阿尔菲斯比能在两位兄弟的遗骸前哀悼，并对着丈夫的尸体咒骂。

对于这些恐怖场面的热衷一直持续到了路易十三统治的末期。得体的想法固然从1630年开始就已经被提出，但就早期而言，它显然还不足以抗衡人们对于鲜血和尸体的热衷。在蒙莱昂的《蒂艾斯塔》（1638）里，在毒死了自己兄弟蒂艾斯塔的几个孩子之后，阿特雷还让他吃下了他们的肉，喝下了他们的血；在告诉蒂艾斯塔真相的同时，竟命人把孩子们的头、手臂和腿放在盆子里，和他妻子的尸体一同拿到他面前。可能因为蒙莱昂对于血腥场面的处理实在过分，这部过于恐怖的剧作并没有获得成功。相反，洛特鲁的《克里桑特》（1639）却没有激起任何反对声音。在这部悲剧里，强暴了克里桑特的卡西在舞台上自杀（第四幕第五场）；克里桑特要来了后者的头颅，扔到了自己的丈夫安提奥什跟前，因为后者不愿相信妻子反抗了卡西（第五幕第五场）；随后克里桑特也自刎；幡然醒悟的安提奥什心知一切都太迟了，也羞愧自尽。不过洛特鲁后来还是出于对得体的顾虑而选择不让观众目睹第三次自杀的场面；安提奥什"坐到了床上，拉上了幕布"；片刻后，他"离开了床，从胸口拔出了一柄沾血的剑，倒在了克里桑特尸体上"死去（同上）。在杜里耶声称赢得了"一些掌声"（"献词"）的那部《撒乌尔》（1642）里，最后一幕的舞台上出现了撒乌尔两个儿子的尸体（第二场），引发了其他幸存主角的哀悼和观众的怜悯，与阿尔迪的《阿尔克梅翁》如出一辙；撒乌尔随后自尽（第四场）。日后，这类血腥场面以及非必要的尸体呈现都因为有违得体而遭禁。

但无法展示的内容可以通过对话谈及。前古典主义戏剧从不放过提及一些恐怖场面的机会，即便后者并非必需。同一时期的小说则更为肆无忌惮。[25] 1650年以前的剧作会提到刑罚，比如洛特鲁的《遗忘的指环》里的砍头（第四幕第二

539

场），或者梅莱的《克里塞德和阿里芒》里更具侮辱性的绞刑（第四幕第一场）。洛特鲁的《美丽的阿尔弗莲德》里有一句描述尸体腐化场面的台词，让人想象"一具腐烂，血腥，被尸虫噬咬的尸体"（第五幕第十一场）。泰奥菲尔的《皮拉姆和蒂斯比》也以极富现实主义的方式提到了一具尸体：

> 纹丝不动，睁着的双眼因为
> 临终时翻起的眼白而丑陋万分（第一幕第三场）

在同一部剧里，以为蒂斯比被狮子吞食的皮拉姆试图在溪流里找到心上人"至少一些残部"。如果能找到

> 这幅美妙杰作里
> 一些值得放入墓中的神圣残骸，
> 我便会在胸口割开一道大口，
> 让她的肉身在我的体内安息。（第五幕第一场）

剧作家也会强调那些最悲惨最诡谲的死亡。比如在盖然·德·布斯加尔的《克雷奥梅纳》里，两个孩子在他们父母还在世时自杀：先是哥哥，后是弟弟，都从窗口跳下（第五幕第六、第八场）。在吉尔贝尔的《罗德古娜》里，女主角说到自己杀了乳母：

> 那柄我为报夫仇而拿起的剑，
> 率先刺向了曾经哺育我的胸脯。（第一幕第一场）

怒气会让前古典主义的主角展开最可怕的咒骂。比如在玛黑夏尔的《高贵的德国女人》里，克里莱昂说到自己的妻子和他假想中妻子的情人时，用了以下两句话：

> 我要让他们用各自的手将对方割喉，
>
> 让他们各自吞下对方的眼球（第二日，第一幕第二场）

在洛特鲁的《克雷阿热诺儿和杜里斯特》里，男主角如此说一个盗贼：

> 我的手会刺穿他腹部千次；
>
> 我会挖出他的心，喝了他的血（第五幕第六场）

在斯库德里的《爱情暴政》里，波利克塞娜对蒂利达特说道：

> 你爱我，我恨你；你追随着我，我厌恶不已，
>
> 这样下去我就生吞了你的心；你还嫌不够吗？（第五幕第六场）

　　这些宣称把人生吞活剥的话语能频繁出现，说明它们并不违背那个时代的得体。杜里耶的《塞沃勒》是一部非常严肃的悲剧，它把食人视为一种摆脱军事绝境的手段；剧中的男主角向朱妮描述了饥荒给遭到围困的罗马城带来的后果：

> 有人看到，萎靡虚弱的老者
>
> 尽管已经过了上阵杀敌的年纪，
>
> 却依然在满腔愤懑的驱使下，
>
> 将自己作为食物献给年轻的战士，
>
> 仿佛他们哪怕只剩下这肉身，
>
> 也依旧要当罗马的防线和灵魂。

这样的情境让朱妮钦佩地感叹道："伟大的心灵啊！"（第二幕第四场）。特里斯坦的悲剧《奥斯曼》上演于 1646 年或 1647 年，剧中对于奥斯曼最后的战功以及死亡的叙述堪比中世纪史诗里血腥壮烈的杀戮描写。这位主角先是把敌人的身体"如同割草一般"切成两半；然后，

第三部分　为观众而调整剧本

609
>　　……挥着同一把大刀的他，
>　　突然劈飞了二十个人头，二十条手臂
>　　……
>　　他的剑一直刺到了第七列
>　　每一击都让敌军血流遍野。
>　　……
>　　然而，一把明晃晃的利斧呼啸闪过，
>　　他的半条右臂离开了身体。
>　　……
>　　独臂在泥浆里搏斗的他，
>　　用牙齿咬碎了几个擒住的敌人，
>　　另一些乘机向他冲来，
>　　轻松地割开了他的脖子。（第五幕第四场）

1663年，布瓦耶在《奥洛帕斯特》里如此描述普瑞萨斯普之死，后者从一座塔楼的高处跳了下来：

>　　他头部着地，身体崩裂，
>　　四处是染血的碎片，失去了生命。（第五幕第四场）

到了17世纪下半叶，血流遍野的场景和其他恐怖的细节就基本从对话里和舞台上消失了；对于角色死亡的描述变得很笼统，尽可能保持了平淡。

就演出而言，从路易十三在位的最后几年起，即便没有过度血腥场面的杀戮也因为有违得体而遭弃。而在玛黑夏尔、洛特鲁和同时代其他作家作品里如此常见的打斗和决斗，往往都是以死亡终结的。以玛黑夏尔的《英勇的姐妹》（1634）为例，在同一场戏里，奥龙特先是杀了李康特，然后遭到三个兄徒的攻击；他的随从杀了其中一人后也死去，奥龙特亲手结果了最后两个兄徒；总共五人死亡（第三幕第八场）。尽管直到1650年，布瓦耶的悲喜剧《尤利西斯在喀耳刻之岛》还呈现了一位死在舞台上的主角，即遭朱庇特雷击而亡的尤里罗什（第五幕第十场）；但这是一部机械装置剧，并不受所有规则的限制。基本上，大约从1635年开始，悲剧就避免在观众眼前展现死亡了。在洛特鲁的《濒危的赫丘利》（1636）里，赫丘利想要杀了理查斯，舞台说明写的是"他拿起他的大棒去追理查斯"（第三幕第一场）；杀戮将发生在幕后。在斯库德里的《恺撒之死》（1636）里，当元老们将要杀害恺撒那一刻，斯库德里提醒我们"大殿关闭，以免有违规则，令舞台沾血"（第四幕第八场）。随后，元老们"纷纷出来，手中都有一把将恺撒刺死的匕首"（同上）。在《贺拉斯》里，高乃依从首版开始就特意指出卡米尔被兄长贺拉斯"在舞台后刺伤"，后者对妹妹造成这一致命伤后"回到舞台"，说了几句台词；前几版的剧本都提到了贺拉斯"剑在手"，暗示卡米尔已经逃离，这让她得以"在舞台后"遭刺；尽管有了这些谨慎的处理，扮演卡米尔的女演员还是死在了舞台上，并因此引发了重视得体的那部分观众的不满；高乃依不得不强化了自己的舞台说明，从1655年的那版开始：贺拉斯不再是"剑在手"，而是"拿起剑，追向逃离的妹妹"（第四幕第五场）；需要注意的是，与"剑在手"相比，"拿起剑"的优点在于可以避免在舞台上展示出鞘的剑；在1660年的《评述》里，高乃依重新提到"逃离并在舞台后遭刺"对于扮演卡米尔的女演员的必要性。[26] 上述所有剧作家的舞台说明都体现了他们想方设法地避免因杀戮而让"舞台沾血"。

古典主义时期出于得体，处理自杀的方式和杀戮完全不同。杀戮是禁止的，但自杀不是。莫万·德·贝尔加尔德院长说得非常清楚："那些宣称绝不能让舞台沾血的人不知道何谓让它沾血；让他人流血固然是绝不允许的，但如果有一种符合审美的绝望处境作为前提的话，自己的血是可以流的；那是曾被罗马人神圣化了的一个举动。"[27] 的确，自杀被视为勇气之举，体现了英雄气概和一种"罗马式"的刚毅。高乃依在《奥东》里写道：

> 这高贵的绝望，与罗马人如此相称，
> 只要他们心存勇气，便始终可以选择。（第一幕第四场）

这一构想把自杀变成了古典主义戏剧主角唯一可行的血腥之举。因为首先，他只可能在战争或是决斗中将敌人杀死，但古典主义的得体又禁止呈现这两者。其次，主角也不能杀死那些出于某种原因他需要尊敬的对手：名誉不允许他这么做。另一方面，他也不能被一个叛徒所杀，否则受众便会失望，并无法把这个角色视为情节的动因。因此，任其自杀或是被敌人俘虏以避免被杀的情况才如此常见。相比于蒙羞、失败、确切或可能的他杀而言，自杀更受青睐。最终的结果是，唯一能让主角在无损名誉的前提下杀死的，就是主角自己。拉梅纳迪尔在他的《诗学》里区分了不同类型的杀戮，并且只认可其中"高贵的"[28]那些：而高贵的实际上就只有自杀。

可见，正是因为剧作法的需要，大量悲剧才会以自杀结尾，人们也才会认同自杀没有让舞台沾上血腥，即便主角已经把剑刺进了自己的胸膛。也是出于这个原因，剧作家在这一问题上的态度才会与同时代的小说家相左。后者将自杀视作懦弱的行为，认为它违背了基督教道德。[29]相反，剧作家则以自己的名誉观和对于得体的考量为导向，赋予了自杀行为突出的地位。

此后，得体和基督教道德之间在这点上就出现了争端。基督教道德的自杀禁令不容于古典主义的剧作法体系；因而被主动无视。但它还是影响了17世纪上半叶的一些剧作家。比如在谢朗德尔的《提尔和漆东》（1608）里，弗尔特对意图自杀的卡桑德尔说道：

> 我们并不只因自己，也非只为自己才活于此世；
> 我们也不该用我们的手结束自己的生命；
> 这臂膀若是摧毁了灵魂栖居之地，
> 其可憎比杀害至亲有过之而无不及。（第三幕第四场）

但这并不妨碍卡桑德尔在结尾时自杀（第五幕第四场）。同样是在这部悲剧里，阿里斯塔尔克放弃了自杀，因为灵魂无法离开牢笼，

> 若是没有主，

>全能的看守，为他专门开启的那道门。（第四幕第一场）

在阿尔迪的《阿尔克梅翁》里，曾经弑母的主角在杀了自己的孩子后想要自杀。他的亲信尤代姆说服了他放弃这一念头，因为那样的行为

>比最邪恶的杀害至亲的行为更为邪恶，
>……
>将至高无上的朱庇特安放纯洁灵魂的
>您这间如此神圣的壮美神殿玷污，
>为了未经自然允许而离开，
>冒着一个世纪无法进入伊利西恩*之惩戒。（第四幕第二场）

基督的信仰在这里与异教的神话古怪地混合了。在基督教或者圣经主题的悲剧里，自杀的问题就格外值得关注。即便是在这个领域，剧作法依然大于信仰。在杜里耶的《撒乌尔》（1642）里，战败陷入绝望的主角请求侍从杀了他，却是徒劳：

>啊！别让我承受这极端的不幸
>经由我的手而死去，由我来毁灭自己。
>……
>作为最后的效劳，让我们免去这罪行；
>既然我无法挽救，至少也挽救我的名誉。（第五幕第四场）

但由于侍从拒绝到底，撒乌尔还是自杀了。在高乃依的"基督教悲剧"《泰奥多尔》里，女主角也处于类似的情境：普拉西迪拒绝杀她，她便宣告上帝破例允许她结束自己的生命：

---

* 法语原文为 Élysée，即神话中有德之人和英雄人物死后方能进入的乐土。

第三部分　为观众而调整剧本

> 我的律法禁止，但我的上帝却启示我如此；
> 它开口，我谨守它秘密的支配；
> 这有违它戒律的举动，
> 我感到正是来自于它。（第三幕第三场）

但大多数时候，基督教的道德不加任何解释就遭到无视，任凭古典主义的主角们慷慨自尽。在高乃依的《美狄亚》里，克里翁（第五幕第四场）和伊阿宋（第五幕第七场）先后在观众眼前自杀。拉·加尔普奈德的《米特里达特之死》(1636) 的最后一幕围绕自杀展开：米特里达特，他的妻子伊浦西克拉苔，他们的两个女儿米特里达希和尼兹先后喝下了毒药（第一场）；随后，法尔纳斯的妻子贝蕾妮丝也如愿服下毒药（第二场）；女人们接连死去；唯独早前服过解药的米特里达特没能死去；于是他用剑将自己刺死（第三场）；法尔纳斯登场后看到五具尸体，也想要追随他们而去（第四场）。而在杜里耶的《阿尔西奥内》(1640) 里，主角可以说是自杀了两次：先是在幕后对自己致命一击，然后向莱迪临终告别时再度把剑刺向自己（第五幕第五场）。博瓦罗贝尔《帕莱娜》(1640) 里的考纳（第五幕第三场）和布瓦耶《亚里士多戴姆》(*Aristodème*, 1648) 里的阿尔西达玛（第五幕第三场）也都在观众眼前自杀。我们没有任何理由假定这些剧本的作者不是虔诚的基督徒，可能博瓦罗贝尔除外。但就像那些"博学自由派"（libertins érudits）[30]和笛卡尔一样，他们在宗教和自己的专业需求之间做了极端的区分。冉森派基督徒拉辛的大部分剧作都是以自杀结尾。在《忒拜纪》里，受神谕所惑的梅内塞自杀了，以为这可以终结战争。他的自杀没有在舞台上呈现，但得到了大段叙述（第三幕第三场）；伊俄卡斯忒、安提戈涅（同上）和厄忒俄克勒斯（同上）对他的行为表达了崇敬。拉辛自己在为欧里庇得斯的剧本作注解时，把梅内塞的自杀视为一个"高贵的举动"；他甚至批评欧里庇得斯"对这一伟大的构想一笔带过。它应当得到更耀眼的铺陈"。[31]在他的剧本里，他的铺陈在于赋予了梅内塞一种"英雄的狂热"（第三幕第一场）。而《忒拜纪》的结尾则宣告了伊俄卡斯忒（第五幕第三场）和安提戈涅（第五幕第五场）的自杀，以及克里翁的自杀企图（第五幕第五场）。

第二章 得体

尽管自杀往往有其必要性，也是观众所乐见的，但出于得体的需要，它在舞台上的呈现还是受到一定的限制。如果一位想要自杀的主角在悲剧结尾时单独出现在舞台上，他可以付诸行动，并在观众眼前死去，就像拉辛《巴雅泽》结尾里的阿塔里德那样。但如果主角在临死之前还有话要对生者交代，那么剧作家一般不会展示他死亡的全过程，而是只有开始或结束阶段。在幕后用剑刺穿自己身体或者服下毒药的主角会走回舞台死去，但在观众眼前实施了致命一击并且又留下遗言的主角对情节和情绪就不再有用了，他们可以去幕后静静死去。我们看到在洛特鲁的《克里桑特》里，安提奥什在"帘幕"后自戕，然后来到舞台上，倒在克里桑特的尸体上。拉辛的作品里也是如此，米特里达特向自己挥剑后回到舞台，将遗愿告知莫妮姆和西法莱斯；费德尔先服毒后走上舞台，在临死前向丈夫承认了自己的罪行。反之，在梅莱的《索福尼斯巴》里，女主角把遗愿告诉了自己的亲信，"吞下毒药"，然后让人扶她走入房间（第五幕第五场）。皮埃尔·高乃依《罗德古娜》里中毒的克莱奥帕特拉（第五幕第四场），托马斯·高乃依《康茂德》（1659）里中毒的男主角（第五幕第四场）都说道："来人，把我带离此地。"基诺《阿斯特拉特》（1665）里的爱丽丝也说道："来人，把我带走。"（第五幕第五场）可见，即便濒临死亡，这些角色还是懂得保持低调。

古典主义戏剧呈现自杀时所遵循的最后一条规则是把自杀安排在悲剧的最末。的确，如果角色在最后一场戏之前自杀，他的尸体就得长时间留在观众眼前。而拉辛时代的剧作家可不像阿尔迪或者拉·加尔普奈德那么热衷于展示尸体。正是出于这个原因，当一部剧以多人自杀收尾，那么前几人的行为就是口述的，只有最后一人的自杀会在舞台上呈现。以拉辛的《安德洛玛克》为例，艾尔米奥娜的自杀发生在幕后，而俄瑞斯忒斯则是在舞台上尝试自杀。

结　论

　　古典主义剧作法诞生于17世纪。初始阶段的它有点像是某种秘术：少数几个通晓者，通过思考亚里士多德及其评注者的规条，思考戏剧情绪的本质和动力，提炼出戏剧创作技艺的主线。但他们完全无意将相关发现公之于众，而是想让自己成为唯一的受益者。我们在"绪论"里曾引用高乃依1637年的一句话，后者提到自己找到了剧作的"秘诀"，但并不打算"透露"。然而，种种讨论、序言、著述、批评、就批评做出的回应，以及对于戏剧日渐浓厚的兴趣，让这些秘诀不再神秘。尽管如我们所见，古典主义戏剧创作的种种方法直到世纪末也没有完全得到明确表述，但它们已经被几乎所有剧作家采用：我们之所以没有举任何1670年或1680年之后的剧作为例，也正是因为它们并不能带来任何此前剧作里所没有的内容。古典主义剧作法在那时俨然已经成型，之后就是普及了。到了18世纪，它已经深入人心，以至人们可以对它加以嘲弄，博懂行的读者一笑。比如1730年，让·杜·卡斯特尔·多维尼（Jean du Castre d'Auvigny）设想了一部"八幕散文体，附带助兴节目的悲剧"，命名《查理曼大帝的十二重臣》；他假想的作者阿奈同这样向我们介绍剧本的梗概："场景无处不在；地点在四海之内，以便我的一众角色都有施展拳脚之地；他们一会儿在欧罗巴，一会儿在亚细亚，一会儿在阿弗里加。情节持续三十年；我穷尽了他们的故事：从摇篮一直写到坟墓……您会在第一幕看到一场比武，第二幕看到两场战斗和一次围城，第三幕看到四度相认，第四幕有一次回想和一系列震怒的言行，第五幕有一个神谕和三场梦，第六幕有一次谋反，第七幕有两场叛乱，最后一幕以一场地震收尾，它让所有角色丧命，将所有观众吓跑。同时，您也会在剧中看到被施了魔法的宫殿，被击碎的巨人，满目疮痍的城市，被割喉的人，一个海陆两面被围困的孤岛；您会看到仙女、巫师以及魔鬼。这是一部疯狂的悲剧，里面的内容足够写出五十部作品，它独一无二，包罗万象；它以结尾开场，在呈示里结束；它是一个炽热的火炉，里面迸射着思想的爆竹，交相辉映；两行就描绘了四个人物，三个词能涵盖六种想法。它是不可思议的，它是难以想象的。"[1]

这部《查理曼大帝的十二重臣》究竟是想戏仿一部想象中的特别肆无忌惮的前古典主义悲喜剧，还是浪漫主义戏剧的一段疯狂的前奏？总之，这段热情洋溢的文字里没有任何一个细节不与古典主义剧作法里某个既定内容形成诙谐的矛盾。可见，后者已经被视为一个将决定日后戏剧演化的体系。然而，这个体系是怎样形成的呢？

探究古典主义剧作法源于何人想必会是徒劳的；它与人类一切的伟大创造一样，都是集体所为。无论是亚里士多德、夏普兰、高乃依、多比尼亚克院长、莫里哀、拉辛、布瓦洛中的哪一位，或是其他我们能想到的任何人，都没有率先完整地将它构思出来。它是几代人不懈努力的结果，大量平庸的和伟大的作家，从实际经验中吸取了残酷的教训后，一点点得出了最适于建构古典主义的素材。这些才华、性格甚至想法有时都差异颇大的作家之所以能对剧作法达成共识，并不是源于什么奇迹，而是因为这种剧作法成功了，即它适应了这些作家共同的受众；因此我们可能会想说，古典主义剧作法的真正创造者，是受众，那些试图求得他们所处时代的戏剧创作法则的剧作家和理论家，无一不是在对受众的反馈加以解读。

三代人的努力造就了这一集体智慧的结晶。以历史事实为基础，古典主义剧作法可以分为三个阶段，它们与宏观历史以及17世纪法国文学史通常所界定的三个时期相吻合。与之相关的两大转折事件是1624年黎塞留掌权，以及1648—1652年间的投石党乱。这两大事件都带来了政府权力的剧增，后者通过保护和鼓励文学来确立自己的声望。在亨利四世在位最后几年以及此后的动荡时期里，戏剧颇为平庸，文化人对其评价极低。一切从黎塞留拜相的头几年开始就有了转变。这位枢机主教对戏剧有着浓厚的个人兴趣，鼓励和保护了一众剧作家和演员，命人兴建了一个新的剧场，后来成为莫里哀的剧院；正是由于他的推动，大量原本对此并无想法的作家转向了戏剧写作：1625—1630年间，梅莱、奥弗莱、巴霍、杜里耶、皮舒、洛特鲁、斯库德里、玛黑夏尔、朗巴尔、莱西吉尔和高乃依纷纷开启了自己的戏剧生涯；1629年，国王演员永久入驻勃艮第府剧院；戏剧

结　论

第一次成为一种受尊重且有利可图的文学类型，它开始讲究得体，以便让女士、严肃或敏感人士不再抗拒观赏演出，它成为一种贵族和宫廷的娱乐，与此前大为不同；由于文学和社会地位的提升，它成了理论家瞩目的焦点，并深深颠覆了他们的理念。1642年黎塞留的离世对戏剧界而言宛如灾难；期待成为新一代戏剧作家精神导师的拉梅纳迪尔和多比尼亚克因此而迷失。投石党乱后的戏剧保护者有福盖、柯尔贝尔、马扎然、路易十四，而法国的普遍繁荣则为戏剧文学带来新的绽放。

这些事件无法不对剧作法产生影响。因此我们也在属于它的历史里区分了一个古旧时期（世纪初年至1625年或1630年前后），一个可被冠以前古典主义之名的时期（直到投石党乱），以及投石党乱之后那个真正意义上的古典主义时期。同时，我们也用"古典主义"（classique）一词从整体上来指代17世纪的剧作法。这正是建立在事物本质上的一种必要的模糊：我们不应当只从全盛期去认识古典主义，也要关注它尚未出现，尚在萌芽中，尚不知它已是古典主义的时期。如果不对源头加以解释，就无法还17世纪下半叶的剧作法甚至文学以公道。在其他的文学史问题里，源头都只是提供一些细微的指引，供后世发扬光大；然而，从许多角度来看，古典主义剧作法的演变都是相反的：古旧和前古典主义的素材要比真正的古典主义素材丰富得多，古典主义是经由筛选和舍弃而确立的。所以，古典主义与前古典主义的内在联系远比浪漫主义与前浪漫主义的关联来得深刻；前古典主义里糅杂了古典主义和其他丰富的元素，对于后者，我们也必须有所了解，因为它们日后并不会全部消失，而是会留下痕迹，即便是在最严谨的古典主义作品里。

17世纪古旧剧作法（约1600—1630）的特征首先在于资源的大量调用。角色繁多，情节可以按照需要随意延长，尽一切可能追求大场面元素，小说式的主题大量存在，无节制地运用抒情和演说的形式：人们关注的是它们的文学价值，而不是它们在剧中出现是否合理；独白、斯铠式、交替对白和警句的使用达到了泛滥的程度。但这种剧作法十分混乱：情节的衔接毫不严谨，丝毫不考虑得体，每一幕的长度差异巨大，完全不顾及彼此之间的平衡，也缺乏区分场次的某种前后一致的原则。它的价值在于令其恣意生长的强大生命力：在那个无所谓得体的

结　论

时代，没有什么东西会令观众反感；观众能够并且想要看到、听到一切。这种生命力以及对于大场面不计后果的追求在古典主义时代只保留了精髓。最后要指出的是，古旧剧作法的文学性大于戏剧性：即便是像阿尔迪那样一直和演员们保持联系的作者，思考自己的剧本时也更多从作家而非戏剧人的身份出发；排演的种种困难便由此而来，不过只有在观众的要求变得更高时才会显现；极度拖沓也是一个问题，尤其是在呈示、连场和结尾里。日后，当戏剧成为一种重要的社会现实时，这些困难和拖沓就将助力剧作家的思考，并帮助他们实现重大的进步。

前古典主义时期（约1630—1650）是剧作法成型的决定性时期；这就是我们对它予以特别关注的原因。正是在这二十年里，对于情节的现代理解才在戏剧里确立下来，这还多亏了两项与之相关且重要性居首的发现：一是反转；二是情节的统一，这种统一并不在于一个主要情节引发多重附属情节；恰恰相反，它意味着一个主要情节在某种程度上取决于剧中提到的其他所有情节。前古典主义时期其他的伟大创举包括了现代的分场，逼真的引入，尤其是在叙述所需遵循的条件里引入逼真，赋予剧本快节奏和延续性的连场理论和实践，以及对于时间和地点的约束，后者将有利于针对一个观众集中关注的危机展开深入的心理剖析。戏剧里的抒情元素从前古典主义时期就渐渐开始式微：大约到了这一时期的尾声，斯悦式消失了，交替对白变得柔和起来，警句也失去了地位。但在其他领域，前古典主义时期还是不太严苛；许多有违逼真之处和小说式的主题依然被接受；在得体问题上，它也几乎和古旧时期一样不太在意；它对于地点统一的理解非常宽泛，只要舞台上呈现的不同地点属于同一个幅员较小的自然区域，那么也算是遵循了地点统一。这一时期的其他大胆之处到了古典主义时期也将被视为草率，比如那种此前被我们称为"跟踪摄影"的呈现人物活动的独特形式，还有它一度热衷的那种特殊的抒情"对白"。不过，前古典主义时期的种种妄为并不会得到延续，遭忽视的将一一得到修复，奔放之处也将有所收敛，至于作品的剧作法内核，则将在此后的几个世纪里持续存在。

正如布莱先生所指出的那样（《古典主义理论》，第363—364页），我们所界定的投石党乱之后开启的古典主义时期与前一时期的区别，主要在于品位，而非理论。在剧作法领域，古典主义品位要求更广泛地遵循逼真，这主要导致了独

结　论

白使用上的限制；它还尤为强调严格维护得体，这使它与前古典主义的品位明确对立了起来。在古典主义者看来，对于场面的狂热是一种必要的恶，必须为它留出一席之地；他们也由此创立了可以被视为一种疏导手段的机械装置剧，允许大场面元素在其间自由绽放，而在时间和地点上得到严格集中化的悲剧里，这些元素几乎消失殆尽，这样就在发展叙事技艺的同时也变相满足了人们对于场面的热衷。古典主义时期也设想了几种新的技巧：包括了"隐性"主角，亲信角色的人性化，以及隐形结尾。这些都是讲究之处，标志着一种极为前沿的文明，但核心的创造已经不再可能，因为核心已然被找到。

此外，我们还可以试着在这项集体创造里着重指出几个个体的贡献。古典主义剧作法的主要缔造者并不一定是17世纪最伟大或者最为人津津乐道的剧作家。以洛特鲁为例，这位作品繁多、精彩纷呈、当年大受欢迎的作家，就不是一位剧作法上的创新者；非凡的才华和调适能力令他得以从同代作家的贡献中受益。拉辛也是如此，他以精巧至极的技艺将那些并非由他所创造的手法运用得淋漓尽致，只有他的处女作《忒拜纪》是个例外，这部带着犹疑和古旧之风的作品体现了初出茅庐的拉辛和观众之间的默契不如新人时期的洛特鲁或高乃依。其他一些孤立的杰作，诸如特里斯坦的《玛利亚娜》或者布瓦耶的《奥洛帕斯特》，理应引起文学史的关注，但就剧作法而言意义不大，剧中并没有出现独一无二的剧作法元素。姗姗来迟的布瓦洛自然也只能对那些长期以来一直使用着，甚至得到了表述的想法，做出并不总是清晰的总结。相反，斯库德里、梅莱、多比尼亚克、高乃依、斯卡隆和莫里哀则值得古典主义剧作法的撰史者大书特书。

斯库德里的品位与前古典主义紧密相连；但在剧作法上，他贡献了一系列首先得到他强烈且明确肯定的想法；以他的《对于熙德的点评》为例，这远非一篇充满恨意、有失公允的檄文，而是《熙德》论战中最具建设性、最公允的文章之一；他的想法大都得到法兰西学院和受众的认可。斯库德里的社会地位以及他的多产赋予了他不可忽视的影响力，他的作品几乎都得到了好评。而与其相比，梅莱甚至更为重要。他主宰了前古典主义剧作法。他以实验性的方式研究了规则的价值，不过只关注为他赢得成功的那部分。直到《熙德》之前，他都被视为法国最了不起的戏剧作家。成就被高乃依盖过之后，失意的他在36岁时放弃了斗争，直到 82 岁去世，再也没有关心过戏剧或是剧作法的问题；但我们不禁会设想，如果高乃依在 1635 年时意外身故，那么梅莱就将成为古典主义戏剧的奠基人。无论如何，他对于统一性的理解得到了包括高乃依在内所有同时代作家的采纳。多比尼亚克院长是一位一流的批评家，我们在前文中频繁地引用了他的《戏剧法式》；和圣伯夫一样，他的激情和恨意扭曲了他的判断，但很多时候，他比同时代人看得更为清晰。他为他那个时代的剧作法提供了一幅并不完整的图景，其中也不乏一些因为理性主义过度而提出的难以令人信服的观点，但他的这幅图景比此前所有的描绘都更为细致，更为接近舞台现实，也更具一致性。无论是高乃依还是拉辛，都将对他的观点展开思考。不幸的是，作为作家的多比尼亚克院长的成就远低于作为思想者的他。他的那些剧作往往比他的想法更为古旧，也均以失败告终。

高乃依在剧作法历史上的位置固然举足轻重；却总是遭到误解。浪漫派把他描述成一个反叛规则、遭到规则束缚的纯粹天才，这种想法可以追溯到伏尔泰。然而现实却完全不是如此。高乃依的创作起步于 1630 年，一个规则问题刚刚兴起的时代。与梅莱等几位同代剧作家一样，高乃依也对规则加以实验；他和他们一样觉得规则是有效的，能令他们创作出更受公众喜爱的剧本。因此他采纳了规则。高乃依远非遭到不知何种神秘力量胁迫的现成规则的受害者，他见证并有意识地推动了规则的确立，看着后者被逐渐迈向古典主义的受众欣然接受。高乃依的所作所为也远非出于本能，他从年轻时就已经开始思考剧作法，他留下的所有序言证明了这一点，尤其是 1660 年的《三论》和《评述》。当然，终其一生，高乃依都保有比大部分同代人更强烈的实验热情，尽管他从未质疑规则的内核，但也抱怨人们对于规则的解读过于狭隘；他认为，艺术家的自由能超越规则的指示，只要有成功为其正名。莫里哀和拉辛也是这么认为的。令人愉悦是规则中的规则，这才是古典主义的金科玉律。只是高乃依对此的表述有时有些轻率，而且其思想和表达里带着前古典主义式的大胆。同样需要强调的是，高乃依的态度不能被狭隘地概括为对于现有剧作手法所持有的怀疑和保留。我们已经知道，高乃依所作的努力往往是和同时代的大量剧作家同步的，这解释了他几乎始终与观众保持一致的原因，在剧作法领域的几个重要问题上，他也不是一个古怪

结　论

偏激的人，而是一位革新者；他率先指出方向，其他人则追随其后。他的《梅里特》是最早遵守前古典主义得体的喜剧之一。他的《克里唐德尔》可能是第一部遵循了时间统一的悲喜剧。他的《侍女》是第二部所有场次都相连的法语剧作。他的《美狄亚》是第一部包含了斯傥式的法语悲剧。他的《贺拉斯》可能是第一部遵守了地点统一的法语剧作，也是最早出现真正反转的作品之一。他的《西拿》更是一部剧作法历史上划时代的作品，原因有几重：这是第一部实现了现代意义上情节统一的重要法语剧作，第一次对时间加以严格限制以服务人物心理危机的刻画，第一次出现了毫不血腥的结尾。他的《安德洛墨达》可能是第一部重要的机械装置剧。他的《阿格希莱》是第一部用"自由韵诗"（vers libres rimés）写成的重要法语剧作。除此之外，高乃依还为剧作法贡献了两种他所擅长的戏剧写作形式：重复和警句。他不断创新的意愿无人能及，他的理论著作条理之清晰，内容之深入，也超越了同时代所有人，这些都是高乃依对于剧作法的重要贡献。

17 世纪喜剧的技巧往往比严肃戏剧自由。但他的自由本身充满了宝贵的经验。斯卡隆通过他的那些戏仿向我们展示了他对于很多剧作手法都心知肚明。莫里哀也会时不时戏仿严肃体裁的造作之处；他还为一种被我们称为莫里哀式的重复类型赋予了最完整的形式，除了对于新手法游刃有余之外，他也懂得令一些在喜剧里比悲剧保留更久的古旧技巧重现生机，有时甚至能为他们带去喜剧风味。

可见，剧作法对待作家的方式不同于文学史。对于前者而言，梅莱和多比尼亚克比拉辛更为重要，同样，他在莫里哀身上找寻的是职业特征，而非天才属性。事实上，剧作技巧只是一种工具，不能保证换来杰作，甚至不能确保剧本的质量。它相当于工匠。1635 年，斯库德里的《恺撒之死》上演，这部悲剧的技巧几乎完全是古典主义式的；但剧本却是荒唐的，人物的心理也是令人反感的。两年后，拉·加尔普奈德的《埃塞克斯伯爵》问世，这部悲剧的技巧古旧得多，却感人至深，并富有戏剧张力。前者糟蹋了一副好工具；后者则善用了一套已经陈旧的技巧。我们还可以设想一些内容和形式之间更惊人的错位。威廉·亚彻（William Archer）[2] 曾建议用拉辛的方式重写《哈姆雷特》；其实也不需要再写了：杜西（Ducis）在 1769 年时就已经这么做了，当时的他真心相信恪守三一律和得

结　论

体，运用拉辛体的亚历山大体诗句，是对于莎士比亚的改良。不过大家倒是可以反其道而行之，用莎士比亚的方式来重写《安德洛玛克》。但这终究只是一种游戏，最好还是让莎士比亚继续做莎士比亚，拉辛也坚持做拉辛。这样的玩笑大概只是证明：一个伟大作家只有在运用一种同时适应了他的个人才华和受众趣味的工具时才能体现自身的价值。剧作法无法解释才华，因此也不可能取代才华，但它能解释才华的产物；它让人理解作品怎样诞生，为何诞生，为谁诞生，而不关心由谁完成。如果说拉辛之前没有拉辛，那是因为他所运用的工具还没有经过连续三代人的打造。如果说拉辛之后再无拉辛，那可能是因为康比斯特隆（Campistron）和伏尔泰之流尽管保留了古典主义剧作法的几乎全部配方，却唯独忘了他的精髓。因此我们就该思考这种精髓究竟是什么。

＊　　＊

　　从"绪论"开始，我们就已经指出了古典主义剧作法的三大基本要素，为了探究这种精髓的内容，我们首先对这些要素各自在剧作法里的作用做了评估，正是这一思考指引着我们每一步的研究。我们说过，古典主义剧作法包含了文学传统、规则，以及源于戏剧表演的物质和社会条件的一些特点。如我们所见，与剧作法相关的一切问题里都在不同程度上有这三种要素的介入。既然研究已经接近尾声，我们就应当思考它们中的每一个在古典主义剧作法中所占的分量。

　　文学传统对其贡献巨大，且持续显著地发挥着自己的影响。可能某些形式只在某些时代才称得上风靡，但它们从未缺席过。在17世纪的每个时期，我们都能找到有亲信角色的剧作，都能找到两难和错配，都能找到集结所有角色的结尾，都能找到以死亡告终的悲剧和以婚姻收尾的喜剧，也都能找到长段台词、叙述、独白、交替对白和语词的重复。这些元素并不仅仅是构建剧本的必要成分，也体现了已经习惯它们存在的受众的品位，在古典主义结束后的很长时间里，受众都认为它们不可或缺。浪漫主义以及更晚期的剧作法也将大致保留这些元素。它们身上所具备的真正的古典主义特征，就只有17世纪不同时期赋予它们的历史色彩了。

555

结　论

　　规则有时被视作是古典主义的核心内容，但它在剧作法里所起到的作用与文学传统相比却极为有限。规则的实际用处往往是存疑的，这点我们已经知道。它有的只是大量无用的规条。至于在角色或者幕与场的结构这些重要问题上，它无法给剧作家带去任何帮助。对于呈示、结点和结尾，它几乎闭口不谈；事实上它对这三个词的定义本身就是晦涩和不完整的。对于障碍这个重要概念，它一无所知；对于反转的观察，也是碎片式且含混不清的。在情节问题上，它只留下了一些老生常谈；涉及主要情节和一众次要情节关系这样的敏感问题时，它的讨论总是南辕北辙。关于时间，它定义了一种理想状态，剧作家倒是做到了。关于地点，它的理想化设计则基本都没能实现，即便是有成功的案例，往往也是制造了更多的不便。在幕间问题和对于登台离场的解释上，它是正确且行之有效的。但它把连场问题毫无必要地复杂化了，真正实用的解决方案与它无关。在逼真问题上，规则多不胜数，却都只是泛泛而谈；实施的条件是模糊的；不过这些规则还是约束了诸如叙述、独白和私语这样的写作形式。它声称要得体，却不对何为得体加以明确。总之，规则是被过度吹捧了。尽管指出了一些大的方向，它对于剧作家创作所提供的帮助是十分有限的。我们常常需要通过分析剧作本身来填补规则的空白。

629　　第三个要素是针对剧院和观众的具体考量，关于它和剧作法之间的关系，至今几乎都没有得到研究。然而它却频繁地影响着剧作家的写作。主角有时按照具体演员或者演员类型来设计。对剧本进行分幕的做法也与剧场的性质以及观众的态度有关。在所有与地点呈现以及得体相关的剧作法问题上，排演都起到了举足轻重的作用：布景，服装，道具，观众对于大场面的热衷，日常生活的呈现，唤起情欲的场面，决斗，死亡，所有这些问题都同时涉及了17世纪剧院组织上的物质可能性和为这些剧院中的某一个而写作的剧作家的工作。在我们看来，幕间没有帷幕遮蔽舞台这一点对演出以及情节发生地的设计本身都产生了巨大的影响。至于演员的走动以及连场的形式，也更多取决于17世纪剧院里舞台的尺寸和结构，而不是理论家的规条。最后，演员歌唱式的吟诵以及观众对此的钟爱，可能也是那些诗歌或者抒情的写作形式在古典主义戏剧里长期存在的原因之一。

　　现在如果我们再来思考古典主义剧作法的核心特征，就会发现它来自于作者

结 论

和观众在文学传统、规则和排演这三个我们刚刚回顾了的领域里的不断角力。传统对于作者而言是构建剧本的手段，对于观众而言则是一些令人愉悦的情境。规则对于作者而言是指导创作的规条，对于观众则是一系列禁令，他能接受其中的一些，只要它们不被强加于剧本，但其余的就无效了：地点统一一直以来就只是某种迷思，但理论上对于逼真的遵从却与观众普遍的反逼真品位得到了很好的融合。排演对于作者而言是一种暗示的手段，观众却想要目睹一切。也许一切戏剧都源于作者和观众之间的碰撞。但古典主义戏剧的独特和伟大在于它调和了那个时代狂热、苛刻，钟爱一切生活形式，不乏平民的观众群体，和极度古板、痴迷于他们自己所发掘的规则技巧的作者，这些剧作法的创造者用了钟表匠人般的心力来完善戏剧剧本这台地狱机器。我们了解作者的态度，因为他们有文字传世。但观众，尤其是 17 世纪的观众，并没有留下只言片语，于是就被遗忘了。但如果我们不把古典主义戏剧视作既大众化又严苛的一门艺术，就无法理解它的真实属性。17 世纪的戏剧文学有两大源头：一方面是对于秩序、理性、规则的尊崇，对于精雕细琢的执迷，对于戏剧诗人所带来的风格和诗意的追求；另一方面则是大众的品位，没有了后者，上述这些创作趋势就只可能带来一种伪古典主义文学。17 世纪的观众热爱戏剧的鲜活、热情、华丽，及其对于规则的反抗；如果得到允许的话，他们甚至会享受血腥和淫秽。而戏剧正是为他们而作的，有时人们会忘记这一点；只有在 17 世纪，戏剧文学才可能感染所有观众，因为它不是某个阶级的文学：去剧院的人不一定要识字，一个工匠也能听懂自己无法在书里读懂的一部莫里哀或者拉辛的戏剧。观众和作家，古典主义戏剧这两大源头相互之间都是不可或缺的。少了前者，我们就只剩下一种乏味的学究文学，没有了后者，又只剩下粗俗和丑陋了。古典主义的奇迹恰恰在于成功地将有着天壤之别的这两种趋势合体。一种趋势推崇规则，逼真，逻辑秩序，精致的文风，以及职业作家和理论家带来的一切；另一种趋势则是生活，暴力，华丽，激情，以及与现实和社会的接触，所谓"取悦的艺术"[3]，没了它，古典主义就只是虚有其表。本书针对剧作法展开的具体研究显示了这场联姻背后的辛劳和智慧。

末期的古典主义者以及大量 18 世纪作家的不幸，正是在于他们部分失去了与第二种趋势的接触。古典主义戏剧的生命力仅仅在它奋力为自己争取地位的时

结　论

期才显而易见；那也是属于它的剧作法诞生的时期。1680 年之后，当法兰西剧院一家独大，当它所推行的剧作法轻而易举、毫无意外地被观众所接受时，戏剧的生命力就离它而去，屈身于市集戏剧（théâtres de la Foire）或者意大利剧院（Comédie Italienne）。18 世纪时，勒萨奇（Lesage）、马里沃（Marivaux）、博马舍（Beaumarchais）都是去那些地方找寻革新剧作法的灵感。但在古典主义时期，某种鲜活的理性主义和同样鲜活的某种现实主义不断交锋，它们之间的对抗可谓硕果累累，催生了这种被驯服的浪漫主义，正是通过后者，纪德定义了真正的古典主义。绝大多数时候，大家都只谈论古典主义的理性层面，而忘了它的现实层面，大家都执着于研究规则和理念，而置受众于不顾，这样就歪曲了古典主义戏剧的形象，没有了受众，文学将不复存在。

* *

我们在本书中尝试了解释古典主义剧作法体系的机制，分析构成这个统一整体的各种力量，展示不同的情节驱动力存在的逻辑必然性。但我们拒绝就普遍意义上的剧作法来撰写一部论著：我们认为每一个元素，具体来看，都遵循了历史和逻辑的必然性。古典主义剧作法不只是一种抽象的构建，它的每一个方面都铭刻着孕育它的那个时代的印记。同时，它的价值和它的历史重要性本身还是在于建构的统一性，它在世界戏剧史上首次提供了一个成型的模板。毫不夸张地说，由 17 世纪的剧作法构想所带来的这一整个系列的革新创造了现代戏剧。主角的登场时机得到了最大限度的计算和利用；障碍不再是一些理念或者宿命，而是变成了活生生的人物，彼此之间由一个无法破解的情感网络所联结；呈示部分也努力地融入情节。在 17 世纪的法国，人们发掘了种种反转，这些新的情节驱动力看起来与戏剧的实质如此密切相连，以至人们称它们为"戏剧性变化"；在 17 世纪的法国，无论情节如何复杂，都能完美地得到整合统一：从那时起，戏剧剧本所讲述的不再只是一个"故事"，它有了一个"主题"；同样是在这个时期，尽管并非一帆风顺，人们还是对时间和地点做了严格的限定，这才有了专属于戏剧的"放大"，它与接受甚至追求最长时间最广地点的小说完全不同；古典主义剧作法所设计的结尾实现了一个悖论，即结局无法预料，却又与情节之间有着必然联系：现代戏剧里就此出现了日后不可或缺的好奇和意外的元素，而古代或者中世纪的戏剧里，这些是完全可以被舍弃的；从 17 世纪的法国开始，剧作家不再只是一个普通的作家，他为一个真实的剧院，一群真实的演员而写作，并且把演出的种种物质条件纳入考量；同样是在这个时期，人们发现无论是就整部剧而言，还是在一幕或者一场戏里，戏剧的张力都应当不断增强，这一理念不时能得到赏心悦目的实践；也是在这个时期，人们试图"废止偶然"，实现日后马拉美赋予文学的那个终极理想，比如让角色的每次登台和离场都有理可依，比如让剧本的每个细节都符合逼真和必然；最后，还是在这个时期，所有写作艺术上的精雕细琢，所有来自诗歌、修辞和风格的修饰成分，都一以贯之地被用到了戏剧里，有时甚至有些过度：首次在法国被大作家们选为他们主要或者专属表达模式的戏剧，既是质量上乘的艺术品，又是民族智慧的真正产物。人们会认可这些革新在全球范围内对于文学史至关重要的影响，古典主义剧作法在 17 世纪法国的诞生应当作为人类文化演变过程中的一个重要阶段示人。

这巨大的一步是在极短的时间里，用极少的资源完成的。由此所取得的非凡成果与作家们所享有的堪称贫瘠的物质可能性之间形成了鲜明的反差。上演了高乃依和拉辛杰作的玛黑剧院和勃艮第府剧院在今天看来是惨不忍睹的；莫里哀的剧院可能也并没有更实用，那个时代的人很清楚这些剧院的不便之处。而当 1680 年法兰西剧院成立，路易十四终于实现自己夙愿，为法国带来了一家独一无二的官方剧院时，持续了四分之三世纪的古典主义剧作法的构建已经完成。

之所以说这个过程持续了四分之三个世纪，是因为我们纳入了它的源起和最后的完善。但真正的诞生期要短得多。所有的决定性发现在 1630—1650 年间就已经完成。这短短二十年就足以让文明世界沿用了三个多世纪的剧作法的内核成型。

事实也是如此，古典主义剧作法不仅仅统治了 17 世纪的法国，它同样在不同的时空里得以发扬光大。它在国外的传播与法国古典主义的传播相关。1710 年，高乃依的《罗德古娜》在秘鲁上演，[4] 莫里哀对于斯堪的纳维亚戏剧也有着深远持久的影响；但无论在哪里，人们模仿的都不是高乃依或者莫里哀的才华，而是

结　论

他们的技巧，因为前者是无法模仿的。在法国本土，古典主义时期所创造的剧作法也将得到长时间的应用，只是经历了一些细节上的改动。伏尔泰构建悲剧的方式和拉辛相差无几：他对一些新的主题感兴趣，增加了场面的比重，对于地点统一和得体没有那么严苛，但大部分17世纪的规则和手法都得到了运用；比如呈示的不同类型，独白、叙述、交替对白或是重复句的使用，都体现了十足的古典主义色彩。浪漫主义戏剧尽管大肆宣扬"艺术里的自由"，但古典主义剧作法的成果它也并没有少用。维克多·雨果的《克伦威尔》遵守了三一律，布鲁内提耶尔（Brunetière）也强调了《吕·布拉斯》和《罗德古娜》的相似之处，[5]这些还需要重申吗？在最狂放的浪漫主义剧里，大家也能找到国王的角色，找到两难、反转、长段台词、独白和大量的反逼真之处，并且它们存在的理由和古典主义戏剧时期并无不同。影响了19世纪末20世纪初很大一部分法语戏剧作品，同时也是弗兰西斯科·萨尔塞所珍视的"佳剧"的理想模式，是针对第二帝国和第三共和国观众的品位而调整的古典主义剧作法：风尚和观念更新了，但构建剧本的方式并没有。伏尔泰、维克多·雨果、斯克里布、小仲马或者贝恩斯坦这些风格迥异的作家之所以从某种角度而言都受益于多比尼亚克院长及其同时代人，并不是因为他们都是古典主义戏剧的倾慕者，事实上，他们中的一部分或专门攻击过后者，或认为它已经过时；而是因为在他们看来，以古典主义戏剧为范例的这种剧作法能够被应用到一切形式的戏剧里；认识到自我的永恒性正是为古典主义所特有的。当人们开始质疑支撑17世纪剧作法的那些基本原则时，情况才起了变化。当然，对角色的身份或者时间流逝的真实性产生疑问，就要等到戈齐、斯特林堡或者皮兰德娄了。这些动荡堪比普鲁斯特或者福克纳带给小说技巧的冲击，它们将从根基上撼动古典主义剧作法的大厦。然而，这座大厦还是在很长时间里庇护了形形色色的理念和情感。离开了剧作法，法国古典主义戏剧就无法得到理解，同时，这种剧作法还在法国古典主义之外的广阔领域里施加着自己的影响，其双重的重要性已经足以为本书针对剧作法结构展开的悉心分析正名。

引文的注释和出处

绪　论

1. 亨利·福西永（Henri Focillon），《形式的生命》（*La vie des formes*），巴黎：法国大学出版社，1947年。
2. 然而还是有重要的研究开始围绕巴尔扎克和司汤达的小说技法展开。此外，也请大家允许我们重申：在《马拉美作品中的文学表达》（*L'expression littéraire dans l'œuvre de Mallarmé*）这份研究里，我们也讨论了诗歌的技法，以及文学语言的某种形式，巴黎：德洛出版社，1947年。（重版更名《马拉美的语法》[*Grammaire de Mallarmé*]，巴黎：尼载出版社，1977年）

第一部分　剧本的内部结构

第一章　人物

1. 勒内·S. J. 哈班（René S. J. Rapin），《作品集》（*Œuvres*），巴黎：巴布兄弟出版社，1725年，三卷本，第二卷，第189页，第21节。
2. 参见波尔蒂（Polti）《创造人物的艺术》（*L'art d'inventer les personnages*）里所引用的一些现今的身份列表，巴黎：奥比耶出版社，1930年，第49—50页。
3. 雅克·杜·洛朗（Jacques Du Lorens），《讽刺诗》（*Les Satyres*），巴黎：A. 德·索马维尔出版社，1646年，第25篇。达尼埃尔·莫尔奈（Daniel Mornet）在《法国古典主义文学史》（*Histoire de la littérature française classique*）里已有引用，巴黎：高兰出版社，1940年，第119页。
4. 比如在玛黑夏尔《英勇的姐妹》的第二幕第一场戏里，一位名叫梅兰德的女性人物就谈论过男性人物吕西多尔的"魅力"。
5. 这种手法在喜剧里往往被夸张化，比如斯卡隆《亚美尼亚的唐亚菲》里的唐亚菲（第二幕第一场），莫里哀《贵人迷》结尾处的克莱翁特。
6. 关于《伊兹密尔的盲人》的作者问题，尤其是高乃依参与写作的问题，参见兰卡斯特，《17世纪法国戏剧文学史》，第二卷，第一册，第205—206页。
7. 关于数场数的方式，参见本书第二部分，第三章，第1节。
8. 还有其他一些例子：在拉·加尔普奈德的《米特里达特之死》（1636）里，除了第一幕之外的每一幕都由米特里达特开场，与其相伴的是妻子伊浦西克拉苔；在高乃依的《尼克梅德》

引文的注释和出处

里，第二至第五幕也都由普鲁西亚斯或者妻子阿尔西诺埃开场。
9. 阿巴贡在 32 场戏里出现了 23 场，茹尔丹先生在 34 场戏里出现了 23 场。
10. 然而他在每一幕中也都只出现了一次。
11. 关于这一问题，参见古斯塔夫·米肖（Gustave Michaut），《莫里哀的斗争》（*Les luttes de Molière*），第 56—86 页，第 118—120 页，以及兰卡斯特，《17 世纪法国戏剧文学史》，第三卷，第二册，第 622 页及后续部分。
12. 恩斯特·勒南（Ernest Renan），《论高乃依、拉辛、波舒埃》（*Sur Corneille, Racine, Bossuet*），巴黎册页出版社，第二系列，第 5 期，1927 年，第 79 页。
13. 包括了《克里唐德尔》《美狄亚》《熙德》《贺拉斯》《庞培》《安德洛墨达》《尼克梅德》《佩尔塔西特》《俄狄浦斯》《金羊毛》《索福尼斯巴》《阿格希莱》《阿提拉》《苏雷纳》。在《安德洛墨达》和《金羊毛》这样的机械装置剧里，还需要额外考虑到舞台上所呈现的那些堪称王中之王的神明的制约权。
14. 斯卡隆，《决斗者若德莱》，第二幕第五场。我们只是在此处指出了古典主义戏剧里父权主题的大致情况。通常在本书中，当我们提到一些主题时，一定是基于该主题对于认识剧作法的某个方面来说必不可少。
15. 参见 M. 马江迪（M. Magendie），《17 世纪法国小说：从〈阿斯特蕾〉到〈居鲁士大帝〉》（*Le roman français au XVIIe siècle de l'Astrée au Grand Cyrus*），第 371—372 页。
16. 在第二幕第一场戏里，塞维尔还认同了菲利克斯的态度。
17. 在《克里唐德尔》的《评述》里，高乃依以另一种方式介绍了国王的不同功能。他写道："国王、王位继承人、地方总督以及一般意义上的权威人士，可以以三种形式出现在舞台上：作为国王，作为人，以及作为裁决者；有时占其二，有时三者皆有"。他所举的例子如下：《西拿》里的奥古斯都和《赫拉克里乌斯》里的福卡斯只想保住自己的帝位；《佩尔塔西特》里的格里莫阿尔德和《唐桑丘》里的两位王后只有"追逐和征服"的激情，但不会有失去王位的风险；最后，《熙德》和《克里唐德尔》里的国王既没有政治激情，也没有政治利益，他们只是对其他角色做出评判。集国王和人这两大"特质"于一身的有《罗德古娜》里的安提奥克斯和悲剧《尼克梅德》的同名主角；《波利厄克特》里的菲利克斯和《泰奥多尔》的瓦朗斯既是国王，又是人，还是裁决者。然而，我们并不认为自己能依循这套分类法，因为它建立在观众对于人物的感觉，而非剧作家写作剧本时所遇到的种种问题上。不如还是回到高乃依的例子：《赫拉克里乌斯》里的福卡斯，《唐桑丘》里的王后和《克里唐德尔》里的国王可能给观众留下了完全不同的印象，但在阻挠主角们的幸福上，他们却如出一辙。高乃依没有区分作为主角的国王和作为障碍的国王：尼克梅德是前者，瓦朗斯属于后者；奥古斯都则是一个由后者向前者过渡的奇特例子：在剧本开头，他是西拿和艾米莉所憎恶的暴君，随后又慢慢变为了真正的主角。
18. 路易·里瓦耶（Louis Rivaille）指出了这一情况，《皮埃尔·高乃依的创作初期》（*Les débuts de Pierre Corneille*），巴黎：布瓦万出版社，1936 年，第 104 页。当然，如果父亲和母亲不是作为情节的机械性元素而存在，而是起到了重要作用，并且各具特色，那么古典主义作家没有任何理由不让他们双双出现在舞台上。参见高乃依的《安德洛墨达》，莫里哀的

《乔治·唐丹》，拉辛的《伊菲革涅亚》。

19. 同样的情况还出现在梅莱的《西尔维娅》（1628）里，女主角的父母，达蒙和马塞，虽然只出现在第二幕，但却形影不离。

20. 热拉尔－让·沃西乌斯（Gérard-Jean Vossius），《三卷本诗学体系》（*Poeticarum institutionum libri tres*），阿姆斯特丹：埃尔泽维尔出版社，1647年，三卷本，第二部分，第五章，第8节，第21页。

21. 还有另一个时代的印记：除了《布尔谢里》男女数量均等之外，高乃依的所有剧作都是男性角色多于女性角色。而到了拉辛那里，12部作品里只有9部是男性角色比例更高：《安德洛玛克》需要同等数量的男女演员才能上演，《巴雅泽》和《费德尔》则是女性多于男性。

22. 关于这部剧可能的角色分配，参见兰卡斯特，《17世纪法国戏剧文学史》，第三卷，第二册，第728—730页。

23. 参见H. C. 兰卡斯特，《16世纪法国悲剧里的三角色法则》（*The rule of three actors in French sixteenth century tragedy*），刊载于《现代语言札记》（*Modern Language Notes*），1908年6月，第173—177页。

24. 此处指代的是与莎士比亚时代的英国戏剧特点类似，但不代表存在直接历史影响的剧。雷蒙·勒伯格（Raymond Lebègue）研究《莎士比亚时代法国的"莎士比亚式"悲剧》（*La tragédie « shakespearienne » en France au temps de Shakespeare*）时，用的也正是这层意思。参见《课程与会议期刊》（*Revue des Cours et Conférences*），1937年6月15日至7月30日。

25. 参见雅克·A. 费尔默（Jacques A. Fermaud），《文学和生活中的亲信》（*The confidant in literature and life*），刊载于《现代语言评论》（*Modern Language Review*），1946年10月，第419—422页。

26. 依照H. C. 兰卡斯特的说法，侍女一词首次被用在戏剧人物身上是在杜里耶的《利桑德尔和加里斯特》（1632）里，见《剧作家皮埃尔·杜里耶》（*Pierre Du Ryer dramatist*），华盛顿：卡耐基学院出版社，1912年，第54页。

27. 我们能在初版里找到。此后的文本有所删减。

28. 上述这些例子证明，费尔默在此前引用过的文章里把《克里塞德》视作法国戏剧里亲信一角的开始的做法是有误的。

29. 比如布兰德·马修斯（Brander Matthews）的《戏剧研究》（*A study of the drama*），伦敦：朗曼和格林出版社，1910年。

30. 由雅克·A. 费尔默所引用，《捍卫亲信》（*Défense du confident*），刊载于《罗曼评论》（*Romantic Review*），1940年12月，第334页，注释1。

31. 奥古斯特·维尔海姆·冯·施莱格尔（August Wilhem von Schlegel），《戏剧文学讲义》（*Cours de littérature dramatique*），1865年，两卷本，第二卷，第28页。

第二章　呈示

1. 关于这部手稿，参见我们的《告知》。

2. 让－弗朗索瓦·马尔蒙特尔（Jean-François Marmontel），《文学基础》（*Éléments de littéra-*

ture），收录在《全集》（*Œuvres complètes*），巴黎，1819—1820 年，第五卷，"呈示"。

3. 从《熙德》和《赫拉克里乌斯》这两个例子里可以看出来，参见下文。

4.《文学基础》，见上，"呈示"。

5. 参见下文引用的片段。

6. 施莱格尔，《戏剧文学讲义》，见上，第二卷，第 29 页。

7.《文学基础》，见上，"呈示"。

8. 关于这一主题，参见乔治·皮尔斯·贝克（George Pierce Baker），《戏剧技法》（*Dramatictechnique*），波士顿，1919 年；威廉·亚彻（William Archer），《剧作：技艺手册》（*Play-making, a manual of craftmanship*），伦敦，1912 年，书中举了一些法国古典主义以外的例子。

第三章　结点：障碍

1. 马尔蒙特尔，《文学基础》，见上，"情节"。

2. 马尔蒙特尔，《文学基础》，见上，"情节"。

3. 奥古斯丁·纳达尔院长（abbé Augustin Nadal），《作品杂集》（*Œuvres mêlées*），巴黎：布里亚松出版社，1738 年，两卷本，第二卷，第 189 页。

4. 参见于勒·马尔桑（Jules Marsan），《16 世纪末 17 世纪初法国的田园牧歌剧》（*La pastorale dramatique en France à la fin du XVIe et au commencement du XVIIe siècle*），巴黎：阿谢特出版社，1900 年。

5. 莫万·德·贝尔加尔德院长（Abbé Morvan de Bellegarde），《文学和道德珍奇信札》（*Lettres curieuses de littérature et de morale*），巴黎：基涅阿尔出版社，1702 年，第 331 页。

6. 参见高乃依《俄狄浦斯》第四幕第五场里伊俄卡斯忒的两难。

7. 参见 D. 莫尔奈，《让·拉辛》（*Jean Racine*），巴黎：法兰西徽章出版社，1944 年，第 72—73 页。

8. 关于这一主题，可参见马图然·黑尼耶（Mathurin Régnier）的第 17 篇《讽刺诗》（*Satire*）。

9. 按照兰卡斯特的说法，这一幕的作者可能是博瓦罗贝尔，《历史》，第二卷，第一册，第 206 页。

10. 同一部剧作的第五幕包含了另两个两难，分别位于第四场和第七场。关于逻辑形式的清晰性，参见斯卡隆《海盗王子》第二幕第三场里阿尔西奥内的两难。

11. 勒忒（Léthé），冥河之一。

12. L. 里瓦耶，《皮埃尔·高乃依的创作初期》，见上，第 228 页。

13. 芭芭拉·马图卡（Barbara Matulka）提醒了我们，在《熙德的青年时代》（*Mocedades del Cid*），即西班牙剧作家贵连·迪·卡斯特罗（Guillén de Castro）的原作里，错配就已经存在了，参见《作为典雅英雄的熙德……》（*The Cid as a courtly hero...*），纽约：哥伦比亚大学出版社，1928 年，第 17 页。

14. 参见《尼克梅德》第五幕第六场里一个同类型的错配。

15. 由此引发的后果在第二幕第六场和第四幕第一、第二场里得到了表述。

16. 参见里瓦耶,《皮埃尔·高乃依的创作初期》, 见上, 第 236—237 页。
17. 可参见洛佩·德·维加 (Lope de Vega) 的《戏剧创作的新艺术》(*Arte nuevo de hacer comedias*), 由达马斯–伊纳尔 (Damas-Hinard) 译:"用真话来制造欺骗是一种经久不衰的手法……观众不断为这些双关的对话鼓掌, 每个人都以为只有自己听懂了其中一个角色所说的话, 并享受另一个角色所犯的错误",《西班牙戏剧杰作, 洛佩·维加》(*Chefs d'œuvre du théâtre espagnol, Lope Vega*), 巴黎: C. 高斯林出版社, 1842 年, 两卷本, 第一册。
18. 里瓦耶,《皮埃尔·高乃依的创作初期》, 第 227 页。

第四章　结点: 反转

1. 亚里士多德,《诗学》(*Poétique*), 巴黎: 美文出版社, 1932 年。除了第十八章, 1456a 之外, 但亚里士多德在那里可能是想讨论多部悲剧, 每一部都只有一个反转。
2. 达尼埃尔·海因修斯 (Daniel Hensius),《悲剧的构成》(*De tragoediæ constitutione liber*), 卢杜尼·巴塔沃洛姆 (即莱顿): 埃尔泽维尔出版社, 1611 年, 第六章。
3. 同上, 第八、第九章。
4. 我们在勒萨奇的《图卡莱》里找到 17 次反转。
5. 莫万·德·贝尔加尔德院长,《文学和道德珍奇信札》, 见上, 第 359—360 页。
6. 同上, 第 329 页。
7. 同上, 第 330 页。
8. 此处是"情境"一词的新的意思。
9. A. 纳达尔,《古今悲剧观察》(*Observations sur la tragédie ancienne et moderne*), 收录在《作品杂集》, 1738 年, 第二卷, 第 196—197 页。
10. 在第四幕第一场, 人们以为波鲁斯死了, 到了第四幕第四场又活生生地出现了, 并在第五幕第三场被击败。
11. 里瓦耶,《皮埃尔·高乃依的创作初期》, 见上, 第 205 页。他在注释里给出了这些转变的位置: 第一幕第四场, 第四幕第一和第五场 (两次转变), 第五幕第二、第三和第八场。
12. 参见《法兰西学院对于熙德的看法》, 收录在阿尔芒·加泰 (Armand Gasté):《熙德论战》, 巴黎: 维尔特出版社, 1898 年, 第 366 页。
13. 他的到来在第三幕第三场里得到通报。

第五章　情节、危机和利益的统一

1. 雨果,《对他人的一些话》(*Quelques mots à un autre*), 出自《静观集》(*Contemplations*), 第一卷, 第 26 篇。
2. 莫万·德·贝尔加尔德院长,《文学和道德珍奇信札》, 见上, 第 356—357 页。
3. 我们可以在布莱德书中找到一个概述,《古典主义理论》, 第 250 页。
4. 里瓦耶,《皮埃尔·高乃依的创作初期》, 见上, 第 131 页。
5. 这是狄马莱·德·圣索林在《想入非非》里让诗人阿米多尔说出的话, 第二幕第四场。
6. 莫万·德·贝尔加尔德,《文学和道德珍奇信札》, 见上, 第 357—358 页。

引文的注释和出处

7. 同上，第 358 页。

8. 兰卡斯特误以为这部剧里只有两条情节线，见《1552—1628 年间的法国悲喜剧》(*The French tragi-comedy from 1552 to 1628*)，第 150 页。

9. 此处也是，我们和兰卡斯特有着不同的见解，后者认为这部剧里只有三条情节线，见《1552—1628 年间的法国悲喜剧》，第 150 页。

10. 莫万·德·贝尔加尔德，《文学和道德珍奇信札》，见上，第 357 页。

11. 同上，第 327—328 页。

12. 热拉尔-让·沃西乌斯，《三卷本诗学体系》，见上，第二卷，第十三章，第四节，第 57—58 页。

13. 见让·夏普兰（Jean Chapelain），《批评辑录》(*Opuscules critiques*)，阿尔弗雷德·C. 亨特（Alfred C. Hunter）评注版，巴黎：德洛出版社，1936 年（STFM），第 130 页。

14. 让·梅莱（Jean Mairet），《希尔瓦尼尔》，R. 奥托（R. Otto）评注版，班堡：C. C. 布切纳出版社，1890 年，第 16 页。

15. 安德烈·达西埃（André Dacier），《关于贺拉斯诗艺的批评》(*Dissertation critique sur l'Art poétique d'Horace*)，巴黎：吉兰出版社，1718 年。这同样也是多比尼亚克的定义。

16. 马尔蒙特尔，《文学基础》，见上，"统一"。

17. 同上。

18. 559 号手稿的作者就是这么称它的，见第四部分，第四章，第四节。

19. 埃米尔·法盖（Émile Faguet），《阅读高乃依》(*En lisant Corneille*)，巴黎：阿谢特出版社，1913 年，第 118 页。

20. 同上，第 119 页。

21. 然而，《熙德》的情节并没有超过 24 小时，这符合 1637 年所定义的时间统一。见本书《时间统一》一章。

22. 此处，拉莫特的断言也是值得商榷的。《熙德》里所有的地点都在塞维利亚。关于地点统一，参见本书第二部分，第一章。

23. 安图瓦纳·乌达尔·德·拉莫特（Antoine Houdar de La Motte），《悲剧思考续编》(*Suite des Réflexions sur la tragédie*)，巴黎：杜皮埃出版社，1716 年，第 12 页。

24. 兰卡斯特在讲到《女学究》时表明了这一点；参见他在《历史》中的分析，第三卷，第二册，第 739 页。

第六章　时间统一

1. J. F. 萨拉赞（J. F. Sarrasin），《论悲剧》(*Discours de la tragédie*)，收录于《作品集》，见上，第 321 页。

2. 《关于 24 小时规则的信》(*Lettre sur la règle des vingt-quatre heures*)，收录于《批评辑录》，见上，第 124 页。

3. 在漫长的争议过后，这一日期如今似乎已经被广为接受。

4. 见本书所引用版本的《批评辑录》第 101 页。

5. 亚里士多德，《诗学》，见上，第五章，1449b。
6. 见《批评辑录》，见上，第 115 页及后续页码。
7. 施莱格尔，《戏剧文学讲义》，见上，第一卷，第 370 页。
8. 狄马莱·德·圣索林（Desmarets de Saint-Sorlin），《想入非非》，第一幕第七场，阿尔西东对菲力丹说：

> 今日您将得到您所爱之人
> ……
> 相信我，今晚我就会让您得偿所愿。
> ……
> 我不愿等待更久，今日就想要
> 选定我所需要的那些人，不再变卦。

9. 这句话里所引用的所有表达都来自于《维尔吉尼》的"告读者书"。
10. 见纳达尔，《作品杂集》，见上，第二卷，第 167 页。
11.《关于 24 小时规则的信》，收录于《批评辑录》，见上，第 122 页。
12. 莫万·德·贝尔加尔德，《文学和道德珍奇信札》，见上，第 326—327 页。
13. P. 杜里耶（P. Du Ryer），《撒乌尔》，H. C. 兰卡斯特评注版，巴尔的摩：约翰·霍普金斯大学出版社，巴黎：美文出版社，1931 年，第 19 页。

第七章　结尾

1. 马尔蒙特尔，《文学基础》，见上，"完结"。
2. 同上。
3. 也就是当它变得清晰时。"展开"是"包裹"的反面，后者意味着"混乱"。
4. 莫万·德·贝尔加尔德，《文学和道德珍奇信札》，见上，第 332 页。
5. 同上，第 333 页。
6. 马尔蒙特尔，《文学基础》，见上，"完结"。
7. 在第 10 场里就已经预告了的洛克萨娜之死并不是由最后一个反转而来。我们之后会再讲到这一点。
8. 莫万·德·贝尔加尔德，《文学和道德珍奇信札》，见上，第 332 页。
9. 比如 559 号手稿里对于该剧的批评，参见手稿第四部分，第三章，第 6 自然段。
10.《历史》，第四卷，第一册，第 93 页："艾丽菲尔的种种举动导致她被卡尔夏认了出来"。
11. 人们通常会明说是鼻子流血，这显得与悲剧的"场面"不太匹配。尽管在"告读者书"里，高乃依也明确提到了阿提拉"惯流鼻血"这一史家之言，但在剧中，他还是绝口不提这个不幸的鼻子。
12. 兰卡斯特的剧本概要里提到了这场婚姻，但那是个错误。参见《历史》，第二卷，第二册，第 716 页，注释 10。
13. 高乃依，《欺骗者续篇》，第五幕第五场，参照了 1645—1656 年间那一版本，参见马蒂·拉沃，第四卷，第 389 页。

引文的注释和出处

14. 在他的小说《阿苔密斯和波利昂特》(Artémise et Poliante)里。
15. 莫万·德·贝尔加尔德,《文学和道德珍奇信札》,见上,第333页。
16. 里瓦耶,《皮埃尔·高乃依的创作初期》,见上,第140页。
17. 泰奥菲尔·戈蒂耶,《莫班小姐》(Mademoiselle Maupin),乔治·马托雷(Georges Matoré)评注版,巴黎:德洛出版社,1946年,第22页。
18. H. C. 兰卡斯特,《1552—1628年间的法国悲喜剧》,见上,"绪论"。
19. 尤其在1637年高乃依的悲喜剧《熙德》大获成功之后。
20. 萨拉赞,《作品集》,见上,第344页。
21. 贝尔纳·拉米(Bernard Lamy),《关于诗艺的新思考》(Nouvelles réflexions sur l'art poétique),巴黎:普哈尔出版社,1668年,第182页。
22. 萨穆埃尔·夏步佐(Samuel Chappuzeau),《法国戏剧》,里昂:M. 梅耶出版社,1674年,第25页。
23. 贝尔纳·拉米,《关于诗艺的新思考》,见上,第150—151页。
24. 比如可参见于勒·马尔桑版本的梅莱的《西尔维娅》,第五幕第三场的注释,(巴黎:德洛出版社,1932年),第236页。
25. 高乃依,《欺骗者续篇》,1645年版本和1656年版本在第1902行台词上表述有别,参见马蒂-拉沃,第四卷,第388页。
26. H. C. 兰卡斯特,《16世纪法国悲剧里的三角色法则》,刊载于《现代语言札记》,1908年6月,第173—177页。
27. 让·夏普兰(Jean Chapelain),《批评辑录》,见上,第131页。
28. 这一原始形态的剧本没有存世。
29. 见马蒂-拉沃,第四卷,第388—389页。
30. 同样的趋势也出现在伏尔泰的《扎伊尔》(Zaïre)和吉罗杜的多个剧本里。

第二部分　剧本的外部结构

第一章　排演和地点统一

1. 贺拉斯,《诗艺》,见F. 维勒诺夫版本的《贺拉斯》,巴黎:美文出版社,1934年,第三卷,第189—190行。
2. 不屑和嘲讽之声也由此而来。
3. 此说法来自达勒芒·德·黑奥,参见兰卡斯特,《历史》,第二卷,第一册,第25页。
4. 伏尔泰,《高乃依评论》(Commentaire sur Corneille),"《波利厄克特》第四幕第三场"。
5. 此处的如实(naïveté)意为忠实地复制现实。
6. 《马赫罗、洛朗和勃艮第府其他布景师的备忘》(Le Mémoire de Mahelot, Laurent et autres décorateurs de l'Hôtel de Bourgogne), H. C. 兰卡斯特评注版,巴黎:香皮翁出版社,1920年。
7. 多诺·德·维塞在1682年7月的《风雅墨丘利》(Mercure galant)里如此写道,参见马蒂-

拉沃,第五卷,第 256 页。

8. 帕菲兄弟在《巴黎剧院辞典》(*Dictionnaire des théâtres de Paris*,巴黎,1756 年)中如此写道,参见马蒂-拉沃,同上。

9. 欧热纳·里加尔(Eugène Rigal),《古典主义时期以前的法国戏剧》(*Le théâtre français avant la période classique*),巴黎:阿谢特出版社,1901 年,第六章。

10. 同上。

11. 里加尔,《古典主义时期以前的法国戏剧》,见上,第六章。

12. 我们在我们自己的评注版里提出了这一假设(洛特鲁,《郭斯洛埃斯》,巴黎:迪迪埃出版社,1950 年,正文前第 29—31 页)。

13. 艾米尔·法布尔,《排演注录》(*Notes sur la mise en scène*),阿伯维尔:帕亚尔印坊,1932 年,第 71—72 页。

14. 参见古斯塔夫·朗松,《法国古典主义悲剧起源研究》(*Études sur les origines de la tragédie classique en France*),载《法国文学史期刊》(*Revue d'histoire littéraire de la France*),1903 年,第 428 页。

15. 一种钱币,此处是用于支付剧院门票。

16. 参见维克托·德拉波特(Victor Delaporte),《路易十四时期法国文学中的奇幻元素》(*Du merveilleux dans la littérature française sous le règne de Louis XIV*),巴黎:勒道-布莱出版社,1891 年。

17. 比如夏博东(Chapoton)的《奥尔菲和尤里蒂斯》(*Orphée et Euridice*),洛特鲁的《真假索西》(*Deux Sosies*)。

18. 参见克拉拉·卡尔内松·布罗迪,《克劳德·布瓦耶的作品》(*The works of Claude Boyer*),纽约:王冠出版社,1947 年,第 116 页,注释 24。

19. 依照勒伯格的说法,见《莎士比亚时代法国的"莎士比亚式悲剧"》,载《课程与会议期刊》,1937 年 6 月 15 日至 7 月 30 日,见上,第 625 页。

20. 该场景与一件呈现布拉格夏尔桥上的一队土耳其囚犯的巴洛克雕塑作品类似。

21. 见诺曼·A. 贝纳东,《17 世纪法国戏剧中决斗的社会意义》(*Social significance of the duel in 17th century French drama*),巴尔的摩:约翰·霍普金斯出版社,1938 年,第 142 页。

22. 泰奥弗拉斯特·雷诺多(Théophraste Renaudot)《1650 年全年邮报集》(*Recueil des Gazettes nouvelles ordinaires et extraordinaires, relations et récits des choses advenues toute l'année 1650*)第 248 页,1650 年 2 月 18 日的原文即是如此。马蒂·拉沃引用是误写为了"自己上升"。

23. 尼古洛·萨巴蒂尼(Nicola Sabbatini),《戏剧舞台和装置制作法式》(*Pratique pour fabriquer scènes et machines de théâtre*),路易·朱凡(Louis Jouvet)版本,纳沙泰尔:伊德和卡朗德出版社,1942 年。

24. 赫莲娜·勒克莱克,《现代剧院建筑的意大利起源》(*Les origines italiennes de l'architecture théâtrale moderne*),第 109 页。

25. 尼古洛·萨巴蒂尼,见上,第 60 页。

26. 赫莲娜·勒克莱克,见上,第 174—175 页。

27. 贝尔纳·拉米,《关于诗艺的新思考》,见上,第 160 页。
28. 萨穆埃尔·夏步佐,《法国戏剧》,第三部分,第 52 章,第 240 页。
29. 马尔蒙特尔,《文学基础》,见上,"幕间"。
30. 日耳曼·巴普斯特,《戏剧史论》(*Essai sur l'histoire du théâtre*),巴黎:阿谢特出版社,1893 年,第 549—550 页。
31. 在他所评注的《马赫罗备忘》里(第 34 页),兰卡斯特先生在《攻占马希夷》(*Prise de Marcilly*)一剧的排演中找到了七个隔间;然而无论是剧本的简述(第 81—82 页)还是复制的布景图的第 33 号插图,都无法让我们将它们分辨出来。
32. 拜占庭王宫中的其中一个大殿(第一、第二幕);海边(第三幕第二场);海滨堡垒(第三幕第三至第六场);花园(第三幕第七至第九场);特拉斯国王克雷雅克德军营(第四幕第三场);拜占庭德一条街道(第五幕第四场);拜占庭德"宫殿广场"(第五幕第五场)。
33. 里瓦耶,《皮埃尔·高乃依的创作初期》,见上,第 42 页。
34. 1937 年由朱凡(Jouvet)主演的莫里哀的《太太学堂》里,克里斯蒂安·贝哈尔(Christian Bérard)所设计的布景也用了类似的手段:墙体可以打开,使阿尔诺夫家的花园得以显现。
35. 萨拉赞,《论悲剧》,收录于《作品集》,1658 年,见上,第 328 页。
36. 多比尼亚克院长,《第二论:关于塞托里乌斯》(*Seconde dissertation...sur...Sertorius*),收录于格哈奈(Granet),《关于高乃依与拉辛多部悲剧的评论集》(*Recueil de dissertations sur plusieurs tragédies de Corneille et de Racine*),巴黎:吉赛和波尔德莱出版社,1739 年,两卷版,第一册,第 248—252 页。
37. 关于这部手稿,请参见本书的"说明"。
38. 收录于萨拉赞《作品集》,1658 年,见上,第 328 页。
39. 于勒·皮莱·德·拉梅纳迪尔,《诗学》,第一卷,巴黎,索马维尔出版社,1640 年,第 11 章,第 412 页。
40. 同上。
41. 萨拉赞,《论悲剧》,收录于《作品集》,1658 年,见上,第 327 页。
42. 斯库德里,《对于熙德的点评》,收录于加泰,《熙德论战》,第 95 页。
43. 吉勒·梅纳日,《论泰伦提乌斯的〈自我折磨的人〉》(*Discours sur l'Héautontimoroumenos de Térence*),见霍斯波尔的引用,《排演》,第 72 页。
44. 萨拉赞,《论悲剧》,收录于《作品集》,1658 年,见上,第 328 页。
45. 拉梅纳迪尔,《诗学》,见上,第 11 章,第 412 页。

第二章 剧本和幕的形式

1. 多比尼亚克数出来是"每幕 300 行左右"。
2. 拉辛的《艾斯德尔》呈现为三幕剧的形式有其创作和表演的特殊背景。
3. 狄德罗,《戏剧作品集》(*Œuvres de théâtre*),附有《论戏剧诗》(*Discours de la poésie dra-*

matique），阿姆斯特丹：M. 雷出版社，1771 年，第 14 章。

4. 我们没有把蒙弗洛里的《滑稽组合》（*L'Ambigu comique*, 1673）视为嵌套剧。这是一部三幕悲剧，但每一幕结束后都附加了一出闹剧。这种怪异的混合可能是受了早先的嵌套剧，以及莫里哀的芭蕾喜剧的启发。但除了第一出闹剧以外，另两出并没有起到框架作用。然而前者是在第一幕结束后才上演，因此也无法为其铺垫。

5. 狄德罗，《论戏剧诗》，见上，第 15 章。

6. 关于高乃依作品中的其他例子，可参见《泰奥多尔》第三幕，《赫拉克里乌斯》第二、第三幕，《尼克梅德》第一幕，当然还有《戏剧幻觉》这样一部"嵌套剧"的每一幕。

7. 莫万·德·贝尔加尔德，《文学和道德珍奇信札》，见上，第 324 页。

8. 狄德罗，《论戏剧诗》，见上，第 15 章。

9. 马尔蒙特尔，《文学基础》，见上，"幕"。

10. 同上，"幕间"。

11. 高乃依，《庞培》第三幕，《欺骗者》第三幕，《泰奥多尔》第五幕，《俄狄浦斯》第四幕，《塞托里乌斯》第五幕，《索福尼斯巴》第三幕。

12. 比如莫里哀《太太学堂》第三幕，《达尔杜弗》第四幕。

13. 拉辛，《忒拜纪》第四幕，《亚历山大》第二幕，《讼棍》第三幕，《布里塔尼古斯》第四、第五幕，《伊菲革涅亚》第三幕。

14. 以高乃依作品为例：《庞培》第四幕，《佩尔塔西特》第五幕，《蒂特和贝蕾妮丝》第二幕。以拉辛作品为例：《忒拜纪》第二幕，《亚历山大》第三、第五幕，《贝蕾妮丝》第三幕，《费德尔》第五幕。

15. 参见皮埃尔·高乃依的《佩尔塔西特》，托马斯·高乃依的《斯蒂里贡》，拉辛的《安德洛玛克》《伊菲革涅亚》和《阿塔里雅》，等等。

16. 参见高乃依的《波利厄克特》，拉辛的《亚历山大》和《布里塔尼古斯》，等等。

17. 施莱格尔，《戏剧文学讲义》，见上，第一卷，第 372 页。

18. 该剧的第三个幕间也是如此，美狄亚在和奈莉娜一起离开后，又独自出现。第一个幕间的情况存在疑问。

19. 多比尼亚克，《第三论：关于俄狄浦斯》（*Troisième discours...sur...Œdipe*），收录于格哈奈（Granet），《关于高乃依与拉辛多部悲剧的评论集》，见上，第二册，第 50 页。

第三章 场的不同形式：基本形式

1. 拉米，《关于诗艺的新思考》，见上，第 161 页。

2. 莫万·德·贝尔加尔德，《文学和道德珍奇信札》，见上，第 324—325 页。

3. 还可参见斯卡隆，《决斗者若德莱》，第一幕第三场和《海盗王子》第一幕第四场。

4. 光是洛特鲁的《濒死的赫丘利》（1636）就有七处：第一幕第二、第四场，第二幕第三场，第三幕第一场，第四幕第二场，第五幕第二、第四场。

5. 玛黑夏尔，《高贵的德国女人》，第一日，第三幕第三场，第四幕第一场，第五幕第一和第三场。第二日第一幕第一场，第四幕第二、第四和第五（该场次内部还分了三个部分）场，以及第五幕第一场（该场次内部分为三部分）。

6. 就《克里唐德尔》而言，在 1660 年及之后的版本里，保留了八场经过重新切分的戏，它们成为了标准版本里的第一幕第三、第四场，第五、第六场，第二幕第四、第五场，第七、第八场，第三幕第一、第二场，第三、第四场，第四幕第四、第五场，第六、第七场。另外两场经过重新切分之后，成为了 1644 年版本的第三幕第六、第七场，第四幕第一、第二幕，但 1660 年后被删去。

7. 1644 年后成为第二幕第三、第四场，第六、第七场，第四幕第四、第五场，第六、第七场。

8. 1644 年后成为第一幕第一、第二场，第五幕第一、第二场。

9. 1644 年后成为《戏剧幻觉》的第二幕第四、第五场。

10. 它们分别是《克里唐德尔》第二幕第七、第八场，第三幕第六、第七场，第四幕第一、第二场，第六、第七场；《亲王府回廊》第二幕第六、第七场，第四幕第四、第五场，第六、第七场；《美狄亚》第一幕第一、第二场，第五幕第一、第二场。这些切分均非相关剧本的首版切分，而是来自来的版本。

11. 卡亚瓦·德·莱斯唐杜，《论戏剧艺术》（De l'art de la comédie），巴黎：F. 狄道出版社，1772 年，四卷本，第一册，第 205 页。让-路易·巴豪在他所评注的拉辛的《费德尔》里也表达过类似的想法，"整部悲剧在……构造上与场的构造完全一致"，见上，第 133 页。

12. 马尔蒙特尔，《法国诗学》（Poétique française），巴黎：莱斯科拉帕出版社，1763 年，两卷本，第二册，第 94 页。

13. 该词从 17 世纪起就已不带贬义。

14. 巴尔纳贝·法尔米昂·杜·罗斯瓦，《论高乃依和拉辛》（Dissertation sur Corneille et Racine），巴黎：J. 拉孔布出版社，1773 年，第 41 页。

15. 莫尔奈，《法国古典主义文学史》，见上，第 240 页。还可参见他针对《伊菲革涅亚》第四幕第四场以及《费德尔》第二幕第五场所做的分析。

16. 同上，第 238 页。

17. 马江迪，《17 世纪法国小说：从〈阿斯特蕾〉到〈居鲁士大帝〉》，见上，第 340 页。

18. 多比尼亚克，《论索福尼斯巴》（Dissertation...sur...Sophonisbe），收录于格哈奈，《关于高乃依与拉辛多部悲剧的评论集》，见上，第一册，第 140—141 页。

19.《让·尼古拉·德·特哈拉什手稿集》（Recueil de Jean Nicolas de Tralage），17 世纪，阿森纳尔图书馆，五卷本，第四册，第 171 页。

20. 拉布吕耶尔，《品格论》（Les Caractères），第一册，注释 8。

第四章 场的不同形式：固定形式

1. 马江迪，《17 世纪法国小说：从〈阿斯特蕾〉到〈居鲁士大帝〉》，见上，第 450 页。

2. 奥诺雷·杜尔菲，《阿斯特蕾》，马江迪评注版，巴黎：SFELT 出版社，1929 年，第 132—133 页。

3.《对于熙德的点评》，收录在加泰，《熙德论战》，见上，第 86 页。

4. 同上。

5. 马尔蒙特尔,《文学基础》,见上,"叙事"。
6. 马尔蒙特尔,《文学基础》,见上,"叙事"。
7. 莱辛,《汉堡剧评》(*Dramaturgie de Hambourg*),巴黎:迪迪埃出版社,1869年,第258页。
8. 多比尼亚克,《论索福尼斯巴》,收录于格哈奈,《关于高乃依与拉辛多部悲剧的评论集》,见上,第一册,第145页。
9. 莫万·德·贝尔加尔德,《文学和道德珍奇信札》,见上,第334页。
10. 夏普兰,《关于24小时规则的信》,收录于《批评辑录》,见上,第121页。
11. 马江迪,《17世纪法国小说:从〈阿斯特蕾〉到〈居鲁士大帝〉》,见上,第452页。
12. 卡亚瓦·德·莱斯唐杜,《论戏剧艺术》,见上,第一册,第225页。
13. 哈冈,《牧歌》:第一幕第一至第四场,第二幕第一、第二场(两段独白),第三和第五场,第四幕第二场。
14. 梅莱,《西尔维娅》:第一幕第二和第三场,第三幕第一、第三场(两段独白)、第四场,第四幕第三场,第五幕第二场(三段独白)。
15. 洛特鲁,《无病呻吟》:第一幕第一和第二场,第三幕第一、第二场(四段独白)、第四场,第四幕第一和第二场,第五幕第二和第四场。
16. 巴霍,《卡丽丝特》:第一幕第三和第四场,第二幕第一和第三场,第三幕第六和第七场,第四幕第一和第四场。
17. 盎格鲁-撒克逊批评界通常把"斯偬式"翻成"抒情独白"(lyrical monologue)。切勿和我们此处所说的"抒情独白"混淆。
18. 梅莱,《西尔维娅》:第一幕第三场,第三幕第三场(该场的最后两段独白)、第四场,第四幕第三场,第五幕第二场(该场的前三段独白)。
19. 关于它在小说里的源头,参见马江迪,《17世纪法国小说》,见上,第23、230页。
20. 省略号来自于杜里耶,至少也是印刷者所为。
21. 莫尔奈,《法国古典主义文学史》,见上,第26—27页。
22. 参见我们的文章:《莫里哀和悲剧独白,以〈冒失鬼〉中的一个片段为例》(*Molière et le monologue tragique, d'après un passage de L'Étourdi*),刊载于《美国现代语言协会会刊》(*Publications of the Modern Language Association of America*),1939年九月,第768—774页。
23. 参见 P. 巴里耶尔《高乃依悲剧中的抒情》(*Le lyrisme dans la tragédie de Corneille*)一文中的观察,收录在《法国文学史期刊》,1928年1月,第23—28页。
24. 关于无法将《美丽的阿尔弗莲德》(洛特鲁)里的这些长短台词视为独白这一问题,参见下面第六节。
25. 伏尔泰,《论悲剧艺术中出现的不同变化》(*Des divers changements arrives à l'art-tragique*),来自《汉堡剧评》里莱辛的引用,见上,第373页。
26. 伏尔泰,对于高乃依《贺拉斯》第三幕第一场的评论。
27. 夏普兰,《关于24小时规则的信》,收录于《批评辑录》,见上,第125页。
28. 拉米,《关于诗艺的新思考》,见上,第162—163页。
29. 夏尔·索雷尔,《良书甄别》(*De la connaissance des bons livres*),见上,第207—208页。

引文的注释和出处

30. 狄德罗，《论戏剧诗》，第 17 章。
31. 这句话只在 1660 年的版本中出现，后来高乃依注意到它有误时就删去了。《罗德古娜》事实上有一段 54 行的独白，在第三幕第三场。
32. 此为高乃依的疏漏：《佩尔塔西特》有两段独白，一段长 24 行（第二幕第二场），一段长 22 行（第三幕第六场）。
33. 这一论断只有在不考虑一场戏开始或结束时的短独白的情况下才成立。
34. 拉米，《关于诗艺的新思考》，见上，第 162—163 页。
35. 索雷尔，《良书甄别》，见上，第 207—208 页。

第五章　连场

1. 参见加斯东-路易·马莱科（Gaston-Louis Malécot），《关于勃艮第府和亚伯拉罕·博斯德一张版画》（A propos d'une estampe d'Abraham Bosse et de l'Hôtel de Bourgogne），刊载于《现代语言札记》，1933 年 5 月，第 279—283 页。
2. 参见路易·巴蒂富尔（Louis Batiffol），《路易十三时代的巴黎生活》（La vie de Paris sous Louis XIII），巴黎：加尔曼-列维出版社，1932 年，第 248—249 页。
3. 参见马莱科的文章，兰卡斯特在《历史》第一卷第二册 714 页对其做了引用。
4. 依照 J. G. 普罗多姆的说法，巴黎歌剧院的舞台只有 37 米深，《歌剧院（1669—1925）》（L'Opéra [1669—1925]），巴黎：德拉格拉夫出版社，1925 年（明科夫出版社 1972 年重印）。
5. 赫莲娜·勒克莱克，《现代剧院建筑的意大利起源》，见上，第 163 页，注释 3。
6. 同上，第 96 页，注释 3。
7. 然而依照国家图书馆版画部戴达耶系列里的一幅版画所示，勃艮第府的确曾是这样的情况。亨利·布肖在他的《与戏剧史相关图片目录》（Catalogue de Dessins relatifs à l'histoire du théâtre）里收录并描述了这张呈现了弗拉卡斯上尉（Capitaine Fracasse）、图尔卢班（Turlupin）、胖纪尧姆（Gros-Guillaume）和戈蒂耶-嘉吉耶（Gautier-Garguille）在勃艮第府的版画，编号 339。透过这些人物身后半开的背景布，我们可以看到一面近在咫尺的墙；墙体和背景布似乎有一条刚好能容一个演员穿过的通道。但在这一细节上，这幅 17 世纪末民间版画的作者也有可能受到了后台极为逼仄的市集剧场的影响。
8. 参见贡斯当，米克，《意大利即兴喜剧》（La commedia dell'arte），巴黎：七星诗社出版社，1927 年，第 198 页。
9. 米歇尔·德·普尔院长，《古今演出论》（Idée des spectacles anciens et nouveaux），巴黎：M. 布鲁奈出版社，1668 年，第 174 页。
10. 梅莱，《克里塞德和阿里芒》第一幕第一、第二场之间，第二幕第一、第二场之间，第三幕第一、第二场之间，第四幕第一、第二场之间，第二、第三场之间，第五幕第一、第二场和第二、第三场之间。
11. 可能除了第四幕第二、第三场之间。
12. 拉·加尔普奈德，《埃塞克斯伯爵》第一幕第四、第五场之间，第二幕第三、第四场之间,第四幕第四、第五场之间,第六、第七场之间,第五幕第一、第二场,第二、第三场之间。

13. 德枫丹纳,《圣阿莱克西》第一幕第三、第四场之间,第二幕第二、第三场,第五、第六场之间,第三幕第三、第四场之间,第四幕第三、第四场,第四、第五场之间,第五幕第一、第二场,第二、第三场,第四、第五场,第五、第六场,第六、第七场之间。

14. 高乃依,《西拿》第三、第四场之间。同样是出于逼真的考虑,高乃依破坏了《王家广场》第五幕第三、第四场之间的连场;参见他在该剧《评述》里对此所发表的看法。

15. 梅莱,《西尔维娅》第一幕第一、第二场,第三、第四场之间,第三幕第一、第二场,第三、第四场之间,第四幕第一、第二场之间,第五幕第一、第二场之间。

16. 同上,《希尔瓦尼尔》第二幕第四、第五场之间,第三幕第四、第五场之间,第四幕第四、第五场之间,第五幕第一、第二场之间。

17. 同上,《维尔吉尼》第一幕第二、第三场,第三、第四场之间,第二幕第一、第二场之间,第三幕第一、第二场,第三、第四场,第五、第六场,第六、第七场,第九、第十场之间,第四幕第二、第三场之间,第五幕第三、第四场,第四、第五场,第五、第六场,第六、第七场之间。

18. 同上,《索福尼斯巴》第一幕第二、第三场之间,第三幕第一、第二场之间,第四幕第一、第二场之间,第五幕第三、第四场,第五、第六场之间。

19. 同上,《奥松那公爵的风流韵事》第一幕第二、第三场之间,第三幕第二、第三场之间,第四幕第二、第三场,第四、第五场,第六、第七场之间,第五幕第三、第四场之间。

20. 玛黑夏尔,《英勇的姐妹》第一幕第一、第二场,第二、第三场,第三、第四场,第四、第五场之间,第二幕第三、第四场,第四、第五场,第七、第八场之间,第三幕第二、第三场,第四、第五场,第六、第七场之间,第四幕第二、第三场,第四、第五场,第五、第六场之间,第五幕第二、第三场,第三、第四场,第五、第六场之间。

21. 杜里耶,《克雷奥梅冬》第一幕第一、第二场之间,第二幕第二、第三场之间,第三幕第二、第三场,第三、第四场之间,第四幕第二、第三场,第三、第四场,第五、第六场之间。

22. 斯库德里,《乔装王子》第一幕第一、第二场,第三、第四场之间,第二幕第一、第二场,第二、第三场,第三、第四场之间,第四幕第一、第二场,第二、第三场,第五、第六场,第六、第七场之间,第五幕第一、第二场,第二、第三场,第三、第四场,第五、第六场之间。

23. 同上,《恺撒之死》第二幕第一、第二场,第二、第三场,第三幕第一、第二场,第三、第四场之间,第四幕第三、第四场,第四、第五场之间,第五幕第一、第二场,第三、第四场,第五、第六场之间。

24. 同上,《慷慨的情人》第三幕第一、第二场,第二、第三场之间,第四幕第六、第七场之间。

25. 洛特鲁,《无病呻吟》第一幕第一、第二场之间,第二幕第三、第四场之间,第三幕第一、第二场,第三、第四场之间,第四幕第一、第二场,第二、第三场,第三、第四场

引文的注释和出处

之间，第五幕第一、第二场，第三、第四场之间。

26. 同上，《遗忘的指环》第一幕第一、第二场，第四、第五场之间，第二幕第三、第四场之间，第四幕第二、第三场之间，第五幕第二、第三场之间。

27. 同上，《塞莲娜》第一幕第二、第三场之间，第二幕第一、第二场，第二、第三场之间，第三幕第一、第二场之间，第四幕第二、第三场，第四、第五场之间，第五幕第二、第三场，第五、第六场，第六、第七场之间。

28. 同上，《被迫害的洛尔》第一幕第一、第二场，第四、第五场，第七、第八场之间，第五幕第四、第五场之间。

29. 高乃依，《梅里特》第一幕第三、第四场之间，第二幕第三、第四场，第四、第五场之间，第四幕第四、第五场，第六、第七场，第九、第十场之间，第五幕第二、第三场，第三、第四场之间。

30. 同上，《克里唐德尔》第一幕第四、第五场，第六、第七场，第七、第八场之间，第二幕第二、第三场，第三、第四场，第五、第六场之间，第三幕第二、第三场，第四、第五场之间，第四幕第二、第三场，第五、第六场，第七、第八场之间，第五幕第一、第二场，第三、第四场之间。

31. 同上，《寡妇》第一幕第二、第三场，第四、第五场之间，第二幕第四、第五场之间，第三幕第三、第四场，第七、第八场之间，第四幕第七、第八场之间，第五幕第三、第四场，第六、第七场之间。

32. 同上，《美狄亚》第四幕第一、第二场，第三、第四场之间，第五幕第二、第三场之间。

33. 同上，《戏剧幻觉》第三幕第六、第七场之间，第四幕第六、第七场之间。

34. 杜里耶，《阿尔西奥内》第一幕第一、第二场之间，第四幕第三、第四场之间。

35. 斯库德里，《安德罗米尔》第二幕第一、第二场，第四、第五场，第七、第八场之间，第三幕第三、第四场之间，第五幕第二、第三场之间。

36. 同上，第二幕第四、第五场之间，第三幕第三、第四场之间。

37. 夏普兰，《论戏剧诗》，收录于《批评辑录》，见上，第129，131页。

38. 伏尔泰，《贺拉斯、布瓦洛和蒲柏之比较》（*Parallèle d'Horace, de Boileau et de Pope*, 1761），见雷蒙·纳夫（Raymond Naves）的引用，《伏尔泰的品位》（*Le goût de Voltaire*），巴黎：加尼耶出版社，1938年，第261页。

39. 高乃依在第三《论》（马蒂-拉沃，第一卷，第103—104页）里引入了额外的区分方式；但它们实际效用不大，高乃依自己也承认了这一点，因此我们可以将其忽略。

40. 夏普兰，《批评辑录》，见上，第129页。

41. 莫万·德·贝尔加尔德，《文学和道德珍奇信札》，见上，第325页。

42. 见纳夫的引用，《伏尔泰的品位》，第261页。

43. 需要指出的是，这种逻辑的前提是假定不存在幕布。参见本书第二部分，第一章，第4节。

第六章　戏剧写作的不同形式

1. 马尔蒙特尔，《文学基础》，见上，"斯偬式"。
2. 里瓦耶，《皮埃尔·高乃依的创作初期》，见上，第 644 页。
3. 兰卡斯特，《法国古典主义悲剧里抒情独白的起源》（The origin of the lyric monologue in French classical tragedy），1927 年 9 月，第 782—787 页。
4. 拉辛，《作品集》，保罗·梅纳尔（PaulMesnard）评注版，阿谢特出版社，1865—1873 年，第六卷，第 519 页，40 和 41 号书信，第 517 页。
5. P. 巴里耶尔，《高乃依悲剧中的抒情》，刊载在《法国文学史期刊》，1928 年 1 月，第 30—31 页。
6. 马迪·阿尔·巴希尔，《高乃依的抒情性》（Le lyrisme de Corneille），蒙彼利埃：马里-拉维特出版社，1937 年，第 82 页。
7. 马里奥·罗科，《高乃依的节奏感，以〈罗德古娜〉中的一场戏为例》（Sur la rythmique de Corneille, à propos d'une scène de « Rodogune»），刊载于《致敬德胡埃文集》（Mélanges Drouhet），布拉勒斯特：布科维纳出版社，1940 年，第 6 页。值得一提的是，马拉美在他的致德·赛森特的《散文》（Prose）里，也是以四行诗唤起花的意象：

   > 如此，庞大，每一朵
   > 通常都点缀着
   > 清晰的轮廓线，空白，
   > 将它从园中分离。

8. 雅克-加布里埃尔·卡恩，《拉辛的词汇》（Le vocabulaire de Racine），巴黎：德洛出版社，1946 年，第 244—246 页。
9. 伯努瓦，《黑尼耶的错格和诗体句》（Des anacoluthes et de la phrase poétique dans Régnier），第 332 页，见费尔迪南·布鲁诺在他所评注的《马塞特》（Macette）中的引用，巴黎：书籍出版新兴联合会，1900 年，第 37 页。
10. 约瑟夫·维亚奈，《马图然·黑尼耶》（Mathurin Régnier），巴黎：阿谢特出版社，1896 年，第 298 页（斯拉基纳出版社 2013 年重印）。
11. R. 勒伯格，《马莱伯：悲剧的修正者》（Malherbe correcteur de tragédie），刊载于《法兰西文学史期刊》，1934 年 10 月—12 月，第 488 页。
12. 还可参见玛黑夏尔《英勇的姐妹》第一幕第二场，吉尔贝尔《沙米拉姆》第二幕第五场，等等。
13. 第一组出现在西拿的一段长台词的结尾，但它和第二组之间呈现出来的对立性让我们不得不将它视作交替对白的一部分。这种情况比较常见。
14. 我们更倾向于使用"警句"这个在 17 世纪用的更多的词。
15. 于勒·恺撒·斯卡利杰，《诗学七书》（Pœtices libri septem），日内瓦：J. 克雷斯潘出版社，1561 年，第三卷，第 97 章。
16. 皮埃尔·德·洛当·戴加里耶，《法国诗艺》（Art poétique français），巴黎：A. 杜·布洛耶出版社，1597 年（斯拉基纳出版社 1971 年重印），第五卷，第三章。

17. 亚历山大·阿尔迪，《戏剧集》(*Théâtre*)，第五卷，"序言"。
18. 意为我能接受。
19. 让-路易·盖·德·巴尔扎克，《作品集》，路易·莫罗（Louis Moreau）评注版，巴黎：J. 勒考弗尔出版社，1854 年，两卷版，第一册，第 351 页。
20. 致巴尔扎克的信，见加泰的引用，《熙德论战》，见上，第 461 页。
21. 威廉·莱昂纳德·施瓦茨，克拉伦斯·拜伦·奥尔森，《高乃依戏剧中的警句》(The sententiæ in the dramas of Corneille)，圣弗朗西斯科：斯坦福大学出版社，1939 年，第 34 页。这部著作所提供的数据并不精准。两位作者事实上并没有严格地定义警句，把一些并非警句的诗句也算在其中。举例而言，他们在高乃依的《苏雷纳》中找到了 41 处警句；但其中有 6 处都不符合我们下文所给出的定义，因此在我们看来有必要排除在外。它们分别是第 110—114 行，第 462 行，第 519—520 行，第 1031—1032 行，第 1408 行和第 1417 行。由此可见，这部著作的数据可能高于实际，但它依然对了解警句的比重有参考价值。
22. 见费尔南·福乐雷（Fernand Fleuret）和路易·佩尔索（Louis Perceau）的引用，《17 世纪的法语讽刺诗》(*Les Satires françaises du XVIIe siècle*)，巴黎：加尼耶出版社，1923 年，两卷本，第一册，第 65 页。
23. 马图然·黑尼耶，《马塞特》，F. 布鲁诺评注版，见上，第 40 页。
24. 马图然·黑尼耶，《讽刺书斋》(*Le Cabinet Satyrique*)，费尔南·福乐雷和路易·佩尔索评注版，1924 年，巴黎：J. 福尔出版社，两卷本，第 43 页。
25. 达尼埃尔·莫尔奈，《法国古典主义文学史》，见上，第 424 页。
26. 威廉·莱昂纳德·施瓦茨，克拉伦斯·拜伦·奥尔森，《高乃依戏剧中的警句》，见上，第 58—100 页。
27. 两者之间的比较来自威廉·莱昂纳德·施瓦茨，克拉伦斯·拜伦·奥尔森，《高乃依戏剧中的警句》，见上，第 49 页。
28. 让·布尔什，《论高乃依的剧作技巧》(*Remarques sur la technique dramatique de Corneille*)，收录在《耶鲁大学法语系教员研究集》(*Studies by members of the French Department of Yale University*)，1941 年，第 117 页。
29. 同上，第 128 页，注释 15.
30. 高乃依，《梅里特》，1633 年版本，再版时有改动。
31. 同上，再版时有改动。
32. 除了已经列举过的例子之外，还有如下这些：《克里唐德尔》第四幕第一场，《亲王府回廊》第四幕第九场，《侍女》第五幕第二场，《波利厄克特》第三幕第二场，《赫拉克里乌斯》第三幕第二场，《塞托里乌斯》第二幕第一、第二场，《阿格西莱》第一幕第一场，等等。
33. 这类重复在该剧中大量出现。可参见第三幕第三、第四场，第四幕第三场，第五幕第六场。
34. 还可参见《尼克梅德》第四幕第二场，《蒂特和贝蕾妮丝》第一幕第二场。
35. 见 H. C. 兰卡斯特的引用，《1552—1628 年间的法国悲喜剧》，见上，第 93 页。
36. 让·德·斯庞德，《诗歌集》(*Œuvres poétiques*)，马塞尔·阿尔朗评注版，巴黎：斯托克出版社，1945 年，第 104—105 页。
37. 见维克多·雨果《埃尔纳尼》(*Hernani*)第一幕结尾。
38. 还可参见吉尔贝尔《罗德古娜》(1646)第四幕第三、第四场。
39. 让·布尔什，《论高乃依的剧作技巧》，见上，第 117 页。
40. 马尔蒙特尔，《文学基础》，见上，"讽刺"。
41. 见 H. C. 兰卡斯特的引用，《1552—1628 年间的法国悲喜剧》，见上，第 114—115 页。
42. 关于这部剧，参见圣马可·吉哈尔丹，又称马可·吉哈尔丹，《戏剧文学讲义》(*Cours de littérature dramatique*)，巴黎，夏尔庞蒂耶出版社，1843—1868 年，五卷本，第三册，第 331 页。
43. 同样的效果也出现在了杜里蒙的另一部剧，《妻子的情人》(*L'Amant de sa femme*, 1661)第十三场戏里。
44. 《16、17 世纪法国戏剧》(*Le théâtre français au XVIe et au XVIIe siècle*)，埃杜阿尔·福尼耶评注版，巴黎，拉普拉斯·桑切斯出版社，1873 年，两卷本，第一册，第 449 页。
45. 《致贝桑松人梅莱的警示》(*Avertissement au Besançonnais Mairet*)，收录于嘉泰的《熙德论战》中，见上，第 324 页。
46. 贝尔纳尔·德·丰特内尔，《法国戏剧史》(*Histoire du théâtre français*)，见新版《作品集》，阿姆斯特丹，F. 香吉永出版社，1764 年，十二卷本，第三册，第 80 页。
47. 见于勒·马尔桑版本的《西尔维娅》(巴黎：香皮翁出版社，1905 年，STFM)，第 171 页。
48. 马尔桑还加入了洛特鲁《无病呻吟》的第二幕第二场，然而那场戏里只有一段简单的交替对白，以连韵的两行亚历山大体诗句为单位。
49. 我们此前所引用的丰特内尔的话证实了这一结论，如果把那段话里提到的时间和这些剧本的诞生日期加以比对的话，我们就会发现这一结论相当精确。丰特内尔生于 1657 年。17 世纪时，人们基本上都很早结婚生子。在 1630—1635 年这段时间，丰特内尔那代孩子的父亲们正处在他们的童年，而那正是抒情对话的风靡期。
50. 斯库德里，《恺撒之死》第五幕第五场，第四次出现时，诗句有了轻微的改动。

第三部分　为观众而调整剧本

第一章　逼真

1. 见布莱，《古典主义理论》，第 195、199 页，以及第三部分第一章。
2. 马里诺（Marino）《阿多尼斯》(*Adone*)的"序言"，收录在夏普兰的《批评辑录》，见上，第 94 页。
3. 莫里哀，《太太学堂》《达尔杜弗》《恨世者》《乔治·唐丹》《吝啬鬼》《贵人迷》《女学究》《无病呻吟》。
4. 哈班，《亚里士多德诗学思考》(*Réflexions sur la Poétique d'Aristote*)，见上，第一部分，第 23 节，第 53 页。

5. 伏尔泰，《罗德古娜评论》，第五幕第四场，第1647行。
6. 施莱格尔，《戏剧文学讲义》，见上，第二卷，第40页。
7. 莫尔奈，《让·拉辛》，见上，第58—59页。
8. 莫尔奈，《法国古典主义文学史》，见上，第220页。
9. 特里斯坦，《玛丽亚娜》，J.玛德莱娜评注版，巴黎：阿谢特出版社，1917年（STFM），第30页。
10. 让-巴蒂斯塔·杜博院长，《关于诗歌与绘画的批判思考》（*Réflexions critiques sur la poétique et la peinture*），巴黎：马里耶特出版社，1719年，第一部分，第28节，第228—230页。

第二章 得体

1. 马尔蒙特尔，《文学基础》，见上，"逼真"。
2. 《文学基础》，见上，"逼真"。
3. 原始版本第四场，见马蒂-拉沃，第二卷，第526页。
4. 《致贝桑松人梅莱的警示》，收录于嘉泰的《熙德论战》中，见上，第324页。
5. 《回旋诗》（*Rondeau*），见嘉泰，见上，第70页。
6. 伏尔泰，《阿提拉》序言，见《高乃依评论》，见上。
7. 丰特内尔，《高乃依生平》（*Vie de Pierre Corneille*），见马尔蒙特尔的引用，《文学基础》，见上，"第二人称单数相称"。
8. 高乃依，《亲王府回廊》，第一幕第四、第五、第六、第七场，第四幕第十二至第十四场。
9. 拉辛，《巴雅泽》，阿塔里德是阿姆拉父亲的侄女。
10. 法国国家图书馆，法语馆藏15403号文献，第28页正面，第29页正面。
11. 马江迪，《17世纪法国小说：从〈阿斯特蕾〉到〈居鲁士大帝〉》，见上，第115—116页，第178页。
12. 伏尔泰，《高乃依评论》，《欺骗者》第二幕第三场。这的确是蒙田在"论维吉尔的诗"一章里所说的话，见《随笔集》（*Essais*），第三卷，第五章。
13. E. 德洛，《高乃依与阿斯特蕾》（*Corneille et l'Astrée*），《法国文学史期刊》，1921年，第201—202页。
14. 特里斯坦，《玛丽亚娜》，玛德莱娜评注版，第80页。
15. 皮埃尔·贝尔，《文学共和国近况》（*Nouvelles de la République des Lettres*），1684年10月。
16. 正是这一惯例解释了马江迪所说的"对于体面的无谓顾虑"，见《17世纪法国小说：从〈阿斯特蕾〉到〈居鲁士大帝〉》，第205—206页。依他所言，在这一时期的小说里，遭海盗掳走的女子所遭受的强暴只停留在语言层面。
17. 见勒伯格的引用，《莎士比亚时代法国的"莎士比亚式悲剧"》，载《课程与会议期刊》，1937年7月15日，第624页。
18. 此处法语原文中的"neveux"（高乃依，《寡妇》）并非侄儿，而是今天我们所说的孙儿。
19. 关于剧本所引发的回应，可参见1890年的一位批评家，伊波利特·帕里高（Hippolyte Pari-

got），《高乃依作品中的天才和职业》（*Le génie et le métier dans Corneille*），载于《戏剧艺术期刊》（*Revue d'art dramatique*），1890年，第29页。
20. 勒伯格，《莎士比亚时代法国的"莎士比亚式悲剧"》，见上，第397页。
21. 贝纳东，《17世纪法国戏剧中决斗的社会意义》，见上，第141—142页。
22. 同上，第142页。
23. 贝纳东，同上，第13—17页，第25—26页。
24. 夏多布里昂，《墓畔回忆录》（*Mémoires d'Outre-tombe*），莫里斯·勒瓦扬（Maurice Levaillant）评注版，巴黎：伽利玛出版社，1947年，（七星文库），第一部分，第九卷，第七章，第一册，405页。
25. 马江迪，《17世纪法国小说：从〈阿斯特蕾〉到〈居鲁士大帝〉》，见上，第45页，第330页。
26. 同样，在一部被认为是由业余作家罗兰·勒维耶·德·布提尼（Rolland Le Vayer de Boutigny）创作的悲剧，《伟大的塞利姆》（*Le Grand Sélim*）的第五幕第三场，也有"帷幕降下"，以避免其中一位主角在观众的注视下被杀害。
27. 莫万·德·贝尔加尔德，《文学和道德珍奇信札》，见上，第333页。
28. 拉梅纳迪尔，《诗学》，见上，第205—207页，第210页。
29. 马江迪，《17世纪法国小说：从〈阿斯特蕾〉到〈居鲁士大帝〉》，见上，第400—401页。
30. 勒内·班达尔（René Pintard），《17世纪上半叶的博学自由风》（*Le libertinage érudit dans la première moitié du XVIIe siècle*），巴黎：布瓦凡出版社，1943年。
31. 《腓尼基妇女》（*Phéniciennes*）第949—955行，第999—1000行诗文的注解，收录在拉辛《作品集》，梅纳尔评注版，见上，第六册，第263页。

结　论

1. 让·杜·卡斯特尔·多维尼，《散文体悲剧，或作出格悲剧》（*La tragédie en prose, ou la tragédie extravagante,* 1730），见纳夫的引用，《伏尔泰的品位》，见上，第406—407页。
2. W. 亚彻，《剧作：技艺手册》，伦敦：查普曼和霍尔出版社，1912年，第一章。
3. 关于他的重要性，参见莫尔奈，《法国古典主义文学史》，见上，第二部分。
4. 韦尔当·L.·索尼耶（Verdun L. Saulnier），《古典主义世纪的文学》（*La littérature du siècle classique*），巴黎：法国大学出版社，1947年，第113页。
5. 费尔迪南·布鲁内提耶尔（Ferdinand Brunetière），《法国戏剧的不同时期（1630—1850）》（*Les époques du théâtre français*），奥德翁剧院系列讲座。巴黎：加尔曼-列维出版社，1893年，第55页。

附录一 一些数据

1. 高乃依剧作里的人物数量

波姆（Böhm）在《皮埃尔·高乃依戏剧理论》一书的第二章里中曾做过这一统计，我们对其中的错误做了勘正。

我们没有纳入机械装置剧。卫兵、士卒以及其他无名角色没有被计算在内。

1639—1657 年间出版的《戏剧幻觉》里出现了三位，而非两位女性角色。

剧本	男性	女性	总数
《梅里特》	5	3	8
《克里唐德尔》	16	2	18
《寡妇》	8	4	12
《亲王府回廊》	7	5	12
《侍女》	7	3	10
《王家广场》	6	2	8
《美狄亚》	5	4	9
《戏剧幻觉》	10	2	12
《熙德》	8	4	12
《贺拉斯》	7	3	10
《西拿》	6	3	9
《波利厄克特》	7	2	9
《庞培》	9	3	12
《欺骗者》	6	4	10
《欺骗者续篇》	5	2	7

剧名	男性	女性	总数
《罗德古娜》	4	3	7
《泰奥多尔》	6	3	9
《赫拉克里乌斯》	7	3	10
《阿拉贡的唐桑丘》	5	4	9
《尼克梅德》	5	3	8
《佩尔塔西特》	4	2	6
《俄狄浦斯》	7	4	11
《塞托里乌斯》	6	3	9
《索福尼斯巴》	8	4	12
《奥东》	8	4	12
《阿格西莱》	6	3	9
《阿提拉》	4	3	7
《蒂特和贝蕾妮丝》	5	3	8
《布尔谢里》	3	3	6
《苏雷纳》	4	3	7

2. 拉辛剧作里的人物数量

卫兵以及最后两部作品里的歌队均不计算在内。

剧名	男性	女性	总数
《忒拜纪》	6	3	9
《亚历山大》	4	2	6
《安德洛玛克》	4	4	8
《讼棍》	6	2	8
《布里塔尼古斯》	4	3	7
《贝蕾妮丝》	5	2	7
《巴雅泽》	3	4	7

《米特里达特》	5	2	7
《伊菲革涅亚》	5	5	10
《费德尔》	3	5	8
《艾斯德尔》	5	4	9
《阿塔里雅》	8	4	12

3. 一些 17 世纪剧作的长度

以下的数字是剧作的诗行总数

阿尔迪,《塞达兹》, 1368
泰奥菲尔,《皮拉姆和蒂斯比》, 1234
哈冈,《牧歌》, 2992
梅莱,《克里塞德和阿里芒》, 1700
——《西尔维娅》, 2250
——《索福尼斯巴》, 1832
特里斯坦,《玛丽亚娜》, 1812
——《塞内卡之死》, 1868
高乃依,《梅里特》, 1822
——《克里唐德尔》, 1624
——《寡妇》, 1982
——《王家广场》, 1529
——《美狄亚》, 1628
——《熙德》, 1840
——《贺拉斯》, 1782
——《西拿》, 1780
——《波利厄克特》, 1814
——《庞培》, 1812

高乃依,《罗德古娜》, 1844
——《赫拉克里乌斯》, 1916
——《俄狄浦斯》, 2010
——《塞托里乌斯》, 1920
——《阿格西莱》, 2122
——《阿提拉》, 1788
——《苏雷纳》, 1738
洛特鲁,《郭斯洛埃斯》, 1738
马尼翁,《蒂特》, 1876
拉辛,《忒拜纪》, 1516
——《亚历山大》, 1548
——《安德洛玛克》, 1648
——《布里塔尼古斯》, 1768
——《贝蕾妮丝》, 1506
——《巴雅泽》, 1748
——《米特里达特》, 1698
——《伊菲革涅亚》, 1796
——《费德尔》, 1654

——《欺骗者》，1804

4. 高乃依剧作中的场次数

机械装置剧的序章不计算在内

剧本	第一幕	第二幕	第三幕	第四幕	第五幕	总数
《梅里特》	5	8	6	10	6	35
《克里唐德尔》	9	8	5	8	5	35
《寡妇》	6	6	10	9	10	41
《亲王府回廊》	11	9	12	14	8	54
《侍女》	9	9	11	9	9	47
《王家广场》	4	8	8	8	8	36
《美狄亚》	5	5	4	5	7	26
《戏剧幻觉》	3	10	12	10	5	40
《熙德》	6	8	6	5	7	32
《贺拉斯》	3	8	6	7	3	27
《西拿》	4	2	5	6	3	20
《波利厄克特》	4	6	5	6	6	27
《庞培》	4	4	4	5	5	22
《欺骗者》	6	8	6	9	7	36
《欺骗者续篇》	6	7	5	8	5	31
《罗德古娜》	5	4	6	7	4	26
《泰奥多尔》	4	7	6	5	9	31
《赫拉克里乌斯》	4	7	5	5	7	28
《安德洛墨达》	4	6	5	6	8	29
《阿拉贡的唐桑丘》	5	4	6	5	7	27
《尼克梅德》	5	4	8	6	9	32

剧本						
《佩尔塔西塔》	4	5	6	6	5	26
《俄狄浦斯》	5	4	5	5	9	28
《金羊毛》	6	5	6	5	7	29
《塞托里乌斯》	3	5	2	4	8	22
《索福尼斯巴》	4	5	7	5	7	28
《奥东》	4	6	5	7	8	30
《阿格西莱》	4	7	4	5	9	29
《阿提拉》	3	6	4	7	7	27
《蒂特和贝蕾妮丝》	3	7	5	5	5	25
《布尔谢里》	5	5	4	4	7	25
《苏雷纳》	3	3	3	4	5	18

5. 拉辛剧作中的场次数

《讼棍》和《艾斯德尔》这两部三幕剧没有被纳入其中。

剧本	第一幕	第二幕	第三幕	第四幕	第五幕	总数
《忒拜纪》	6	4	6	3	6	25
《亚历山大》	3	5	7	5	3	23
《安德洛玛克》	4	5	8	6	5	28
《布里塔尼古斯》	4	8	9	4	8	33
《贝蕾妮丝》	5	5	4	8	7	29
《巴雅泽》	4	5	8	7	12	36
《米特里达特》	5	6	6	7	5	29
《伊菲革涅亚》	5	8	7	11	6	37
《费德尔》	5	6	6	6	7	30
《阿塔里雅》	4	9	8	6	8	35

附录二　不同剧种在17世纪不同时期的流行程度

它体现在下页的图表里，表中曲线以如下方式绘制：

1. 我们纳入了1610—1699年间出版的全部剧作，除了第2条里提到的那些。剧作依照出版日期，而非首演日期分类。因此我们的曲线与演出曲线相比会有轻微的滞后，当然前提是我们能绘制出准确的演出曲线。剧种依照首版来认定；所以高乃依的《熙德》在表中被列入悲喜剧，而非悲剧。针对一些较为知名的剧作，我们补上了出版时遗漏的剧种说明。

2. 以下剧作不纳入图表：

　　A. 古旧或业余的剧作，副标题为"戏剧诗""警句诗""创新诗""神圣故事"等。

　　B. 闹剧。17世纪有极少的一部分剧作以这一名目出版。

　　C. 独幕喜剧。这类剧到了17世纪下半叶大行其道。若是把它们也纳入一个主体为五幕剧的图表，喜剧的比例将被不合理地放大。但为了统计的完整性，我们在第5条里指出了不同时期出版的独幕剧数量。

　　D. 歌剧。

3. 为了图表简洁明了，我们把剧种按如下方式缩小到了四种。

　　A. 悲喜剧的曲线不只包含了悲喜剧，也纳入了一部"英雄式喜剧"（héroïco-comédie）和七部"英雄喜剧"（comédie héroïque，其中有三部高乃依的作品，一部莫里哀的作品）

　　B. 田园牧歌剧名下囊括了"田园牧歌剧"、"喜剧田园牧歌"（pastorale comique）、"牧歌田园喜剧"（comédie pastorale）、"英雄田园牧歌喜剧"、"悲剧田园牧歌"（pastorale tragique）、"田园牧歌悲剧"（tragédie pastorale）、"田园牧歌悲喜剧"、"诙谐田园牧歌"。不难看出，其中一些可以被划归到其他剧种，尤其是悲喜剧。而我们的归类是为了将田园牧歌

附录二　不同剧种在 17 世纪不同时期的流行程度

剧的范围最大化，如果用其他方式来加以区分的话，后者将无法得到良好的呈现。

　　C. 除了排除了独幕喜剧之外，悲剧和喜剧的归类并无特殊之处。

4. 我们以十年为一个阶段，统计了上述四个剧种在每个阶段的出版量：1610—1619 年，1620—1629 年，以此类推。横轴为时期，纵轴为数量。

5. 被图表排除在外的独幕喜剧在 17 世纪的出版量如下：

1610—1649 年：0

1650—1659 年：6

1660—1669 年：52

1670—1679 年：14

1680—1689 年：23

1690—1699 年：56

图例：悲喜剧、悲剧、喜剧、田园牧歌剧

年代	悲喜剧	悲剧	喜剧	田园牧歌剧
1610–1619	9	25	2	8
1620–1629	23	33	4	—
1630–1639	80	38	33	31
1640–1649	67	69	31	0
1650–1659	30	32	30	5
1660–1669	15	40	52	8
1670–1679	—	—	—	2
1680–1689	2	24	25	1
1690–1699	0	30	56	3

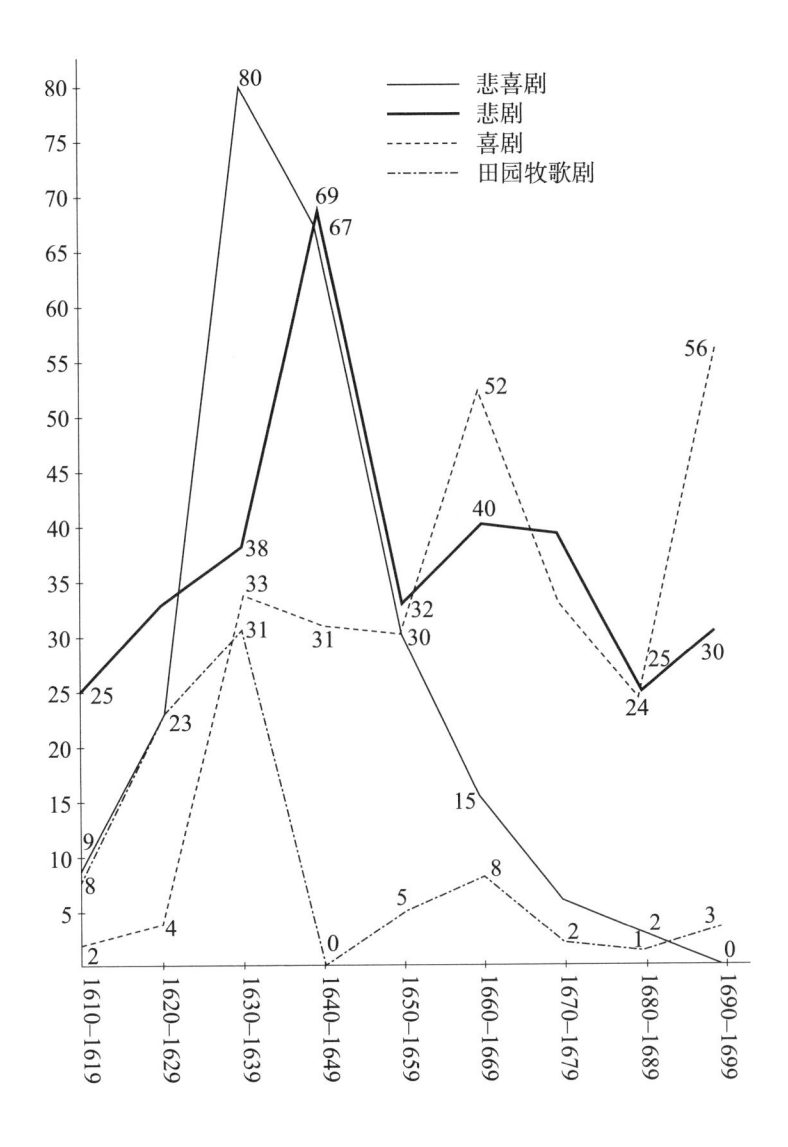

附录三 本书征引的剧作汇总

（剧名后标注出版时间，可能的情况下也会在括号内标注首演时间）

AUBIGNAC, François Hédelin, abbé d', *Cyminde, ou les deux victimes* 1642, *la Pucelle d'Orléans* 1642 (1640), *Zénobie* 1647 (1640)

AUVRAY (Jean), *Madonte* 1628, *Marfilie* 1609

BARO, Balthazar, *Cariste* 1651 (1648-1649), *Célinde* 1629 (1628), *Clorise* 1631 (1630)

BAZIRE D'AMBLAINVILLE, Gervais de, *La Princesse ou l'heureuse bergère* 1627

BENSERADE, Isaac de, *Iphis et Iante* 1637 (1634)

BERNIER DE LA BROUSSE, Joachim, les *Heureuses infortunes* 1618

BEYS, Charles, *Céline* 1637 (1633), *Les Illustres fous* 1653 (1651) *Le Jaloux sans sujet* 1635 (1634)

BOISROBERT, *Palène* 1640 (1639)

BOISSIN DE GALLARDON, Jean, *Les Urnes vivantes ou les amours de Phélidon et Polibelle* 1618

BOURSAULT, Edme, *Germanicus* 1694 (1673)

BOYER, Claude, *Aristodème* 1648 (1646-1647), *Judith* 1695 (1695), *la Mort de Démétrius ou le rétablissement d'Alexandre* 1661 (1660), *Oropaste* 1663 (1662), *Policrite* 1662 (1661-1662), *Porus ou la générosité d'Alexandre* 1648 (1646), *Tyridate* 1649 (1647-1648), *Ulysse dans l'île de Circé ou Euriloche foudroyé* 1649 (1648)

BRIDARD, *Uranie* 1631 (1630)

BROSSE, *Le Turne de Virgile* 1647 (1645)

CHAPPUZEAU, Samuel, les *Eaux de Pirmont* 1671 (1669)

CHEVALIER, *L'Intrigue des carrosses à cinq sous* 1663 (1662)

CHRESTIEN DES CROIX, Nicolas, *Les Amantes ou la grande pastorale* 1613

CINQ AUTEURS, *L'Aveugle de Smyrne* 1638 (1637), *La Comédie des Tuileries* 1638 (1635)

CLAVERET, Jean, *L'Esprit fort* 1637 (1630), *Le Ravissement de Proserpine* 1639 (1637-1638)

CORNEILLE, Pierre, *Agésilas* 1666 (1666), *Andromède* 1650 (1650), *Attila, roi des Huns* 1667 (1667), *Le Cid* 1637 (1637), *Cinna ou la clémence d'Auguste* 1643 (1640-1641), *Clitandre* 1632 (1631-1632), *la Conquête de la Toison* d'or 1661 (1660), Don Sanche d'Aragon 1650 (1649), la Galerie du palais 1637 (1632), Héraclius, empereur d'Orient 1647 (1646-1647), Horace 1641 (1640), L'Illusion comique 1639 (1635), Médée 1639 (1634-1635), Mélite 1633 (1630), Le Menteur 1644 (1643), la Mort de Pompée 1644 (1642-1643), Nicomède 1651 (1650-1651), Œdipe 1659 (1659), Othon 1665 (1664), Pertharite, roi des Lombards 1653 (1651-1652), La Place royale 1637 (1633), Polyeucte 1643 (1641-1642), Psyché 1671 (1671), Pulchérie 1673 (1672), Rodogune, princesse des Parthes 1647 (1644-1645), Sertorius 1662 (1662), Sophonisbe 1663 (1663), La Suite du Menteur 1645 (1644-1645), la Suivante 1637 (1632-1633), Suréna, général des Parthes 1675 (1674), Théodore vierge et martyre 1646 (1645), Tite et Bérénice 1671 (1670), la Veuve 1634 (1631-1632)

CORNEILLE, Thomas, L'Amour à la mode 1653 (1651), Ariane 1672 (1672), Le Berger extravagant 1653 (1652), Camma, reine de Galatie 1661 (1661), Le Comte d'Essex 1678 (1678), Le Geôlier de soi-même ou Jodelet prince 1656 (1655), Maximian 1662 (1662), La Mort de l'Empereur Commode 1659 (1657), Pyrrhus 1665 (1664), Stilicon 1660 (1660), Timocrate 1658 (1656)

CYRANO DE BERGERAC, Savinien de, La Mort d'Agrippine, veuve de Germanicus 1654 (1653)

DESFONTAINES, L'Illustre Olympie ou le Saint Alexis 1644 (1643), La Véritable Sémiramis 1647 (1646)

DESMARETZ DE SAINT-SORLIN, Jean, Aspasie 1636 (1636), Mirame 1641 (1641), Scipion 1639 (1638), les Visionnaires 1637 (1637)

DONNET, Louis Jaquemin, Le Triomphe des bergers 1646

DONNEAU DE VISE, Jean, La Mère coquette ou les Amants brouillés 1666 (1665)

DORIMOND, Nicolas Drouin, dit, L'Amant de sa femme 1661 (1660), L'Ecole des cocus 1661 (1659)

DU ROCHER, R.M., L'Indienne amoureuse 1631

DURVAL, Jean-Gilbert, Agarite 1633, Les Travaux d'Ulysse 1631

DU RYER, Pierre, Alcimédon 1634 (1632), Alcionée 1640 (1637), Amarillis 1650 (1631-1633), Arétaphile, non publiée au XVIIe, manuscrite (1628), Argénis et Poliarque 1630 (1629), Clarigène 1639 (1637-1638), Cléomédon 1636 (1634 sous le titre : Rossyléon), Clitophon (1628), manuscrite, Dynamis 1652 (1649-1650), Esther 1644 (1642), Lisandre et Caliste 1632 (1630), Lucrèce 1638 (1636), Saül 1642 (1640), Scévole 1647 (1644), Thémistocle 1648 (1646-1647), Les Vendanges de Suresnes 1635 (1633)

Éphésienne (L'), anonyme 1614, attribuée à Mainfray,

FAURE, Manlius Torquatus 1662

GIBOIN, Gilbert, Les Amours de Philandre et Marisée 1619

GILBERT, Chresphonte ou le retour des Héraclides dans le Péloponèse

附录三 本书征引的剧作汇总

  1659 (1657), *Marguerite de France* 1641 (1640), *Rhodogune* 1646 (1645), *Sémiramis* 1647 (1646)
GILLET DE LA TESSONERIE, *L'Art de régner ou le sage gouverneur* 1645 (1644), *La Comédie de Francion* 1642 (1640), *Le Triomphe des cinq passions* 1642 (1640-1641), *La Mort de Valentinian et d'Isidore* 1648 (1646-1647)
GODY, Simplicien, *Richecourt* 1628
GOMBAULD, Jean-Ogier de, *Amaranthe* 1631 (1630)
GOUGENOT, G., *La Comédie des Comédiens* 1633 (1631-1632)
GUERIN DE BOUSCAL, Guyon, *Cléomène* 1640 (1638), *Oroondate ou les amants discrets* 1645 (1643), *Le Prince rétabli* 1647 (1644)
HARDY, Alexandre, *Alcée ou l'infidélité* 1625, *Alceste ou la fidélité* 1624, *Alcméon ou la vengeance féminine* 1628, *Cornélie* 1625, *Didon se sacrifiant* 1624, *Elmire ou l'heureuse bigamie* 1628, *La Force du sang* 1625, *Gésippe ou les deux amis* 1626, *l'Inceste supposé*, (pièce perdue, voir Mahelot), *Leucosie* (idem), *Lucrèce ou l'adultère puni* 1628, *Méléagre* 1624, *Pandoste*, *Parténie*, (pièces perdues voir Mahelot), *Scédase ou l'hospitalité violée* 1624, *Théagène et Cariclée*, 1623, *Timoclée ou la juste vengeance* 1628
I.M.S., *La Mort de Roxane* 1648
JACQUELIN, *Soliman ou l'esclave généreuse* 1653
JOBERT, *Balde, reine des Sarmathes* 1651
JOYEL, *Le Tableau tragique ou le funeste amour de Florivale et d'Orcade* 1633
LA CALPRENEDE, Gautier de Costes, sieur de, *Le Comte d'Essex* 1639 (1637), *La Mort de Mithridate* 1636 (1637)
LA CROIX, C. S. de, *L'Inconstance punie* 1630
LAMBERT, *Les Sœurs jalouses ou l'écharpe et le bracelet* 1660 (1658)
LA MORELLE, Sieur de, *Philine ou l'amour contraire* 1630
LA TUILLERIE, *Soliman* 1681 (1680)
LE BIGRE, *Adolphe ou le bigame généreux* 1650 (1649)
LES ISLES LE BAS, *Le Royal martyr* 1664
MAGNON, Jean, *Tite* 1660
MAIRET, Jean, *Athénaïs* 1642 (1638), *Chryséide et Arimand* 1630 (1625), *Les Galanteries du duc d'Ossonne* 1636 (1632), *Sidonie* 1643 (1640), *Silvanire* 1631, *Le Grand et dernier Solyman ou la mort de Mustapha* 1639 (1637-1638), *Sophonisbe* 1635 (1634), *Sylvie* 1628, *Virginie* 1635 (1632-1633)
MARCEL, *Le Mariage sans mariage* 1672 (1671)
MARESCHAL, André, *La Généreuse Allemande* 1630, *Papyre* 1646, *La Sœur valeureuse ou l'aveugle amante* 1634, *Le Véritable Capitan Matamore ou le fanfaron* 1640 (1637-1638)
Mariage de Fine Épice (Le), anonyme, 1664
Mercier inventif (Le), anonyme, 1632
MOLIÈRE, *Les Amants magnifiques* 1682 (1670), *l'Amour médecin* 1666

(1665), *Amphitryon* 1668 (1668), *l'Avare* 1669 (1668), *Le Bourgeois gentilhomme* 1671 (1670), *La Critique de l'École des femmes* 1663 (1663), *le Dépit amoureux* 1662 (1656), *Dom Garcie de Navarre ou le prince jaloux*, 1682 (1661), *Dont Juan ou le festin de pierre* 1682 (1665), *L'École des femmes* 1662 (1662), *L'Étourdi ou les contretemps* 1662 (1655), *Les Fâcheux* 1662 (1661), *Les Femmes savantes* 1672 (1672), *Les Fourberies de Scapin* 1671 (1671), *George Dandin ou le mari confondu* 1669 (1668), *L'Impromptu de Versailles* 1682 (1663), *Le Malade imaginaire* 1682 (1673), *Le Médecin malgré lui* 1666 (1666), *Le Misanthrope* 1666 (1666), *Les Précieuses ridicules* 1660 (1659), *La Princesse d'Élide* 1665 (1664), *Psyché* 1671 (1671), *Sganarelle ou le cocu imaginaire* 1660 (1660), *Le Tartuffe ou l'imposteur* 1669 (1664, 1667, 1669)

MONLEON, Sieur de, *Amphitrite*, 1630, *Thyeste* 1638 (1637)
MONTCHRESTIEN, Antoine de, *L'Ecossaise* 1601, *Hector* 1604
MONTFLEURY, Antoine Jacob, dit, *l'Ambigu comique ou les amours de Didon et d'Énée* 1673, (1672-1673), *La Femme juge et partie* 1669 (1668-1669), *La fille capitaine* 1672 (1671)
More cruel (Le) 1613
NICOLE, *Le Phantosme* 1656
NOGUERES, *La Mort de Manlie* 1660
OUDINEAU, *La Philarchie des dieux* 1612
OUVILLE, Antoine Le Metel d', *Jodelet astrologue* 1646 (1645), *Les Soupçons sur les apparences* 1650 (1649)
PASSAR, *Célénie*, pièce perdue, (voir Mahelot)
PICHOU, *La Filis de Scire* 1631 (1630), *Les Folies de Cardenio* 1629 (1628), *L'Infidèle confidente* 1631 (1629)
POISSON, Raymond, *L'Après-soupé des auberges* 1665 (1664-1665)
PRADON, Nicolas, *La Troade* 1679 (1679)
QUINAULT, Philippe, *Agrippa, roi d'Albe ou le faux Tibérinus* 1663 (1662), *Amalasonte* 1658 (1657), *Astrate* 1665 (1664-1665), *Bellérophon* 1671 (1670-1671), *La Comédie sans comédie* 1657 (1655), *La Mère coquette ou les amants brouillés* 1666 (1665), *La Mort de Cyrus* 1659 (1658-1659)
RACAN, Honorat de Bueil, sieur de, *Les Bergeries* 1625
RACINE, Jean, *Alexandre le grand* 1666 (1665), *Andromaque* 1668 (1667), *Athalie* 1691 (1691), *Bajazet* 1672 (1672), *Bérénice* 1671 (1670), *Britannicus* 1670 (1669), *Esther* 1689 (1689), *Iphigénie* 1675 (1674) *Mithridate* 1673 (1673), *Phèdre et Hippolyte* 1677 (1677), *Les Plaideurs* 1669 (1668), *La Thébaïde ou les frères ennemis* 1664 (1664)
RAMPALLE, Daniel de, *Bélinde* 1630
RAYSSIGUIER, Sieur de, *L'Aminte* 1632
ROLLAND LE VAYER DE BOUTIGNY, Le *Grand Sélim ou le Couronnement tragique* 1645

ROSIMOND, *Les Qui pro quo, ou le Valet étourdi* 1673 (1671)

ROTROU, Jean, *Agésilan de Colchos* 1637 (1636), *Amélie* 1637 (1633), *Antigone* 1639 (1637), *La Bague de l'oubli* 1635 (1629), *Bélisaire* 1644 (1643), *La Belle Alphrède* 1639 (1636), *Céliane* 1637 (1631-1632), *Célie* 1646 (1644-1645), *Célimène* 1636 (1634), *Cléagénor et Doristée* 1634 (1634) *Clorinde* 1637 (1635), *Cosroès* 1649 (1648), *Crisante* 1639 (1635), *Les Deux pucelles* 1639 (1636), *Diane* 1635 (1632-1633), *Don Lope de Cardone* 1652 (1649), *Filandre* 1637 (1633), *Florimonde* 1653 (1635), *Hercule mourant* 1636 (1634), *L'Heureuse constance* 1635 (1633), *l'Heureux naufrage* 1637 (1634), *l'Hypocondiaque ou le mort amoureux* 1631 (1628), *l'Innocente infidélité* 1637 (1634-1635), *Iphigénie* 1641 (1640), *Laure persécutée* 1639 (1637), *les Ménechmes 1636* (1630-1631), *les Occasions perdues 1635 (1633)*, *Le Véritable Saint Genest* 1647 (1645-1646), *la Sœur* 1646 (1645), *Les Sosies* 1638 (1636-1637), *Venceslas* 1648 (1647)

SALLEBRAY, *La Belle Égyptienne* 1642 (1640-1641), *le Jugement de Pâris et le Ravissement d'Hélène* 1639 (1637-1638)

SCARRON, Paul, *Don Japhet d'Arménie* 1653 (1651-1652), *Jodelet ou le Maître valet* 1645 (1643), *Le Prince corsaire* 1662 (1658), *Les Trois Dorothées ou le Jodelet souffleté* devenu à partir de 1651 *Jodelet duelliste* 1647 (1645)

SCHELANDRE, Jean de, *Tyr et Sidon* 1608

SCUDÉRY, Georges de, *L'Amant libéral* 1638 (1636), *L'Amour tyrannique* 1639 (1638), *Andromire* 1641 (1640), *La Comédie des comédiens* 1635 (1632), *Eudoxe* 1641 (1639), *Le Fils supposé* 1636 (1634), *Ligdamon et Lidias* 1631 (1629-1630), *La Mort de César* 1636 (1635), *Le Prince déguisé* 1635 (1634), *Le Trompeur puni* 1633 (1631)

SUBLIGNY, Adrien-Thomas Perdou de, *La Folle querelle ou la critique d'Andromaque* 1668 (1668)

Supercherie d'amour (La), anonyme 1627

TRISTAN L'HERMITE, François l'Hermite, sieur du Solier, dit, *Mariane* 1637 (1636), *La Mort de Chrispe* 1645 (1644), *La Mort de Sénèque* 1645 (1643-1644), *Osman* 1656 (1646-1647)

TROTEREL, Pierre, *Les Corrivaux* 1612, *Sainte-Agnès* 1615

URFÉ (Honoré d'), *Silvanire* 1627

VERONNEAU, Sieur de, *L'Impuissance* 1634

VIAU, Théophile de, *Pyrame et Thisbé* 1623

参考文献

在编排上，我遵循了雅克·舍雷尔在1950年版本的文献说明中所确立的原则，也如同2001版那样保留了由他所构建的框架。但考虑到今天我们可获取的种种新的工具著作，我还是对参考文献做了相应的调整。

我保留了绝大部分雅克·舍雷尔在书中注释的著作，即便它们已经有些老旧。对于版本有过更新的著作，我添加了新版的精简信息（文丛名通常略去，某些知名出版社的名称采用首字母缩写形式，诸如此类）。此外，我也补充了相关研究领域的新著作。当然，所列文献依然经过筛选，并未悉数纳入。

A- 原始资料

1-17 世纪以前的理论文本

ARISTOTE, *Poétique*, trad. J. Hardy, Paris : Les Belles Lettres, 1932.
ARISTOTE, *Poétique*, éd. Michel Magnien, Paris : L.G.F., 1998.
ARISTOTE, *Poétique*, éd. et trad. R. Dupont-Roc et J. Lallot, Paris : Seuil, 2011.
HORACE, *Art poétique*, dans Horace, éd. F. Villeneuve, Paris : Les Belles Lettres, 1934, t. 3.
HORACE, *Art poétique*, éd. Guillaume Picot, Paris : Bordas, 1972.

2-17 世纪戏剧作品

合集

*Le Théâtre français au XVIe et au XVIIe siècle, ou Choix des comédies les plus curieuses antérieures à Molière, éd. Édouard Fournier, Laplace, Sanchez et Cie, 1873, 2 vol. (comprenant notamment des comédies de Pichou,

参考文献

    Gougenot, Du Ryer, Mareschal. Mairet, Desmaretz de Saint-Sorlin, Rotrou et Boisrobert).
— *Aspects du théâtre dans le théâtre au XVIIe siècle*, éd. Georges Forestier, Toulouse, Société de Littératures classiques, 1986.
— *Commedia (La) in commedia, Testi del Seicento francese Tre « pièces »* : Baro, Gougenot, Scudéry 1629-1635 (« *Célinde* », « *La Comédie des comédiens* », « *la Comédie des comédiens* »), introd. e note a cura di Lorenza Maranini, Roma, Bulzoni, 1974.
— *Théâtre de la cruauté et récits sanglants en France (XVIe-XVIIe siècles)*, éd. dir. par Christian Biet. Paris : R. Laffont, 2006.
— *Théâtre du XVIIe siècle*, Paris : Gallimard, 1975-1992, 3 vol. (Bibl. de la Pléiade) éd. Jacques Scherer pour le t. 1, J. Scherer et Jacques Truchet pour le t. 2, J. Truchet et André Blanc pour le t. 3.

全集

CORNEILLE (Pierre), *Œuvres*, éd. Marty-Laveaux, Paris : Hachette, 1862-1868, 12 vol. (Les grands écrivains de la France).
— *Œuvres complètes*, éd. Georges Couton, Paris : Gallimard, 1981-1987, 3 vol. (Bibl. de la Pléiade).
— *Œuvres complètes*, éd. André Stegmann, Paris : Seuil, 1963 (L'Intégrale).
— *Théâtre complet*, éd. Alain Niderst, Mont-Saint-Aignan : Publications de l'Université de Rouen, 1984-1986, 3 vol.
CORNEILLE (Thomas), *Œuvres*, Paris : Vve Didot, 1758, 9 vol. (réimpr. Slatkine, 1970).
DESMARETS DE SAINT-SORLIN (Jean), *Théâtre complet (1636-1643)*, éd. Claire Chaineaux, Paris : Champion, 2005.
DORIMOND (Nicolas Drouin), dit, *Théâtre*, éd. M. Mazzochi Doglio, Fasano (Italie) : Schena ; Paris : Nizet, 1992.
HARDY (Alexandre), *Le Théâtre d'Alexandre Hardy parisien*, Paris : Jacques Quesnel, 1624-1628 5 vol. (Paris : Targa pour le t. 5).
— *Le Théâtre*, éd. E. Stengel, Marburg : Elwert, 1883-1884, 5 vol. (réimpr. Slatkine, 1967, 2 vol.)
— *Théâtre complet*, Paris : Garnier, 2012-2013, 3 vol.
MAIRET (Jean), *Théâtre complet*, éd. critique dir. par Georges Forestier, Paris : H. Champion, 2004-2010, 3 vol.
MOLIÈRE, *Œuvres*, éd. Eugène Despois et Paul Mesnard, Paris : Hachette, 1873-1900, 13 vol. (Les grands écrivains de la France).
— *Œuvres complètes*, éd. R. Bray et J. Scherer, (…), Paris : Le Club du meilleur livre, 1954-1956, 3 vol.

— *Œuvres complètes*, éd. Georges Forestier avec Claude Bourqui, Paris : Gallimard, 2010, 2 vol. (Bibl. de la Pléiade).
Racine (Jean), *Œuvres*, éd. Paul Mesnard, Paris : Hachette, 1865-1873, 10 vol. (Les grands écrivains de la France).
— *Œuvres complètes*, vol. 1 *Théâtre et poésies*, éd. Georges Forestier, 1999 ; vol. II *Prose*, éd. Raymond Picard, 1966. Paris : Gallimard. (Bibl. de la Pléiade).
Rotrou (Jean), *Œuvres*, éd. Viollet-le-Duc, Paris : Desoer, 1820, 5 vol. (réimpr. Slatkine, 1967).
— *Théâtre complet*, dir. Georges Forestier, Paris : Société des Textes français modernes, 1998-2011, 10 vol.
Scarron (Paul), *Théâtre complet*, éd. Édouard Fournier, Paris : Garnier, s. d. (1912).
— *Théâtre complet*, éd. Véronique Sternberg-Greiner, Paris : H. Champion, 2009, 2 vol.
Tristan L'Hermite (François, sieur du Solier, dit), *Théâtre, Œuvres complètes*, t. 4 et 5, éd. Roger Guichemerre, Paris : H. Champion, 1999-2001.
— *Théâtre complet*, éd. Claude Kurt Abraham (…), Alabama : the University of Alabama Press, 1975.

3- 古典主义戏剧规则和理论相关著作

A）17、18 世纪文本（包括剧作的前言）及其现代评注版

Manuscrit : *Les Caractères de la tragédie, essais sur la tragédie*, Bibliothèque Nationale, Fonds Français, Nouvelles Acquisitions, n° 559.
Les Caractères de la tragédie, manuscrit inédit attribué à La Bruyère, Académie des Bibliophiles, Paris : Jouaust, 1870 (Édition du précédent).
Aubignac (François Hédelin), Abbé d', *Dissertations contre Corneille*, éd. N. Hammond et M. Hawcroft, Exeter : The University of Exeter Press, 1995.
— *La Pratique du théâtre*, éd. Pierre Martino, Paris : H. Champion, 1927. (nouv. éd. H. Baby, Paris : H. Champion, 2000).
Balzac (Jean-Louis Guez de), *Œuvres*, éd. Louis Moreau, Paris : J. Lecoffre, 1854, 2 vol.
— *Œuvres diverses* (1644), éd. Roger Zuber, Paris : H. Champion, 1995.
Boileau (Nicolas), *Art poétique, Satires, Œuvres complètes*, préf. A. Adam, éd. Françoise Escal, Paris : Gallimard, 1966 (Bibl. de la Pléiade).

参考文献

CAILHAVA DE L'ESTENDOUX, *De l'art de la comédie, ou Détail raisonné des diverses parties de la comédie et de ses différents genres…*, Paris : Didot, 1772, 4 vol.

CHAPELAIN (Jean), *Opuscules critiques*, éd. Alfred C. Hunter, Paris : E. Droz, 1936 (S.T.F.M.) (contient en particulier : « Lettre sur la règle des vingt-quatre heures », « Discours de la poésie représentative », « les Sentiments de l'Académie française touchant les observations faites sur la tragi-comédie du *Cid* »).

CHAPELAIN (Jean), *Opuscules critiques*, éd. Alfred C. Hunter, éd. revue par Anne Duprat. Paris : Droz, 2007. (Textes littéraires français)

CHAPPUZEAU (Samuel), Le *théâtre français (1674)*, accompagné d'une préface et de notes par Georges Monval, Paris : Jules Bonnassies, 1876 (dernière éd. C. J. Gossip), Tübingen : G. Narr, 2009 (Biblio 17).

CIVARDI (Jean-Marc), *La Querelle du Cid, 1637-1638*, éd. critique intégrale. Paris : H. Champion, 2004.

CLÉMENT (Jean-Marie), *De la tragédie*, Paris : Moutard, 1784, 2 parties en 1 vol.

COLLETET (Guillaume), *Art poétique*, Paris : Sommaville, 1658 (réimpr. Slatkine, 1970).

CORNEILLE (Pierre), *Discours de 1660*, voir Corneille, *Œuvres*, éd. Marty-Laveaux.

— *Trois discours sur le poème dramatique*, [éd.] Bénédicte Louvat, Marc Escola. Paris : Flammarion, 1999.

Corneille critique et son temps : Ogier, Mairet, Scudéry, [éd.] R. Mantero, Paris : Buchet / Chastel, 1964.

DIDEROT (Denis), *Discours de la poésie dramatique*, in *Œuvres de théâtre*, Amsterdam : M. Rey, 1771 (nouv. éd. in *Écrits sur le théâtre*, Paris : Pocket, 2003).

DU BOS (Abbé Jean-Baptiste), *Réflexions critiques sur la poésie et la peinture*, Paris : Mariette, 1719, 2 vol. (Réimpr. Slatkine, 1982).

DU ROSOI (Barnabé Farmian), *Dissertation sur Corneille et Racine*, Paris : Lacombe, 1773.

FONTENELLE (Bernard de), *Histoire du théâtre français avant Corneille in Œuvres*, Paris : M. Brunet, 1742, 6 vol., t. 3.

GOMBAULD (Jean Ogier de), « *Amaranthe* », pastorale, préface, Paris : Pomeray, Sommaville (…), 1631.

GRANET (Abbé François), *Recueil de Dissertations sur plusieurs tragédies de Corneille et de Racine (…)*, Paris : Gissey et Bordelet, 1739, 2 vol.

HARDY (Alexandre), Préface au 5e vol. de *Théâtre*, Paris : Targa, 1628 et *Théâtre*, Genève : Slatkine, 1967, vol. 2.

HEINSIUS (Daniel), *De tragoediae constitutione liber, la constitution de la tragédie*, (1643) éd. et trad. Anne Duprat, Genève : Droz, 2001.

Isnard, Préface à *la Filis de Scire* de Pichou, Paris : Targa, 1631.
La Bruyère, *Les Caractères*, éd. R. Garapon, Paris : Garnier, 1962.
La Mesnardière (Jules Pilet de), *La Poétique*, tome 1 (seul paru), Paris : Sommaville, 1640 (réimpr. Slatkine, 2011).
La Motte (Antoine Houdar de), *Suite des réflexions sur la tragédie*, Paris : Dupuis, 1730.
Lamy (le P. Bernard), *Nouvelles réflexions sur l'art poétique*, Paris : Pralard, 1668.
— *Nouvelles réflexions sur l'art poétique*, éd. Tony Gheeraert. Paris : H. Champion, 1998.
Mairet (Jean), Préface à *la Silvanire* (1631) *Théâtre du XVII*ᵉ, t. I, éd. J. Scherer, Paris : Gallimard, 1975.
— « Au Lecteur » de *La Virginie*, Paris : P. Rocolet, 1635.
Mareschal (André), Préface à la seconde journée de *la Généreuse Allemande*, Paris : Rocolet, 1631.
Marmontel (Jean-François). *Éléments de littérature, Œuvres complètes*, (t. 5-10), Née de La Rochelle, Paris : 1787, 17 vol.
Marmontel (Jean-François). *Éléments de littérature, œuvres complètes*, (t. 4 et 5), Paris : A. Belin, 1819-1820. 7 vol. (réimpr. Slatkine 2013).
— *Éléments de littérature*, éd. Sophie Le Ménahèze. Paris : Desjonquères, 2005 (d'après l'éd. de 1787).
— *Poétique française*, Paris : Lesclapart, 1763, 2 vol.
Morvan de Bellegarde, Abbé, *Lettres curieuses de littérature et de morale*, Paris : Guignard, 1702. (La Lettre V est intitulée « Sur les pièces de théâtre »).
Nadal (Abbé Augustin), *Œuvres mêlées*, Paris : Briasson, 1738, 2 vol. (Le tome II contient les « Observations sur la tragédie ancienne et moderne »).
Ogier (François), Préface à *Tyr et Sidon*, de Jean de Schélandre (1628), éd. J. W. Baker, Paris : Nizet, 1975.
Perrault (Charles), *Parallèle des Anciens et des Modernes*, Paris : J. B. Coignard, 1688-1697, 4 vol., vol. 1.
Pure (Abbé Michel de), *Idée des spectacles anciens et nouveaux*, Paris : Brunet, 1668.
Racine (Jean), *Principes de la tragédie, en marge de la « Poétique d'Aristote »*, éd. Eugène Vinaver, Manchester : University of Manchester; Paris : Nizet, 1959. (Iʳᵉ éd. Manchester : 1944).
Racine (Louis), *Remarques sur les tragédies de Jean Racine, suivies d'un Traité de la poésie dramatique ancienne et moderne*, Amsterdam : M. Rey, 1752, 3 vol., (Réimpr. Slatkine), *Œuvres*, 1969. 6 vol. (voir vol. 6).
Rapin (René S. J.), *Réflexions sur la « Poétique » d'Aristote et sur les ouvrages des poètes anciens et modernes*, Paris : Muguet, 1674, (réimpr. Paris : France – Expansion, 1973) (3 microfiches).

参考文献

Rapin (René S. J.), *Réflexions sur la poétique de ce temps et sur les ouvrages des poètes anciens et modernes*, éd. Pascale Thouvenin. Paris : H. Champion, 2011.

Rayssiguier, Avis au lecteur de « l'Aminte du Tasse », Paris : Courbé, 1632.

Regnier (Mathurin), *Œuvres complètes*, éd. G. Raibaud, Paris : S.T.F.M., 1958.

Saint-Évremond, *Œuvres mêlées*, tomes VII à XI, Paris : Barbin, 1684, 5. vol. (Le tome XI, 5ᵉ Partie, contient « Sur les tragédies » et « sur les comédies »).

— *Œuvres en prose*, éd. R. Ternois, Paris : Didier, 1962-1969, 4 vol. (S.T.F.M.).

Sarrasin (Jean-François), *Discours de la tragédie ou Remarques sur « l'Amour tyrannique » de M. de Scudéry (1639)*, *Œuvres*, Paris : Courbé, 1658.

— *Œuvres*, éd. P. Festugière, Paris : Champion, 1926, t. 2.

Scudéry (Georges de), *L'Apologie du Théâtre*, Paris : Courbé, 1639.

— Avis au lecteur de *Ligdamon et Lidias*, Paris : Targa, 1631.

Sorel (Charles), *De la connaissance des bons livres, ou Examen de plusieurs auteurs*, Paris : A. Pralard, 1671.

— *De la connaissance des bons livres...* (1671), éd. Lucia Moretti Cenerini, Roma : Bulzoni, 1974.

Tralage (Jean-Nicolas du), *Recueil de Jean Nicolas du Tralage*, manuscrit, 17ᵉ, Bibliothèque de l'Arsenal, 5 vol., t. 4, p. 171.

— *Notes et documents sur l'histoire des théâtres de Paris au XVIIᵉ siècle*, éd. par Paul Lacroix (le Bibliophile Jacob), Paris : Jouault, 1880. (Réimpr. Slatkine, 1969).

Urfé (Honoré d'), Préface à « la Silvanire », Paris : R. Fouet, 1627.

Voltaire, *Parallèle d'Horace de Boileau et de Pope, Œuvres*, suite, 2ᵉ partie, t. XVIII, 2, Paris : Prault, 1761.

Vossius (Gérard-Jean), *Poeticarum institutionum libri très*, Amsterdam, Elzevir, 1647, 3 vol.

B) 19 世纪至今的研究成果

Arnaud (Charles), *Étude sur la vie et les œuvres de l'abbé d'Aubignac et sur les théories dramatiques au XVIIᵉ siècle*, Paris : Picard, 1887 (réimpr. Slatkine, 1970).

Bennetton (Norman A.), *Social significance of the duel in Seventeenth Century French drama*, Baltimore, Johns Hopkins Press, 1938.

Bray (René), *La Formation de la doctrine classique en France*, Paris : Hachette, 1927 (réimpr. Nizet, 1983).

Brereton (Geoffrey), *Principles of tragedy. A rational examination of the tragic concept in life and literature*, London : Roatledge and Keagan Paul, 1968.

Davidson (Hugh M.), « Pratique et rhétorique du théâtre : étude sur le vocabulaire et la méthode de d'Aubignac », *Critique et création littéraires en France au XVII{e} siècle*, Paris : C.N.R.S., 1977.

Delaporte (le P. Victor, dit P. V.), *Du merveilleux dans la littérature française sous le règne de Louis XIV*, Paris : Retaux-Bray, 1891 (réimpr. Slatkine, 1968).

Dictionnaire analytique des œuvres théâtrales françaises du XVII{e} siècle, dir. Marc Vuillermoz, Champion, 1998.

Dotoli (Giovanni), *Temps de préfaces. Le débat théâtral en France de Hardy à la Querelle du « Cid »*, Paris : Klincksieck, 1996.

Duprat (Anne), *Vraisemblances, poétique et théorie de la fiction, du Cinquecento à Jean Chapelain (1500-1670)*, Paris : H. Champion, 2010.

Dutertre (Eveline), *Scudéry théoricien du classicisme*, Tübingen, Romanische Seminar, 1991 (Biblio 17).

Forestier (Georges), « De la modernité anti-classique au classicisme moderne. Le modèle théâtral (1628-1634) », *Littératures classiques*, 19, automne 1993.

— *Esthétique de l'identité dans le théâtre français (1550-1680). Le déguisement et ses avatars*, Genève : Droz, 1988.

— *Introduction à l'analyse des textes classiques. Éléments de rhétorique et de poétique du XVII{e} siècle*, 4{e} éd. Paris : A. Colin, 2012.

Gasté (Armand), *La Querelle du « Cid »*, Paris : H. Welter, 1898 (réimpr. Slatkine, 1970).

Kidebi Varga (Aron), *Rhétorique et littérature. Études de structures classiques*, Paris : Didier, 1970.

— *Les Poétiques du classicisme*, Paris : Aux Amateurs de livres, 1990.

— « La Vraisemblance, problèmes de terminologie, problèmes de poétique », *Critique et création littéraires en France au XVII{e} siècle*, Paris : C.N.R.S., 1977.

Larthomas (Pierre), *Le Langage dramatique, sa nature, ses procédés*, Paris : A. Colin, 1972.

Louvat (Bénédicte), *La Poétique de la tragédie classique*, Paris : SEDES, 1997.

Kintzler (Catherine), *Poétique de l'opéra français de Corneille à Rousseau*. 2{e} éd. Paris : Minerve, 2006.

Maher (Daniel), « La Vraisemblance au XVII{e} siècle : Corneille lecteur d'Aristote ? », Tübingen P.F.S.C.L., 1994, vol. XXI, 41.

Maubon (C.), « Pour une poétique de la tragi-comédie : la préface de "la Généreuse Allemande" », *Riv. di Letter. Moderne e Comparate*, XXVI, 4, dic. 1973.

PASQUIER (Pierre), *La Mimésis dans l'esthétique théâtrale du XVIIe siècle*, Paris : Klincksieck, 1995.

REESE (Helen R.), *La Mesnardière's Poétique (1639) : Sources and dramatic theories*, Baltimore : The Johns Hopkins Press ; Paris : Les Belles Lettres, 1937.

REGNAULT (François), *L'Une des trois unités Eine der drei Einheiten* (texte bilingue), Eggingen : Édition Isele, 1999 (Les conférences du divan).

RIFFAUD (Alain), *L'Espace tragique. Recherches sur le tragique et son expression poétique et dramatique* (Thèse, Paris III, 1990).

ROUBINE (Jean-Jacques), *Introduction aux grandes théories du théâtre*, Paris : Bordas, 1990, mise à jour bibliographique J. P. Ryngaert, Paris : Nathan, 2000.

ROUSSET (Jean), *Dernier regard sur le baroque*, Paris : J. Corti, 1998.

— *La Littérature de l'âge baroque en France Circé et le paon*. Paris : J. Corti, 1953 (dernière réimpr., 1995).

SELLIER (Philippe), « Une catégorie clé de l'esthétique classique : le merveilleux vraisemblable », *La Mythologie au XVIIe siècle*. Actes du XIe colloque du CMR 17 (Nice 1981), Marseille, CMR 17, 1982.

SOMVILLE (Pierre), *Essai sur la Poétique d'Aristote et sur quelques aspects de sa postérité*. Paris : Vrin, 1975.

Théorie dramatique, Théophile de Viau (…) Actes de Las Vegas 1990, éd. M. F. Hilgar, Tübingen, P.F.S.C.L. 1991 (Biblio 17).

B- 古典主义剧作法研究

A) 剧作法整体研究

ARCHER (William), *Playmaking, a manual of craftmanship*, London : Chapman and Hall, 1912.

BAKER (George Pierce), *Dramatic technique*, Boston : Houghton and Mifflin, 1919.

Les Genres insérés dans le théâtre, Actes du colloque 1997, éd. A. Sancier et P. Servet, Lyon, CEDIC, 1998.

CRAIG (Edward Gordon), *De l'art du théâtre*, Lieutier, 1942. (nouv. éd. : préf. de Monique Borie et Georges Banu…, Paris : Circé, 1999).

GOUHIER (Henri), *L'Essence du théâtre*, Paris : Plon, 1943 (dernière éd. Vrin, 2002.)

JANSEN (S.), « Qu'est-ce qu'une situation dramatique ? » *Orbis Litterarum*, XX-VIII-4, 1973.

Jouvet (Louis), *Réflexions du comédien*, éd. de la Nouvelle Revue Critique, s. d. (1938). (dern. éd. Paris : Librairie théâtrale, 1985).
Lessing (Gotthold-Ephraim), *Dramaturgie de Hambourg*, trad. Édouard de Suckau, revue par M. L. Crouslé, Paris : Perrin, 1869.
— *Dramaturgie de Hambourg* [éd. et trad.] Jean-Marie Valentin. Paris : Les Belles Lettres, 2011.
Matthews (Brander), *A Study of the drama*, London, Longmans and Green, 1910.
« Narration et actes de parole dans le texte dramatique », éd. J. Savona, *Études littéraires*, décembre 1980.
Polti (Georges), *Les Trente-six situations dramatiques*, Paris : Mercure de France, 1895 (réimpr. éd. d'Aujourd'hui, 1980).
Ryngaert (Jean-Pierre), *Introduction à l'analyse du théâtre*, Paris : Bordas, 1991.
Souriau (Étienne), *Les Deux cent mille situations dramatiques*, Paris : Flammarion, 1950.
Ubersfeld (Anne), *Lire le théâtre*, nouv. éd., Paris : Belin, 1996, 3 vol.
Védier (Georges), *Origine et évolution de la dramaturgie néo-classique*, Paris : P.U.F., 1955.
Villiers (André), « Illusion dramatique et dramaturgie classique », XVIIe siècle, 73, 1966.

B）古典主义戏剧史研究

a）古典主义戏剧整体研究

Manuscrit Histoire du théâtre français jusqu'à Monsieur Corneille, Bibliothèque Nationale, Fonds Français, n° 15.043.
Adam (Antoine), *Histoire de la littérature française au XVIIe siècle*, Paris : Domat, 1956, 5 vol. (Réimpr. Albin Michel, 1996).
Bertrand (Dominique), *Lire le théâtre classique*, Paris : Dunod, 1999.
Brunetière (Ferdinand), *Les Époques du théâtre français (1636-1850)*, Paris : Calmann-Lévy, 1892.
Critique et création littéraire en France au XVIIe siècle, dir. M. Fumaroli. Actes du Colloque du C.N.R.S. Paris. 1974. Paris : C.N.R.S., 1977
Dramaturgies. Langages dramatiques. Mélanges pour Jacques Scherer, Paris : Nizet, 1986.
Dramaturgie et société. Rapports entre l'œuvre théâtrale, son interprétation et son public aux XVIe et XVIIe siècles, éd. J. Jacquot, Paris : C.N.R.S., 1968, 2 vol.
Form and meaning Aesthetic coherence in the 17th century French drama (Mélanges Barnwell), Amersham : Avebury Publishing Company, 1982.

参考文献

EMELINA (Jean), *Le Comique, essai d'interprétation générale*, Paris : SEDES, 1991.

GAIFFE (Félix), *Le Rire et la scène française*, Paris : Boivin, 1931 (nouv. éd. P.U.F., 1978).

GEOFFROY (Julien-Louis), *Cours de littérature dramatique*, Paris : Blanchard, 1819-1820, 5 vol. (nlle éd. 1825, 6 vol.) (réimpr Slatkine, 1970, 3 vol).

KERNODLE (George R.), *From Art to theatre. Form and convention in the Renaissance*, Chicago, The University of Chicago Press, 1970.

LEBÈGUE (Raymond), *Études sur le théâtre français*, Paris : Nizet, 1977-1978, 2 vol. (réimpr. de nombreux articles dispersés, notamment : « la tragédie "shakespearienne" en France au temps de Shakespeare »).

LOUGH (John), *Paris theatre audiences in the XVIIth and XVIIIth centuries*, Oxford, Oxford University Press, 1957.

— *Seventeenth century French drama. The back-ground*, Oxford, Clarendon Press, 1979.

MAGENDIE (Maurice), *Le Roman français au XVIIe siècle, de l'Astrée au Grand Cyrus*, Paris : Droz, 1932.

MAZOUER (Charles), *Le théâtre français de l'âge classique*, 2 vol. – I *Le premier XVIIe siècle* – II *l'apogée du classicisme*, Paris : H. Champion, 2006-2010.

MÉLÈSE (Pierre), *Le Théâtre et le public à Paris sous Louis XIV.* Paris : Droz, 1934. (Réimpr. Slatkine, 2011).

— *Répertoire analytique des documents contemporains sur le théâtre à Paris sous Louis XIV (1659-1715).* Paris : Droz, 1934. (Réimpr. Slatkine, 1976).

MERLIN (Hélène), *Public et littérature en France au XVIIe siècle.* Paris : Les Belles Lettres, 1994.

MOORE (Will G.), *The classical drama of France.* Oxford, Oxford University Press, 1971.

MORNET (Daniel), *Histoire de la littérature française classique (1660-1700). Ses caractères véritables. Ses aspects inconnus*, Paris : A. Colin, 1940.

REISS (T. J.), *Towards dramatic illusion : theatrical technique and meaning from Hardy to Horace*, New Haven ; London, Yale University Press, 1971.

REGNAULT (François), *La Doctrine inouïe. Dix leçons sur le théâtre classique français*, Paris : Hatier, 1996.

RYKNER (Arnaud), *L'Envers du théâtre. Dramaturgie du silence de l'âge classique à Maeterlinck*, Paris : J. Corti, 1996.

RIGAL (Eugène), *Le Théâtre français avant la période classique, à la fin du XVIe et au commencement du XVIIe siècle*, Paris : Hachette, 1901. (Réimpr. Slatkine, 2014).

— *De Jodelle à Molière : tragédie, comédie, tragi-comédie*, Paris : Hachette, 1911.

Saint-Marc Girardin (Marc Girardin, dit), *Cours de littérature dramatique, ou de l'usage des passions dans le drame*, Paris : Charpentier, s. d. (1843-1868), 5 vol.

Scherer (Jacques et Colette), « Le Métier d'auteur dramatique », *Le Théâtre en France* (dir. J. de Jomaron), t. 1, Paris : A. Colin, 1988.

— *Le Théâtre classique en France*, 2ᵉ éd. Paris : P.U.F., 1987 (Que sais-je ?).

Siguret (Françoise), *L'œil surpris. Perception et représentation dans la première moitié du XVIIᵉ siècle*, nouv. éd. Paris : Klincksieck, 1993.

Schlegel (August Wilhem von), *Cours de Littérature dramatique*, trad. Mme Necker de Saussure, Paris : Lacroix, 1865, 2 vol. (réimpr. Slatkine, 1971).

Le spectateur de théâtre à l'âge classique : XVII et XVIIIᵉ siècles. Textes réunis et présentés par B. Louvat- Molozay et F. Salaun. Montpellier : L'Entretemps, 2008.

Visages du théâtre français au XVIIᵉ siècle. Mélanges R. Guichemerre, Paris : Klincksieck, 1994.

Vuillermoz (Marc), *Le Système des objets dans le théâtre français des années 1625-1650, Corneille, Rotrou, Mairet, Scudéry*, Genève : Droz, 2000.

Wiley (W. L.), *The Early public theatre in France*, Cambridge : Harvard University Press, 1960.

b) 不同剧种研究

Baby (Hélène), *Esthétique de la tragi-comédie*, Paris : Klincksieck, 2000.

— *La tragi-comédie de Corneille à Quinault*, Paris : Klincksieck, 2001.

Biet (Christian), *La Tragédie*, Paris : A. Colin, 1997.

Bernardin (N.-M.), *La Comédie italienne en France et les théâtres de la Foire et du Boulevard (1570-1791)*, Paris : éd. de la Revue Bleue, 1902. (Réimpr. Slatkine, 2013).

Bontea (Adriana), *Les origines de la comédie française classique*, Bern, P. Lang, 2007.

Brereton (Geoffrey), *French tragic drama in the 16ᵗʰ and 17ᵗʰ centuries*, London, Methuen, 1973.

Christout (Marie-Françoise), *Le Ballet de cour de Louis XIV (1643-1672)*, Paris : Picard, 1967. (nouv. éd. Picard : Centre National de la Danse 2005)

— *Le Merveilleux et le théâtre du silence en France à partir du XVIIᵉ siècle*, Paris : Mouton, 1965.

Corvin (Michel), *Lire la comédie*, Paris : Dunod, 1994.

Couprie (Alain), *Lire la tragédie*, Paris : Dunod, 1994.

Delmas (Christian), *La Tragédie de l'âge classique (1553-1770)*, Paris : Seuil, 1994.

参考文献

L'Esthétique de la comédie. Actes du colloque de Reims, éd. Gabriel Conesa, *Littératures classiques*, n° 27, 1996.

Forestier (Georges), *La tragédie française. Passions tragiques et règles classiques*, Paris : Armand Colin, 2010.

Le genre pastoral en Europe du XVe au XVIIe siècle. Actes du colloque [de 1978]. Saint-Étienne : Publications de l'Université de Saint-Étienne, 1980

Gilot (Michel) et Serroy (Jean), *La Comédie à l'âge classique*, Paris : Belin, 1997.

Gossip (Christopher J.), *An Introduction to French classical tragedy*, London : Macmillan, 1981.

Guichemerre (Roger), *La Comédie classique en France*, Paris : P.U.F., 1981 (Que sais-je ?).

— *La Tragi-comédie*, Paris : P.U.F., 1981.

— *La Comédie en France de 1640 à 1660*, Paris : A. Colin, 1972.

Kintzler (C.), *Poétique de l'opéra français de Corneille à Rousseau*, Paris : Minerve, 1991. (nouv. éd. Paris : Minerve, 2006)

Lancaster (Henry Carrington), *The French Tragi-Comedy. Its origin and development from 1552 to 1628*, Baltimore : the Johns Hopkins Press, 1907. (réimpr : New-York : Gordian Press, 1966)

Lanson (Gustave), *Esquisse d'une histoire de la tragédie française*, éd. revue, Paris : H. Champion, 1954.

Lebègue (Raymond), *Le Théâtre comique en France de Pathelin à Mélite*, Paris : Hatier, 1972.

Marsan (Jules), *La Pastorale dramatique en France à la fin du XVIe et commencement du XVIIe siècle*, Paris : Hachette, 1905 (réimpr. Slatkine, 1969).

McGowan (Margaret), *L'Art du ballet de cour en France, 1581-1643*, Paris : C.N.R.S., 1963.

Morel (Jacques), *La Tragédie*, Paris : A. Colin, 1964.

— *Agréables mensonges. Essais sur le théâtre français du XVIIe siècle*. Paris : Klincksieck, 1991.

Palmer (R. H.), *Tragedy and tragic theory : an analytical guide*, London : Greenwood Press, 1992.

Scherer (Colette), *Comédie et société sous Louis XIII. Corneille, Rotrou et les autres*, Paris : Nizet, 1983.

Sternberg (Véronique), *La Poétique de la comédie*, Paris : SEDES, 1999.

Le Théâtre tragique, Actes des colloques d'Angers (1959) et de Royaumont (1960), éd. J. Jacquot, 3e éd., Paris : C.N.R.S., 1970.

La Tragédie, dir. Jacques Morel, *Littératures classiques*, 16, 1992 (notamment article de Pasquier sur les apartés).

Truchet (Jacques), *La Tragédie classique en France*, Paris : P.U.F., 1975.

VALENTIN (Jean-Marie), *Poétique et critique dramatique, La Dramaturgie de Hambourg de G.E. Lessing,* 1769. Paris : Les Belles Lettres, 2013.
VOLTZ (Pierre), *La Comédie,* Paris : A. Colin, 1966.

c）高乃依研究

AL BASSIR (Mahdi), *Le Lyrisme de Corneille,* Montpellier, impr. Mari-Lavit, 1937.
BARRIÈRE (P.), « Le Lyrisme dans la tragédie de Corneille », *Revue d'Histoire Littéraire de la France,* janv.-mars 1928.
BOORSH (Jean), « Remarques sur la technique dramatique de Corneille » : *Studies by members of the French Department of Yale University, Yale Romanic Studies,* vol. XVIII, 1941.
CHIKAWA (Tetsuo), L'art de raisonner, l'art de débattre : la dimension argumentative dans les tragédies et la théorie de Pierre Corneille (Microforme) – Thèse doct. Littérature française, Paris 4. 2007, dir. Georges Forestier.
COUTON (Georges), *La Vieillesse de Corneille (1658-1684),* Paris : Deshayes, 1949. (nouv. éd. Eurédit, 2003).
CUÉNIN-LIEBER (Mariette), *Corneille et le monologue, une interrogation sur le héros.* Tubingen : G. Narr, 2002 (Biblio 17).
DORT (Bernard), *Corneille dramaturge,* Paris : l'Arche, 1957 (2e éd. 1972).
DOSMOND (Simone), *Mélanges cornéliens.* Paris : Eurédit, 2009.
FAGUET (Émile), *En lisant Corneille,* Paris : Hachette, 1913.
FORESTIER (Georges), *Corneille, le sens d'une dramaturgie,* Paris : Sedes, 1998.
— *Essai de génétique théâtrale : Corneille à l'œuvre,* Genève : Droz, 2004 (1re éd. Klincksieck, 1996).
FUMAROLI (Marc), *Héros et orateurs. Rhétorique et dramaturgie cornéliennes,* Genève : Droz, 1990.
GAROFALO (Elena), *La sentence dans le théâtre du XVIIe siècle : les tragédies de Pierre Corneille (1635-1660).* Lille : Atelier de reproduction des thèses, 2003.
Héros ou personnages. Le personnel du théâtre de P. Corneille, dir. Myriam Dufour-Maitre. Mont-Saint-Aignan : P.U.R.H., 2013.
LANSON (Gustave), *Corneille,* Paris : Hachette, 1898.
Lectures du jeune Corneille, « l'Illusion comique » et « Le Cid », textes réunis par Jean-Yves Vialleton, Rennes : P.U.R., 2001.
LEMAÎTRE (Jules), *Corneille et la Poétique d'Aristote.* Paris : Lecène et Oudin, 1888.
MINEL (Emmanuel), *Pierre Corneille le héros et le roi, stratégies d'héroïsation dans le théâtre cornélien.* Paris : Eurédit, 2010.

参考文献

Müller (Charles), *Étude de statistique lexicale. Le vocabulaire du théâtre de Pierre Corneille*, Paris : Larousse, 1967 (réimpr. Slatkine, 1993).

Nadal (Octave), *Le Sentiment de l'amour dans l'œuvre de Pierre Corneille*, Paris : Gallimard, 1948 (rééd. 1991, coll. Tel).

Niderst (Alain), *Pierre Corneille*, Paris : Fayard, 2006.

Onze études sur la vieillesse de Corneille, Mélanges G. Couton, Boulogne : ADIREL ; Rouen : Mouvement Corneille, 1994.

Parigot (Hippolyte), « Le génie et le métier dans Corneille », *Revue d'art dramatique*, Janv.-mars 1890.

Pavel (T.), *La Syntaxe narrative des tragédies de Corneille*, Paris : Klincksieck, 1976.

Pavis (Patrice), « Dire et faire au théâtre. Sur les stances du "Cid" », *Études littéraires*, déc. 1980.

Pierre Corneille, Actes du colloque de Rouen 1984, éd. A. Niderst, Paris : P.U.F., 1985.

Pocock (Gordon), *Corneille and Racine. Problems of tragic form. Cambridge.* Cambridge University Press, 1973.

Rivaille (Louis), *Les Débuts de P. Corneille*. Paris : Boivin, 1936.

Roques (Mario), « Sur la rythmique de Corneille, à propos d'une scène de *Rodogune* », *Mélanges Drouhet*, Bucarest, éd. Bucovina, 1940.

Rostand (François), *L'imitation de soi chez Corneille*, Boivin, s. d. (1946).

Schwartz (William Leonard) et Olsen (Clarence Byron), *The sententiae in the dramas of Corneille*. San Francisco, Stanford University Press, s. d. (1939).

Sweetser (Marie-Odile), *Les Conceptions dramatiques de Corneille d'après ses écrits théoriques*, Genève : Droz ; Paris : Minard, 1962.

— *La Dramaturgie de Corneille*, Genève, Droz, 1977.

d) 莫里哀研究

Bray (René), *Molière homme de théâtre*, Paris : Mercure de France, 1954 (réimpr. 1992).

Collinet (Jean-Pierre), *Lectures de Molière*, Paris : A. Colin, 1974.

Conesa (G.), *Le Dialogue moliéresque, étude stylistique et dramaturgique*, Paris : P.U.F., 1983.

Dandrey (Patrick), *Molière et l'esthétique du ridicule*, Paris : Klincksieck, 1992.

Descotes (Maurice), *Les Grands rôles du théâtre de Molière*, Paris : P.U.F., 1976.

Forestier (Georges), *Molière en toutes lettres*, Paris : Bordas, 1990.

GRIMM (Jürgen), *Molière en son temps*, Tübingen Papers on French Seventeenth Century Literature, 1993 (Biblio 17).
GUARDIA (Jean de), *Poétique de Molière*, Comédie et répétition. Genève : Droz, 2007.
HALL (Gaston H.), *Comedy in context : Essays on Molière*, Jackson, University Press of Mississipi, 1984.
JAFFRE (J.), « Théâtre et idéologie, note sur la dramaturgie de Molière », *Littérature*, n° 13, 1974.
JOUVET (Louis), *Molière et la comédie classique*, Paris : Gallimard, 1965.
LANSON (Gustave), « Molière et la farce », *Revue de Paris* : 1er mai 1901.
MAZOUER (Charles), *Molière et ses comédies-ballets*, Paris : Klincksieck, 1993.
MICHAUT (G.), *Les Luttes de Molière*. Paris : Hachette, 1925 (réimpr. Slatkine, 1968).
Molière, des « Fourberies de Scapin » au « Malade imaginaire ». Actes des journées d'étude du C.M.R. 17, dir. Pierre Ronzeaud, Suppl. 1993, *Littératures classiques*, 1993.
Molière, « Le Misanthrope », « George Dandin », « Le Bourgeois gentilhomme », dir. Ch. Mazouer, *Littératures classiques*, 38, 2000.
Molière, herausg. von Renate Baader, Darmstadt : Wissenshaftliche Buchgesellschaft, 1980.
Molière : stage and study Essays in honour of W. G. Moore, éd. W. D. Howarth and M. Thomas, Oxford : Clarendon Press, 1973.
MONGRÉDIEN (Georges), *Recueil des textes et des documents du XVIIe relatifs à Molière*, 2e éd, Paris : C.N.R.S., 1973, 2 vol.
MOORE (W. G.), *Molière, a new criticism*, Oxford : Clarendon Press, 1969.
PELLISSON (Maurice), *Les Comédies-ballets de Molière*. Paris : Hachette, 1914. (réimpr. éd. d'Aujourd'hui, 1976).
Le Registre de La Grange (1659-1685), éd. Bert Edward Young et Grace Philputt Young, reprod. en fac-sim., Paris : Droz, 1947, 2 vol. (rééd. Slatkine, 1977, 2 t. en 1 vol.).
REY-FLAUD (Bernadette), *Molière et la farce*, Genève : Droz, 1996.
SCHERER (Jacques), « Molière et le monologue tragique », d'après un passage de « L'Étourdi », *Publications of the Modern Language Association of America*, septembre 1939. [nouv. éd. voir SCHERER, J. Molière, Marivaux, Ionesco, 60 ans de critique, Paris : Nizet, 2007].
— « Sur le sens des titres de quelques comédies de Molière », *Modern Language Notes*, juin 1942. [id]
— *Structures de « Tartuffe »*, Paris : SEDES, 1966.
Numéros spéciaux de revues sur Molière :

参考文献

Cahiers de l'Association Internationale d'Études Françaises, mars 1964.
XVIIe *siècle*, 98-99, 1973.
L'Esprit créateur, 6, 1966.
Europe, hors série, Tout sur Molière, s. d. (1989).
Revue d'Histoire Littéraire de la France, 72, 1972.
Revue des Sciences Humaines, 152, oct.-déc. 1973.
Revue d'Histoire du Théâtre, 1974, 1-3.

e）拉辛研究

BARNWELL (Harry T.), "Peripety and discovery : a kew to racinian tragedy", *Studi Francesi*, 26, Maggio-Agosto, 1965.
BARTHES (Roland), *Sur Racine*, Paris : Seuil, 1963 (nouv. éd. 1979).
BERNET (Charles), *Le Vocabulaire des tragédies de Racine. Analyse statistique*, Paris : Champion, 1983.
BIET (Christian), *Racine ou la passion des larmes*, Paris : Hachette, 1996.
BUTLER (Philip), *Racine, a study*, London, Heinemann, 1974.
BRÉMOND (Abbé Henri), *Racine et Valéry. Notes sur l'initiation poétique*, Paris : Grasset, 1930.
CAHEN (Jacques-Gabriel), *Le Vocabulaire de Racine*, Paris : E. Droz, 1946. (réimpr. Slatkine, 2011).
CAMPBELL (John), *Questioning Racinian tragedy*, Chapell Hill : University of North Carolina, Press, 2005.
DECLERCQ (Gilles), *Racine, une rhétorique des passions*, Paris : P.U.F., 1999.
DESCOTES (Maurice), *Les Grands rôles du théâtre de Jean Racine*, Paris : P.U.F., 1957.
ECKSTEIN (Nina Claire), *Dramatic narrative : Racine's récits*, New York, P. Lang, 1986.
EMELINA (Jean), *Racine infiniment*, Paris : SEDES, 1999.
FORESTIER (Georges), Racine, Paris : Gallimard, 2010.
FOURNIER (Nathalie), « L'Aparté dans la tragédie racinienne », *Mélanges... Pierre Larthomas*, Paris : École Normale Supérieure, 1985.
HAWCROFT (Michael), *Word as action. Racine, rhetoric and theatrical language*, Oxford, Clarendon Press, 1992.
Jean Racine 1699-1999 sous la dir. de Gilles Declercq et Michèle Rosselini. Actes du colloque du tricentenaire (25-30 mai 1999). Paris : P.U.F., 2003.
JOHNSON (Charles Théodore), *Racinian tragedy. The system and his organisation*, (Thèse Univ. of Illinois at Urbana-Champaigne, 1978).
LAPP (John C.), *Aspects of Racinian tragedy*, Toronto : Toronto University Press, 1955.

MASKELL (David), *Racine, a theatrical reading*, Oxford, Clarendon Press, 1991.

MORNET (Daniel), *Jean Racine*, Paris : Aux armes de France, 1943.

MOURGUES (Odette de), *Autonomie de Racine*, Paris : Corti, 1967.

NIDERST (Alain), *Racine et la tragédie classique*, 3ᵉ éd. Paris : P.U.F., 1995 (Que sais-je ?).

— *Les Tragédies de Racine, diversité et unité*, nouv. éd., Paris : Nizet, 1995.

PHILLIPS (Henry), *Racine : language and theater*, University of Durham, 1994.

POCOCK (Gordon), *Corneille and Racine, problems of tragic form*, Cambridge : Cambridge University Press, 1973.

POMMIER (Jean), *Aspects de Racine*, Paris : Nizet, 1954.

Relectures raciniennes. Nouvelles approches du discours tragique, éd. Richard L. Barnett, Tübingen, P.F.S.C.L., 1986. (Biblio 17).

Racine et/ou le classicisme. Actes du colloque (...) de Santa-Barbara 14-16 oct. 1999, éd. par R.W. Tobin, Tubingen : G. Narr, 201 (Biblio 17).

Racine : théâtre et poésie. Actes du colloque E. Vinaver, Manchester, 1987, éd. Ch. M. Hill, Leeds : F. Cairns Publications, 1991.

RENAN (Ernest), *Sur Corneille, Racine et Bossuet, Les Cahiers de Paris* : 2ᵉ série, n° 5, 1926.

ROHOU (Jean), *L'Évolution du tragique racinien*, Paris : SEDES, 1991.

ROUBINE (Jean-Jacques), *Lecture de Racine*, Paris : A. Colin, 1971.

SCHERER (Jacques), *Racine et/ou la cérémonie*, Paris : P.U.F., 1982.

STONE (Harriet Amy), *Tragic closure in Shakespeare, Corneille and Racine* (Thèse, Brown Univ., 1982).

SURBER (Christian), *Parole, personnage et référence dans le théâtre de Jean Racine*, Genève : Droz, 1992.

VIALA (Alain), « Acteur et personnage au XVIIᵉ siècle. D'un usage racinien peut-être révélateur », *Personnage et histoire littéraire*, Actes du colloque de Toulouse, Toulouse, Presses universitaires du Mirail, 1991.

VINAVER (Eugène), *L'Action poétique dans le théâtre de Racine*, Oxford : Clarendon Press, 1960.

WEINBERG (Bernard), *The Art of Jean Racine*, Chicago ; London, Chicago University Press, 1967.

f）17世纪其他剧作家研究

ARNOULD (Louis), *Racan (1589-1670), Histoire anecdotique et critique de sa vie et de ses œuvres*, 2ᵉ éd., Paris : Plon, 1901. (Réimpr. Slatkine, 1970).

参考文献

BENZEKRI (Sylvie), *Claude Boyer dramaturge : une traversée du XVIIe siècle* [Microforme]. (Thèse doct. Littérature française, Paris 4, 2008, dir. Georges Forestier).

BERNARDIN (N. M.), *Un précurseur de Racine : Tristan L'Hermite sieur du Solier (1601-1655)*, Paris : Picard, 1893. (Réimpr. Slatkine, 1967).

BRODY (Clara Carnelson), *The Works of Claude Boyer*, New York, Kings Crown Press, 1947.

BROOKS (William), *Philippe Quinault dramatist*. Bern : P. Lang, 2009.

CARRIAT (Amédée), *Tristan ou l'éloge d'un poète*, Limoges, Rougerie, 1955.

CAVAILLE (Fabien), *Alexandre Hardy et le rêve perdu de la Renaissance. Spectacles violents, émotions et concorde civile au début du XVIIe siècle*. (Thèse Doct. Paris III, 2009).

CHARPENTIER (Françoise), *Les Débuts de la tragédie héroïque : Antoine de Montchrestien* : (1575-1621) 3 vol. (Thèse État, Paris 4, 1976).

COLLINS (D.-A.), *Thomas Corneille, protean dramatist*, La Haye : Mouton, 1966.

CURNIER (Léonce), *Étude sur Jean Rotrou*, Paris : A. Hennuyer, 1885 (Réimpr. Slatkine, 2013).

DALLA VALLE (Daniela), *Il teatro di Tristan l'Hermite*, Turin : Giappichelli, 1964.

DEIERKAUF-HOLSBOER (S. W.), *Vie d'Alexandre Hardy, poète du Roi*, 2e éd., Paris : Nizet, 1972.

DOTOLI (Giovanni), *Le langage dramaturgique de Jean Mairet. Structures stylistiques et idéologiques.* Paris : Nizet, 1978.

— *Matière et dramaturgie dans le théâtre de Mairet*, Paris : Nizet, 1976.

DUREL (Lionel Charles), *L'œuvre d'André Mareschal, auteur dramatique, poète et romancier de la période de Louis XIII*, Baltimore : the Johns Hopkins Press, 1932.

DUTERTRE (Evelyne), *Scudéry dramaturge*, Genève : Droz, 1988.

Esthétique baroque et imagination créatrice : Colloque de Cerisy-la Salle 1991, éd. M. Kronegger, Tübingen, G. Narr, 1998 (Biblio 17) (notamment textes de Dalla Valle sur Mareschal et de Vuillemin sur Rotrou).

FEDERICI (Caria), *Réalisme et dramaturgie. Étude de quatre écrivains : Garnier, Hardy, Rotrou, Corneille*, Paris : Nizet, 1974.

FISCHLER (Éliane), *La Dramaturgie de Thomas Corneille* (Thèse, Paris III, 1976).

GAINES (J. F.), *Pierre Du Ryer and his tragedies*, Genève : Droz, 1987.

GRIFFITHS (Richard), *The Dramatic technique of Antoine de Montchrestien. Rhetoric and style in French Renaissance tragedy*, Oxford, Clarendon Press, 1970.

GROS (Étienne), *Philippe Quinault, sa vie et son œuvre*, Paris : Champion, 1926. (Réimpr. Slatkine 1970).

HERZ-FISCHLER (Éliane), *La dramaturgie de Thomas Corneille* (Thèse Doct., Paris III, 1977).

HORVILLE (Robert), *Le Théâtre de Mairet, une dramaturgie de l'existence*, 4 vol. multigr. (Thèse État, Paris III, 1978).

LANCASTER (Henry Carrington), *Pierre Du Ryer dramatist*, Washington, The Carnegie Institution, 1912.

LANCASTER (Henry Carrington), « La Calprenède dramatist », *Modem Philology*, 1920.

MONGRÉDIEN (Georges), *Cyrano de Bergerac*, Paris : Berger-Levrault, 1964.

MOREL (Jacques), *Rotrou dramaturge de l'ambiguïté*, Paris : A. Colin, 1968. (nouv. éd. Klinsieck, 2002).

MORILLOT (Paul), *Scarron étude biographique et littéraire*, Paris : Lecène et Houdin, 1888 (réimpr. Slatkine, 1970).

NIDERST (Alain), dir., *Les trois Scudéry*. Actes du colloque du Havre, 1991, Paris : Klincksieck, 1993.

ORLANDO (F.), *Rotrou, dalla tragi-commedia alla tragedia*, Torino : Bottega d'Erasmo, 1963.

PAULSON (Michael G.), ALVAREZ-DETRELL (Tamara), *Alexandre Hardy : a critical and annotated bibliography*, Paris ; Seattle, Tübingen : Papers on French Seventeenth Century Literature, 1985 (Biblio 17).

PELLET (Eleanor J.), *A forgotten French dramatist, Gabriel Gilbert (1620 ?-1680 ?)*, Baltimore, the Johns Hopkins Press, 1931.

« Pierre Du Ryer dramaturge et traducteur », dir. D. Montcond'huy, *Littératures classiques*, 42, printemps 2001.

POTTIER (Fr.), *De l'écriture à la représentation, essai sur le théâtre de Paul Scarron*, (Thèse, Paris X, 1981).

PRÉVOT (Jacques), *Cyrano de Bergerac poète et dramaturge*, Paris : Belin, 1978.

REYNIER (Gustave), *Thomas Corneille, sa vie et son théâtre*, Paris : Hachette, 1892. (Réimpr. Slatkine, 1970).

RIGAL (Eugène), *Alexandre Hardy et le théâtre français à la fin du XVIe et au commencement du XVIIe siècle*. Paris : Hachette, 1889 (Réimpr. Slatkine 1970 et 2012).

SAKHAROFF (Micheline), *Le Héros, sa liberté et son efficacité de Garnier à Rotrou*, Paris : Nizet, 1967.

Théophile de Viau, Actes de Las Vegas – 1990 éd. M. F. Hilgar, Tübingen, 1991 (Biblio 17).

« Le Théâtre de Jean Mairet », dir. B. Louvat-Malozay, *Littératures classiques*, 65, été 2008.

« Le Théâtre de Rotrou » dir. P. Pasquier, *Littératures classiques*, 63, été 2007.

VAN BAELEN (J.), *Rotrou, le héros tragique et la révolte*, Paris : Nizet, 1965.
VIALLETON (Jean-Yves), MACE (Stéphane), *Rotrou dramaturge de l'ingéniosité*, Paris : CNED ; P.U.F., 2007.
VUILLEMIN (Jean-Claude), *Baroquisme et théâtralité. Le théâtre de Jean Rotrou*, Tübingen : P.F.S.C.L., 1994. (Biblio 17).

C）剧作法特定元素研究

a）人物研究

BAUDIN (Maurice), *The Profession of king in Seventeenth Century French drama)*, Baltimore : the Johns Hopkins Press ; Paris : Les Belles Lettres, 1941.
EMELINA (Jean), *Les Valets et les servantes dans le théâtre comique en France de 1610 à 1700*, Grenoble : P.U.G., 1975.
FERMAUD (Jacques A.), « The confident in literature and life », *Modern Language Review*, oct. 1946.
FERMAUD (Jacques A.), « Défense du confident », *Romanic Review*, déc. 1940.
FUMAROLI (Marc), « Rhétorique et dramaturgie. Le statut du personnage dans la tragédie classique » *Revue d'Histoire du théâtre*, 1972, 3.
HORVILLE (Robert), *Le Personnage du pédant dans le théâtre préclassique en France de 1610 à 1655*, multigr. (Thèse 3e cycle, Lille, 1966).
L'Image du souverain dans le théâtre de 1600 à 1650, Actes de Wake Forest, éd. M.R. Margitic, Tübingen, P.F.S.C.L., 1987 (Biblio 17).
LAWTON (H. W.), « The confident in and before French classical tragedy », *Modem Language Review*, Janvier 1943.
MAZOUER (Charles), *Le Personnage du naïf dans le théâtre comique du Moyen Âge à Marivaux*, Paris : Klincksieck, 1979.
POLTI (Georges), *L'Art d'inventer les personnages*, Paris : Aubier, 1930.
RHEE (Kyeong-Eui), *Étude sur les barbons dans les comédies du XVIIe siècle français*, multigr. (Th. doct, Paris IV, 1994).
VIALLETON (Jean-Yves), *Poésie dramatique et prose du monde. Le comportement des personnages dans la tragédie en France au XVIIe siècle*. Paris : H. Champion, 2004.
WORTH-STYLIANOU (Valérie), *Confidential strategies. The evolving role of the confident in French tragic drama (1635-1677)*, Genève, Droz, 1999.

b）戏剧写作形式研究

BEUGNOT (Bernard), *Les Muses classiques, essai de bibliographie rhétorique et poétique*, Paris : Klincksieck, 1996.

DECLERCQ (Gilles), *L'Art d'argumenter. Structures rhétoriques et littéraires*, Bruxelles, Éditions Universitaires, 1992.

EPARS HEUSSI (Florence), *L'Exposition dans la tragédie française classique en France*, Bern, P. Lang, 2008.

FOURNIER (Nathalie), *L'Aparté dans le théâtre français du XVIIe au XXe siècle : étude linguistique et dramaturgique*, Louvain : E. Peeters, 1991.

HILGAR (Marie-France), *La Mode des stances dans la tragédie française, 1610-1687*, Paris : Nizet, 1974.

KIBÉDI VARGA (Aron), *Rhétorique et littérature. Études de structures classiques*. Paris : Didier, 1970.

— *Poétiques du classicisme*, Paris : Aux Amateurs de livres, 1990.

LANCASTER (H. C.), "The origin of the lyric monologue in French classical tragedy", *Publications of the Modem Language Association of America*, 1927.

MORIER (Henri), *Dictionnaire de poétique et de rhétorique*, Paris : P.U.F., 1989.

THOURET (Clotilde), *Seul en scène. Le Monologue dans le théâtre européen de la première modernité (1580-1640)*. Genève, Droz, 2010.

D）古典主义戏剧演出物质条件研究

BAPST (Germain), *Essai sur l'histoire du théâtre, la mise en scène, le décor, le costume, l'architecture, l'éclairage, l'hygiène*, Paris : Hachette, 1893.

BATIFFOL (Louis), *La Vie de Paris sous Louis XIII*, Paris : Calmann-Lévy, 1932.

BAYARD (Marc), *Les Dessins du « Mémoire de Laurent Mahelot » : enjeux iconographiques et théoriques de l'image du décor théâtral (1625-1640)*. Lille : Atelier de reproduction des thèses, 2012 (Doct. EHESS 2003).

BLONDET (Sandrine), *Les pièces rivales du répertoire de l'Hôtel de Bourgogne, du Théâtre du Marais et de l'Illustre théâtre* (Ressource électronique) (Thèse Doct. Littérature française Paris 4, 2009, dir. Georges Forestier.)

BOUCHOT (Henri), *Catalogue de dessins relatifs à l'histoire du théâtre conservés au Département des Estampes de la Bibliothèque Nationale*, Paris : Bouillon, 1896.

CELLER (Ludovic Leclerc), dit, *Les Décors, les costumes et la mise en scène au XVIIe siècle (1615-1680)*, Paris : Liepmannsohn et Dufour, 1869 (réimpr. Slatkine, 1970).

参考文献

Cornuaille (Philippe), *Les décors de Molière 1658-1674* (Ressource électronique) (Thèse Doct. Littérature française Paris 4, 2013, dir. Georges Forestier.)

Deierkauf-Holsboer (S. Wilma), *Le Théâtre du Marais*, Paris : Nizet, 1954-1958, 2 vol.

— *Le Théâtre de l'Hôtel de Bourgogne*, Paris : Nizet, 1968-1970, 2 vol.

— *L'Histoire de la mise en scène dans le théâtre français de 1600 à 1673*, Paris : Nizet, 1960. [dernière éd. : Genève : Slatkine, 1976]

Dock (Stephen Varick), *Costume and fashion in the plays of J. B. Poquelin Molière*, Genève : Slatkine, 1992.

Fabre (Émile), *Notes sur la mise en scène*, Champion, Abbeville : impr. F. Paillart, 1933.

Howe (Alan), *Le théâtre professionnel à Paris : 1600-1649*. Paris : Archives nationales, 2000.

Jullien (Adolphe), *Histoire du costume au théâtre, depuis les origines du théâtre en France jusqu'à nos jours*, Paris : G. Charpentier, 1880.

Lawrenson (Thomas E.), *The French stage and playhouse in the seventeenth century : a study in the advent of the Italian order*, New York : AMS Press, 1986 (1re éd. : Manchester University Press, 1957.)

Leclerc (Hélène), *Les Origines italiennes de l'architecture théâtrale moderne*, Paris : E. Droz, 1946.

Lyonnet (Henry), *Dictionnaire des comédiens français (ceux d'hier)...* Paris : Librairie de l'art du théâtre, 1904, 2 vol. (Réimpr Slatkine, 1969).

Malécot (Gaston-Louis), « À propos d'une estampe d'Abraham Bosse et de l'Hôtel de Bourgogne », *Modern Language Notes*, mai 1933.

— *Le Mémoire de Mahelot, Laurent et d'autres décorateurs de l'Hôtel de Bourgogne et de la Comédie-Française au xviie siècle*, publié par H. C. Lancaster. Paris : E. Champion, 1920.

— *Le Mémoire de Mahelot (...)*, édition critique établie et commentée par Pierre Pasquier, Paris : H. Champion, 2005.

La *Mise en scène des œuvres du passé*, éd. J. Jacquot, Paris : C.N.R.S., 1957.

Les mises en scène de Molière du xxe siècle à nos jours. Actes du 3e colloque international de Pézenas 3-4 juin 2005, Pézenas : Domens, 2007.

Moynet (Georges), *La Machinerie théâtrale. Trucs et décors...* Paris : À la Librairie illustrée, s. d.

La Représentation théâtrale en France au xviie siècle, dir. Pierre Pasquier et Anne Surgers, Paris : A. Colin, 2011.

Sabbatini (Nicolo), *Pratique pour fabriquer scènes et machines de théâtre*, trad. de Maria R. Canavaggia et Louis Jouvet, Neuchâtel, Ides et Calendes, 1942 (nouv. éd. : Bibliothèque des arts, 1994).

Scarron (Paul), *Le Roman comique*, éd. Émile Magne, Paris : Garnier, 1937. (nouv. éd. revue Paris : Garnier, 1978).

— *Le Roman comique*, éd. critique par Claudine Nédelec. Paris : Classiques Garnier, 2011.

Veinstein (André), *La Mise en scène théâtrale et sa condition esthétique*, Paris : Flammarion, 1955. (3ᵉ éd. Librairie théâtrale, 1992).

Verdier (Anne), *L'Habit de théâtre. Histoire et poétique de l'habit de théâtre en France au XVIIᵉ siècle*, Vijon, (36160), éd. Lampsaque, 2006.

Visentin (Hélène), *Le théâtre à machines en France à l'âge classique : histoire et poétique d'un genre.* (Thèse Doct. Littérature française Paris 4, 1999, dir. Georges Forestier.)

索 引

（索引页码为原书页码，即中译本边码）

本索引仅包含：

1. 16—18 世纪法国剧作家的姓名以及作品题目。
2. 从亚里士多德至 18 世纪的戏剧理论家的姓名。
3. 17 世纪法国和意大利演员、布景师的姓名。

A

ARISTOTE 亚里士多德，28，47，119，120，135，142，159，162，163，170，199，242，263，537，559，617，618，642

AUBIGNAC (abbé D') 多比尼亚克院长，287，618，619，623，624，634

《西曼德》，248，331，363

《论集》，649，651

《戏剧法式》，13，31，38，80，139，146，182，199，247，251，289，297，304，336，400，401，407，534

《奥尔良少女》，222

《泽诺比》，27，192，274，318，387，453，604

AUVRAY 奥弗莱，619

《马东特》，236

AUVRAY (Jean) 让·奥弗莱：

《马尔菲丽》，513

B

BALZAC (Guezde) 盖·德·巴尔扎克，223，393，460，561，658

BARO 巴霍，619

《卡丽丝特》，32，110，177，189，246，273，288，315，361，382，399，405，412，453，501，517，602

《塞兰德》，90

《克罗丽丝》，521

BAZIRE D'AMBLAINVILLE 巴齐尔·丹布兰维尔：

《公主》，431

BEAUCHÂTEAU (Mlle) 博夏朵夫人，227

BEAUMARCHAIS 博马舍，631

《费加罗的婚礼》，288

BEAUVAL (Mlle) 博瓦尔夫人，227

BÉJART 贝加尔，228，231

BELLEMORE 贝勒莫尔，226

BENSERADE 班斯哈德，240

《伊菲丝和伊安特》，255

BERNIER DE LA BROUSSE 贝尼尔·德·布鲁斯：

《塞翁失马》，141，161

BEYS 贝：

《塞丽娜》，236，392

618

《莫名嫉妒》,393
BOILEAU 布瓦洛,294,295,618,623
  《诗的艺术》,400,647
BOISROBERT 博瓦罗贝尔:
  《帕莱娜》,67,201,236,246,379,420,422,494,516,546,552,605,613
BOISSIN DE GALLARDON 布瓦森·德·加拉尔东:
  《活人骨灰瓮》,565
BOURSAULT 布尔索,191
  《日耳曼尼库斯》,296
BOYER 布瓦耶,466
  《亚里士多戴姆》,613
  《犹迪》,265
  《奥洛帕斯特》,93,99,290,405,454,551,556,578,609,623
  《波利克里特》,28
  《波鲁斯》,602
  《蒂利达特》,90,578
  《尤利西斯在喀耳刻之岛》,241,609
BRÉCOURT 布雷古尔,227
BRIDARD 布里达尔:
  《尤拉尼》,521
BROSSE 布罗斯:
  《维吉尔的图尔纳》,251,600

C

CAILHAVA DE L'ESTENDOUX 卡亚瓦·德·莱斯唐杜:
  《论戏剧艺术》,651,653
CAMPISTRON 康比斯特隆,627
CASTELVETRO 卡斯特尔维特罗 134,164,534
CHAMPMESLÉ 尚美蕾,227
CHAMPMESLÉ (Mlle) 尚美蕾小姐,225,227,380
CHAPELAIN 夏普兰,563,618

《论戏剧诗》,145,206,561,656
《关于24小时规则的信》,163,644,645,653,654
《阿多尼斯》序言,162
CHAPPUZEAU 夏步佐:
  《皮尔蒙温泉》,26
  《法国戏剧》,26,225,646,648
CHEVALIER 舍瓦里耶,227
  《五苏钱马车的故事》,574
CHRESTIEN DES CROIX 克雷蒂安·德·克鲁瓦:
  《情人》,514
CINQ AUTEURS "五作家":
  《伊兹密尔的盲人》,30,36,99,104,207,363,384,429,432
  《杜乐丽花园喜剧》,63,202,207,220,340,356,405,458,498,522
CLAVERET 克拉弗莱:
  《明辩者》,403
  《掳劫普洛塞庇娜》,272
CLÉMENT 克莱蒙:
  《论悲剧》,80
COLLETET 高勒泰,464
CORNEILLE (Pierre) 皮埃尔·高乃依,9,10,12,13,16,40,41,46,48,50,72,76,77,79,103,104,133,135,136,150,151,159,164,165,166,167,168,169,170,180,192,193,201,202,223,252,264,265,266,267,271,276,277,288,289,300,301,336,337,340,342,355,378,379,385,386,402,403,407,409,410,419,425,426,430,433,434,460,461,462,463,466,467,476,484,536,538,539,583,618,619,623,624,633,634,638,639,640,641,646,650,654,655,656,657

索　引

《阿格西莱》, 35, 200, 202, 203, 286, 296, 302, 379, 386, 470, 517, 526, 625, 638, 659

《安德洛墨达》, 48, 131, 221, 237, 241, 250, 280, 291, 298, 343, 356, 379, 440, 454, 519, 524, 526, 578, 625, 638, 659

《阿提拉》, 32, 33, 35, 43, 67, 82, 92, 101, 188, 199, 291, 338, 347, 372, 440, 454, 519, 524, 526, 578, 625, 638, 639

《熙德》, 28, 32, 55, 60, 64, 72, 73, 74, 77, 82, 91, 94, 96, 98, 105, 113, 117, 124, 126, 127, 140, 143, 146, 147, 148, 168, 169, 170, 192, 226, 231, 232, 246, 247, 260, 264, 271, 295, 300, 317, 318, 321, 323, 326, 340, 356, 365, 374, 393, 397, 422, 423, 427, 432, 434, 440, 456, 458, 459, 472, 474, 487, 493, 505, 544, 562, 600, 601, 602, 603, 638, 639, 641, 644, 646

《西拿》, 33, 35, 66, 73, 82, 92, 95, 124, 149, 170, 195, 199, 201, 207, 272, 282, 288, 296, 300, 322, 325, 332, 342, 357, 365, 368, 371, 376, 397, 404, 444, 445, 469, 625, 639, 657

《克里唐德尔》, 48, 82, 105, 111, 116, 138, 139, 141, 162, 168, 176, 203, 207, 246, 273, 317, 355, 365, 368, 375, 386, 398, 438, 492, 542, 546, 549, 585, 589, 596, 599, 601, 605, 625, 638, 639, 651, 659

《阿拉贡的唐桑丘》, 16, 28, 43, 46, 144, 164, 186, 207, 224, 305, 310, 368, 447, 450, 457, 484, 523, 639

《亲王府回廊》, 54, 67, 83, 108, 140, 166, 202, 204, 220, 246, 255, 256, 278, 288, 296, 317, 364, 371, 386, 405, 421, 422, 432, 451, 452, 457, 459, 574, 591, 601, 651, 659

《赫拉克里乌斯》, 33, 35, 54, 61, 73, 74, 76, 77, 84, 92, 107, 109, 141, 199, 277, 278, 301, 342, 379, 386, 421, 428, 447, 452, 484, 538, 539, 543, 545, 577, 597, 639, 641, 650, 659

《贺拉斯》, 29, 33, 35, 45, 55, 61, 72, 91, 95, 105, 113, 124, 125, 129, 130, 135, 148, 152, 154, 167, 170, 184, 245, 247, 265, 275, 279, 323, 332, 336, 371, 404, 413, 414, 437, 457, 459, 476, 493, 515, 525, 543, 572, 600, 602, 610, 625, 638, 654

《戏剧幻觉》, 41, 47, 91, 113, 114, 115, 226, 237, 240, 279, 292, 317, 398, 438, 443, 458, 467, 563, 575, 591, 596, 650

《美狄亚》, 47, 55, 197, 198, 227, 239, 243, 244, 274, 310, 317, 342, 370, 371, 398, 405, 421, 431, 432, 434, 437, 438, 439, 473, 496, 529, 543, 613, 625, 638, 651

《梅里特》, 10, 31, 41, 47, 54, 112, 116, 162, 166, 172, 195, 202, 203, 274, 301, 361, 368, 398, 439, 457, 519, 572, 587, 589, 591, 595, 625, 658

《欺骗者》, 27, 34, 61, 72, 94, 104, 109, 202, 272, 384, 385, 386, 447, 455, 467, 495, 503, 516, 591, 650, 661

《尼克梅德》, 32, 39, 48, 73, 83, 92, 104, 113, 200, 206, 296, 452, 454, 456, 485, 489, 562, 638, 642, 650, 659

索 引

《俄狄浦斯》, 72, 92, 238, 286, 291, 296, 310, 320, 338, 379, 411, 421, 422, 427, 433, 447, 458, 485, 563, 577, 602, 605, 638, 641, 650

《奥东》, 35, 73, 201, 291, 319, 343, 446, 453, 456, 485, 599, 610

《佩尔塔西特》, 48, 84, 207, 244, 343, 359, 379, 386, 454, 494, 638, 639, 650, 654

《王家广场》, 93, 111, 123, 153, 154, 208, 220, 256, 286, 291, 308, 371, 375, 421, 422, 428, 431, 432, 492, 515, 565, 655

《波利厄克特》, 32, 33, 42, 61, 74, 82, 91, 101, 106, 127, 140, 149, 168, 210, 220, 237, 244, 279, 291, 342, 345, 365, 371, 421, 422, 425, 426, 429, 432, 442, 446, 452, 458, 470, 475, 494, 499, 507, 520, 647, 650, 659

《庞培》, 279, 288, 291, 322, 324, 342, 346, 347, 356, 357, 379, 461, 555, 598, 638, 650

《普赛克》,（见莫里哀）

《布尔谢里》, 33, 35, 43, 48, 83, 200, 470, 485, 506, 602, 640

《罗德古娜》, 33, 35, 47, 55, 62, 64, 66, 76, 77, 80, 83, 92, 113, 128, 199, 236, 277, 289, 295, 298, 299, 328, 342, 360, 368, 374, 435, 461, 502, 541, 578, 614, 639, 654

《塞托里乌斯》, 33, 35, 82, 92, 109, 141, 144, 265, 280, 288, 296, 322, 327, 352, 379, 386, 453, 457, 461, 508, 650, 659

《索福尼斯巴》, 47, 62, 70, 92, 116, 192, 305, 338, 379, 437, 495, 522, 576, 638, 650

《欺骗者续篇》, 48, 107, 114, 190, 204, 209, 244, 301, 302, 341, 356, 379, 386, 399, 420, 433, 489, 514, 523, 598

《侍女》, 27, 32, 41, 45, 54, 62, 91, 104, 108, 129, 164, 173, 202, 208, 282, 288, 293, 371, 375, 385, 404, 419, 422, 428, 432, 449, 452, 454, 457, 458, 515, 584, 625, 659

《苏雷纳》, 29, 38, 67, 73, 82, 92, 212, 288, 291, 324, 338, 353, 437, 461, 489, 506, 528, 529, 543, 638, 658

《泰奥多尔》, 40, 41, 61, 84, 90, 91, 152, 153, 154, 237, 296, 379, 440, 456, 475, 520, 527, 555, 571, 585, 599, 612, 639, 650

《金羊毛》, 240, 241, 301, 352, 379, 421, 433, 437, 438, 440, 453, 456, 473, 519, 526, 551

《寡妇》, 32, 41, 54, 72, 91, 104, 113, 165, 166, 190, 195, 202, 246, 256, 271, 288, 364, 375, 385, 398, 421, 422, 426, 428, 431, 432, 457, 571, 572, 582, 588, 593, 596, 598, 605, 661

CORNEILLE (Thomas) 托马斯·高乃依, 466

《时髦爱情》, 204, 448, 456, 503

《阿里亚娜》, 33, 34, 36, 66, 93, 193, 372, 490, 496, 501

《离奇的牧羊人》, 522

《伽玛》, 95, 379, 473

《埃塞克斯伯爵》, 265, 269

《作茧自缚：王子若德莱》, 226, 467

《马克西米安》, 95

《康茂德之死》, 57, 95, 199, 202, 445, 453, 456, 493, 573, 614

621

索 引

《庇鲁斯》, 95

《斯蒂里贡》, 39, 62, 67, 74, 94, 124, 129, 291, 296, 302, 356, 379, 412, 495, 650

《蒂莫克拉特》, 32, 33, 34, 59, 76, 91, 97, 101, 115, 125, 145, 268, 291, 309, 324, 344, 379, 421, 422, 427, 433, 437, 453, 547

CRÉBILLON 克雷比翁:

《雷达米斯特和泽诺比》, 80

CYRANO DE BERGERAC 西哈诺·德·贝尔热拉克:

《阿格里皮娜之死》, 195, 353

D

DESFONTAINES 德枫丹纳:

《圣阿莱克西》, 101, 111, 234, 237, 397, 543, 547

《真正的沙米拉姆》, 111

DESMARETZ DE SAINT-SORLIN 狄马莱·德·圣索林:

《阿斯巴希》, 111, 375

《米拉姆》, 60, 178, 232, 363, 373, 404, 498

《西庇阿》, 201, 602

《想入非非》, 132, 167, 291, 292, 420, 424, 432, 516, 643

DES OEILLETS (Mlle) 戴泽耶夫人, 227

DIDEROT 狄德罗:

《论戏剧诗》, 650, 654

《杜瓦尔和我》, 122

DONNEAU DE VISÉ 多诺·德·维塞:

《爱俏的母亲》, 26

DONNET 多奈:

《牧羊人的凯旋》, 48

DORIMOND 杜里蒙:

《妻子的情人》, 659

《绿帽者学堂》, 514

DU BOS (abbé) 杜博院长, 551

DU CASTRE D'AUVIGNY 杜·卡斯特尔·多维尼, 617

DU PARC (Mlle) 杜巴克夫人, 380

DU PERCHE 杜贝什, 227

DU ROCHER 杜罗歇:

《恋爱中的印第安女人》, 266

DU ROSOI 杜·罗斯瓦:

《论高乃依和拉辛》, 652

DURVAL 杜瓦尔:

《阿加利特》, 244, 254

《尤利西斯的苦差》, 255, 256

DU RYER 杜里耶, 31, 223, 466, 619

《阿尔西梅东》, 110, 404

《阿尔西奥内》, 34, 62, 63, 73, 91, 127, 134, 291, 311, 316, 331, 348, 365, 373, 399, 421, 422, 427, 428, 455, 604, 613

《阿玛西里斯》, 521

《阿雷塔菲尔》, 97, 255, 288

《阿尔耶尼丝和波利亚克》, 161, 266

《克拉里热纳》, 110, 179, 551

《克雷奥梅冬》, 26, 114, 124, 126, 127, 247, 268, 315, 316, 363, 366, 398, 411, 421, 422, 474, 500, 529, 545, 580, 595, 597

《克里多冯》, 243, 288

《艾斯德尔》, 199

《利桑德尔和加里斯特》, 236, 255, 640

《卢克莱丝》, 401, 404

《撒乌尔》, 32, 34, 45, 63, 179, 245, 262, 270, 374, 455, 457, 486, 492, 500, 520, 606, 612, 645

《塞沃勒》, 61, 98, 199, 238, 307, 365, 404, 405, 492, 608

《泰米斯托克勒》, 199

622

《苏雷纳的葡萄收割节》，221

E

《艾菲谢娜》，245

F

FAURE 福尔：
《曼利乌斯·托卡图斯》，434
FLORIDOR 弗洛李多尔，225
FONTENELLE 丰特内尔，521，572，659，660，661

G

GARNIER 加尼耶，48，463
《安提戈涅》，348，451
《布哈达芒特》，452
《犹太女人》，294，376，452，498
GIBOIN 吉博安：
《费朗德尔和玛丽塞之爱》，161，266，520
GILBERT 吉尔贝尔：
《克莱斯冯特》，48
《法兰西的玛格丽特》，90
《罗德古娜》，67，122，126，128，201，294，296，374，405，411，607
《沙米拉姆》，27，33，62，70，288，349，361，412，494，657
GILLET DE LA TESSONERIE 吉雷·德拉·泰松奈里：
《统治的艺术》，237，292
《弗朗西翁的喜剧》，599
《五种激情的胜利》，292
《瓦朗蒂尼安和伊西多尔》，102
GODY 戈迪：
《黎塞古尔》，497
GOMBAULD 宫博：
《阿玛朗特》，460
GOUGENOT 古热诺：

《演员的喜剧》，432
GUÉRIN DE BOUSCAL 盖然·德·布斯加尔：
《克莱奥梅纳》，46，98，100，197，290，296，315，366，373，448，599，607
《奥隆达特》，116，582
《王子重生》，180

H

HARDY 阿尔迪，10，48，227，460，466，519，560，583
《阿尔塞》，41
《阿尔塞斯特》，238
《阿尔克梅翁》，58，196，339，348，349，395，411，452，491，606，612
《科尔奈丽》，193，260，314，339，452，567，598
《狄多》，519
《艾尔米尔》，266，267，576
《血脉的力量》，46，161，173，229，266，376，447，452，485，565，567，596
《耶西浦》，104，151，266，338，376，443，452，485，491，565，594
《疑似乱伦》，244
《勒考西》，224，236
《卢克莱丝》，269，316，381，466，599
《梅莱格尔》，77
《潘多斯特》，160，243
《帕尔特尼》，160
《塞达兹》，71，73，82，262，285，314，371，443，446，452，491，572，596
《泰阿金和卡里克莲》，160，339，376
《蒂莫克莱》，519
HAUTEROCHE 奥特罗歇，227
HEINSIUS 海因修斯，121
HORACE 贺拉斯，81，134，218，219

I

I. M. S.：

索 引

《洛克萨娜之死》，197

J

JACQUELIN 雅克兰：
  《索里曼》，488
JOBERT 约伯尔：
  《巴尔德》，113，573
JODELET 若德莱，463
  《克莱奥帕特拉》，55，451，488，493
JOYEL 若耶尔：
  《弗洛里瓦尔和奥尔卡德》，196
  《熙德评判》，143，271，549

L

LA BRUYÈRE 拉布吕耶尔，334
LA CALPRENÈDE 拉·加尔普奈德：
  《埃塞克斯伯爵》，62，74，84，93，101，106，224，231，296，374，397，498，626
  《米特里达特之死》，27，32，245，261，274，288，421，422，426，603，613，638
LA CROIX 拉克鲁瓦：
  《被惩罚的不忠》，526
LAMBERT 朗伯尔：
  《嫉妒姐妹花》，208，384
LA MESNARDIÈRE 拉梅纳迪尔，619
  《诗学》，120，243，270，271，561，611，649，662
LA MORELLE 拉莫莱尔：
  《菲利纳》，521
LA MOTTE 拉莫特，56，155，287，644
LAMY 拉米：
  《关于诗艺的新思考》，186，191，646，648，651，654
LA TUILLERIE 拉杜乐丽：
  《索里曼》，224

LAUDUN D'AYGALIERS 洛当·戴加里耶，460
LE BIGRE 勒比格尔：
  《阿道夫》，110，576
LENOIR (Mlle) 勒努瓦夫人，226
LESAGE 勒萨奇，631：
  《图卡莱》，288，642
LES ISLES LE BAS 莱里勒·勒巴：
  《王家殉道者》，600
LE TASSE 塔索，134
LOPE DE VEGA 洛佩·德·维加，642

M

MAGGI 马吉，163
MAGNON 马尼翁：
  《蒂特》，42，63，200，309，318，379，538，547，556，585
MAHELOT 马赫罗：
  《备忘》，160，221，243，250，254，255，265，390，647，648
MAIRET 梅莱，145，223，225，226，269，270，466，623，624
  《阿苔娜伊斯》，25，65，91，124，151，165，173，361，421，428，431，507
  《克里塞德和阿里芒》，33，39，41，44，47，48，53，56，90，93，96，99，124，255，
  315，316，395，397，574，594，607
  《奥松那公爵的风流韵事》，54，66，98，258，259，315，398，561，563，570，575，586，595
  《西多尼》，270
  《希尔瓦尼尔》，41，46，91，107，112，113，115，148，165，166，207，239，255，269，291，339，375，382，398，405，457，460，466，515，519，522，571，591

《索里曼》，270

《索福尼斯巴》，55，63，92，128，165，167，170，173，198，257，269，274，371，383，384，395，398，529，576，590，595，614

《西尔维娅》，41，90，111，112，116，239，255，266，286，295，306，315，345，361，374，375，387，398，436，440，487，521，584，589，594，639，646，653，659

《维尔吉尼》，124，128，138，168，173，246，254，294，356，368，398，399，411，550，554，577，581，594，601，602，645

"559号手稿"，20，69，77，80，83，87，133，138，169，183，184，185，191，265，304，320，322，336，462，552

MARCEL 马塞尔：

《有名无实的婚姻》，599

MARESCHAL 玛黑夏尔，466，619

《高贵的德国女人》，27，161，202，224，263，266，316，354，370，375，422，431，457，535，566，568，575，603，608

《英勇的姐妹》，27，31，36，78，82，99，104，129，141，194，202，207，236，246，288，294，339，363，374，375，382，384，387，398，421，428，458，544，547，550，554，573，577，585，586，590，600，601，605，609，637，657

《真正的吹牛军人玛塔莫尔》，226

《费奈比斯的婚礼》，102，572

MARIVAUX 马里沃，631

《阿尼拔》，370

MARMONTEL 马尔蒙特尔：

《文学基础》，332，641，644，645，648，650，652，656，659，661

《法国诗学》，652

MÉNAGE 梅纳日，271，274

《天才杂货商》，102，245

MOLIÈRE 莫里哀，64，82，90，227，228，231，286，287，392，508，509，618，619，625，626，633，634

《完美恋人》，296

《爱情是医生》，579

《安菲特律翁》，240，287，358，384，490，526，551

《吝啬鬼》，26，32，35，42，43，47，50，83，90，94，104，113，144，157，200，202，207，228，303，496，506，579，660

《贵人迷》，35，49，50，94，224，240，294，296，302，326，511，637，660

《太太学堂批评》，287，350

《情怨》，76，208，274，280，303，326，447，452，509

《纳瓦尔的唐嘉熙》，189，202，330

《唐璜》，34，50，51，83，240，513

《太太学堂》，25，33，34，47，71，93，112，140，144，200，207，309，350，356，363，380，387，442，525，649，650，660

《冒失鬼》，34，130，204，315，369，371，404，413，504，653

《讨厌鬼》，51

《女才子》，71，511，516，525，644，660

《斯卡班的诡计》，496

《乔治·唐丹》，287，380，413，540，639

《凡尔赛即兴》，287，333，510

《无病呻吟》，115，660

《屈打成医》，84，566

《恨世者》，33，42，71，84，94，209，287，298，384，413，419，446，455，

625

456，496，519，525，660
《可笑的女才子》，121，226，287
《艾里德公主》，524
《普赛克》，526，551，580
《斯加纳海尔》，464
《达尔杜弗》，37，40，42，75，200，287，326，330，359，384，435，496，650，660

MONLÉON 蒙莱昂：
《安菲特里特》，521
《蒂艾斯塔》，197，404，606

MONTCHRESTIEN 蒙克雷提昂：
《苏格兰女人》，52，466
《赫克托尔》，466

MONTDORY 蒙道里，225，226，227，393

MONTFLEURY (Antoine) 安图瓦纳·蒙弗洛里：
《只手遮天的女人》，433
《女上尉》，380

MONTFLEURY (Zacharie Jacob) 扎卡里·雅各布·蒙弗洛里，227
《残忍的摩尔人》，605

MORVAN DE BELLEGARDE (abbé) 莫万·德·贝尔加德院长：
《文学和道德珍奇信札》，89，641，642，643，645，646，650，651，652，656，662

N

NADAL (abbé) 纳达尔院长：
《古今悲剧观察》，89，169，643

NANTEUIL 南特耶，227

NICOLE 尼克：
《方托斯姆》，208

NOGUÈRES 诺盖尔：
《曼利之死》，434

O

OUDINEAU 乌迪诺：

《神的仁政》，598

OUVILLE (D') 杜维尔：
《星象家若德莱》，226
《疑窦丛生》，503

P

PASSAR 帕萨尔：
《塞莱尼》，244

PELLETIER DU MANS 勒芒的佩勒提耶，560

PERRAULT (Charles) 夏尔·佩罗，392，393

PICCOLOMINI 皮克罗米尼，172

PICHOU 皮楚，619
《菲利斯·德·希尔》，164，535
《卡尔德尼奥的疯狂》，96
《不忠的心腹》，236

POISSON 普瓦松，227
《旅店晚餐后》，574

PRADON 普拉东：
《特洛阿德》，245

PURE (abbé de) 普尔院长：
《古今演出论》，655

Q

QUINAULT 基诺，380
《阿格里帕》，201，374，468，547，551
《阿玛拉松特》，32，33，43，47，61，93，109，110，111，126，184，288，296，376，501，505
《阿斯特拉特》，95，288，295，547，614
《贝雷洛冯》，201，525
《没有喜剧的喜剧》，110，293
《爱俏的母亲》，26，517
《塞勒斯之死》，95

R

RACAN 哈冈，466
《牧歌》，26，41，46，55，91，141，162，

166，175，239，286，315，316，339，359，361，374，375，387，398，438，451，452，458，519，589，594，653

RACINE 拉辛，15，48，61，62，82，95，123，171，227，265，266，274，336，534，535，539，540，618，623，633，634，640

《亚历山大》，37，92，122，192，288，309，410，448，506，602，650

《安德洛玛克》，26，29，32，33，38，59，64，72，75，77，95，112，140，141，174，207，210，282，298，300，305，309，332，365，370，374，380，405，454，563，615，640，650

《阿塔里雅》，80，188，380，520，525，650

《巴雅泽》，33，38，41，59，184，187，198，211，224，282，301，369，371，374，380，525，530，579，614

《贝蕾妮丝》，32，43，78，92，126，127，133，140，149，195，200，227，282，283，286，298，380，401，405，471，544，650

《布里塔尼古斯》，33，35，65，67，68，92，184，191，195，227，282，296，319，320，323，382，435，454，456，566，579，650

《艾斯德尔》，240，292，520，649

《伊菲革涅亚》，33，35，43，75，78，92，107，116，187，227，236，238，247，282，286，288，289，296，323，346，347，362，374，380，388，405，454，455，456，459，468，501，518，525，528，552，639

《米特里达特》，26，32，43，62，73，90，122，124，126，183，282，306，353，364，374，380，387，405，454，455，501，614

《费德尔》，10，35，55，110，116，130，149，188，227，282，299，343，354，357，360，380，414，463，528，544，545，553，579，614，640，650，651，652

《讼棍》，82，115，156，157，281，371，445，540，571，650

《忒拜纪》，33，62，113，116，186，192，198，275，281，302，309，371，421，422，427，428，434，447，452，489，506，528，602，613，614，623，650

RAMPALE 朗巴尔，619

《贝兰德》，239，363

RAPIN (le P.) 哈班神父：

《诗学思考》，24，660

RAYSSIGUIER 莱西吉尔，619

ROLLAND LE VAYER DE BOUTIGNY 罗兰·勒维耶·德·布提尼：

《伟大的塞利姆》，662

ROSIMOND 罗西蒙，227

《错配》，103

ROTROU 洛特鲁，165，466，619，623

《柯尔克斯的阿耶斯兰》，84，237，246，363，456，524

《艾美丽》，254，587

《安提戈涅》，230，296，348，349，421，443，447，449，450，452，524，602

《遗忘的指环》，239，244，398，438，456，561，569，572，575，588，594，597，605，607

《贝里塞尔》，63

《美丽的阿尔弗莲德》，27，32，45，93，105，224，236，266，294，345，356，357，359，362，374，419，522，524，566，581，585，595，597，601，605，607，653

索 引

《塞莲娜》，27，31，45，111，363，375，392，398，432，443，447，456，489，522，586，589，590，592

《赛丽》，111，296，432

《塞里美娜》，422，593

《克雷阿热诺儿和杜里斯特》，201，208，568，574，580，585，593，608

《克劳兰德》，84，401

《郭斯洛埃斯》，84，92，99，110，125，129，130，185，195，227，244，305，379，455，525，647

《克里桑特》，173，197，305，359，367，421，422，429，452，550，596，606，614

《两个少女》，375

《狄亚娜》，375

《卡尔多纳的唐洛佩》，490

《费朗德尔》，421，428，432，592

《弗洛里蒙德》，484，504，601

《濒死的赫丘利》，31，45，54，238，339，345，346，348，349，359，373，420，432，438，555，592，610，651

《忠贞之喜》，141，165，208，392，522

《幸运的海难》，44，48，55，207，236，246，247，270，339，351，418，421，422，443，444，455，458，459，489，547，585，602

《无病呻吟》，112，245，268，339，361，375，398，443，452，454，546，581，659

《无辜的不忠》，239，246，522，569

《伊菲革涅亚》，236

《被迫害的洛尔》，84，90，194，202，288，375，383，387，398，445，459，489

《孪生兄弟》，551，562

《错失良机》，141，202

《圣热奈》，105，112，237，243，270，292，404，421，427，446，520

《姐妹》，208，577

《索西》，551

《凡赛斯拉斯》，32，33，43，84，111，116，207，224，296，332，384，452，505

S

SABBATTINI 萨巴蒂尼，250

SALLEBRAY 萨尔布莱：
《美丽的埃及女人》，236，524
《帕里斯的裁断》，242

SARRASIN 萨拉赞：
《论悲剧》，120，161，199，264，267，644，649

SCALIGER 斯卡利杰，460

SCARRON 斯卡隆，626
《亚美尼亚的唐亚菲》，315，566，637
《决斗者若德莱》，41，379，501，504，565，569，582，598，651
《若德莱：男仆主人》，58，95，209，226，357，369，423，433，495，565，567，569，571
《海盗王子》，83，357，429，451，642，651
《喜剧小说》，49，209，249

SCHELANDRE 谢朗德尔：
《提尔和漆东》，41，96，161，229，268，357，362，364，374，375，398，404，452，457，465，565，576，587，590，611

SCUDÉRY 斯库德里，460，466，561，619，623
《慷慨的情人》，46，176，210，246，270，374，383，398，429，457，488，524
《爱情暴政》，78，120，144，199，274，374，379，382，405，422，429，442，450，591，608

索 引

《安德罗米尔》，257，288，307，332，366，374，379，382，405，422，429，442，450，591，608
《演员的喜剧》，536
《尤杜克斯》，356
《疑似吾儿》，432
《里格达蒙和里迪亚斯》，140，551
《恺撒之死》，256，270，296，368，398，457，523，569，610，626，660
《对于熙德的点评》，143，168，623，649，652
《乔装王子》，53，75，79，97，108，173，177，224，234，246，247，268，270，356，362，398，421，424，458，529，548，569，580
《引火自焚》，521
《法兰西学院对于熙德的看法》，82，105，131，264，562，603，643
SERLIO 塞里奥，391，394
SÉVIGNÉ (Mme de) 塞维涅夫人，198
SOREL (Charles) 夏尔·索雷尔：
  《良书甄别》，177，654
SUBLIGNY 苏布里尼：
  《疯癫论战：安德洛玛克之批评》，64
  《爱情骗局》，594

T

THÉOPHILE DE VIAU 泰奥菲尔·德·维约：
  《皮拉姆和蒂斯比》，32，33，41，44，47，55，90，93，104，162，166，286，315，375，398，487，548，594，601，607
TORELLI 托勒立，220，251
  《戏剧诗编排论》，137，139，140，160，222

TRALAGE 特哈拉什，333
TRISTAN L'HERMITE 特里斯坦·莱尔米特，225
  《玛丽亚娜》，32，33，43，45，62，93，121，123，127，148，192，198，226，243，247，249，270，316，321，345，356，432，446，452，547，593，595，623
  《克里斯皮之死》，371
  《塞内卡之死》，31，44，62，92，277，282，288，332，419，422，452，456，472，592
  《奥斯曼》，90，140，224，257，341，359，374，421，429，432，599，608
TROTEREL 特洛特莱尔：
  《互为情敌》，594
  《圣阿涅丝》，599

U

URFÉ (Honoré D') 奥诺雷·杜尔非：
  《阿斯特蕾》，338，525
  《希尔瓦尼尔》，460

V

VÉRONNEAU 维罗诺：
  《无能》，599
VIGARANI 维加拉尼，391
VILLIERS 维里耶，227
VILLIERS (Mlle) 维里耶夫人，227
VOLTAIRE 伏尔泰，224，287，375，400，407，624，627，634
  《高乃依评论》，647，661
  《扎伊尔》，647
VOSSIUS 沃西乌斯，48，144

图书在版编目(CIP)数据

法国古典主义剧作法/(法)雅克·舍雷尔著;陈杰译.—北京:商务印书馆,2022
ISBN 978-7-100-21543-5

Ⅰ.①法… Ⅱ.①雅…②陈… Ⅲ.①古典主义—戏剧—文学研究—法国 Ⅳ.①I565.073

中国版本图书馆 CIP 数据核字(2022)第 150262 号

权利保留,侵权必究。

法国古典主义剧作法

〔法〕雅克·舍雷尔 著
陈杰 译

商务印书馆出版
(北京王府井大街36号 邮政编码100710)
商务印书馆发行
北京新华印刷有限公司印刷
ISBN 978-7-100-21543-5

2022年10月第1版 开本710×1000 1/16
2022年10月北京第1次印刷 印张39¾
定价:198.00元